HET ALICE-NETWERK

HET ALICE NETWERK

KATE QUINN

Vertaling Arthur Wevers

HarperCollins

MIX
Papier van verantwoorde herkomst
FSC® C083411

Voor dit boek is papier gebruikt dat onafhankelijk is gecertificeerd door FSC™
ten behoeve van verantwoord bosbeheer.
Kijk voor meer informatie op www.harpercollins.co.uk/green

HarperCollins is een imprint van Uitgeverij HarperCollins Holland, Amsterdam

Oorspronkelijke titel: *The Alice Network*

Vertaling: Arthur Wevers
Omslagontwerp: Elsie Lyons
Bewerking: HarperCollins Holland
Foto auteur: © Peter Clark
Zetwerk: Mat-Zet B.V., Soest
Druk: CPI Books GmbH, Germany

ISBN 978 94 027 0083 1
ISBN 978 94 027 5506 0 (e-book)

NUR 342
Eerste druk april 2018

Charles Baudelaire, De bloemen van het kwaad, vertaald en van commentaar voorzien door Peter Verstegen, Uitgeverij G.A. van Oorschot, Amsterdam, 1995

Originele uitgave verschenen bij William Morrow, een imprint van HarperCollins Publishers LLC, New York, U.S.A.
Deze uitgave is uitgegeven in samenwerking met HarperCollins Publishers LLC
HarperCollins Holland is een divisie van Harlequin Enterprises Limited

www.harpercollins.nl

Voor mijn moeder
Mijn eerste lezer, mijn eerste criticus, mijn eerste fan
Dit is voor jou

Deel I

Hoofdstuk 1

Charlie

Mei 1947
Southampton

De eerste die ik in Engeland tegenkwam, was een hallucinatie. Ik had haar meegenomen aan boord van het vredige passagiersschip waarmee ik in verdoofde, diepbedroefde toestand van New York naar Southampton was gevaren.

Ik zat tegenover mijn moeder aan een rieten tafel tussen de potpalmen in het Dolphin Hotel en probeerde geen aandacht te besteden aan het visioen dat mijn geest me voorspiegelde. Het blonde meisje bij de balie was niet degene die ik dacht. Dat wist ik. Ze was gewoon een Engels meisje dat bij de bagage van haar familie stond te wachten, iemand die ik nooit eerder had gezien, maar dat weerhield mijn geest er niet van me wijs te maken dat ze iemand anders was. Ik wendde mijn blik af en keek naar de drie Engelse jongens aan het tafeltje naast dat van ons die probeerden te bedenken hoe ze aan een fooi voor de serveerster konden ontkomen. 'Een fooi van vijf of van tien procent?' vroeg een jongen met een clubdas terwijl hij met de rekening zwaaide, en zijn vrienden lachten. 'Ik geef alleen een fooi aan knappe serveersters. Deze had knokige knieën...'

Ik keek kwaad hun kant op, maar mijn moeder had het niet in de gaten. 'Het is mei, maar wat is het koud en nat, *mon Dieu*!' Ze vouwde haar servet open: een vrouwelijke stortvloed van geparfumeerde rokken tussen onze bergen bagage. Nogal een schril contrast met mijn verfomfaaide en chagrijninge persoontje. 'Ga eens rechtop zitten, *chérie*.' Ze woonde al in New York sinds ze met mijn vader was getrouwd, maar ze doorspekte haar zinnen nog steeds met Frans. 'Niet zo hangen.'

'Ik kan niet hangen in deze kleren.' Om mijn lijf zat een keursje, dat knelde als een ijzeren band en dat ik helemaal niet nodig had omdat ik graatmager was, maar die klokkende rokken wilden niet blijven hangen als ik hem niet droeg, en daarom dus een ijzeren band. Mogen Dior en zijn New Look branden in de hel. Mijn moeder was altijd volgens de laatste mode gekleed en had precies het juiste figuur voor de nieuwe stijlen: ze was lang, had een smalle taille en voluptueuze rondingen, een plaatje in haar reiskostuum met de wijde rok. Ik had ook een uitbundig reiskostuum aan, maar ik verzoop in al die lagen stof. Het jaar 1947 was een hel voor kleine, tengere meisjes zoals ik die niet het juiste figuur hadden voor de New Look. Het jaar 1947 was trouwens ook een hel voor meisjes die liever een wiskundeboek lazen dan de *Vogue*, liever naar Edith Piaf luisterden dan naar Artie Shaw en die geen trouwring droegen, maar wel een dikke buik begonnen te krijgen.

En die dingen golden allemaal voor mij, Charlie St. Clair. Dat was de andere reden waarom mijn moeder wilde dat ik een keursje droeg. Ik was pas drie maanden zwanger, maar ze wilde niet de kans lopen dat mijn figuur verraadde wat voor hoer ze op de wereld had gezet.

Ik wierp een blik in de hotellobby. Het blonde meisje was er nog steeds en mijn geest bleef me maar zeggen dat ze iemand anders was. Ik knipperde met mijn ogen en wendde mijn blik af toen de serveerster glimlachend naar ons toe kwam. 'Wilt u hier blijven voor de *full tea, madam*?' Ze had inderdaad knokige benen, en toen ze wegliep nadat ze onze bestelling had opgenomen, zaten de jongens aan de tafel naast ons nog steeds te klagen dat ze een fooi moesten achterlaten. 'Iedereen vijf shilling voor thee. Laat gewoon twee pence achter...'

Onze thee arriveerde al snel, met gekletter van gebloemd porselein. Mijn moeder glimlachte naar de serveerster. 'Nog een beetje melk, alstublieft. *C'est bon*!' Maar zo *bon* was het allemaal eigenlijk niet. Kleine harde scones en droge *tea sandwiches* en geen suiker; twee jaar na de oorlog waren sommige dingen nog steeds op de bon in Engeland, en zelfs op het menu van dit luxueuze hotel stonden nog steeds de vaste rantsoenprijzen van niet meer dan vijf shilling per maaltijd vermeld. De nasleep van de oorlog was hier veel duidelijker zichtbaar dan in New York. Door de lobby van het hotel liepen geüniformeerde soldaten, die met de kamermeisjes sjansten, en een uur eerder, toen ik van het passagiersschip was gestapt, was me de gehavende aanblik van de huizen aan de kade opgevallen, als een mooie glimlach met ontbrekende tanden. Dat was mijn eerste indruk van Engeland, en onderweg van de kade naar de lobby leek alles ook grauw en uitgeput van de oorlog, tot op het bot geschokt. Net als ik.

Ik stak mijn hand in de zak van mijn muisgrijze jasje en voelde aan het briefje dat daar de afgelopen maand had gezeten, of ik nou een reiskostuum of een pyjama droeg, maar ik wist niet wat ik ermee moest. Wat kon ik ermee? Ik wist het niet, maar het voelde nog steeds zwaarder dan de baby in mijn buik. Daar merkte ik helemaal niets van, en het lukte me niet om er ook maar één duidelijke emotie bij te voelen. Ik was 's ochtends niet misselijk, had geen zin in erwtensoep met pindakaas en ook geen last van de andere dingen waarvan je blijkbaar last had wanneer je zwanger was. Ik voelde me alleen verdoofd. Ik kon niet in deze baby geloven, omdat hij niets had veranderd. Behalve mijn hele leven.

De jongens stonden op en gooiden wat geld op tafel. De serveerster kwam terug met meer melk, moeilijk lopend alsof ze pijn aan haar voeten had, en ik keek op naar de drie Engelse jongens, die wilden vertrekken. 'Neem me niet kwalijk,' zei ik, en ik wachtte tot ze zich omdraaiden. 'Vijf shilling per persoon voor thee, een fooi van vijf procent op een totaal van vijftien shilling is negen pence. Een fooi van tien procent is een shilling en zes pence.'

Ze keken me verbijsterd aan. Ik was die blikken wel gewend. Iedereen dacht dat meisjes niet konden rekenen, en zeker niet konden hoofdrekenen, zelfs geen makkelijke sommen zoals deze. Maar ik had wiskunde in mijn vakkenpakket gehad op Bennington – ik was wel goed in getallen; ze waren ordelijk en rationeel en makkelijk te doorgronden, in tegenstelling tot mensen – er was geen rekening waarvan ik de bedragen niet sneller bij elkaar kon optellen dan een rekenmachine. 'Negen pence, of een shilling en zes pence,' herhaalde ik vermoeid tegen de starende jongens. 'Wees een heer. Laat een shilling en zes pence achter.'

'Charlotte,' siste mijn moeder toen de jongens met een wrange blik vertrokken. 'Dat was heel erg onbeleefd.'

'Hoezo? Ik zei toch "Neem me niet kwalijk"?'

'Niet iedereen geeft een fooi. En je had je er niet mee moeten bemoeien. Mensen houden niet van opdringerige meisjes.'

Of van meisjes die wiskunde in hun vakkenpakket kiezen, of meisjes die ongewenst zwanger raken, of... Maar ik sprak mijn gedachten niet uit, want ik was te moe om ruzie te maken. De tocht over de Atlantische Oceaan had zes dagen geduurd – langer dan verwacht vanwege de woeste zee – en die dagen hadden we samen doorgebracht in een enkele hut, in een opeenvolging van gespannen kibbelpartijen, die overgingen in nog ongemakkelijker beleefde gesprekken, met tussendoor beschaamde stiltes en haar gloeiende, stille woede. Daarom hadden we de kans aangegrepen om voor één nacht van boord te gaan – als we in die krappe hut bleven, zouden we elkaar nog naar de keel vliegen.

'Je moeder staat altijd op het punt iemand naar de keel te vliegen.' Dat had mijn Franse nicht Rose tien jaar eerder gezegd nadat *maman* tien minuten tegen ons had staan foeteren omdat we naar Edith Piaf hadden geluisterd. 'Dat is geen muziek voor jonge meisjes, dat is onbehoorlijk!'

En nu had ik iets gedaan wat nog veel onbehoorlijker was dan naar Franse jazz luisteren. Ik kon alleen mijn emoties uitschakelen en mensen afweren door mijn kin in een kan-me-niets-schelen-hoek te plaatsen. Dat werkte wel aardig bij onbeschofte jongens die geen fooi achterlieten voor de serveerster, maar mijn moeder kon dat pantser makkelijk doorboren.

Nu zat ze weer te kletsen en over onze overtocht te klagen. '...ik wist wel dat we een boot later hadden moeten nemen. Dan waren we in één keer in Calais geweest, zonder deze belachelijke tussenstop in Engeland.'

Ik zweeg. Een nacht in Southampton en dan morgen meteen door naar Calais, waar we de trein naar Zwitserland zouden nemen. Er was een kliniek in Vevey, waar mijn moeder een discrete afspraak voor me had gemaakt. Wees blij, Charlie, zei ik voor de duizendste keer tegen mezelf. Ze had helemaal niet mee hoeven te gaan. Ze hadden me ook kunnen afschepen met de secretaresse van mijn vader of een andere betaalde begeleider. Mijn moeder had haar jaarlijkse vakantie in Palm Beach afgezegd om me zelf naar mijn afspraak te kunnen brengen. Ze is hier nu bij jou. Ze doet haar best. Ondanks de mist van dampende, woedende schaamte drong dat nog wel tot me door. Het was niet geheel onredelijk dat ze kwaad op me was, dat ze me een onrust stokende slet vond. Dat waren meisjes nu eenmaal wanneer ze zich zo in de nesten hadden gewerkt als ik. Ik kon maar beter gewend raken aan dat etiket.

Maman zat nog steeds te praten en plichtmatig opgewekt te doen. 'Ik heb bedacht dat we wel naar Parijs kunnen gaan na jouw Afspraak.' Telkens wanneer ze het zei, hoorde ik de hoofdletter. 'Fatsoenlijke kleren voor je kopen, *ma p'tite*. Iets aan je haar laten doen.'

Wat ze eigenlijk zei was: dan kun je in het najaar weer naar school met een chic nieuw uiterlijk en hoeft niemand iets van je Probleempje te weten. 'Volgens mij klopt je rekensom niet, *maman*.'

'Wat bedoel je daar nou weer mee?'

Ik zuchtte. 'Een tweedejaarsstudente min een klein Probleempje, gedeeld door zes maanden, vermenigvuldigd met tien ensembles uit Parijs en een nieuw kapsel, staat niet opeens als bij toverslag gelijk aan eerherstel.'

'Het leven is geen rekensom, Charlotte.'

Als dat zo was, was ik er een stuk beter in geweest. Ik wenste vaak genoeg dat ik mensen even makkelijk kon berekenen als een sommetje: gewoon terugbrengen tot de grootste gemene deler en oplossen. Getallen logen niet; er was altijd een antwoord, en het antwoord was goed of fout. Simpel. Maar in het leven was niets simpel en kon je het antwoord niet uitrekenen. Er was alleen de puinhoop die Charlie St. Clair was en die aan tafel zat met haar moeder, met wie ze géén gemene deler had.

Maman nam een slok van haar slappe thee, glimlachte breed en haatte me. 'Ik zal vragen of onze kamers klaar zijn. Niet zo hangen! En let nou op je koffer; daar zitten de parels van je grootmoeder in.'

Ze zweefde naar de drukke receptionisten achter de lange marmeren balie, en ik pakte mijn oude en versleten koffer – we hadden geen tijd gehad om mooie, nieuwe koffers voor me te bestellen. Ik had een half pakje Gauloises weggestopt onder het platte kistje met mijn parels (alleen iemand als mijn moeder stond erop dat ik parels meenam naar een kliniek in Zwitserland). De bagage en de parels mochten wat mij betreft gestolen worden, als ik maar naar buiten kon om te roken. Mijn nicht Rose en ik hadden voor het eerst een sigaret gerookt op de respectievelijke leeftijd van dertien en elf, nadat we een pakje van mijn oudere broer hadden gejat en in een boom waren verdwenen om een volwassen zonde uit te proberen. 'Lijk ik op Bette Davis?' had Rose gevraagd toen ze rook door haar neus had proberen uit te blazen. Ik was bijna uit de boom gevallen en ik lachte en kuchte nadat ik mijn eerste trekje had genomen, en zij stak haar tong naar me uit. 'Gekke Charlie!' Rose was de enige die me Charlie noemde in plaats van Charlotte, en ze sprak het uit met een zacht Frans accent. *Sjar-lie*, met de klemtoon op beide lettergrepen.

Natuurlijk zag ik Rose nu weer naar me staren vanaf de andere kant van de lobby. Het was echter een Engels meisje dat bij een stapel bagage hing, en niet Rose, maar mijn hersens bleven koppig tegen me zeggen dat ik mijn nicht zag: dertien, blond, bloedmooi. Zo oud was ze de laatste zomer dat ik haar had gezien, in die boom met haar eerste sigaret.

Ze zou nu ouder zijn. Ik was negentien, dus zij zou eenentwintig zijn.

Als ze tenminste nog in leven was.

'Rose,' fluisterde ik, en ik wist dat ik mijn blik moest afwenden, maar ik deed het niet. 'O, Rose.'

In mijn verbeelding keek ze me ondeugend glimlachend aan en gebaarde ze met haar kin naar de straat. *Ga nou.*

'Waarnaartoe?' vroeg ik hardop. Maar dat wist ik al. Ik stak mijn hand in mijn zak en voelde het stuk papier dat ik al een maand bij me had. Het was eerst stijf en stroef geweest, maar nu was het zacht en versleten. Op dat stuk papier stond een adres. Ik kon –

Doe niet zo dom. Mijn geweten had een scherpe, afkeurende stem die door merg en been ging. *Je gaat helemaal nergens naartoe. Je gaat zo gewoon naar boven.* Er wachtte een hotelkamer met schone lakens, een kamer die ik niet met mijn moeders lichtgeraaktheid en woede hoefde te delen. Een balkon waar ik rustig kon roken. Morgen nog een boot halen en daarna de Afspraak, zoals mijn ouders het eufemistisch noemden. De Afspraak, waarbij mijn Probleempje zou worden opgelost, en daarna zou alles In Orde zijn.

Of ik kon toegeven dat het allemaal niet In Orde was en ook niet In Orde zou komen. En ik kon gaan, nu meteen, en het pad nemen dat hier in Engeland begon.

Je hebt dit allemaal zo uitgekiend, fluisterde Rose. *Je weet dat het zo is.* En dat was ook zo. Ik was de afgelopen weken wel afgestompt en passief geweest, maar ik had erop aangedrongen dat we de boot zouden nemen die ons via een omweg naar Engeland zou brengen, en niet de latere overtocht direct naar Frankrijk. Ik had erop aangedrongen zonder al te lang bij de redenen stil te staan: omdat ik een adres in Engeland in mijn zak had, en nu, nu er geen oceaan meer in de weg zat, ontbrak het me alleen maar aan de moed om er echt naartoe te gaan.

Het onbekende meisje dat niet Rose was, was nu verdwenen op de trap van het hotel achter een piccolo die was beladen met bagage. Ik keek naar de plek waar Rose had gestaan. Ik voelde aan het papiertje in mijn zak. Door mijn verdoofdheid heen voelde ik steken van scherven van gevoelens. Angst? Hoop? Vastberadenheid?

Een briefje met een adres en een vleugje vastberadenheid vermenigvuldigd met tien. Reken het uit, Charlie.

Los de som op.

Bereken x.

Nu of nooit.

Ik haalde diep adem. Ik haalde het briefje en een verfrommeld biljet van een pond uit mijn zak. Ik gooide het bankbiljet roekeloos op het tafeltje waar de brallende jongens hun magere fooi hadden achtergelaten en liep de lobby uit met mijn koffer en mijn Franse sigaretten. Recht door de brede deuren van het hotel, waar ik aan de portier vroeg: 'Neemt u me niet kwalijk, maar kunt u me zeggen hoe ik bij het station kom?'

Dat was niet het beste plan dat ik ooit had bedacht: een meisje alleen op pad in een vreemde stad. De afgelopen weken was ik zo lamgeslagen door de aanhoudende pech – het Probleempje, het geschreeuw in het Frans van mijn moeder, het ijzige stilzwijgen van mijn vader – dat ik me overal mee naartoe had laten voeren. Ik zou zo van een klif zijn gewandeld, wezenloos en gezeglijk, en me pas halverwege bezorgd hebben afgevraagd waarom ik viel. Ik was al in het gat gevallen dat mijn leven was geworden en draaide eindeloos rondjes in de lucht. Maar nu had ik me ergens aan kunnen vastklampen.

Toegegeven, ik had me vastgeklampt aan een hallucinatie, een visioen dat ik nu al maandenlang af en toe had omdat mijn brein erin volhardde het gezicht van Rose op willekeurige blonde meisjes te plakken. De eerste keer was ik er ontzettend van geschrokken, niet omdat ik dacht dat Rose een spook was, maar omdat ik dacht dat ik gek aan het worden was. Misschien was ik ook echt gek, maar ik wist dat ik geen spoken zag. Want ergens geloofde ik niet dat Rose dood was, wat mijn ouders ook zeiden.

Ik klampte me vast aan die hoop toen ik naar het station rende op de hoge kurkzolen van mijn ongemakkelijke schoenen ('als je zo klein bent, moet je altijd hoge hakken dragen, *ma chère*, want anders zul je altijd een klein meisje lijken'). Ik wurmde me door de meutes en holde langs de ruwe, paraderende arbeiders die op weg waren naar de haven, de goedgeklede winkelmeisjes, de soldaten die op straathoeken hingen. Ik holde tot ik buiten adem was en liet die hoop opbloeien en in me postvatten tot het pijn deed en ik branderige ogen kreeg.

Ga terug, zei de schrille stem van mijn geweten berispend. *Je kunt nog terug*. Terug naar een hotelkamer, naar mijn moeder die alle beslissingen nam, naar mijn geïsoleerde mistbank van watten. Maar ik bleef hollen. Ik hoorde de fluit van een trein, rook de geur van sintels en zag stoomwolken. Southampton, eindpunt. Hordes passagiers stapten uit, mannen met gleufhoeden, roodaangelopen, prikkelbare kinderen, vrouwen die verfrommelde kranten boven hun gepermanente haar hielden om hun kapsel tegen de motregen te beschermen. Wanneer was het begonnen te motregenen? Ik voelde dat mijn donkere haar werd platgedrukt onder de rand van de groene hoed die mijn moeder voor me had uitgekozen, de hoed waardoor ik op een kabouter leek. Ik ging verder, rende het station in.

Een conducteur brulde iets. Vertrek over tien minuten, een directe trein naar Londen.

Ik keek weer naar het papier in mijn hand. Hampson Street 10, Pimlico, Londen. Evelyn Gardiner.

Wie dat ook mocht zijn.

Mijn moeder was waarschijnlijk al naar me op zoek in het Dolphin Hotel en stond nu gebiedende monologen af te steken tegen het hotelpersoneel. Maar het kon me niet echt schelen. Ik was slechts honderdtwintig kilometer verwijderd van Hampson Street 10, Pimlico, Londen, en er stond een trein recht voor mijn neus.

'Vijf minuten!' riep de conducteur. Passagiers stapten snel in, tilden hun bagage naar binnen.

Als je nu niet gaat, ga je nooit, dacht ik.

Dus kocht ik een kaartje en stapte ik in de trein, en zo was ik opeens in rook opgegaan.

Het werd koud in de trein toen het begon te schemeren. Ik trok mijn oude, zwarte regenjas aan om het een beetje warm te krijgen in de coupé, die ik deelde met een grijsharige vrouw en haar drie snotterende kleinkinderen. De grootmoeder wierp vluchtig een afkeurende blik op mijn ringloze hand, alsof ze wilde weten wat voor soort meisje in haar eentje op weg was naar Londen. Waarschijnlijk reisden er geregeld jongedames met de trein, maar mij keurde ze overduidelijk af.

'Ik ben zwanger,' zei ik nadat ze me drie keer misprijzend had bekeken. 'Wilt u nu ergens anders gaan zitten?' Ze verstijfde, stond bij de volgende halte op en sleepte haar kleinkinderen mee, hoewel de kinderen jammerden: 'Oma, we hoeven nog lang niet uit te –' Ik plaatste mijn kin in een afwerende hoek, zag haar nog een keer afkeurend naar me kijken en zakte weer achterover in mijn stoel toen de deur dichtviel en zij me alleen liet. Ik legde mijn handen op mijn rode wangen, voelde me duizelig en verward en hoopvol en schuldig. Zo veel emoties dat ik bijna verdronk en mijn gevoelloze pantser miste. Wat was er in vredesnaam met me aan de hand?

Weglopen in Engeland met een adres en een naam, zei de schrille stem in mijn binnenste. *Wat denk je te kunnen uitrichten? Waarom denk je dat je iemand kunt helpen wanneer je zelf zo'n hopeloos geval bent?*

Ik kromp ineen. Ik ben niet hopeloos.

Jawel, dat ben je wel. Bedenk maar wat er de laatste keer gebeurde toen je iemand probeerde te helpen.

'En nu probeer ik het weer,' zei ik hardop tegen de lege coupé. Ik was misschien een hopeloos geval, maar ik was nu hier.

Het was al donker tegen de tijd dat ik uitgeput en uitgehongerd in Londen uit de trein stapte. Ik sjokte door de straten en de stad spreidde zich voor me uit als een enorme donkere, mistige massa; in de verte zag ik de contouren van de grote klokkentoren van Westminster. Ik bleef daar even staan terwijl de auto's voorbijscheurden en vroeg me af hoe Londen er een paar jaar eerder moest hebben uitgezien toen deze mist werd doorsneden door Spitfires en Messerschmitts, en toen schrok ik op uit mijn gedagdroom. Ik had geen idee waar Hampson Street 10 zou kunnen zijn en had nog maar een paar munten in mijn portemonnee. Terwijl ik een taxi aanhield, hoopte ik maar dat het genoeg zou zijn. Ik had geen zin om een parel van de ketting van mijn grootmoeder te rukken om voor een taxirit te betalen. Misschien had ik geen pond voor die serveerster moeten achterlaten... Maar ik had er geen spijt van.

De taxichauffeur bracht me naar een buurt die volgens hem Pimlico was en zette me af voor een rijtje grote huizen. Ondertussen regende het echt. Ik keek om me heen of ik mijn hallucinatie zag, maar er was geen flits van blond haar te zien. Alleen een donkere straat, de plenzende regen, de versleten treden van nummer 10, die naar een gammele, afbladderende deur leidden. Ik pakte mijn koffer, beklom de treden en sloeg de klopper op de deur voordat de moed me in de schoenen was gezonken.

Geen reactie. Ik klopte nog een keer. Het begon harder te regenen en de wanhoop spoelde in een golf over me heen. Ik klopte en klopte tot mijn vuist pijn deed, tot ik een minieme beweging zag van het gordijn naast de deur.

'Ik weet dat er iemand is!' Ik wrikte aan de deurknop, verblind door de regen. 'Laat me erin!'

Tot mijn verbazing ging de deur open, en ik vloog naar binnen, wankelend op mijn ongemakkelijke schoenen. Ik knalde op mijn knieën tegen de vloer van de donkere hal, haalde mijn kousen open, en toen werd de deur dichtgeslagen en hoorde ik de klik van een pistool waarvan de haan werd gespannen.

Haar stem klonk laag, gruizig, onduidelijk, woedend. 'Wie ben je en wat kom je hier godverdomme doen?'

Er was een klein beetje licht in de hal doordat er wat licht van de straatlantaarns door een kier tussen de gordijnen kwam. Ik zag een lange, magere figuur, slierten haar, het oplichtende puntje van een brandende sigaret. De glimmende loop van een pistool dat op mij was gericht.

Ik had doodsbang moeten zijn, moeten terugdeinzen voor de schok en het pistool en de grove taal. Maar het laatste restje van de gevoelloze mist was weggevaagd door de woede en ik kwam overeind, hoorde de kapotte kous scheuren. 'Ik ben op zoek naar Evelyn Gardiner.'

'Het kan me niet schelen naar wie je op zoek bent. Als je me niet zegt waarom zo'n verdomde yank bij me binnenvalt, knal ik je dood. Ik ben oud en dronken, maar deze 9mm-Luger Po8 is in uitstekende staat. Ik schiet zo je kop van je romp, dronken of niet.'

'Ik ben Charlie St. Clair.' Ik veegde het natte haar uit mijn ogen. 'Mijn nicht Rose Fournier is tijdens de oorlog spoorloos verdwenen in Frankrijk en u weet misschien hoe ik haar kan vinden.'

Opeens ging de elektrische wandlamp aan. Ik knipperde met mijn ogen door het felle licht. Ik werd onder schot gehouden door een lange, magere vrouw in een verwassen jurk, met slierten grijzend haar om een verlopen gezicht. Ze kon vijftig zijn, maar ook zeventig. In haar ene hand had ze de Luger en in de andere een brandende sigaret; ze hield het pistool op mijn voorhoofd gericht, bracht de sigaret naar haar lippen en nam een trekje. Ik kreeg opeens gal in mijn keel toen ik haar handen zag. Goeie genade, wat was er in vredesnaam met haar handen gebeurd?

'Ik ben Eve Gardiner,' zei ze ten slotte. 'En ik weet helemaal niets van die nicht van je.'

'Misschien wel,' zei ik wanhopig. 'Misschien wel, als u maar even met me zou willen praten.'

'Wil je dat, stomme yank?' Met haar lichtgrijze ogen met hangende oogleden nam ze me op als een minachtende roofvogel. 'Dat komt zomaar 's avonds bij me binnenvallen, zonder plan en zonder geld, durf ik te wedden, in de hoop dat ik iets weet over je v-v-vermiste vriendin?'

'Ja.' Oog in oog met haar pistool en haar minachting kon ik niet uitleggen waaróm, waarom de hoop om Rose te vinden opeens allesoverheersend was geworden in mijn verwoeste leven. Ik kon die vreemde, woeste wanhoop niet verklaren en ook niet uitleggen waarom die me hiernaartoe had geleid. Ik kon alleen de waarheid zeggen: 'Ik moest hiernaartoe komen.'

'Nou.' Eve Gardiner liet haar pistool zakken. 'D-d-d-dan wil je misschien wel thee.'

'Ja, thee zou wel –'

'Die heb ik niet.' Ze draaide zich om en liep met grote, onverschillige stappen de donkere gang door. Haar blote voeten leken wel de klauwen van een adelaar. Ze slingerde een beetje en liet de Luger langs haar zij bungelen, en ik zag dat ze haar vinger nog steeds aan de trekker had. Ze is gek, dacht ik. Dat oude wijf is gek.

En haar handen… het waren monsterlijke, knoestige klompen, met groteske, misvormde knokkels. Ze leken eerder op de scharen van een kreeft.

‘Kom mee,’ zei ze zonder zich om te draaien, en ik liep snel achter haar aan. Ze opende een deur en deed een licht aan, en ik zag een koude woonkamer: een enorme bende, een haard die niet brandde, gesloten gordijnen waardoor geen straaltje licht van de straat binnenkwam, overal oude kranten en vieze mokken.

‘Mrs. Gardiner –’

‘Miss.’ Ze plofte in een aftandse leunstoel die uitkeek op de hele rommelige kamer en gooide haar pistool op het tafeltje dat ernaast stond. Ik huiverde, maar het ding ging niet af. ‘En zeg maar Eve. Je b-b-bent mijn huis b-binnengedrongen, en ik heb nu al een hekel aan je omdat je zo opdringerig bent. Wat doet een naam er dan nog toe?’

‘Het was helemaal niet mijn bedoeling om bij u binnen –’

‘Dat was het wel. Blijkbaar wil je iets. Wat?’

Ik worstelde me uit mijn natte regenjas, ging op een poef zitten en wist opeens niet meer waar ik moest beginnen. De tocht zelf had me zo beziggehouden dat ik me helemaal niet had afgevraagd hoe ik moest beginnen. Twee meisjes keer elf zomers, gedeeld door een oceaan en een oorlog…

‘Zeg het m-maar.’ Eve leek een beetje te stotteren, maar ik wist niet of het door de drank kwam of dat het een of ander spraakgebrek was. Ze pakte een kristallen karaf die naast het pistool stond, klungelde wat met haar verminkte vingers en haalde de stop eraf, en ik rook whisky. ‘Ik heb nog maar een beperkt aantal uren nuchterheid over, dus ik raad je aan er gebruik van te maken.’

Ik zuchtte. Ze was niet alleen een gestoorde ouwe heks, maar ook nog eens een dronkenlap. Bij de naam Evelyn Gardiner had ik me iemand voorgesteld met een liguster en een knotje en niet een vrouw met een karaf whisky en een geladen pistool. ‘Hebt u er bezwaar tegen als ik rook?’

Ze haalde haar benige schouders op en graaide naar een glas terwijl ik mijn sigaretten tevoorschijn haalde. Er stond geen glas binnen handbereik en daarom goot ze een hoeveelheid van de amberkleurige vloeistof in een kopje met bloemetjes. God, dacht ik terwijl ik een sigaret opstak, deels gefascineerd en deels geschokt. Wie ben je in vredesnaam?

‘Het is onbeleefd om te staren,’ zei ze terwijl ze mij onbekommerd zat aan te staren. ‘Jezus, al die dingen met plooien die je aanhebt, is dat wat vrouwen tegenwoordig dragen?’

'Komt u weleens buiten?' vroeg ik voordat ik mezelf kon inhouden.

'Niet vaak.'

'Dat is de New Look. Volgens de laatste mode uit Parijs.'

'Het ziet er ver-d-domd oncomfortabel uit.'

'Dat is het ook.' Ik nam een trekje van mijn sigaret. 'Goed dan. Ik ben Charlie St. Clair, of, nou ja, Charlotte, en ik ben net aangekomen uit New York...' Wat zou mijn moeder nu wel niet van me denken? Ze was waarschijnlijk woedend en helemaal over haar toeren en klaar om me te scalperen. Maar die gedachte zette ik van me af. 'Mijn vader is Amerikaans, maar mijn moeder is Française. Voor de oorlog gingen we in de zomer altijd naar Frankrijk, naar mijn Franse familie. Ze woonden in Parijs, maar hadden een zomerhuis in de buurt van Rouen.'

'Je jeugd klinkt als een picknick van Degas.' Eve nam een flinke slok whisky. 'Ik hoop voor jou d-dat d-dit snel interessanter wordt, want anders ga ik een stuk sneller drinken.'

Het was ook net een schilderij van Degas. Wanneer ik mijn ogen sloot, vervaagden die zomers tot één lang dromerig jaargetijde: de smalle kronkelweggetjes, de oude nummers van *Le Figaro* die rondslingerden in het grote, rommelige zomerhuis met zijn zolder vol oude spullen en banken, het groene bladerdak met het gefilterde zonlicht waarin alle dwarrelende stofjes duidelijk opvielen.

'Mijn nicht Rose Fournier...' Ik voelde tranen in mijn ogen prikken. 'Ze is mijn nicht, maar het is eerder mijn grote zus. Ze is twee jaar ouder dan ik, maar ze heeft me nooit genegeerd. We deelden alles met elkaar, vertelden elkaar alles.'

Twee kleine meisjes in zomerjurkjes met grasvlekken die tikkertje speelden en in bomen klommen en verwoede gevechten uitvochten met onze broers. Toen twee oudere meisjes, Rose met beginnende borstjes en ik een slungel met geschaafde knieën, die allebei meezongen met jazzplaten en giechelig verliefd waren op Errol Flynn. Rose de waaghals die het ene uitzinnige plan na het andere verzon, en ik de toegewijde schaduw, die ze als een leeuwin beschermde wanneer we door haar plannen in de problemen kwamen. Opeens hoorde ik haar stem, zo plotseling alsof ze in de kamer was: 'Charlie, verstop je in mijn kamer zodat ik je jurk kan repareren voordat je moeder die scheur ziet. We hadden niet over die rotsen moeten klimmen –'

'Ga nou niet huilen,' zei Eve Gardiner. 'Ik kan niet tegen huilende vrouwen.'

'Ik ook niet.' Ik was wekenlang zo verdoofd geweest dat ik geen traan had gelaten, maar nu had ik prikkende ogen. Ik knipperde ermee. 'De laatste keer dat ik Rose zag, was in de zomer van '39. Iedereen was bezorgd over Duitsland – nou ja, iedereen behalve wij. Rose was dertien en ik elf; we wilden gewoon elke middag stiekem naar de film, en dat vonden we veel belangrijker dan de dingen die in Duitsland gebeurden. De Duitsers vielen Polen binnen toen ik weer net in Amerika was. Mijn ouders probeerden Rose en haar familie over te halen naar Amerika te komen, maar ze bleven het maar uitstellen...' De moeder van Rose, die ervan overtuigd was dat ze te fragiel was om te reizen. 'Voordat ze het hadden kunnen regelen, was Frankrijk gevallen.'

Eve nam nog een slok whisky en bleef me strak aankijken met haar ogen met de hangende oogleden. Ik nam nog een geruststellend trekje van mijn sigaret.

'Ik heb brieven,' zei ik. 'De vader van Rose was belangrijk, een industrieel; hij had connecties en daardoor kon de familie af en toe iets van zich laten horen. Rose klonk opgewekt. Ze zei steeds dat we elkaar snel weer zouden zien. Maar we volgden het nieuws, iedereen wist wat daar gebeurde: swastika's in Parijs, mensen die werden afgevoerd in vrachtwagens en nooit meer terugkwamen. Ik schreef haar vaak om te vragen of het echt goed met haar ging en ze zei altijd van wel, maar...' In het voorjaar van '43 hadden we elkaar foto's gestuurd omdat we elkaar al zo lang niet meer hadden gezien. Rose was zeventien en heel erg mooi; ze poseerde als een pin-up en grijnsde naar de camera. Ik had de foto nu in mijn handtasje, versleten en zacht aan de randen.

'In haar laatste brief had Rose het over een jongen die ze stiekem zag. Ze zei dat het allemaal zo opwindend was.' Ik haalde trillerig adem. 'Dat was in de eerste maanden van '43. Daarna heb ik nooit meer iets van Rose of van haar familie gehoord.'

Eve keek me aan. Haar verlopen gezicht was net een masker. Ik kon niet zeggen of ze medelijden met me had, me minachtte of dat het haar allemaal volkomen koud liet.

Mijn sigaret was bijna opgebrand tot de filter. Ik nam nog een laatste trekje en drukte hem uit op een schoteltje dat al vol peuken lag. 'Ik wist dat het niets betekende dat Rose niet schreef. In de oorlog kwamen zoveel brieven niet aan. We moesten gewoon wachten tot de oorlog was afgelopen en dan zouden de brieven vanzelf bezorgd worden. Maar toen kwam er een einde aan de oorlog en… niets.'

Ze zweeg nog steeds. Het was moeilijker dan ik had gedacht om dit allemaal te vertellen. 'We probeerden inlichtingen in te winnen. Het duurde een eeuwigheid, maar we kregen wel wat antwoorden. Mijn Franse oom was in '44 overleden, doodgeschoten toen hij op de zwarte markt medicijnen voor mijn tante probeerde te kopen. De twee broers van Rose waren eind '43 omgekomen door een bom. Mijn tante leeft nog; mijn moeder wilde dat ze bij ons kwam wonen, maar ze wilde niet en heeft zich gewoon opgesloten in haar huis in de buurt van Rouen. En Rose…'

Ik slikte. Rose die voor me uit huppelde onder het groene bladerdak. Rose die vloekte in het Frans en een borstel door haar opstandige krullen haalde. Rose in dat café in de Provence, tijdens de mooiste dag van mijn leven…

'Rose is spoorloos verdwenen. Ze is in '43 bij haar familie weggegaan. Ik weet niet eens waarom. Mijn vader heeft navraag laten doen, maar na het voorjaar van '44 loopt elk spoor van Rose dood. Niets.'

'In die oorlog lopen wel meer sporen dood,' zei Eve, en ik was verbaasd dat ik haar gruizige stem hoorde nadat ik zelf zo lang aan het woord was geweest. 'Er zijn veel mensen verdwenen. Je denkt toch niet echt dat ze nog in leven is? Die oorlog is alweer t-twee jaar voorbij.'

Ik knarste met mijn tanden. Mijn ouders hadden al een hele tijd geleden geconcludeerd dat Rose wel overleden moest zijn, was verdwenen in de chaos van de oorlog, en hoogstwaarschijnlijk hadden ze wel gelijk, maar… 'We weten het niet zeker.'

Eve rolde met haar ogen. 'Je gaat me t-t-toch niet zeggen dat je het wel gevoeld zou hebben wanneer ze was overleden?'

'U hoeft me niet te geloven. U hoeft me alleen maar te helpen.'

'Waarom? Wat heb ik hier in godsnaam mee t-te maken?'

'Omdat mijn vader inlichtingen heeft ingewonnen in Londen, om na te gaan of Rose vanuit Frankrijk hiernaartoe was geëmigreerd. Er was een bureau dat assisteerde bij het lokaliseren van vluchtelingen.' Ik haalde diep adem. 'U hebt daar gewerkt.'

'In '45 en '46.' Eve schonk nog meer whisky in haar bloemetjeskopje. 'Ik ben vorig jaar met Kerstmis ontslagen.'

'Waarom?'

'Misschien omdat ik bezopen op mijn werk ben gekomen. Misschien omdat ik mijn bazin heb uitgescholden voor verzuurde ouwe trut.'

Ondanks mezelf deinsde ik terug. Ik had nog nooit iemand zo horen vloeken als Eve Gardiner, en al helemaal geen vrouw.

'Dus...' Ze walste de whisky in haar kopje. 'Dus je denkt dat het dossier van je nicht niet op mijn bureau terecht is gekomen? Ik kan me er niets van herinneren. Zoals gezegd, ik kwam wel vaker bezopen naar mijn werk.'

Ik had een vrouw ook nog nooit zo zien drinken. Mijn moeder dronk sherry, hoogstens twee piepkleine glaasjes. Eve sloeg pure whisky achterover alsof het water was en ze begon een beetje onduidelijk te praten. Misschien kwam dat gestotter juist wel door de drank.

'Ik heb een afschrift van het dossier van Rose gekregen,' zei ik wanhopig voordat ik haar definitief was kwijtgeraakt, ofwel vanwege een gebrek aan belangstelling of vanwege de whisky. 'Daar stond uw handtekening in. Zo ben ik aan uw naam gekomen. Ik heb opgebeld en gedaan alsof ik uw nicht uit Amerika was. Ze hebben me uw adres gegeven. Ik had u willen schrijven, maar...' Rond die tijd had mijn Probleempje zich in mijn buik genesteld. 'Weet u zeker dat er niet meer over Rose boven water is gekomen? Het zou kunnen dat –'

'Luister eens, jongedame. Ik kan je niet helpen.'

'– wat dan ook! Ze is in '43 uit Parijs vertrokken en het voorjaar daarop naar Limoges gegaan. Dat weten we van haar moeder –'

'Ik zei toch dat ik je niet kan helpen.'

'U móét me helpen!' Ik merkte dat ik stond, maar ik kon me niet herinneren dat ik overeind was gekomen. De wanhoop concentreerde zich in mijn buik, een harde bal die veel zwaarder woog dan de onwezenlijke schaduw die mijn baby was. 'U moet me helpen! Ik ga niet weg voordat u me hebt geholpen!' Ik had in mijn hele leven nog nooit naar een volwassene geschreeuwd, maar nu stond ik te tieren. 'Rose Fournier, ze was in Limoges, zeventien jaar oud –'

Eve stond nu ook. Ze was veel langer dan ik en prikte met een van haar onbeschrijflijke vingers in mijn borstbeen. Met dodelijk kalme stem zei ze: 'Gil niet naar me in mijn eigen huis.'

'– ze zou nu eenentwintig zijn, ze is blond en mooi en grappig –'

'Al was ze Jeanne d'Arc, ik heb niks met haar te maken en trouwens ook niet met jou!'

'– en ze werkte bij een restaurant dat Le Lethe heette, voor ene Monsieur René, en daarna heeft niemand meer iets van haar gehoord –'

Toen gebeurde er iets met Eves gezicht. Het stond roerloos, maar toch gebeurde er iets. Het was alsof er iets bewoog op de bodem van een heel diep meer en een heel vage beweging aan het oppervlak veroorzaakte. Nog niet eens een rimpeling, maar toch wist ik dat zich daarbeneden iets had verroerd. Ze keek me aan en haar ogen glinsterden.

'Wat?' Ik stond te hijgen alsof ik een kilometer had gerend. Mijn wangen waren rood van de opwinding en mijn ribben knelden in de ijzeren grip van mijn keurslijf.

'Le Lethe,' zei ze zacht. 'Die naam heb ik eerder gehoord. Wie was d-d-de eigenaar van dat restaurant?'

Ik graaide in mijn koffer, duwde de kleren aan de kant, zocht het vakje in de voering. Twee opgevouwen blaadjes papier. Ik gaf ze aan haar.

Eve keek naar de samenvatting bovenaan, waar haar eigen naam onder stond. 'Er staat hier helemaal niets over de naam van dat restaurant.'

'Die heb ik later ontdekt, kijk maar op de tweede pagina, mijn aantekeningen. Ik heb het bureau gebeld omdat ik u aan de lijn hoopte te krijgen, maar toen was u al vertrokken. Ik heb de klerk overgehaald om de oorspronkelijke aanwijzing in hun dossiers op te zoeken; dat heeft de naam Le Lethe opgeleverd en ene Monsieur René, geen achternaam. Het was een beetje moeilijk te lezen, en dat is misschien de reden waarom het niet was overgetypt in het dossier. Maar ik ging ervan uit dat u de oorspronkelijke aanwijzing wel moet hebben gezien, aangezien u het dossier hebt getekend.'

'Die heb ik niet gezien. Als dat wel zo was, zou ik niet hebben getekend.' Eve keek naar de tweede bladzijde en bleef kijken. 'Le Lethe… die naam komt me bekend voor.'

Hoop was zoiets pijnlijks, veel pijnlijker dan woede. 'Waarvan?'

Eve draaide zich om en greep de fles whisky. Ze goot nog een scheut in haar theekopje en sloeg het in één keer achterover. Ze schonk het kopje nog een keer vol en staarde toen langs me heen in het niets.

'Mijn huis uit, jij.'

'Maar –'

'Je kunt hier blijven slapen als je nergens anders naartoe k-k-kunt. Maar je kunt morgenochtend maar beter zijn vertrokken, yank.'

'Maar... maar u weet iets.' Ze pakte haar pistool en liep langs me heen. Ik greep haar knokige arm beet. 'Alstublieft...'

Eves verminkte hand schoot zo snel omhoog dat ik hem niet kon volgen, en voor de tweede keer die avond was er een pistool op me gericht. Ik deinsde achteruit, maar ze kwam een halve stap naar voren en duwde de loop precies tussen mijn ogen. Ik kreeg de koude rillingen van het stalen rondje.

'Achterlijk oud wijf,' fluisterde ik.

'Ja,' zei ze schor. 'En ik schiet je dood als je niet bent vertrokken wanneer ik wakker word.'

Ze liep wankelend weg, stommelde de woonkamer uit en schuifelde door de kale gang.

Hoofdstuk 2

Eve

Mei 1915
Londen

De kans van haar leven was in tweed gekleed toen hij Eve Gardiners leven binnenstapte. Ze was die ochtend te laat op haar werk, maar haar baas had niets in de gaten toen ze om tien over negen de deuren van het advocatenkantoor binnenglipte. Sir Francis Galborough keek zelden op van de pagina met het nieuws over de paardenrennen, wist Eve. 'Hier zijn je dossiers, *m'dear*,' zei hij toen ze binnenkwam.

Ze pakte het stapeltje aan met haar slanke ongehavende handen: een lang meisje met kastanjebruine haren, een zachte huid en bedrieglijke hertenogen. 'Ja, *s-s-sir*.' De s was een moeilijke letter om uit te spreken; twee keer haperen was niet slecht.

'En kapitein Cameron vraagt of je een brief voor hem in het Frans wilt typen. Je zou haar moeten horen ratelen in het Frans,' zei Sir Francis tegen de slungelige soldaat die tegenover hem aan zijn bureau zat. 'Dat kan ze wel, onze Miss Gardiner. Half-Française! Ik spreek zelf geen woord Frans.'

'Ik ook niet.' De kapitein glimlachte en hanneste met zijn pijp. 'Ik snap er helemaal niks van. Bedankt dat ik deze jongedame van je mag lenen, Francis.'

'Geen probleem, geen probleem!'

Niemand vroeg aan Eve of zij het misschien een probleem vond. Waarom zouden ze ook? Secretaresses waren tenslotte een soort kantoormeubilair, iets makkelijker te verplaatsen dan een paraplubak, maar even doof en stom.

Je mag blij zijn dat je deze baan hebt, zei Eve tegen zichzelf. Als het geen oorlog was geweest, had een jongeman met betere aanbevelingsbrieven en gepommadeerde haren deze baan gekregen. Je hebt geluk. Heel veel geluk, zelfs. Eve had makkelijk werk, adressen op enveloppen schrijven, papieren archiveren en af en toe een brief typen in het Frans; ze kon makkelijk in haar onderhoud voorzien; en als de oorlogstekorten van suiker en room en vers fruit nog groter werden, was het een eerlijke ruil voor haar veiligheid. Ze had ook vast kunnen zitten in Noord-Frankrijk en honger kunnen lijden onder de Duitse bezetting. De Londenaren waren bang en hadden hun blik constant ten hemel geslagen omdat ze naar zeppelins speurden, maar Lotharingen, waar Eve was opgegroeid, was een zee van modder en botten, zoals Eve had gelezen in de kranten, die ze verslond. Ze had geluk dat ze hier was, op veilige afstand.

Heel veel geluk.

Zwijgend nam Eve de brief aan van kapitein Cameron, die de laatste tijd geregeld was langsgekomen op het kantoor. Hij droeg een verfomfaaid tweedpak en geen kakiuniform, maar zijn rang bleek zo duidelijk uit zijn rechte rug en stramme loopje dat een rijtje onderscheidingen overbodig was. Kapitein Cameron was ongeveer vijfendertig en had een licht Schots accent, maar was verder even Engels, slungelig, grijzend en verfomfaaid als de verpersoonlijking van de Britse gentleman uit een feuilleton van Conan Doyle. Eve wilde vragen: moet u nu echt een pijp roken? Moet u nu echt tweed dragen? Moet u nu echt zo'n cliché zijn?

De kapitein leunde achterover in zijn stoel en knikte toen ze naar de deur liep. 'Ik wacht wel tot u klaar bent met de brief, Miss Gardiner.'

'Ja, *s-sir*,' mompelde Eve nogmaals terwijl ze achterstevoren het kantoor verliet.

'Je bent te laat,' zei Miss Gregson snuffend ter begroeting in de typekamer. Ze was de oudste secretaresse en had de neiging de baas te spelen over de anderen, en Eve zette onmiddellijk grote, niet-begrijpende ogen op. Ze had een hekel aan haar eigen uiterlijk – het zachte, gladde gezicht dat haar aankeek in de spiegel had een soort nietszeggende, ongevormde schoonheid waaraan niets opmerkelijks was, behalve een soort jeugdigheid waardoor mensen dachten dat ze zestien of zeventien was – maar haar voorkomen kwam haar goed van pas wanneer ze in de problemen zat. Al haar hele leven kon Eve haar grote ogen opslaan en zo volmaakt onschuldig met haar wimpers knipperen dat ze altijd alle gevolgen ontliep. Miss Gregson zuchtte geërgerd en liep stampvoetend weg, en even later betrapte Eve haar toen ze met de andere secretaresse stond te smiespelen: 'Soms vraag ik me af of dat half-Franse meisje niet een beetje zwakzinnig is.'

'Tja' – een gefluisterd en schouderophalend antwoord – 'je hebt haar toch horen praten?'

Eve vouwde haar handen, kneep er twee keer heel hard in om te voorkomen dat ze haar vuisten balde en richtte haar aandacht op de brief van kapitein Cameron, die ze in onberispelijk Frans vertaalde. Dat was de reden waarom ze was aangenomen, haar vloeiende Frans en haar vloeiende Engels. Een kind van beide landen, dat in geen van beide landen thuis was.

Die dag kenmerkte zich door een soort opdringerige verveling, althans zoals Eve het zich later herinnerde. Typen, archiveren, rond het middaguur haar meegebrachte boterham opeten. Rond zonsondergang over straat naar huis, haar rok die werd natgespetterd door een passerende taxi. Het pension in Pimlico, dat naar ontsmettende zeep en oude gebakken lever rook. Ze glimlachte plichtmatig naar een van de andere kostgangers, een jonge verpleegster die zich net had verloofd met een luitenant en aan de eettafel met haar piepkleine diamantje zat te pronken. 'Je zou in het ziekenhuis moeten komen werken, Eve. Daar vind je een man, niet in de typekamer!'

'Ik hoef n-niet zo nodig een man te vinden.' Dat leverde haar niet-begrijpende blikken van de verpleegster, de hospita en de twee andere kostgangers op. Waarom zijn jullie zo verbaasd, dacht Eve. Ik wil geen man, ik wil geen baby's, ik wil geen vloerkleed en een trouwring. Ik wil –

'Je bent toch niet zo'n suffragette?' vroeg Eves hospita, die haar lepel even in de lucht liet stilhouden.

'Nee.' Eve wilde geen vakje inkleuren bij de stembus. Het was oorlog; ze wilde véchten. Bewijzen dat de stotterende Eve Gardiner net zo goed in staat was haar land te dienen als al die duizenden mannen met een radde tong die haar al haar hele leven hadden afgedaan als een idioot. Maar zelfs als de suffragettes duizenden stenen door de ramen gooiden, ging Eve niet naar het front, zelfs niet als verpleegster of bestuurder van een ambulance, omdat ze voor beide functies was afgewezen op grond van haar gestotter. Ze schoof haar bord weg, verontschuldigde zich en liep de trap op naar haar nette eenpersoonskamer met het gammele bureau en haar smalle bed.

Ze maakte net haar haar los toen er gemiauw bij de deur klonk. Eve liet de kat van haar hospita glimlachend binnen. 'Ik h-heb wat lever voor je bewaard,' zei ze. Ze viste het stukje dat ze van haar bord had gepakt en in een servet had gewikkeld uit haar zak, en de kat spinde en kromde zijn rug. Hij was er alleen om muizen te vangen en moest zien te overleven van een spaarzaam dieet van restjes en de muizen die hij ving, maar hij had vastgesteld dat Eve een zwakke plek voor hem had en was aangekomen van de restjes van haar avondeten. 'Ik wilde dat ik een kat was,' zei Eve terwijl ze de cyperse kat op schoot nam. 'Katten hoeven niet te p-p... niet te praten, behalve in sprookjes. Of misschien kan ik beter een man willen zijn.' Want als ze een man was, hoefde ze niet beleefd te glimlachen wanneer iemand over haar gestotter begon, maar kon ze hem gewoon een dreun verkopen.

De cyperse kat spinde. Eve aaide hem. 'Ik kan n-net zo goed het onmogelijke vragen.'

Een uur later klonk er een klop op de deur: Eves hospita, die zo'n zuinig mondje had dat haar lippen bijna waren verdwenen. 'Je hebt bezoek,' zei ze beschuldigend. 'Mannelijk bezoek.'

Eve zette de protesterende cyperse kat op de grond. 'Op dit tijdstip?'

'Je hoeft me niet zo onschuldig aan te kijken, jongedame. Geen bezoek van mannelijke bewonderaars in de avonduren, dat is de regel. Vooral niet van soldaten. Dat heb ik deze heer ook verteld, maar volgens hem is het dringend. Ik heb hem in de salon gezet, en je kunt thee krijgen, maar ik sta erop dat je de deur op een kier laat.'

'Een soldaat?' Eves verbijstering nam nog verder toe.

'Ene kapitein Cameron. Ik vind het hoogst ongepast dat een kapitein van het leger je thuis en in de avonduren komt opzoeken!'

Eve murmelde instemmend, deed haar losse kastanjebruine haar in een rol en trok haar jasje weer aan over haar hooggesloten blouse alsof ze naar kantoor ging. Een bepaald soort heren leek alle winkelmeisjes en secretaresses – iedere werkende vrouw – als beschikbaar te beschouwen. Als hij hier is om avances te maken, geef ik hem een klap in zijn gezicht.

Het kan me niet schelen of hij zijn beklag doet bij Sir Francis en ervoor zorgt dat ik word ontslagen.

'Goedenavond.' Eve opende de deur van de salon en besloot dat ze het formeel zou houden. 'Ik ben buitengewoon verbaasd om u te zien, k-k-k...' Ze balde haar rechterhand tot een vuist en slaagde erin het woord uit te spreken. 'K-kapitein. K-k-kan ik u ergens mee van dienst zijn?' Ze hield haar hoofd recht, gaf de opgelatenheid geen kans haar wangen rood te kleuren.

Tot haar verbazing antwoordde kapitein Cameron in het Frans. 'Zullen we overstappen op een andere taal? Ik heb u met de andere meisjes Frans horen spreken en dan stottert u veel minder.'

Eve keek naar deze typische Engelsman, die in de rechte stoel in de salon zat en zijn benen losjes over elkaar had geslagen. Onder zijn korte snorretje was een vage glimlach te zien. Hij sprak geen Frans. Dat had ze hem die ochtend nog horen zeggen.

'Bien sûr,' antwoordde ze. *'Continuez en français, s'il vous plaît.'*

Hij vervolgde in het Frans. 'Uw nieuwsgierige hospita zal zich wel opvreten van woede.'

Eve ging zitten, deed haar blauwe rok van serge goed en boog zich naar de gebloemde theepot. 'Hoe gebruikt u uw thee?'

'Melk en twee klontjes suiker, alstublieft. Vertelt u me eens, Miss Gardiner, hoe goed is uw Duits?'

Eve keek op. Ze had haar vaardigheid in het Duits weggelaten toen ze de lijst met haar kwalificaties opstelde – in het jaar 1915 was het niet verstandig om toe te geven dat je de taal van de vijand sprak. 'Ik sp-p-preek geen Duits,' zei ze terwijl ze hem zijn theekopje aangaf.

'Hmm.' Hij keek haar aan over zijn theekopje. Eve vouwde haar handen in haar schoot en keek hem uitdrukkingsloos aan.

'U hebt een opmerkelijk gezicht,' zei de kapitein. 'Er valt werkelijk niets aan te zien, of er valt althans niets aan af te lezen. En ik ben goed in gezichten, Miss Gardiner. Mensen verraden zichzelf vooral met de spiertjes rond de ogen. U hebt die van u goeddeels onder controle.'

Eve zette weer grote ogen op en knipperde verbaasd met haar wimpers. 'Ik snap helaas niet wat u bedoelt.'

'Staat u me toe u een paar vragen te stellen, Miss Gardiner? Niets onbetamelijks, kan ik u verzekeren.'

Hij had zich in elk geval nog niet naar voren gebogen om haar knie te strelen. 'Natuurlijk, k-k-kapitein.'

Hij leunde achterover. 'Ik weet dat u wees bent – dat heeft Sir Francis me verteld – maar zou u me iets over uw ouders kunnen vertellen?'

'Mijn vader was Engels. Hij is naar Lotharingen vertrokken om bij een Franse bank te werken; daar heeft hij mijn moeder ontmoet.'

'Was ze Française? Dat verklaart waarschijnlijk waarom u accentloos Frans spreekt.'

'Ja.' En hoe weet u nu dat mijn Frans accentloos is?

'Ik zou toch haast denken dat een meisje uit Lotharingen ook Duits spreekt. Het is niet ver van de grens.'

Eve sloeg haar wimpers neer. 'Ik heb het nooit geleerd.'

'U kunt echt heel goed liegen, Miss Gardiner. Ik wil niet met u kaarten.'

'Een dame k-kaart niet.' Al haar zenuwen gaven gonzend een waarschuwing af, maar Eve was redelijk ontspannen. Ze ontspande altijd wanneer ze gevaar voelde. Dat moment wanneer je in het riet lag, tijdens de eendenjacht, voordat je schoot: vinger aan de trekker, de vogel die verstijfde, een kogel die op het punt stond uit de loop te vliegen; op zo'n moment had ze een geleidelijke en vloeiende hartslag. Die was ook vloeiend toen ze haar hoofd ophief naar de kapitein. 'U vroeg me naar mijn ouders? Mijn vader woonde en werkte in Nancy; mijn moeder deed het huishouden.'

'En u?'

'Ik ging naar school en was elke middag thuis voor de thee. Mijn moeder leerde me Frans en borduren, en mijn vader leerde me Engels en op eenden jagen.'

'Hoe beschaafd.'

Eve glimlachte lieftallig en dacht aan het gegil achter de kanten gordijnen, het gescheld en de felle ruzies. Ze had misschien wel geleerd om zich beschaafd te gedragen, maar het milieu waaruit ze afkomstig was, was een stuk minder verfijnd: het constante gegil en gesmijt met servies, haar vader die tegen haar moeder brulde omdat ze spilziek zou zijn, haar moeder die uitvoer tegen haar vader omdat hij weer eens met een of andere meid was gesignaleerd. Het soort thuis waar een kind snel leerde om ongezien weg te glippen uit de kamer en om bij het eerste gerommel aan de huiselijke horizon als een schaduw in de donkere nacht te verdwijnen. Om naar alles te luisteren, alles af te wegen en de hele tijd onopgemerkt te blijven. 'Ja, het was een bijzonder leerzame jeugd.'

'Vergeeft u het me dat ik het vraag… maar hebt u altijd al gestotterd?'

'Het was nog erger t-t-toen ik kind was.' Haar tong was altijd over woorden gestruikeld. Dat was het enige aan haar wat niet glad en onopvallend was.

'U moet wel heel goede leraren hebben gehad als ze het u hebben afgeleerd.'

De leraren? Ze keken gewoon toe wanneer ze zo over woorden struikelde dat ze helemaal rood werd en bijna in tranen uitbarstte, maar daarna gaven ze gewoon de beurt aan iemand anders die de vraag iets sneller kon beantwoorden. De meesten dachten dat ze niet alleen stotterde, maar ook zwakzinnig was; ze vonden het zelfs al te veel gedoe om de andere kinderen weg te jagen wanneer ze om haar heen dansten en riepen: 'Hoe h-h-heet je? G-G-Gardiner…' Soms lachten de leraren mee.

Nee. Eve had haar gestotter met een krachtige wil tot overgave gedwongen door in haar kamer hardop poëzie te lezen, regel voor stokkende regel, en op de haperende medeklinkers te hameren tot ze meegaven en losschoten. Ze herinnerde zich dat het haar tien minuten kostte om door het bericht aan de lezer van *Les fleurs du mal* van Baudelaire te hompelen, en dat was dan de taal die haar het makkelijkst afging. Baudelaire had gezegd dat hij *Les fleurs du mal* met woede en geduld had geschreven; dat begreep Eve volledig.

'Uw ouders,' vervolgde kapitein Cameron. 'Hoe zijn ze gestorven?'

'Mijn vader is in 1912 overleden aan h-h-hartfalen.' Zijn hart had in zekere zin wel gefaald, want het was er niet in geslaagd het slagersmes af te weren toen een bedrogen echtgenoot dat in zijn borst stak. 'Mijn moeder was bezorgd over de oorlogszuchtige taal uit Duitsland en besloot me mee te nemen naar Londen.' Om aan een schandaal te ontkomen, en niet aan de moffen. 'Ze is vorig jaar overleden aan de griep, God hebbe haar ziel.' Ze was tot het bittere einde verbitterd geweest en had vloekend en foeterend theekopjes naar Eves hoofd gesmeten.

'God hebbe haar ziel,' echode de kapitein met een vroomheid die Eve geen seconde als oprecht interpreteerde. 'En nu bent u hier. Evelyn Gardiner, wees, met haar accentloze Frans en accentloze Engels – weet u het wel zeker van dat Duits? – werkzaam op een kantoor voor mijn vriend Sir Francis Galborough, waar ze vermoedelijk haar dagen slijt tot ze in het huwelijk treedt. Een knappe jongedame die liever onopgemerkt blijft en aan de aandacht ontsnapt. Uit verlegenheid, misschien?'

De cyperse kat glipte door de geopende deur en miauwde op vragende toon. Eve nam hem op haar schoot. 'Kapitein Cameron,' zei ze met een glimlach waardoor ze weer zestien leek terwijl ze de kat onder zijn kin aaide, 'probeert u mij te verleiden?'

Het was haar gelukt hem in verlegenheid te brengen. Hij leunde achterover en kreeg een rood hoofd. 'Miss Gardiner... Ik zou niet durven...'

'Wat komt u hier dan doen?' vroeg ze op de man af.

'Ik ben hier om u te evalueren.' Hij sloeg zijn enkels over elkaar, kreeg zijn aplomb weer terug. 'Ik heb u al enkele weken op het oog, vanaf het moment dat ik het kantoor van mijn vriend ben binnengelopen met de smoes dat ik geen Frans spreek. Mag ik openhartig zijn?'

'Zijn we tot nu toe dan niet openhartig geweest?'

'Volgens mij bent u nooit openhartig, Miss Gardiner. Ik heb gehoord hoe u uitvluchten mompelde tegen uw collega's toen u werk moest doen dat u vervelend vond. Ik heb u vanochtend met een stalen gezicht horen liegen toen u werd gevraagd waarom u te laat was. Iets over een taxichauffeur die u had opgehouden met zijn ongewenste aandacht; u bent nooit zenuwachtig, u bent zo koel als een kikker, maar u deed heel goed alsof u zenuwachtig was. U was niet te laat vanwege een verliefde taxichauffeur; u stond ruim tien minuten naar een rekruteringsaffiche bij de deur van het kantoor te staren. Ik heb het geklokt terwijl ik uit het raam stond te kijken.'

Nu was het Eves beurt om achterover te leunen en te blozen. Ze had inderdaad naar het affiche staan staren: er stond een rijtje flinke en identieke tommy's op, met een lege plek in het midden. ER IS NOG EEN PLEK IN DE RIJ VOOR JÓÚ! schreeuwde de kop boven het affiche. VUL JIJ HEM OP? En Eve had er verbitterd naar gekeken en gedacht: nee. Want de tekst in de lege plek in de rij zei in een iets kleiner lettertype: Deze plek is gereserveerd voor een gezonde man! Dus nee, Eve zou hem nooit kunnen opvullen, ook al was ze tweeëntwintig en kerngezond.

De cyperse kat op haar schoot protesteerde toen hij voelde dat haar vingers zich spanden in zijn vacht.

'Dus, Miss Gardiner,' zei kapitein Cameron. 'Geeft u eerlijk antwoord wanneer ik u een vraag stel?'

Daar zou ik maar niet op rekenen, dacht Eve. Liegen en vragen ontwijken ging haar even makkelijk af als ademhalen; dat deed ze al haar hele leven. Liegen, liegen, liegen, met een onschuldig gezicht. Eve kon zich niet herinneren wanneer ze voor het laatst helemaal eerlijk tegen iemand was geweest. Leugens waren makkelijker dan de harde en ongemakkelijke waarheid.

'Ik ben tweeëndertig,' zei de kapitein. Hij zag er ouder uit door zijn doorgroefde en verlopen gezicht. 'Te oud om in deze oorlog te vechten. Ik heb een andere taak. Ons luchtruim wordt aangevallen door Duitse zeppelins, Miss Gardiner, en onze zeeën door Duitse onderzeeërs. We worden elke dag aangevallen.'

Eve knikte geestdriftig. Twee weken daarvoor was de Lusitania tot zinken gebracht, haar medekostgangers hadden dagenlang de tranen uit hun ogen gewist. Eve had het bericht in de krant woedend en met droge ogen gelezen.

'We hebben mensen nodig om nog meer aanvallen te voorkomen,' vervolgde kapitein Cameron. 'Het is mijn taak om mensen met bepaalde vaardigheden te vinden, mensen die Frans en Duits spreken, bijvoorbeeld. Mensen die kunnen liegen. Die onschuldig lijken, maar moedig zijn. Om ze te vinden en ze aan het werk te zetten, uit te laten zoeken wat de moffen van plan zijn. Volgens mij hebt u veel potentie, Miss Gardiner. Daarom wil ik u vragen: wilt u Engeland verdedigen?'

De vraag trof Eve als een mokerslag. Ze hapte naar adem, zette de kat op de grond en antwoordde zonder na te denken: 'Ja.' Wat hij ook bedoelde met 'Engeland verdedigen', het antwoord was ja.

'Waarom?'

Ze begon een pasklaar en voor de hand liggend antwoord over smerige moffen en onze jongens in de loopgraven te verzinnen. Ze liet de leugen langzaam varen. 'Ik wil mezelf bewijzen, me bewijzen tegenover al die mensen die dachten dat ik onnozel of zwak was omdat ik niet uit mijn woorden kan komen. Ik wil v-v… ik wil v-v-v…'

Ze bleef zo verschrikkelijk in het woord steken dat ze rode wangen kreeg, maar hij haastte zich niet om de zin voor haar af te maken, wat de meeste mensen deden en wat haar zo woedend maakte. Hij bleef gewoon rustig zitten tot ze een vuist tegen haar knie sloeg en het woord wist los te rammen. Ze spuugde het uit door haar opeengeklemde kaken, met genoeg venijn om de kat uit de kamer te verjagen.

'Ik wil véchten!'

'Wilt u dat echt?'

'Ja.' Drie eerlijke antwoorden op rij; voor Eve was dat een record. Ze zat te trillen onder zijn aandachtige blik en was bijna in tranen.

'Dan vraag ik nu voor de vierde en allerlaatste keer: spreekt u Duits?'

'Wie ein Einheimischer.' Als een inboorling.

'Uitstekend.' Kapitein Cecil Aylmer Cameron kwam overeind. 'Evelyn Gardiner, zou u er belangstelling voor hebben om spion te worden in dienst van de kroon?'

Hoofdstuk 3

Charlie

Mei 1947

Ik had vage nachtmerries over pistolen die afgingen in whiskyglazen, blonde meisjes die achter treinwagons verdwenen en een stem die 'Le Lethe' fluisterde. En toen was er een mannenstem die zei: 'En wie bent u, jongedame?'

Kreunend duwde ik mijn plakkerige oogleden open. Ik was op de krakkemikkige oude bank in de woonkamer gaan liggen, omdat ik niet naar een bed had durven zoeken zolang dat achterlijke mens daar rondliep met een Luger. Ik had mijn klokkende reiskostuum uitgetrokken, me onder een rafelig gebreid kleedje genesteld en was in mijn négligé gaan slapen, en nu was het blijkbaar ochtend. Er viel wat zonlicht door een kier in de zware gordijnen en er stond iemand naar me te staren vanuit de deuropening: een donkerharige man in een versleten oude jas, die met zijn elleboog tegen de deurpost leunde.

'Wie bent u?' vroeg ik, nog steeds half verdoofd door de slaap.

'Ik vroeg het eerst.' Hij had een zware stem en sprak de klinkers brouwend uit als een Schot. 'Ik wist niet dat Gardiner soms bezoek kreeg.'

'Is ze al wakker?' Ik wierp een angstige blik achter hem. 'Ze heeft gezegd dat ze me dood zou schieten als ik hier nog was wanneer ze wakker werd...'

'Typisch iets voor haar,' merkte de Schot op.

Ik wilde mijn kleren bij elkaar graaien, maar ik ging niet in mijn négligé voor een vreemde man staan. 'Ik moet hier nu weg en...'

En waar moet je dan naartoe? fluisterde Rose, en ik kreeg een bonzend hoofd van het idee. Ik wist niet waar ik nu naartoe moest; ik had alleen een stuk papier met Eves naam. Wat moest ik nu? Ik had branderige ogen.

'Je hoeft je niet te haasten,' zei de Schot. 'Als Gardiner gisteren bezopen was, kan ze zich er waarschijnlijk helemaal niets van herinneren.' Hij draaide zich om en haalde zijn schouders op. 'Ik zal wel theezetten.'

'Wie bent u?' begon ik te zeggen, maar de deur zwaaide weer dicht. Na een korte aarzeling gooide ik de deken aan de kant en voelde ik mijn blote voeten tintelen in de kou. Ik keek naar de hoop van mijn verfrommelde reiskostuum en haalde mijn neus op. Ik had nog een jurk in mijn koffer, maar die was net zo opzichting en oncomfortabel en zat al net zo strak in de taille. Daarom trok ik een oude trui en een versleten tuinbroek aan waaraan mijn moeder een enorme hekel had en ging ik op blote voeten op zoek naar de keuken. Ik had vierentwintig uur niet gegeten en het gerommel in mijn maag begon alles snel te overstemmen, zelfs mijn angst voor Eves pistool.

De keuken was verrassend schoon en licht. De ketel stond op het vuur en de tafel was gedekt. De Schot had zijn versleten jas over een stoel gehangen en stond daar nu in een minstens even versleten overhemd. 'Wie bent u nou?' vroeg ik omdat ik mijn nieuwsgierigheid niet kon bedwingen.

'Finn Kilgore.' Hij pakte een pan. 'Gardiners manusje-van-alles. Schenk zelf maar even thee in.'

Vreemd dat hij haar alleen 'Gardiner' noemde, alsof ze een man was. Manusje-van-alles, dacht ik terwijl ik een oude mok van het aanrecht pakte. Er leek niet veel te gebeuren in dat huis, behalve in de keuken.

Hij rommelde in de ijskast en pakte eieren, bacon, champignons en een half brood. 'Hebt u haar handen gezien?'

'...Ja.' De thee was donker en sterk, precies zoals ik hem graag dronk.

'Denkt u dat ze veel kan met zulke handen?'

Ik stootte een kort lachje uit. 'Voor zover ik gisteren heb gezien, kan ze prima een haan spannen en whisky inschenken.'

'Die dingen lukken nog net. Voor al het andere heeft ze mij in dienst genomen. Ik doe haar boodschappen. Ik haal haar post. Ik breng haar met de auto als ze ergens naartoe moet. Ik kook een beetje. Maar ik mag alleen de keuken opruimen.' Hij legde de plakken bacon een voor een in de pan. Hij was lang en slank en bewoog met een ontspannen en soepele elegantie. Hij was negenentwintig of dertig, had een slordige donkere stoppelbaard die hij nodig moest scheren en warrig donker haar dat bijna tot zijn schouders kwam en nodig moest worden geknipt. 'En wat doet u hier, *miss*?'

Ik aarzelde. Mijn moeder zou hebben opgemerkt dat het bijzonder ongepast was wanneer een manusje-van-alles vragen stelde aan een gast. Maar ik was niet echt een gast, en hij had meer recht om in die keuken te zijn dan ik. 'Charlie St. Clair,' zei ik. Ik nam een slok van mijn thee en vertelde hem in het kort hoe ik bij Eve op de stoep (en de bank) was beland. Episoden als het geschreeuw en het pistool dat tussen mijn ogen was geduwd, liet ik weg. Voor de zoveelste keer vroeg ik me af hoe mijn leven in nauwelijks vierentwintig uur zo compleet op zijn kop kon zijn gezet.

Omdat je al vanaf Southampton een spook volgt, fluisterde Rose. *Omdat je een beetje gek bent.*

Ik ben niet gek, kaatste ik terug. Ik wil je rédden. Dat betekent nog niet dat ik gek ben.

Je wilt iedereen redden, mijn lieve Charlie. Mij, James, elke zwerfhond die we ooit over straat zagen lopen toen we kind waren...

James. Ik schrok, en het nare stemmetje van mijn geweten fluisterde: *Dat is niet echt gelukt, hè, om hem te redden?*

Ik kapte die gedachte af voordat ik werd getroffen door de onvermijdelijke wroeging en wachtte tot het mannetje van Eve me iets zou vragen, want mijn verhaal was eerlijk gezegd wel een beetje bizar. Maar hij hing zwijgend boven de pan en deed er champignons en een blik bonen bij. Ik had nog nooit een man zien koken; mijn vader smeerde nog niet eens zelf zijn boter op zijn brood. Dat mochten mijn moeder en ik voor hem doen. Maar de Schot stond daar heel handig in de bonen te roeren en bacon te bakken en leek het niet erg te vinden dat het vet uit de pan spetterde en op zijn onderarmen belandde.

'Hoelang werkt u al voor Eve, Mr. Kilgore?'

'Vier maanden.' Hij begon het halve brood in sneetjes te snijden.

'En daarvoor?'

Zijn mes haperde. 'Artillerie, 63ste Antitankregiment.'

'En dan voor Eve werken; dat is een hele overgang.' Ik vroeg me af waarom hij even had geaarzeld. Misschien schaamde hij zich omdat hij nu het huishouden deed voor een gekkin die met een pistool zwaaide, nadat hij oorlog had gevoerd tegen de nazi's. 'Hoe is het...'

Ik maakte mijn vraag niet af, want eigenlijk wist ik niet wat ik wilde vragen. Hoe is het om voor haar te werken? Hoe is het zover met haar gekomen? 'Hoe heeft ze die verwonding aan haar handen opgelopen?' vroeg ik uiteindelijk.

'Dat heeft ze me nooit verteld.' Hij deed de eieren een voor een in de pan. Mijn maag rammelde. 'Maar ik durf wel te gokken.'

'Wat zou u dan gokken?'

'Dat alle botten van al haar vingers een voor een zijn gebroken.'

Ik rilde. 'Wat moet dat wel niet voor soort ongeluk zijn geweest?'

Finn Kilgore keek me voor het eerst in de ogen. Hij had donkere ogen onder rechte zwarte wenkbrauwen, die zowel oplettend als afwezig keken. 'Wie zegt dat het een ongeluk was?'

Ik sloeg mijn (hele, niet-gewonde) vingers om de mok. De thee leek opeens koud te zijn geworden.

'Engels ontbijt.' Hij tilde de hete pan van het fornuis en zette hem naast het gesneden brood. 'Ik moet even naar een lekkende afvoerbuis kijken, maar tast toe. Als u maar genoeg voor Gardiner overlaat. Ze zal wel knallende koppijn hebben als ze beneden komt, maar een eenpansontbijt is het beste middel tegen katers op de Britse eilanden. Ze knalt u echt dood als u alles opeet.'

Hij liep de keuken uit en keek niet om. Ik pakte een bord en ging naar de pruttelende pan, terwijl het water me in de mond liep. Maar toen ik naar het heerlijke allegaartje van eieren en bacon, bonen en champignons staarde, draaide mijn maag zich opeens om. Ik sloeg een hand voor mijn mond en wendde me af van het fornuis voordat ik in het beste middel tegen katers op de Britse eilanden braakte.

Ik wist wat dit was, maar ik had het nog niet eerder meegemaakt. Ik stierf nog steeds van de honger, maar mijn maag draaide zich om en ik was opeens zo misselijk dat ik zelfs geen hap door mijn keel had kunnen krijgen wanneer Eve haar Luger op mijn hoofd gericht hield. Dit was zwangerschapsmisselijkheid. Het was de eerste keer dat het Probleempje had besloten zich te laten gelden.

Ik was misselijk, en niet alleen vanwege een omdraaiende maag. Ik was kortademig en ik kreeg klamme handen. Het Probleempje was al in de derde maand, maar had tot nu toe slechts een vaag idee geleken; ik kon het niet voelen, kon me er niks bij voorstellen, kon het nergens aan zien. Het was gewoon iets wat mijn leven was binnengedenderd als een trein. Sinds mijn ouders erbij betrokken waren geraakt, was het gewoon een probleem dat moest worden opgelost als een rekensom waarvan de uitkomst nul was. Eén Probleempje plus een reisje naar Zwitserland is nul, nul, nul. Heel simpel.

Maar nu leek het niet alleen een Probleempje en ook helemaal niet simpel.

'Wat moet ik nu doen?' zei ik zachtjes. Het was voor het eerst in lange tijd dat ik mezelf die vraag had gesteld. Niet wat ik aan Rose moest doen, of aan mijn ouders, of aan school, maar wat ik aan mezelf moest doen.

Ik weet niet hoelang ik daar al zo stond toen een cynische stem me uit mijn standbeeldpose haalde. 'De Amerikaanse invasie is nog steeds gaande, zie ik.'

Ik draaide me om. Eve stond in de deuropening en droeg dezelfde bedrukte jurk die ze gisteren ook aan had gehad. Haar grijzende haar hing los en zat door de war en haar ogen waren bloeddoorlopen. Ik zette me schrap, maar misschien had Mr. Kilgore wel gelijk en was ze inderdaad haar dreigementen van de vorige avond vergeten, want ze leek meer belangstelling te hebben voor het masseren van haar slapen dan voor mij.

'De vier ruiters van de Apocalyps gaan vreselijk tekeer in mijn kanis,' zei ze, 'en mijn mond smaakt als een urinoir in Chepstow. Zeg me alsjeblieft dat die ellendige Schot ontb-b-bijt heeft gemaakt.'

Ik wapperde met mijn hand terwijl mijn maag zich bleef omdraaien. 'Het eenpansmirakel.'

'Godzijdank.' Eve viste een vork uit een la en begon uit de pan te eten. 'Dus je hebt Finn ontmoet. Hij is wel een stuk, vind je niet? Als ik niet zo oud was en zo lelijk als de nacht, zou ik hem beklimmen als een Franse alp.'

Ik wendde me af van het fornuis. 'Ik had hier niet moeten komen. Het spijt me dat ik hier zomaar binnen ben komen vallen. Ik ga gewoon...' Wat? Met hangende pootjes terug naar mijn moeder om haar woede over me heen te krijgen en de boot te nemen naar mijn Afspraak? Wat moest ik anders? Ik voelde hoe de dikke wattenlaag van de verdoving me alweer langzaam in bezit nam. Ik wilde mijn hoofd op Rose' schouder leggen en mijn ogen sluiten; ik wilde boven de wc-pot hangen en mijn ingewanden uitbraken. Ik was zo ontzettend misselijk en voelde me zo hulpeloos.

Eve depte een klodder eierdooier op met een stuk brood. 'Ga z-zitten, yank.'

Uit die schorre stem klonk gezag, of ze nou stotterde of niet. Ik ging zitten.

Ze veegde haar vingers af aan een theedoek, graaide in de zak van haar jurk en viste er een sigaret uit. Ze stak hem op en nam een lange, langzame trek. 'Eerste sigaret van de dag,' zei ze, en ze blies de rook uit. 'Die smaakt altijd het best. Dan vergeet je bijna dat je een kater hebt. H-h-hoe heette die nicht van je ook alweer?'

'Rose.' Mijn hart begon te bonzen. 'Rose Fournier. Ze –'

'Zeg eens,' interrumpeerde Eve. 'Jongedames zoals jij hebben rijke pappies en mammies. Waarom zijn je ouders niet overal naar dat verloren schaap aan het zoeken?'

'Dat hebben ze wel geprobeerd. Ze hebben navraag gedaan.' Ik was misschien wel boos, maar ik wist dat ze hun uiterste best hadden gedaan. 'Toen ze na twee jaar nog niks hadden gevonden, zei mijn vader dat Rose waarschijnlijk dood was.'

'Hij is vast heel slim, die vader van je.'

Dat was hij ook. En als jurist die gespecialiseerd was in internationaal recht wist hij via welke kanalen en zijwegen je inlichtingen in het buitenland moest inwinnen. Hij had gedaan wat hij kon, maar toen niemand ook maar een telegram van Rose had ontvangen – zelfs ik niet, het familielid van wie ze toch het meeste hield – had mijn vader de enige logische conclusie getrokken: dat ze dood was. Ik had aan dat idee proberen te wennen, mezelf proberen te overtuigen. Althans, tot zes maanden geleden.

'Toen mijn grote broer thuiskwam uit Tarawa had hij nog maar een half been, en zes maanden later heeft hij zelfmoord gepleegd.' Ik hoorde dat mijn stem brak. Toen we klein waren, hadden James en ik het nooit erg goed met elkaar kunnen vinden; ik was gewoon het kleine zusje dat hij kon pesten. Maar zodra hij de fase van het haren trekken was ontgroeid, werden zijn pesterijen milder; voor de grap zei hij vaak dat hij iedere jongen die achter me aan zat de stuipen op het lijf zou jagen, en ik pestte hem met zijn afschuwelijke kapsel toen hij eenmaal bij de mariniers zat. Hij was mijn bróér; ik hield van hem en mijn ouders waren idolaat van hem. En toen was hij opeens dood, en vanaf dat moment kwam Rose af en toe vanuit mijn geheugen mijn blikveld binnengewandeld. Alle langsrennende kleine meisjes veranderden in Rose die zes, acht of elf was; iedere blonde medestudente die over het grasveld van de campus slenterde, werd de oudere, lange Rose die net vrouwelijke rondingen begon te krijgen... Ongeveer tien keer per dag sloeg mijn hart over, om vervolgens stil te blijven staan wanneer het tot me doordrong dat mijn geheugen meedogenloze trucjes uithaalde.

'Ik weet dat het waarschijnlijk hopeloos is.' Ik keek Eve aan, dwong haar goed te luisteren. 'Ik weet dat mijn nicht waarschijnlijk... Ik weet dat er maar een kleine kans is. Geloof me, ik kan de kans tot een paar cijfers achter de komma berekenen. Maar ik moet het proberen. Ik moet elk spoor tot het einde volgen, hoe klein de kans ook is. Als er ook maar een minieme kans is dat ze daar nog ergens...'

Ik kreeg een brok in mijn keel en kon mijn zin niet afmaken. Ik had mijn broer al aan deze oorlog verloren. Als er ook maar enige kans was dat ik Rose kon terughalen uit de vergetelheid, moest ik het proberen.

'Help me,' zei ik nogmaals tegen Eve. 'Alstublieft. Als ik niet naar haar ga zoeken, doet niemand het.'

Eve zuchtte diep. 'Ze werkte dus voor een of ander restaurant dat Le Lethe heette... waar was dat?'

'Limoges.'

'Hmm. En wie was de eigenaar?'

'Ene Monsieur René. Ik heb geprobeerd om telefonisch inlichtingen in te winnen, maar niemand kon een achternaam vinden.'

Ze perste haar lippen op elkaar, staarde in het niets en bleef die afschrikwekkende vingers die langs haar zij bungelden maar buigen en strekken. Ten slotte keek ze me aan met die ogen die even ondoordringbaar waren als melkglas. 'Misschien kan ik je uiteindelijk toch wel helpen.'

Het telefoontje van Eve leek niet erg voorspoedig te verlopen. Ze liep heen en weer door de kale gang, schreeuwde in de hoorn en zwaaide met haar sigaret alsof het de staart van een kwade kat was, en hoewel ik maar de helft van het gesprek opving, begreep ik heel goed hoe het ging. 'Het kan me niet schelen wat het kost om door te verbinden naar Frankrijk, stomme koe, verbind me gewoon maar door.'

'Wie probeert u aan de lijn te krijgen?' vroeg ik voor de derde keer, maar ze negeerde me, net als de eerste twee keren, en bleef tekeergaan tegen de telefoniste.

'O, hou nu maar op. Je stikt nog in dat ge-mevrouw, dus verbind me gewoon door met de majoor...'

Ik hoorde haar nog steeds foeteren door de panelen van de voordeur toen ik het huis uit glipte. De grijze natheid van de dag ervoor was verdwenen; Londen hulde zich die dag in een blauwe lucht, stapelwolken en heldere zonneschijn. Ik hield een hand boven mijn ogen tegen het zonlicht en speurde naar de vorm die ik de vorige avond door het raam van de taxi op de hoek meende te hebben gezien... daar. Zo'n knalrode telefooncel die zo typisch Engels was dat hij een beetje belachelijk leek. Ik liep ernaartoe en voelde hoe mijn maag zich weer omdraaide. Ik had wat droge toast gegeten terwijl Eve pogingen deed om de mysterieuze majoor aan de lijn te krijgen, en daardoor waren de misselijke scheuten van mijn Probleempje wel afgenomen, maar dit was een ander soort misselijkheid. Ik moest zelf ook iemand bellen, en ik had niet het idee dat dit een makkelijker gesprek zou worden dan dat van Eve.

Een gesprek met de telefoniste en daarna nog een gesprek met de receptionist van het Dolphin Hotel in Southampton, die ik mijn naam gaf. En toen: 'Charlotte? 'A*llo, 'allo*?'

Ik verwijderde de hoorn van mijn oor en staarde ernaar, plotseling geërgerd. Zo nam mijn moeder alleen de telefoon op wanneer er iemand meeluisterde. Je zou toch denken dat ze niet haar best zou doen om indruk te maken op de receptionist van het Dolphin wanneer haar zwangere dochter 's nachts onaangekondigd naar Londen was vertrokken.

Er klonk nog steeds gekwaak in de hoorn. Ik hield hem weer tegen mijn oor. 'Hallo, *maman*,' zei ik snel. 'Ik ben niet ontvoerd en dus ook niet dood. Ik ben in Londen en ik mankeer niets.'

'*Ma petite*, ben je helemaal gek geworden? Zomaar weglopen! Ik ben me doodgeschrokken!' Gesnif en toen een gemompeld *merci*; de receptionist had haar blijkbaar een zakdoekje gegeven om haar tranen te drogen. Ik vroeg me af of haar make-up ook was uitgelopen. Dat was misschien een beetje gemeen, maar ik kon het niet helpen. 'Zeg me waar je precies bent. Nu onmiddellijk.'

'Nee,' zei ik, en ik voelde nog iets anders in mijn maag dan misselijkheid. 'Het spijt me, maar nee.'

'Doe niet zo belachelijk. Kom nu meteen naar huis.'

'Ik kom wel weer naar huis, maar pas zodra ik heb ontdekt wat er precies met Rose is gebeurd.'

'Rose? Wat heb –'

'Ik zal je snel weer bellen, dat beloof ik.' En ik hing weer op.

Finn Kilgore draaide zich naar me om toen ik weer binnenkwam en vervolgens naar de keuken liep. 'Kunt u me een theedoek aangeven, jongedame?' Hij gebaarde met zijn kin terwijl hij een koekenpan stond te schrobben. Daar keek ik ook al van op. Mijn vader dacht dat koffiekopjes op miraculeuze wijze vanzelf weer schoon werden.

'Ze belt nu iemand anders,' zei Finn, en hij pakte een handdoek en knikte in de richting van de gang. 'Ze probeerde een of andere officier in Frankrijk te pakken te krijgen, maar hij is op vakantie. Nu staat ze tegen een of andere vrouw te brullen. Geen idee wie.'

Ik aarzelde. 'Mr. Kilgore, u zei dat u Eves chauffeur was. Zou u... zou u me misschien ergens naartoe kunnen brengen? Ik ken Londen niet goed genoeg om te gaan lopen en ik heb geen geld voor een taxi.'

Ik had verwacht dat hij zou weigeren, aangezien hij me helemaal niet kende, maar hij haalde zijn schouders op en droogde zijn handen af. 'Ik rij de auto wel voor.'

Ik keek naar mijn oude tuinbroek en trui. 'Ik moet me wel even omkleden.'

Tegen de tijd dat ik klaar was, stond Finn in de deuropening naar de straat te staren en met zijn hak te tikken. Hij keek over zijn schouder toen hij mijn klikkende hakken hoorde en hij trok niet één, maar beide rechte zwarte wenkbrauwen op. Ik was niet zo naïef dat ik het voor bewondering aanzag. Het ensemble was het enige schone stel dat nog in mijn koffer zat, en ik zag eruit als een Chinees herderinnetje: een wijde witte rok over vele lagen crinoline, roze hoedje met een halve sluier, vlekkeloze handschoenen en een strak roze jasje waarin al mijn rondingen zouden zijn uitgekomen als ik rondingen had gehad. Ik tilde mijn kin op en deed die stomme sluier weer voor mijn ogen. 'Het is een van de internationale banken,' zei ik, en ik gaf hem een adres. 'Bedankt.'

'Dames met zoveel petticoats nemen gewoonlijk niet de moeite om de chauffeur te bedanken,' merkte Finn op terwijl hij de deur openhield zodat ik onder zijn arm door naar buiten kon lopen. Ondanks mijn hakken hoefde ik niet te bukken.

Eves stem klonk aan het einde van de gang toen ik me omkeerde om de deur te sluiten. 'Stekeblinde stomme Franse koe, waag het niet om op te hangen...'

Ik aarzelde en overwoog haar te vragen waarom ze me hielp. De vorige avond had ze het nog botweg geweigerd. Maar ik zou niet naar details vissen, want ik wilde haar alleen bij haar benige schouders grijpen en dooreenrammelen tot ze me alles zou vertellen wat ze wist. Ik durfde haar niet kwaad te maken of te ergeren, want ze wist in elk geval iets. Dat wist ik zeker.

Daarom liet ik haar maar begaan en liep ik achter Finn aan naar buiten. Ik was verbaasd toen ik de auto zag: een donkerblauwe cabriolet waarvan het dak was uitgeklapt, oud, maar glanzend gepoetst. 'Mooie auto. Van Eve?'

'Van mij.' De auto paste niet bij zijn ongure stoppelbaard en elleboogstukken.

'Wat is het? Een Bentley?' Mijn vader had een Ford, maar hield van Engelse auto's, die hij altijd aanwees wanneer we in Europa waren.

'Een Lagonda LG6.' Finn opende het portier voor me. 'Stapt u maar in, *miss*.'

Ik glimlachte toen hij plaatsnam achter het stuur en zijn hand uitstak naar de versnellingspook, die half verscholen ging achter mijn klokkende rokken. Het was best prettig om onder vreemden te zijn die niet op de hoogte waren van mijn bezoedelde recente verleden. Ik vond het fijn om iemand in de ogen te kijken en mezelf weerspiegeld te zien als iemand die er recht op had om respectvol met *miss* te worden aangesproken. Het enige wat ik had gezien wanneer ik mijn ouders de afgelopen weken in de ogen had gekeken, was *hoer – mislukkeling – teleurstelling.*

Je bent een mislukkeling, fluisterde het nare stemmetje in mijn hoofd, maar ik duwde het weg, hard.

Londen gleed voorbij in een mist: grauw, kinderkopjes, vol hopen puin, kapotte daken en muren waar hele stukken uit waren verdwenen. Allemaal door de oorlog, en toch was het al 1947. Ik herinnerde me dat mijn vader over zijn kranten gebogen had gezeten en een tevreden zucht had geslaakt toen Europa was bevrijd. 'Uitstekend,' had hij gezegd, 'nu kan alles weer gewoon worden zoals het was.' Alsof daken en gebouwen en kapotte ruiten gewoon vanzelf weer heel werden op de dag dat het vrede werd.

Finn manoeuvreerde de Lagonda door een straat met zoveel gaten in de weg dat het wel een stuk gatenkaas leek en ik keek hem nieuwsgierig aan omdat ik iets had bedacht. 'Waarom heeft Eve eigenlijk een auto nodig? Ze kan toch beter de tram nemen, gezien de brandstoftekorten?'

'Dat is niet echt een geschikt vervoermiddel voor haar.'

'Waarom niet?'

'Ik weet niet. Trams, besloten ruimtes, mensenmassa's... daar kan ze niet goed tegen. De laatste keer dat ze de tram heeft genomen, is ze bijna ontploft als een granaat. Ze begon te duwen en tegen al die huisvrouwen met hun boodschappen te brullen.'

Ik schudde verwonderd mijn hoofd, en grommend hield de Lagonda stil voor de imposante bank met de marmeren gevel die mijn bestemming was. Waarschijnlijk was de nervositeit van mijn gezicht af te lezen, want Finn vroeg vriendelijk: 'Hebt u behoefte aan een escorte, *miss*?'

Dat had ik wel, maar ik zou niet echt eerbiedwaardiger overkomen met een Schot die zich nodig moest scheren in mijn kielzog, en daarom schudde ik mijn hoofd en stapte uit. 'Nee, dank u.'

Ik probeerde iets van mijn moeders moeiteloze zwier op te roepen terwijl ik over de geboende marmeren vloeren van de bank liep. Ik noemde mijn naam, zei waarvoor ik kwam en werd al snel binnengelaten in het kantoor van een opa-achtig type in een pied-de-poulepak. Hij keek op van een grafiek waarop hij getallen krabbelde. 'Kan ik u van dienst zijn, *miss*?'

'Ik hoop het, *sir*.' Ik glimlachte, begon expres eerst over iets anders. 'Waar bent u precies mee bezig?' Ik wees naar zijn grafiek en het rijtje getallen.

'Percentages, getallen. Behoorlijk saai.' Hij kwam overeind en wees naar een stoel. 'Gaat u zitten.'

'Dank u.' Ik haalde diep adem onder mijn halve sluier. 'Ik zou graag wat geld willen opnemen, alstublieft.'

Voor haar overlijden had mijn Amerikaanse grootmoeder een trustfonds voor me opgericht. Het was geen enorm kapitaal, maar wel veel geld, en ik had er zelf vanaf mijn veertiende geregeld geld op gestort nadat ik mijn eerste bijbaantje op het kantoor van mijn vader had gekregen. Ik had nooit iets van de rekening opgenomen; ik kreeg een toelage voor de universiteit en die was toereikend. Gewoonlijk lag het bankboekje in de la van mijn dressoir onder mijn ondergoed, maar ik had het op het laatste moment in mijn koffer gestopt toen ik aan het pakken was voor de bootreis. Hetzelfde deel van me dat het adres van Eve en het dossier over de laatst bekende verblijfplaats van Rose had ingepakt. Ik had niet echt plannen gemaakt, maar eerder geluisterd naar het stemmetje dat fluisterde: *Deze heb je misschien wel nodig, als je tenminste het lef hebt om te doen wat je echt wilt doen…*

Ik was blij dat ik naar die stem had geluisterd en het bankboekje had meegenomen, want ik had helemaal geen geld meer. Ik had geen idee waarom Eve had besloten me te helpen, maar volgens mij deed ze het niet omdat ze zo'n goed hart had. Ik zou haar en ieder ander die me naar Rose zou kunnen leiden geld toestoppen als dat nodig was, maar daarvoor had ik dus wel geld nodig. Daarom liet ik de bankier mijn bankboekje en identiteitsbewijs zien en glimlachte ik naar hem.

Nog geen tien minuten later bleef die glimlach alleen op zijn plaats dankzij een uiterste inspanning van mijn wilskracht. 'Ik snap het niet,' zei ik minstens voor de vierde keer. 'U hebt een identiteitsbewijs met mijn naam en mijn leeftijd en er staat duidelijk genoeg geld op de rekening. Dus waarom –'

'Het is hoogst ongebruikelijk om iemand zo'n geldbedrag mee te geven, jongedame. Zulke rekeningen worden geopend met het oog op uw toekomst.'

'Maar het is niet alleen geld voor mijn toekomst. Ik heb er zelf spaargeld op gestort –'

'Misschien als we uw vader kunnen spreken?'

'Hij is in New York. En het is ook geen gigantisch bedrag –'

De bankier interrumpeerde me alweer. 'Het telefoonnummer van het kantoor van uw vader volstaat. Als we hem even kunnen spreken en toestemming van hem krijgen –'

Ditmaal interrumpeerde ik hem. 'U hebt geen toestemming van mijn vader nodig. De rekening staat op mijn naam. Het is zo geregeld dat ik over het geld zou kunnen beschikken zodra ik achttien werd, en ik ben nu negentien.' Ik schoof mijn papieren weer naar hem toe. 'U hebt van niemand toestemming nodig, behalve van mij.'

De bankier ging een beetje verzitten in zijn leren stoel, maar de grootvaderlijke uitdrukking verdween niet van zijn gezicht. 'Ik verzeker u dat we vast iets kunnen regelen wanneer we uw vader even kunnen spreken.'

Mijn tanden knarsten alsof ze waren samengesmolten. 'Ik zou graag het volgende bedrag –'

'Het spijt me, jongedame.'

Ik staarde naar zijn horlogeketting en zijn mollige handen, naar het licht dat door de kale plek in zijn haar scheen. Hij keek me niet eens meer aan; hij had zijn grafiek weer voor zijn neus geschoven en noteerde getallen, die hij even later weer doorkraste.

Het was een beetje kinderachtig van me, maar ik leunde over de tafel, pakte de grafiek en keek even naar de kolommen met getallen. Voordat hij iets kon uitbrengen, had ik het stompje potlood al van de rand van het bureau gepakt, zijn getallen doorgestreept en de juiste getallen opgeschreven. 'U zat er een kwart procent naast,' zei ik terwijl ik de grafiek weer terugschoof. 'Daarom klopten uw totalen niet. Maar ik zou het toch maar even narekenen met een rekenmachine, aangezien u me duidelijk niet met geld vertrouwt.'

Zijn glimlach verdween van zijn gezicht. Ik kwam overeind, hief mijn kin op in de afwerende stand en stormde het zonlicht in. Mijn eigen geld. Niet alleen het geld dat ik had geërfd, maar ook geld dat ik had verdiend, en ik kon er nog geen vijf cent van opnemen wanneer mijn vader niet bij me was. Het was zo onrechtvaardig dat ik knarsetandde, maar ik kon niet zeggen dat ik verbijsterd was.

Daarom had ik ook een plan B.

Finn keek op toen ik weer voorin ging zitten en het portier dichtsloeg. Ongeveer de helft van mijn rok zat tussen het portier. 'U ziet er een beetje onguur uit, als ik dat zo mag zeggen,' zei ik, en ik deed het portier weer open en trok de rest van de crinoline naar binnen. 'Bent u ook een beetje onguur, Mr. Kilgore, of moet u zich gewoon eens nodig scheren?'

Hij sloeg het gehavende boek dicht waarin hij had zitten lezen. 'Allebei wel zo'n beetje.'

'Goed. Ik wil naar een pandjeshuis. Iemand die niet te veel vragen zal stellen wanneer een jongedame iets wil verkopen.'

Hij staarde even voor zich uit en schoof toen de Lagonda weer in het drukke Londense verkeer.

Mijn Amerikaanse grootmoeder had me wat geld nagelaten in een trustfonds. Mijn Franse grootmoeder had een spectaculaire dubbele parelketting gehad en deze voor haar overlijden in twee enkele snoeren verdeeld. 'Ieder een, een voor de *petite* Charlotte en een voor *la belle* Rose! Ik zou ze eigenlijk aan mijn dochters moeten geven, maar *mon Dieu*, wat zijn dat een zuurpruimen geworden,' had ze met haar gewone Franse openhartigheid gezegd, waardoor wij schuldbewust waren gaan giechelen. 'Dus dragen jullie ze maar op jullie trouwerij, *mes fleurs*, en denk dan aan mij.'

Ik dacht aan haar toen ik in mijn handtasje graaide en het prachtige snoer parels betastte. Mijn kleine Franse grootmoeder, die al was overleden voordat ze een vlag met een swastika in haar geliefde Parijs had kunnen zien wapperen, godzijdank. *Pardonnez-moi, grand-mère*, dacht ik. Ik kan niet anders. Ik kon niet bij mijn spaargeld komen, maar wel bij mijn parels. Want mijn moeder had me na mijn Afspraak werkelijk willen meeslepen naar Parijs om nieuwe kleren te kopen en bij oude vrienden langs te gaan, zodat we duidelijk konden maken dat we om sociale redenen in Europa waren en niet omdat er iets schandaligs was gebeurd. Vandaar de parels. Ik gunde mezelf nog één laatste blik op de parels, op de grote melkkleurige kralen met de enkele geslepen smaragd die als sluiting diende, en toen liep ik het pandjeshuis binnen waarvoor Finn was blijven stilstaan. Ik legde de parels kletterend op de toonbank en vroeg: 'Wat kunt u me hiervoor geven?'

De ogen van de pandjesbaas flikkerden, maar hij zei gladjes: 'U zult even moeten wachten, *miss*. Ik ben met een paar belangrijke bestellingen bezig.'

'Standaardtrucje,' mompelde Finn, die me ditmaal onverwacht naar binnen was gevolgd. 'Hij wil dat u ongeduldig wordt zodat u zijn bod accepteert. U zit hier nog wel even te wachten.'

Ik stak mijn kin naar voren. 'Ik wacht hier desnoods de hele dag.'

'Ik ga misschien even kijken of alles goed gaat met Gardiner; het is hier niet ver vandaan. U gaat er toch niet vandoor, hè, *miss*?'

'U hoeft me niet de hele tijd *miss* te noemen.' Ik vond het eigenlijk wel leuk, maar ook een beetje raar om zo formeel te doen. 'U escorteert me niet naar Buckingham Palace.'

Hij haalde zijn schouders op en ging naar buiten. 'Goed, *miss*,' zei hij net voordat de deur dichtviel. Ik schudde mijn hoofd, nam plaats op een ongemakkelijke stoel en wikkelde de parels van mijn grootmoeder om mijn vingers, en het duurde ruim een halfuur voordat de pandjesbaas zijn aandacht op me vestigde en met zijn juweliersloep naar de parels keek. 'Ik ben bang dat u bent bedrogen, *miss*,' zei hij met een zucht. 'Glazen parels. Goed glas, maar uiteindelijk toch gewoon glas. Ik kan u er misschien wel een paar pond voor geven –'

'Probeert u het nog een keer.' Ik wist tot op de cent nauwkeurig voor welk bedrag mijn parelketting verzekerd was. In mijn hoofd rekende ik de dollars om in ponden, telde daar tien procent bij op en noemde toen mijn bedrag.

'Hebt u een bewijs van herkomst? Misschien een aankoopbon?' Zijn loep flitste naar me en ik zag hoe zijn vingers naar de sluiting van smaragd graaiden. Ik trok de ketting naar me toe en we bleven onderhandelen. Er kropen nog dertig grimmige minuten voorbij en hij gaf geen haarbreed toe, en ondanks mezelf begon ik harder te praten.

'Ik ga wel ergens anders naartoe,' snauwde ik uiteindelijk, maar hij glimlachte flauwtjes.

'U zult nergens een beter aanbod krijgen, *miss*. Niet zonder bewijs van herkomst. Als u uw vader of uw echtgenoot bij u had, iemand die me kon verzekeren dat u toestemming hebt ze van de hand te doen...'

Alweer dat. Ik was aan de andere kant van de Atlantische Oceaan en ik liep nog steeds bij mijn vader aan de lijn. Ik draaide mijn hoofd naar het raam om mijn woede te verbergen en zag een flits van Rose' blonde hoofd in de passerende mensenmenigte. Even later zag ik dat het gewoon een gehaast schoolmeisje was. O, Rosie, dacht ik vol zelfbeklag terwijl ik het meisje toch nakeek. Je hebt je familie verlaten en bent naar Limoges gegaan; hoe heb je dat in vredesnaam voor elkaar gekregen? Meisjes mogen helemaal niets. Ze mogen niet eens hun eigen geld uitgeven, hun eigen bezittingen verkopen of hun eigen leven leiden.

Ik bereidde me voor op een hopeloze ruzie, toen de winkeldeur openknalde en een vrouwenstem schalde: 'Charlotte, wat ben je in vredesnaam aan het doen... hemeltje, ik heb je toch gezegd dat je op me moest wachten? Wist je dat ik stuk zou zijn van verdriet wanneer ik afstand moest doen van m-mijn snuisterijen en dacht je dat je mij moest sparen?'

Ik staarde haar aan. Eve Gardiner stormde de winkel in en begon te stralen alsof ik haar oogappel was. Ze had dezelfde verkreukelde en versleten jurk aan als die ochtend, maar ze droeg kousen en een paar respectabele pumps; haar misvormde handen gingen schuil in witte handschoenen en ze had haar sprieterige haar opgestoken en verborgen onder een brede hoed die ooit stijlvol was geweest en waarop een halve bos veren zat gepind. Tot mijn verbijstering leek ze wel een dame. Een excentrieke dame, weliswaar, maar toch een dame.

Finn sloeg zijn armen over elkaar, leunde discreet tegen de deurpost en glimlachte bijna onmerkbaar naar me.

'O, het zal me zo spijten om hiervan afstand te doen,' verzuchtte Eve terwijl ze mijn parelketting aaide alsof het een hondje was en de pandjesbaas aankeek met een gereserveerde glimlach. 'Zuidzeeparels, weet u, van w-wijlen mijn geliefde echtgenoot.' Ze veegde haar oog af met een zakdoekje, en mijn mond viel bijna helemaal open van verbazing. 'En de smaragd komt uit India! Uit Cawnpore, al een hele tijd in mijn familie, mijn lieve grootvader onder k-k... onder koningin Victoria. Hij blies Sepoys op, opgeruimd staat netjes, die kleine bruine monsters.' Haar stem droop van de kouwe kak.'Kijkt u nog eens goed naar die glans en zegt u eens wat u er werkelijk voor overhebt, beste man.'

Zijn ogen schoten van de keurig herstelde handschoenen naar de fladderende veren. Het toonbeeld van vervallen adel: een Engelse dame die aan de grond zat en haar juwelen kwam belenen. 'Een eigendomsbewijs, *madam*? Een bewijs van –'

'Jaja, dat moet ik hier ergens hebben.' Eve kwakte een enorme handtas op de toonbank, waardoor de juweliersloep op de grond kletterde. 'Hier... Nee, dat is het niet. Mijn bril, Charlotte...'

'In uw tas, grootmoeder,' zei ik toen ik eindelijk over mijn eerste verbazing heen was en erin slaagde een paar woorden uit te brengen.

'Ik dacht dat jij het had. Kijk eens even in die tas. Nee, hou dit eens vast. Is dit het? Nee, dat is het ontvangstbewijs van die Chinese sjaal, laat me kijken... Eigendomsbewijs, dat moet hier ergens zijn...'

Papieren stroomden over de toonbank van de pandjesbaas. Eve doorzocht ze als een ekster en bleef maar tateren met dat bekakte accent alsof ze net op de thee was geweest bij de koningin terwijl ze in haar tas naar een niet-bestaande bril zocht en elk stuk papier uitgebreid tegen het licht hield. 'Charlotte, kijk nog eens in je tas. Ik weet zeker dat jij mijn bril hebt...'

'Ma'am,' zei de pandjesbaas, en hij schraapte zijn keel toen er nog een stel klanten binnenkwam. Eve besteedde er geen aandacht aan en bleef tetteren als een douairière in een roman van Jane Austen. 'Rustig, *sir*, jaag me niet zo op. Dit is het, ja... nee, nu ja, ik moet het hier ergens hebben...' Haar vederdos ging vervaarlijk heen en weer en verspreidde een regen van veren die naar mottenballen roken. De pandjesbaas probeerde naar het volgende stel klanten te gaan, maar ze sloeg hem op zijn knokkels met zijn eigen loep. 'Niet weglopen, beste man, we zijn nog niet klaar met onderhandelen! Charlotte, schat, lees dit eens voor me, mijn oude ogen...' De klanten die waren binnengekomen, stonden even te wachten en liepen uiteindelijk weer naar buiten.

Ik stond erbij als een bijrolspeler in een film toen de pandjesbaas ten slotte ongeduldig begon te kijken. 'Laat maar, *madam*. Een eigendomsbewijs is niet verplicht; een heer gelooft een dame op haar woord.'

'Goed,' zei Eve. 'Zegt u me dan wat u ervoor overhebt.'

Ze waren een tijdje aan het onderhandelen, maar ik wist wie er zou winnen. Even later telde de pandjesbaas een groot aantal knisperende bankbiljetten uit in mijn handen en verdwenen mijn parels achter de toonbank; we draaiden ons om en zagen Finn, die de deur openhield. Alleen aan zijn ogen was te zien dat hij grijnsde. *'My lady,'* zei hij met een uitgestreken gezicht, en Eve liep zwierig als een hertogin naar buiten, met deinende vederdos.

'Ach,' zei ze toen de winkeldeur achter ons gesloten was. Het bekakte accent was helemaal uit haar stem verdwenen. 'Daar heb ik van genoten.'

Ze leek in het geheel niet meer op het dronken lor van de afgelopen avond, met haar theekopje en haar Luger. Ze leek trouwens ook een heel ander mens dan het oude wijf met de kater van die ochtend. Ze zag er nuchter en fris uit en leek het naar haar zin te hebben; haar grijze ogen glinsterden en haar benige schouders hadden haar jaren en het aura van berooide adellijke dame afgeworpen alsof het een lastige sjaal was.

'Hoe hebt u dat voor elkaar gekregen?' vroeg ik terwijl ik naar mijn hand vol bankbiljetten keek.

Eve Gardiner trok haar handschoen uit, onthulde zo die monsterlijke hand en haalde haar eeuwige sigaretten uit haar tas. 'Mensen zijn dom. Als je een redelijk verhaal afsteekt en een stuk papier onder hun neus duwt, kom je er altijd mee weg wanneer je maar genoeg zelfbeheersing hebt.'

Ze klonk alsof ze iemand citeerde. 'Altijd?' vroeg ik.

'Nee.' De glinstering verdween uit haar ogen. 'Niet altijd. Maar d-dit kon haast niet misgaan. Die opgeblazen zak wist dat hij een koopje had. Ik heb er gewoon voor gezorgd dat hij me sneller zijn winkel uit schopte.'

Ik vroeg me af waarom haar gestotter zo kwam en ging. Tijdens die poppenkast in de winkel had ze maar één keer gehaperd. En waarom had ze die poppenkast eigenlijk opgevoerd? Ik bestudeerde haar terwijl ze haar sigaret uitstak naar Finn en hij een lucifer voor haar afstreek. 'U vindt me helemaal niet aardig.'

'Nee,' zei ze, en ze keek me weer aan met die ogen met de hangende oogleden, als een adelaar die uit zijn nest keek. Een geamuseerde blik, maar er lag geen enkele sympathie in, geen zachtheid.

Het kon mij niet schelen. Ze vond me misschien niet aardig, maar ze behandelde me in elk geval als een gelijke en niet als een kind of een sloerie. 'Waarom hebt u me daar dan geholpen? ' vroeg ik, net zo bot als zij. 'Waarom helpt u me eigenlijk?'

'Wat denk je van geld?' Ze keek naar de bankbiljetten in mijn hand en noemde een bedrag dat me naar adem deed happen. 'Ik k-kan je meenemen naar iemand die misschien iets weet over die nicht van je, maar dat doe ik niet voor niks.'

Ik kneep mijn ogen dicht en wilde dat ik me niet zo klein voelde tussen die lange Schot en die lange Engelse. 'U krijgt geen penny als u me niet vertelt wie u vanochtend aan het bellen was.'

'Een Engelse officier die momenteel gestationeerd is in Bordeaux,' zei ze zonder aarzeling. 'We kennen elkaar al dertig jaar, hij en ik, maar hij is op vakantie. Dus probeerde ik een andere kennis, een vrouw die het een en ander weet. Ik vroeg haar naar een restaurant dat Le Lethe heette en de man die er de baas was, maar ze hing zomaar op.' Ze haalde haar neus op. 'Die trut weet iets. Als we haar persoonlijk te spreken kunnen krijgen, k-krijg ik het wel uit haar. En als we het niet uit haar kunnen krijgen, kan ik het zeker uit mijn Engelse officier krijgen zodra hij terug is van de eendenjacht in de Marken. Is dat je wel een paar pond waard?'

Ze vroeg wel meer dan een paar pond, maar daar zei ik niets van. 'Waarom was u opeens zo geïnteresseerd toen ik over Monsieur René begon?' Ik bestookte haar ook maar met vragen. 'Hoe kunt u hem kennen als we niet eens zijn achternaam weten? Of zegt de naam van het restaurant u iets?'

Eve keek me glimlachend aan door een rookwolk. 'Krijg de tering, yank,' zei ze op zoete toon.

Ze stotterde niet toen ze dat zei. Vóór Eve Gardiner had ik een vrouw dat nog nooit horen zeggen. Finn keek naar de lucht, met een volkomen uitdrukkingsloos gezicht.

'Oké,' zei ik. En ik telde de bankbiljetten een voor een uit in haar hand.

'Dat is de helft van wat ik vroeg.'

'U krijgt de rest nadat we met uw vrienden hebben gesproken,' zei ik op even zoete toon. 'Want anders zet u het waarschijnlijk op een zuipen en laat u mij zitten.'

'Waarschijnlijk wel,' gaf Eve toe. Maar ik twijfelde, ondanks mijn woorden. Ze wilde niet alleen mijn geld, maar ook nog iets anders. Dat wist ik zeker.

'Dus waar kunnen we die oude vriendin van u vinden?' vroeg ik toen we ons allemaal in de Lagonda wurmden: Finn achter het stuur, Eve in het midden met haar arm nonchalant om zijn schouder geslagen en ik tegen het portier geperst terwijl ik de rest van de bankbiljetten in mijn handtasje propte. 'Waar gaan we naartoe?'

'Folkestone.' Eve boog naar voren en wilde haar sigaret uitdrukken op het dashboard, maar Finn graaide de peuk uit haar hand, gooide hem uit het raam en keek haar boos aan. 'En na Folkestone gaan we naar Frankrijk.'

Hoofdstuk 4

Eve

Mei 1915

Frankrijk. Daar zou Eve dus gaan werken als spion. Spion, dacht ze om eens te ervaren hoe dat voelde, en ze onderzocht de gedachte zoals een kind het gat in zijn mond onderzoekt wanneer hij een tand is kwijtgeraakt. Ze kreeg kriebels in haar buik, deels vanwege de zenuwen, maar ook vanwege de opwinding. Ik word spion in Frankrijk.

Maar voordat ze naar Frankrijk ging, ging ze naar Folkestone.

'Denkt u dat ik u uit een typekamer kan plukken en meteen kan loslaten in vijandelijk gebied?' vroeg kapitein Cameron, die Eves uitpuilende reistas de trein in tilde. Dat was slechts een dag nadat hij haar bij een kopje thee in de salon van het pension had gerekruteerd; ze zou die avond al met hem zijn meegegaan in de kleren die ze aanhad, of dat nou gepast was of niet, maar de kapitein had erop gestaan om haar keurig de volgende middag op te halen. Op weg naar het station had hij haar bij de arm genomen alsof ze op vakantie gingen. De enige die afscheid van Eve had genomen, was de cyperse kater. Ze had het dier op zijn neus gekust en tegen hem gefluisterd: 'Je moet bij Mrs. Fitz hiernaast zijn. Ze heeft me beloofd dat ze je restjes zal geven wanneer ik weg ben.'

'Mocht iemand iets vragen,' zei kapitein Cameron toen ze plaatsnamen in hun lege wagon, 'dan ben ik een liefhebbende oom die zijn lievelingsnicht meeneemt voor een korte vakantie in Folkestone.' Hij deed gedecideerd de deur dicht en controleerde of er verder inderdaad niemand in de wagon was.

Eve hield haar hoofd schuin en keek naar zijn magere gezicht en zijn verkreukelde tweedjasje. 'Bent u niet iets te jong om mijn oom te zijn?'

'U bent tweeëntwintig, maar lijkt wel zestien. Ik ben tweeëndertig, maar ik zie eruit als vijfenveertig. Ik ben uw oom Edward. Dat is onze dekmantel, nu en in de toekomst.'

Zijn echte naam, had ze ontdekt, was Cecil Aylmer Cameron. Privéscholen, de koninklijke militaire academie, korte tijd in dienst in Edinburgh, waar hij dat lichte Schotse accent moest hebben gekregen; Eve kende nu zijn referenties, die hij keurig had opgesomd toen ze zijn aanbod aannam. Gegevens over zijn privéleven kreeg ze alleen te horen wanneer dat absoluut noodzakelijk was in deze geheimzinnige aangelegenheid... En nu had ze één ding gehoord: zijn schuilnaam. 'Het is oom Edward.' Nog een kriebel in Eves maag. 'En wat is m-mijn schuilnaam?' Ze had Kipling en Childers en Conan Doyle gelezen; zelfs in fantastische boeken als *De rode pimpernel* hadden spionnen schuilnamen, vermommingen.

'Dat merkt u vanzelf.'

'Waar g-g... waar ga ik naartoe in Frankrijk?' Het kon haar nu niet meer schelen of ze in zijn bijzijn stotterde.

'Wacht maar af. Eerst uw opleiding.' Hij glimlachte en kreeg rimpeltjes om zijn ogen. 'Pas op, Miss Gardiner. Het is te merken dat u opgewonden bent.'

Eve streek haar gezicht glad tot het een en al porseleinen onschuld was.

'Dat is beter.'

Folkestone. Voor de oorlog was het een slaperige kustplaats geweest. Nu was het een drukke haven, waar elke dag veerboten vol vluchtelingen aankwamen en waar meer Frans en Vlaams dan Engels werd gesproken. Kapitein Cameron zei niets zolang ze in het drukke station waren en begon pas te praten toen ze op de promenade liepen. 'Folkestone is de eerste stop vanaf Vlissingen,' zei hij, steeds zijn tempo aanpassend zodat ze buiten gehoorsafstand van andere wandelende stellen bleven. 'Een van mijn taken is ervoor te zorgen dat de vluchtelingen worden verhoord voordat ze in Groot-Brittannië worden toegelaten.'

'Om mensen zoals ik te werven?'

'En om mensen zoals u te vinden die voor de andere kant werken.'

'H-hoeveel h-hebt u er van beide kanten gevonden?'

'Zes van de een, een half dozijn van de ander.'

'Zijn er veel vrouwen?' wilde Eve weten. 'Onder de... de rekruten?' Hoe noemde je ze? Leerling-spionnen? Spionnen in opleiding? Het klonk allemaal absurd. Ergens kon Eve nog steeds niet geloven dat dit echt gebeurde. 'Ik had nooit verwacht dat vrouwen in aanmerking kwamen voor dit werk,' zei ze eerlijk. Kapitein Cameron (oom Edward) leek de waarheid op miraculeuze wijze uit haar te kunnen vissen. Hij kon mensen vast heel goed verhoren, dacht ze. Hij wist informatie zo ongemerkt uit je te halen dat je nauwelijks in de gaten had dat je je iets had laten ontglippen.

'Integendeel,' zei de kapitein. 'Ik rekruteer graag vrouwen. Het lukt hun vaak om niet op te vallen waar een man verdacht zou zijn en zou worden opgepakt. Ik heb een paar maanden geleden een Française gerekruteerd...' Hij begon opeens blij te glimlachen, alsof hij zich iets bijzonder aangenaams herinnerde. '...die nu de leiding heeft over een netwerk van meer dan honderd informanten en de indruk wekt dat het allemaal een fluitje van een cent is. Haar rapporten over artillerieposities zijn zo accuraat en komen zo snel binnen dat we ze vaak al binnen enkele dagen kunnen beschieten. Heel opmerkelijk. Ze is de beste spion die we hebben, van alle mannen en vrouwen.'

Eves drang om zich te bewijzen stak meteen de kop op. Ik zal de beste zijn.

Hij hield een taxi aan: 'The Parade, nummer 8.' Een bouwvallig huisje dat op het pension leek waar Eve had gewoond en dat waarschijnlijk ook voor een pension moest doorgaan wanneer de buren nieuwsgierig werden. Maar toen Eve was binnengelaten door de kapitein en op het versleten kleed in de salon stond, werd ze niet welkom geheten door een stijve oude vrijster met een zuinig mondje, maar door een lange majoor in uniform.

Hij bekeek Eve argwanend en draaide met zijn vingers aan de punten van zijn indrukwekkende snor. 'Wel erg jong,' zei hij afkeurend terwijl hij haar van top tot teen bekeek.

'Geeft u haar een kans,' zei kapitein Cameron mild. 'Miss Evelyn Gardiner, dit is majoor George Allenton. Ik vertrouw u aan hem toe.'

Even was Eve bang toen ze de in tweed gehulde rug van Cameron zag verdwijnen, maar ze onderdrukte haar angst. Ik mag niet bang zijn, herinnerde ze zichzelf, want anders zal ik falen.

De majoor leek niet erg enthousiast. Eve vermoedde dat hij kapitein Camerons voorkeur voor vrouwelijke rekruten niet deelde. 'U slaapt in de eerste kamer op de eerste verdieping. Meld u zich hier weer over vijftien minuten.' En zo geruisloos gingen de deuren van de geheime wereld voor haar open.

De opleiding in Folkestone duurde twee weken. Twee weken in benauwde vertrekken met lage plafonds en ramen die waren verduisterd en de hitte van mei buitenhielden. Vertrekken vol studenten die er niet uitzagen als spionnen en vreemde en sinistere dingen leerden van mannen die er niet uitzagen als soldaten.

Ondanks de rekruteringsvoorkeuren van kapitein Cameron bleek Eve de enige vrouw te zijn. De instructeurs zagen haar over het hoofd en keken eerst naar de mannen voordat ze Eve een vraag lieten beantwoorden, maar dat deerde haar niet, omdat ze zo tijd had om haar klasgenoten te bestuderen. Het waren er vier, die allemaal totaal verschillend waren. Dat verbaasde Eve nog het meest. Op alle rekruteringsaffiches voor soldaten stond een rijtje identieke flinke en kloeke tommy's, die zo op elkaar leken dat ze gezichtsloos werden. Dat was de ideale soldaat: een rij, een regiment, een bataljon sterke mannen die allemaal op elkaar leken. Maar op een rekruteringsposter voor spionnen, besefte ze, zou gewoon een rij verschillende mensen staan die er niet uitzagen als spionnen.

Er was een potige Belg met een grijzende baard; twee Fransmannen, een met een accent uit Lyon en een andere die mank liep; en een slanke Engelse jongen die de moffen met zoveel vuur haatte dat hij bijna gloeide. Hij wordt vast niet goed, oordeelde Eve, geen zelfbeheersing; en ze was ook niet erg overtuigd van de kreupele Fransman: hij balde zijn vuisten wanneer hij op de minste weerstand stuitte. De hele opleiding was een oefening in frustratie, friemelwerk dat een oneindige hoeveelheid geduld vergde: sloten forceren, het leren van codetaal en geheimschrift. De verschillende soorten onzichtbare inkt, hoe je die kon maken en hoe je die kon lezen. Hoe je een kaart moest lezen en moest tekenen, hoe je berichten kon verstoppen... de lijst ging maar door. De Belg vloekte zachtjes wanneer ze rapporten moesten opstellen op piepkleine stukjes rijstpapier, want zijn enorme vuisten waren net hammen. Maar Eve had het systeem van minuscule lettertjes, die ongeveer net zo groot waren als een komma op een typemachine, al snel onder de knie. En haar instructeur, een lange, magere Cockney die haar sinds haar aankomst nauwelijks had aangekeken, glimlachte om haar werk en begon haar beter in de gaten te houden.

De opleiding duurde slechts veertien dagen, en Eve vroeg zich af hoezeer je in twee weken kon veranderen. Of veranderde ze niet, maar werd ze wie ze was? Ze had het gevoel dat ze werd afgebrand, alsof ze elke overtollige laag en alle ballast van lichaam en geest die haar kon neerhalen afwierp. Wanneer ze 's ochtends wakker werd, voelde ze een soort gretigheid, gooide ze de lakens opzij en sprong uit bed, haar hoofd een lange, hongerige schreeuw naar wat de dag haar te bieden had. Ze priegelde met die piepkleine stukjes papier, met de gereedschappen tot ze een slot ervan kon overtuigen zijn geheimen prijs te geven, en toen ze voor het eerst voelde hoe de tuimelaars van het slot klikten, deed dat haar een veel groter en intenser genoegen dan wanneer een man haar probeerde te zoenen.

Ik ben hiervoor geboren, dacht ze. Ik ben Evelyn Gardiner en ik hoor hier thuis.

Aan het einde van de eerste week kwam kapitein Cameron haar opzoeken. 'Hoe gaat het met mijn pupil?' vroeg hij toen hij onaangekondigd het benauwde, geïmproviseerde klaslokaal binnenstapte.

'Heel goed, oom Edward,' zei Eve bedeesd.

Zijn ogen lachten. 'Wat bent u aan het oefenen?'

'Berichten verstoppen.' Hoe ze snel een zoom van haar mouw kon openhalen, er een minuscuul opgerold papiertje in moest stoppen en hoe ze het er razendsnel weer uit kon peuteren. Daar moest je snelle en behendige vingers voor hebben, maar die had Eve.

De kapitein leunde tegen de rand van de tafel. Hij was vandaag in uniform, de eerste keer dat ze hem in het kaki zag, en het stond hem goed. 'Op hoeveel plekken kunt u een bericht verstoppen, met de kleren die u nu draagt?'

'Mouwen, zomen, vingertoppen van handschoenen,' somde Eve op. 'Aan een speld in mijn haar, natuurlijk. Opgerold aan de binnenkant van een ring of in de hak van een s-schoen...'

'Hm, die laatste truc kunt u beter vergeten. Ik heb gehoord dat de moffen de hakkentruc doorhebben.'

Eve knikte en probeerde het te onthouden. Ze rolde haar piepkleine, onbeschreven briefje open en begon het snel door de zoom van haar zakdoek te priegelen.

'Uw klasgenoten doen schietoefeningen,' merkte de kapitein op. 'Waarom u niet?'

'Dat vond majoor Allenton niet nodig.' Ik kan me niet voorstellen dat een vrouw ooit in de positie komt dat ze een schot moet lossen, waren zijn woorden, en daarom was Eve achtergebleven terwijl haar klasgenoten met geleende Webleys waren verdwenen. Er waren nu nog maar drie klasgenoten over – de magere Engelsman was ongeschikt bevonden en huilend en vloekend vertrokken. Ga maar bij de tommy's als je tegen de Duitsers wilt vechten, dacht Eve niet zonder enige warmte.

'Volgens mij moet u wel leren schieten, Miss Gardiner.'

'G-gaat u dan niet in tegen de bevelen van de majoor?' Cameron en Allenton mochten elkaar niet; dat had Eve op de eerste dag al gezien.

Cameron zei alleen: 'Kom mee.'

Hij nam Eve niet mee naar de schietbaan, maar naar een verlaten stuk strand, ver van de drukke haven. Hij liep in de richting van het water, met een rugtas die bij elke pas rinkelde over zijn schouder, en Eve volgde hem met haar rijglaarzen die in het zand zakten terwijl de wind aan haar keurig opgestoken haar trok. Het was een warme ochtend, en Eve had haar jasje wel willen uittrekken, maar het was al ongepast dat ze in haar eentje met een man naar een verlaten strand was gegaan. Miss Gregson en de andere secretaresses zouden wel denken. Toen zette Eve die gedachte van zich af en trok haar jasje uit, met het idee dat ze niet ver zou komen als spion wanneer ze te veel nadacht over de vraag of iets wel gepast was.

De kapitein vond een aangespoelde boomstam, pakte een paar lege flessen uit zijn rinkelende rugzak en zette ze in een rijtje op de stam. 'Dit is wel goed. Ga eens tien passen naar achteren.'

'Moet ik niet van een grotere afstand kunnen schieten?' vroeg Eve, die haar jasje op een stuk zeegras gooide.

'Wanneer u op iemand moet schieten, is het waarschijnlijk van dichtbij.' Kapitein Cameron keek even om zich heen en pakte toen zijn pistool uit zijn holster. 'Dit is een 9mm-Luger Po8 –'

Eve trok haar neus op. 'Een Duits p-pistool?'

'Niet spotten, Miss Gardiner. Dit is veel accurater en betrouwbaarder dan onze Engelse revolvers. Onze jongens krijgen de Webley Mk IV; daar zijn uw klasgenoten nu mee aan het oefenen, en dat kunnen ze net zo goed laten, want het kost weken voordat je goed bent met een Webley, omdat je daarmee niet nauwkeurig kunt richten. Met een Luger schiet je al na een paar uur oefenen raak.'

Kapitein Cameron haalde het pistool snel uit elkaar, noemde de naam van de verschillende onderdelen en liet Eve hem in elkaar zetten en uit elkaar halen tot ze er enigszins bedreven in was. Toen ze het trucje doorhad en zag hoe haar handen snel bewogen, voelde ze dezelfde opwinding die ze voelde toen ze erin geslaagd was een plattegrond te lezen of een boodschap te ontcijferen. Meer, dacht ze. Ik wil meer.

Cameron liet haar het pistool laden en de kogels er weer uit halen, en Eve wist dat hij wachtte tot ze zou smeken of ze mocht schieten in plaats van met de onderdelen van het pistool te hannessen. Hij wil zien of ik geduldig ben. Ze duwde een losse lok achter haar oor en volgde de instructie zwijgend op. Ik kan de hele dag wachten, kapitein.

'Daar.' Eindelijk wees hij naar de eerste fles van het rijtje dat op de aangespoelde boomstam stond. 'U hebt zeven patronen. Langs de loop kijken. Zo. Hij schiet niet omhoog zoals een Webley, maar er is wel een terugslag.' Hij tikte met een vinger op haar schouder, haar kin, haar knokkels om haar houding te verbeteren. Geen pogingen om haar intiem aan te raken – Eve herinnerde zich de Franse jongens in Nancy wanneer ze meeging op eendenjacht. Ik laat je wel zien hoe je moet mikken! En dan sloegen ze hun armen om haar heen.

De kapitein knikte en ging naar achteren. De harde, zilte wind trok aan zijn korte haar en maakte golfjes op het leiblauwe water van het Kanaal achter hem. 'Schiet!'

Ze loste haar zeven schoten, die weergalmden op het verlaten strand, en raakte niet één fles. Ze was bitter teleurgesteld, maar ze liet er niets van merken. Ze laadde gewoon opnieuw.

'Waarom wilt u dit, Miss Gardiner?' vroeg de kapitein, die met een knikje aangaf dat ze weer mocht schieten.

'Ik wil een bijdrage leveren aan de strijd.' Ze stotterde helemaal niet. 'Is dat zo raar? Toen afgelopen zomer de oorlog uitbrak, stond iedere jongeman in Engeland te popelen om te vechten, om zich te bewijzen. Heeft iemand gevraagd waarom zij dat wilden?' Ze richtte de Luger en plaatste nog zeven nauwkeurig gemikte schoten. Ze raakte een van de flessen en schoot er een scherf af, maar hij spatte niet uiteen. Nog een steek van teleurstelling. Maar op een dag ben ik de beste, zwoer ze. Beter dan die geweldige rekruut in Lille, wie dat ook moge zijn.

De stem van de kapitein vervolgde: 'Haat u de moffen?'

'Ze zaten niet ver van Nancy, waar ik ben opgegroeid.' Eve begon opnieuw te laden. 'In die tijd haatte ik ze niet. Maar toen zijn ze Frankrijk binnengevallen, hebben ze het land aan stukken gescheurd en alle goede dingen weggeroofd.' Ze stopte de laatste kogel in de kamer. 'Wat geeft hun het recht?'

'Niets.' Hij bestudeerde haar. 'Maar bij u is het volgens mij eerder de drang om u te bewijzen dan patriottisme.'

'Ja,' gaf ze toe, en dat voelde goed. Dat was inderdaad wat ze vooral wilde. Ze wilde het zo graag dat het pijn deed.

'U moet hem iets losser vasthouden. U rukt aan de trekker in plaats van hem zachtjes over te halen, en daardoor mikt u naar rechts.'

Bij haar tweede schot explodeerde er een fles. Eve grijnsde.

'U moet niet denken dat dit een spelletje is.' De kapitein keek haar aan. 'Ik zie zoveel jongemannen die staan te popelen om het Duitse zwijn te verslaan. Dat is prima voor de gewone soldaten; na een week in de loopgraven zijn ze gewoon een illusie armer en dan is er verder niet veel aan de hand, behalve dan dat ze hun onschuld hebben verloren. Maar spionnen mogen niet branden van ongeduld. Spionnen die denken dat het een spelletje is, lopen hun dood tegemoet en sleuren waarschijnlijk ook hun kameraden mee. U hebt misschien verhalen over die domme moffen gehoord, maar ze zijn slim en genadeloos en zullen hun uiterste best doen om u te pakken te krijgen zodra u een voet in Frankrijk zet. Als vrouw zult u waarschijnlijk niet tegen een muur worden gezet en de kogel krijgen, zoals die negentienjarige jongen die ik afgelopen maand naar Roubaix had gestuurd. Maar u kunt wel worden opgepakt en in een of andere Duitse gevangenis belanden, waar u langzaam doodhongert tussen de ratten, en dan kan niemand u helpen, zelfs ik niet. Snapt u dat, Evelyn Gardiner?'

Nog een test, dacht Eve met bonzend hart. Als ze niet slaagde, zou ze nooit in de buurt van Frankrijk komen. Als ze niet slaagde, zou ze weer teruggaan naar een kamer in een pension en brieven archiveren. Nee.

Maar wat was het goede antwoord?

Kapitein Cameron wachtte en keek haar strak aan.

'Ik heb nooit gedacht dat dit een spelletje was,' zei Eve uiteindelijk. 'Ik speel g-geen spelletjes. Spelletjes zijn voor kinderen, en ik zie er misschien uit alsof ik zestien ben, maar ik ben nooit een kind geweest.' Ze begon het pistool weer te laden. 'Ik kan u niet beloven dat ik niet zal falen, maar dat komt dan niet doordat ik denk dat het een lolletje is.'

Ze keek hem even strak en uitdagend aan en voelde haar hart bonzen in haar keel. Was dat het goede antwoord? Ze had geen idee. Maar ze wist niet wat ze anders had moeten antwoorden. 'We sturen u naar Lille, een stad die door de Duitsers is bezet,' zei kapitein Cameron uiteindelijk, en Eves knieën knikten van opluchting. 'Maar u gaat eerst naar Le Havre, om uw contactpersoon te ontmoeten. Uw naam is Marguerite le François. U moet op die naam leren reageren alsof het uw eigen naam is.'

Marguerite le François. Dat betekende ongeveer Margriet de Française, en Eve glimlachte. Een perfecte naam voor een onschuldig meisje, een meisje dat werd genegeerd en in wier bijzijn mensen gewoon verder praatten. Gewoon een argeloos margrietje dat zich schuildhield in het gras.

Kapitein Cameron glimlachte terug. 'Ik vond het wel passend.' Hij wees naar de rij flessen, waarvan er nog zes over waren; hij had smalle, bruine handen en Eve zag de gouden flits van de trouwring aan de linkerhand. 'Nog een keer.'

'Bien sûr, oncle Edouard.'

Tegen het einde van de middag waren alle flessen aan stukken geschoten. Wanneer ze nog een paar dagen onder zijn hoede zou oefenen, zou ze in zeven schoten zeven flessen raken.

'Hij besteedt wel veel tijd aan u, onze Cameron,' zei majoor Allenton op een ochtend toen Eve na het oefenen weer terugkwam in de klas.

Sinds haar aankomst had hij nog niet de moeite genomen om met Eve te praten, maar nu bekeek hij haar onderzoekend. 'U moet oppassen, jongedame.'

'Ik heb g-geen idee wat u bedoelt.' Eve was als eerste in de klas voor een praktijksessie codes ontcijferen en nam plaats achter haar bureau. 'De kapitein gedraagt zich als een heer.'

'Nou, hij is niet echt een heer. Er was die vervelende aangelegenheid waarvoor hij drie jaar in de gevangenis heeft gezeten.'

Eve viel bijna van haar stoel. Cameron, met zijn beschaafde stem, dat lichte Schotse accent en zijn onberispelijke Engels, de milde oogopslag en slungelige elegantie. Gevangenis?

De majoor draaide aan de punten van zijn snor en wachtte duidelijk tot ze zou aandringen op sappige details. Eve trok haar rok recht en bleef zwijgen. 'Oplichting,' zei hij uiteindelijk. Het deed hem duidelijk genoegen om af te geven op een ondergeschikte. 'Voor het geval u nieuwsgierig bent. Zijn vrouw probeerde haar parelketting als gestolen op te geven, waardoor het verzekeringsfraude was. Een louche bedoening. Hij heeft de schuld op zich genomen, maar wie weet wat er echt is gebeurd?' De majoor keek redelijk vergenoegd naar de uitdrukking op Eves gezicht. 'Hij heeft u waarschijnlijk niet over de gevangenisstraf verteld, hè?' Een knipoog. 'Of over zijn vrouw?'

'Dat zijn mijn zaken niet,' zei Eve op ijzige toon. 'En aangezien hij weer is gerehabiliteerd door het leger van Zijne Majesteit en een vertrouwenspositie bekleedt, is het n-niet aan mij om zijn gezag in twijfel te trekken.'

'Ik zou het geen vertrouwenspositie willen noemen, jongedame. De oorlog maakt vijanden tot vrienden; we hebben iedereen nodig, zelfs mensen die hun handen vuil hebben gemaakt. Cameron is gerehabiliteerd en heeft zijn baan teruggekregen, maar dat betekent niet dat ik het goed zou vinden wanneer een van mijn dochters met hem in haar eentje naar het strand ging. Wanneer een man achter de tralies heeft gezeten...'

Eve dacht aan Camerons lange vingers die de Luger voor haar laadden. Ze kon zich niet voorstellen dat die vingers iets ontvreemdden. 'Is d-d-dat alles, *sir*?' Ze wilde natuurlijk dolgraag meer weten, maar ze mocht hangen als ze deze rancuneuze walrus met zijn belachelijke snor nog een vraag zou stellen. De majoor liep duidelijk teleurgesteld weg, en Eve hield Cameron de volgende dag stiekem in de gaten. Maar ze vroeg niets, want iedereen in Folkestone had geheimen. En op de dag dat de opleiding was afgerond, stak hij de Luger als cadeau in haar keurig ingepakte reistas en zei: 'U vertrekt morgenochtend naar Frankrijk.'

Deel II

Hoofdstuk 5

Charlie

Mei 1947

Ik weet niet hoelang het duurde om het Kanaal over te steken. Het leek in elk geval een eeuwigheid, omdat ik constant aan het overgeven was.

'U moet uw ogen niet dichtdoen.' Finn Kilgores Schotse gebrouw klonk achter me terwijl ik me verbeten aan de railing vasthield. 'Je krijgt nog meer last van je maag wanneer je niet kunt zien uit welke richting de golven komen.'

Ik kneep mijn ogen nog strakker dicht. 'Zeg dat woord nou alstublieft niet.'

'Welk woord?'

'Golven.'

'Kijk gewoon naar de horizon en –'

'Te laat,' zei ik kreunend, en ik leunde over de railing. Ik had niets meer in mijn maag wat ik kon uitbraken, maar mijn maag keerde zich toch binnenstebuiten. Vanuit mijn ooghoek zag ik hoe een paar Fransmannen in keurige pakken hun neus ophaalden en iets verderop gingen staan op het dek. Een stevige windvlaag blies over het dek en sloeg mijn donkergroene hoed met de verschrikkelijke opgerolde rand van mijn hoofd. 'Laat maar,' zei ik naar adem happend tussen de oprispingen door toen Finn hem nog over de railing probeerde te pakken. 'Ik haat die hoed!'

Hij glimlachte en stak zijn hand uit om mijn haar uit mijn gezicht te houden toen ik nog een keer kokhalsde. Ik had me verschrikkelijk geschaamd toen ik de eerste keer in zijn bijzijn overgaf, maar nu was ik te misselijk om me vernederd te voelen. 'U hebt wel een gevoelige maag voor een yank,' merkte hij op. 'Ik dacht dat Amerikanen nergens misselijk van werden door al die hotdogs en hun koffie.'

Ik ging weer rechtop staan en zag waarschijnlijk net zo groen als een oud blik erwten. 'Begin nu alstublieft niet over hotdogs.'

Hij liet mijn haar los. 'Zoals u wilt.'

We hadden ons zo ver mogelijk van Eve verwijderd, omdat ze het bijzonder vermakelijk had gevonden dat ik me zo ellendig voelde, en ik moest snel bij haar uit de buurt zijn omdat ik haar anders had vermoord. Na een tijdje was Finn bij me komen staan. Waarschijnlijk had hij er genoeg van gekregen om haar gevloek te horen en in haar rookdampen te staan, maar ik kon me eigenlijk niet voorstellen dat dat erger was dan mijn eindeloze gebraak.

Hij draaide zich om en leunde met zijn ellebogen op de railing, zijn hoofd achteroverhoudend om naar het kleine bovendek van de boot te kijken. 'Waar gaan we eigenlijk naartoe wanneer we in Le Havre zijn, *miss*?'

'Volgens Eve is de vrouw die we moeten spreken in Roubaix, dus daar kunnen we dan net zo goed naartoe gaan voordat we naar Limoges gaan. Maar ik zat te denken...' Ik dwaalde af.

'Wat zat u te denken?'

'Eerst naar Rouen?' Het kwam eruit als een vraag, en daarvoor kon ik mezelf wel voor mijn hoofd slaan. Ik hoefde geen toestemming te vragen of we daar eerst naartoe konden gaan; dit was mijn queeste, ook al was dat een veel te groots woord. Mijn missie? Mijn obsessie? Nou, hoe je het ook wilde noemen, ik betaalde, en daarom had ik het voor het zeggen. Finn en Eve leken dat de normaalste zaak van de wereld te vinden, en daarvan kon ik alleen maar genieten nadat ik wekenlang het gevoel had gehad dat ik een blaadje in een draaikolk was. 'We gaan naar Rouen,' zei ik gedecideerd. 'Mijn tante is weggegaan uit Parijs en na de oorlog voorgoed in het zomerhuis gaan wonen. Ze was niet zo toeschietelijk in haar brieven, maar als ik opeens bij haar op de stoep sta, wil ze vast wel met me praten.'

Ik dacht aan mijn Franse tante met haar handtas vol rammelende pillendozen voor alle ziekten waaraan ze meende te lijden en ik wilde haar bij haar knokige armen pakken en door elkaar rammelen tot ze me zei wat ik wilde horen. Waarom is Rose in '43 het huis uit gegaan? Wat is er met je dochter gebeurd?

Ik keek over het dek en zag de achtjarige Rose, met haar lange benen en sproeten, langs de railing huppelen. Ze glimlachte, en toen zag ik dat het Rose helemaal niet was. Ze had niet eens blond haar, zoals Rose. Ik zag het kind terugrennen naar haar moeder bij de boeg, en mijn verbeelding probeerde me nog wijs te maken dat ik de blonde vlechten van Rose op de smalle rug zag springen, en niet de bruine vlechten van een meisje dat ik niet kende.

'Rouen,' herhaalde ik. 'We overnachten in Le Havre en rijden er morgenochtend naartoe. We kunnen er vanavond al zijn als we de trein nemen...' Eve had botweg geweigerd om zelfs maar te overwegen met iets anders dan de auto te reizen, en daarom had ik een flink bedrag moeten ophoesten om Finns Lagonda met een hijskraan langzaam op de boot te laten tillen. Alsof we Britse lords waren die voor een champagnepicknick door Europa gingen toeren. Voor het bedrag waarvoor we de auto konden meenemen – en vanwege de auto moesten we ook nog eens de trage boot naar Le Havre nemen en konden we niet naar Boulogne varen – had ik zes mensen naar Frankrijk en weer terug kunnen laten varen. 'Kan dat mens zich niet vermannen en met de trein reizen?' vroeg ik geërgerd.

'Volgens mij niet,' zei Finn.

Ik keek naar mijn onvoorspelbare bondgenoot aan de andere kant van het dek. Tijdens de autorit had ze ofwel zitten vloeken ofwel zitten zwijgen, en toen we in Folkestone waren aangekomen, had ze geweigerd uit te stappen, zodat Finn met me mee had moeten gaan om kaarten voor de boot te kopen. Toen we weer bij de Lagonda kwamen, was ze verdwenen, en nadat we een tijdje hadden rondgereden, vonden we haar voor een vervallen rijtjeshuis met huisnummer 8 aan de Parade. Ze had daar gewoon nors voor zich uit staan kijken. 'Ik vraag me nog steeds af wat er van die magere Engelse jongen geworden is,' had ze zomaar uit het niets gezegd. 'Die ene die ze de k-klas uit hebben geschopt. Is hij naar de loopgraven gegaan en aan stukken geschoten? Mazzelaar.'

'Welke klas?' had ik geïrriteerd gevraagd, maar ze had alleen haar gebruikelijke blaffende lachje laten horen en gezegd: 'Moeten we niet een boot halen?'

En nu zag ze er onverwacht kwetsbaar uit. Ze zat zonder hoed en in haar versleten jas aan het einde van het dek in een hoekje onophoudelijk sigaretten te roken. 'Zo zat mijn broer er ook altijd bij,' zei ik. 'Met zijn rug in een hoek. Althans, nadat hij uit Tarawa was teruggekomen. Op een avond werd hij dronken en toen vertelde hij dat hij zich alleen op zijn gemak voelde wanneer hij alles kon overzien.' Ik kreeg een brok in mijn keel toen ik aan James' knappe, brede gezicht dacht, toen niet echt knap omdat hij lodderig keek door de drank en plichtmatig glimlachte, omdat de blik in zijn ogen zo leeg was...

'Dat hebben veel soldaten,' zei Finn op neutrale toon.

'Ik weet het.' Ik slikte de brok in mijn keel weg. 'Mijn broer was niet de enige, ik zag het wel vaker bij de soldaten in het café waar ik werkte.' Ik zag Finns verbaasde blik. 'Wat, dacht u dat het rijke Amerikaanse meisje nooit heeft gewerkt?'

Dat was duidelijk precies wat hij dacht.

'Mijn vader vond dat zijn kinderen moesten weten wat een dollar waard was. Ik was veertien toen ik op zijn kantoor begon te werken.' Een advocatenkantoor dat gespecialiseerd was in internationaal recht en waar aan de telefoon evenveel Frans en Duits als Engels werd gesproken. Ik begon met plantjes water geven en koffiezetten, maar ik was al snel papieren aan het archiveren en de aantekeningen van mijn vader aan het ordenen, en zelfs zijn boekhouding aan het bijhouden toen duidelijk werd dat ik dat beter en sneller kon dan zijn secretaresse. 'En toen ik naar Bennington ging,' vervolgde ik, 'en mijn moeder me niet meer kon tegenhouden, zocht ik een baantje in een café. Daar zag ik al die soldaten binnenkomen.'

Finn keek verrast. 'Waarom ging u werken als dat niet hoefde?'

'Ik maak me graag nuttig. Als ik die witte handschoenen maar niet hoef aan te trekken en niet naar het bal hoef. In een café kun je naar mensen kijken en verhalen over ze verzinnen. De man die daar zit, is een nazispion, die vrouw daar is een actrice die op weg is naar een auditie op Broadway. En bovendien ben ik goed in rekenen, en dat is handig in een winkel: het wisselgeld berekenen, de kassa doen. Ik had wiskunde in mijn vakkenpakket op school.'

Hoe mijn moeder haar wenkbrauwen had gefronst toen ze hoorde dat ik me op Bennington had ingeschreven voor analyse en algebra. 'Ik weet wel dat je dat soort dingen leuk vindt, *ma chère* – ik weet niet hoe ik mijn boekhouding kloppend moet krijgen wanneer jij in Vermont zit! – maar ga er niet te lang over door wanneer je een afspraakje hebt. En als je het maar laat om alle prijzen van het menu bij elkaar op te tellen om te zien of je het sneller kunt dan de ober. Jongens houden niet van dat soort dingen.'

Dat was misschien de reden waarom ik dat baantje in het café had genomen zodra ik in Bennington was. Mijn eigen kleine rebellie tegen de dingen die ik al mijn hele leven hoorde over wat wel en niet netjes was, wat gepast was, waar jongens van hielden. Mijn moeder had me naar college gestuurd om een echtgenoot te vinden, maar ik was op zoek naar iets anders. Een andere weg dan het pad dat voor me was uitgestippeld: reizen, werken of nog iets anders. Ik was er nog niet achter, maar toen deed zich het Probleempje voor en lagen zowel mijn plannen als die van mijn moeder helemaal in duigen.

'Wisselgeld voor kopjes koffie berekenen.' Finn glimlachte. 'Best een aardige manier om de oorlog door te komen.'

'Het is niet mijn schuld dat ik te jong was om verpleegster te worden.' Ik aarzelde, maar vroeg het toch. Mijn maag ging nog steeds tekeer, maar daar dacht ik niet aan wanneer ik praatte. 'Hoe was uw oorlog?' Want iedereen had een andere oorlog meegemaakt. De mijne bestond uit huiswerk voor algebra, af en toe een afspraakje en elke dag wachten op brieven van Rose en James. Die van mijn ouders uit Victory Gardens en metaalinzamelingen en gezeur van mijn moeder dat ze make-up op haar benen moest smeren omdat ze geen kousen had. En die van mijn arme broer... Nou, hij wilde niet zeggen waaruit zijn oorlog had bestaan, maar het had hem er hoe dan ook toe aangezet de loop van een pistool in zijn mond te steken. 'Hoe was uw oorlog?' vroeg ik nog een keer aan Eves chauffeur, en ik knipperde met mijn ogen om James' gezicht te laten verdwijnen voordat mijn maag helemaal verstrakte. 'U zei toch dat u bij het Antitankregiment had gezeten?'

'Ik ben niet gewond geraakt. Het was een geweldige tijd, echt reusachtig.' Finn was iets belachelijk aan het maken, maar niet mij, zo had ik de indruk. Ik wilde het hem vragen, maar hij keek strak voor zich uit en ik kon me er niet toe zetten om aan te dringen. Ik kende hem tenslotte nauwelijks – hij was het manusje-van-alles van Eve, de Schot die wist hoe hij een ontbijt moest bereiden. Ik wist niet eens of hij me eigenlijk wel mocht of alleen beleefd deed.

Ik wilde dat hij me mocht. En niet alleen hij, ook Eve, hoewel ze me zowel verbaasde als ergerde. In hun bijzijn had ik een schone lei. In hun ogen was ik Charlie St. Clair, instigator van de onwaarschijnlijkste zoekactie ter wereld. Niet Charlie St. Clair de schande van het gezin en de sloerie van het college.

Na een tijdje liep Finn weg, en mijn maag begon zich weer om te draaien. De rest van de reis stond ik naar de horizon te staren en heel hard te slikken. Uiteindelijk werd er geroepen– 'Le Havre!' – en ik was de eerste die van de loopplank liep met mijn koffer. Ik was zo blij dat ik vaste grond onder mijn voeten had dat ik de grond wel had kunnen kussen. Het duurde even voordat ik de omgeving in me opnam.

In Le Havre waren nog meer sporen van de oorlog te zien dan in Londen. Ik herinnerde me dat de haven helemaal plat was gebombardeerd – de storm van staal en vuur, noemden ze het. Overal lag nog puin en zag je verwoeste gebouwen. En bovendien heerste hier een soort algemene doffe lamlendigheid, een vermoeidheid die alle mensen om me heen leek te hebben getroffen. De Londenaren die ik was tegengekomen, leken zich met een bepaald soort grimmige humor staande te houden, alsof ze wilden zeggen: we kunnen misschien nog steeds geen room bij onze scones krijgen, maar we zijn in elk geval nooit bezet geweest.

Ondanks alle opwinding waarover ik in de krant had gelezen – generaal De Gaulle die triomfantelijk over de boulevards in Parijs marcheerde, de uitzinnige, schreeuwende menigtes – leek Frankrijk vooral uitgeput.

Tegen de tijd dat Eve en Finn ook aan land waren gekomen, had ik mijn plotselinge melancholie al verdrongen en betastte ik de stapel franken die ik in Folkestone had aangeschaft. ('Zeg meisje, weet je vader wel dat je zoveel geld wisselt?') Finn leverde Eve en haar aftandse koffers af en ging er toen snel weer vandoor om ervoor te zorgen dat de hijskraan zijn geliefde Lagonda niet beschadigde. 'We moeten een hotel vinden,' zei ik afwezig terwijl ik mijn franken telde en een opkomende vermoeidheid onderdrukte. 'Kent u een goedkoop hotel?'

'Er is nooit een gebrek aan goedkoop in een havenstad.' Eve keek me geamuseerd aan. 'Wil je een kamer delen met Finn? Voor twee kamers ben je minder kwijt dan voor drie.'

'Nee, bedankt,' zei ik koeltjes.

'Wat zijn Amerikanen toch preuts,' zei ze grinnikend. We stonden zwijgend te wachten tot de donkerblauwe Lagonda uiteindelijk de hoek om kwam rijden.

'Hoe komt hij eigenlijk aan die auto?' vroeg ik me hardop af terwijl ik aan Finns versleten overhemd dacht.

'Hij heeft waarschijnlijk iets gedaan wat niet mocht,' zei Eve nonchalant.

Ik knipperde met mijn ogen. 'Maakt u een grapje?'

'Nee. Denk je dat hij het leuk vindt om voor een chagrijnige ouwe taart te werken? Er was verder niemand die hem in dienst wilde nemen. Dat had ik waarschijnlijk ook niet moeten doen, maar ik heb nu eenmaal een zwak voor knappe mannen met een Schots accent die in de gevangenis hebben gezeten.'

Ik viel bijna van mijn hoge hakken. 'Wát?'

'Had je dat zelf nog niet bedacht?' Ze trok een wenkbrauw op. 'Finn heeft in de gevangenis gezeten.'

Hoofdstuk 6

Eve

Juni 1915

Marguerite le François stapte uit de regen het café in Le Havre binnen en nam plaats aan een rustig tafeltje in een hoek: een keurig meisje met een hoed en handschoenen, die in het Frans met haar noordelijke accent bij de ober een limonade bestelde. Als je in Marguerites portemonnee keek, vond je haar identiteitspapieren, die allemaal in orde waren: ze was geboren in Roubaix, ze had een werkvergunning, ze was zeventien. Wat Marguerite verder was, wist Eve nog niet zeker; haar identiteit was wazig, nog niet uitgekristalliseerd en opgevuld met de details waardoor ze werkelijk zou worden. Toen kapitein Cameron – oom Edward – Eve in Folkestone op de boot had gezet, had hij haar alleen de onberispelijke valse papieren gegeven, een keurig maar versleten reiskostuum en een oude koffer met andere keurige, versleten kleren, en een bestemming. 'In Le Havre,' had hij op de kade gezegd, 'zult u uw contactpersoon ontmoeten. Zij zal u gaandeweg vertellen wat u moet weten.'

'Is zij uw grote ster?' Eve had het wel moeten vragen. 'Uw beste agent?'

'Ja.' Cameron had geglimlacht, en er waren rimpeltjes bij zijn ooghoeken verschenen. Niet meer in zijn onberispelijke kakiuniform, maar in zijn anonieme tweedpak. 'Ik kan niemand bedenken die u beter zou kunnen voorbereiden.'

'Ik word minstens even goed.' Eve had hem fel aangekeken. 'Ik zal zorgen dat u t-trots op me bent.'

'Ik ben trots op iedereen,' had Cameron gezegd. 'Ik ben altijd trots wanneer een rekruut een opdracht aanneemt. Want dit is niet alleen gevaarlijk, maar ook vuil en onsmakelijk werk. Het is niet echt achtenswaardig om achter deuren te luisteren en iemands post open te maken, zelfs niet als hij de vijand is. Een heer hoort dit soort dingen niet te doen, zelfs niet in oorlogstijd, vindt iedereen. En een dame al helemaal niet.'

'Onzin,' had Eve bits gezegd, en Cameron had gelachten.

'Volstrekte onzin. Maar mensen hebben weinig respect voor ons werk, zelfs niet degenen die afhankelijk zijn van onze rapporten. Je krijgt er geen erkenning voor, wordt niet beroemd, niet geprezen. Het is alleen gevaarlijk.' Hij had haar oude hoedje in een betere hoek op haar keurig opgerolde haar gezet. 'U hoeft dus nooit bang te zijn dat ik niet trots op u ben, Miss Gardiner.'

'Mademoiselle Le François,' had Eve hem in herinnering gebracht.

'Inderdaad.' Zijn gezicht was betrokken. 'Wees voorzichtig.'

'*Bien sûr*. Hoe heet ze, die vrouw in Le Havre? Uw grote ster, wier plaats ik zal innemen?'

'Alice,' had de kapitein geamuseerd gezegd. 'Alice Dubois. Dat is natuurlijk niet haar echte naam. En als u beter wordt dan zij, zult u binnen zes maanden een einde aan de oorlog maken.'

Hij had nog lange tijd op de kade gestaan toen Eves boot wegvoer op de woelige baren. Ze was lange tijd met een strakke blik blijven kijken tot de gestalte in tweed was verdwenen. Ze had een steek gevoeld toen hij niet meer te zien was – de eerste die in haar had geloofd, die ervan overtuigd was dat ze iets kon worden, en ook het laatste contact met alles wat ze nu had achtergelaten. Maar de opwinding had het al snel gewonnen van het gevoel van eenzaamheid. Eve Gardiner had Engeland verlaten; Marguerite le François was in Le Havre aangekomen. En ze wachtte, dronk limonade en slaagde erin rustig om zich heen te kijken, hoewel ze eerlijk gezegd brandde van nieuwsgierigheid naar de mysterieuze Alice.

Het was druk in het café. Obers met zure gezichten renden langs met vieze borden en flessen wijn, klanten kwamen binnen en schudden hun natte paraplu's uit. Eve onderwierp iedere vrouw in haar blikveld aan een uitgebreid onderzoek. Een stevige, kordate matrone had de inwisselbaarheid en de competente uitstraling van de leidster van een spionagenetwerk… Of misschien de knokige jonge vrouw die buiten tegen haar fiets leunde en vervolgens in de deuropening bleef staan om haar brillenglazen te poetsen. Misschien had ze haviksogen die al tientallen Duitse plannen hadden gelezen…

'*Ma chère Marguerite!*' gilde een vrouwenstem, en Eve draaide haar hoofd met een ruk om toen ze de naam hoorde waarop ze nu meteen als een jonge hond reageerde. Ze had de indruk dat er een hoed op haar afkwam – niet zomaar een hoed, maar een hoed met de afmetingen van een wagenwiel, die was bedekt met roze organza en zijden rozen – en vervolgens hulde de bezitter van de hoed haar in een geur van lelietjes-van-dalen en gaf ze haar stevige zoenen op beide wangen.

'*Chérie*, daar ben je! Hoe gaat het met onze *oncle Edouard*?'

Dat was de eerste zin die ze zou horen, zo was haar verteld, maar Eve was sprakeloos. Is dit de leidster van het netwerk van Lille?

De frêle kleine Française was ongeveer vijfendertig jaar en kwam nauwelijks tot Eves kin. Ze droeg een zwierig lilakleurig ensemble, dat werd bekroond door de reusachtige roze hoed. Toen ze kletsend aan tafel ging zitten en van het snelle Frans overstapte op minstens even rap Engels hoopte zich een berg boodschappentassen naast haar op. In dit deel van Frankrijk hoorde je evenveel Engels als Frans, dankzij de soldaten en verpleegsters die op verlof waren van het front. '*Mon Dieu*, die regen! Mijn hoed is vast geruïneerd. Misschien is dat maar beter ook. Ik kon niet besluiten of hij nu afschuwelijk of betoverend was, en daarom moest ik hem natuurlijk wel kopen.' Ze verwijderde een paar hoedenspelden met parels, smeet de hoed op de vrije stoel en toonde haar blonde haar, dat in een pompadour was gerold. 'Ik koop altijd een bedenkelijke hoed wanneer ik in deze streek ben. Ik kan ze natuurlijk niet meenemen naar het noorden. Als je een hoed draagt, wordt die gewoon in beslag genomen door een Duitse wachtpost, die hem dan aan zijn laatste hoer geeft. In Lille loop ik dus in de serge van vorig jaar met een afzichtelijk schippershoedje, want ik laat alles wat maar enigszins modieus is achter zodra ik terugga. Ik heb waarschijnlijk in heel Frankrijk bedenkelijke hoeden achtergelaten. Cognac,' zei ze tegen de ober die bij haar schouder was verschenen. Ze toverde een innemende glimlach op haar gezicht toen hij achteruitdeinsde. 'Het is werkelijk een ongekende rotdag,' zei ze openhartig. 'Dus doet u maar een dubbele, *monsieur*, en kijkt u niet zo zuur. Dus…' Ze wendde zich weer tot Eve, die deze inleidende monoloog zwijgend had aangehoord en grote ogen had opgezet, en bekeek haar van top tot teen, opeens helemaal zakelijk. '*Merde*. Stuurt oom Edward me nu al baby's die hij uit de wieg heeft geplukt?'

'Ik ben tweeëntwintig,' zei Eve op ijzige toon. Ze zou zich niet laten kleineren door een of andere opzichtige Parisienne die roze en paars combineerde. 'Mademoiselle Dubois –'

'Stop maar even.'

Eve verstijfde en keek rond in het drukke café. 'Luistert er iemand mee?'

'Nee, nee, het is veilig. Ik betwijfel of iemand hier Engels begrijpt, maar als dat zo is, is er toch niemand die iets zinnigs kan opvangen, omdat het in deze hoek veel te rumoerig is. Nee, ik bedoelde dat je me niet bij die afgrijselijke naam moet noemen.' Ze huiverde overdreven. 'Alice Dubois. Wat heb ik voor zonde begaan dat ik zo'n naam heb gekregen? Dat zal ik eens aan mijn biechtvader moeten vragen. Alice Dubois klinkt als een magere schooljuf met een gezicht als een vuilnisbak. Noem me maar Lili. Dat is ook niet mijn echte naam, maar dat klinkt tenminste een beetje zwierig. Ik heb oom Edward het leven zuur gemaakt totdat hij me ook zo noemde. Volgens mij vindt hij het wel mooi, want daarna heeft hij al zijn andere "nichtjes" ook naar een bloem vernoemd, zoals Violette – je zult haar binnenkort wel ontmoeten; ze zal je wel haten, maar ze haat iedereen – en nu jij: Marguerite, het margrietje. We zijn zijn bloementuintje, en hij bekommert zich om ons als een ouwe vrijster met haar gietertje.' Alice/Lili had haar hoofd dicht bij dat van Eve gehouden zodat niemand hun gesprek zou kunnen opvangen, maar toch zweeg ze meteen toen de ober naderde met haar cognac. '*Merci!*' zei ze stralend en zijn afkeurende blik negerend.

Eve had nog nooit een fatsoenlijke dame sterkedrank zien drinken, behalve misschien als medicijn, maar ze zei niets, limonade walsend in haar glas. Kapitein Cameron had haar gewaarschuwd dat ze dit werk niet als een spelletje moest opvatten, maar zijn beste agent leek alles als één grote grap te zien. Hoewel, is dat zo? Onder het luchtige geklets gaf Lili blijk van een instinctieve behoedzaamheid: haar woorden vielen stil op het moment dat iemand ook maar enigszins in de buurt van hun tafeltje kwam, hoewel ze al zo zachtjes praatte dat Eve vertrouwelijk voorover moest buigen om al haar woorden op te vangen. Ze leken op twee vrouwen die elkaar gezellig geheimpjes toevertrouwden, en dat deden ze natuurlijk ook.

Lili leek het niet erg te vinden dat Eve haar uitgebreid bekeek. Ze bekeek haar ook met haar diepliggende ogen, die bijna vloeibaar waren in hun beweeglijkheid. 'Tweeëntwintig jaar?' herhaalde ze. 'Ik kan het nauwelijks geloven.'

'Daarom ben ik ook zeventien volgens mijn papieren.' Eve zette grote ogen op en knipperde onschuldig met haar lange wimpers, en Lili begon geamuseerd te lachen en in haar handen te klappen.

'Misschien is onze oom toch wel een genie. Wat ben je toch beminnelijk, *chérie*, een dom gansje dat zo uit het klaslokaal is geplukt, ik zweer het!'

Eve sloeg bedeesd haar ogen neer. 'Heel v-v-vriendelijk.'

'Ja, oom Edward zei al dat je een haperende tong hebt,' zei Lili eerlijk. 'Dat lijkt me verschrikkelijk in het dagelijkse leven, maar het komt je nu goed van pas. Mensen praten gewoon door wanneer er vrouwen in de buurt zijn, en ze kakelen als kippen in het bijzijn van een meisje dat nogal onnozel overkomt. Ik raad je aan om het een beetje aan te dikken. Maar we moeten baguettes bestellen! In Lille is nergens fatsoenlijk brood te krijgen. Alle goede witte bloem gaat naar de moffen, dus wanneer ik in het zuiden ben, ga ik me te buiten aan fatsoenlijk brood en modieuze hoeden. Ik hou van deze stad!'

En toen Lili de rest van haar cognac achteroversloeg en riep dat ze baguettes en jam wilden bestellen, begon Eve te glimlachen. 'Volgens oom Edward kun jij me nadere gegevens verschaffen.' Die informatie hield haar meer bezig dan brood.

'Jij gaat ook recht op je doel af.' Lili plukte aan de eerste baguette en at kleine hapjes als een keurig vogeltje. 'Je gaat naar een keurig restaurant in Lille. Het soort gelegenheid waar ze een dame met een bedenkelijke hoed nooit een whisky serveren.' Lili pakte haar lege glas op. 'Nog één? *Oui ou non? Oui*, natuurlijk. Als je de luxe hebt dat je weet waar je de komende nacht veilig kunt slapen, moet je altijd nog een whisky nemen.' Ze stak een hand op voor de ober die drie tafels verder stond, wees naar haar glas en kreeg een norse blik toegeworpen. 'Het restaurant heet Le Lethe,' vervolgde ze op nog zachtere toon. 'De Duitse *Kommandant* eet er minstens twee keer per week en de helft van de officieren uit de hele regio komt achter hem aan, aangezien de koks van Le Lethe de helft van al het voedsel van de zwarte markt in Lille krijgen. Er werkte daar een ober, een slimme vent die me inlichtingen doorspeelde. *Mon Dieu*, de dingen die hij opving wanneer die officieren iets te veel schnaps hadden gedronken! Ik wilde iemand in zijn plaats hebben toen hij werd gesnapt, en voilà: oom Edward vertelt me dat hij een perfect margrietje voor me heeft geplukt.'

'Gesnapt?' vroeg Eve.

'Hij jatte uit de voorraad.' Lili schudde haar hoofd. 'Hij kon wel goed luisteren, maar niet nadenken. Kippen en suiker en bloem stelen van de mensen die je moet bespioneren, *merde*, wat een imbeciel. Ze hebben hem natuurlijk meegesleept naar het eerste het beste steegje en neergeschoten.'

Eves maag draaide zich om en ze legde haar baguette neer. Neergeschoten. Het werd allemaal wel heel erg echt, in dit dampende café werd het allemaal veel echter dan op een zonnig strand in Folkestone.

Lili keek haar schuins lachend aan. 'Ja, ik weet het, daar word je misselijk van. Dat is ook wel normaal. Ik eet je baguette wel op. Je moet trouwens echt proberen om een beetje af te vallen voordat je op gesprek gaat. Je ziet er iets te gezond uit voor iemand uit Roubaix. In het noorden is iedereen graatmager. Moet je mij eens zien, een zak botten en een huid met de kleur van een asbak.'

De wallen onder haar ogen waren Eve al opgevallen, en nu zag ze ook hoe bleek haar gezicht was, ondanks alle glimlachen. Zie ik er over een paar maanden ook zo uit, vroeg Eve zich af, en ze schoof haar baguette naar Lili's bord. 'Gesprek?' vroeg ze.

'Voor dat baantje bij Le Lethe. De eigenaar heeft al laten weten dat hij overweegt om nu ook serveersters aan te nemen, en niet alleen obers. Voorheen moest hij eerst dood neervallen voordat hij een vrouw in zijn etablissement zou laten bedienen, maar obers zijn zo ongeveer het enige wat hij niet op de zwarte markt kan krijgen. Door de oorlog zijn mannen nog moeilijker te vinden dan witte bloem, zelfs voor zo'n verduivelde profiteur als René Bordelon. Het is trouwens een beest, ik waarschuw je maar alvast. Hij zou zijn moeder aangeven bij de Duitsers als hem dat iets zou opleveren, maar hij heeft natuurlijk geen moeder. De duivel heeft hem waarschijnlijk uitgescheten nadat hij een avond met Judas had zitten drinken.' Lili at de laatste kruimels van Eves baguette op. 'Je moet ervoor zorgen dat Monsieur Bordelon je aanneemt. Hij is slim, dus denk niet dat het vanzelf zal gaan.'

Eve knikte en zag dat de identiteit van Marguerite le François steeds duidelijker vormen begon aan te nemen. Een jong meisje van het platteland, met grote ogen, een beetje onnozel, weinig opleiding genoten, maar handig en rustig en elegant genoeg om *boeuf en daube* en oesters en brochettes op te dienen zonder de aandacht te trekken.

'Zodra je aangenomen bent – als je tenminste aangenomen wordt – geef je alles wat je opvangt aan me door.' Lili graaide in haar handtas en haalde een zilveren sigarettenkoker tevoorschijn. 'Dan zorg ik ervoor dat het bij oom Edward terechtkomt.'

'Hoe?' vroeg Eve, die niet probeerde te staren toen Lili een lucifer afstreek. Alleen volkse vrouwen roken, had Eves moeder altijd gezegd, maar Lili kon niet als volks worden bestempeld, ondanks haar felroze hoed en haar cognac.

'Dat doet de koerier,' zei Lili vaag. 'Mijn werk. Ik kan allemaal verschillende mensen spelen en overal komen, terwijl jij meteen wordt herkend vanwege je haperende tong, al doe je nog zo je best. We zullen gebruik moeten maken van je sterke kanten.'

Eve nam niet de moeite zich beledigd te voelen. Het was tenslotte de waarheid. Ze stelde zich glimlachend voor hoe Lili langs een bewaakte controlepost stapte en aan één stuk door tetterde. 'Volgens mij is jouw werk een stuk gevaarlijker dan het mijne.'

'O, pffft, ik red me wel. Als je maar een stuk papier onder hun neus schuift en een beetje zelfbeheersing hebt, kom je er altijd wel langs. Vooral een vrouw. Soms neem ik een hele lading pakjes en tassen mee, die ik allemaal laat vallen wanneer ik mijn papieren zoek, en dan blijf ik de hele tijd ratelen, zodat ze me uit pure ergernis uiteindelijk gewoon doorlaten.' Lili blies een lange rookwolk uit. 'Om je de waarheid te zeggen is een groot deel van dit werk eigenlijk behoorlijk saai. Daarom zijn vrouwen er denk ik ook zo goed in. Ons leven is al saai. We gaan gretig op het aanbod van oom Edward in omdat we geen zin hebben om in een typekamer te werken of een klas snotterige kinderen te leren schrijven. Dan komen we erachter dat dit werk ook dodelijk saai is, maar dan is er in elk geval de opwindende gedachte dat iemand een Luger in onze nek zou kunnen zetten. Het is nog altijd beter dan een kogel door je hoofd te jagen, wat we zouden doen als we nog een brief moesten typen of nog een kind een Latijns werkwoord in de kop moesten stampen.'

Eve vroeg zich af of Lili voor de oorlog schooljuf was geweest. Ze vroeg zich af hoe kapitein Cameron Lili had gerekruteerd, maar wist dat niemand haar dat zou vertellen. Geen echte namen, geen achtergronden wanneer dat niet werkelijk noodzakelijk was. 'Volgens oom Edward ben jij de beste,' merkte ze daarom maar op.

Lili stootte nog een lachje uit. 'Wat is die man toch een romanticus! De heilige Joris in tweed; ik ben dol op hem. Veel te beschaafd voor dit werk.'

Eve was het ermee eens, of hij nou in de gevangenis had gezeten of niet. Dat mysterie spookte steeds door haar hoofd wanneer ze niets te doen had – Cameron, veroordeeld voor fraude? – maar het deed er niet echt toe. Ze vertrouwde hem, en Lili duidelijk ook, wat zijn achtergrond ook was.

'Kom mee.' Lili drukte haar sigaret uit. 'Je moet Violette Lameron ontmoeten. Ze noemt zich mijn luitenant, maar als we echt rangen hadden, kon ik op haar foeteren in plaats van me door haar te laten uitfoeteren. Volgens mij komt dat doordat ze vroeger verpleegster is geweest – dat moet je trouwens wel weten, voor het geval je ooit gewond raakt en opgelapt moet worden. Ze heeft misschien besloten dat ze liever wordt neergeschoten dan ooit nog een verband aan te leggen voor het Rode Kruis, maar ze weet nog steeds wat ze moet doen wanneer ze gebroken botten of bloederige wonden ziet, en ze zal je verzorgen wanneer je ooit gewond raakt. Maar dat wordt waarschijnlijk niet echt een aangenaam proces. God bewaar me, wat kan die vrouw zaniken!' Ze zei het op liefhebbende toon. 'Maar ik kan je verzekeren dat verpleegsters hoe dan ook de gewoonte hebben om te zaniken, wat ze ook doen.'

Lili zette de enorme roze hoed weer op haar blonde hoofd, raapte haar pakjes bij elkaar en voerde Eve mee door de straten van Le Havre. Ondanks de regen was het warm, en blozende moeders namen hun kinderen mee naar huis terwijl de paarden van fiacres door de plassen stapten. Niemand, zag Eve, was hier zo mager of zo uitgeput en zo bleek als Lili, en misschien dacht Lili dat ook, want ze klapte haar paraplu verbeten open en zei: 'Ik haat deze stad.'

'Je zei d-daarnet dat je er dol op was.'

'Ik ben dol op deze stad, maar ik heb er ook een hekel aan. Le Havre, Parijs. Ik hou van de baguettes en de hoeden, maar *merde*, mensen hebben werkelijk geen idee hoe het in het noorden is. Echt geen idee.' Dat beweeglijke gezicht stond nu roerloos. 'Lille wordt onder de voet gelopen door beesten, en hier halen ze hun neus op wanneer je cognac bestelt en wilt roken om een werkelijk ongekende rotdag door te komen.'

'Lili,' vroeg Eve in een opwelling, 'ben je weleens bang?'

Lili draaide zich om. De druppels die van haar paraplu vielen, vormden een zilveren gordijn tussen Eve en haar. 'Ja, net als iedereen. Maar pas wanneer het gevaar is geweken, voor die tijd kun je de angst niet toelaten.' Ze sloeg haar hand om Eves elleboog. 'Welkom bij het Alicenetwerk.'

Hoofdstuk 7

Charlie

Mei 1947

Zomer, zo'n tien jaar geleden. Ik was negen en Rose elf toen we met onze families een autoritje door de Provence maakten... en uiteindelijk bijna zes uur lang bij een café langs de weg werden achtergelaten.

Per ongeluk, natuurlijk. Twee auto's, eerst de auto met de volwassenen en daarna de auto met de kinderen en de oppas erachteraan. Een stop bij een café met uitzicht over een wijngaard met jonge druiven, onze ouders zochten naar wc's en ansichtkaarten, Rose en ik volgden de geur van versgebakken brood naar de keuken, onze broers waren aan het stoeien... en toen iedereen weer instapte, dacht onze oppas dat we bij onze ouders in de auto waren geklommen, terwijl onze ouders dachten dat we bij de oppas zaten, en iedereen vertrok zonder ons.

Het was de enige keer dat ik Rose ooit bang had gezien, en ik snapte er niets van. Er kon ons niets overkomen; de mollige en moederlijke Provençaalse kokkin had zich over ons ontfermd zodra ze had begrepen wat ons was overkomen. 'Jullie hoeven je geen zorgen te maken, *mesdemoiselles*! Over twintig minuten zijn jullie moeders vast weer terug.' We zaten al snel onder een gestreepte luifel aan onze eigen tafel met uitzicht op de wijngaard, met glazen koude limonade en dikbelegde stokbroden met geitenkaas en rauwe ham.

'Ze zijn zo weer terug,' zei ik met volle mond. Ik vond het daar veel beter dan op de achterbank van de hete Renault, waar we opeengepropt zaten en streng werden toegesproken door de oppas en werden geknepen door onze broers.

Maar Rose zat alleen strak naar de weg te staren. 'Misschien komen ze niet terug,' zei ze. 'Mijn moeder houdt niet van me.'

'Jawel, natuurlijk wel.'

'Nee, niet meer, vooral niet nu ik, je weet wel, ouder word.' Rose keek naar haar eigen lichaam. Op haar elfde begon ze al borsten te krijgen. '*Maman* vindt het vervelend. Ze voelt zich oud.'

'Omdat je nog knapper wordt dan zij. Ik word niet knap genoeg voor mijn moeder.' Ik zuchtte, maar het sombere gevoel duurde niet lang. Daarvoor was het een veel te mooie dag, en de glimlachende kokkin had net een bord met dampende madeleines voor ons neergezet.

'Waarom gaat het bij ons altijd over de vraag of we knap zijn?' riep Rose uit, en daarna staarde ze weer naar het adembenemende uitzicht met de wijnranken en de stralende lucht.

'Vind je het niet fijn om knap te zijn? Ik zou willen dat ik zo knap was.'

'Ja, natuurlijk vind ik dat wel fijn. Maar wanneer mensen met onze broers praten, zeggen ze niet alleen iets over hun uiterlijk, maar vragen ze ook "Hoe gaat het op school?" of "Zit je op voetbal?". Dat vraagt nooit iemand aan ons.'

'Meisjes zitten niet op voetbal.'

'Je weet best wel wat ik bedoel.' Rose keek boos. 'Onze ouders zouden de jongens nooit hebben achtergelaten. Jongens komen altijd op de eerste plaats.'

'Nou en?' Zo was het gewoon. Dat was niet iets waar je boos om werd of al te hard over na moest denken. Mijn ouders lachten toegeeflijk wanneer James aan mijn haar trok of me onder water hield tot ik begon te huilen. Jongens konden doen wat ze wilden en meisjes moesten opzitten en mooi zijn. Ik was niet echt mooi, maar mijn ouders schenen toch prachtige plannen voor me te hebben: witte handschoenen, een goede school en op een dag een knappe bruid worden. *Maman* had me al verteld dat ik, als ik geluk had, op mijn twintigste wel verloofd zou zijn, net als zij.

Rose zat met haar blonde vlecht te spelen. 'Ik wil niet alleen maar knap zijn wanneer ik volwassen ben. Ik wil iets anders doen. Een boek schrijven. Het Kanaal overzwemmen. Op safari gaan en een leeuw afschieten…'

‘Of gewoon altijd hier blijven.’ De geuren van de wilde lavendel en rozemarijn in de avondwind, de zon boven ons hoofd, het geluid van het vrolijke Franse gebabbel van de andere gasten, de geitenkaas en het knapperige brood op mijn tong… ik vond het kleine café net de hemel.

‘We blijven hier niet altijd!’ Rose keek weer bezorgd. ‘Dat moet je niet zeggen.’

‘Ik maakte maar een grapje. Je denkt toch niet echt dat ze ons hier hebben achtergelaten?’

‘Nee.’ Ik zag dat ze het rationeel probeerde te benaderen, het grote meisje van elf dat veel meer wist dan ik. Maar toen fluisterde ze, alsof ze het ook niet kon helpen: ‘En als ze nou eens niet terugkomen?’

Ik denk dat het toen tot me doordrong waarom Rose en ik zulke dikke vriendinnen waren. Ze was twee jaar ouder en had me aan de kant kunnen schuiven als een kleine lastpost, maar ze vond het altijd leuk als ik met haar meeging. In dat hemelse café begreep ik waarom: haar broers hadden hun eigen spelletjes, haar moeder was een beetje jaloers op haar en haar vader was altijd aan het werk. Ze was eenzaam, behalve in de zomer, wanneer ik op bezoek kwam en haar trouwe schaduw werd.

Ik was pas negen. Ik kon dit nog niet allemaal onder woorden brengen en begreep het ook nog niet zo goed. Maar toen ik haar zag vechten tegen de angst dat haar ouders niet de moeite zouden nemen om terug te komen, snapte ik het vaag en kneep ik in haar hand. ‘Als ze niet terugkomen, ben ik er nog,’ zei ik. ‘Ik zal je niet verlaten.’

‘Miss?’

Ik knipperde met mijn ogen en belandde vanuit de zomer van 1937 weer in mei 1947. Ik was zo meegesleept door mijn herinneringen dat het een schok was om Finns donkere ogen en warrige haar te zien toen ik opkeek, en niet de blonde vlecht en de blauwe ogen van de elfjarige Rose.

‘We zijn er,’ zei hij. ‘Dit is het adres dat u me gegeven had.’

Ik huiverde. De auto stond stil. Ik keek naar het grindpad dat naar het vervallen huis leidde waar ik elke zomer de vakantie had doorgebracht tot Duitsland Frankrijk was binnengevallen: het huis van mijn oom en tante in de buurt van Rouen. Maar op de een of andere manier zag ik ook nog steeds dat café in de Provence waar twee kleine meisjes zes uur hadden doorgebracht voordat hun ouders na drie uur rijden bij de volgende stop hun vergissing hadden ingezien, waren omgekeerd en razendsnel waren teruggereden. Die zes uren waren magisch: Rose en ik die ons volstopten met geitenkaas en madeleines, tikkertje speelden tussen de wijnranken, schorten voordeden en de vriendelijke kokkin hielpen met het afwassen van de mokken en ons heel volwassen voelden toen ze ons allebei een glaasje aangelengde rosé liet drinken. Die slaperig keken hoe de zon onderging boven de wijngaard en met ons hoofd op elkaars schouder lagen. En die een beetje teleurgesteld waren toen we weer moesten vertrekken, nadat onze bezorgde ouders ons hadden omhelsd en stamelend hun verontschuldigingen hadden aangeboden. De mooiste dag die Rose en ik ooit hadden meegemaakt. De mooiste dag van mijn leven, eigenlijk, vanwege de eenvoudigste optelsom in de hele wereld: Rose plus ik is geluk.

Ik zal je niet verlaten, had ik haar beloofd. Maar dat had ik wel, en nu werd ze vermist.

'Gaat het wel?' vroeg Finn. Niets ontging aan zijn duistere blik.

'Ja, prima,' zei ik, en ik stapte uit. 'Blijft u hier maar bij Eve.' Ze lag achterin te slapen en probeerde met haar gesnurk het zomerse gezoem van de cicaden te overstemmen. We hadden de nacht in een goedkoop hotel in Le Havre doorgebracht en vervolgens de hele middag gereden, nadat we laat waren vertrokken omdat Eve natuurlijk een kater had. Daarna hadden we urenlang over hobbelige Franse wegen gereden en waren we ongeveer elk uur gestopt omdat ik moest uitstappen om over te geven. Ik stamelde excuses voor mijn wagenziekte, maar het was eigenlijk de schuld van het Probleempje. Of misschien was het gewoon het idee van wat me te wachten stond waardoor ik me een beetje misselijk voelde. Ik keek weer naar het huis. De ramen met de gesloten luiken zagen eruit als dode ogen.

'Gaat u dan maar.' Finn trok een beduimeld exemplaar van *The Autocar* onder zijn stoel vandaan en leunde met een elleboog uit het raampje om te lezen. 'Wanneer u terugkomt, rijden we naar Rouen om een hotel te zoeken.'

'Bedankt.' Ik draaide mijn rug naar de glimmende blauwe Lagonda en liep over het grindpad.

Niemand reageerde op mijn geklop. Ik klopte nog een keer op de deur. Het duurde zo lang dat ik bijna naar binnen wilde gluren, maar uiteindelijk hoorde ik schuifelende voetstappen en ging de deur krakend open.

'Tante Jeanne,' begon ik, voordat ik helemaal verstijfde vanwege haar aanblik. Mijn Franse tante was altijd slank en verzorgd geweest en even blond als Rose. Een vrouw met een zwakke gezondheid, maar van het type Greta Garbo, allemaal mooie kanten pyjamajasjes en een teer kuchje. De vrouw die voor me stond, was afgrijselijk mager, had grijs haar en was gekleed in een vuile trui en een grauwe rok. Als ik haar op straat was tegengekomen, had ik haar waarschijnlijk niet herkend, en afgaande op haar uitdrukkingsloze blik herkende ze mij ook niet.

Ik slikte. 'Tante, ik ben het, Charlotte, uw nichtje. Ik wil u iets over Rose vragen.'

Ze bood me geen thee of koekjes aan, plofte gewoon op een oude bank en keek me uitdrukkingsloos aan. Ik ging op het puntje van de versleten leunstoel tegenover haar zitten. Ze is alles kwijt, dacht ik toen ik naar haar vroegoude gezicht keek. Weduwe... twee zonen verloren... Rose die vermist wordt. Ik snapte niet hoe mijn tante Jeanne het nog uithield. Ik wist dat ze van mijn nichtje hield, ondanks alle twijfels die Rose als kind had gehad.

'Ik vind het zo erg, tante,' begon ik. 'Ik vind het allemaal zo erg.'

Ze veegde met een vinger over de salontafel en trok een spoor in de laag stof. Overal in de donkere kamer lag stof als een deken. 'Oorlog.'

Zo'n klein, hopeloos woordje om zulke grote verliezen te beschrijven. Ik kreeg tranen in mijn ogen en vlocht mijn vingers in elkaar. 'Tante, we kunnen niets meer voor *oncle* of Jules en Pierre doen... Maar misschien wel voor Rose. Ik weet dat de kans niet zo groot is, maar misschien is ze...'

Nog in leven. Eve had me uitgelachen omdat ik nog hoop had, maar ik moest wel hoop hebben. In een heleboel dingen was ik misschien niet zo goed, maar ik was wel goed in hoop.

'Denk je nu echt dat ik er meer van weet? Ze was in Limoges toen ik voor het laatst iets van haar heb gehoord,' verklaarde mijn tante alsof de zaak daarmee was afgedaan. 'Ze is minstens drie jaar geleden gestopt met schrijven. Halverwege 1944, denk ik.'

‘Waarom is ze vertrokken?’ vroeg ik terwijl ik een glinstering, een twinkeling – wat dan ook – in de ogen van mijn tante probeerde te zien. ‘Waarom?’

De stem van mijn tante klonk zacht en verbitterd. ‘Omdat ze een kleine lastpost was en geen fatsoen had. Geen enkel fatsoen.’

Ik kreeg een enorme knoop in mijn maag. ‘P-pardon?’

Tante Jeanne haalde haar schouders op.

‘Nee.’ Ik schudde mijn hoofd. ‘Nee, u kunt dat niet zomaar zeggen en vervolgens uw schouders ophalen.’

‘Dat kind was helemaal losgeslagen. In Parijs wemelde het van de nazi’s en zij wilde zich niet gedeisd houden. Eerst ging ze er stiekem vandoor om naar opruiende toespraken te luisteren, naar die verenigingen waar idioten de boel ophitsen, en dan kwam ze midden in de nacht thuis. En dan de ruzies met haar vader – de Duitsers wilden lijsten met de namen van alle socialisten en Joden die voor zijn bedrijf werkten. Wat kon hij nou doen? Hij kon toch niet zomaar weigeren? Wat Rose allemaal wel niet tegen hem riep...’

Ik staarde naar mijn tante en luisterde met tuitende oren.

Ze ging verder op vlakke toon. ‘Eerst liet ze pamfletten achter ruitenwissers achter, daarna gooide ze ruiten in. Vervolgens zou ze waarschijnlijk dingen hebben opgeblazen en een kogel door haar hoofd hebben gekregen als die jongen er niet was geweest.’

Ik herinnerde me de laatste brief die Rose me had gestuurd. Ze was opgewonden over een jongen met wie ze stiekem afsprak... ‘Welke jongen?’

‘Etienne nog iets. Hij was pas negentien, werkte in een boekhandel. Gewoon een jongen. Ze heeft hem een keer meegenomen. Ze straalden helemaal wanneer ze naar elkaar keken, je zag zo dat ze...’ Ze snoof afkeurend. ‘Nou, dat was weer een ruzie.’

Ik schudde mijn hoofd, voelde me helemaal verlamd. ‘Waarom hebt u ons dit allemaal niet verteld? Toen mijn vader inlichtingen inwon?’

‘Dat heb ik hem wel verteld. Waarschijnlijk vond hij dat het niet voor jouw oren bestemd was.’

Ik slikte. ‘En toen?’

‘Die vriend van Rose werd opgepakt met het verzet. Ze hebben hem afgevoerd, wie weer waarheen. Half Parijs verdween midden in de nacht.

Rose zou waarschijnlijk ook zijn verdwenen, ze was al een keer bijna opgepakt omdat ze een bruinhemd in de rue de Rivoli een schop had gegeven, en daarom hebben we haar maar meegenomen naar Rouen. Maar...'

'Wat?' schreeuwde ik bijna. 'Wát?'

'Wat denk je?' Mijn tante vertrok haar mond alsof ze in een citroen had gebeten. 'Rose was zwanger.'

Ik weet niet meer hoe ik bij de berk achter het huis ben beland. Opeens stond ik gewoon tegen de ruwe stam geleund naar adem te happen. Ik durfde niet naar de tak boven mijn hoofd te kijken, omdat ik bang was dat ik daar twee kleine meisjes zou zien zitten. Dit was vroeger onze boom, de plek waar we schuilden voor onze klierige broers, voordat James ouder en aardiger werd. Rose en ik, die op de tak zaten die zich nu boven mijn hoofd bevond en met onze benen zwaaiden, net als in dat café in de Provence. Nooit alleen zolang we elkaar hadden.

Rose. O, Rose...

'Ik wil iets anders doen.' En ze had het in zich gehad; natuurlijk had ze 's nachts door Parijs gezworven om ruiten in te gooien en bruinhemden te schoppen. Ik had moeten weten dat Rose bij het verzet zou gaan. Maar ze was in de oudste val ter wereld gelopen, net als ik. Rose zou nooit een boek schrijven of het Kanaal overzwemmen of iets anders presteren, omdat het er nu eenmaal niet meer van komt wanneer je zwanger bent.

Ik had mijn nicht willen redden, maar hiervan kon niemand haar redden. Ik zat in dezelfde val. Reddeloos verloren.

Ik liet een harde snik ontsnappen, zo luid dat ik er zelf van opkeek. Had ze daar helemaal in haar eentje op onze tak in de boom gezeten op de avond dat ze het haar ouders had verteld? Nadat haar moeder haar had aangeraden om in bad te gaan en vervolgens een glas gin te nemen en te zien of ze het los kon dansen? Nadat haar vader aan één stuk door had staan schreeuwen en had geroepen dat ze de familie voor eeuwig te schande had gemaakt? Dat had tante Jeanne me allemaal verteld toen ik haar had zitten aanstaren.

Mijn vader had niet geschreeuwd toen ik het hem had verteld. Dat had mijn moeder voor haar rekening genomen, terwijl hij alleen had zitten staren. Toen ik de kamer uit liep, had hij zijn hoofd weggedraaid en met een stem vol ongeloof gezegd: 'Hoer.'

Dat was ik vergeten.

Ik vroeg me af of ze Rose ook een hoer hadden genoemd.

Ik sloeg met mijn vuisten tegen de berk en wilde huilen, wilde me in mijn oude, isolerende verdoving hullen. Maar de tranen zaten vast in een enorme, lelijke knoop in mijn binnenste en de steken van woede en pijn gingen zo diep dat ik niet gevoelloos kon blijven. Daarom ramde ik gewoon tegen de boomstam tot ik mijn knokkels door mijn handschoenen voelde schrijnen.

Ik had branderige ogen toen ik uiteindelijk wegliep. Breekbaar en gebogen stond mijn tante toe te kijken bij de achterdeur. 'Vertel me de rest,' zei ik, en dat deed ze, met vlakke stem. Mijn oom had Rose naar een stadje in de buurt van Limoges gestuurd zodat ze daar kon bevallen zonder dat iemand ervan wist. Ze had niet geschreven toen de baby was geboren en er helemaal niets over gezegd, en ze hadden er ook niet naar gevraagd. Vier maanden later had Rose een kort briefje gestuurd waarin ze meldde dat ze in Limoges ging werken en haar ouders elke frank die ze aan haar verbanning hadden besteed, zou terugbetalen. Er was geld gekomen en ze hadden elkaar nog een paar brieven gestuurd: eerst de kennisgeving van de dood van haar vader en vervolgens die van haar broers, en de onhandige betraande condoleances van Rose. Nee, tante Jeanne kon zich het adres van Rose niet meer herinneren; ze had de brieven of de enveloppen niet bewaard, en na het voorjaar van 1944 waren er ook geen brieven meer gekomen. 'Ik weet niet of ze nog in Limoges is,' zei mijn tante. Ze zweeg even. 'Ik heb haar wel gevraagd of ze wilde terugkomen. Haar vader wilde er niets van weten, maar na zijn dood... Nu ja, ik heb het haar wel gevraagd. Ze heeft nooit geantwoord.'

Ik vroeg haar niet of het gastvrije aanbod ook voor de baby van Rose had gegolden. Ik was te veel aan het trillen.

'Blijf je hier slapen?' Tante Jeanne klonk bedroefd. 'Ik ben hier erg eenzaam.'

En wiens schuld is dat, wilde ik brullen. Je hebt Rose als oud vuil behandeld. Je had haar moeten achterlaten in dat café in de Provence. De woorden lagen op het puntje van mijn tong, wilden er dolgraag uit, maar ik hield ze binnen. Mijn tante was zo dun dat ze makkelijk kon worden meegevoerd door de wind en zag er eindelijk uit als de zwakke vrouw die ze volgens haarzelf altijd al was geweest. Een echtgenoot en twee zonen overleden. Ze had zo veel verloren.

Aardig zijn.

Ik wilde helemaal niet aardig zijn, maar ik slaagde er wel in mijn gedachten voor me te houden. Ik zei alleen afgemeten: 'Nee, tante, ik kan niet blijven. Ik moet nog door naar Roubaix.'

Tante Jeanne zuchtte. 'Goed dan.'

Ik kon me er niet toe zetten haar te omhelzen. Ik kon het idee niet verdragen. Ik mompelde een korte afscheidsgroet en liep wankelend over het met onkruid overwoekerde grasveld naar de donkerblauwe Lagonda.

Finn keek op van de beduimelde bladzijden van *The Autocar*. Ik weet niet welke uitdrukking hij op mijn gezicht zag, maar hij sprong uit de auto. '*Miss?*'

'Waarom hebt u in de gevangenis gezeten?' hoorde ik mezelf vragen.

'Ik heb de bontmuts van een bewaker van Buckingham Palace gestolen,' zei hij uitdrukkingsloos. 'Gaat het wel?'

'U liegt over die bontmuts.'

'Dat klopt. Stap in.'

Ik liep naar de cabriolet, maar struikelde op het grindpad. Finn greep me bij mijn middel voordat ik tegen de grond smakte, hield me overeind en hielp me met instappen.

Eve was wakker en keek me aan met haar roofvogelogen. 'En?'

Ik streek met een koude hand over mijn rode wang terwijl Finn achter het stuur ging zitten. 'Ik weet waarom Rose is vertrokken. Ze was... ze was zwanger.'

De stilte was oorverdovend.

'Welnu,' zei Eve uiteindelijk terwijl ze demonstratief naar mijn buik keek. 'Misschien heb ik het mis, maar volgens mij ben jij dat ook.

Hoofdstuk 8

Eve

Juni 1915

Eve was niet zozeer sprakeloos vanwege de uiteenlopende verschrikkingen in Lille – en er waren zeker verschrikkingen – maar vanwege een aanplakbiljet. Het hing aan een kerk, wapperde in de wind en vermeldde in het Frans en het Duits:

> Iedere burger, ambtenaren van de Franse regering inbegrepen, die bijstand verleent aan troepen die Duitsland vijandig gezind zijn, of die handelt op een wijze die Duitsland en zijn bondgenoten schade berokkent, zal ter dood worden veroordeeld.

'O, die.' Lili klonk nogal koeltjes. 'Die hebben ze eind vorig jaar opgehangen. Ik geloof dat niemand er aanvankelijk iets van geloofde. Toen hebben ze in januari een vrouw doodgeschoten omdat ze twee Franse soldaten had verstopt, en daardoor was het iedereen opeens wel duidelijk.'

Eve herinnerde zich het rekruteringsaffiche waar ze in Londen naar had staan kijken terwijl ze door kapitein Cameron in de gaten werd gehouden. De flinke tommy's, de lege plek in het midden: ER IS NOG EEN PLEK IN DE RIJ VOOR JÓÚ! VUL JIJ HEM OP?

Nou, ze had de plek ingenomen. En nu stond ze voor een aanplakbiljet dat haar waarschuwde dat ze ter dood zou worden veroordeeld als ze werd gepakt en was het allemaal heel echt. Veel echter dan kapitein Camerons geruststellende mededeling op een winderig strand in Folkestone dat de moffen geen vrouwen doodschoten.

Eve keek in Lili's diepliggende ogen in het beweeglijke, glimlachende gezicht. 'Zijn we nu in het h-hol van de leeuw?'

'Ja.' Lili stak haar arm door die van Eve en trok haar weg bij het wapperende aanplakbiljet. Ze zag er heel anders uit dan in Le Havre: geen buitenissige hoed of kunstige pompadour. Ze gedroeg zich bedeesd en ingetogen, droeg een onopvallend serge ensemble en handschoenen die meer dan eens waren versteld en had een tas over haar arm. Volgens haar papieren, die alweer een andere naam vermeldden, was ze naaister, en in haar tas zaten klosjes garen en naalden. De tas bevatte ook verschillende plattegronden, die in de voering waren genaaid, plattegronden met doelwitten. Godzijdank kwam Eve daar pas achter toen ze al voorbij de controleposten in Lille waren. Ze viel bijna flauw toen Lili grinnikend zei: 'De moffen hadden die kaarten maar al te graag gevonden! Ik heb er alle nieuwe artillerieposities op aangegeven zodat ze beschoten kunnen worden.'

'Je stond daar grappen te m-m-maken met de Duitse wachtposten terwijl ze naar je papieren keken en al die tijd had je die in je tas?'

'*Oui*,' zei Lili kalm, en Eve staarde haar aan met een mengeling van bewondering en afgrijzen. Toen wist ze dat haar opschepperij tegenover kapitein Cameron dat ze zijn beste agent naar de kroon zou steken alleen maar grootspraak was, omdat niemand Lili ooit zou kunnen verslaan op het gebied van lef. Eve vroeg zich af of haar meerdere een beetje gek was, maar voelde tegelijkertijd een vurige bewondering.

Dat gold duidelijk ook voor Violette Lameron, die hen allebei verwelkomde in een armoedig huurkamertje in een straatje bij de Grand Place. Violette was een resoluut type en keek stuurs uit haar ogen, had een keurig knotje en een rond brilletje; ze omhelsde Lili zichtbaar opgelucht en wees haar tegelijkertijd terecht. 'Je had mij het nieuwe meisje moeten laten halen. Je gaat veel te vaak langs de controleposten, je loopt nog in het oog!'

'*Tais-toi*, ouwe zeurpiet!' Lili schakelde over op het Engels, zoals ze Eve ook al had gevraagd te doen wanneer ze alleen waren. Wanneer ze werden afgeluisterd, was het makkelijker om uit te leggen waarom ze Engels spraken, legde ze uit, dan om te moeten uitleggen waarom ze over geheime boodschappen en Britse codes in het Frans spraken. Lili's Engels was vlekkeloos, maar ze doorspekte het met vloeken in het Frans. 'Nu moeten we Marguerite een beetje klaarstomen voordat jij en ik de rapporten de grens over kunnen smokkelen.' Ze glimlachte naar Violette. 'Onze nieuwe vriendin heeft een volmaakt onnozel gezicht en ze wordt vast heel goed, maar ze moet nog wel het een en ander leren.'

Eves opleiding in Folkestone was nogal schools geweest: de instructeurs, de rijen met bureaus, de uniformen en de vlaggen. Deze opleiding was totaal anders. Ze vond plaats in een vochtig kamertje met een smal bedje en een enkele wastafel en een scheur in het plafond, waar alles muf rook vanwege de eindeloze motregen. Een kamer die niet was gekozen omdat die zo gerieflijk was, maar omdat ze er niet konden worden afgeluisterd, aangezien het gebouw aan de ene kant grensde aan de dikke stenen muur van een kapel, aan de andere kant aan een vervallen en verlaten appartementsgebouw en boven hen aan een lege zolder. Een kamer waar drie vrouwen een onsmakelijk brouwsel van gekookte walnootbladeren en zoethout dronken, omdat de Duitsers alle koffie in beslag namen, en op zakelijke toon over geheime aangelegenheden spraken.

'Er loopt op straat een Duitse officier jouw richting uit,' begon Violette nadat ze de deur en ramen hadden gecontroleerd en gesloten. Naast de zwierige Lili leek ze heel erg nors; als haar meerdere weigerde serieus te doen, was zij duidelijk nors voor twee. 'Wat doe je?'

'Ik laat hem passeren en kijk hem niet aan –'

'Fout. Je salueert. Als je dat niet doet, loop je kans op een boete en een gevangenisstraf van drie dagen.' Violette keek naar Lili. 'Leren ze dan helemaal niks in Folkestone?'

Eve reageerde geërgerd. 'We leren een heleboel –'

'We stomen haar wel klaar,' verzekerde Lili haar luitenant. 'Een Duitser vraagt naar je papieren en begint je vervolgens te betasten. Wat doe je?'

'Niets?' gokte Eve.

'Nee. Je glimlacht, want als je niet een beetje gewillig bent, geeft hij je waarschijnlijk een paar klappen en fouilleert hij je. Een Duitser vraagt waarom je je handen in je zakken hebt. Wat doe je?'

'Ik haal ze zo snel mogelijk uit –'

'Nee. Je stopt nooit je handen in je zakken, want dan denken de moffen dat je een mes grijpt en steken ze je met een bajonet.'

Eve glimlachte ongemakkelijk. 'Toch zeker niet –'

Violettes hand sloeg tegen haar wang, een geluid als een geweerschot veroorzakend. 'Denk je dat we overdrijven? Dat is een jongen van veertien vorige week overkomen!'

Eves hand vloog naar haar gloeiende wang. Ze keek naar Lili, die haar handen om haar mok had geslagen. 'Wat?' vroeg Lili. 'Denk je dat we vriendinnen met je willen worden? We zijn hier om je op te leiden, margrietje.'

Woede vlamde op in Eve, meer dan woede, het gevoel dat ze verraden was. Lili was zo warm en zo hartelijk geweest in Le Havre; nu klopte er helemaal niets meer van. 'Ik ben al opgeleid.'

Violette rolde met haar ogen. 'We kunnen haar beter terugsturen. Ze is hopeloos.'

Eve deed haar mond open om terug te snauwen, maar Lili legde een vinger op haar lippen. 'Marguerite,' zei ze op conversatietoon. 'Je hebt geen idee hoe het hier is. En oom Edward ook niet. Je kon hier komen doordat hij je heeft opgeleid, maar nu moeten Violette en ik je leren hoe je je hier nuttig kunt maken, en in leven kunt blijven. We hebben maar een paar dagen. Als je niets leert, ben je slechts een risico.'

Ze keek haar strak en niet-verontschuldigend aan. Ze leek wel de voorman in een fabriek die een nieuwe arbeider eens flink de les las, en Eves wangen kleurden rood van het gevoel van opgelatenheid. Ze ademde langzaam uit, deed haar opeengeklemde kaken van elkaar en slaagde erin te knikken. 'Alle Duitse officieren salueren. Niet moeilijk doen wanneer je wordt betast. Mijn handen niet in m-m-m... mijn zakken steken. En verder?'

Ze drilden haar, steeds weer. Instructies over ontmoetingen: wat doe je als... Instructies waar ze dingen kon verstoppen: als ze je nou oppakken voordat je een rapport hebt kunnen verstoppen, wat doe je dan? En ze leerden haar de nieuwe regels van het leven in Lille.

'Geloof niks van wat er in de kranten of de bulletins staat. Als het gedrukt staat, is het een leugen,' verklaarde Lili.

'Zorg dat je altijd je papieren bij je hebt, maar verstop je pistool.' Violette had een eigen Luger, die ze losjes en met gezag hanteerde. 'Burgers mogen niet in het bezit zijn van een wapen.'

'Blijf uit de buurt van Duitse officieren. Ze denken dat ze alle vrouwen kunnen grijpen, met of zonder instemming –'

'– en zodra dat is gebeurd, haalt iedereen zijn neus voor je op en beschouwen ze je als een collaborateur die haar benen heeft gespreid om in de gunst te komen.'

'Jij woont in deze kamer. Tot nu toe hebben we hem gebruikt als een plek waar we konden overnachten, maar nu woon jij hier, en daarom moeten we een bordje ophangen met je naam en je leeftijd, voor het geval ze controleren wie hier woont –'

'– bijeenkomsten van meer dan tien mensen zijn verboden...'

'Hoe kunnen mensen zo leven?' vroeg Eve op de tweede dag, toen ze eindelijk af en toe iets goed deed en een vraag durfde te stellen.

'Het leven hier is ellendig,' zei Lili. 'Dat zal waarschijnlijk zo blijven tot we de Duitsers hebben verdreven.'

'Wanneer breng ik verslag aan jullie uit? Als ik iets ontdek?'

'We komen geregeld langs, Violette en ik.' Lili grijnsde naar haar luitenant. 'We zullen hier blijven slapen wanneer we 's nachts in de stad moeten blijven. Maar we zijn zo vaak onderweg om berichten te bezorgen dat je vaker wel dan niet alleen zult zijn.'

Violette keek Eve zonder enig enthousiasme aan. 'Ik hoop dat je het aankunt.'

'Salope!' Lili trok aan Violettes strakke knotje. 'Wees nou eens niet zo'n kreng!'

Lille onder de Duitse bezetting was een afgrijselijke stad, ontdekte Eve al snel. Voor de oorlog moest het een mooie, lichte, levendige stad zijn geweest: kerktorens die naar de hemel reikten, duiven die op de Grand Place fladderden, straatlantaarns die grote cirkels geel licht in de schemering verspreidden. Nu was de stad grauw en lamgeslagen en waren alle gezichten naar de grond gewend en vertrokken van de honger. Ze waren niet ver van de loopgraven, de soldaten en het slagveld; het gebulder van de kanonnen klonk als gerommel van de donder in de verte en af en toe vloog er een vliegtuig over als een giftige wesp. De moffen hadden Lille al sinds het vorige najaar bezet en helemaal geannexeerd: op de boulevards hingen nieuwe straatnaambordjes met Duitse namen, Duitse laarzen stampten zelfverzekerd op de kinderkopjes en in alle openbare gelegenheden weerklonken luide Duitse stemmen. Alle roze, weldoorvoede gezichten waren Duits, en dat alleen al was genoeg om Eves onpersoonlijke weerzin tegen de vijand te doen omslaan in vurige, allesverterende haat.

'Zorg dat je niet te fel uit je ogen gaat kijken,' raadde Lili aan toen ze Eve voor het gesprek hielp om zich om te kleden. Een keurige grauwe rok en blouse, maar het ging niet alleen om de kleren. Lili maakte Eves huid dof met een paar strategische vegen kalk en roet en verhulde zo de gezonde blos op haar wangen. 'Je moet er moedeloos en verslagen uitzien, margrietje. Dat zien de Duitsers graag. Als je fel uit je ogen kijkt, val je op.'

'M-moedeloos,' herhaalde Eve grimmig. *'Oui.'*

Violette bekeek haar keurend door haar weerspiegelende, ronde brillenglazen. 'Haar haar glanst.'

Ze maakten het dof met een beetje stof. Eve ging staan en trok haar verstelde handschoenen aan. 'Ik ben een meisje van het platteland en kom net uit Roubaix,' dreunde ze op. 'Ben op zoek naar werk, amper school genoten. Netjes, handig, een b-b-beetje dommig.'

'Je ziet er ook dommig uit,' zei Violette op conversatietoon, en Eve keek haar boos aan. Ze mocht Violette niet erg, maar het was duidelijk dat ze uitblonk in haar werk. Evelyn Gardiner was verdwenen; in de doffe spiegel was alleen de grauwe, hongerige Marguerite le François te zien.

Eve keek naar Marguerite en voelde opeens podiumvrees, alsof ze een actrice was die bijna op moest komen. 'En als het n-n... als het nou niet lukt? Wat als de eigenaar van Le Lethe me niet aanneemt?'

'Dan sturen we je weer terug.' Lili was niet onvriendelijk, alleen maar bot. 'Want verder hebben we je nergens voor nodig, margrietje. Dus lieg er maar flink op los en zorg dat je wordt aangenomen en niet wordt doodgeschoten.'

René Bordelon was misschien een beest, maar hij had wel een bijzonder elegant hol. Dat was het eerste wat Eve dacht toen ze Le Lethe betrad.

Zes meisjes, onder wie Eve, zaten tussen de gelambriseerde muren en de tafels met linnen tafellakens op hun beurt voor hun gesprek te wachten. Er waren er nog twee geweest, maar die waren meteen weggestuurd toen ze bevestigend hadden geantwoord op de vraag van de gerant of ze Duits spraken. 'Mensen die hier werken worden niet geacht de taal van onze gasten vloeiend te spreken, want die willen hier vrijuit met elkaar kunnen converseren.' Eve vroeg zich af hoe de mensen in Lille eraan ontkwamen om Duits te leren wanneer de bezetting nog veel langer zou duren, maar ze stelde de vraag niet en zei met een stalen gezicht dat ze behalve *nein* en *ja* geen woord Duits begreep. Ze mocht plaatsnemen en op haar beurt wachten.

Le Lethe was een oase van elegantie in het sombere, onder de voet gelopen Lille: de kristallen kroonluchters verspreidden zacht licht, het bordeauxrode tapijt dempte alle voetstappen en de tafelkleden – op tafels met veel ruimte ertussen zodat de clientèle vrijuit kon converseren – waren zo wit als sneeuw. Aan de voorzijde was een opvallend boograam met gouden letters en uitzicht over de rivier de Deule. Eve begreep waarom de Duitsers hier kwamen dineren. Het was een beschaafde plek waar ze zich konden ontspannen nadat ze een hele dag het overwonnen volk hadden vertrapt.

Op dat moment was de sfeer echter minder beschaafd. Er hing spanning in de lucht doordat de zes meisjes elkaar zaten te observeren en probeerden in te schatten welke twee er zouden worden gekozen en welke vier weer konden vertrekken. Hier werken was het verschil tussen eten en niet eten; Eve was pas een paar dagen in Lille, maar ze wist al hoe moeilijk het was om hier in leven te blijven. Wanneer ze hier een maand zat, zou ze net zo'n grauwe huid hebben als Violette. Na twee maanden zou ze net zulke uitstekende jukbeenderen hebben als Lili.

Goed, dacht ze. Door de honger blijf je scherp.

De meisjes werden een voor een naar boven geroepen. Eve wachtte, greep haar handtasje steviger vast en stond zich toe nerveus te lijken, maar niet om zich druk te maken over de vraag of ze al dan niet zou worden aangenomen. Ze zou worden aangenomen, zo eenvoudig was het. Ze zou niet als een mislukkeling naar huis worden gestuurd voordat ze de kans had gekregen zich te bewijzen.

'Mademoiselle Le François, Monsieur Bordelon kan u nu ontvangen.'

Ze werd via een trap met een loper naar een deur van stevig, glimmend eikenhout geleid. René Bordelon woonde blijkbaar in een ruim appartement boven zijn restaurant. De deur ging open en onthulde een studeerkamer, en die was obsceen.

Dat was het woord dat in Eve opkwam toen ze het allemaal in zich opnam. Obsceen, maar ook mooi, met een vergulde klok op een ebbenhouten schouw en leunstoelen van mahoniekleurig leer. Satijnhouten boekenkasten met in leer gebonden delen, decoratief tiffanyglas en een kleine marmeren buste van het gebogen hoofd van een man. De kamer met het groene zijden behang ademde geld en smaak en zelfbehagen. En in de verschrikkelijke, overwonnen wereld van het Lille dat achter die onberispelijke mousselinen gordijnen lag, was die luxe obsceen.

Al voordat er een enkel woord was gesproken, had Eve een hekel aan die studeerkamer en aan de eigenaar.

'Mademoiselle Le François,' zei René Bordelon, 'gaat u zitten.'

Hij wees naar de tweede van het stel diepe leunstoelen. Met soepele elegantie zakte hij achterover in zijn stoel, in zijn broek met messcherpe vouw en zijn onberispelijke gilet dat met Parijse nauwkeurigheid op maat was gemaakt. Hij was een jaar of veertig, lang en mager, met haar dat grijs werd bij de slapen en achterover was gekamd. Hij had een smal, ondoorgrondelijk gezicht. Als kapitein Cameron de vleesgeworden Engelsman was, was René Bordelon zeker de vleesgeworden Fransman.

Maar blijkbaar speelde hij elke avond beneden de vriendelijke gastheer voor de Duitsers.

'U ziet er erg jong uit.' Monsieur Bordelon nam haar nauwkeurig op terwijl zij op het puntje van haar stoel ging zitten. 'U komt uit Roubaix?'

'Oui, monsieur.' Violette, die in het stadje was opgegroeid, had Eve van alle mogelijke details voorzien voor het geval dat nodig mocht zijn.

'Waarom bent u daar niet gebleven? Lille is een grote stad voor een wees van...' Hij keek in haar papieren. '...zeventien.'

'Er is daar geen werk. Ik d-dacht d-dat ik misschien werk kon vinden in Lille.' Eve duwde haar knieën tegen elkaar, greep haar handtasje stevig vast en zorgde ervoor dat ze er overweldigd en verdwaasd uitzag door al deze luxe. Marguerite le François had waarschijnlijk nog nooit een vergulde klok of een reeks van tien in leer gebonden delen van Rousseau of Diderot gezien en daarom staarde ze met grote ogen.

'U denkt misschien dat het makkelijk is om in een restaurant te werken. Bestek neerleggen, borden afruimen. Dat is het niet.' Zijn stem varieerde nauwelijks in toonhoogte zoals een normale stem. Het was een metalige stem, die lichtelijk angstaanjagend klonk. 'Ik verlang perfectie, *mademoiselle*. Van het eten dat uit mijn keuken komt, van de bediening die het op tafel zet, van de sfeer waarin het wordt genuttigd. Ik creëer hier beschaving, vrede in oorlogstijd. Een plek waar men even kan vergeten dat het oorlog is. Vandaar ook de naam Le Lethe.'

Eve zette haar grootste hertenogen op. '*Monsieur*, ik heb g-g-geen idee wat dat betekent.'

Ze verwachtte een grijns, een neerbuigend glimlachje, zelfs ergernis, maar hij zat haar alleen te bestuderen.

'Ik h-heb in een café gewerkt, *monsieur*,' ging Eve haastig verder, alsof ze zenuwachtig was. 'Ik b-b-ben h-handig en snel. Ik leer snel. Ik werk hard. Ik w-w-w-w-w-w...'

Ze bleef steken in het woord. De afgelopen weken was haar gestotter haar zelf niet zo opgevallen – misschien omdat ze vooral met kapitein Cameron en Lili had gesproken en zij het talent hadden om het ook niet op te merken – maar nu bleef er zomaar een lettergreep in haar keel steken en klem zitten, en René Bordelon zat daar rustig te kijken hoe zij ermee worstelde. Net als kapitein Cameron maakte hij niet snel haar zin voor haar af. Maar in tegenstelling tot kapitein Cameron deed hij het waarschijnlijk niet uit hoffelijkheid, dacht Eve.

Eve Gardiner zou haar vuist hebben gebald en uit pure, koppige woede op haar dij hebben gestompt tot het woord los zou schieten. Marguerite le François bleef gewoon stotteren met een rood aangelopen hoofd en keek zo beschaamd dat ze door de vloer met het dikke tapijt had kunnen zakken.

'U stottert,' zei Monsieur Bordelon. 'Maar ik denk niet dat u dom bent, *mademoiselle*. Een haperende tong wijst niet per se op een haperend stel hersens.'

Eves leven zou een stuk makkelijker zijn geweest als de meeste mensen daar ook zo over hadden gedacht, maar in dit geval kwam het juist helemaal niet van pas. Het zou veel beter zijn als hij ervan uitging dat ik bijna zwakzinnig ben, dacht ze, en voor het eerst kreeg ze last van haar zenuwen. Hij moest juist denken dat ze dom was. Het was niet alleen haar gestotter, ze had Marguerite voor hem in klare lijnen uitgetekend vanaf het moment dat ze door de deur was gekomen. Als hij de gemakkelijke vermomming van haar gestotter doorzag, had ze een ander schild nodig. Ze verborg haar ogen achter haar wimpers en trok de verwarring als een deken om zich heen. '*Monsieur?*'

'Kijkt u mij eens aan.'

Ze slikte en keek hem aan. Zijn ogen hadden een onbestemde kleur, en hij leek geen behoefte te hebben met zijn ogen te knipperen.

'Vindt u mij een collaborateur? Een profiteur?'

Ja. 'Het is oorlog, *monsieur*,' antwoordde Eve. 'We doen wat we moeten doen.'

'Ja, inderdaad. Doet u ook wat u moet doen en dient u de Duitsers? Onze bezetters? De veroveraars?'

Hij probeerde haar in de val te laten lopen, en Eve verstijfde. Ze twijfelde er geen moment aan dat haar kans verkeken was wanneer hij zag dat ze fel uit haar ogen keek, zoals Lili het had geformuleerd. Een meisje dat weleens in de boeuf bourguignon van de Duitsers zou kunnen spugen, zou hij nooit aannemen. Maar wat was het goede antwoord?

'Ik zou maar niet tegen me liegen. Ik kan leugens ruiken, *mademoiselle*. Zou het u moeite kosten om mijn Duitse clientèle te bedienen, en dan ook nog met een glimlach?'

'Nee' was zo'n absurde leugen dat ze er niet eens aan begon. 'Ja' was het eerlijke antwoord dat ze beter niet kon geven.

'Het v-v-v-valt me zwaar om niet te eten,' zei ze uiteindelijk, expres een beetje meer stotterend. 'En ik heb geen t-t-tijd voor andere ontberingen, *monsieur*. Eén ontbering is wel genoeg. Want als u me niet aanneemt, zal ik geen werk vinden. Niemand neemt een st-t-t-totterend meisje aan.' Dat was de waarheid. Eve dacht aan haar tijd in Londen en hoe moeilijk het was geweest om dat baantje in de typekamer te vinden, omdat er nauwelijks banen waren waarbij je niemand te woord hoefde te staan. Ze wist nog hoe frustrerend het was geweest om werk te zoeken en toonde Monsieur Bordelon haar verbittering. 'Ik kan de telefoon niet beantwoorden of iemand de weg wijzen in een winkel, niet met een haperende t-t-tong. Maar ik hoef niets te zeggen wanneer ik een t-t-tafel moet dekken of afruimen, *monsieur*, en dat kan ik uitstekend.'

Ze keek hem weer aan met haar hertenogen, een en al wanhopige, hongerige, vernederde jeugdige onschuld. Hij zette zijn vingertoppen tegen elkaar – opmerkelijk lange vingers, geen trouwring – en keek haar aan. 'Wat ben ik toch onachtzaam,' zei hij ten slotte. 'Als u honger hebt, zal ik u te eten geven.'

Hij zei het even onverschillig alsof hij het over een schoteltje melk voor een kat had. Had hij alle meisjes iets te eten aangeboden? Het is niet goed als hij mij eruit pikt, dacht Eve, maar hij had al gescheld en sprak nu met een ober uit het restaurant. Enkele gemompelde woorden; de ober vertrok en kwam terug met een bord. Dampende toast, en Eve kon zien dat het goed wittebrood was, van het soort dat nu nergens anders in Lille te vinden was, met boter – echte boter – die er dik en kwistig op was gesmeerd. Eve had nog niet zoveel honger dat ze geobsedeerd naar een geroosterde boterham kon staren, maar Marguerite wel, en Eve liet haar hand trillen toen ze een driehoekje van het brood naar haar lippen bracht. Hij zat te wachten en keek of ze het op zou schrokken, en ze beet er een beschaafd hoekje af. Marguerite kon niet de boerin zijn die Eve in gedachten had gehad; René Bordelon wilde duidelijk beschaafde serveersters hebben. Eve kauwde op haar toast, slikte door en nam nog een hap. Aardbeienjam die duidelijk met echte suiker was gemaakt, en ze dacht aan de gekookte suikerbiet die Lili als zoetstof gebruikte.

'U geniet allerlei voordelen wanneer u voor mij werkt,' zei Monsieur Bordelon uiteindelijk. 'Elke avond worden de restjes uit de keuken onder het personeel verdeeld. Al mijn werknemers krijgen een vrijgeleidebrief voor de avondklok. Er heeft nog nooit een vrouw in mijn etablissement bediend, maar aangezien dat onvermijdelijk is, kan ik u verzekeren dat u niet geacht wordt de clientèle… te vermaken. Dat soort dingen schaadt het aanzien van een restaurant.' Er klonk duidelijk misprijzen door in zijn stem. 'Ik ben een beschaafde man, Mademoiselle Le François, en de officieren die onder mijn dak eten, dienen zich als beschaafde mensen te gedragen.'

'Ja,' mompelde Eve.

'Maar,' voegde hij er kalm aan toe, 'als u van me steelt – uit de voorraad, het tafelzilver, of zelfs maar een slok wijn – dan geef ik u aan bij de Duitsers. En dan zult u merken dat ze niet altijd even beschaafd zijn.'

'Ik begrijp het, *monsieur*.'

'Goed. U begint morgen. U zult door mijn gerant worden opgeleid en u begint om acht uur 's ochtends.'

Hij begon niet over het salaris. Hij wist dat ze alles zou accepteren; dat deden ze allemaal. Eve slikte snel de laatste hap brood door, omdat niemand in deze stad toast met boter op een bord zou laten liggen, en maakte een reverence voordat ze snel de studeerkamer uit ging.

'Hoe ging het?' Violette keek op van het bericht dat ze op een piepklein rijstpapiertje zat te schrijven toen Eve weer het muffe kamertje binnen kwam stommelen.

Eve was inwendig aan het juichen, maar ze wilde niet op een onbezonnen jong meisje lijken, en daarom knikte ze kortaf. 'Ik ben aangenomen. Waar is Lili?'

'Vertrokken om een rapport op te halen bij een van onze contacten bij het spoor. Daarna steekt ze de grens over.' Violette schudde haar hoofd. 'Ik weet ook niet hoe ze erin slaagt niet te worden neergeschoten. Met die zoeklichten bij de grens zie je nog een vlo op de vloer van de hel zitten, maar ze weet er altijd langs te glippen.'

Tot de dag waarop ze er niet in slaagt, dacht Eve ondanks zichzelf toen ze haar rijglaarzen losstrikte. Maar het was niet raadzaam om te bedenken hoe ze konden worden gepakt. Doe wat Lili zegt: je mag wel bang zijn, maar pas wanneer het gevaar is geweken. Voor die tijd kun je de angst niet toelaten.

En nu ze uit het zicht was van René Bordelon met zijn gemanicuurde handen en zijn ogen die niet knipperden, voelde Eve de angst als een giftig briesje langs haar huid strijken. Ze slaakte een diepe zucht.

'Zit je nu al te rillen van angst?' Violette zette grote ogen op. Er weerkaatste licht op haar ronde brillenglazen. Zo'n bril was eigenlijk wel handig, bedacht Eve, als je je hoofd schuin in het licht hield, waren je ogen verborgen. 'Wacht maar tot je langs een moeilijke controlepost of langs een wachtpost moet zien te komen.'

'René Bordelon.' Eve ging op de harde strozak liggen en vouwde haar handen onder haar hoofd. 'Wat weet je over hem?'

'Hij is een vuile collaborateur.' Violette boog zich weer over haar werk. 'Wat moet je verder over hem weten?'

Ik zou maar niet tegen me liegen, fluisterde zijn metalige stem. *Ik kan leugens ruiken, mademoiselle.*

'Ik denk,' zei Eve langzaam, en het geril van angst nam slechts een beetje toe, 'dat het heel moeilijk wordt om onder zijn neus te spioneren.'

Hoofdstuk 9

Charlie

Mei 1947

'Nee,' zei Eve. 'Ik haat Lille en ik vertik het om ook maar één nacht in die stad te blijven.'

'We hebben niet veel keuze,' zei Finn mild. Hij keek op van de ingewanden van de Lagonda. 'Tegen de tijd dat ik haar weer aan de praat heb, is het tijd om even te rusten.'

'Niet in dat ellendige Lille. We kunnen in het donker doorrijden naar Roubaix.'

Ik had de afgelopen vierentwintig uur mijn buik vol gekregen van Eve. 'We stoppen in Lille.'

Ze keek me kwaad aan. 'Waarom? Speelt die wurm in je buik op of zo?'

Ik keek haar op mijn beurt kwaad aan. 'Nee, omdat ik het hotel betaal.'

Eve slingerde een nog erger scheldwoord naar mijn hoofd dan gewoonlijk en ik begon op en neer te lopen langs de kant van de weg. Wat een dag, dacht ik terwijl Finn geduldig verder sleutelde aan de Lagonda. Een ellendige, bijna slapeloze nacht in een goedkoop hotel in Rouen, gevuld met vage, ongelukkige dromen over Rose die door eindeloze gangen verdween onder begeleiding van het gefluister van haar moeder: 'Hoer...' Een lange, ongemakkelijke rit, en Eve die bijtend commentaar leverde wanneer ik weer moest overgeven, terwijl Finn helemaal niets zei, wat op de een of andere manier nog erger was.

Hoer, fluisterde de tante uit mijn nachtmerries, en ik kromp ineen. Ik was zo blij geweest dat ik met deze reis een nieuw begin had gemaakt en had genoten van het feit dat niemand in deze auto wist wat ik was of welke donkere wolk er boven mijn hoofd hing. Nou, die schone lei was een illusie gebleken; Charlie St. Clair was een hoer, en nu wist iedereen in de auto het dankzij die tactloze ouwe taart van een Eve met haar grote mond.

In de buitenwijken van Lille kwam er opeens stoom onder de glimmende motorkap van de Lagonda vandaan. Finn zette de auto langs de kant van de weg en pakte een gereedschapskist uit de achterbak. 'Kunt u haar weer aan de praat krijgen?' vroeg ik nadat hij had medegedeeld dat er olie aan de ventielen zat of water in de motor of een babygiraf in de versnellingsbak of wat het dan ook was. 'Zodat we in elk geval in Lille kunnen komen?'

Hij veegde zijn handen af aan een zwarte lap terwijl Eve vloekend heen en weer liep. 'Als we langzaam rijden.'

Ik knikte en staarde voor me uit. Ik had hem nauwelijks in de ogen kunnen kijken sinds mijn Probleempje bekend was geworden. Eve kon ik tenminste van repliek dienen; als zij onbeschoft deed, kon ik mijn cynische schild weer over me heen trekken en nog onbeschofter doen. Maar Finn zei geen woord en was onverslaanbaar bij het spelletje wie het minst zegt. Ik kon alleen doen alsof het me niets kon schelen.

We stapten weer in de Lagonda en reden met een slakkengangetje verder. Lille leek best een mooie stad met zijn elegante huizen, de combinatie van Vlaamse bakstenen en Franse steen die de nabijheid van België verraadde en de imposante weidsheid van de Grand Place. In de oorlog had er een beleg plaatsgevonden, maar de stad was duidelijk niet in puin geschoten. De mensen leken er opgewekter dan in Le Havre en liepen monter over straat met hun boodschappen en hun hondjes. Maar Eve kreeg een steeds grauwer gezicht naarmate we verder de stad in reden.

' "Iedere burger," ' zei ze, duidelijk iets citerend, ' "ambtenaren van de Franse regering inbegrepen, die bijstand verleent aan troepen die Duitsland vijandig gezind zijn, of die handelt op een wijze die Duitsland en zijn bondgenoten schade berokkent, zal ter dood worden veroordeeld." '

Ik schudde mijn hoofd. 'Nazi's...'

'Dat waren niet de nazi's.' Eve keek weer uit het raam. Haar gezicht leek net een stenen masker. De Lagonda reed langs een café met een gestreepte luifel en een terras met uitzicht over de Deule en ik keek er verlangend naar terwijl ik aan het café in de Provence dacht waar Rose en ik onze magische middag hadden doorgebracht. Waarschijnlijk was er geen plek op de wereld die me gelukkiger had gemaakt. In dit café was een serveerster van ongeveer mijn leeftijd aan het werk; ze liep rond met baguettes en een karaf wijn, en ik benijdde haar. Voor haar geen Probleempje, alleen sproeten op haar neus en een roodgeblokt schort en de geur van versgebakken brood.

De krachtige en kille stem van Eve maakte een einde aan mijn gemijmer. 'Toen hij eenmaal was vertrokken, hadden ze dat gebouw moeten platbranden en zout over de grond moeten strooien. Ze hadden de echte Lethe erdoorheen moeten leiden, zodat iedereen het zou vergeten.' Ze staarde naar hetzelfde mooie cafeetje, met de opvallende erker met gouden krullen.

'Gardiner?' Finn keek over zijn schouder. Eves stem klonk misschien wel krachtig, maar zelf zag ze er gekrompen en breekbaar uit met haar verminkte vingers, die ze in elkaar had gevlochten alsof ze wilde voorkomen dat ze zouden bibberen. Ik wisselde verbaasde blikken met Finn en was te verbijsterd om me te herinneren dat ik zijn blik vermeed.

'We moeten een hotel zien te vinden,' zei hij kalm. 'Nu meteen.'

Hij stopte voor de eerste de beste *auberge* die we tegenkwamen en vroeg om drie kamers. De receptionist telde de bedragen verkeerd bij elkaar op en snapte opeens niets meer van mijn Amerikaanse Frans toen ik hem op zijn vergissing wees. Uiteindelijk leunde Eve over de balie en begon met een Noord-Frans accent aan een vloeiende scheldkanonnade, die mij verbaasde en de receptionist ertoe bewoog zijn rekening snel aan te passen. 'Ik wist niet dat u zo goed Frans sprak,' zei ik, en ze haalde alleen haar schouders op en stopte een kamersleutel in onze handen.

'Beter dan jij, yank. Goedenacht.'

Ik wierp een blik op de hemel buiten. Het begon net donker te worden, en we hadden nog niet gegeten. 'Willen jullie niet eten?'

'Ik neem een vloeibare maaltijd.' Eve gaf een klopje op haar tas. Ik hoorde het getinkel van haar heupflacon. 'Ik ga me helemaal lam zuipen, maar als jullie morgenochtend wachten tot ik mijn roes heb uitgeslapen, draai ik jullie allebei de nek om. We kunnen morgen maar beter vroeg opstaan en in die auto zitten zodra het licht is, want ik wil zo snel mogelijk weg uit deze helleput van een stad, en als het nodig is ga ik lopen.'

Ze verdween in haar kamer, en ik vluchtte even snel mijn kamer in. Ik had er geen enkele behoefte aan om alleen in de gang achter te blijven met Finn.

Het avondeten bestond uit een paar boterhammen, die ik opat op mijn smalle bedje. Ik waste mijn onderkleding en mijn blouse in de kleine wasbak, bedacht dat ik snel nieuwe kleren nodig had en vatte eindelijk moed om naar beneden te gaan en gebruik te maken van de telefoon van het hotel. Het was niet mijn bedoeling om mijn moeder te vertellen waar ik naartoe ging, omdat ze dan waarschijnlijk opeens zou opduiken met de politie in haar kielzog – ik was tenslotte nog steeds minderjarig – maar ik wilde ook niet dat ze zich bezorgd afvroeg of alles wel in orde was. De receptionist van het Dolphin Hotel vertelde me echter dat ze was vertrokken. Ik liet toch een boodschap achter, hing op met een ongemakkelijk gevoel en ging weer naar boven, vechtend tegen een plotseling gevoel van uitputting. Ik had de hele dag alleen maar in de auto gezeten, maar ik was nog nooit zo moe geweest. Ik had nu al weken last van die plotselinge aanvallen van vermoeidheid, en dat had vast en zeker ook te maken met het Probleempje.

Ik verdrong elke gedachte aan het Probleempje toen ik terugkwam in mijn kamer. Morgen Roubaix. Eigenlijk wilde ik er helemaal niet naartoe. Eve bleef maar zeggen dat daar iemand was die ze moest spreken, een of andere vrouw die iets zou weten, maar dankzij mijn tante had ik al het een en ander ontdekt. Ik wist dat Rose naar een stadje iets verder naar het zuiden was gestuurd om te bevallen, en ik wist dat ze daarna was vertrokken om werk te zoeken in het nabijgelegen Limoges. Ik wilde naar Limoges, en niet naar Roubaix en naar de dubieuze contactpersoon die daar volgens haar te vinden was.

Ik ging op de rand van het bed zitten en liet het opkomen in mijn borst: hoop. Dat uur met tante Jeanne was misschien verschrikkelijk geweest, maar ze had me wel hoop gegeven. Want ondanks al mijn pogingen om mezelf ervan te overtuigen dat Rose nog in leven kon zijn, bleef ik ergens ook de hele tijd denken dat mijn ouders gelijk hadden en dat ze waarschijnlijk dood was. Het meisje van wie ik hield als van een zus – het meisje dat zo bang was voor eenzaamheid – zou de weg naar ons ondertussen namelijk wel moeten hebben gevonden.

Maar als haar familie haar had verstoten, haar had weggestuurd zodat ze elders van haar bastaard kon bevallen en daarna de handen in onschuld had gewassen… Nou ja, ik kende Rose. Ze was trots en temperamentvol. Ze zou nooit teruggaan naar Rouen nadat haar ouders haar op die manier het huis uit hadden gesmeten.

Ik snapte zelfs waarom ze mij niet had geschreven over haar dilemma. Waarom had ze dat ook moeten doen? De laatste keer dat we elkaar hadden gezien, was ik gewoon een klein meisje geweest, iemand die ze moest beschermen en aan wie ze geen narigheden kon toevertrouwen. En je wende vanzelf aan de schaamte. Ik wist niet zeker of ik het idee om haar over mijn Probleempje te schrijven wel zou kunnen verdragen, zelfs als ik een adres zou hebben gehad. Als we elkaar hadden gezien, had ik op haar schouder kunnen uithuilen, maar wanneer je die dingen opschreef, zette je je eigen schande zwart-op-wit.

Als ze nog in leven was, woonde ze nu misschien in Limoges. Misschien had ze haar kind wel bij zich. Een jongen of een meisje, vroeg ik me af, en ik hoorde mezelf nerveus lachen. Rose met een kind. Ik keek naar mijn eigen buik, die nog plat was en onschuldig oogde en die me afwisselend vermoeid en misselijk maakte, en ik kreeg een waas voor mijn ogen. 'O, Rosie,' fluisterde ik. 'Waarom hebben we onszelf zo in de nesten gewerkt?'

Nou, ík had mezelf in de nesten gewerkt. Rose had de liefde gevonden, in de vorm van een Franse boekverkoper die bij het verzet was gegaan. Dat klonk als het soort jongen waar Rose op viel. Ik vroeg me af of haar Etienne donker of blond was geweest, of het kind ook zijn kleur haar had gekregen. Ik vroeg me af waar hij na zijn arrestatie naartoe was gebracht, of hij nog in leven was. Waarschijnlijk niet. Er waren zoveel mensen verdwenen en om het leven gekomen, en het begon nu pas langzaam tot ons door te dringen hoe groot de verliezen waren. De vriend van Rose was waarschijnlijk verdwenen; als ze nog leefde, was ze waarschijnlijk alleen. Achtergebleven, net als in dat café in de Provence.

Maar niet voor lang, Rose. Ik kom naar je toe, dat zweer ik. Het was me niet gelukt om mijn broer te redden, maar haar kon ik nog wel redden.

'En dan weet ik misschien ook wat ik met jou moet aanvangen,' zei ik tegen mijn buik. Ik wilde het niet, had geen idee wat ik met een kind moest beginnen. Maar door de misselijkheid van de afgelopen dagen was het me op pijnlijke wijze helder geworden dat het geen optie meer was om het gewoon te negeren.

De Franse nacht lag vol en zacht en warm buiten mijn raam. Ik kroop in bed en mijn ogen vielen dicht. Ik was me er niet eens van bewust dat ik in slaap was gevallen, toen een schreeuw de nacht aan stukken scheurde.

Ik schoot overeind en sprong uit mijn bed. Ik stond in de kamer met een bonzend hart en een droge mond, en het afschuwelijke gegil ging maar door. Het gegil van een vrouw, vol angst en pijn, en ik stormde mijn kamer uit.

Op hetzelfde moment kwam ook Finn de gang op gestormd, met blote armen en benen. 'Wat is dat?' vroeg ik hijgend terwijl er verderop in de gang andere deuren werden geopend. Finn antwoordde niet, maar liep onmiddellijk naar de kamer die tussen die van ons lag, de ene waar nog wat geel licht onder de deur scheen. Daar kwam het gegil vandaan. 'Gardiner!' Hij rammelde aan de deurkruk. Het gegil hield op alsof een mes een gespannen keel had doorgesneden. Ik hoorde het onmiskenbare geluid van een Luger waarvan de haan werd gespannen.

'Gardiner, ik kom naar binnen.' Finn zette zijn schouder tegen de deur en beukte ertegenaan. De goedkope grendel schoot uit de muur met een geluid van krassende vingernagels en het licht stroomde de gang in. Eve stond in de kamer, met een warrige bos grijs haar en haar ogen als twee behekste blinde holtes, en toen ze Finn en mij in de deuropening zag, richtte ze de Luger en schoot.

Ik gilde, liet me op de vloer vallen en rolde me op, maar de hamer klikte op een lege kamer. Finn rukte de Luger uit Eves hand en ze vloekte en krabde naar zijn ogen. Hij gooide het pistool op het bed en greep haar magere polsen met beide handen beet. Toen zijn blik de mijne ontmoette, zag ik tot mijn verbazing dat hij redelijk kalm was.

'Ga op zoek naar de nachtportier en zeg hem dat alles in orde is voordat iemand de politie belt,' zei hij terwijl hij Eve stevig vasthield.

Ze stond zowel in het Frans als het Duits te vloeken. 'We willen niet gedwongen worden midden in de nacht een ander hotel te gaan zoeken.'

'Maar...' Ik kon mijn ogen niet van het pistool op het bed afwenden. Ze had op ons geschoten. Mijn armen, realiseerde ik me, had ik stevig om het Probleempje geslagen.

'Zeg hem dat ze een nachtmerrie had.' Finn keek naar Eve. Ze was gestopt met vloeken en stond nu zachtjes te hijgen. Haar ogen staarden nietsziend naar de muur. Waar ze ook met haar gedachten was, in elk geval niet hier.

Ik hoorde iemand achter me boos in het Frans ratelen, draaide me om en zag de verhitte en slaperige eigenaar van de *auberge*. '*Pardonnez-moi*,' zei ik, en ik deed snel de deur dicht om het vreemde tafereel aan zijn oog te onttrekken. '*Ma grand-mère, elle a des cauchemars...*'

Ik sprak honingzoet in mijn Amerikaanse Frans en liet alle ergernis verdwijnen met een handvol Franse franken. Uiteindelijk vertrok de eigenaar weer naar zijn eigen kamer en durfde ik mijn hoofd weer om de deur te steken.

Finn had Eve laten plaatsnemen, niet op haar bed, maar in de verste hoek, met zicht op de deur en het raam. Hij had er een stoel naartoe gesleept zodat ze tegen de muur kon gaan zitten en had een deken over haar schouders gelegd. Hij zat gehurkt naast haar en was zachtjes tegen haar aan het praten terwijl hij de heupflacon whisky behoedzaam op haar schoot legde.

Ze stamelde iets, een naam. Het klonk als René, en ik kreeg de koude rillingen.

'René is er niet,' zei Finn kalm.

'Ik ben het beest,' fluisterde ze.

'Ik weet het.' Finn reikte haar de Luger bij de kolf aan.

'Ben je helemaal gek?' fluisterde ik, maar hij gebaarde sussend achter zijn rug. Eve keek niet op. Ze was nu rustig, maar haar ogen schoten nog steeds heen en weer tussen het raam en de deur. Haar verminkte vingers klemden zich om het pistool, en Finn liet het los.

Hij ging staan en liep op blote voeten op me af. Ik liep achterstevoren de gang op en hij liep achter me aan, trok de deur zachtjes dicht en slaakte een diepe zucht.

'Waarom hebt u haar dat pistool teruggegeven?' fluisterde ik. 'Als het geladen was geweest, had u of ik wel dood kunnen zijn!'

'Wie heeft de kogels eruit gehaald, denkt u?' Hij keek me aan. 'Ze scheldt me de huid vol, maar aangezien ze op mijn eerste werkdag bijna een oor van mijn hoofd heeft geschoten, kan ze er niets tegen inbrengen.'

'Heeft ze bijna een oor van uw hoofd geschoten?'

Finn keek naar de deur. 'Tot morgenochtend is ze wel weer rustig.'

'Hoe vaak doet ze zoiets?'

'Af en toe. Sommige dingen roepen het op: ze komt vast te zitten in een menigte en raakt in paniek, of ze hoort een of andere steiger instorten en denkt dat er iets is ontploft. Het valt niet te voorspellen.'

Ik realiseerde me dat mijn armen nog steeds om mijn middel waren geslagen. Ik zag mijn Probleempje eigenlijk alleen als een, nou ja, probleem, maar mijn armen waren hun eigen gang gegaan en hadden het meteen beschermd zodra ik Eves pistool had gezien. Ik liet mijn handen zakken en trilde helemaal. In lange tijd had ik me niet zo levend gevoeld, levend tot in elke trillende spier, elke tintelende vierkante centimeter van mijn huid en elke haar op mijn lichaam. 'Ik moet iets drinken.'

'Ik ook.'

Ik ging met Finn naar zijn kamer, wat helemaal niet gepast was, aangezien ik bijna naakt was in de nylon onderjurk die ik als nachthemd gebruikte. Maar ik onderdrukte het nare, betweterige stemmetje in mijn hoofd en sloot de deur terwijl Finn een lamp aandeed en in zijn tas graaide. Hij reikte me een flacon aan, die veel kleiner was dan die van Eve. 'Sorry, ik heb geen glazen.'

Nu zei hij natuurlijk geen *miss* meer tegen me. Ik haalde mijn schouders op, omdat ik niet anders had verwacht. Ik wist heel goed om welke rekensom het hier ging. 'We hebben helemaal geen glas nodig.' Ik goot een scheut whisky in mijn keel en genoot van het brandende gevoel. 'Goed. Vertel nou maar op. René. Eve kent die naam. Als het dezelfde is als die ene uit het rapport, de man voor wie Rose werkte...'

'Ik zou het niet weten. Ik weet alleen dat ze die naam wel vaker noemt als ze zo'n bui heeft.'

'Waarom heb je me dat niet verteld?'

'Omdat ik voor haar werk.' Hij nam een slok uit de flacon. 'En niet voor jou.'

'Jullie zijn wel een mooi stel,' zei ik. 'Allebei een kluwen prikkeldraad van geheimen.'

'En dat heeft misschien zijn redenen.'

Ik herinnerde me hoe Eve gekweld had gefluisterd en die tekst had geciteerd over de dood die de vijanden van Duitsland te wachten stond. Iets zei me dat ze een strijder was. Ik had gezien hoe mijn broer uit de oorlog was teruggekomen, had met bezorgde, liefhebbende ogen vastgesteld hoe hij was veranderd, en James was niet de enige soldaat die ik had geobserveerd. Ik had met ze gedanst bij feestjes, met ze gesproken op partijtjes, er een gewoonte van gemaakt ze te observeren omdat ik hoopte dat ik zou zien waarmee ik James kon helpen. Dat was me niet gelukt; ondanks mijn inspanningen had ik James niet kunnen helpen en daarom haatte ik mezelf nog steeds, maar ik wist hoe een strijder eruitzag, en Eve vertoonde alle kenmerken. 'Is ze morgen weer helemaal in orde?' De ochtend na dit soort toestanden wilde James niet eens zijn kamer verlaten.

'Waarschijnlijk wel.' Finn leunde op de vensterbank van het geopende raam, keek naar de rij straatlantaarns en nam bedachtzaam nog een slok whisky. 'De volgende dag doet ze meestal alsof er niets is gebeurd.'

Ik wilde doorvragen, maar ik kreeg hoofdpijn van de hele stekelige kwestie van Eve en haar geheimen. Ik liet het maar even rusten en ging naast Finn bij de vensterbank staan. Dat was per slot van rekening de volgende stap van de rekensom: meisje plus jongen, vermenigvuldigd met whisky. Tel daar nu nabijheid bij op. 'Morgen zijn we dus in Roubaix, als de auto het tenminste niet begeeft.' Mijn schouder raakte de zijne.

Hij gaf me de flacon. 'Ik hou haar wel aan de praat.'

'Je bent best handig met die gereedschapskist. Waar heb je dat geleerd?' In de gevangenis? Ik brandde van nieuwsgierigheid.

'Ik hing al in garages rond toen ik een kind was. In de wieg speelde ik al met moersleutels.'

Ik nam nog een slok. 'Mag ik morgen in de Lagonda rijden, of accepteert ze het niet als iemand anders haar bestuurt?'

'Kun je rijden?' Hij keek me even verbaasd aan als toen ik hem had verteld dat ik een baantje had gehad. 'Ik dacht dat jouw familie wel een chauffeur zou hebben.'

'We zijn de Vanderbilts niet, Finn. Natuurlijk kan ik rijden. Dat heeft mijn broer me geleerd.' Een zoete, pijnlijke herinnering: James was aan een grote familiebarbecue ontsnapt en had me meegenomen met zijn Packard en me rijles gegeven. 'Dat heeft hij volgens mij alleen gedaan omdat hij onze luidruchtige familieleden wilde ontvluchten. Maar hij was een goede leraar.' Hij had een hand door mijn haar gehaald en gezegd 'Jij rijdt, jij bent nu de specialist', en nadat ik trots met gierende banden was opgetrokken, hadden we even rondgereden en ons vervolgens weer bij het tumult van de familie aangesloten. Ik had James gevraagd of hij mijn danspartner wilde zijn bij het volgende dansfeest. 'Ik kan toch geen echte partner vinden, James, en dan kunnen we langs de kant zitten en alle studentes uitlachen.' Hij had zijdelings geglimlacht en gezegd: 'Dat zou ik leuk vinden, zus.' Toen ik weer was vertrokken, dacht ik dat ik hem nu eindelijk zou kunnen helpen wanneer hij weer zo'n bui had.

Nog geen drie weken later had hij zelfmoord gepleegd.

Dat knipperde ik met pijn en moeite weg.

'Op een dag mag je misschien wel achter het stuur zitten.' Finn keek me aan over zijn gespierde schouder. Zijn donkere haar glinsterde in het licht. 'Je moet een beetje geduld met haar hebben. Ze is tenslotte een pietluttige dame. Soms een tikje gemelijk, en dan moet je haar met fluwelen handschoenen aanpakken. Maar ze geeft uiteindelijk altijd toe.'

'Doe eens niet zo cryptisch.' Ik nam nog een slok uit de flacon en gaf hem aan Finn, waarbij mijn vingers zachtjes langs de zijne streken. 'Het is al over tweeën.'

Hij glimlachte en keek naar de lichten buiten. Ik wachtte tot hij dichter bij me kwam zitten, maar hij sloeg alleen het laatste beetje whiskey achterover en nam plaats op de bank tegen de muur.

De schrille stem in mijn binnenste bleef maar gemene dingen zeggen. Voordat die te luid klonk, maakte ik de rekensom af in mijn hoofd: meisje plus jongen, vermenigvuldigd met whisky en nabijheid was gelijk aan... Ik pakte de flacon uit Finns handen, ging bij hem op schoot zitten en zoende hem. Ik proefde whisky op zijn zachte mond, voelde de ruwheid van zijn ongeschoren kaak. Toen duwde hij me weg. 'Wat doe je?'

'Wat denk je dat ik doe?' Ik sloeg mijn armen om zijn nek. 'Ik bied me aan.'

Zijn donkere ogen namen me aandachtig op. Ik hield nonchalant een schouder schuin en liet het bandje van mijn onderjurk langs mijn bovenarm zakken. Zijn handen streelden mijn blote knieën en gleden toen niet onder de nylon zoom, maar erover, naar mijn middel, en hielden me tegen toen ik naar voren wilde leunen en hem weer wilde zoenen.

'Nou,' zei hij, 'het is wel een avond vol verrassingen.'

'Is dat zo?' Ik kon zijn grote warme handen aan beide zijden van mijn middel door het dunne zijdeachtige nylon voelen. 'Ik denk al de hele dag aan niets anders.' Al vanaf het moment dat ik hem in hemdsmouwen aan de Lagonda had zien sleutelen. Hij had veel mooiere armen dan de meeste studenten op college, die meestal mager of pafferig waren.

Finns stem klonk een beetje schor, maar heel beheerst. 'Waarom zou een lief, keurig meisje zoals jij nou met een bajesklant in bed duiken?'

'Je weet dat ik geen lief, keurig meisje ben. Dat heeft Eve wel duidelijk gemaakt. En je hoeft me niet mee te nemen naar het eindbal,' voegde ik er botweg aan toe. 'Je hoeft mijn ouders niet te ontmoeten. Het gaat gewoon om neuken.'

Hij trok zijn wenkbrauwen op.

'Maar ik wil wel weten wat je hebt gedaan,' voegde ik er in alle eerlijkheid aan toe terwijl ik zijn nek streelde. 'Om in de gevangenis te belanden.'

'Ik heb een zwaan gestolen in Kew Gardens.' Hij had me nog steeds stevig beet bij mijn middel en hield me van zich af.

'Je liegt.'

'Ik heb in de Tower of London een diamanten tiara van de kroonjuwelen gejat.'

'Je liegt alweer.'

In het zachte licht leken zijn ogen zwart en bodemloos. 'Waarom vraag je het me dan?'

'Ik vind het fijn om je te horen liegen.' Ik sloeg mijn armen weer om zijn nek, haalde mijn vingers door zijn zachte haar. 'Waarom praten we nog?' De meeste jongens begonnen meteen te graaien wanneer het licht uitging; waarom deed Finn dat niet? Ik had verwacht dat Finn gelijk zijn respectvolle houding zou laten varen en zijn best zou doen om me in bed te krijgen zodra Eve duidelijk had gemaakt wat voor soort meisje ik eigenlijk was. Dat was ik gewend. Ik kon hem afwijzen of gewillig zijn, en ik had al besloten dat ik gewillig zou zijn. Maar ik was het niet gewend dat ik het initiatief moest nemen. Ik was misschien niet mooi, maar ik was beschikbaar; dat was meestal genoeg om een man zonder mijn hulp aan mijn kleren te laten frunniken.

Maar Finn verroerde zich niet en bleef me gewoon aankijken. Zijn ogen zakten naar mijn middel en hij vroeg: 'Heb je geen vriend? Een verloofde?'

'Zie je ergens een ring?'

'Wie was het dan?'

'Harry S. Truman,' zei ik.

'Wie zit er nou te liegen?'

De lucht was warm en stroperig. Ik bewoog mijn heupen en voelde dat hij reageerde. Ik wist wat hij wilde. Waarom deed hij dan niets? 'Wat kan jou het schelen wie me zwanger heeft gemaakt?' fluisterde ik terwijl ik nog wat meer bewoog. 'Jij kunt me niet meer zwanger maken, en daar gaat het om. Je kunt me zonder risico's nemen.'

'Dat zou niet van erg veel eerbied getuigen,' zei hij kalm.

'Maar het is wel waar.'

Hij trok me dichter naar zich toe, en zijn gezicht was heel dicht bij het mijne, en ik kreeg kippenvel. 'Waarom zit je me zo op te vrijen?'

Hoer. Ik hoorde het woord in mijn hoofd, met de stem van mijn moeder of misschien die van mijn tante. Ik schrok, maar haalde mijn schouders op. 'Ik ben een slet,' zei ik nonchalant. 'En een slet doet het met iedereen, dat is algemeen bekend. En jij ziet er wel smakelijk uit. Dus waarom ook niet?'

Hij glimlachte, een echte glimlach in plaats van zijn gebruikelijke opgetrokken mondhoekje. 'Charlie, meid,' zei hij, en ik had tijd om te bedenken hoe fijn ik het vond wanneer hij mijn naam zo brouwend uitsprak, 'je moet echt met een betere reden komen.'

Hij tilde me als een pop van zijn schoot en zette me weer op mijn voeten. Hij kwam overeind, liep naar de deur, deed hem open, en ik voelde hoe een rode blos langzaam van mijn nek naar beneden gleed. 'Goedenacht, *miss*. Welterusten.'

Hoofdstuk 10

Eve

Juni 1915

Twee dagen later begon Eve als spion en serveerster bij Le Lethe. De tweede functie was verreweg het vermoeiendst: René Bordelon verwachtte niets minder dan perfectie, en een opleiding van twee dagen was erg krap om perfectie te bereiken. Eve bereikte die. Mislukken was tenslotte geen optie. Ze prentte de regels van haar nieuwe werkgever in haar geheugen toen hij die met zijn metalige stem herhaalde voordat zijn twee pas aangenomen serveersters aan hun eerste dienst begonnen.

Een donkere jurk, keurig haar. 'Je mag niet opvallen; je bent een schaduw.' Lichte voeten, kleine pasjes. 'Ik wil dat al jullie bewegingen vloeien. Mijn gasten worden niet gestoord tijdens hun conversatie.' Altijd stil zijn; niet fluisteren of praten met de gasten. 'Je hoeft de wijnkaart niet uit je hoofd te leren of bestellingen op te nemen. Je brengt de borden naar de tafel en ruimt af.' Schenk wijn in terwijl je je arm in een bevallig boogje houdt. 'Alles in Le Lethe is bevallig, zelfs dingen die niet worden opgemerkt.'

En de laatste regel, de belangrijkste: 'Als je de regels overtreedt, word je ontslagen. Er zijn veel hongerige meisjes in Lille die maar al te graag je plaats innemen.'

Le Lethe kwam 's avonds tot leven, een onnatuurlijke oase van licht, warmte en muziek in een stad waar het na zonsondergang helemaal donker werd. Eve stond in de haar toegewezen hoek en dacht aan de legende van de vampiers. In Lille gingen de Fransen bij zonsondergang naar bed, avondklok of niet, omdat er nauwelijks paraffine of kolen waren om kamers te verlichten. Alleen de Duitsers gingen 's avonds nog naar buiten, als de ondoden, om hun onbetwiste heerschappij te vieren. Ze kwamen naar Le Lethe, in hun onberispelijke uniform, met glimmende medailles en harde stemmen, en werden onthaald door René Bordelon, die gekleed was in een op maat gesneden smoking en ongedwongen glimlachte. Net als Renfield, dacht Eve, uit de roman van Bram Stoker: een laag en lafhartig schepsel dat in dienst is van de wandelende doden.

Je fabuleert, zei ze tegen zichzelf. Hou je oren open en schakel je gedachten uit.

Als een bevallige automaat bewoog ze zich door de avonduren; ze ruimde geruisloos borden af, veegde kruimels weg, vulde lege glazen bij. Je zou niet denken dat het oorlog was: er waren altijd kaarsen, op elke tafel stonden wittebroodjes en echte boter, elk glas was tot de rand gevuld. De helft van al het voedsel op de zwarte markt van Lille kwam hier waarschijnlijk voorbij, want de Duitsers vonden het duidelijk belangrijk om goed te eten. 'Het eten,' zei de andere serveerster, een jonge weduwe met brede heupen die thuis twee kinderen had, 'het is een marteling om ernaar te kijken!' Ze slikte toen ze een bord naar de keuken bracht: er lag nog een restje voedsel op, in een stad waar de Fransen geen kruimel op hun bord lieten liggen. Een klodder bechamelsaus, een paar happen kalfsvlees... Eve had ook een rammelende maag, maar ze keek het andere meisje vermanend aan.

'Nog geen hapje.' Ze wierp snel een blik op Monsieur Bordelon, die als een goedgeklede haai door de zaal gleed. 'Nog geen hap tot het einde van de dienst, d-d-dat weet je.' Aan het einde van de avond werden alle restjes uit de keuken verzameld en onder het personeel verdeeld. Niemand zou er moeite mee hebben om te klikken als een collega eten stal voordat alles eerlijk verdeeld was, want iedereen had honger. Eve had cynisch genoeg wel enige bewondering voor zo'n systeem: Monsieur Bordelon was erin geslaagd een beloning te bedenken waardoor zijn personeel eerlijk bleef en werd aangemoedigd om elkaar te bespioneren.

Het personeel was gespannen en onvriendelijk, maar de klanten waren nog erger. Het was zo makkelijk om de Duitsers te haten wanneer je van dichtbij zag hoeveel eten ze verspilden. In Eves eerste week kwamen Kommandant Hoffman en General Von Heinrich drie keer dineren; ze bestelden champagne en geroosterde kwartels om de laatste Duitse overwinningen te vieren en bulderden van het lachen te midden van hun adjudanten. Monsieur Bordelon werd altijd uitgenodigd om na het eten nog een cognac met hen te drinken. Hij sloeg zijn benen loom over elkaar, pakte een zilveren koker met monogram en deelde sigaren uit. Eve deed haar best om te luisteren, maar kon niet al te opzichtig blijven talmen wanneer ze de karaffen met water bijvulde, en ze hadden het trouwens toch niet over strijdplannen of geschutemplacementen, maar over hun maîtresses, van wie ze lichamelijke eigenschappen vergeleken, en over de vraag of het meisje van de generaal van nature blond was of niet.

Op de vierde avond bestelde Kommandant Hoffman cognac en verscheen Eve ongemerkt met de karaf. '...beschoten,' zei hij in het Duits tegen zijn adjudanten, 'maar de nieuwe batterij is over vier dagen gereed. Wat betreft de geschutstelling...'

Eves hartslag vertraagde in een straal heldere opwinding. Ze pakte het cognacglas van de *Kommandant* en schonk het zo langzaam vol als ze durfde, liet de drank in het glas lopen terwijl hij over het nieuwe geschutemplacement sprak. Haar handen trilden helemaal niet, merkte ze. Ze zette het glas terug en smeekte in stilte om een excuus om daar nog even te talmen. Een van de adjudanten beantwoordde haar smeekbede, knipte met zijn vingers om nog een cognac te bestellen en antwoordde met een vraag over het bereik van de nieuwe kanonnen. Eve wilde zijn glas pakken en zag dat Monsieur Bordelon naar haar keek vanaf de volgende tafel, waar hij een Duitse kapitein en een stel luitenants hartelijk verwelkomde. Haar hand greep het glas steviger vast, en in een plotselinge vlaag van paniek vroeg ze zich af of het van haar gezicht af te lezen was geweest dat ze de woorden van de *Kommandant* had begrepen. Als hij vermoedde dat Marguerite le François Duits sprak...

Hij heeft niets in de gaten, zei Eve tegen zichzelf terwijl ze haar gelaat gladstreek tot volmaakte nietszeggendheid en bedacht dat ze haar arm in een bevallig boogje moest houden wanneer ze inschonk. Haar baas knikte goedkeurend, de *Kommandant* knikte dat ze kon gaan en Eve gleed weer naar haar hoek met een onschuldig gezicht en een oor vol goud: de exacte posities van het nieuwe Duitse geschut bij Lille.

De rest van haar dienst was ze de informatie in haar hoofd aan het opdreunen – de aantallen, de namen, het bereik – en aan het bidden dat ze niets vergat. Ze haastte zich naar huis en schreef het allemaal in de piepkleine letters die ze in Folkestone had geleerd op een strookje rijstpapier, rolde het papiertje om een haarspeld, deed de speld in haar knotje en haalde opgelucht adem. Lili bracht de avond daarop een bezoek aan Lille om berichten op te halen, en het was met een bepaalde plechtstatigheid – als het presenteren van een lauwerkrans – dat Eve haar hoofd boog, de speld uit haar haar trok en die aanbood aan de leidster van het Alice-netwerk.

Lili las het bericht, begon te kraaien, sloeg een arm om Eves nek en gaf haar een kus op beide wangen. '*Mon Dieu*, ik wist wel dat je er goed in zou zijn.'

Als de norse Violette erbij zou zijn geweest met haar ronde bril en haar wrange afkeuring, zou Eve hebben geprobeerd haar blijdschap te verhullen, maar door Lili's vreugde liet ze de lach die ze al sinds de vorige avond onderdrukte de vrije loop.

Lili tuurde naar het piepkleine rolletje papier. 'Ik verpest mijn ogen als ik dit moet transcriberen voor mijn algemene rapport! De volgende keer hoef je het alleen maar snel voor me te coderen.'

'D-daar ben ik vier uur mee bezig geweest,' zei Eve teleurgesteld.

'Nieuwelingen doen altijd veel te veel moeite voor hun eerste bericht,' zei Lili lachend terwijl ze haar een klopje op haar wang gaf. 'Kijk niet zo beteuterd, het is uitstekend werk! Ik geef het door aan oom Edward en dan wordt het nieuwe geschut volgende week donderdag beschoten.'

'Donderdag? Kunnen jullie ervoor zorgen dat een stelling zo snel wordt b-b-b... wordt beschoten?'

'*Bien sûr*. Ik heb het snelste netwerk in Frankrijk.' Lili wikkelde het bericht weer om de haarspeld en stak hem in haar eigen blonde pompadour. 'En je bent echt een waardevolle aanwinst, margrietje. Ik voel het.'

Haar beweeglijke gezicht straalde van zo'n onbeschaamde vreugde dat ze het grauwe kamertje verlichtte als een zoeklicht, en Eve merkte dat ze grijnsde. Het was haar gelukt; ze had haar opleiding in de praktijk gebracht; ze had haar plicht gedaan. Ze was een spión.

Lili leek door te hebben dat Eve een triomfantelijk gevoel had, want ze lachte nog een keer toen ze in de enige leunstoel van de kamer plofte.

'Het is eigenlijk veel te leuk, vind je ook niet?' vroeg ze, alsof ze een geheimpje verklapte. 'Dat hoort misschien niet, omdat het een ernstige aangelegenheid is, de strijd van *la belle France* tegen haar vijanden, maar het is ook zo leuk! Geen ander beroep schenkt zoveel voldoening als spioneren. Moeders zeggen waarschijnlijk dat niets zoveel voldoening schenkt als het opvoeden van kinderen, maar *merde*,' zei Lili vol overtuiging, 'die zijn zo in slaap gesukkeld door de sleur dat ze niet beter weten. Als ik moet kiezen tussen de kans dat ik een kogel door mijn hoofd krijg en de zekerheid van vieze luiers, dan weet ik het wel.'

'Weet je wat ik nog het mooist vond?' biechtte Eve op. 'Dat ik wegliep van die tafel met beesten in uniform en hen daar rustig hun cognac liet drinken en hun sigaren liet roken en dat ze allemaal niets in de gaten hadden...' Ze was zo blij dat ze helemaal niet stotterde, en verbaasde zich erover toen ze even zweeg om erover na te denken.

'Pffft tegen de Duitsers,' zei Lili, en ze rolde een stukje stof uit op de tafel. 'Kom, ik zal je eens laten zien hoe ik kaartposities transcribeer. Het is een eenvoudig rasterpatroon, dat veel handiger is om posities door te geven...'

In dat grauwe kamertje scheen een gloedvoller licht dan in Le Lethe, waar honderd kaarsen brandden. Ze bleven veel te lang op toen ze klaar waren met de kaarttranscripties. Lili gaf haar wat gestolen cognac en vertelde verhalen – 'Ik heb ooit een stel gestolen verslagen voorbij een nieuwsgierige wachtpost gekregen door ze in een taartdoos te verstoppen. Je had het gezicht van oom Edward moeten zien toen ik hem die verslagen gaf. Ze zaten onder het glazuur!'

'Schep maar een beetje over me op wanneer je hem mijn verslag geeft,' zei Eve smekend. 'Ik wil dat hij trots op me is.'

Lili hield haar hoofd schuin en keek ondeugend. 'Margrietje, ben jij verliefd?'

'Een beetje,' gaf Eve toe. 'Hij heeft een mooie stem...' En hij had gezien dat zij het in zich had om hier te zijn, om dit werk te doen. Ja, ze vond het moeilijk om niet een klein beetje verliefd te worden op kapitein Cameron.

'*Merde*,' zei Lili lachend. 'Ik zou zelf ook wel een *tendresse* voor hem kunnen ontwikkelen. Maar wees niet bang, ik zal onbeschaamd over je opscheppen. Je zult hem op een gegeven moment wel weer zien; hij komt af en toe in bezet gebied om iets te doen wat ontzettend geheim is. Je moet me beloven dat je al dat tweed van zijn lijf scheurt als hij hier is.'

'Lili!' Eve schudde van het lachen. Ze kon zich niet herinneren wanneer ze voor het laatst zo had gelachen. 'Hij is getrouwd!'

'Daar hoef je je toch niet door te laten weerhouden? Zijn vrouw is een kreng. Ze heeft hem nooit opgezocht toen hij in de gevangenis zat.'

Dus Lili wist dat hij in de gevangenis had gezeten. 'Ik dacht dat we het alleen over persoonlijke achtergronden mochten hebben als het strikt noodzakelijk was.'

'Iedereen weet het al van oom Edward; het stond in de krant, dus dat kunnen we moeilijk geheimhouden. Hij heeft de straf van zijn vrouw uitgezeten, en voor zover ik weet heeft ze hem nooit bezocht.' Eve haalde verontwaardigd haar neus op, en Lili glimlachte. 'Probeer hem gewoon te verleiden. Als je last hebt van je geweten vanwege zoiets onbenulligs als overspel, moet je maar even gaan biechten en een paar onzevaders opzeggen.'

'Weet je, wij protestanten geloven dat je je schuldig moet voelen en dat je zoiets niet zomaar kunt afkopen met een stel plichtmatige gebeden.'

'Engelsen hebben ook te veel last van hun geweten om goede minnaars te zijn,' verklaarde Lili. 'Behalve in oorlogstijd, want de oorlog verschaft zelfs de Engelsen een excuus om zich eindelijk eens te vermaken. Wanneer je elk moment aan een Duitse bajonet kunt worden geregen, moet je de burgerlijke moraal nooit de kans geven om een goede vrijpartij met een getrouwde bajesklant in tweed te verhinderen.'

'Dit heb ik niet gehoord,' zei Eve giechelend, en ze sloeg haar handen over haar oren, en de rest van de avond gleed voorbij met gelach en een triomfantelijk gevoel. De volgende dag werd Eve glimlachend wakker en merkte ze dat Lili al was verdwenen en het bericht op het rijstpapiertje had meegenomen, maar een boodschap op het stukje stof had gekrabbeld: *Ga weer aan het werk en denk eraan: niet verwaand worden! Kom over vijf dagen weer langs.*

Vijf dagen, dacht Eve toen ze haar donkere jurk aantrok en naar buiten ging om naar Le Lethe te lopen. Dan heb ik nog meer inlichtingen voor haar. Daar was ze van overtuigd. Het was haar één keer gelukt, en het zou haar nog een keer lukken.

Misschien was ze werkelijk een beetje verwaand toen ze door de zijdeur van Le Lethe naar binnen ging en aan Lili's goedkeuring en de glimlach in de ogen van een Engelsman in tweed dacht. En werd opgewacht door de bedaarde gestalte van René Bordelon en hem met zijn toonloze stem hoorde zeggen: 'Vertelt u me eens, Mademoiselle Le François, waar komt u werkelijk vandaan?'

Eve verstarde. Niet uitwendig – ze zette vlug haar hoed af, vouwde haar handen en toverde een verbijsterde uitdrukking op haar gezicht. De natuurlijke reacties van de onschuld, die ze snel nadeed. Maar inwendig veranderde ze binnen een seconde van sprankelende lichtheid in een blok ijs.

'Monsieur?' vroeg ze.

René Bordelon draaide zich om naar de trap die naar zijn privéappartement leidde. 'Komt u mee.'

Weer naar die obscene studeerkamer, waar de gordijnen voor de ramen hingen om de ellende van de oorlog in Lille buiten te sluiten en de lampen overdag met zo'n buitensporige verkwisting van paraffine brandden dat het een klap in het gezicht was. Eve posteerde zich voor de zachte leren leunstoel waar ze nog geen week geleden deze baan had gekregen en verroerde zich niet, als een dier in het struikgewas dat wachtte tot de jager weer weg was. Wat weet hij? Wat kan hij weten?

Hij weet niets, zei ze tegen zichzelf. Want Marguerite le François weet niets.

Hij ging zitten, plaatste zijn vingertoppen tegen elkaar en bestudeerde haar zonder met zijn ogen te knipperen. Eve volhardde in haar uitdrukking van verbaasde onschuld. 'Is m-mijn werk niet in orde, *m-monsieur*?' vroeg ze ten slotte toen het haar duidelijk werd dat hij wachtte tot zij de stilte zou verbreken.

'Integendeel,' antwoordde hij. 'Uw werk is uitstekend. U hoeft maar één keer te horen hoe iets moet en u hebt een bepaalde natuurlijke bevalligheid. Het andere meisje is te onhandig. Ik heb besloten haar te vervangen.'

Waarom ben ik dan degene die zo wordt onderzocht, vroeg Eve zich af, zelfs toen ze een steek van verdriet voelde voor Amélie met haar brede heupen en haar twee kinderen.

‘Ik ben erg tevreden over u, behalve in één opzicht.’ Hij had nog steeds niet met zijn ogen geknipperd. ‘Volgens mij hebt u tegen me gelogen over de plaats waar u vandaan komt.’

Nee, dacht Eve. Hij kon toch niet vermoeden dat ze half Engels was? Ze sprak vloeiend Frans.

‘Waar kwam u ook alweer vandaan?’

Hij weet het.

Hij weet niets.

‘Roubaix,’ zei Eve. ‘Ik heb mijn p-papieren bij me.’ Ze gaf hem haar identiteitspapieren en was blij dat ze haar handen en ogen iets anders te doen kon geven dan alleen die starre blik ontmoeten.

‘Ik weet wat er in uw papieren staat.’ Hij keek niet naar haar papieren. ‘Daar staat dat Marguerite Duval le François uit Roubaix komt. Maar daar komt u niet vandaan.’

Ze hield haar gezicht in de plooi. ‘Jawel. Daar kom ik wel vandaan.’

‘U liegt.’

Dat schokte haar. Het was lang geleden dat Eve op een leugen was betrapt. Misschien zag hij haar verbazing, hoe verhuld die ook was, want hij glimlachte, maar op een manier waaraan elke warmte ontbrak.

‘Ik heb toch gezegd dat ik hier goed in ben, *mademoiselle*? Wilt u weten hoe ik erachter ben gekomen? U hebt geen Noord-Frans accent. Aan uw accent te horen komt u uit Lotharingen, tenzij ik het natuurlijk mis heb. Ik ga daar geregeld naartoe om wijn in te kopen voor mijn wijnkelder, en ik ken het accent even goed als de wijnen uit die streek. Hoe komt het dat u volgens uw papieren uit Roubaix komt, terwijl u volgens uw klinkers uit, laten we zeggen, Tomblaine komt?’

Hij had duidelijk een scherp oor voor accenten. Tomblaine lag vlak bij Nancy, waar Eve was opgegroeid, net aan de andere kant van de rivier. Ze aarzelde en hoorde in gedachten de stem van kapitein Cameron, die zachtjes tegen haar sprak met zijn licht Schotse accent. *Wanneer je gedwongen wordt te liegen, kun je het best zo dicht mogelijk bij de waarheid blijven.* Woorden die ze tijdens haar opleiding had gehoord, op een van de middagen dat hij haar had meegenomen naar dat verlaten strand om op flessen te schieten.

René Bordelon zat op de waarheid te wachten.

‘Nancy,’ fluisterde Eve. ‘Daar b-ben ik geb-b-b…’

‘Geboren?’

‘Ja, *m-m-m…*’

Hij onderbrak haar door met zijn hand te zwaaien. ‘Waarom hebt u dan tegen me gelogen?’

Een juist antwoord dat door valse redenen was ingegeven, Eve hoopte dat het overtuigend was, want ze kon zo snel niets anders verzinnen. ‘Nancy ligt heel d-d-dicht bij D-D-Duitsland,’ zei ze snel, alsof ze zich schaamde. ‘In Frankrijk v-v-vindt iedereen ons v-v-verraders die de kant van de Duitsers hebben gekozen. Toen ik in Lille kwam, wist ik dat iedereen me zou haten als… Ik w-w-wist dat ik geen w-w-werk zou vinden. Ik zou niets te eten hebben. En d-d-daarom heb ik gelogen.’

‘Hoe bent u aan valse papieren gekomen?’

‘Het zijn geen valse p-papieren. Ik heb de ambtenaar alleen betaald om een andere stad in te vullen. Hij had m-medelijden met me.’

Haar baas leunde achterover en tikte met zijn vingertoppen. ‘Vertelt u me eens over Nancy.’

Eve was blij dat ze niet had geprobeerd om weer te liegen en niet de naam van een andere stad had genoemd. Ze kende Nancy op haar duimpje, wist er veel meer van dan van Roubaix, waarover ze alleen feitjes uit haar hoofd had geleerd. Ze noemde straten, monumenten, kerken, allemaal uit haar eigen jeugdherinneringen. Haar tong bleef zo steken dat ze rode wangen kreeg, maar ze stotterde verder, met zachte stem en opengesperde ogen.

Maar de woorden moesten waar hebben geklonken, want hij onderbrak haar halverwege een zin. ‘Het is duidelijk dat u Nancy goed kent.’

Eve had geen tijd om een zucht te slaken, want hij praatte meteen door en knikte met zijn smalle hoofd.

‘De bevolking in die streek is redelijk gemengd, omdat die zo dicht bij de grens ligt. Vertelt u me eens, *mademoiselle*, spreekt u Duits? Als u weer tegen me liegt, zal ik u zeker ontslaan.’

Eve verstijfde weer, tot op het bot. Hij zou niet eens overwegen om een meisje dat vloeiend Duits sprak aan te nemen. Het beeld van Le Lethe als een oase van vertrouwelijkheid was waarschijnlijk de reden voor het grootste deel van de winst. Zijn ogen sneden dieper dan scalpels en zogen alles in zich op: elke beweging, elk zenuwtrekje, elke gezichtsuitdrukking.

Lieg, Eve, dacht ze verbeten. De beste leugen van je hele leven.

Ze keek haar baas recht en argeloos in de ogen en zei zonder één keer te stotteren: 'Nee, *monsieur*. Mijn vader haatte de Duitsers. Hij stond niet toe dat hun taal in zijn huis werd gesproken.'

Nog een lange stilte, het tikken van de vergulde klok, en Eves hart stond bijna stil. Maar ze bleef hem strak aankijken.

'Haat u ze?' vroeg hij. 'De Duitsers?'

Ze durfde niet nog een keer te liegen, zo kort na de vorige leugen. In plaats daarvan draaide ze eromheen, sloeg ze haar ogen neer en liet ze haar lippen trillen. 'Wanneer ze de helft van hun *b-b-boeuf en croûte* niet opeten en terugsturen naar de keuken,' zei ze vermoeid, 'ja, dan vind ik het moeilijk om ze niet te haten. M-maar ik ben te moe om ze echt te haten, *monsieur*. Ik moet me aanpassen aan deze wereld, want anders h-h-haal ik het einde van de oorlog niet.'

Hij lachte zacht. 'Dat is momenteel geen erg populair standpunt. Maar ik kijk er ongeveer hetzelfde tegen aan, *mademoiselle*. Maar ik wil me niet alleen aanpassen.' Hij spreidde zijn handen uit naar de mooie studeerkamer. 'Ik wil rijk worden.'

Eve twijfelde er niet aan dat hem dat ook zou lukken. Er was niet veel wat je tegenhield wanneer je winst boven al het andere stelde, boven gezin, vaderland, God.

'Vertelt u me eens, Marguerite le François.' René Bordelon klonk bijna frivool. Eve ontspande zich geen moment. 'Wilt u niet rijk worden? Wilt u alleen maar overleven?'

'Ik ben maar een m-meisje, *monsieur*. Ik heb bescheiden ambities.' Ze keek op en staarde hem met grote en wanhopige ogen aan. 'Alstublieft, zou u n-niemand willen vertellen dat ik uit N-N-Nancy kom? Als mensen erachter komen dat ik uit die streek kom...'

'Ik begrijp het. Mensen in Lille zijn...' Hij kneep zijn ogen samenzweerderig dicht. '...nogal fanatiek in hun patriottisme. Ze zijn soms nogal onvriendelijk. Bij mij is uw geheim veilig.'

Hij was een man die van geheimen hield, begreep Eve. Zolang hij tenminste de bewaarder van die geheimen was.

'D-d-dank u, *monsieur*.' Eve pakte zijn handen beet en gaf ze een kort, onhandig kneepje, boog haar hoofd en beet op de binnenkant van haar wang tot ze tranen in haar ogen kreeg. Dit was een man die abjecte dankbaarheid net zozeer kon waarderen als geheimen. 'Dank u.'

Ze liet zijn handen los voordat hij zich ongemakkelijk kon gaan voelen onder de aanraking van een werknemer, stapte achteruit en streek haar rokken glad. Zijn opmerking kwam uit het niets en was in het Duits.

'Hoe bevallig bent u, zelfs wanneer u bang bent.'

Ze ging weer rechtop staan en keek hem in de ogen, en hij verslond haar gezichtsuitdrukking, zocht naar het miniemste teken dat erop wees dat ze hem begrepen had. Ze knipperde langzaam, niet-begrijpend met haar ogen. *'Monsieur?'*

'Niets.' Uiteindelijk glimlachte hij, en op de een of andere manier had Eve het gevoel dat er een vinger van een gespannen haan werd gehaald. 'U kunt gaan.'

Haar nagels hadden diepe voren in haar handpalmen achtergelaten toen ze weer in het restaurant kwam, maar ze ontspande haar vuisten bewust voordat ze haar emoties toeliet. Want René Bordelon zou het merken. O ja, dat zou hij zeker merken.

Dat was door het oog van de naald, dacht ze toen haar dienst begon, en ze verwachtte dat ze misselijk zou worden nu het gevaar geweken was. Maar vanbinnen bleef ze ijskoud. Want het gevaar was nog niet geweken; zolang ze moest werken, en spioneren, en was blootgesteld aan de ijskoude blik van haar baas, zou ze in gevaar zijn. Eve had altijd heel goed kunnen liegen; voor het eerst van haar leven vroeg ze zich af of ze wel goed genoeg was.

Je kunt de angst pas toelaten wanneer het gevaar geweken is, zei ze tegen zichzelf. Hou je oren open en schakel je gedachten uit.

En ze ging aan het werk.

Hoofdstuk 11

Charlie

Mei 1947

'Zo, zo, zo.' Eve keek me fronsend aan toen ik achter in de Lagonda stapte en niet voorin naast Finn ging zitten. 'Durf je opeens geen plaats meer te nemen naast een bajesklant?'

'Ik wil niet dat jij achter me zit,' kaatste ik terug. 'Je hebt me gisterenavond proberen neer te schieten.'

Eve kneep haar bloeddoorlopen ogen dicht tegen het felle ochtendlicht. 'Ik heb duidelijk gemist. Laten we zo snel mogelijk deze klotestad verlaten en naar Roubaix gaan.'

Finns voorspelling klopte: Eve zag er grauw en verwilderd uit en bewoog zich houterig als een oude vrouw toen ze in de auto stapte, maar ze zei niets over die toestand met de Luger van afgelopen nacht. Finn sleutelde wat onder de motorkap en begon steeds meer te brouwen naarmate de ingewanden van de Lagonda zich weerspanniger betoonden: 'Ouwe roestbak, werk eens mee.' Uiteindelijk stapte hij in, stelde hij een paar wijzertjes af en startte hij de auto. 'We doen een beetje rustig aan,' zei hij toen hij schakelend wegreed bij het hotel. Ik wendde mijn hoofd af en staarde uit het raam. Een beetje rustig aan doen, dat was niet echt de stijl van Charlie St. Clair. Laat dat rustig maar zitten, gewoon een slok whisky, bij een dertigjarige Schot op schoot klimmen en zeggen dat je wilt neuken.

Het kan me niet schelen wat hij van me vindt, zei ik tegen mezelf. Het kan me niet schelen. Maar de vernedering vloog me nog steeds naar de strot.

Hoer, fluisterde het nare stemmetje in mijn hoofd, en ik kromp ineen. Misschien had ik Finn en Eve helemaal niet nodig voor de rest van deze reis. Eve kende iemand in Roubaix die ons misschien iets kon vertellen over dat restaurant in Limoges waar Rose had gewerkt, maar wilde Eve daarna eigenlijk nog bij me blijven? Ze leek me niet echt te mogen. Ik kon haar gewoon betalen wat ik haar verschuldigd was en haar onthutst naar huis sturen met haar Luger en haar chauffeur-met-strafblad, zodat ik als een beschaafd mens op de trein naar Limoges kon stappen om naar Rose te zoeken. Een reis min een Schot en min een vuurwapengevaarlijke Engelse ouwe taart, en ik kon mijn krankzinnige queeste op mijn eigen krankzinnige manier voortzetten, zonder de overtollige ballast van een stel nog krankzinniger reisgenoten.

'Vandaag,' zei ik hardop, en Finn keek me over zijn schouder aan. 'We moeten vandaag in Roubaix zien te komen.' Hoe eerder, hoe beter.

De dag waarop ik die auto en mijn gezelschap opeens niet meer verdroeg, was natuurlijk een heel mooie dag voor een autoritje: een heldere voorjaarsdag met schapenwolkjes. Het was niet ver naar Roubaix, en niemand maakte bezwaar toen Finn het dak van de Lagonda naar beneden deed; zelfs het Probleempje had besloten dat het vandaag niet misselijk werd, en daarom hoefde ik voor de verandering niet om de haverklap over te geven. Ik steunde met mijn kin op mijn armen, keek naar de passerende weilanden en vroeg me af waarom het landschap me zo bekend voorkwam, tot er iets op zijn plaats viel. Nog een ritje met de auto, Rose' familie en die van mij, een paar jaar nadat ze ons bij dat café in de Provence waren vergeten. We waren naar het platteland in de buurt van Lille gereden en na een plechtige dag met bezoeken aan kerken en oude monumenten had Rose het tapijt in onze hotelkamer opgerold en me de lindy hop geleerd. 'Kom op, Charlie, voetjes van de vloer...' Ze bewoog zo snel dat haar krullen op en neer sprongen; op dertienjarige leeftijd was ze al lang en had ze al rondingen en naderhand gaf ze toe dat ze al had gezoend. 'Met Georges, de zoon van de tuinman. Het was afschuwelijk. Tong, tong en nog eens tong!'

Waarschijnlijk glimlachte ik toen ik me dat herinnerde, want Eve zei: 'Ik b-ben blij dat iemand van deze streek houdt.'

'Jij dan niet?' Ik hield mijn hoofd weer in de zon. 'Ik zie liever dit dan al die puinhopen in Londen of Le Havre.'

‘ “Laat ik, nu ik nog leef, die bloedzuigers van raven vreten wat mijn onrein karkas nog bieden zou,” ’ zei Eve, en toen ik met mijn ogen knipperde, voegde ze eraan toe: ‘Dat is een citaat, cultuurbarbaar. Baudelaire. Het gedicht “Le M-Mort Joyeux”.’

‘De blijde dode?’ vertaalde ik, en ik trok mijn neus op. ‘Bah.’

‘Best eng,’ zei Finn instemmend vanachter het stuur.

‘Dat klopt,’ zei Eve. ‘Daarom was het ook een van zijn lievelingsgedichten.’

‘Van wie?’ vroeg ik, maar ze gaf natuurlijk weer geen antwoord. Moest ze nou echt zo cryptisch doen wanneer ze niet aan het vloeken was? Het was alsof ik op reis was met een sfinx die whisky dronk. Finn zag dat ik met mijn ogen rolde en glimlachte, en ik keek weer naar de velden die golvend voorbijkwamen.

Roubaix verscheen al snel aan de horizon. Een kleinere stad dan Lille, stoffiger, rustiger. Een mooi stadhuis, de torenspitsen van een gotische kerk. Eve gaf Finn een papiertje met een adres, en uiteindelijk stopten we in een smal straatje met kinderkopjes voor een winkel. Het leek een antiekzaak.

‘Woont de vrouw die je wilt spreken hier?’ vroeg ik verbaasd. ‘Wie mag het wel niet wezen?’

Eve stapte uit en gooide haar sigaret in de goot met een vakkundige beweging van haar verminkte vingers. ‘Gewoon iemand die een bloedhekel aan me heeft.’

‘Iedereen heeft een bloedhekel aan je,’ antwoordde ik ondanks mezelf.

‘Deze heeft een nog grotere hekel aan me dan de meeste mensen. K-kom maar mee, of niet. Wat je wilt.’

Ze liep de winkel in zonder achterom te kijken. Ik ging achter haar aan toen Finn een elleboog uit het geopende raampje stak en weer door *The Autocar* begon te bladeren. Met een bonzend hart volgde ik Eve in de schemerachtige koelte van de winkel.

Het was een overvol en knus winkeltje. Grote mahoniehouten kasten tegen de muren, een lange toonbank die een barrière vormde tegen de achterwand en overal de porseleinen glans van keramiek. Potten van Meißen, theeserviezen van Spode, herderinnetjes van Sèvres en wie weet wat nog meer. Achter de toonbank zat een in het zwart geklede vrouw, die een kasboek bijwerkte met een stompje potlood en opkeek toen we binnenkwamen.

Ze was een stevige vrouw van ongeveer dezelfde leeftijd als Eve, met een ronde bril en donker haar dat in een keurig knotje zat. Net als Eve had ze de diepe rimpels van iemand die een zwaar leven had gehad. 'Kan ik u helpen, *mesdames*?'

'Dat hangt ervan af,' zei Eve. 'Je ziet er goed uit, Violette Lameron.'

Die naam had ik nog niet eerder gehoord. Ik keek naar de vrouw achter de toonbank en zag dat haar gezichtsuitdrukking niet veranderde. Ze draaide haar hoofd tot haar brillenglazen het licht weerkaatsten.

Eve stootte een kort lachje uit. 'Dat oude trucje van je, om je ogen te verbergen! God, dat was ik helemaal vergeten.'

Violette, of wie ze ook was, antwoordde op vlakke toon. 'Die naam heb ik al heel lang niet meer gehoord. Wie bent u?'

'Ik ben een grijzend wrak en de tijd heeft me niet gespaard, maar denk eens even na.' Eve gebaarde naar haar eigen gezicht. 'Dat kind met die hertenogen? Je hebt me nooit gemogen, maar je gaf dan ook alleen maar om haar.'

'Wie?' fluisterde ik. Ik snapte er steeds minder van, maar nu zag ik dat het gezicht van de andere vrouw betrok. Ze leunde onwillekeurig over de toonbank en keek Eve niet in het gezicht, maar er dwars doorheen, alsof de sporen die de tijd had achtergelaten niet meer dan een masker waren. Ik zag dat het bloed wegtrok uit het gezicht van de andere vrouw, waardoor haar gelaat lijkbleek afstak tegen haar hoge zwarte kraag.

'Ga weg,' zei ze. 'Ga mijn winkel uit.'

Jezus, dacht ik. Waar waren we nu weer in beland?

'Verzamel je nu theekopjes, Violette?' Eve wierp een blik op de planken met porselein. 'Dat is toch veel te braaf? De hoofden van je vijanden verzamelen, misschien… Maar dan was je ook wel achter mij aan gekomen.'

'Je bent hier nu, dus waarschijnlijk wil je dat ik je vermoord.' Violettes lippen bewogen nauwelijks. 'Jij, slappe, laffe trut.'

Ik deinsde achteruit alsof ik een klap in mijn gezicht had gekregen. Maar die twee oude kenaus stonden daar gewoon aan weerszijden van de toonbank en bleven kalm alsof ze een gesprek over porseleinen lepels voerden. Zulke verschillende vrouwen, de een lang en mager en verlopen, de ander stevig en keurig en respectabel. Maar ze stonden kaarsrecht tegenover elkaar, als granieten zuilen zo onverzettelijk, en er dampte haat van hen af als gitzwarte stoom. Ik stond er met een droge mond bij en voelde me vergiftigd in hun aanwezigheid.

Wie zijn jullie, dacht ik. Wie zijn jullie allebei?

'Eén vraag.' Eve was nu niet meer cynisch geamuseerd, maar dodelijk serieus, serieuzer dan ik haar ooit had gezien. 'Eén vraag en ik ben weg. Ik had het ook wel over de telefoon kunnen vragen, maar jij hing gewoon op.'

'Van mij krijg je niets te horen.' De woorden van de vrouw klonken even scherp als glasscherven. 'Want ik ben niet zo'n laffe, loslippige hoer als jij.'

Ik verwachtte dat Eve haar zou aanvliegen. Ze had een Luger op mijn hoofd gericht omdat ik haar een achterlijke ouwe taart had genoemd. Maar ze klemde haar kaken op elkaar, zette zich schrap en hoorde de beledigingen onaangedaan aan alsof ze voor een schietschijf stond en de kogels opving. 'Eén vraag.'

Violette spuugde in haar gezicht.

Ik hapte naar adem en ging een stap naar achteren, maar ik had er net zo goed niet kunnen zijn, want de vrouwen negeerden me volkomen. Eve bleef daar even staan terwijl het speeksel van haar wang droop, en toen trok ze haar handschoen uit en veegde ze demonstratief haar gezicht af. Violette keek toe met haar glinsterende brillenglazen, en ik deed nog een stap naar achteren. Zo had ik vrouwen nog nooit zien ruziemaken: blazende en krabbende valse katten, de vivisectie van roddels die door een studentenhuis stroomden. Dit was het soort vete dat tot pistolen bij zonsopgang leidde.

Waarom is het nou nooit eens simpel, dacht ik in paniek.

Eve gooide de handschoen op de grond en produceerde het geluid van een geweerschot door met haar hand op de toonbank te slaan, en ik zag hoe Violettes blik zich met zieke herkenning op de geruïneerde vingers van de ander vestigde.

'Is René Bordelon in 1917 overleden?' vroeg Eve zacht. 'Ja of nee, ik ga hoe dan ook zo weer weg.'

De haren rezen me te berge. René. Die naam bleef maar opduiken. In het verslag over Rose. In Eves nachtmerries. En nu hier. Wie is hij, wie is hij…

Violette staarde nog steeds naar Eves hand. 'Ik was die vingers helemaal vergeten.'

'Destijds zei je dat ik het had verdiend.'

Koele minachting trok over Violettes gezicht. 'Het gaat in elk geval een stuk beter met je gestotter. Komt dat door de whisky? Je stinkt naar drank.'

'Whisky en woede zijn uitstekende middelen tegen stotteren, en van beide heb ik meer dan genoeg,' snauwde Eve. 'René Bordelon, zure trut. Wat is er met hem gebeurd?'

'Hoe moet ik dat nou weten?' vroeg Violette schouderophalend. 'We zijn tegelijk uit Frankrijk vertrokken, en toen deed hij nog goede zaken. Toen had hij Le Lethe nog.'

Le Lethe, het restaurant waar Rose had gewerkt. Maar dat was in Limoges en niet in Lille, bedacht ik, in verwarring gebracht. En ik was op zoek naar informatie over 1944, niet over de Grote Oorlog. Ik opende mijn mond al om dat te zeggen, maar toen sloot ik hem weer. Ik wilde niet tussen die twee vrouwen met hun duellerende blikken terechtkomen.

Eve bleef haar strak aanstaren met haar grijze roofvogelogen. 'Na de oorlog heb jij weer een tijd in Lille gewoond. Cameron heeft me verteld…'

En nu weer Cameron? Hoeveel nieuwe acteurs waren er in dit drama nou al niet op het podium geduwd? Ik wilde gillen, maar ik hield me stil, naar Eve starend alsof ik de antwoorden uit haar kon trekken met een haak. Hou eens op met vragen stellen en begin eens antwoord te geven, verdomme.

'…en Cameron vertelde me ook dat woedende burgers René Bordelon in 1917 in Lille hebben doodgeschoten omdat hij een vuile collaborateur was.'

'Hij was ook een vuile collaborateur,' verklaarde Violette. 'Maar hij is niet doodgeschoten, dat zou ik hebben gehoord als het wel zo was. Mensen zouden op straat hebben gedanst als hij zijn verdiende loon had gekregen. Nee, ik heb gehoord dat die klootzak zijn boeltje heeft gepakt en meteen is gevlucht zodra de Duitsers zich begonnen terug te trekken, omdat hij wist dat hij op niets beters hoefde te rekenen dan een kogel in zijn rug. In Lille heeft niemand hem meer gezien, dat is zeker. Maar in 1918 was hij in elk geval nog in leven. Die man was een overlever.' Violette lachte gemeen. 'Dus als Cameron je iets anders heeft verteld, heeft hij tegen je gelogen. En je was er altijd zo trots op dat je leugens kon ruiken.'

Ik begreep hier helemaal niets van, maar ik zag dat Eves trots gekrenkt was. Haar geruïneerde handen grepen de rand van de toonbank beet. Voordat ik in de gaten had dat ik bewoog, had ik al een arm om haar middel geslagen omdat ik bang was dat ze zou vallen. Ik verwachtte half dat ze me weer om de oren zou slaan met een bijtende opmerking, maar ze kneep haar ogen dicht. 'Die leugenaar,' fluisterde ze met wapperende slierten van haar grijzende haar toen ze haar hoofd schudde. 'Die verdomde weekhartige leugenaar.'

'En nu...' Violette zette haar bril af en begon hem te poetsen. '...moet je mijn winkel verlaten.'

'Geef haar even de tijd,' zei ik bits. Ik ergerde me soms wild aan Eve, maar ik zou niet toestaan dat ze aan stukken werd gescheurd door een of andere middenstander nu ze er zo geschokt en breekbaar uitzag.

'Ik geef haar nog geen halve seconde en al helemaal niet even de tijd,' zei de vrouw, die me nu voor het eerst aankeek. Ze greep onder de toonbank en pakte net zo'n Luger als Eve had. 'Ik weet hoe dit ding werkt, jongedame. Neem die slet mee, al moet je haar aan haar voeten naar buiten sleuren.'

'Wat is dat met die ouwe wijven en hun pistolen?' riep ik, maar Eve rechtte haar rug, haar gezicht een afschuwelijk gestold masker.

'We zijn hier klaar,' zei ze kalm, en ze liep in de richting van de deur. Ik raapte haar handschoen op en liep met een bonzend hart achter haar aan.

Violettes stem klonk achter me. 'Droom je weleens, Eve?'

Eve bleef staan en draaide zich niet om. Haar schouders waren recht en stijf. 'Elke nacht.'

'Ik hoop dat hij je wurgt,' zei Violette. 'Elke avond hoop ik dat hij je wurgt tot je stikt.'

Maar het klonk alsof Violette degene was die stikte toen wij vertrokken. Er weerklonk een afgeknepen snik, en voordat ik kon vragen wie ze in godsnaam was, ging de deur achter ons dicht.

'Het spijt me,' zei Eve uit het niets.

Ik was zo verbijsterd dat ik bijna mijn koffie omgooide. Ze had haar klauwachtige handen om haar kop koffie gevouwen en zag griezelig bleek. Nadat we de winkel hadden verlaten en in de Lagonda waren gestapt, was Eve in het niets gaan staren en had ik tegen Finn gezegd: 'Zoek een hotel.' Hij had een *auberge* gevonden tegenover het pittoreske stadhuis van Roubaix en was de auto gaan parkeren terwijl Eve en ik aan een van de tafeltjes in de lobby van het hotel waren gaan zitten. Ze had koffie besteld in haar perfecte Frans en vervolgens de afkeurende blik van de ober genegeerd toen ze haar zilveren heupflacon in haar kopje had geleegd.

Nu keek ze op, en ik schrok bijna van haar lege blik. 'Ik had je niet moeten m-meenemen. Zonde van je geld. Ik was niet op zoek naar je nicht, maar naar iemand anders.'

'Naar die vrouw?'

'Nee.' Eve nam een slok van haar versterkte koffie. 'Een man van wie ik al dertig jaar dacht dat hij dood was... Ik neem aan dat Cameron me alleen heeft verteld dat hij was overleden zodat ik het kon laten rusten.' Ze schudde haar hoofd. 'Cameron was te edelmoedig om een vuil kreng als ik te begrijpen. Ik had het alleen kunnen laten rusten als ik had gezien hoe Renés hoofd aan een staak was gespietst.'

Ze sprak afgemeten en staarde naar de receptionisten en de piccolo's bij de potplanten.

'René... Bordelon, zei je in de winkel.' Ik wist nu eindelijk de achternaam van de geheimzinnige Monsieur René.

'Hij was de eigenaar van Le Lethe. In elk geval van Le Lethe in Lille.'

'Hoe kende je hem?'

'Ik heb voor hem gewerkt tijdens de Grote Oorlog.'

Ik aarzelde. De vorige oorlog was zo overschaduwd door de oorlog die net was afgelopen dat ik nauwelijks wist hoe het was geweest toen de Duitsers Frankrijk eerder hadden bezet. 'Hoe erg was het, Eve?'

'O, je weet wel. Duitse laarzen die op de nek van uitgehongerde mensen stampten, mensen die in stegen werden doodgeschoten. Erg.'

Dat was dus de reden voor haar nachtmerries. Ik keek naar haar verminkte handen en rilde. 'Waren er dan twee restaurants die Le Lethe heetten?'

'Daar lijkt het op. Aangezien jouw nicht in Limoges bij een restaurant werkte dat zo heette.'

Ik kreeg de koude rillingen van de echo's die ik hier opving. 'En een tweede man die René heette? Of zou René Bordelon ook de eigenaar van het restaurant in Limoges kunnen zijn geweest?'

Ze sloeg op de tafel. 'Nee,' zei ze. 'Nee.'

'Eve, ik geloof niet in zoveel toevalligheden, en jij ook niet. Die vrouw in de winkel zei dat hij de eerste oorlog heeft overleefd en uit Lille is gevlucht. In 1944, toen Rose in Limoges was, kan hij nog makkelijk in leven zijn geweest. Misschien is hij nu nog wel in leven.' Ik voelde nu niet alleen angst, maar ook opwinding. Rose' werkgever, iemand die haar had gekend – ook al was hij een beest – had nu een naam gekregen. En doordat hij een naam had, kon ik naar hem op zoek gaan.

Eve schudde koppig haar hoofd. 'Dan zou hij nu over de zeventig zijn. Hij...' Haar hoofd ging nog steeds naar links en naar rechts, een mechanische handeling. '...hij heeft misschien de eerste oorlog overleefd. Maar het is uitgesloten dat hij nog in leven is, niet iemand als hij, niet na dertig jaar. Ondertussen moet iemand toch wel een kogel door zijn rottende zwarte hersens hebben geschoten.'

Ik keek naar mijn koude koffie en weigerde de hoop op te geven. 'Maar zijn restaurant in Limoges is er waarschijnlijk nog wel. Dan ga ik daarnaartoe.'

'Veel plezier, yank.' Haar stem klonk vastberaden. 'Dan gaan onze wegen hier uiteen.'

Ik knipperde verbaasd met mijn ogen. 'Nog geen minuut geleden zei je dat je zijn hoofd gespietst wilde zien. Hoe kan het nou dat je je oude vijand nu opeens niet meer wilt vinden?'

'Wat k-k-kan jou dat nou schelen? Ben je niet blij om van me af te zijn?'

Dat zou ik eerder wel geweest zijn. Maar dat was voordat ik had begrepen dat deze zoektocht voor haar net zo belangrijk was als voor mij. Ze moest iemand vinden, net als ik, en ze moest mee als het voor haar net zo belangrijk was. Ik had het plan om verder te gaan zonder Eve al geschrapt, was ervan uitgegaan dat ze dolgraag meedeed aan de zoektocht, en nu wilde ze er opeens mee ophouden?

'Doe wat je niet laten kunt. Ik doe niet meer mee aan die hopeloze onderneming.' Haar toon was kortaf, haar blik koppig en leeg. 'René is hoogstwaarschijnlijk dood. En die nicht van jou ook.'

Nu was ik degene die op de tafel sloeg. 'Nee!' snauwde ik. 'Je waagt het niet. Je mag van mij je kop in het zand steken wat betreft je eigen demonen, maar ik ga achter de mijne aan.'

'Kop in het zand? De oorlog is al twee jaar afgelopen en jij hecht geloof aan een of ander fabeltje dat je nicht misschien nog leeft.'

'Ik weet dat de kans klein is,' antwoordde ik snel. 'Maar ik heb liever een flintertje hoop dan wanhoop.'

'Het is nog niet eens een flintertje.' Eve leunde over de tafel en keek me aan met haar glinsterende grijze ogen. 'Het zijn nooit de goede mensen die het overleven. Die sterven in greppels en voor het vuurpeloton en op een brits in de gevangenis vanwege zonden die ze nooit hebben begaan. Ze gaan altijd dood. Het zijn de schurken die vrolijk verder leven.'

Ik hief mijn kin op. 'Waarom ben je er dan van overtuigd dat die René Bordelon van jou dood is? Waarom is hij dood als de schurken altijd overleven?'

'Omdat ik het zou voelen als hij nog in leven was,' zei ze kalm. 'Zoals jij het zou hebben gevoeld als je nicht was gestorven. Dat betekent misschien dat we allebei gek zijn, maar het houdt ook in dat wij klaar zijn.'

Ik keek haar aan en zei duidelijk verstaanbaar: 'Lafaard.'

Ik had verwacht dat ze zou ontploffen. Maar ze bleef gewoon zitten en leek zich schrap te zetten alsof ze een klap zou krijgen, en ik zag blinde paniek in haar ogen. Ze wilde niet dat haar oude vijand nog in leven was. En daarom was hij het ook niet. Zo eenvoudig was het.

'Goed dan. Het kan me ook niet schelen.' Ik pakte mijn handtasje en gaf haar het geld dat ik haar verschuldigd was, na aftrek van de kosten voor haar hotelkamer. 'Nu heb ik alles betaald. Probeer het niet in één keer op te drinken.'

Ze stond op, de bankbiljetten bij elkaar graaiend. Zonder me verder nog gedag te zeggen pakte ze haar kamersleutel en liep naar de trap.

Ik weet niet wat ik had verwacht. Misschien dat ze me meer over Lille en de Grote Oorlog had verteld. Waarom haar handen... Ik weet het niet. Ik zat aan het tafeltje als een hulpeloze gek, voelde me verlaten, wilde dat ik mijn arm niet om haar middel had geslagen in die porseleinwinkel en haar niet op me had laten leunen. Want zelfs nadat ze had geconstateerd dat ik een Probleempje had en zo tactloos was geweest daar een opmerking over te maken, wilde ik ergens nog steeds haar respect. Ze leek op geen enkele vrouw die ik eerder had ontmoet; ze praatte tegen me alsof ik een volwassene was, en geen kind, maar nu had ze me gewoon weggegooid alsof ik een sigarettenpeuk was. Het kan me ook niet schelen, had ik gezegd. Nu ja, het kon me wel wat schelen.

Je hebt haar niet nodig, zei ik berispend tegen mezelf. Je hebt helemaal niemand nodig.

Finn verscheen met mijn reistas op zijn schouder. 'Waar is Gardiner?'

Ik stond op. 'Volgens haar zijn we klaar.'

Zijn glimlach ebde weg. 'Ga jij er dan vandoor?'

'Ik heb al voor de kamers betaald, dus jij en Eve kunnen hier vannacht net zo goed blijven. Maar het zou me niks verbazen als ze morgen meteen terug wil naar Londen.'

'Waar ga jij naartoe?'

'Limoges. Misschien is mijn nicht daar. Of iemand die haar heeft gekend.' Ik toverde een opgewekte glimlach op mijn gezicht en ontweek Finns blik.

'Nu?'

'Morgen.' Ik was te uitgeput om vanmiddag nog ergens naartoe te gaan en ik had niet alleen hun kamers betaald, maar ook de mijne.

'Nu dan.' Hij veegde zijn haar uit zijn ogen en gaf me mijn reistas. Ik vroeg me af of hij het jammer vond dat hij me zag vertrekken of dat hij opgelucht was. Waarschijnlijk opgelucht. Het spijt me, wilde ik zeggen. Het spijt me dat ik me als een slet heb gedragen. Het spijt me dat ik niet met je naar bed ben geweest. Dus ben ik echt een slet. Het spijt me. Daarom stelde ik snel de enige vraag die ik kon verzinnen en die niets te maken had met mijn gedrag van de vorige avond.

'Waarom heb je dan wel in de gevangenis gezeten?'

'Ik heb de *Mona Lisa* zo van de muur gepakt in het British Museum,' antwoordde hij met een uitgestreken gezicht.

'De *Mona Lisa* hangt niet eens in het British Museum,' zei ik.

'Nee, nu niet meer, inderdaad.'

Ondanks mezelf lachte ik. En keek ik hem zelfs een fractie van een seconde in de ogen. 'Het ga u goed, Mr. Kilgore.'

'Het ga u goed, *miss*.' En mijn hart zwol een beetje op toen ik dat *miss* hoorde.

Maar nadat Finn was vertrokken, kon ik mezelf er niet toe zetten al naar mijn kamer te gaan. Ik werd weer overvallen door een aanval van uiterste vermoeidheid, en het leek me trouwens treuriger om in mijn eentje op een hotelkamer te zitten dan in mijn eentje in een drukke lobby. Ik bestelde nog een koffie en zat ernaar te staren.

Het zal nu allemaal een stuk gemakkelijker gaan, zei ik tegen mezelf. Geen gek oud wijf dat een pistool op je richt. Geen beledigingen, geen oponthoud door Eves katers, geen gezeur omdat ze alleen kan reizen in een oud koekblik. Geen Schotse bajesklanten waardoor ik me ga gedragen als een meisje dat verzeild raakt in het soort problemen waarin ik al verzeild ben geraakt. Niet uitgemaakt worden voor yank. Je kunt nu helemaal in je eentje, frank en vrij, op zoek gaan naar Rose.

Helemaal in mijn eentje. Daar zou ik niet zo'n vreemd gevoel bij moeten hebben, ik was het wel gewend om alleen te zijn. Eigenlijk was ik al alleen sinds ik voor de oorlog afscheid had genomen van Rose. Alleen te midden van de drukke familieleden die amper in de gaten hadden dat ik er was, alleen te midden van alle giechelende kamergenotes die ook niet in de gaten hadden dat ik er was.

Kop op, zei ik op strenge toon tegen mezelf toen er een piccolo langskwam. Kop op. Nu geen zelfmedelijden krijgen, Charlie St. Clair, want dat is verdomde irritant.

Eve had me aangestoken. Ik was nu ook de hele tijd aan het vloeken, net als zij. Al was het alleen maar in gedachten.

Je hebt een slechte invloed op me, zei het Probleempje.

Stil jij, zei ik tegen mijn buik. Je bent niet echt. Ik hoor je niet.

Wie zegt dat?

Fantastisch. Het Probleempje begon nu ook te praten. Eerst hallucinaties, en nu stemmen.

Toen hoorde ik een innemend gemoduleerde vrouwenstem achter me. 'Charlotte! O, *ma p'tite*, hoe kon je dat nou doen?' Ik draaide me om, met het koude zweet op mijn voorhoofd, en zag dat mijn moeder me had gevonden.

Hoofdstuk 12

Eve

Juli 1915

Het was een keurige, goedgeorganiseerde huiszoeking. Ze kwamen om twaalf uur 's middags: de Duitse officier, met een map onder zijn arm, en twee soldaten die hem flankeerden. De klop op de deur klonk zowel meedogenloos als onheilspellend, net als de toon van de officier toen hij snauwde: 'Koperinspectie!' Het was duidelijk een excuus. Het was uitgesloten dat er in deze kamer koperbeslag of koperen leidingen te vinden waren voor de Duitse metaalinzameling.

Lili en Violette hadden Eve goed voorgelicht en haar verteld wat ze moest doen. Ze overhandigde haar papieren en ging met haar rug tegen de muur staan toen ze alles overhoophaalden, hoewel er niet veel te vinden was. Behalve natuurlijk Eves Luger in de dubbele bodem van haar oude reistas. En haar laatste verslag voor Lili: gegevens over de nieuwe vliegtuigen die het luchtruim van Lille moesten bewaken en de aankomstdatum van de piloten die erin moesten vliegen. Gegevens die ze had opgevangen toen ze crème brûlée en *Kirschtorte* opdiende bij een stel Duitse kapiteins die zaken zaten te bespreken tijdens het dessert. Gegevens op het gebruikelijke strookje rijstpapier dat ze in haar haar had gestoken.

Die zouden de officier en zijn mannen maar al te graag vinden.

Toen ze haar kleren doorzochten en in haar matras porden, keek Eve daarom schijnbaar opgelaten naar haar tenen. Haar hart bevroor tijdelijk toen een soldaat haar reistas optilde en eraan schudde, maar het pistool zat in een doek gewikkeld en de tas ontkwam aan een nadere inspectie.

Een van de soldaten trok Eves gordijnroede van het plafond en inspecteerde hem. 'Daar hebben we niets aan,' zei hij, en hij gooide hem opzij, maar pas nadat hij Eves gordijnen eraf had gerukt en ze in een zak had gepropt, met een zijdelingse blik alsof hij wilde vragen of ze zou protesteren. Dat deed ze niet. Ze slikte haar woede in en liet haar adem met een zucht ontsnappen. De kleine dingen waarvan ze elke dag getuige was, dreven haar eerder tot razernij dan de grote. Eve vond het eigenlijk een stuk minder erg dat de Duitsers het recht hadden haar neer te schieten dan dat ze zomaar haar kamer binnen konden komen en haar gordijnen konden stelen.

'Verstopt u iets, *Fraulein*?' vroeg de soldaat, die Eves nek streelde. 'Vers voedsel? Vlees, misschien?'

Zijn vingers bevonden zich slechts enkele centimeters van de gecodeerde boodschap in Eves haar. Ze keek hem met grote, onschuldige ogen aan en zou het niet erg vinden wanneer hij haar beet zou pakken, zolang hij het rolletje papier maar niet vond. 'Nee, *monsieur*.'

Ze gingen er weer vandoor met hun buit, en Eve bedacht dat ze moest buigen en een bedankje moest mompelen toen de officier alles in zijn map noteerde en haar een bon – een reçu – gaf voor haar gordijnen. Die bonnen waren niets waard, maar de formaliteiten moesten in acht genomen worden. Dat was de les die de bezetters de Fransen hadden geleerd.

Eve vervulde nu al bijna een maand haar beide rollen in Lille. Elke ochtend wanneer ze uit bed stapte, stapte ze in Marguerite le François – een identiteit die ze zo makkelijk aannam dat ze soms vergat dat ze Marguerite niet was. Marguerite bleef in haar kamer wanneer ze geen boodschappen deed en probeerde zo min mogelijk de aandacht te trekken. Marguerite zei de familie die aan de overkant van de straat woonde zachtjes gedag, een afgetobde moeder en een paar magere kinderen, en ze glimlachte verlegen naar de bakker wanneer hij zich verontschuldigde voor zijn brood, dat zo hard was als steen. Ze viel niet op omdat ze zo stil was. De meeste inwoners van Lille waren net zo teruggetrokken en apathisch door de honger en de verveling, de eentonigheid en de angst.

Dat was overdag, maar de grauwheid kon ze verdragen vanwege de avonden. Ze werkte zes avonden per week in Le Lethe, en hoorde minstens één keer per week iets wat ze aan Lili kon rapporteren.

‘Ik wil weleens weten wat het oplevert,’ vertrouwde ze op een lange zomernacht aan het hoofd van het Alice-netwerk toe. De kortstondige bezoeken van Lili waren als scheuten champagne in een bestaan van slappe thee, momenten waarop ze Marguerite als een grauwe jurk van zich afwierp en weer even Eve werd. ‘Hoe weten we nou w-w… wat ze er eigenlijk aan hebben?’

‘Dat weten we niet.’ Lili propte het laatste bericht van Eve in een zoom van haar tas. ‘We rapporteren de dingen die ons belangrijk lijken en hopen maar dat ze dat ook zijn.’

‘Heb je weleens iets doorgegeven waarvan je w-w-wist dat het heel belangrijk was?’ vroeg Eve.

‘Een paar keer. Wat een gevoel!’ Ze zoende haar vingertoppen. ‘Maar maak je geen zorgen, oom Edward heeft me verzocht door te geven dat je werk topklasse is. Wat is dat met die Engelsen, dat ze alles in klassen verdelen? Het is net alsof jullie er maar niet over uitgepraat raken dat jullie op een privéschool hebben gezeten.’ Lili keek Eve snel ondeugend aan. ‘Kijk, nou heb ik je aan het blozen gemaakt.’

Topklasse. Eve koesterde dat woord toen ze ’s nachts in haar bed lag. Het matras was hard en dun; de nachten warm en doorbroken door het gerommel van bulderende kanonnen in de verte, maar in Lille sliep Eve als een roos, ondanks al het gevaar om haar heen. Ze had nooit genoeg te eten, ondanks de restjes die ze elke avond in het restaurant kreeg; ze werkte zich een slag in de rondte en leefde in constante angst; ze was afgevallen en zag bleek en dacht soms dat ze een moord zou kunnen doen voor een goede kop koffie, maar ze viel glimlachend in slaap en werd elke morgen wakker met de enige gedachte die ze zich toestond voordat ze voor de rest van de dag weer Marguerite werd.

Ik voel me hier thuis.

Eve was niet de enige die er zo over dacht. *‘Putain de merde,’* zei Lili zuchtend op een avond toen ze door haar identiteitspapieren rommelde en probeerde te besluiten of ze de volgende ochtend Marie de naaister of Rosalie de wasvrouw moest worden. ‘Wat moet ik nou doen wanneer de oorlog afgelopen is en ik weer gewoon mezelf moet worden? Dat is vast ontzettend saai.’

‘Je b-bent niet saai.’ Eve lag op haar rug op het dunne matras en keek glimlachend naar het plafond. ‘Ik ben saai. Ik archiveerde b-brieven en ik woonde in een pension en deelde de restjes van mijn avondeten met een kat.' Ze kon nauwelijks geloven dat ze ooit zo had geleefd.

'Dat betekent niet dat jij saai bent, *ma p'tite*, maar dat je een saai leven had. De meeste vrouwen hebben een saai leven, omdat het saai is om een vrouw te zijn. We trouwen alleen om iets te doen te hebben, en dan krijgen we kinderen en ontdekken we dat baby's de enige wezens zijn die nog saaier zijn dan vrouwen.'

'Wordt alles weer zo saai wanneer d-deze oorlog afgelopen is en wij deze baan niet meer hebben?' vroeg Eve zich hardop af. De oorlog leek zo totaal dat ze zich nauwelijks kon voorstellen dat er ooit een einde aan zou komen. Afgelopen augustus had iedereen nog geroepen dat het rond Kerstmis wel afgelopen zou zijn, maar hier, op enkele kilometers van de loopgraven, waar het gebulder van de kanonnen op de achtergrond klonk en de klokken de Duitse tijd aangaven, leek het een heel ander verhaal.

'We zoeken gewoon een andere baan wanneer de oorlog is afgelopen.' Lili ordende haar identiteitskaarten tot een waaier. 'Ik zou wel iets moois willen doen. Jij niet? Iets opmerkelijks?'

Lili was al opmerkelijk, dacht Eve. In tegenstelling tot mij. Ze dacht het niet omdat ze jaloers was, het was de reden waarom ze zo goed waren in het werk dat ze nu deden. Het was Lili's werk om iedereen te zijn, om haar gedrag en haar taalgebruik met behulp van een paar trucjes aan te passen en van het ene personage in het andere te veranderen, of het nou een naaister of een wasvrouw of een kaasverkoopster was. En als het Lili's werk was om iedereen te zijn, was het Eves werk om niemand te zijn, om onopgemerkt en onopvallend te blijven.

En in de loop der weken werd dat verontrustend. Want er was iemand die haar wel had opgemerkt.

Toen de laatste gasten die avond waren vertrokken, bleef René Bordelon hangen in het restaurant. Dat deed hij soms. Dan stak hij een sigaar op en rookte die rustig op terwijl zijn personeel de boel opruimde. In het bijzijn van de Duitsers speelde hij de joyeuze gastheer, maar verder leek hij alleen te zwemmen als een haai. Hij was alleenstaand en liet het restaurant soms over aan de verantwoordelijkheden van de gerant om naar een toneelstuk of een concert te gaan; dan verdween hij in de middag in een onberispelijke kasjmieren jas en zwaaide hij met een wandelstok met een zilveren knop. Eve vroeg zich af waaraan hij dacht wanneer hij daar gewoon in het restaurant zat en naar de zwarte ramen glimlachte. Misschien dacht hij alleen aan zijn winstmarges. Eve bleef bij hem uit de buurt. Sinds hij aan haar accent had gehoord waar ze vandaan kwam en haar had gedwongen te vertellen waar ze was geboren, had ze hem zo veel mogelijk vermeden.

Maar daar gaf hij haar niet altijd de kans toe.

'Zet die plaat eens af,' zei hij toen Eve in de zaal verscheen om de tafels af te ruimen. De grammofoon in de hoek, die af en toe discrete achtergrondmuziek liet horen voor een Duitse klant met een voorkeur voor de muziek uit zijn *Heimat*, bracht een krakend geluid voort omdat de plaat was afgelopen. 'Op den duur krijg je wel genoeg van Schubert.'

Eve liep naar de grammofoon aan de rand van zijn blikveld. Het was al na middernacht; haar baas zat met een glas cognac aan een tafeltje in een hoek in een kring van kaarslicht. Alle andere tafels waren leeg en de tafelkleden zaten vol wijnvlekken en waren bezaaid met kruimels en enkele glasscherven. Het rumoer van de koks die de keuken opruimden, drong vaag tot de eetzaal door en leek de stilte slechts te benadrukken. 'Zal ik een andere plaat opzetten, *monsieur*?' vroeg Eve fluisterend. Ze wilde alleen haar dienst afmaken, naar huis gaan en de schema's voor het treinvervoer van de gewonde troepen noteren, een schat die ze vanavond had opgevangen...

Hij zette zijn glas neer. 'Zal ik voor de muziek zorgen?'

'*Monsieur?*'

Er stond een piano in de hoek, een kleine vleugel die in een fantastisch geborduurde doek was gewikkeld en met kandelaars was versierd en de indruk deed ontstaan dat Le Lethe helemaal geen restaurant was, maar een woonkamer met de beste chef-koks. Eves werkgever liep er rustig op af, nam plaats op de kruk en ging met zijn buitengewoon lange vingers over het klavier. Hij begon te spelen, een breekbare melodie die steeg en daalde als het geluid van regen. 'Satie,' zei hij. 'Een van de *Gymnopédies*. Kent u ze?'

Eve kende ze wel. Marguerite waarschijnlijk niet. 'Nee, *monsieur*,' zei ze terwijl ze servetten en vorken op een dienblad legde. 'Ik weet helemaal niets van m-m-muziek.'

'Ik kan u wel het een en ander bijbrengen.' Hij speelde verder, en de melodie was zacht en rustgevend. 'Satie is een impressionist, maar hij is minder behaagziek dan Debussy. Hij heeft een soort helderheid en elegantie die typisch Frans zijn, vind ik altijd. Hij roept melancholie op zonder onnodige versieringen. Als een mooie vrouw in een volmaakt eenvoudige jurk, die snapt dat ze zich niet moet opdirken met allemaal sjaals.' Zijn ogen dwaalden even af naar Eve. 'Volgens mij hebt u nog nooit een elegante jurk gehad.'

'Nee, *monsieur*.' Eve zette een stel achtergebleven wijnglazen op een dienblad, een leeg glas en een glas waar nog een paar slokken goudkleurige wijn in zaten. Ze hield haar blik op de wijn gevestigd, want alles was beter dan naar haar baas kijken. In een gewoon restaurant zouden de koks het naar binnen gooien zodra Eve het glas naar achteren had gebracht, maar niet hier. Ze zouden die drie slokken weer in de fles gieten, omdat wijn niet verspild mocht worden, zelfs niet in een restaurant met volop producten van de zwarte markt. In tegenstelling tot het overgebleven eten, werd wijn aan het einde van de avond niet onder het personeel verdeeld. Iedereen, van de knorrigste kok tot de arrogantste ober, wist dat René Bordelon heel goed in staat was iemand te ontslaan vanwege drie slokken witte wijn.

Eves baas zat nog steeds hardop te peinzen tegen de achtergrond van de stijgende en dalende melodie en trok weer haar aandacht. 'Als de metafoor van een elegante jurk zonder opsmuk u niets zegt, zou u de muziek van Satie kunnen vergelijken met een volmaakte droge vouvray. Elegant, maar spaarzaam.' Hij neeg zijn hoofd naar het glas op Eves dienblad. 'Neem maar een slok, en kijk maar of u het ermee eens bent.'

Hij glimlachte vaag. Omdat hij toegaf aan een geheime gril? Eve hoopte het maar. Hoopte vurig dat het niet iets anders was. Wat de reden ook was, ze kon niet weigeren, en daarom pakte ze het glas en nam ze een slok als een klein meisje. Ze overwoog even om te gaan stamelen, maar dat was misschien overdreven, en daarom glimlachte ze alleen nerveus toen ze het lege glas terugzette. 'Dank u, *monsieur*.'

Zonder nog een woord te zeggen knikte hij dat ze mocht gaan, tot Eves opluchting. Let niet op mij, wilde ze smeken toen ze nog een blik op de eenzame figuur aan de piano wierp. Ik ben niemand. Maar ze wist niet zeker of haar baas dat ook geloofde. Hij had haar zorgvuldig opgebouwde anonimiteit afgewezen op de dag dat hij had vastgesteld dat haar klinkers niet overeenstemden met die uit de geboorteplaats op haar identiteitskaart, en hij leek haar nog steeds te onderzoeken. Misschien omdat hij vermoedde dat Marguerite le François nog meer geheimen te onthullen had.

Twee dagen later trok de eigenaar van Le Lethe zich aan het einde van de avond terug in zijn appartement. Maar aan het einde van de dienst werd Eve met de omzet van die avond naar boven gestuurd door de gerant, en er was weer die vage glimlach toen ze de weelderige studeerkamer binnenkwam.

'*Mademoiselle*,' zei hij toen hij zijn boek liet zakken en een vinger tussen de pagina's stak. 'De omzet van vanavond?'

Eve knikte zwijgend en gaf hem het kasboek aan. Hij sloeg de bladzijden om, maakte opmerkingen over een vlek hier en een vreemde bestelling daar, maakte nog een aantekening en merkte toen uit het niets op: 'Baudelaire.'

'Neemt u me niet kwalijk, *monsieur*?'

'De marmeren buste waar u naar kijkt. Dat is een replica van een buste van Charles Baudelaire.'

Eve stond er alleen maar naar te kijken omdat ze naar alles in de kamer wilde kijken behalve naar haar baas. Ze zag de buste op de plank en knipperde met haar ogen. 'Ja, *monsieur*.'

'Kent u Baudelaire?'

Marguerite, dacht Eve, zou niet geloofwaardig zijn als ze al te onnozel was; Monsieur Bordelon had helaas het idee dat ze dom was al verworpen. 'Ik h-heb van hem gehoord.'

'Sommige gedichten uit *Les fleur du mal* behoren tot de mooiste poëzie die ooit is geschreven.' Hij zette een vinkje in het kasboek. 'Poëzie is als passie: ze moet niet alleen mooi zijn, ze moet ook overweldigen en pijn doen. Baudelaire begreep dat. Hij combineert het schone en het obscene, maar dat doet hij elegant.' Een glimlach. 'Dat is erg Frans, om het obscene elegant te maken. De Duitsers proberen het wel, maar ze zijn alleen vulgair.'

Eve vroeg zich af of zijn obsessie met alle dingen die elegant waren even sterk kon zijn als zijn voorkeur voor alle dingen die Frans waren. 'Ja, *monsieur*.'

Hij keek haar geamuseerd aan. 'U bent verbaasd, *mademoiselle*.'

'Is dat zo?'

'Dat ik de Duitsers bedien, maar ze vulgair vind.' Hij haalde zijn schouders op. 'Ze zijn ook vulgair. Aan zulke mensen kun je vooral veel geld verdienen. Dat zouden meer mensen moeten begrijpen. In Lille verkiezen de meeste mensen wrok en honger boven praktische overwegingen en geld. Ze hebben het motto, om Baudelaire te citeren, "Laat ik, nu ik nog leef, die bloedzuigers van raven vreten wat mijn onrein karkas nog bieden zou" in plaats van een Duitser te bedienen. Maar die trots levert je geen overwinning op het slagveld op.' Hij streelde de rug van zijn kasboek met die lange vinger. 'Dan word je het karkas waarvan de raven vreten.'

Eve knikte. Wat kon ze anders? Haar bloed klopte koud en traag in haar oren.

'Begrijp me goed, de Fransen kunnen ook wel pragmatisch zijn,' vervolgde hij. 'Historisch gezien doen we het beter met pragmatisme dan met trots, wanneer het ons lukt. Door pragmatisme belandde de koning onder de guillotine. Door onze trots kregen we Napoleon. Wat was uiteindelijk de beste aanpak?' Hij keek haar peinzend aan. 'U bent volgens mij een nogal pragmatische jongedame. U durft het aan om een leugen op een identiteitskaart te zetten omdat het u voordeel zou kunnen opleveren; dat is een combinatie van pragmatisme en moed.'

Ze wilde niet dat hij bedacht hoe goed ze kon liegen. 'Bent u klaar met het kasboek, *monsieur*?' drong ze aan.

Hij negeerde het. 'Uw tweede naam is Duval, meen ik me te herinneren? Baudelaire had zijn eigen Mademoiselle Duval, maar zij was een Jeanne en geen Marguerite. Een creools meisje dat hij uit de goot had geplukt en in een schoonheid had veranderd. Hij noemde haar zijn Zwarte Venus en ze was de inspiratie voor een hoop obsceniteit en passie in zijn gedichten.' Hij klopte op het boek dat hij had neergelegd toen ze binnenkwam. 'Het is volgens mij een stuk interessanter om schoonheid te creëren dan schoonheid die al is gepolijst te verwerven. "Veel moois dat daar begraven is slaapt in vergeten duisternis, waar geen houweel de grond omwroet..." '

Hij keek haar weer aan zonder met zijn ogen te knipperen. 'Wat zouden die houwelen in u omwroeten, vraag ik me af?'

Hij weet het, dacht Eve in een moment van zuivere, ijskoude paniek.

Hij weet niets.

Ze ademde uit. Sloeg haar ogen neer. 'Monsieur Baudelaire lijkt me h-heel interessant,' zei ze. 'Ik zal proberen iets van h-hem te lezen. Is dat alles, *m-m-m-m...*'

'Ja.' Hij gaf haar het kasboek terug. Eve sloot de deur en stortte meteen in toen ze uit het zicht was. Ze was van top tot teen aan het zweten en voor het eerst sinds ze in Lille was aangekomen, raakte ze in paniek. In paniek wilde ze wegduiken en vluchten. Alles was goed, als ze maar weg was.

Toen Eve eindelijk terugkwam van haar werk, trof ze Violette, die haar Luger wegstopte in de tas met de dubbele bodem naast die van Eve. Na één blik op Eves bleke gezicht zei ze met een bepaalde berusting: 'De zenuwen?'

'N-nee.' Eve wachtte tot ze klaar waren met het ritueel van ramen en deur controleren op rondhangende mensen, iedereen die hen zou kunnen afluisteren, hoewel het appartement aan alle kanten was omringd door vervallen gebouwen of stenen muren. 'Mijn baas vertrouwt me niet,' zei ze zacht.

Violette keek meteen op. 'Heeft hij vragen gesteld?'

'Nee, maar hij probeert gesprekjes te voeren. Met mij, iemand die in alle opzichten zijn m-m-m-mindere is. Hij w-weet dat er iets niet klopt.'

'Stel je niet zo aan. Hij kan niet gedachtelezen.'

Volgens mij wel. Eve wist dat het een belachelijk idee was, maar ze kon het niet uit haar hoofd zetten.

'Je wint goede inlichtingen in voor Lili, dus je moet nu niet opeens laf worden.' Violette klom op haar geïmproviseerde strozak en zette haar ronde bril af. Eve beet op haar lip om te voorkomen dat ze zou smeken of ze overgeplaatst kon worden, het deed er niet toe waar, zolang ze maar niet was blootgesteld aan de priemende blik van René Bordelon... Maar ze wilde niet geconfronteerd worden met de minachting van Violette en wilde Lili niet teleurstellen. Lili had haar nodig in Le Lethe, en kapitein Cameron ook.

Topklasse.

Stel je niet zo aan, zei ze streng tegen zichzelf. Wat is er gebeurd met 'Ik ben Evelyn Gardiner en ik voel me hier thuis'? Je hebt één keer tegen René Bordelon gelogen en je kunt het blijven doen.

‘Misschien kijkt hij wel om een heel andere reden naar je.’ Violettes stem zweefde omhoog in het donker, dat al was gevuld met gegaap. ‘Misschien verlangt hij naar je.’

‘Nee.’ Eve stootte een kort lachje uit en boog voorover om haar schoenen open te knopen. ‘Ik ben n-n-niet elegant genoeg. Marguerite le François is een boerin. Die is veel te *gauche* voor hem.’

Violette haalde weliswaar ongelovig haar neus op, maar dat wist ze heel erg zeker.

Hoofdstuk 13

Charlie

Mei 1947

Daar was ze. Mijn moeder, gehuld in de geur van lavendel en even mooi als altijd... maar nu had ze tranen in haar ogen achter de sluier van haar stijlvolle blauwe hoed. Alleen al daardoor was ik sprakeloos toen ze me omhelsde.

'*Ma chère*, hoe kon je dat nou doen? Zomaar weglopen in het buitenland!' Ze was me aan het berispen, maar ze omhelsde me ook en streelde mijn rug alsof ik een klein kind was. Ze ging weer naar achteren en rammelde me even door elkaar. 'Je hebt me zo van streek gemaakt, zonder enige reden!'

'Er was wel een reden,' slaagde ik erin te zeggen, maar ze omhelsde me alweer. Twee omhelzingen in twee minuten – voor zover ik me kon herinneren, had mijn moeder me de laatste tijd niet omhelsd, in elk geval niet nadat het Probleempje zich had voorgedaan. Of zelfs nog langer. Het was niet helemaal de bedoeling, maar mijn armen pakten haar bij haar ingesnoerde middel.

'O, *chérie*...' Ze liet me los en droogde haar tranen, en ik vond mijn stem terug.

'Hoe heb je me gevonden?'

'Toen je me belde vanuit Londen zei je dat je Rose ging zoeken. Wat kon je anders bedoelen dan dat je ervandoor was gegaan om tante Jeanne op te zoeken in Rouen? Ik heb de boot genomen en haar gebeld toen ik in Calais was aangekomen. Ze zei dat je bij haar op bezoek was geweest en alweer was vertrokken, naar Roubaix.'

'Hoe wist zij dat...' Maar had ik haar dat niet zelf verteld? 'Nee, tante, ik kan niet blijven. Ik moet nog door naar Roubaix.' Ik had zo mijn best gedaan om niet te gaan gillen omdat ze Rose het huis uit had gegooid dat ik mezelf had verraden.

'Het is niet echt een grote stad, Roubaix.' Mijn moeder gebaarde naar de lobby. 'Dit is pas het vierde hotel dat ik aandoe.'

Wat een ongelooflijke pech, dacht ik, maar een stemmetje in mijn hoofd zei ook: *Ze heeft me omhelsd.*

'Thee,' besloot mijn moeder, zoals ze nog geen week eerder in het Dolphin Hotel ook al had besloten. Een paar dagen leek nog niet genoeg om Eve en Finn en alles wat ik over Rose te weten was gekomen te bevatten.

Mijn moeder bestelde thee, wierp een bezorgde blik op me en schudde haar hoofd. 'Wat zie je eruit! Heb je losbandig geleefd? *Mon Dieu...*'

'Nee, ik heb geld. Ik... ik heb de parels van *grand-maman* verpand.' Daar voelde ik me plotseling enorm schuldig over: de enige tastbare herinnering die ik van de moeder van mijn moeder had gekregen, en die had ik geruild voor een hopeloze onderneming. 'Ik kan ze weer terugkrijgen, dat beloof ik. Ik heb het ontvangstbewijs van het pandjeshuis. Ik zal het van mijn eigen spaargeld betalen.'

'Ik ben vooral blij te horen dat je niet in een greppel hebt geslapen,' zei mijn moeder, die het idee van de parels wegwuifde. Daarover was ik ook stomverbaasd. Mijn moeder, die zich niet druk maakte om de parels waarvan ze keer op keer nadrukkelijk had gezegd dat zij ze eigenlijk had moeten erven? 'In je eentje het Kanaal oversteken! *Chérie!* Wat gevaarlijk!'

Niet in mijn eentje, zei ik bijna, maar ik vermoedde dat *maman* niet echt gerustgesteld zou zijn wanneer ze hoorde dat ik de reis had ondernomen met een bajesklant en een schietgrage dronkenlap. Ik was even heel erg dankbaar dat Eve en Finn al naar boven waren gegaan. 'Het spijt me dat ik je zo ongerust heb gemaakt. Ik wilde niet –'

'Je haar,' kakelde ze, en ze stopte een losse pluk haar achter mijn oor. Hoe kon ik me nu opeens zo klein en hulpeloos voelen terwijl ik de afgelopen dagen bij Eve was komen binnenvallen, in de loop van een Luger had gekeken, het Kanaal was overgestoken...

Ik deed mijn haar goed, bedacht argumenten. *Maman* zou alleen naar me luisteren als ik als een vastberaden volwassen vrouw klonk, en niet als een mokkend kind met een woedeaanval. 'Ik was niet ondankbaar dat jullie de Afspraak hadden geregeld. Het was –'

'Ik weet het.' Mijn moeder pakte haar theekopje. 'We hebben je te veel onder druk gezet, je vader en ik –'

'Nee, daar gaat het niet om. Het gaat om Rose.'

'– vanwege dat gedoe in Zwitserland. De Afspraak.' Daar was die hoofdletter weer. 'Je was in paniek toen we in Southampton van de boot stapten.'

Ik haalde mijn schouders op. Dat was wel zo, maar –

'We willen alleen maar wat het beste voor je is, je vader en ik.' Ze stak haar arm uit om me een klopje op mijn hand te geven. 'Dat willen alle ouders. Daarom hebben we je op de boot gezet voordat je ook maar in de gaten had wat er gebeurde.'

'Heb ik alles verpest?' slaagde ik erin te vragen. Ik keek haar aan. 'Is het nu te laat voor...' Ik wist niet wanneer het te laat was voor de ingreep. Ik wist helemaal niets.

'We kunnen wel een andere afspraak maken, *ma chère*. Daarvoor is het nog niet te laat.'

Ik voelde een steek in mijn maag, deels teleurstelling en deels opluchting. Het voelde alsof het Probleempje zich in me roerde, hoewel mijn buik helemaal rustig was.

Mijn moeder stak haar hand uit en legde hem warm en zacht over de mijne. 'Het is eng, ik weet het. Maar in dit soort gevallen kun je er beter zo snel mogelijk bij zijn. Wanneer het achter de rug is, gaan we naar huis en dan heb jij tijd om uit te rusten en na te denken –'

'Ik wil niet uitrusten.' Ik keek op en voelde in al mijn verwarring de vertrouwde woede opkomen. 'Ik wil niet naar huis gaan. Ik wil proberen Rose te vinden, als ze nog in leven is. Je moet naar me luisteren.'

Mijn moeder zuchtte. 'Je wilt toch niet zeggen dat je nog steeds hoopt dat Rose in leven is?'

'Jawel,' verklaarde ik. 'Zolang ik niet zeker weet of ze dood is. Want na James kan ik haar niet zomaar opgeven. Niet als ik niet alles heb geprobeerd.'

Ze rolde de rand van haar servet op en kreeg de gespannen gelaatsuitdrukking die altijd op haar gezicht verscheen wanneer ze de naam van mijn broer hoorde.

'Er is nog hoop, *maman*,' zei ik in een poging haar te bereiken. 'Voor James is het te laat, maar misschien kunnen we Rose nog redden. Ze is van huis vertrokken en tante Jeanne heeft me uitgelegd waarom.'

Ze vertrok haar gezicht. Ja, mijn moeder wist ervan. Ik voelde een scheut van woede bij het idee dat ze het niet gepast had gevonden het mij te vertellen, maar die onderdrukte ik.

'Rose zou toch niet teruggaan naar haar familie wanneer er zoiets was gebeurd. Misschien is ze nog in Limoges. Als ze daar is, moeten we haar zien te vinden.'

'En jij dan?' Mijn moeder keek me aan. 'Je kunt je toekomst niet voor haar op het spel zetten. Charlotte St. Clair is even belangrijk als Rose Fournier. Rose zou de eerste zijn die dat zou zeggen.'

Ik wierp een blik op de lobby om te zien of Rose' blonde hoofd of haar gestalte zou verschijnen. Niets.

'De Afspraak.' De stem van *maman* klonk vriendelijk. 'Laat me je naar de kliniek brengen, *ma chère*.'

'En als ik nou geen Afspraak wil?' De woorden kwamen uit het niets. Ik keek er net zo van op als mijn moeder.

Ze keek me even aan en zuchtte. 'Als je een ring om je vinger had, zou het iets anders zijn. Dan zouden we de trouwerij vervroegen. Dan was jij een mooie bruid en zes maanden later een mooie moeder. Die dingen gebeuren.'

Dat was zo. Dat was een rekensom die de meeste vrouwen wel konden maken: hoe een trouwring en een te vroeg geboren baby samen toch nog uitkwamen op respectabiliteit.

'Maar jouw toestand is een beetje anders, Charlotte. Zonder verloofde...'

Ze zweeg, en ik huiverde. Ik wist wat er gebeurde met ongehuwde moeders. Niemand had het over hen, maar je wist het toch. Niemand wilde met een gevallen meisje trouwen of haar een baan geven, de familie schaamde zich voor haar en vriendinnen spraken niet meer met haar. Haar leven was geruïneerd.

'Er zijn geen andere opties,' drong *maman* aan. 'Een kleine ingreep, en dan heb je je leven weer terug.'

Ik kon niet zeggen dat ik niet naar een normaal leven snakte. Ik streek met mijn vinger over de rand van mijn theekopje.

'Alsjeblieft, *chérie*.' *Maman* liet haar afgekoelde thee staan en pakte mijn beide handen. 'We gaan weer op zoek naar Rose, als dat echt is wat je wilt. Maar moeten we niet eerst aan je toekomst denken?'

'Ik ga naar de kliniek,' zei ik nadat ik de brok in mijn keel had weggeslikt. 'Daarna gaan we op zoek naar Rose. Beloof me dat, *maman*. Alsjeblieft.'

Haar handen knepen in de mijne. 'Dat beloof ik.'

Ik kon niet slapen.

Het Probleempje had me lamgelegd met nog een aanval van vermoeidheid, dus ik zou als een blok in slaap moeten zijn gevallen. Mijn moeder had de kamer die ik had geboekt laten omzetten naar een mooiere kamer naast de hare, en ik had niet zoals gewoonlijk een pakketje droge boterhammen gegeten, maar een goede maaltijd, die naar boven was gebracht op een zilveren dienblad. Ik had de nylon onderjurk die ik al een paar keer had uitgespoeld kunnen verwisselen voor een nachthemd dat ik van mijn moeder had geleend. Ik hoefde me niet meer druk te maken om een gestoorde Engelse die midden in de nacht begon te schreeuwen of me af te vragen wat ik moest doen wanneer ik geen geld meer had, omdat *maman* er nu was om overal voor te zorgen.

Maar zelfs nadat ze me een kus op mijn voorhoofd had gegeven en zich in haar eigen kamer had teruggetrokken, bleef ik maar draaien en woelen tussen de koele beddenlakens van het hotel. Uiteindelijk stond ik weer op, trok ik een geleende badjas en slippers aan, pakte ik mijn sigaretten en ging ik naar buiten voor wat frisse lucht.

Ik wilde slechts een balkon, maar de openslaande deuren aan het einde van de gang zaten op slot. Uiteindelijk liep ik door naar de donkere begane grond en was ik zo geërgerd dat het me niets kon schelen dat de nachtportier verbijsterd naar me keek toen ik de straat op liep.

Een kwart maan en enkele straatlantaarns lieten de duisternis grotendeels intact. Het was al over tweeën volgens de klok waar ik langs was gelopen in de lobby; het slaperige Roubaix was dood voor de wereld. Ik pakte een Gauloise en zocht in de zakken van mijn badjas naar lucifers, toen mijn oog enkele meters verderop iets langs de rand van de weg opmerkte. Een glinstering van donkerblauw metaal.

'Hallo, jij,' zei ik tegen de Lagonda, en ik slenterde op haar af om een klopje op het gestroomlijnde achterspatbord te geven. 'Ik moet toegeven dat ik je zal missen.'

'Ze is gevleid.' Vanaf de achterbank klonk een lage Schotse stem, en ik schrok me een hoedje.

'Wat doe jij nou hier?' Ik hoopte dat Finn in het donker niet kon zien hoe onverzorgd ik erbij liep. Waarom had ik mijn moeder in godsnaam niet gevraagd om ons naar een ander hotel te laten brengen? Het was gênant om in hetzelfde hotel te zitten als Eve en Finn, alsof ik nog steeds iets van ze verwachtte. We waren net acteurs die niet in de gaten hadden dat hun scène al was afgelopen. Het leven zou meer op een toneelstuk moeten lijken en duidelijke aanwijzingen moeten geven over het moment waarop acteurs moesten opkomen en afgaan.

Finns warrige donkere hoofd leunde uit het raam en ik zag de gloed van zijn sigaret. 'Ik kon niet slapen.'

Ik stak mijn handen en de niet-aangestoken sigaret in mijn zakken om te voorkomen dat ik mijn haar goed zou proberen te doen. Is er ook maar iets in de wereld minder bekoorlijk en aantrekkelijk dan een badjas en slippers? 'Stap je altijd in je auto wanneer je niet kunt slapen?' wist ik dommig uit te brengen.

Finn leunde met zijn blote elleboog op het neergelaten raampje van de Lagonda. 'Ze is rustgevend. Goede remedie tegen nachtmerries.'

'Ik dacht dat alleen Eve nachtmerries had.'

'Ze is echt niet de enige.'

Ik vroeg me af waar ze over gingen. Ik vroeg er niet naar, gaf nog een klopje op de bumper. Vreemd om te bedenken dat ik de volgende ochtend niet met haar verder zou reizen. Morgen met de trein naar Vevey, en dan… Waarmee brachten ze jongedames naar hun Afspraak in Zwitserland? Taxi's met een koekoeksklok? Chauffeurs op klompen? Ik rilde in de zomernacht.

Finn opende het portier van de Lagonda en schoof een stukje op. 'Stap maar in als je het koud hebt.'

Ik had het niet koud, maar ik stapte toch in. 'Heb je een vuurtje?'

Hij streek een lucifer af. Door het vlammetje zag ik even zijn profiel en was ik vervolgens nachtblind, gehuld in schaduwen. Ik nam een diepe trek van mijn sigaret en blies de rook langzaam uit. 'Hoe ben je eigenlijk aan zo'n auto gekomen?' vroeg ik, gewoon om iets te zeggen. Als je niet achter in een auto zat om te vrijen, leek het me wel gepast om beschaafd te converseren.

'Ik heb wat geld geërfd van een oom,' zei hij tot mijn verbazing. Hij gaf zelden direct antwoord op een vraag en vertelde bijna nooit gewoon de waarheid. 'Hij wilde dat ik ging studeren, iets zou worden. Maar een jongen die motorolie onder zijn nagels heeft, heeft andere ideeën wanneer hij geld in handen krijgt.'

'Je bedoelt dat hij elke cent meteen aan de auto van zijn dromen besteedt.' Ik kon Finn bijna horen glimlachen.

'Ja. Ik had niet echt genoeg voor een Bentley, maar ik heb deze dame gevonden. Ze was helemaal aan gort gereden door een of andere achterlijke idioot. Ik heb haar gekocht en opgelapt en we konden het meteen goed met elkaar vinden.' Finn klopte liefkozend op de zitting. 'Tijdens de oorlog hadden de meeste soldaten die ik kende een foto van hun liefje in hun portemonnee. Misschien van hun moeder, als ze net van school kwamen. Ik had geen liefje, en daarom had ik een foto van mijn auto.'

Ik stelde me voor hoe Finn in een uniform en met een helm op aan dek van een troepenschip naar een foto van de Lagonda stond te kijken. Ik glimlachte bij de gedachte.

Hij gooide zijn peuk uit het raampje en stak nog een sigaret aan met een lucifer, die oplichtte in het donker. 'Dus je vertrekt morgen?'

'Ja.' Ik knikte. 'Mijn moeder heeft me gevonden. We vertrekken morgenochtend naar Vevey.'

'Niet naar Limoges? Ik dacht dat je bereid was Limoges plat te branden om je nicht te vinden.'

'Ik ga later naar Limoges. Dit...' Ik wees naar het Probleempje, hoewel hij dat waarschijnlijk niet kon zien. '...kan volgens *maman* niet langer wachten. En wat weet ik ervan? Ik ben slechts het meisje dat in de problemen is gekomen.'

'En Vevey is de plaats waar je naartoe gaat... wanneer je in de problemen zit?'

'Heb je nooit van een Zwitserse vakantie gehoord?' Ik plooide mijn lippen in een glimlach. 'Daar gaan jongedames zoals ik naartoe.'

'Ik dacht dat die in een witte jurk door het gangpad liepen.'

'Alleen als ze een jongen aan de haak hebben geslagen.'

Ik hoorde de wrange spot in zijn Schotse stem. 'Als je de maagd Maria niet bent, moet je toch een jongen aan de haak hebben geslagen.'

Ik stootte een bitter lachje uit. 'Finn, ik heb een half dispuut aan de haak geslagen. En ik kan niet met al die jongens trouwen.'

Ik vroeg me af of hij afkeurend zou zuchten. Of terug zou deinzen. Maar hij zat gewoon aan de andere kant van de zachte bank en keek me aan in het donker. 'Wat is er gebeurd?'

Als het gewoon overdag was geweest, had ik het niet kunnen zeggen. Het was allemaal zo goedkoop en zo afgezaagd, zo dom. Maar de verhullende schaduwen waren welwillend en ik draaide mijn hoofd zodat hij alleen mijn profiel en het brandende puntje van mijn sigaret kon zien. Mijn stem klonk vlak en zakelijk.

'Als meisje ben je in drie stukken verdeeld.' De breuken van de afspraakjes, zoals ik het noemde, en zelfs de domste meisjes op mijn college wisten precies hoe ze die breuken bij elkaar moesten optellen. 'Er zijn delen die een jongen mag aanraken,' vervolgde ik, 'delen die een jongen mag aanraken wanneer hij met je verloofd is of in elk geval verkering met je heeft, en delen die hij pas mag aanraken als hij met je getrouwd is. Iedereen kent de plattegrond. Maar jongens proberen het toch, omdat jongens dat nu eenmaal doen, omdat we nee zeggen. Jongens proberen het en wij weigeren. Zo gaat de dans.'

Ik zweeg en tikte de as van mijn sigaret af door het raampje. De lucht rook koeler; er was zomerregen onderweg, dacht ik. Finn zei niets.

'Mijn broer was een van die soldaten die niet meer konden wennen aan thuis. En daarmee bedoel ik dat hij de loop van een pistool in zijn mond heeft gestoken.' Overal hersens en bloedspetters, had een minder oplettende buurman gezegd. Hij had niet in de gaten gehad dat ik hem kon horen en had me de details verschaft die mijn ouders me hadden bespaard. Ik was naar binnen gerend om over te geven en kon dat verschrikkelijke beeld daarna niet meer van mijn netvlies krijgen. 'Mijn ouders waren… Ik kwam dat semester eerder terug van Bennington om voor hen te zorgen.' Ik nam bloemen mee voor mijn moeder, strikte mijn vaders stropdas, en toen duidelijk werd dat niemand anders de zondagse lunch zou bereiden, maakte ik *meat loaf*, die ik liet aanbranden. Ik deed alles wat maar in mijn vermogen lag om hen te helpen toen ze helemaal gebroken waren.

'Na de kerstvakantie moest ik weer naar school, en toen ik niemand meer had om voor te zorgen, toen... toen hield ik er gewoon mee op, als een kapotte klok. Ik voelde niets. Ik was dood vanbinnen. Het lukte me zelfs niet om 's ochtends op te staan. Ik lag gewoon in bed aan James en Rose en mijn ouders te denken, en dan weer aan James. En ik bleef maar huilen.'

Rond die tijd begon ik Rose overal te zien. Huppelende jonge meisjes met vlechten veranderden opeens in de jonge Rose, studentes die naar de collegezaal slenterden, veranderden in de oudere Rose; ik zag haar overal, plakte haar gezicht op het gezicht van mensen die ik helemaal niet kende. Ik zag haar zo vaak dat ik begon te denken dat ik gek aan het worden was... Of dat ze misschien helemaal niet dood was.

'Ik heb mijn broer verloren,' zei ik schor. 'Ik heb hem niet kunnen redden. Als ik hem had kunnen helpen toen hij helemaal instortte, was hij misschien niet zo aan zijn einde gekomen. Ik wilde niet ook mijn nicht verliezen als er een kans bestond dat ze in leven was. Ik was voor al mijn vakken aan het zakken; ik kon niet uit bed komen voor algebra, maar wel voor Rose. Ik schreef brieven, belde mensen, sprak met bureaus voor vluchtelingen. Ik had zo vaak in de zomer op het kantoor van mijn vader gewerkt dat ik wist naar welke instanties in het buitenland ik moest bellen, naar welke papieren ik moest vragen. Wat er te vinden was, heb ik gevonden.' Die verveelde Engelse klerk, die me mededeelde dat het laatste rapport over Rose Fournier was afgehandeld door ene Evelyn Gardiner, op dat moment woonachtig op Hampson Street 10. Die de oorspronkelijke aanwijzing over Le Lethe had opgegraven.

Finn bleef zwijgen. Mijn sigaret was bijna op. Ik nam nog een lange, laatste trek en gooide de brandende peuk uit het raampje. 'Je zou toch denken dat iemand wel contact zou hebben opgenomen met mijn ouders omdat ik zoveel colleges had gemist, maar het kon niemand iets schelen. Iedereen weet dat meisjes zoals ik niet studeren om goede cijfers te halen, maar om veelbelovende studenten te ontmoeten en een echtgenoot te vinden. Ik had niet zo vaak een afspraakje – ik was vooral de chaperonne wanneer iemands vriendje een kamergenoot had die ook zo nodig mee moest – maar rond die tijd had ik een blind date. Volgens mij heette hij Carl. Eten en naar de drive-in. Toen de film begon, stak hij meteen zijn hand onder mijn trui. Ik weet hoe het gaat: we zoenen een tijdje en dan duw ik hem van me af wanneer hij te ver gaat. Alleen zag ik er op dat moment helemaal het nut niet van in. Ik was te verdoofd om de hele vaste riedel af te werken. Ik vroeg me af hoe het zou zijn als ik het allemaal gewoon... over me heen liet komen. Ik vond Carl eigenlijk helemaal niet zo leuk, maar ik dacht dat hij me misschien... iets zou laten voelen.' In elk geval iets anders dan wroeging of pijn. Maar zo was het niet gegaan; het was gewoon nog meer verdoofde en lege nietsigheid. 'Carl bleef me daarna maar verbijsterd aankijken. Hij kon gewoon niet geloven dat ik hem niet had tegengehouden. Dat deden nette meisjes wel, en ik was een net meisje.'

Geen enkele reactie van Finn. Ik vroeg me af of hij me walgelijk vond.

'De week daarop vroeg hij of ik met hem wilde uitgaan. Ik zei ja. De eerste keer was het niets bijzonders geweest, maar iedereen weet dat de eerste keer verschrikkelijk is. Ik hoopte dat het beter werd.' Nog meer nietsigheid. 'Hij heeft het er waarschijnlijk over gehad met de andere jongens in zijn dispuut, want opeens wilden er allemaal jongens met me uitgaan. Ik stemde toe en neukte met iedereen. Het voelde niet als iets bijzonders, maar ik deed het omdat...' Ik zweeg, slikte een bodemloos gevoel van schaamte door en dwong mezelf om verder te gaan. '...omdat ik eenzaam was.' Haal adem. Haal adem. 'Ik had... ik had er genoeg van om verdoofd en eenzaam te zijn, en het was prettiger om met een of andere jongen te rollebollen op de achterbank van een auto dan om in mijn eentje op mijn kamertje te zitten en te huilen en tegen mezelf te zeggen dat ik de zelfmoord van mijn broer had kunnen voorkomen.' Ik haalde nog een keer moeizaam adem. 'Na een tijdje waren er wel een heleboel jongens geweest. Er werd gezegd dat Charlie St. Clair een goedkope sloerie was. Je hoefde geen milkshake of een bioscoopkaartje voor haar te kopen. Je hoefde alleen maar voor te rijden met de auto.'

Mijn keel was dik van de opgekropte tranen. Ik stak mijn hand uit het raam en liet de nachtelijke bries over mijn vingers waaien terwijl ik Finns blik nog steeds ontweek.

'Zo ging dat dus: ik lag de hele tijd in mijn bed of ik was vluchtelingenbureaus aan het bellen of ik neukte met jongens die ik niet eens mocht. In het voorjaar moest ik naar huis om mijn ouders te vertellen dat ik zwanger was, geen verloofde had en waarschijnlijk van Bennington zou worden gestuurd. Tussen al het geschreeuw van mijn moeder door vroeg mijn vader wie die jongen was – dat was bijna het enige wat hij al die tijd zei. Ik moest het hem wel vertellen. "Het zouden er zes of zeven kunnen zijn, papa." Sinds die tijd praat hij niet meer met me.'

Dat zou hij toch wel weer moeten doen wanneer ik min het Probleempje thuiskwam?

Finn schraapte zachtjes zijn keel. Breekbaar van ellende wachtte ik tot hij me zou veroordelen of misschien onwillekeurig zou zeggen: godzijdank heb ik je niet aangeraakt.

'Wil je het zelf? Naar Vevey gaan? Of zijn het vooral je ouders die dat willen?'

Ik had niet verbaasder kunnen zijn, was zo verbaasd dat ik me voor het eerst omdraaide en hem aankeek. 'Zie ik eruit alsof ik in staat ben een kind op te voeden?'

'Daar heb ik geen mening over. Ik vraag gewoon of jij dit wilt of dat zij het vooral willen.'

Ik weet helemaal niet wat ik wil. Dat had eigenlijk niemand me gevraagd. Ik was nog minderjarig; mijn ouders hadden de beslissingen voor me genomen en waren ervan uitgegaan dat ik wel zou doen wat me werd opgedragen. Door dat nare stemmetje in mijn hoofd dat maar tegen me bleef zeggen dat ik alles had verpest, dat het me niet was gelukt James en Rose en nu mezelf te redden, was ik er niet eens aan toegekomen me af te vragen of ik misschien iets anders wilde. Wat deed het ertoe wat ik wilde als ik het toch zou verpesten wanneer ik het zou proberen? Ik wilde Rose terug, ik wilde mijn toekomst terug, ik wilde iemand van wie ik hield redden en niet toekijken hoe ze in verdriet of oorlog of dood verdwenen, en ik wist niet hoe ik die dingen voor elkaar kon krijgen.

Opeens was ik van mijn stuk gebracht. Finns zachte woorden waren door mijn breekbare afwerende schild gedrongen en hadden de woede in me doen oplaaien. Op dat schild kon ik de hele dag beledigingen laten afketsen: hoer, slet, sloerie, woorden die ik allemaal al had gehoord en die ik ook tegen mezelf zei om andere mensen de moeite te besparen. Ik kon de hele dag doen alsof het me allemaal niets kon schelen, omdat ik gebroken en kwetsbaar was wanneer het me wel iets kon schelen.

'Waarom ben je zo aardig tegen me, Finn? Vind je me geen moordenaar omdat ik het kind niet wil?'

'Ik heb in de gevangenis gezeten,' antwoordde hij kalm. 'Ik heb niet het recht om iemand beledigingen naar het hoofd te slingeren.'

'Wat ben je toch een rare,' zei ik, bijna in tranen, en Finn stak een arm uit en trok me tegen zijn schouder. Ik duwde mijn brandende ogen tegen zijn overhemd en hapte naar adem. Voordat ik het Probleempje had gekregen, had ik alleen maar gehuild; sinds de dag dat ik het mijn ouders had verteld, had ik echter geen traan meer gelaten. Als ik nu weer zou beginnen, kon ik niet meer ophouden. Finn rook naar sigaretten en motorolie en buitenlucht; ik hing met mijn wang tegen zijn borstkas en schokte met mijn schouders, en hij rookte zijn sigaret tot de filter op.

In de verte hoorde ik klokken luiden. Drie uur 's nachts. Finn gooide de peuk uit het raam en ik ging rechtop zitten, wreef met de muizen van mijn handen in mijn ogen. Ze waren niet echt overstroomd, maar het had niet veel gescheeld.

Hij hief zijn arm op en ik schoof over de achterbank van de Lagonda naar het portier. 'Charlie, meid,' zei hij, en ik was geraakt omdat hij mijn naam uitsprak met zijn diepe, zachte stem en keek over mijn schouder. Hij keek me aan, en misschien waren mijn ogen ondertussen gewend aan het donker, want ik kon zijn ogen onder de rechte zwarte wenkbrauwen duidelijk zien. 'Je moet doen wat jij wilt,' zei hij. 'Het gaat om jouw leven en jouw kind. Je bent misschien minderjarig, maar het is wel jouw leven. Niet dat van je ouders.'

'Ze bedoelen het goed. Zelfs als ik woedend op ze ben, weet ik nog dat ze het goed bedoelen.' Waarom was ik zo oprecht tegen hem? Ik had het nog nooit met iemand over het Probleempje gehad, niet op deze manier. 'Finn...' begon ik. Ik wilde afscheid van hem nemen, maar dat hadden we al in de lobby gedaan. Dit hele nachtelijke intermezzo had eigenlijk helemaal niet plaatsgevonden.

Hij wachtte nog steeds.

'Bedankt,' zei ik ten slotte met schorre stem. En ik glipte uit de auto en ging weer naar het hotel. Finn zei niets. Toch hoorde ik zijn stem.

Je moet doen wat jij wilt.

Hoofdstuk 14

Eve

Juli 1915

Het grootste geheim viel als een diamant in Eves schoot. Kommandant Hoffman en General Von Heinrich zaten aan hun vaste tafel en Eve gleed er net naartoe om de restjes van hun chocolademousse af te ruimen, toen ze het opving: '...privé-inspectie aan het front,' zei de generaal, die bezorgd klonk. 'Over twee weken zal de *Kaiser* Lille aandoen.'

Eve bleef onbewogen de dessertborden afruimen.

'We moeten een passend welkom voorbereiden, ook al is de inspectie clandestien. Hij mag onze aandacht niet als storend ervaren. Een kleine afvaardiging om hem welkom te heten – met welke trein zal hij reizen?'

Alstublieft, smeekte Eve in stilte. De trein en de datum!

De generaal noemde beide op en tuurde aandachtig in een aantekeningenboekje om na te gaan of hij het helemaal juist had. Zo Duits, deze aandacht voor details, en daar was Eve God dankbaar voor. Op voeten die nauwelijks de grond raakten, trok ze zich terug voordat ze de indruk kon wekken dat ze aan het talmen was. Ze wist wanneer de *Kaiser* – de *Kaiser*! – naar het front kwam. Lili zou joelen als een banshee. '*Parbleu*, margrietje, goed gedaan! We zullen die hersenloze idioot aan stukken laten bombarderen en dan is deze oorlog zo voorbij!'

'Waarom lach je?' fluisterde de andere serveerster. Een onnozele blondine die Christine heette en die de lompe Amélie al een tijd geleden had vervangen. 'We hebben toch geen enkele reden om te lachen?'

'Niks.' Eve nam haar plek tegen de muur weer in en keek onaangedaan voor zich uit, maar haar hart sprong op van blijdschap als bij liefde op het eerste gezicht. Deze oorlog kon zo afgelopen zijn. De loopgraven vol taaie modder en stervende mannen, het verhongeren en het vernederen van het arme Lille, het gebrom van vliegtuigen en het doffe gebulder van het geschut aan de horizon... allemaal afgelopen. Eve stelde zich voor hoe ze het Duitse straatnaambord dat over het Franse bord was bevestigd, van de muur van haar huizenblok trok en het aan stukken stampte terwijl de overwinningsklokken luidden.

De klok was nog nooit zo langzaam vooruitgekropen. 'Zou jij het kasboek naar Monsieur René willen brengen?' vroeg Eve smekend aan Christine toen ze klaar waren met opruimen. 'Ik m-moet naar huis.'

Christine huiverde. 'Ik ben bang voor hem.'

'K-kijk gewoon naar de vloer en zeg ja en nee tot je weer mag gaan.'

'Dat kan ik niet. Ik ben echt bang voor hem!'

Eve wilde met haar ogen rollen. Wat maakte het in vredesnaam uit of je ergens bang voor was als je iets hoe dan ook moest doen? Waarom waren veel vrouwen van die bedeesde bangeriken? Ze dacht aan Lili's parmantige moed, aan Violettes norse en meedogenloze volharding. Dat waren pas vróúwen.

Ze bracht het kasboek naar de gerant en vertrok. Het was na middernacht en de rijzende maan stond hoog aan de hemel – een slechte nacht om de grens over te sluipen. Lili zou binnenkort weer in Lille zijn...

'Fraulein!' Het geblaf van een Duitse stem, Duitse laarzen achter haar. 'De avondklok is al ingegaan.'

'Ik heb een vrijgeleidebrief.' Eve zocht in haar handtas naar haar identiteitskaarten en andere papieren. 'Ik werk bij Le Lethe. Ik ben net klaar met mijn dienst.'

De Duitser was jong en opdringerig en zijn gezicht zat onder de acne. 'Laat u die vrijgeleidebrief dan maar zien, *Fraulein*.'

Eve vloekte in stilte en graaide in haar tas. Ze had hem niet bij zich – ze had haar tas die ochtend leeg moeten gooien op haar bed om de voering los te kunnen tornen en een betere plek te maken voor het smokkelen van gecodeerde berichten. De kaart met haar vrijgeleidebrief voor de avondklok lag waarschijnlijk nog op haar beddensprei. 'Het spijt me. Ik heb hem niet bij me. Maar daar is het restaurant. Ze k-kunnen bevestigen dat ik –'

'Weet u welke straf er op het overtreden van de avondklok staat?' snauwde de Duitser, die heel tevreden leek dat hij iemand kon oppakken, maar uit het duister achter Eve klonk een toonloze, metalige stem.

'Ik kan bevestigen dat deze jongedame voor mij werkt. Haar papieren zijn in orde.'

René Bordelon kwam naast Eve staan met zijn wandelstok met zilveren knop, die glansde in het maanlicht. Hij tilde zijn hoed op met een zorgeloos vertoon van beleefdheid. Hij had die avond waarschijnlijk afgezien van een blik in het kasboek en de voorkeur gegeven aan een zomerse wandeling in het maanlicht.

'Herr Bordelon...'

René glimlachte met beleefde minachting en pakte Eve bij de arm. 'U kunt de zaak aan Kommandant Hoffman voorleggen als u wilt. Goedenavond.'

Hij voerde Eve mee, en de adem die in haar keel was blijven steken, kwam hortend weer vrij. 'D-dank u, *monsieur*.'

'Niets te danken. Ik heb er geen bezwaar tegen om beleefde Duitsers te bedienen, maar de ploerten zet ik met veel genoegen op hun plaats.'

Eve trok haar arm los uit zijn greep. 'Ik zal u n-niet verder ophouden, *monsieur*.'

'U houdt me niet op.' Hij pakte haar weer bij haar elleboog. 'U hebt uw papieren niet bij u. Ik zal u naar huis brengen.'

Hij gedroeg zich als een heer. Maar dat was hij niet, dus wat wilde hij? Het was alweer twee dagen geleden dat ze het gesprek hadden gevoerd waardoor Eve zo uit het lood was geslagen; haar hart bonsde in haar keel, maar ze kon niet weigeren, hoe graag ze haar baas ook wilde ontlopen. Ze ging met hem in de pas lopen en bereidde zich erop voor dat ze haar gestotter zou moeten aanzetten. Als hij haar verder wilde uithoren, zou dit het traagste gesprek uit de wereldgeschiedenis worden.

'U hebt al de hele avond een twinkeling in de ogen,' merkte hij op. 'Bent u verliefd, Mademoiselle Le François?'

'Nee, *m-m-monsieur*. Ik heb geen t-t-tijd voor zulke dingen.' Ik moet een *Kaiser* vermoorden.

'Toch hebt u om de een of andere reden een twinkeling in uw ogen.'

Een naderende koningsmoord. Nee, niet aan denken. 'Ik ben d-d-dankbaar voor alles wat ik heb, *monsieur*.' Ze verwijderden zich van de rivier. Nog een paar straten...

'U bent erg zwijgzaam,' zei hij. 'Ik ben niet vaak stille vrouwen tegengekomen. Daardoor vraag ik me af wat u denkt. Dat heb ik niet vaak. Gewoonlijk kan het me niet veel schelen wat er omgaat in een vrouw, omdat het meestal banaal is. Bent u banaal, *mademoiselle*?'

'Ik ben heel erg gewoon, *m-m-monsieur*.'

'Dat betwijfel ik.'

Dat moet je niet betwijfelen. Ze zou net zo moeten kletsen als die hersenloze, onnozele Christine. Hem moeten vervelen met domme opmerkingen. 'Waarom hebt u het restaurant Le Lethe genoemd, *monsieur*?' Eve stelde de eerste de beste vraag die in haar opkwam.

'Nog meer Baudelaire,' antwoordde hij. ' "Doordat ik hier de afgrond weervond van je sponde; vergetelheid heeft op jouw mond haar troon gevonden, ik voel de Lethe stromen steeds als jij me kust..." '

Dat was veel meer sensualiteit dan Eve had willen toelaten in dit gesprek. 'M-m-mooi,' mompelde ze terwijl ze haar pas versnelde. Nog maar één straat...

'Mooi? Nee. Maar wel krachtig.' Met zijn hand op haar elleboog weerhield hij haar ervan sneller te lopen. Zijn vingers waren zo lang dat ze zich om haar arm sloten. 'De Lethe is de rivier van het vergeten die door de onderwereld stroomt, zo vertellen de klassieken, en niets is krachtiger dan de vergetelheid. Dat is wat een restaurant als het mijne te bieden heeft in tijden van oorlog: een oase van beschaving waar je de verschrikkingen een paar uur kunt vergeten. Er is geen enkele verschrikking die je niet kunt vergeten, *mademoiselle*, als je de zintuigen de juiste middelen weet toe te dienen. Voedsel is er een van. Drank een andere. Verdwijnen tussen de dijen van een vrouw een derde.'

Hij zei het zo achteloos, met een zekere mate van vulgariteit in zijn volmaakt toonloze stem, dat Eve helemaal rood werd. Goed, wist ze te denken. Marguerite zou ook blozen. Lieve-Heer, zorg dat ik thuiskom!

'Bloost u?' Hij boog zijn hoofd om haar aan te kijken en het zilveren haar op zijn slapen glinsterde in het maanlicht. 'Ik vroeg me al af of u dat weleens deed. Uw ogen verraden niet veel. Vensters van de ziel? Die van u niet. "Mijn kind heeft wijde ogen, even diep en donker als jij bent..." ' citeerde hij, en Eve voelde zich steeds ongemakkelijker. ' "Ze vonken bij het idee van Liefde en van Trouw, en zijn om beurten kuis en in genot verzonken..." ' Hij knipperde niet met zijn ogen toen hij haar aankeek. 'Ik vroeg me af hoe dat met het laatste zat, Mademoiselle Le François. In genot verzonken of kuis?' Hij raakte haar warme wang aan met een vingertop. 'Het laatste, denk ik vanwege uw gebloos.'

'Een dame praat niet over zulke dingen,' kon Eve nog net uitbrengen.

'Doet u niet zo burgerlijk. Dat past niet bij u.'

Godzijdank, ze waren bij Eves deur. Ze stapte het portiek in, zocht naar haar sleutel en voelde een straaltje zweet over haar ruggengraat lopen onder haar jurk. 'Goedenacht, *m-monsieur*,' zei ze opgewekt, maar hij stapte samen met haar het portiek in en duwde haar kalm tegen de deur. Ze kon zijn gezicht niet zien, maar ze rook dure eau de cologne en haarolie toen hij zich naar haar toe boog. Ze voelde de lichte aanraking van zijn smalle mond, niet op haar lippen maar in de holte aan het begin van haar hals. Zijn tong was koel toen hij haar huid proefde.

Ze stond tegen de deur geduwd door de vederlichte aanraking en was te verbijsterd om zich te verroeren.

'Ik vroeg me al af hoe u zou smaken,' zei hij uiteindelijk, en hij ging een stap naar achteren. 'Goedkope zeep, met daaronder iets zoetigs. Lelietjes-van-dalenzeep zou beter bij u passen. Iets lichts, zoets, geurigs, jongs.'

Tijdens haar opleiding in Folkestone, de gesprekken met Lili en haar vorige levens in Londen of Nancy had ze niet geleerd hoe ze nu moest reageren. Daarom zei ze niets en bleef ze stilstaan als een dier dat gevangen was in een fel licht. Hij gaat wel weg. Hij gaat wel weg, en dan kun je op je bed gaan zitten en je rapport voor Lili opstellen. De *Kaiser* komt naar Lille. Maar het triomfantelijke gevoel dat die informatie haar had gegeven, was nu weer weg. Ze durfde er niet eens aan te denken nu René Bordelons messcherpe ogen zo dicht bij de hare waren.

Hij hing zijn wandelstok met de zilveren knop over zijn arm en nam even zijn hoed voor haar af. De volmaakte afscheidsgroet van een heer. 'Ik wil u graag bezitten,' zei hij op conversatietoon. 'Een vreemde keuze voor mijn doen; gewoonlijk hou ik niet echt van maagden of goedkope zeep, maar u hebt een bepaalde ongepolijste elegantie. Denkt u er eens over na.'

O, lieve hemel, dacht Eve. En ze verroerde zich niet tot hij zijn hoed weer opzette en zwierig wegliep.

Een van de buren was waarschijnlijk nog wakker, want twee huizen verderop ging er krakend een raam open. Eve was blij dat er een portiek was: niemand had kunnen zien dat een man die cognac dronk met de *Kommandant* haar hals had gelikt. Ze proefde gal in haar keel en stak haar hand uit om de vochtige holte van haar sleutelbeen af te vegen.

In de veilige beschutting van de duisternis riep Eves buurman iets naar de verdwijnende gestalte van René Bordelon. 'Collaborateur!' klonk het sissend, en er landde een fluim op straat.

Hij draaide zich om en nam zijn hoed af voor de onzichtbare belager. '*Bonsoir*,' zei hij met een buiginkje, en zijn zachte gegrinnik weerklonk in de nacht.

'*Parbleu*, margrietje, goed gedaan!' Lili grijnsde toen ze Eves verslag hoorde. 'Nog twee weken en een gelukkige luchtaanval en dan is deze oorlog misschien afgelopen!'

Eve glimlachte, maar het triomfantelijke gevoel werd overschaduwd door bezorgdheid. 'De medestanders van de *Kaiser*, zijn industriëlen, iedereen die baat heeft bij de oorlog, zal verder willen strijden.' Een oorlog was een soort enorme machine die nauwelijks te stoppen was zodra ze in gang was gezet. Dat wist Eve.

'Als die schoft dood is, is dat het begin van het einde. Ik vertrek morgenochtend onmiddellijk na het einde van de avondklok.' Lili stopte de boodschap in de voering van haar naaitas – vanavond was ze Marie de naaister, met Maries papieren, rekwisieten en maniertjes – en begon de knoopjes van haar laarzen los maken. 'Deze geef ik niet aan een koerier. Ik breng hem zelf naar Folkestone. Misschien koop ik zelfs wel een bedenkelijke hoed als ik toch in een land ben waar ik hem kan dragen. Hoewel het maar de vraag is of de Engelsen wel in staat zijn om iets bedenkelijks te doen...'

'K-kun je in Engeland komen?' Dat verbaasde Eve. Ze kon al nauwelijks geloven dat het Lili zo snel en moeiteloos lukte om heen en weer te reizen tussen het door de Duitsers bezette deel van Frankrijk en België. Het was misschien niet ver, maar in de streek loerde overal gevaar, maar

Lili leek alle gevaren te ontlopen. Kon ze nu ook al zomaar aan de andere kant van het Kanaal komen?

'*Bien sûr.*' Lili's stem klonk gedempt omdat ze zich snel en efficiënt omkleedde onder dekking van een wijde nachtjapon. 'Ik ben er dit jaar al drie, vier keer geweest.'

Eve worstelde met een plotselinge aanval van heimwee naar Folkestone, naar de Engelse zandstranden en de Engelse pieren en het tweed van kapitein Cameron en zijn warme ogen. Ogen die af en toe zelfs knipperden en haar niet, zoals die indringende Franse ogen, de rillingen bezorgden... Eve schudde haar hoofd en verwierp de steek van jaloezie die ze voelde bij de gedachte dat Lili Cameron korter geleden had gezien dan zij. 'Als je morgen naar Engeland gaat, kun jij beter in het bed slapen.' Ze hadden ondertussen een verhaal ingestudeerd voor de keren dat Lili in Lille bleef overnachten: ze was een vriendin van Eve, een naaister die langskwam en bleef logeren omdat ze de avondklok niet wilde overtreden. Ze hadden de scène twee keer opgevoerd tijdens een Duitse inspectie en het was werkelijk fascinerend om Lili te zien veranderen in Marie, die nog onnozeler was dan de blonde Christine.

'Daar zeg ik geen nee tegen.' Lili liet het opgevouwen stapeltje van haar blouse en rok vallen, plofte neer en vertelde een verhaal over haar aankomst in Lille. 'Ik had een rapport van een bron in Lens tussen de bladzijden van een tijdschrift gevouwen, en het is toch niet te geloven, maar dat liet ik vallen toen ik uit de trein stapte.' Een duidelijk gemene lach toen ze haar blonde haar losschudde. 'Een Duitse soldaat raapte het voor me op.'

Eve glimlachte, maakte een matras van dekens naast het smalle bed, maar het kostte haar moeite om te glimlachen. Sinds afgelopen nacht had ze nauwelijks geglimlacht, en Lili, die midden in een ander verhaal zat, leek het te merken.

'Goed, wat is er met jou aan de hand?'

Eve keek naar de leidster van het Alice-netwerk. In haar oude nachtjapon leek Lili veel jonger dan vijfendertig, en haar haar zat helemaal in de war, als dat van een klein meisje dat de hele dag had geravot. Maar ze keek oud en wijs uit haar ogen en haar jukbeenderen staken bijna door haar flinterdunne huid. Je moet haar er niet mee belasten, dacht Eve met een steek die haar recht onder haar borstbeen raakte. Ze begreep opeens waarom Violette altijd zo beschermend was en voelde die neiging nu zelf ook. Lili droeg al zo'n last met zich mee, en ze deed net alsof het haar nauwelijks moeite kostte om die last te dragen, maar het vrat haar helemaal op.

'*Merde*,' zei Lili geërgerd. 'Vertel op!'

'Het is niet belangrijk –'

'Dat bepaal ik zelf wel. Ik heb niks aan je als je instort.'

Eve plofte neer op het geïmproviseerde matras naast het bed en staarde naar haar gevouwen handen. 'René B-Bordelon probeert me te verleiden.' De woorden vielen als gewichten.

Lili boog haar hoofd. 'Weet je dat zeker? Ik had tot nu toe niet echt de indruk dat je erg bedreven bent in het spel van de verleiding, als ik dat zo mag zeggen.'

'Hij heeft m-me in mijn hals gelikt. Daarna zei hij dat hij m-me wilde bezitten. Ja, ik weet het zeker.'

'*Quelle bête*,' zei Lili zacht. Ze pakte haar zilveren sigarettenkoker en stak er twee op. 'Gewoonlijk bespreek je foute mannen bij een borrel, maar nu moeten we het maar doen met een sigaret. Pak aan! Daar ga je helder van denken en dan heb je minder last van de honger.'

Eve hield haar sigaret net als Lili tussen twee vingers en aarzelde. Ze citeerde haar moeder. 'Tabak is de zonde van een heer, niet die van een dame.'

'*Tais-toi*. We zijn soldaten die rokken dragen, en geen dames, en we moeten nu gewoon roken.'

Eve stak de sigaret tussen haar lippen en inhaleerde. Ze kuchte, maar ze hield meteen van de smaak. Bitter, en ze had al een bittere smaak in haar mond sinds René de vorige avond tegen haar aan was gaan staan.

'Dus,' vervolgde Lili op conversatietoon. 'René Bordelon wil je bezitten. De grote vraag is wat er gebeurt wanneer hij ook echt probeert je te krijgen. Kom je in de problemen wanneer je weigert? Geeft hij je aan bij de Duitsers?'

Ze wilde duidelijk weten welke invloed het op Eves werk zou hebben. Eve zweeg even, nam nog een trekje van haar sigaret en kuchte al minder. Ze voelde zich misselijk, maar dat kwam eerder doordat ze aan René dacht dan door het roken. 'Hij zal d-d-de Duitsers niet lastigvallen met privéaangelegenheden. Hij spaart zijn gunsten op voor het moment dat hij ze echt n-nodig heeft. Maar hij zou me waarschijnlijk wel ontslaan. Hij is het niet gewend d-dat iemand hem iets weigert.'

'We zouden een nieuwe plek voor je kunnen zoeken,' zei Lili, maar Eve schudde haar hoofd.

'Is er een andere plek als Le Lethe? Waar ik twee keer per week goede inlichtingen kan opvangen? Waar ik te horen k-krijg dat de *K-K-K...*' Ze sloeg net zolang met haar vuist op haar knie tot het woord losschoot. '... *Kaiser* komt en met welke trein? Nee.' Eve inhaleerde de rook nu diep in haar longen en moest zo hard kuchen dat ze tranen in haar ogen kreeg. 'Je m-m-m-moet iemand in Le Lethe hebben.'

'Ja,' erkende Lili. 'Zou hij je ontslaan wanneer je weigert?'

'Daar moeten we wel van uitgaan.'

'Dan kunnen we maar één ding doen.' Lili keek naar het plafond en blies een rookkringeltje uit. 'Ben je bereid met René Bordelon naar bed te gaan?'

Eve staarde naar het gloeiende puntje van haar sigaret. 'Als dat moet.'

Het was bijna een opluchting om die woorden uit te spreken. Ze was er al sinds de vorige avond omheen aan het draaien en had de kwestie van alle kanten bekeken. Ze werd bang en misselijk van het idee, maar wat deed dat ertoe? Wat maakte het uit of je ergens bang voor was wanneer je iets hoe dan ook moest doen?

'Een man van zijn leeftijd die een meisje kiest dat volgens hem zeventien is, gaat ervan uit dat hij een maagd krijgt.' Lili klonk zakelijk. 'Ben je dat?'

Eve kon niet onverschillig doen, hoe graag ze dat ook wilde, en daarom bleef ze naar de vloer staren en knikte ze alleen.

'Putain de merde!' zei Lili terwijl ze haar sigaret uitdrukte. 'Als je dit echt wilt doen, moet je hem wel een beetje ter wille zijn in bed en nog meer uit hem zien te krijgen. Anders betalen we alleen een erg hoge prijs voor uitstel van ontslag.'

Eve had geen flauw idee wat het betekende om een man ter wille te zijn in bed; haar verbeelding stopte er al mee wanneer ze zich voorstelde dat René Bordelon de knopen van zijn onberispelijke, op maat gemaakte overhemd losknoopte. Ze voelde dat ze bleek werd, en dat merkte Lili.

'Wil je dit echt?'

Eve knikte weer. 'Het l-l-l...' Het woord wilde helemaal niet losschieten, zelfs niet toen ze met haar vuist op de vloer sloeg. Ze liet het in een zucht ontsnappen en zei toen luid: *'Merde!'* Dat was de eerste keer in haar leven dat Eve vloekte, en daardoor schoot de knoop in haar keel los.

Lili's beurt om te knikken. 'Neem nog een sigaret, en dan hebben we het over de praktische kant van de zaak. Een man die een maagd als minnares neemt, wil ofwel iemand die hij naar zijn ideeën kan vormen, ofwel een meisje dat braaf en geduldig blijft liggen terwijl hij bezig is. Je zult goed moeten opletten en moeten proberen in te schatten wat hij verwacht. Maar er zijn bepaalde dingen waar iedere man van houdt...' Ze noemde er een paar op, zonder iets te verbloemen, en Eve luisterde met rode oortjes en liet het zo goed mogelijk tot zich doordringen. Moet ik dat doen? En ook dat nog?

Ja, dat moest ze doen als ze haar baan in Le Lethe wilde houden. Ze zou het allemaal moeten doen.

Toen Lili zag hoe ongemakkelijk Eve zich voelde, gaf ze een klopje op haar hand. 'Kijk gewoon wat hij lekker vindt en ga daar dan mee door. Daar komt het eigenlijk allemaal op neer. En heb je enig idee hoe je ervoor moet zorgen dat je niet zwanger wordt?'

'Ja.' Eve herinnerde zich nog goed hoe ze, laat op een avond, als twaalfjarige had gezien hoe haar moeder zich in de badkamer tussen haar benen stond te wassen. Iets met een slangetje, een rubberen zak. 'Ik wil niet nog meer kinderen van die klootzak,' had ze gesnauwd, met haar kin wijzend in de richting van de kamer waar Eves vader lag te snurken. Eve was enig kind gebleven; de wasbeurten van haar moeder hadden blijkbaar geholpen.

'Geen enkele methode is waterdicht,' zei Lili alsof ze Eves gedachten kon lezen. 'Dus pas wel op. Niemand zit te wachten op een zwangere spion. Dan zit je zo weer in Engeland, en snel ook, aangezien niemand in Lille iets van je wil weten wanneer je in verwachting bent van een collaborateur.'

Zoveel sombere gedachten. Eve schoof ze terzijde omdat ze een praktische vraag wilde stellen. 'Heb jij dit ook... weleens gedaan?'

'Ik heb weleens te maken gehad met Duitse grenswachten die me op mijn knieën hebben gedwongen voordat ze me langs de controlepost wilden laten.'

Tien minuten eerder had Eve nog niet geweten wat ze daar precies mee bedoelde, maar dankzij de expliciete uitleg van Lili had ze daar nu een helder idee van. Ze keek naar Lili, kon zich niet voorstellen dat ze neerknielde, de knopen van een broek openmaakte en... 'Hoe... hoe was het?'

'Het smaakt ziltig,' zei Lili, en ze glimlachte naar Eve, die haar uitdrukkingsloos aankeek. 'Laat maar, *chérie*.' Haar glimlach verdween van haar gezicht en ze keken elkaar somber aan.

Eve gooide haar hoofd achterover en keek naar het plafond terwijl ze haar longen nogmaals vol rook zoog. Ze besloot dat ze van roken hield. Als ze nog een keer te maken kreeg met een hospita met een zuinig mondje en huisregels over sigaretten, kon die de pot op. 'Lili, waarom vertellen ze ons niet dat het ook zo kan uitpakken? Tijdens die opleiding in Folkestone... Er is h-h-h-helemaal niet gezegd dat we met dit soort dingen te maken kunnen krijgen.'

'Omdat ze dat niet weten. En als je slim bent, zeg je er ook niets over.' Lili keek heel ernstig. 'Doe je plicht, maar zeg het niet tegen kapitein Cameron of majoor Allenton of een van de anderen aan wie we verslag uitbrengen.'

Ze kromp ineen toen ze zich voorstelde dat ze kapitein Cameron vertelde dat ze naar bed ging met een collaborateur om informatie los te krijgen. 'O nee, dat zeg ik tegen niemand!'

'Mooi. Want ze vertrouwen je niet meer wanneer ze erachter komen.'

Van alle dingen die ze die avond hadden besproken, vond Eve dit nog wel het meest verbijsterende. 'W-waarom niet?'

'Mannen zijn vreemde wezens.' Lili's verwrongen glimlach wees er niet op dat ze het vermakelijk vond. 'Wanneer een vrouw haar kuisheid opoffert voor de vijand, zal haar patriottisme wel spoedig volgen, denken ze. Ze geloven dat een vrouw geen weerstand zal kunnen bieden aan de neiging om verliefd te worden op de man met wie ze het bed deelt. Bovendien is een *horizontale* niet respectabel, en het beroep van spion heeft op zich al niet veel aanzien. We kunnen ons land niet te schande maken door onze reputatie te bezoedelen; als we ons aan de spionage wijden, moeten we dat wel als dames doen.'

'Wat een onzin,' zei Eve op vlakke toon, en Lili glimlachte.

'O, dat is het ook, margrietje. Echt. Maar wil je overgeplaatst worden uit Lille omdat ze ervan overtuigd zijn dat jij je lieve kleine hoofdje helemaal op hol hebt laten brengen door een knappe collaborateur?'

Eve tikte as van haar sigaret en werd weer misselijk. 'Zou kapitein Cameron dat echt van me kunnen denken?'

'Misschien niet. Hij is een *decent chap*, zoals jullie Engelsen zeggen. Maar ik heb andere Engelse officieren wel zulke dingen over vrouwen zoals wij horen zeggen.'

'Merde,' zei Eve weer. Het vloeken ging steeds makkelijker, net als het roken. Ze keek naar Lili, die haar aanstaarde met een glimlach die Eve niet helemaal kon plaatsen. Pragmatisme, verdriet, trots?

'C'est ainsi,' zei ze op trieste toon. 'Wat is dit toch een rotvak, vind je ook niet?'

'Misschien,' gaf Eve toe. Maar ze hield ook van dit vak; er was niets anders waardoor ze zo het gevoel kreeg dat ze leefde, en daarom verborg ze haar angst door uitdagend haar schouders op te halen. 'Iemand moet het doen. Ik ben er goed in. Waarom ik dan niet?'

Lili leunde voorover en gaf Eve een kus op haar voorhoofd. Eve steunde met haar hoofd tegen Lili's knie, en de leidster van het Alice-netwerk woelde met een hand door haar haar. 'Je hoeft ook niet meteen met de profiteur in bed te duiken,' zei ze zacht. 'Ik ken je, je denkt dat je je even groot moet houden en het meteen moet afhandelen. Maar je kunt hem beter nog even aan het lijntje houden. Want als we de *Kaiser* over twee weken aan stukken kunnen laten schieten, is het misschien een heel ander verhaal. Misschien kun je wel weer naar huis zonder dat je René Bordelon naakt hebt gezien.'

Eve bad dat die dingen uit zouden komen terwijl Lili zachtjes haar haar bleef strelen – wat Eves moeder nooit had gedaan. Ze bad harder dan ze ooit had gebeden, want ze kon zich nu misschien wel groothouden, maar als ze haar ogen sloot en bedacht hoe Renés mond haar huid had geproefd, werd ze alleen maar misselijk.

Hoofdstuk 15

Charlie

Mei 1947

Mijn moeder was op haar hoede, alsof ik een kat was en al mijn haren overeind had gezet en elk moment kon vluchten wanneer ik schrok. Ze bleef mijn hand en mijn schouder maar aanraken, alsof ze wilde controleren of ik er nog wel was, en bracht de hele tijd een klaterende stroom geklets voort toen we onze droge toast oppeuzelden en de koffie dronken die ze naar de kamer had laten brengen. Vervolgens begon ze mijn kleren in te pakken. 'We kopen wel nieuwe spullen voor je in Parijs, na de Afspraak. Dit roze ensemble zal nooit meer de oude worden...'

Ik at mijn toast en voelde me prikkelbaar. Ik vond het niet fijn om 's ochtends vroeg te kletsen, vooral niet na een vrijwel slapeloze nacht, en ik was het niet meer gewend om over koetjes en kalfjes te praten bij het ontbijt. Eve had altijd zo'n kater dat ze tot het middaguur alleen boos voor zich uit kon staren, en Finn was elk moment van de dag zo gesloten als een oester, behalve, klaarblijkelijk, om drie uur 's ochtends. *Charlie, meid...*

'Schouders recht, *ma chère*,' zei mijn moeder.

Ik ging rechtop zitten. Ze glimlachte afwezig en werkte haar lippenstift bij. Door haar betraande ogen en haar spontane omhelzingen had ze gisteren veel zachter geleken dan de moeder die ik gewend was, maar vanochtend was ze blijkbaar weer zo zelfverzekerd en opgelucht dat ze zich weer achter al haar lagen lippenstift en haar glanzende persoonlijkheid had verschanst. Ik pakte even haar hand toen ze haar poederdoos wegstopte. 'Kunnen we nog even blijven? Nog iets te eten bestellen?' Voor de verandering was ik uitgehongerd door het Probleempje en niet misselijk. Laat die droge toast maar zitten. Ik had zin in Finns eenpansontbijt: bacon en brood en spiegeleieren met lopende dooiers. Bacon…

'Moeten we niet een beetje op onze lijn letten?' *Maman* gaf een klopje op haar middel en glimlachte wrang. 'Wie mooi wil zijn, moet pijn lijden.'

'Ik word toch niet mooi, hoe je het ook wendt of keert,' zei ik. 'En daarom wil ik verdomme een croissant.'

Ze leek werkelijk geschokt. 'Van wie heb je dat soort taal geleerd?'

Van een gestoorde Engelse taart die me wilde neerschieten. Vreemd genoeg miste ik Eve.

'We nemen wel een croissant in de trein,' zei *maman* terwijl ze haar koffer dichtdeed. 'We willen niet te laat komen.'

Er stond al een piccolo bij de deur. Overeind komend nam ik een laatste hap van mijn toast, en mijn moeder veegde een kruimel uit mijn mondhoek en deed mijn kraag goed. Waarom voelde ik me in haar bijzijn altijd een kind?

Je bent ook nog een kind, fluisterde het nare stemmetje in mijn hoofd. *Daarom kun je niet voor een kind zorgen. Je weet helemaal niets.*

Wie zegt dat? antwoordde het Probleempje.

Hou je mond, zei ik tegen mijn buik. Probeer me geen schuldgevoel aan te praten. Ik kan niets voor je doen. Ik kan helemaal niet voor je zorgen. Dat zegt iedereen.

En wat vind jij zelf? antwoordde het Probleempje. Daar had ik geen antwoord op. Ik had alleen een brok in mijn keel.

'Charlotte?'

'Ik kom eraan.' Ik liep achter haar aan door de gang, in de richting van de lift. 'Moeten we papa niet bellen voordat we de trein nemen?' slaagde ik erin te zeggen.

Mijn moeder haalde haar schouders op.

'Is hij niet bezorgd?' Ik vroeg me af of hij wel met me zou praten wanneer ik terugkwam. Wat moest ik doen als hij me nog steeds haatte na de Afspraak? Me nog steeds een hoer vond? De brok in mijn keel werd twee keer zo groot.

'Als je het werkelijk wilt weten, kan ik je zeggen dat ik hem niet heb verteld dat je halsoverkop naar Londen bent gevlucht.' Ze keek me even aan. 'Waarom zou ik? Ik wilde hem niet ongerust maken.'

'Maar je hebt het hem nu toch wel verteld?' We stapten in de lift. 'We liggen een paar dagen achter op schema. We komen nog lang niet thuis wanneer hij ons verwacht.'

Mijn moeder wachtte tot de piccolo terug zou zijn met onze koffers en drukte op de knop. 'We brengen gewoon een week minder in Parijs door dan aanvankelijk de bedoeling was. Dan zijn we op tijd thuis en hoeft je vader zich nergens druk om te maken.'

'Eerder naar huis? Je hebt me beloofd dat we het na Vevey over Rose zouden hebben. Dat we naar Limoges zouden –'

'Daar hebben we het wel over wanneer we weer thuis zijn.' Ze glimlachte toen de lift naar beneden ging. 'Wanneer het daar het moment voor is.'

Ik staarde haar aan. 'Wanneer het daar het moment voor is? Dit is het moment. Nu zijn we er al.'

'*Ma chère...*' Een vluchtige blik op de piccolo, die met niet-begrijpende nieuwsgierigheid naar ons Engelse gebabbel luisterde.

Ik negeerde hem. 'We kunnen niet zomaar naar huis gaan, niet na alles wat ik heb ontdekt.'

'Dat moeten wij niet doen, Charlotte. Dat is meer iets voor je vader.'

'Waarom? In mijn eentje is het me prima gelukt, beter dan –'

'Het is niet gepast,' zei mijn moeder bits. 'Je moet weer naar huis en je niet in zo'n zinloze onderneming storten. Je vader zal het allemaal wel afhandelen. Ik zal het hem later wel vragen. Wanneer we weer thuis zijn.'

Later. Altijd later. De woede hoopte zich op in mijn maag. 'Je hebt het me beloofd.'

'Dat weet ik, maar –'

'*Maman*, voor mij is dit belangrijk.' Ik pakte haar arm, probeerde haar te overtuigen. 'Om het pas op te geven wanneer –'

'Ik geef het niet op, *chérie*.'

'Daar lijkt het anders wel op. Hoe belangrijk vind je dit nog wanneer we weer aan de andere kant van de Atlantische Oceaan zijn?' Ik begon luider te praten. 'Wanneer het geen makkelijke belofte is die je zomaar even kunt doen om me mee te krijgen?'

De bel van de lift ging en de deuren gleden open. *Maman* keek boos naar de nieuwsgierige piccolo, en hij pakte onze bagage op en liep naar de balie.

'Nou?' vroeg ik uitdagend.

'Dit is niet de plek om dit gesprek te voeren. Kom mee en doe nou niet zo moeilijk, alsjeblieft.' Ze liep naar de drukke lobby.

'Doe ik moeilijk? Vind je dat?' Ik liep stampvoetend achter haar aan.

Ze draaide zich om en keek me aan met een benauwd glimlachje. 'Charlotte, alsjeblieft. Je hebt al ruzie met je vader. En dat krijg ik ook als dit allemaal nog langer gaat duren, dus gedraag je, alsjeblieft, en kom nou gewoon mee.'

Ik staarde haar aan. Ik staarde gewoon. Mijn mooie, zelfverzekerde moeder, die op haar volmaakt gestifte lippen beet en zich druk maakte omdat ze misschien ruzie met mijn vader zou krijgen. Ze had hem niet durven zeggen dat ik was weggelopen en naar Frankrijk was gegaan. Ze had hem niet durven zeggen dat we misschien een weekje later terug zouden zijn. Ze zou van alles beloven om me maar in die trein naar Vevey te krijgen, als een klein meisje dat loog om aan een pak slaag te ontkomen. Als ze me niet op tijd thuis afleverde met een platte buik, zou ze misschien ruzie krijgen.

Maman had me altijd het gevoel gegeven dat ik een klein kind was. Ik keek naar haar en kreeg het gevoel dat ik de volwassene was.

'Je gaat toch niet op zoek naar Rose.' Het was geen vraag.

'Want Rose is dood!' snauwde ze uiteindelijk. 'Dat weet je toch, Charlotte.'

'Misschien. Dat is misschien zelfs wel waarschijnlijk.' Ik probeerde eerlijk te blijven, ondanks mijn woede. 'Maar dat vind ik niet goed genoeg, en je hebt me beloofd dat ik verder mocht zoeken. Al was het alleen maar voor mijn gemoedsrust.' Ik zweeg even. 'Kun je me echt beloven dat je papa onder druk zet wanneer hij het wil opgeven?'

Ze slaakte een diepe zucht. 'Ik ga onze kamers betalen. Probeer jij nu even te bedaren.'

En daar ging ze, met woedende pasjes en klakkende hakken. Ik bleef bij de bagage staan en voelde me vreemd en zo breekbaar als glas, en toen ik door de lobby keek, zag ik Rose. Niet echt, natuurlijk – het was gewoon een mokkend, puisterig meisje dat bij het grote raam stond te wachten tot haar ouders klaar waren met inchecken – maar het Franse zonlicht zorgde voor een stralenkrans achter haar blonde hoofd en vormde een schaduw op haar gezicht en even dacht ik echt dat ze Rose was. Rose die naar me keek en lichtjes haar hoofd schudde.

Je bent geen kind, Charlie, zei ze in mijn gedachten. *En ook geen lafaard.*

Ze was altijd dapper geweest. Zelfs wanneer ze bang was om alleen te zijn, om te worden verlaten, zoals die dag in het café in de Provence, was ze dapper. Ze moest doodsangsten hebben uitgestaan toen ze ontdekte dat ze hetzelfde probleem had als ik, en toch had ze niet toegegeven toen haar ouders het voor haar hadden willen 'regelen'. Ze had haar kind gekregen en was vervolgens vertrokken om er in haar eentje voor te zorgen, hoe angstaanjagend ze dat misschien ook had gevonden.

Ik hoorde Finns stem van de afgelopen nacht in mijn hoofd weerklinken. *En wat wil jij?*

Dapper zijn, dacht ik.

Weet je wel wat dat is? vroeg het Probleempje. *Los het op als een vergelijking. Los X op. X = dapper.*

Ik keek naar mijn moeder, die haar handtasje dichtdeed en naar me toe liep. Ik was misselijk. Ik wist helemaal niets van baby's. Ze waren klein en hulpeloos, hongerig en kwetsbaar, en ze joegen me angst aan. Deze baby joeg me angst aan. Ik was er nog niet klaar voor. Nog lang niet.

Ik ademde diep in toen mijn moeder weer bij me kwam staan. 'Ik ga niet naar Vevey.'

'Wat?' Haar geëpileerde wenkbrauwen gingen omhoog. Achter haar schouder liep het puisterige meisje dat ik tijdelijk in Rose had veranderd onwillig achter haar ouders aan om de illusie te verbreken.

'Ik ga niet naar de Afspraak,' zei ik.

'Charlotte, we hoeven het er niet meer over te hebben. Je hebt beloofd dat je –'

'Nee.' Ik hoorde de woorden alsof ze uit de mond van iemand anders kwamen. 'Ik laat het niet weghalen. Ik wil het houden.'

Je zou toch denken dat zo'n ingrijpende beslissing zou samengaan met een gevoel van opluchting of een soort catharsis zou zijn. Maar dat was niet zo. Ik voelde me vooral misselijk en angstig. Maar ik had ook honger. Enorme honger, zelfs. En enigszins aarzelend zei ik tegen het Probleempje: ik zal je een beetje bijvoeren.

Dat scheen hem wel te bevallen. *Bacon*, zei hij.

Ik kon misschien beter een andere naam verzinnen dan Probleempje.

'Charlotte, we weten allebei dat dit de enige optie is, dus –'

'Het is niet de enige optie.' Ik had mijn moeder nog nooit onderbroken, maar nu onderbrak ik haar. 'Het is de optie die jullie het beste uitkomt. Ik word behandeld, en dat betekent dat papa geen vervelende mededelingen aan zijn partners hoeft te doen, en dat jij op de bridgeclub niemand iets hoeft te vertellen. Ik weet dat jullie het goed bedoelen, maar dit is niet de enige optie. Ik hoef niet per se die beslissing te nemen.'

Haar gezicht verstrakte van woede en haar stem zakte naar een giftig gefluister. 'En hoe ga je dan in je onderhoud voorzien, jij ondankbare slet? Je vindt nooit een man die wil trouwen met een meisje dat een bastaard heeft gebaard. Hoe denk je het te kunnen redden?'

'Ik heb geld, *maman*. Geld dat ik zelf heb verdiend, en niet alleen mijn trustfonds. Ik kan gaan werken. Ik kan heus wel voor mezelf zorgen. Ik ben niet hulpeloos.' Ik herhaalde het koppig, want het was verdomme waar, hoe vaak ik het gefluister van *mislukkeling mislukkeling mislukkeling* ook hoorde in mijn hoofd. Ik kon beter een kasboek bijhouden dan mijn moeder en ik kon beter een zoektocht naar Rose opzetten dan mijn vader, en misschien had ik James niet kunnen redden, maar dat betekende niet dat ik niets kon. 'Dat ben ik niet, hulpeloos.'

'Jawel, dat ben je wel! Hoe denk jij voor een baby te kunnen zorgen?'

'Dat zal ik waarschijnlijk moeten leren.' Er waren heel erg veel dingen die ik zou moeten leren, maar dat kon ik wel aan, hoe beangstigend ik het misschien ook vond. 'Ik weet niet veel van baby's, maar ik heb nog zes maanden om het een en ander uit te zoeken. En ik weet nog iets. Ik weet dat ik hier en nu naar Rose zal blijven zoeken.'

Ik pakte mijn koffer. De hand van *maman* schoot naar voren en greep me bij mijn pols. 'Je hoeft niet te denken dat je nog thuis kunt komen als je nu wegloopt.'

Dat voelde als een schop tegen mijn schenen. Maar ik duwde mijn kin naar voren en zei: 'Je had het amper in de gaten wanneer ik wel thuis was, dus dat maakt toch niks uit.'

Ik probeerde mijn arm los te trekken, maar ze greep me alleen maar steviger vast. 'Jij gaat helemaal nergens naartoe, Charlotte St. Clair, behalve naar het station. Je bent minderjarig en ik kan je –' Ze was aan het schreeuwen. Mijn eigen moeder, die zich altijd zo druk maakte om wat mensen misschien wel zouden denken, stond te schreeuwen als een viswijf. In de lobby stonden mensen naar ons te staren. Ik schreeuwde terug.

'Je hebt me net het huis uit gegooid, *maman*. Ik ga helemaal nergens heen met jou.' Ik probeerde me los te rukken, maar ze hield me stevig beet.

'Waag het niet die toon tegen me aan te slaan!'

Een zachte, boze stem achter me. De zachte, boze stem van een Schot. 'Zijn er problemen, *miss*?'

'Helemaal niet, Finn.' Ik probeerde mijn arm weer los te rukken en slaagde er ditmaal in. Ik keek naar hem op. Hij had Eves tas over zijn schouder en de autosleutels in zijn hand; Eve en hij waren waarschijnlijk net aan het uitchecken. 'Is er nog plek voor me in de Lagonda?'

Hij grijnsde en pakte mijn koffer.

Mijn moeder staarde naar hem en monsterde zijn verkreukelde overhemd en opgerolde mouwen, de donkere stoppels op zijn kaken. 'Wie...' begon ze, maar toen kwam Eve ook aangestampt.

'Jezus, Finn,' zei ze met haar snauwende, schorre ochtendstem. 'Ik zie dat je de yank weer hebt gevonden.'

'Zij gaat mee, en als dat je niet bevalt, blijf jij maar hier,' zei Finn.

'Je werkt voor mij!'

'Het is mijn auto.'

Er trilde iets warms in mijn maag. Ik had er wel over nagedacht om de trein naar Limoges te nemen, maar het idee om weer in die geweldige auto te springen... Ik was dol op die auto. Die bood meer troost dan het huis waartoe me net de toegang was ontzegd. Ik keek op naar Finn en voelde een brok in mijn keel toen ik zei: 'Dank je.'

'Ik had eigenlijk ook niet verwacht dat we van je af waren.' Verrassend genoeg klonk Eve eerder verheugd dan geërgerd. 'Het is moeilijker om van een Amerikaan af te komen dan van een zeepok.'

'Wie is dit in vredesnaam?' Mijn moeder was er eindelijk in geslaagd de hele vraag te stellen.

Eve keek naar haar. Ze waren wel een stel samen: mijn moeder met haar wespentaille en haar beeldige hoedje en haar onberispelijke handschoenen en verlopen Eve met haar oude jurk en handen als kreeftenscharen. Eve staarde haar aan met die dwingende roofvogelblik tot *maman* met haar ogen begon te knipperen. 'Dan bent u vast de moeder,' zei ze uiteindelijk. 'Al lijkt u niet echt op haar.'

'Hoe durft u –'

'Eve,' kwam ik tussenbeide. 'Ik ga op zoek naar mijn nicht, en ergens in die puinhoop zit ook een man verscholen voor wie jij bang bent. Volgens mij moet je erachter zien te komen of hij dood is of nog leeft. Je moet met me meegaan.'

Ik weet niet waarom ik dat zei. Het werd allemaal behoorlijk ingewikkeld met Eve en haar buien en haar pistool; zonder haar zou alles een stuk sneller gaan. Maar ik had mezelf vandaag moed ingesproken, ondanks alles wat me angst aanjoeg, en ik wilde dat Eve ook moedig was, dat ze de onverschrokken, vloekende vrouw was die glashard had gelogen tegen een pandjesbaas om ervoor te zorgen dat ik mijn parels kon verpanden en een antwoord had geëist van een middenstander in een porseleinwinkel die haar niet kon uitstaan. Ik wilde niet dat Eve weer naar Engeland vluchtte om zich op Hampson Street 10 te verschuilen. Daar leek ze me op de een of andere manier te goed voor.

En ik wilde zelf ook iets. Ik wilde weten wat Eve tijdens de bezetting in Lille had meegemaakt en wat er met haar handen en haar ziel was gebeurd.

Ik probeerde te bedenken hoe ik dat allemaal mooi kon zeggen, maar dat lukte niet. Ik kon alleen maar uitbrengen: 'En ik wil de rest van je verhaal horen.'

'Het is geen mooi verhaal,' zei ze. 'En het heeft geen einde.'

'Dan moet je nu het einde schrijven.' Ik plaatste mijn handen uitdagend op mijn heupen. 'Je bent gestoord, maar geen lafaard. Dus wat zeg je ervan? Doe je mee of niet?'

'Wie zijn deze mensen? Charlotte!'

Ik lette niet op mijn moeder. Van iemand die mijn leven bepaalde was ze ineens veranderd in iemand die er helemaal buiten stond. Maar Eve gunde haar een zijdelingse blik.

'Ik ga niet mee als mammie ook meegaat. Ik heb nu slechts een halve minuut in haar bijzijn doorgebracht, en ze is minstens twee keer zo irritant als jij. Na een dag schiet ik haar waarschijnlijk dood.'

'Ze gaat niet mee.' Ik keek naar mijn moeder, en ik voelde een laatste steek van woede en liefde, de allerlaatste, kwijnende aanvechting om te doen wat zij wilde. Toen was het over. 'Tot ziens.' Ik had waarschijnlijk nog iets moeten zeggen. Maar wat viel er te zeggen?

Haar ogen vlogen van Finn naar Eve en weer terug. 'Je kunt niet gewoon wegrijden met... met...'

'Finn Kilgore,' zei Finn volkomen onverwacht. Hij stak zijn hand uit, en mijn moeder schudde hem automatisch. 'Recent vrijgelaten uit de gevangenis van Pentonville.'

Haar mond viel open en ze liet zijn hand los alsof er opeens stekels op waren gegroeid.

'En voordat u het vraagt,' voegde Finn er op beleefde toon aan toe. 'Openlijke geweldpleging. Ik heb een stel irritante Amerikanen in de Theems gesmeten. Fijne dag, *ma'am*.'

Hij pakte mijn bagage en liep naar de deur. Eve stak een sigaret op, liep achter hem aan en keek over haar schouder. 'Wil je dat verhaal nog horen, yank?'

Een laatste blik op mijn moeder. Ze keek me aan alsof ze me niet kende. 'Ik hou van je,' zei ik, en toen liep ik het hotel uit en de drukke straten van Roubaix in. Ik was duizelig. Misselijk. Euforisch. Overweldigd. Ik had klamme handen en mijn hele hoofd was een draaikolk van lawaai. Maar één ding stond me volkomen helder voor de geest.

'Ontbijt,' zei ik toen Finn kwam voorrijden met de Lagonda, met het dak naar beneden. Toen ik instapte, gaf ik het dashboard van de oude dame een klopje. 'We proberen Limoges te bereiken, maar eerst gaan we op zoek naar het grootste ontbijt dat in Roubaix te vinden is. Deze baby zegt me dat ze wil eten.'

'Is het een zij?' vroeg Eve.

'Dat zegt ze zelf.'

Ik kwam zoveel dingen te weten die dag. En er waren zoveel dingen die ik nog moest leren.

Hoofdstuk 16

Eve

Juli 1915

Over tien dagen zou de *Kaiser* dood zijn. Dat was wat Eve tegen zichzelf zei.

'Schiet op!' zei Lili, die sneller ging lopen. Eves haar plakte in haar nek, maar Lili leek niets te merken van de zomerhitte en stapte ferm de heuvel op, met opgeschorte rokken en haar hoed in haar nek. 'Slome!'

Eve klemde het opgevouwen kleedje onder haar arm en stapte stevig door. Lili kende het platteland in de omgeving van Lille op haar duimpje. '*Mon Dieu*, het is wel fijn om deze heuvels eens over te steken in het daglicht, en niet bij maanlicht met een stel afgepeigerde vliegers! Daar, nog één heuvel…'

Ze begon nu de heuvel op te rennen. Eve keek boos. Ze baadde in het zweet en constateerde dat haar uithoudingsvermogen de afgelopen zes weken flink te lijden had gehad onder de voedselschaarste, maar ze werd een stuk opgewekter toen ze op de top van de heuvel kwam. Het was een onbewolkte dag en de helling kleurde goud-groen in het zonlicht. Ze waren maar enkele kilometers buiten Lille, maar het was alsof ze onder een donkere wolk vandaan waren geglipt en aan de Duitse straatnaamborden en de Duitse soldaten waren ontsnapt. Niet dat het allemaal rozengeur en maneschijn was op het platteland. Al die boerderijtjes waar Eve en Lili langs kwamen, hadden ook hun portie honger en hopeloosheid te verwerken en de bewoners moesten toekijken wanneer varkens, boter en eieren werden gevorderd door de Duitsers. Maar op dit lage heuveltje was het mogelijk om even net te doen alsof de bezetters er niet meer waren.

En misschien waren ze er binnenkort echt niet meer. Als het Royal Flying Corps tenminste zijn werk deed.

De twee vrouwen stonden op de top van de heuvel, met hun armen over elkaar geslagen, en staarden naar het spoor dat helemaal naar Duitsland liep. Over tien dagen reed de *Kaiser* over dit spoor. Over tien dagen zag de wereld er misschien heel anders uit.

'Daar.' Lili knikte naar de spoorlijn. 'Ik heb dit gebied verkend, en Violette en Antoine ook.' Antoine was een boekhandelaar met een bedrieglijk zachtmoedig gezicht die identiteitskaarten en passen vervalste voor Lili en hij was behalve Violette het enige andere lid van het Alice-netwerk dat Eve had ontmoet – ze moesten elkaar leren kennen voor het geval ze nieuwe papieren nodig had. 'We zijn het er allemaal over eens dat dit de beste plek is voor een aanval.' Lili tilde haar rok omhoog en begon haar bovenste onderrok los te maken. 'En nou maar hopen dat de leiding onze suggestie opvolgt.'

'Moeten we geen kleedje neerleggen?' vroeg Eve. 'We zijn aan het picknicken, weet je nog?' Dat was hun dekmantel, wanneer Duitse verkenners hen hier zouden vinden: Marguerite le François en haar vriendin, de naaister, die hun armoedige broodjes buiten opaten en van het lekkere weer genoten. Maar toen Eve het versleten kleedje uitspreidde, nam Lili geen broodje. Ze pakte een stuk houtskool en begon snel een kaart van de omgeving te tekenen op haar onderrok. 'Het wordt steeds lastiger om papieren de grens over te smokkelen,' zei ze. Ze tekende geconcentreerd verder, maar haar ogen twinkelden. 'Die grenswachten hebben geen idee hoeveel informatie je kwijt kunt op een onderrok.'

'Waarom ben ik hier? Violette kent deze streek veel beter dan ik. Moet zij niet helpen met het samenstellen van het rapport?'

'Ze heeft me al geholpen. Maar jij hebt als eerste over het bezoek van de *Kaiser* gehoord, margrietje. Je moet een beetje op de hoogte blijven.' Lili's hand vloog als een kolibrie over de onderrok en tekende de omgeving, de onregelmatigheden, het spoor, de bomen. 'Oom Edward heeft me gevraagd of ik je mee wil nemen wanneer ik het verslag breng.'

'M-mij?'

'Hij wil je uitvragen, kijken of je je nog bepaalde bijzonderheden weet te herinneren. Voor zoiets belangrijks nemen ze geen enkel risico. We vertrekken over twee dagen.'

Over twee dagen een ontmoeting met kapitein Cameron. Het idee zou balsem voor haar ziel moeten zijn, maar het gaf Eve alleen een raar gevoel. Hij leek zo ver weg dat hij ook in een andere wereld had kunnen zijn. En wanneer ze bedacht wat ze allemaal moest regelen voor zo'n bezoek kreeg ze een nog weker gevoel in haar maag dan wanneer ze aan zijn warme ogen dacht. 'Ik kan onmogelijk naar Folkestone reizen. Ik durf geen dag vrij te nemen.'

'We hoeven niet helemaal naar Folkestone te reizen.' Lili maakte snel haar kaartje af. 'Oom Edward heeft ermee ingestemd om ons over de grens in Brussel te ontmoeten. We zijn binnen een dag terug.'

'Maar zoals ik p-praat... Ik val te veel op bij een grenspost. Dan worden we opgepakt.' Als Lili zou worden gearresteerd vanwege Eves gestotter zou ze haar tong afsnijden met een roestig scheermes.

'Je m'en fous!' Lili woelde door haar haar. 'Laat mij maar het woord doen! Ik ben het gewend om stations in en uit te glippen. Jij kijkt gewoon onschuldig uit je ogen en dan is er niets aan de hand. Wat heeft dat eigenlijk met handen te maken? Wat een vreemde uitdrukkingen hebben jullie Engelsen toch.'

Eve wist dat Lili een bewuste poging deed om de sfeer te verluchtigen. Ze was expres zo aan het babbelen toen ze haar onderrok met de notities in houtskool weer aantrok. 'Je moet voorzichtiger doen,' zei Eve, die de picknickspullen verzamelde. 'Probeer het nou niet als een grote grap te zien. Door je gelach kom je nog eens voor het vuurpeloton.'

'Ach.' Lili maakte een wegwerpgebaar met haar hand, die zo dun was dat hij wel doorzichtig leek in het zonlicht. 'Ik weet ook wel dat ik op een dag word gepakt, maar wat maakt dat uit? Dan heb ik in elk geval mijn land gediend. Dus laten we opschieten, dan kunnen we nog mooie dingen doen zolang we er tijd voor hebben.'

'We hebben niet veel t-tijd m-meer,' kreunde Eve, die achter Lili aan de heuvel af liep. 'Over t-twee dagen moeten we naar Brussel. En hoe moet ik nou een dag vrij zien te krijgen?'

'Probeer een of ander excuus te bedenken voor Le Lethe.' Een zijdelingse blik toen ze weer in de richting van de stad liepen. 'Hoe gaat het met je beestachtige aanbidder?'

Eve wilde niet aan René Bordelon denken. Ze ging hem al uit de weg sinds de dag dat hij met haar naar huis was gelopen; bij Le Lethe ruimde ze tafels af, schonk ze schnaps en luisterde ze. Ze was er zelfs in geslaagd een rapport op te stellen over de Duitse vlieger Max Immelmann, terwijl ze de hele tijd uit de buurt van haar baas probeerde te blijven. Maar hij liet haar merken dat hij haar in de gaten hield en nog steeds op antwoord wachtte. Soms staarde hij zwijgend naar haar hals, en dan voelde ze weer hoe hij haar huid proefde. Soms was het de slok wijn uit een besmeurd glas die hij na sluitingstijd aanbood. Wat een merkwaardige wereld was het, die wereld waar je een half uitgehongerd en wanhopig meisje kon verleiden met een paar slokken wijn uit het glas van een vreemde. 'Hij houdt wel vol,' zei Eve uiteindelijk.

Lili deed een pluk haar achter haar oor. 'Is het gelukt om hem van je af te houden?'

'Tot op heden wel, ja.'

Was er in haar leven eigenlijk nog iets anders dan het heden? De ontmoeting met kapitein Cameron over twee dagen, de aankomst van de *Kaiser* over tien dagen... het bevond zich allemaal in hetzelfde grijze gebied. Je had het verleden en het heden. De rest was onzeker. De rest was niet echt.

Die avond leek het geklets in Le Lethe opgewekter dan anders, de drukte van de officieren rumoeriger, het gelach van de vrouwen in hun armen vrolijker. 'Hoeren,' fluisterde Christine toen zij en Eve tegen de muur stonden en wachtten tot ze met een opgestoken vinger werden gewenkt. 'Zie je die Françoise Ponceau daar, die daar zit te pronken met haar nieuwe zijden jurk en die kapitein zit op te vrijen? Je weet toch dat de bakker speciaal brood voor dat soort sletten maakt? Hij pist in het deeg voordat hij het uitrolt.'

'Dat verdienen ze ook,' zei Eve goedkeurend, hoewel haar maag zich omdraaide. Het meisje glimlachte, maar keek angstig uit haar ogen en stopte al de hele avond broodjes in haar tasje wanneer haar kapitein even niet oplette. Waarschijnlijk moest ze meerdere mensen te eten geven, en in ruil daarvoor werd er in haar brood gepist en werd ze uitgescholden. Maar het was veiliger om het met Christine eens te zijn, omdat de meeste mensen in Lille er zo over dachten.

René keek even op naar zijn serveersters, en zijn ogen glinsterden in het kaarslicht. Kijk naar Christine, smeekte Eve in stilte. Ze is knap en blond en oliedom, dus waarom kijk je niet naar Christine? Maar hij gebaarde met zijn gekromde vinger naar Eve, en ze kwam naar voren om het digestief in te schenken. René tuitte waarderend zijn lippen toen ze zwijgend en kalm haar arm in de voorgeschreven boog hield.

'Zou iemand anders het kasboek naar boven kunnen brengen?' vroeg Eve aan het einde van de avond aan haar collega's, maar die lachten alleen.

'Dat is nu jouw taak, Marguerite! Hij is altijd in een betere bui wanneer jij het naar boven brengt, en we hebben liever dat hij in een goede bui is.'

Ze grinnikten, en Eve besefte dat Renés blikken niet onopgemerkt waren gebleven. 'Stelletje varkens,' snauwde ze, en ze liep stampvoetend de trap op. Een reverence, en zijn vingers streelden de hare toen ze hem de omzet van die avond overhandigde.

'Hebt u haast, Mademoiselle Le François?' Hij keek de keurige regels door.

'Non, monsieur.'

Hij nam zijn tijd en ritselde door de papieren. Het was een warme zomeravond en hij had zijn colbert uitgetrokken en zat daar in zijn sneeuwwitte hemdsmouwen, met haar dat door de brillantine even hard glom als zijn schoenen. Zijn manchetknopen waren onverwacht kleurrijke plekken: robijnrood met schilfertjes goud.

'Jugendstilglas,' zei hij, want hij had klaarblijkelijk gemerkt dat haar blik erop rustte. Zag hij dan echt alles? 'In de stijl van Klimt. Hebt u weleens van Klimt gehoord? Voor de oorlog heb ik tot mijn grote geluk enkele van zijn schilderijen in Wenen gezien. Opmerkelijk werk. Er was een doek dat Danaë heette, de vrouw uit de mythologie die wordt bezocht door Zeus in de gedaante van een gouden regen… Klimt toont haar opwinding wanneer de regen tussen haar benen stroomt.'

Eve wilde in die kamer helemaal niet over opwinding in de kunsten of welke vorm van opwinding dan ook praten. 'Nee, ik heb nog nooit van hem gehoord.'

'Het is een soort overgave.' Hij maakte zijn manchetknopen los en legde ze in haar handen zodat zij ze kon bekijken. Vervolgens rolde hij zijn mouwen op en toonde hij zijn bleke, gladde, magere onderarmen, en Eve vermeed de aanblik door de kleine glazen objecten tegen het licht te houden en het kleurenspel te bekijken. 'Goudomrande uitbundigheid. Mensen vonden het obsceen, maar wat betekent dat nou? Ze vonden Baudelaire ook obsceen.'

Eve legde de manchetknopen voorzichtig naast de buste van de dichter, bestudeerde het kille marmeren profiel en vroeg zich af of de minnares van Baudelaire net zo'n hekel aan hem had gehad als Eve aan René. 'Zou ik u om een gunst mogen vragen, *m-monsieur*?'

'Een gunst? U maakt me nieuwsgierig.'

'Zou ik over twee dagen een avond vrij kunnen krijgen? Ik heb een vriendin beloofd dat ik met haar op bezoek zou gaan bij haar oom, en hij woont ver weg.' Dat was allemaal waar. Bij René deed Eve haar best om met haar leugens zo dicht mogelijk bij de waarheid te blijven.

'U zou graag vrij willen nemen.' Hij woog zijn woorden zorgvuldig af. 'Een heleboel vrouwen zouden u met genoegen vervangen en beloven dat ze nooit om een vrije avond zouden vragen.'

'Ik weet het, *monsieur*.' Eve keek hem smekend aan met haar hertenogen. 'Ik hoopte dat u zo ingenomen was met mijn diensten dat...'

Hij liet haar even in het onzekere terwijl hij het kasboek weglegde. 'Uitstekend,' zei hij uiteindelijk, en Eve slaakte bijna een zucht van opluchting. 'U kunt een dag vrij krijgen.'

'Dank u –'

Hij onderbrak haar. 'Het is al laat. Hebt u aan uw vrijgeleidebrief voor de avondklok gedacht of zal ik u weer naar huis brengen?' Hij maakte zijn das los. 'Misschien moet ik sowieso maar met u naar huis lopen. Ik zou je graag beter leren kennen, Marguerite.'

Hij tutoyeerde haar en noemde haar bij haar voornaam, althans bij de naam die volgens hem haar voornaam was, en liet het *mademoiselle* achteloos achterwege. En toen hij zijn das weglegde, dacht Eve dat het helemaal niet zijn bedoeling was om met haar naar huis te lopen. Als ze intiemer zouden worden, zou het daar ter plekke gebeuren.

Omdat ik om een gunst heb gevraagd.

Ze wilde de brok in haar keel wegslikken, en dat stond ze zichzelf toe zodat hij haar keel zou zien bewegen. Het zou hem wel bevallen als ze zenuwachtig was.

Hij legde de das over de leuning van de fauteuil. 'Heb je nagedacht over mijn aanbod van de vorige avond?'

Eve deed niet alsof ze het niet begreep. 'Uw aanbod overviel me een beetje, *monsieur*.'

'Is dat zo?'

'Ik ben niet het goede gezelschap voor een man van de wereld. Ik ben serveerster. Ik ben niet knap, heb geen ma-ma-manieren en ik weet nergens iets van. Dus ja, uw aanbod overviel me een beetje.'

Hij kwam ongehaast overeind uit de leunstoel en liep naar het satijnhouten tafeltje dat vol kristallen karaffen stond. Hij haalde de stop van een karaf en schonk twee vingers van een bleke en licht mousserende drank in een glas. Het glinsterde als een diamant en hij gaf het aan Eve. 'Proef maar.'

Ze nam een slok, omdat ze geen mogelijkheid zag om te weigeren. Het brandde in haar keel: zoet, een beetje bloemig, heel krachtig.

'Vlierbloesemlikeur.' Hij leunde met zijn elleboog tegen de ebbenhouten schouw. 'Ik krijg het van een wijnboer in Grasse. Mooie streek, Grasse... de lucht ruikt er naar die likeur, bloemrijk en krachtig. Het is een unieke drank, en daarom serveer ik die niet in mijn restaurant. Cognac, schnaps, champagne... dat geef ik aan de Duitsers. Het unieke hou ik zelf. Vind je het lekker?'

'Ja, *monsieur*.' Het had geen enkele zin om tegen René te liegen wanneer dat niet noodzakelijk was. 'Waarom geeft u het aan m-mij, als u het unieke zelf houdt?'

'Omdat jij ook uniek bent. Je hebt een goede smaak, Marguerite, een heel goede smaak, vermoed ik, maar geen enkele ontwikkeling. Net als Eva in de Hof van Eden.'

Eve wist niet hoe het haar lukte om niet op te springen toen ze haar echte naam in het Frans hoorde. Maar het lukte haar, en ze nam nog een slok van de vlierbloesemlikeur.

'Ik heb het altijd erg op prijs gesteld wanneer vrouwen een goede smaak en een bepaalde elegantie hadden,' vervolgde hij. 'Tot op heden heb ik altijd de voorkeur gegeven aan een voltooid product in plaats van aan een blok ruw materiaal, maar op dit moment heeft Lille weinig te bieden op het gebied van elegante vrouwen. Door de honger en het patriottisme zijn het allemaal feeksen geworden. Als ik geschikt gezelschap wil, zal ik Pygmalion uit de Griekse mythe moeten spelen en zelf een vrouw moeten scheppen, zo heb ik bedacht.' Hij stak een van zijn lange vingers uit en veegde een pluk haar van haar voorhoofd. 'Ik had alleen niet verwacht dat ik van het proces zou genieten. Dus je ziet, het is je gelukt om mij te verrassen.'

Eve wist niet hoe ze moest reageren. Hij leek ook niet op een bepaalde reactie te hebben geanticipeerd en wees alleen naar haar glas. 'Wil je nog een beetje?'

'Ja, graag.'

Hij schonk nog een genereuze hoeveelheid in. Hij probeert me dronken te voeren, dacht Eve. De zeventienjarige Marguerite zou niet echt bestand zijn tegen sterkedrank. Na een paar glazen zou ze meegaand en gewillig zijn.

Eve keek in haar glas en zag de spoorlijn die de *Kaiser* naar Lille zou brengen. Ze zag de trage gestalten van de *Kommandant* en zijn officieren, die om hun schnaps zaten en onbekommerd geheimen met elkaar deelden. Ze zag hoe Lili straalde op de dag dat Eve haar eerste inlichtingen had doorgegeven. Ze hoorde zelfs Lili's stem: *Wat is dit toch een rotvak.*

Misschien, dacht Eve nu, zoals ze toen had geantwoord. Maar iemand moet het doen. Ik ben er goed in. Waarom ik dan niet?

Ze dronk haar glas leeg. Toen ze het weer neerzette, stond René opeens veel dichterbij. Hij rook naar eau de cologne uit Parijs, een subtiele en beschaafde geur. Ze vroeg zich af of dit het moment was dat hij haar zou zoenen. Ze dacht even aan kapitein Cameron, die op het strand naar haar keek terwijl hij haar leerde hoe ze een pistool moest laden. Ze verdreef de gedachte toen René zich over haar heen boog.

Niet terugdeinzen.

Hij kwam heel dichtbij met zijn gezicht en snoof haar geur op in haar hals, trok een gezicht en ging toen weer rechtop staan. 'Misschien moet je even in bad. Je mag gebruikmaken van mijn badkamer.'

Haar onberoerde lippen tintelden, en even begreep ze het niet. Toen keek ze naar haar handen, naar haar mouwen, waarop altijd vlekken van de beurre blanc en de rode wijn zaten, hoe goed ze ook oplette tijdens haar dienst, en realiseerde ze zich dat ze een dun laagje opgedroogd zweet onder haar jurk had doordat ze die ochtend met Lili over de heuvels had gewandeld. Ik stink, dacht Eve, en dat was zo vernederend dat ze wilde huilen. Ik stink naar zweet en goedkope zeep, en daarom moet ik me fatsoenlijk reinigen voordat ik ontmaagd kan worden.

'Er is zeep.' René wendde zich van haar af en deed zijn kraag met een kordaat rukje losser. 'Ik heb hem speciaal voor je uitgezocht.'

Hij wachtte tot ze haar dankbaarheid toonde. 'Dank u,' kon Eve nog net uitbrengen toen hij naar de deur achter hem wees. De badkamer was even luxueus als zijn studeerkamer: zwart-witte tegels, een groot marmeren bad, een spiegel met een gouden lijst. Er lag een nieuw stuk zeep, lelietjes-van-dalen, waarschijnlijk tijdens een huiszoeking gevorderd in de badkamer van een vrouw, en Eve herinnerde zich dat René had gezegd dat die geur bij haar zou passen. *Iets lichts, zoets, geurigs, jongs.*

Ze dacht aan alle adviezen die Lili haar had gegeven en aan de dingen waar mannen van hielden, en even dacht ze dat ze misselijk zou worden, maar ze schoof het terzijde. 'Kijk gewoon wat hij lekker vindt,' had Lili gezegd. Toen ze naar de zeep staarde, wist Eve het. Iets lichts, zoets, geurigs, jongs. Hij wilde niet alleen dat ze zo rook, maar ook dat ze zo was. Het was wel attent van hem dat hij haar er een heel draaiboek bij had gegeven.

Ze vulde het bad, genoot ervan water te verspillen en zakte huiverend in het hete water. Al meer dan twee maanden waste ze zich met een washandje bij een wastafel. Haar hoofd tolde door de warmte en de twee glazen vlierbloesemlikeur. Ze kon nog een eeuwigheid in het warme, geurende water blijven zitten, maar ze moest nog iets doen.

Dat had ze het liefst zo snel mogelijk achter de rug.

Eve liet haar ondergoed en haar versleten jurk op de vloer liggen, omdat ze haar vieze kleren niet weer wilde aantrekken, en wikkelde haar schone lichaam in hagelwitte handdoeken. Ze keek in de spiegel en herkende haar spiegelbeeld niet. Ze had uitstekende jukbeenderen – een aandenken aan de karige rantsoenen waarop ze tegenwoordig leefde – maar dat was niet het enige. Evelyn Gardiner had een zacht gezicht en had nooit iets hards gehad. Marguerite le François was ook helemaal niet hard, en daarom oefende Eve in de spiegel – geopende lippen, trillende wimpers – tot het volmaakt was.

'Ach.' René groette haar glimlachend en inspecteerde haar van haar blote voeten tot haar loshangende, kastanjebruine haar. 'Veel beter.'

'Dank u,' zei ze. 'Ik heb al in geen maanden een bad gehad.' Dankbaarheid. Ze wist dat die van haar werd verwacht.

Hij vlocht zijn handen door haar vochtige haar en hield een pluk bij zijn neus. 'Heerlijk.'

Hij was niet onaantrekkelijk, lang en elegant, en had zijn pak verruild voor een kamerjas van staalblauwe zijde met een patroontje. Zijn koele hand gleed over Eves haar en om haar hals, met zijn vingers die zo lang waren dat ze bijna om haar hals pasten. Toen kuste hij haar, ontspannen, met open mond, ervaren. Hij hield zijn ogen de hele tijd geopend.

'Je blijft hier vannacht,' zei hij fluisterend terwijl hij haar heupen streelde. 'Ik heb morgenochtend afgesproken met Kommandant Hoffman; hij wil een feestje in het restaurant organiseren voor die vliegende aas van ze, Max Immelmann, nu hij zal worden belast met de verdediging van het luchtruim van Lille. Maar ik vind het niet erg als ik niet helemaal uitgerust ben wanneer ik de *Kommandant* tref.'

Dat was het, dat was de reden waarom Eve hier was. In een moment van onoplettendheid had René haar die snipper informatie gegeven, die waarschijnlijk van belang was voor het Royal Flying Corps. Eve sloeg die op en haar hartslag vertraagde tot een kruiperig tempo van angst en vastberadenheid.

René keek haar glimlachend aan. 'Zo,' zei hij toen hij de handdoek pakte die ze om haar borsten had gewikkeld. 'Laat maar zien.'

Doe het nou maar, zei Eve dapper tegen zichzelf. Hier heb je iets aan. O ja, je kunt het.

Ze liet de handdoek los en hield haar hoofd schuin voor de volgende kus. Wat maakte het uit of je ergens bang voor was als je iets hoe dan ook moest doen?

Deel III

Hoofdstuk 17

Charlie

Mei 1947

We waren op weg naar Parijs, en ik was verbaasd dat we niet in een greppel waren beland. Het was mei en om ons heen stond het Franse platteland in bloei, maar Finn en ik letten allebei niet op, omdat Eve vanaf de achterbank alles over haar leven als spion vertelde.

Een spion. Eve. Een spion? Ik had me helemaal omgedraaid in mijn stoel en zat met open mond naar haar te luisteren, en zelfs Finn bleef over zijn schouder naar haar kijken.

'Je rijdt de auto nog te pletter,' zei ze zuur. 'En jij, yank, krijgt nog een vlieg in je mond.'

'Ga door,' drong ik aan. Ik kende spionnen alleen uit de film en ik had nooit gedacht dat er ook maar iets van waar was, maar daar zat Eve, die misschien wel niet voldeed aan het beeld dat ze in Hollywood van een spion hadden, maar die met haar schorre stem op nuchtere toon wel dingen over Folkestone en geheimschrift en oom Edward zei waardoor ik elk woord geloofde. De Lagonda verslond kilometers van de Franse weg en ze bleef maar praten. Een restaurant dat Le Lethe heette. De elegante eigenaar. Steeds weer nieuwe dichtregels van Baudelaire. Een medespion met een ronde bril en de schuilnaam Violette… 'De vrouw in de porseleinwinkel!' riep ik uit, en ik kreeg een boze, vernietigende blik toegeworpen.

'Jij hebt ook alles door, hè?'

Ik was immuun voor haar sarcasme en grijnsde. Ik was nog steeds opgewonden en kon nauwelijks geloven dat ik in dat hotel bij mijn moeder was weggelopen, bij mijn moeder en mijn Afspraak en mijn hele uitgestippelde leven. Maar ik had een enorm ontbijt gehad, en op een volle maag was de zenuwachtigheid veranderd in een gevoel van avontuur. Ik zat in de auto met een bajesklant en een ex-spion en was op weg naar een onbekende toekomst, als dat geen reeks wiskundige variabelen was die gelijkstond aan avontuur wist ik het ook niet meer.

Eve vertelde steeds nieuwe verhalen. Lille in oorlogstijd, de tekorten en de vorderingen. René Bordelon, die naam kwam steeds voorbij. Haar baas, maar uit de haat in haar stem leidde ik af dat hij meer was geweest dan dat.

'René,' zei Finn met zijn arm over de rugleuning van de bank terwijl hij over zijn schouder naar Eve keek. 'Denk je dat hij nog in leven is?'

Daar gaf ze geen antwoord op. Ze gromde alleen en nam slokjes uit haar zakflacon. Finn vroeg iets over de mensen voor wie ze werkte, of er behalve Violette nog andere mensen bij het netwerk hoorden, en ze bleef een tijdje zwijgen en zei toen: 'Een paar.'

Ik wilde meer weten, ik wil zelfs dolgraag meer weten, maar ik keek Finn aan en we hielden allebei onze mond. Het triumviraat dat we net hadden opgericht, was nog wankel; Eve deed niet mee omdat ik haar betaalde, maar omdat zij dat had besloten, en ik had niet meer het recht om aan te dringen. En ik had trouwens nog meer respect voor haar nu ik iets van haar echte verhaal wist, en daarom hield ik het deksel op mijn vat met vragen. Ze nam nog een slok uit haar heupflacon, die ze zo onhandig vastpakte met haar kreeftenscharen, en mijn gevoel van avontuur ebde weg. Ik wist nog steeds niet waarom haar handen er zo uitzagen, maar het was tijdens de oorlog gebeurd, en daarom was het net zo goed een oorlogsverwonding als de verminking waarmee mijn broer uit Tarawa was gekomen. Hij was onderscheiden met een Purple Heart in een doosje, dat naast hem had gelegen toen hij zich door zijn hoofd had geschoten. Wat voor innerlijke verwondingen droeg Eve met zich mee?

Ze werd slaperig van de hitte en praatte soms wel en soms niet. Midden in een zin begon ze opeens te snurken. 'Laat haar maar slapen,' zei Finn. 'Ik moet trouwens toch tanken.'

'Hoe ver is het nog naar Parijs?' We hadden afgesproken dat we in Parijs zouden overnachten.

'Nog een paar uur.'

'We zijn anders al uren onderweg. Zo ver is het toch niet?'

Finn grijnsde. 'Ik heb de verkeerde afslag genomen toen ik luisterde naar dat gedoe over geheimschrift, en toen waren we al bijna in Reims.'

In een paarlemoeren zonsondergang stopten we bij een groezelig hotel in een buitenwijk van de stad – geen grandeur aan een boulevard met deze slinkende portefeuille. Maar ondanks de slinkende portefeuille was er iets wat ik moest kopen zodra Eve en Finn zich hadden geïnstalleerd in het hotel, dat naar oude bouillabaisse stonk. Na een korte wandeling langs het rijtje winkels vond ik een pandjeshuis. Het kostte maar een paar minuten om te vinden wat ik nodig had, en toen ik terugliep naar het hotel kwam ik langs een andere winkel. Tweedehands kleding, en ik was het beu om steeds in dezelfde kleren rond te lopen en in dezelfde onderjurk te slapen.

Achter de toonbank keek een verkoopster op, zo'n petieterige Française met een pruilmondje in onberispelijke kleren, als een chic aapje. '*Mademoiselle* –'

'Het is *madame*.' Ik legde mijn portemonnee op de toonbank zodat ze de trouwring aan mijn linkerhand kon zien. 'Ik heb kleren nodig.'

Ik zei haar hoeveel ik wilde uitgeven terwijl zij met een blik mijn maat opnam en ik de gouden ring die ik in het pandjeshuis had gekocht op zijn plaats probeerde te houden. De ring was iets te groot, net als de aanspreekvorm *madame*. Maar het was pas twee jaar na de oorlog, en jonge weduwen waren geen ongewoon verschijnsel. Ik had wel besloten het Probleempje te houden, maar het was niet mijn bedoeling om te worden verstoten als ongehuwde moeder. Ik wist hoe het werkte: je zorgde voor een trouwring, verzon een verhaal over een jongen die was gesneuveld tijdens de oorlog (in mijn geval na de oorlog) en verfraaide dat met een paar overtuigende details. Mensen keken misschien wel sceptisch, maar zeiden er niets van omdat je de juiste rekwisieten had: een tweedehands trouwring en een overleden echtgenoot.

Donald, besloot ik toen ik het pashokje in stapte om me om te kleden. Donald... McGowan was mijn niet-bestaande, overleden echtgenoot. Half-Schots en half-Amerikaans, met donker haar. Tankbataljon, gediend onder Patton. Donald was de liefde van mijn leven en hij was recent omgekomen bij een auto-ongeluk. Hij reed altijd te snel, hoewel ik hem keer op keer gewaarschuwd had. Ik zou mijn kind naar hem vernoemen als het een jongen was…

Ik stelde me voor dat Rose me afkeurend aankeek. 'Je wilt geen zoon die Donald heet, Charlie. Echt niet!'

'Je hebt gelijk,' zei ik tegen haar. 'Maar ik denk toch dat het een meisje is. Dus Donald is prima.'

'Hij klinkt saai.'

'Waag het niet mijn Donald te beledigen!'

'Madame?' zei de verkoopster met weifelende stem, en ik hield mijn lachen in en probeerde de ene na de andere set tweedehands kleren. Onder al deze luchtige fantasieën was ik echter wel plannen aan het maken, hoe vaag die ook waren. Aan het bedenken dat we samen een plek zouden kunnen vinden wanneer ik Rose eenmaal had gevonden. Misschien hier in Frankrijk? Wie weet? Ik had geld, spaargeld… waarom zouden we geen nieuw begin kunnen kopen, een plek waar twee valse *mesdames* met twee valse trouwringen een eerlijk leven konden leiden? Ik dacht aan het café in de Provence waar ik samen met Rose de gelukkigste dag van mijn leven had doorgebracht. Zou er voor ons ook zo'n soort veilige haven zijn nu we volwassen waren?

Een café, dacht ik, en ik realiseerde me dat ik niet alleen van die middag in de Provence had genoten, maar ook van de korte tijd dat ik in Bennington in dat café had gewerkt. Klanten bedienen, de heerlijke geuren, het gegoochel met bestellingen en het wisselgeld uitrekenen. Een café, ergens hier in Frankrijk? Ik stelde me een gelegenheid voor waar ansichtkaarten en broodjes met zachte geitenkaas en rauwe ham werden verkocht, waar we 's avonds Edith Piaf draaiden en de tafels aan de kant schoven zodat er kon worden gedanst. Waar twee jonge weduwen achter de kassa zaten en met Fransmannen flirtten, maar wel soms een bedroefde blik op de foto's van hun echtgenoten wierpen. Ik zou een paar goede nepfoto's moeten vinden…

'Bien,' zei de verkoopster toen ik uit de paskamer kwam, en ze knikte goedkeurend naar de strakke zwarte broek en de hooggesloten korte streepjestrui die bijna mijn navel toonde. 'De New Look is niks voor u,' instrueerde ze kordaat terwijl ze de stapel passende kleren sorteerde en er de smalste rokken, de nauwste truitjes en de strakste broeken uit vis-

te. 'U kleedt zich als Dior, maar u bent gemaakt voor Chanel. Ik ken haar, ze is ook klein en donker en mager.'

'Nou, dank u.' Ik keek geërgerd door het kleine zaakje. 'En ik betwijfel of u Chanel kent.'

'Ik heb voor de oorlog in haar atelier gewerkt! Wanneer ze terugkomt naar Parijs, ga ik weer voor haar werken, maar tot die tijd moet ik me hiermee zien te redden. We moeten ons allemaal zien te redden, maar we hoeven geen afschuwelijke kleren te dragen.' De verkoopster keek me boos aan en wees naar me met een gelakte nagel. 'Geen franjes meer! Wanneer u kleren koopt, moet u denken aan strak, streepjes, lage schoenen. En u moet dat haar niet zo kwellen met een permanent, maar het ter hoogte van uw kin…'

Ik keek naar mezelf in de spiegel. De broek en het truitje waren misschien tweedehands, maar ze stonden me eigenlijk erg goed. Een beetje jongensachtig. En het zat lekker. Geen keurslijf of crinoline. De verkoopster zette een strohoedje schuins over mijn oog, en ik grinnikte. Ik had nog nooit zelf mijn kleren uitgekozen; *maman* bepaalde altijd wat ik droeg. Maar ik was nu een *madame*, een volwassen vrouw, en geen hulpeloos meisje, en het werd tijd dat ik er ook zo uitzag. 'Hoeveel is het?'

We onderhandelden. Ik kon niet veel uitgeven, maar ik had gezien hoe begerig de verkoopster naar mijn ensemble had gekeken, ondanks haar afkeer van de New Look. 'Direct naar de collectie van Dior, en ik heb er nog een in mijn hotel. Ik kom hem morgen wel langsbrengen als ik van u de broek, de twee rokken, de truitjes en die zwarte jurk krijg.'

'U mag de zwarte jurk alleen hebben als u me belooft dat u er parels en knalrode lippenstift bij draagt.'

'Ik heb de parels nu even niet, maar die lippenstift lukt wel.'

'Akkoord.'

Heupwiegend liep ik terug naar het hotel met mijn pakketje kleren, en ik zag met genoegen hoe Finn zijn wenkbrauwen optrok toen ik me bij hem en Eve in het café van het hotel voegde, waar ze iets zaten te drinken. 'Prettig kennis met u te maken,' zei ik, en ik stak mijn hand met de nieuwe trouwring uit. 'Ik ben Mrs. Donald McGowan.'

'Allemachtig,' zei Eve, en ze nam een slok van haar martini, die wel op pure gin leek.

Ik gaf het Probleempje een klopje. 'Een dekmantel leek me wel zo praktisch.'

'Donald McGowan?' vroeg Finn. 'Wie is dat?'

'Donker haar, hoekige kaak, rechtenstudie aan Yale, diende bij het tankbataljon.' Ik veegde een traan weg met een denkbeeldige zwartgerande zakdoek. 'De liefde van mijn leven.'

'Geen slecht begin,' zei Eve kritisch. 'Wilde hij dat je zijn sokken in een bolletje deed of opvouwde?'

'Hm. Opvouwde.'

'Geen ge-hm. Dronk hij zijn koffie zwart of met melk? Broers en zussen? Speelde hij football aan de universiteit? Details, yank.' Eve priemde met haar vinger. 'Het zijn de details waardoor een dekmantel geloofwaardig wordt. Stel een biografie van Donald op en bestudeer die totdat je haar zonder haperingen kunt opzeggen. En hou die ring de hele tijd om zodat je zo'n groef in je vinger krijgt die getrouwde mensen hebben. Daar letten mensen op wanneer ze een jong meisje met een kinderwagen zien dat zich mevrouw noemt.'

Ik grinnikte. 'Ja, *ma'am*. Zullen we gaan eten?'

'Ja, en dit keer is het op mijn rekening. Je hebt tot nu toe alles betaald.'

Een kleine erkenning van het feit dat ze hier nu niet meer was voor mijn geld – dat ontroerde me, hoewel ik het wel uit mijn hoofd liet om dat te laten blijken. 'Zolang je mij de rekening maar even laat controleren,' antwoordde ik daarom. 'Jij zou elk bedrag meteen best vinden.'

'Als jij dat zegt.' Ze pakte de rekening voor de drankjes, die de ober net had neergelegd, en schoof hem mijn kant op. 'Jij beheert de kas.'

'Dat is wel zo.' Ik was de jongste van het stel, maar op de een of andere manier had ik in de loop van de week alle geldzaken afgehandeld. Finn en Eve keken automatisch mijn kant op wanneer er met hotelpersoneel moest worden onderhandeld over de kamerprijzen; ik kreeg meteen de rekening in mijn hand geduwd wanneer er iets moest worden nagerekend; al het wisselgeld stroomde mijn kant op en werd door mij opgeborgen, omdat mijn reisgenoten alles anders op een grote hoop met los geld en potloodstompjes zouden gooien. 'Eerlijk waar, jullie tweeën,' zei ik terwijl ik wat getallen op de rekening voor de drankjes noteerde. 'Eve weet alles van spionage en jij, Finn, bent in staat om die auto aan de praat te houden met een beetje spuug en een stukje touw, maar het lukt jullie niet om de fooi te berekenen als jullie niet tien minuten op een kladblok mogen klodderen.'

'Het is veel makkelijker als jij het gewoon doet,' zei Finn. 'Ons wandelende rekenmachientje.'

Ik grinnikte weer en dacht aan de bankier in Londen die me te jong en te dom vond om mijn eigen geld te beheren. En nu beheerde ik het geld van drie mensen. Ik vroeg me af wat ik verder allemaal kon.

Ik draaide mijn valse trouwring om mijn vinger en stelde me voor dat ik achter een keurige kassa zat, met een vaatdoek in de band van mijn strakke broek gepropt en een kapsel dat tot mijn kin kwam. Ik stelde me voor hoe Rose met haar blonde krullen naast me stond in een chique zwarte jurk en dat er Franse jazzmuziek klonk terwijl er twee kinderen rondscharrelden – niet alleen Probleempjes, maar ook Grotere Problemen met dikke voetjes die in het Frans en het Engels babbelden...

Ik stelde me voor dat het uitstekend ging met Mrs. Donald McGowan en Madame Etienne Fournier. Echt uitstekend.

Hoofdstuk 18

Eve

Juli 1915

Eve had Lili nog nooit zo geërgerd gezien. 'Hou je hoofd er eens bij, margrietje! Je bent mijlenver weg met je gedachten.'

'Ik probeer mijn hoofd er ook bij te houden,' beloofde Eve, maar het enige wat ze kon denken was: het doet pijn.

Niet heel erg pijn. René Bordelon had wel een beetje zijn best gedaan om haar geen pijn te doen. Niet heel erg zijn best – het mocht zijn eigen genoegen niet in de weg staan – maar hij had zijn best gedaan. Ze had een beetje gebloed, maar het had niet heel erg pijn gedaan. Dat is alles, dacht Eve toen ze zich weer mocht aankleden en naar huis mocht gaan. Nog een avond werken en dan de volgende morgen de trein naar Brussel en kapitein Cameron, het rapport over het bezoek van de *Kaiser* aan Lille. Pas daarna hoefde ze weer aan René te denken.

Maar de volgende avond liet hij haar na haar dienst ook blijven, en dat had haar geschokt. 'Ik weet dat ik je meer tijd zou moeten geven om te herstellen,' zei hij met zijn vage glimlachje. 'Maar je bent heel verleidelijk. Vind je het erg?'

'Nee,' zei Eve. Wat kon ze anders zeggen? Dus gebeurde het nog een keer, en daarna kwam ze uit bed en kleedde ze zich aan terwijl René haar bekeek.

'Ik kijk uit naar je terugkomst,' had hij gezegd terwijl hij rechtop in bed zat en het laken met zijn uitzonderlijk lange vingers om zijn knie wikkelde.

'Ik-k-k... Ik ook,' had Eve geantwoord met een blik op de klok, die al bijna vier uur 's ochtends aanwees. Over minder dan vier uur had ze met Lili op het station afgesproken. 'Maar ik moet helaas gaan. Dank u...' Vergeet nooit je dankbaarheid te tonen. '...dat u me een dag vrij hebt gegeven, *monsieur*.'

Hij had haar niet gevraagd of ze hem René wilde noemen, hoewel hij haar naam wel volledig in bezit had genomen. Hij had alleen geglimlacht toen ze haar jas aantrok. 'Wat ben je toch altijd zwijgzaam, Marguerite. De meeste vrouwen zijn kakelende kippen. "O kelk van droefheid, in vijandig zwijgen sterk, nog meer houd ik van jou als jij me uit de weg gaat..." '

Eve hoefde niet naar de naam van de dichter te vragen. Baudelaire, dacht ze. Het is toch altijd die verdomde Baudelaire. En nog geen vier uur later was ze alweer vertrokken voor haar afspraak met Lili, niet kalm en waakzaam en vol aandacht voor de taak die ze moesten volbrengen, maar onuitgeslapen en nog met de geur van René Bordelon om zich heen.

En ze had pijn.

Eve deed haar best om er niets van te laten merken toen ze naar het station liepen. Lili moest het op een gegeven moment wel weten, maar niet nu, niet nu ze al haar aandacht nodig had om te zorgen dat ze allebei aan de andere kant van de grens kwamen. En kapitein Cameron hoefde het al helemaal niet te weten. Eve Gardiner ruilde haar maagdelijkheid niet in voor de terugreis naar Engeland om aan de oorlog te ontsnappen. Ze ging terug naar het bed van René omdat ze na twee avonden al had ontdekt dat hij zich in bed van alles liet ontvallen. Er was die informatie over de Duitse vlieger Max Immelmann die hij zich had laten ontglippen, en nog een paar bijzonderheden over het aanstaande bezoek van de *Kaiser*. Ja, René praatte in bed, en Eve was van plan om te luisteren. En de rest... Nu, daar zou ze vanzelf wel aan wennen, dat was alles.

'Dit is niet goed,' mompelde Lili, en Eve realiseerde zich dat ze weer was weggedroomd. Concentreer je, vermaande ze zichzelf, en ze zag wat Lili zorgen baarde. Op het perron wemelde het van de Duitse officieren, Duitse soldaten en Duitse beambten. Eve kreeg klamme handen.

'Is er iemand opgepakt?' fluisterde ze zacht. De grote angst van het Alice-netwerk was dat een van Lili's bronnen werd gearresteerd en door zou slaan. Ze deden allemaal hun best om zo min mogelijk te weten, maar –

'Nee,' antwoordde Lili zachtjes terwijl ze discreet op haar tenen ging staan en naar de schuifelende uniformen keek. 'Het is gewoon een of andere dikke nek van een generaal die met alle egards wordt ontvangen. En dat juist vandaag...'

Ze baanden zich een weg naar de wachtpost die de vervoersbewijzen en identiteitskaarten controleerde, maar er werd flink geduwd en de trein stond er al, snuivend als een ongeduldig paard dat wilde vertrekken, en de wachtposten deden hun werk grondig nu er zoveel hoge officieren op het perron stonden. 'Laat mij maar het woord doen,' zei Lili. Vandaag was ze Vivienne de kaasverkoopster, met een strooien hoed en een hooggesloten blouse van versleten kant, en ze hadden het toneelstuk voorbereid: zij zou de wachtposten aanspreken terwijl Eve stond te klungelen met een berg pakjes, die ze elk moment kon laten vallen, zodat ze eerder geneigd waren om hen door te laten. Maar iedereen die geen Duits uniform droeg, werd nauwlettend gecontroleerd, en de rij vorderde maar traag. We mogen die trein niet missen, dacht Eve. Ze beet op haar lip totdat Lili voor in de rij stond. Ze wilde net de identiteitskaarten pakken, toen ze een stem met een Duits accent in het Frans hoorden roepen.

'Mademoiselle De Bettignies! Bent u het echt?'

Eve zag eerst de Duitser, over Lili's schouder: snor, vijfenveertig, haar dat in een punt over zijn voorhoofd was gekamd. Hij stond daar imposant te glinsteren met zware epauletten en een dubbele rij onderscheidingen, en Eve herkende hem: Rupprecht, kroonprins van Beieren, *Generalloberst* van het Zesde Leger en een van de beste generaals van de moffen. Hij had drie weken geleden Lille bezocht, herinnerde Eve zich met ijzige helderheid, en gedineerd in Le Lethe, waar hij zowel René Bordelons *tarte alsacienne* als de nieuwe Fokker Eindecker van de Duitse luchtmacht had geprezen. Eve, die zijn cognac had ingeschonken, had zijn commentaar over de Fokker opgeslagen.

En nu was hij hier, kwam hij op hen af in een menigte Duitse adjudanten, legde hij zijn hand op Lili's schouder en riep hij uit: 'Louise de Bettignies, u bent het echt!'

Lili's hand stak nog half uit haar handtas met de identiteitskaarten van Vivienne de kaasverkoopster en haar gezicht was nog even van hem afgewend, en Eve zag hoe elke uitdrukking uit haar ogen verdween. Slechts een fractie van een seconde, en toen stopte Lili Viviennes papieren weer in de tas als een gokker die een verliezende hand weglegt. Ze rechtte haar schouders terwijl ze zich omdraaide, toverde Viviennes gewillige grijns om in een hartverwarmende glimlach en maakte een reverence, die Eve snel nadeed. 'Koninklijke Hoogheid! U weet heel goed hoe u een dame moet vleien wanneer u alleen haar rug ziet onder een uitzonderlijk onaantrekkelijke hoed!'

De generaal kuste Lili's hand. Zijn sterren en onderscheidingen glommen. 'U hebt geen zijden rozen nodig om te schitteren, *mademoiselle*.'

Lili (Louise?) keek hem bevallig glimlachend aan, en ondanks de duizelingwekkende schok vroeg Eve zich verwonderd af hoe de leidster van het Alice-netwerk erin geslaagd was zo'n gedaanteverwisseling te ondergaan. Haar glimlach was nu een en al zelfverzekerdheid, haar kin stond trots omhoog en door één tikje van haar vinger zakte de troosteloze strohoed een beetje over een oog, waardoor hij leek te veranderen in een van die reusachtige bergen gaas die ze in heel Frankrijk in treincoupés had achtergelaten. Opeens had ze ook een adellijke aardappel in haar keel, vervallen adel, misschien, maar het bekakte accent was onmiskenbaar toen ze zei: 'Ik tref het wel, zeg. Kom ik de kroonprins van Beieren tegen wanneer ik in mijn kant van vorig jaar loop!' Een rukje aan haar oude blouse. 'Hier zou prinses Elvira me altijd aan blijven herinneren.'

'Mijn nicht was altijd dol op u. Herinnert u zich die schaakpartij die we in haar ontvangstkamer in Holleschau hebben gespeeld, die avond dat –'

'Ja! En u hebt gewonnen. Mijn lopers van achteren omsingeld en mijn koning uit zijn kasteel gelokt. Het is niet verbazingwekkend dat u nu de bevelhebber van het Zesde Leger bent, Uwe Koninklijke Hoogheid…'

Nog meer gebabbel. Niemand besteedde enige aandacht aan Eve, noch de generaal, noch zijn adjudanten, noch Lili. Eve greep haar lading pakjes stevig beet en ging als een meid achter Lili staan. Met haar eigen grauwe hoedje, en zonder Lili's sprankeling, leek ze ongetwijfeld ook op een dienstmeid. De trein, zag ze met een lichte huivering, vertrok.

'Wat doet u in Lille, Mademoiselle De Bettignies?' vroeg de generaal, die geen aandacht besteedde aan de trein of aan zijn adjudanten. Er verschenen lachrimpeltjes in zijn ooghoeken en hij glimlachte vriendelijk. Als hij niet een van de beste officieren was die de *Kaiser* tot zijn beschikking had, zou Eve hem waarschijnlijk wel hebben gemogen. 'Zo'n sombere stad!'

Het komt door jullie dat het hier zo somber is, dacht Eve, en elke kans dat ze hem zou mogen was verkeken.

'Ik ben op weg naar België om een bezoek te brengen aan mijn broer. Als ik de grens tenminste kan passeren nu, *mon Dieu*, mijn trein net is vertrokken...' Lili trok een komisch en wanhopig gezicht, een tragische clown, en de generaal knipte meteen met zijn vingers.

'Een auto voor Mademoiselle De Bettignies en haar meid. Mijn chauffeur zal u escorteren.'

'Als *mademoiselle* tenminste haar identiteitskaart bij zich heeft,' zei de adjudant, en Eve verstijfde. Lili had alleen de identiteitspapieren bij zich van een denkbeeldige kaasverkoopster die Vivienne heette, en als ze nu werd opgepakt terwijl ze zich voordeed als iemand anders...

Maar Lili bleef lachen en leek volkomen op haar gemak terwijl ze in haar handtas stond te graaien. 'Ik moet ze toch ergens hebben...' Ze haalde een zakdoek, een paar sleutels, een stel haarspelden tevoorschijn. 'Marguerite, heb jij misschien mijn papieren?'

Eve wist wat ze moest doen: ze maakte rustig elk pakje in haar armen open en schudde haar hoofd als een onnozele boerendochter terwijl de generaal geamuseerd toekeek en zijn adjudanten ongeduldig op hun voeten wipten. 'Uwe Koninklijke Hoogheid, de *Kommandant* wacht...'

'Laat die papieren maar zitten. Ik weet heel goed wie Mademoiselle De Bettignies is.' De generaal keek treurig toen hij haar hand kuste. 'Uit vrediger tijden.'

'Gelukkiger tijden,' zei Lili instemmend, en toen de auto bij het station kwam voorrijden, deed de generaal persoonlijk het portier voor haar open. Eve, die nauwelijks wist wat ze ervan moest denken, kroop na haar in de auto met haar berg pakjes. De zittingen van de auto waren voorzien van behaaglijke kussens en de geur van duur leer verdreef de lucht van motorolie. Lili zwaaide met haar zakdoekje uit het raampje naar de generaal en toen werden de portieren gesloten en reden ze weg. Veel comfortabeler dan in een afgeladen treinwagon.

Lili zweeg. Haar blik bleef even rusten op de chauffeur, en toen maakte ze een paar klaaglijke opmerkingen over de hitte als een echte adellijke dame die in de zomer op reis was. Eve stikte bijna in de vragen die opwelden in haar keel, maar ze hield haar ogen neergeslagen als een echte meid. Het bleef stil in de auto toen ze de grens met België passeerden. De auto van de generaal – en kroonprins – werd direct doorgelaten bij de controleposten. Hoewel de chauffeur aanbood om hen af te zetten bij hun bestemming, sloeg Lili het aanbod charmant glimlachend af en vroeg ze of hij hen bij het dichtstbijzijnde station kon afzetten. Een veel kleiner station dan dat in Lille, slechts een perron met een paar bankjes.

'*Merde*,' zei ze terwijl ze keken hoe de glimmende auto aan het einde van de weg verdween. 'Ik zou het helemaal niet erg hebben gevonden om naar Brussel te worden gebracht – *mon Dieu*, ik heb genoeg van die treinen! – maar het is misschien een beetje verdacht wanneer ik een adjudant van een Duitse generaal laat voorrijden bij oom Edward, denk je ook niet?'

Eve zweeg. Ze had geen idee wat ze moest zeggen. Op het perron was het warm en stoffig; er was helemaal niemand, behalve een oude vrouw die aan de andere kant van het spoor buiten gehoorsafstand zat te dommelen.

Lili plofte op het dichtstbijzijnde bankje en zette haar koffer naast zich neer. 'En, margrietje,' zei ze op conversatietoon. 'Ga je me er nu van beschuldigen dat ik een Duitse spion ben, omdat de generaal van het Zesde Leger me toevallig kent?'

'Nee.' Dat had Eve wel even gedacht toen de generaal naar haar glimlachte, moest ze tot haar schande toegeven, maar nu schudde ze haar hoofd. Als ze íéts wist, was het wel dat Lili geen dubbelspion was.

'Dus nu ken je mijn echte naam.' Lili glimlachte en trok haar handschoenen uit. 'Er zijn maar weinig mensen van het netwerk die daarvan op de hoogte zijn. Alleen Violette en oom Edward.'

Violette, de trouwe luitenant, zou Eve langzaam wurgen wanneer ze hun leidster in gevaar zou brengen door haar werkelijke identiteit te onthullen. Eve aanvaardde het geheim en bekeek het van alle kanten. 'Louise de Bettignies. Wie is dat dan?'

'De dochter van lage Franse adel, die eigenlijk actrice had moeten worden, gezien haar voorliefde voor het aannemen van nieuwe identiteiten.' Lili pakte een zakdoek en veegde haar voorhoofd af in de ochtendhitte. 'Maar dochters van de lage Franse adel worden geen actrice, schat.'

'Wat worden ze dan wel?'

'Wanneer ze uit een familie komen die zo arm is als een kerkrat? Dan worden ze gouvernante voor de kinderen van wellustige Italiaanse hertogen en Poolse graven en Oostenrijkse prinsessen.' Louise huiverde. 'Eerlijk gezegd kun je beter de kogel krijgen dan gedwongen te worden Franse werkwoorden in het hoofd te stampen van een stel snobistische kleine erfgenamen van bouwvallige kastelen en vergane wapenschilden.'

Eve baande zich tastend een weg, op haar hoede, maar verschrikkelijk nieuwsgierig. 'En hoe heeft Louise de Bettignies de kroonprins van Beieren leren kennen? Heeft ze zijn kinderen lesgegeven?'

'Die van zijn nicht, prinses Elvira. De trut. Gezicht als een aardappel, humeur van een cipier. Haar schaapachtige kinderen waren zo stom als het achtereind van een varken en dachten dat de hele wereld van hen was. Maar mijn werk had uiteindelijk toch wel enig nut: gouvernantes kunnen zich bekwamen in gluren en afluisteren. Maar toch...' Een zucht. '...was het ontzettend saai. Ik zei tegen mezelf dat ik in elk geval niet met kolen in een mijnschacht liep te sjouwen of achttien uur per dag aan het werk was in een wasserij, waar mijn vingers konden worden verbrijzeld door mangels. Ik kreeg er echter zo genoeg van dat ik uiteindelijk moest besluiten of ik mezelf voor de trein zou werpen als Anna Karenina of non zou worden. Ik heb echt serieus overwogen om het klooster in te gaan, maar daar ben ik toch iets te frivool voor.'

Overal om hen heen klonk het gezoem van insecten; de hitte omwikkelde hen als een warme deken en de oude vrouw aan de overkant van het spoor zat te snurken op haar bankje.

'Hoe dan ook,' concludeerde Lili. 'Dat is Louise de Bettignies. Maar ik ben haar niet meer. Ik ben Lili geworden, en dat bevalt me veel beter.'

'Ik begrijp wel waarom.' Louise de Bettignies kwam nogal voornaam en een beetje onbetrouwbaar over, een vrouw met een kanten pelerine die zich op weinig anders kon laten voorstaan dan een keurig handschrift. Het paste helemaal niet bij de kleine, frêle Lili met haar gejaagde blik en haar tas met dubbele bodem waarin de helft van de geheimen van het Duitse leger zat verstopt. 'Ik zal het nooit verraden, Lili. Aan helemaal niemand.'

Een glimlach. 'Ik vertrouw je, margrietje.'

Eve glimlachte terug en kreeg een warm gevoel van het vertrouwen.

'*Merde.*' Lili zuchtte weer. 'Waar blijft die rottrein nou?' En daarna hadden ze het er nooit meer over.

Het was een troosteloze, maar korte treinreis, en hun ontsteltenis over de ontmoeting met de generaal ebde langzaam weg, waardoor Eve weer begon te piekeren over René en de afgelopen nacht. Eve deed geen moeite om de route naar de ontmoetingsplek te onthouden. Ze wilde niet in staat zijn het huis met de afgebladderde blauwe deur waar ze vlug werden binnengelaten te herkennen.

Lili verdween als eerste in de studeerkamer van oom Edward. Eve wachtte in de woonkamer en werd in de gaten gehouden door een slungelige jonge luitenant. Lili kwam weer naar buiten en knipoogde. 'Jouw beurt. Ik ga op zoek naar cognac.' Ze leunde voorover en fluisterde iets in Eves oor zodat de luitenant het niet kon horen. 'Onze geliefde oom wil je blijkbaar heel graag zien. Misschien niet alleen vanwege ons werk –'

'Lili!' fluisterde Eve terwijl ze schuins naar de luitenant keek.

'Als je onze goede kapitein toevallig naakt aantreft of als hij niet op zijn hoede is, moet je hem eens vragen waarom hij is opgedraaid voor de gevangenisstraf van zijn afschuwelijke vrouw,' fluisterde Lili als klap op de vuurpijl. 'Dat wil ik dolgraag weten!' Eve ging met tuitende oren de kamer binnen.

'Miss Gardiner.' Kapitein Cameron kwam overeind en Eve verstijfde. Ze wist niet of het kwam door haar naam, die ze voor haar gevoel al geen eeuwigheid had gehoord, of doordat ze hem weer zag. Ik ben vergeten hoe hij eruitzag. Ze dacht dat ze zich hem heel goed herinnerde: het magere Engelse gezicht, het zandkleurige haar, de lange, smalle handen. Maar ze was de kleine dingen vergeten, zoals de manier waarop hij zijn benen losjes over elkaar sloeg wanneer hij was gaan zitten, de manier waarop hij zijn slanke vingers met elkaar verstrengelde en glimlachte tot de hoeken van zijn ogen. 'Gaat u zitten,' zei hij, en Eve realiseerde zich dat ze in de deuropening was blijven staan. Ze nam tegenover hem plaats, in de rechte stoel aan de tafel, en nam de tijd om haar rokken goed te doen.

'Het is goed om u weer te zien, Miss Gardiner.' Hij glimlachte weer, en Eve herinnerde zich flarden van hun eerste gesprek in de salon van het pension. Was dat echt pas twee maanden geleden? Wat kon er veel gebeuren in twee maanden. Zoals een paar koele Franse handen die de afgelopen nacht haar borstkas, de zachte binnenkanten van haar ellebogen en polsen, de binnenkant van haar dijen hadden verkend, néé, daar moest ze niet aan denken. Niet hier.

Cameron keek haar fronsend aan over zijn tegen elkaar geplaatste vingertoppen. 'Gaat het wel goed met u? U lijkt...'

'Magerder? Er is n-niet veel te eten in Lille.'

'Het is niet alleen dat.' Dat lichte Schotse accent... dat was ze ook vergeten. 'Houdt u het een beetje vol, Miss Gardiner?'

Vingers als spinnenpoten die traag over haar oorlellen bewogen. 'Ja, uitstekend.'

'Weet u het zeker?'

Smalle lippen die haar navel verkenden, de huid tussen haar vingers. 'Ik d-d-d... ik doe wat ik moet doen.'

'Mijn werk bestaat niet alleen uit het verzamelen van inlichtingen, maar ook uit het evalueren van onze mensen.' De frons tussen de ogen van kapitein Cameron was nog niet verdwenen. 'U hebt voortreffelijk werk verricht. Is er iets aan de hand met Alice Dubois?'

'Nee, niets, kapitein. Ik noem haar Lili. Toen we elkaar voor het eerst ontmoetten, zei ze dat "Alice Dubois" haar deed denken aan een magere schooljuf m-m-met een gezicht als een vuilnisbak.'

Hij lachte. 'Echt iets voor haar om dat te zeggen. Ze had niets dan lof over u. U hebt echt uitstekend werk verricht, maar...' Hij keek haar indringend aan. '...daar moet men soms een hoge prijs voor betalen.'

'Ik niet.' Kussen terwijl geopende ogen maar naar haar bleven staren. Eve keek hem aan en controleerde of ze haar handen in haar schoot niet tot vuisten had gebald. 'Ik b-ben voor dit werk gemaakt.'

Kapitein Cameron bleef haar maar aanstaren en nam alle details van haar gezicht in zich op. Hij was niet in uniform, maar droeg een oud pak. Hij had het jasje over de stoel gehangen en zijn mouwen opgerold, waardoor zijn slanke polsen te zien waren, en wekte zo wel de indruk dat hij een professor aan de universiteit was, maar het zou gevaarlijk zijn als ze even vergat dat hij haar aan het ondervragen was. Hij kon informatie uit je loskrijgen voordat je ook maar in de gaten had dat je iets opbiechtte.

Daarom gedroeg Eve zich als het kranige meisje dat nergens over zeurt en keek ze hem glimlachend aan. 'Ik dacht dat we het over het bezoek van de *K-K-K*...' Een vuist tegen haar knie om het woord te bevrijden. '...de *Kaiser* zouden hebben, kapitein.'

'U bent de eerste die er iets over heeft gehoord. Vertel eens, vanaf het begin.'

Eve zette in het kort de details voor hem uiteen. Hij luisterde en maakte aantekeningen. Af en toe knipperde hij met zijn ogen. Zo fijn om een man te zien die met zijn ogen knipperde.

Hij leunde achterover en keek in zijn aantekeningen.

'De aankomsttijd van de *Kaiser* is net veranderd, hij komt een uur later dan aanvankelijk de bedoeling was.'

'Dat is nieuw. Waar hebt u dat gehoord?'

'Tijdens het bedienen.' Van René, toen hij klaar was, maar voordat hij zich uit me terugtrok. Hij blijft graag nog even in me, tot zijn zweet is opgedroogd, en dan begint hij gewoon te... kletsen.

Kapitein Cameron merkte iets aan haar blik. 'Wat is er, Miss Gardiner?'

Wat vond Eve het prettig om haar eigen naam weer te horen, vooral uit zijn mond. Ze vond het zelfs zo prettig dat ze het maar beter niet kon horen. 'U kunt me maar beter M-Marguerite le François blijven noemen,' zei ze. 'Dat is veiliger.'

'Uitstekend.' Hij stelde nog meer vragen over het bezoek van de *Kaiser*; kapitein Cameron bekeek het vanuit alle gezichtspunten en bestudeerde elk detail dat Eve hem kon geven. Hij benadrukte nog een paar dingen waar Eve niet aan had gedacht en leek bijzonder tevreden. 'Dat is het wel zo'n beetje,' zei hij terwijl hij overeind kwam. 'U hebt me erg goed geholpen.'

'Dank u.' Eve stond op. 'Zeg tegen het Royal Flying Corps dat ze niet mogen missen. Zeg dat ze die trein aan flarden moeten schieten.'

Haar felheid wakkerde het vuur in zijn ogen aan. 'Akkoord.'

Toen ze zich omdraaide naar de deur hoorde ze zijn stem met dat vage Schotse accent weer. 'Wees voorzichtig.'

'Ik ben voorzichtig.' Ze legde haar hand op de deurknop.

'Is dat echt zo? Lili maakt zich zorgen. Ze maakt zich zorgen over al haar informanten, want ze is een beetje een moederkloek. Maar volgens haar neemt u wel erg veel risico's.'

René die in het donker met zijn magere lijf op haar steunde. 'Ze is een beetje een moederkloek, zoals u al zei.'

Zijn stem kwam dichterbij. 'Eve –'

'Zo moet u me niet noemen.' Ze draaide zich om en kwam naar voren tot ze neus aan neus stonden. 'Zo heet ik niet meer. Ik ben Marguerite le François. Ik word pas weer Eve wanneer deze oorlog is afgelopen of wanneer ik dood ben. Hoort u me?'

'Er is geen enkele reden waarom iemand dood zou gaan. Wees gewoon voorzichtig en –'

'Stop.' Ze wilde naar voren buigen en haar mond tegen de zijne drukken. Dan zou hij in elk geval stoppen met praten, en ze wist dat hij warme lippen zou hebben. Dat kan niet. Dat vind je veel te fijn. Net als horen hoe hij haar naam uitsprak met zijn zachte stem, dat was niet goed voor Marguerite en niet goed voor haar werk.

Ze wilde een stap naar achteren gaan, maar de hand van kapitein Cameron vond haar middel. 'Het is heel erg zwaar,' zei hij zacht. 'Ons werk. Het is niet erg als u het zwaar vindt. Als u er met me over wilt praten –'

'Ik wil niet praten,' zei ze schor.

'Misschien lucht het op, Eve.'

Ze verdroeg het niet om hem weer haar naam te horen uitspreken. Ze verdroeg het gewoon niet. Dat was natuurlijk de reden waarom hij haar zo noemde; ze had haar zwakke punt onthuld, en nu bleef hij erop duwen, als een ondervrager die keek of zijn verdachte op het punt stond door te slaan. Het hoorde bij zijn werk, haar evalueren. Eve stak haar kin in de lucht en gaf een andere wending aan het gesprek door hem weer met beide benen op de grond te zetten. 'Laat me gaan, Cameron, of n-neem me mee naar een plek waar we niet hoeven te praten.'

Ze had geen idee waar die woorden opeens vandaan kwamen. Idioot, idioot! Cameron staarde haar aan, duidelijk verbaasd, maar zijn warme hand rustte nog steeds op haar middel. Eve wist dat ze zich uit de voeten moest maken, maar een hongerig deel van haar wilde juist een stap naar voren zetten zonder zich druk te maken om de gevolgen. Ze wilde deze man, wiens woorden en reacties ze niet hoefde te schiften en te meten en af te wegen.

Maar Cameron ging een stap naar achteren en frunnikte zwijgend aan de gouden ring aan zijn linkerhand.

'Uw vrouw heeft u naar de gevangenis gestuurd,' zei Eve bot. 'Dat heb ik gehoord.' De woorden die ze niet uitsprak waren: wat bent u zo'n vrouw nog verschuldigd?

Hij deinsde achteruit. 'Wie heeft u dat –'

'Majoor Allenton. Toen ik in Folkestone was. Waarom hebt u schuld b-b-bekend als uw vrouw heeft gefraudeerd?' Eve had Cameron nu eens voor de verandering in het defensief gedrongen, en ze bleef aandringen.

'Het is eigenlijk ook geen geheim.' Hij wendde zich af en legde zijn handen op de rugleuning van een stoel. 'Ik dacht dat ik alles moest doen om te voorkomen dat ze de gevangenis in ging. Mijn vrouw is altijd al ongelukkig geweest. Ze verlangde heel erg naar een kind en werd maar niet zwanger. Om de paar weken dacht ze weer dat het eindelijk gelukt was, en dan deed ze elke maand rare dingen omdat ze zo teleurgesteld was. Ze stal dingen en schopte vervolgens een scène als die dingen weg waren. Ze ontsloeg dienstmeiden die haar zouden hebben afgeluisterd, terwijl ze aan de andere kant van het huis waren. Ze raakte geobsedeerd door geld en vroeg zich af hoe we in de toekomst ooit een kind zouden kunnen onderhouden, terwijl we nog niet eens een kind hadden, en beweerde dat haar parels waren gestolen zodat ze het geld bij de verzekering kon claimen...' Hij wreef over zijn voorhoofd. 'Toen dat aan het licht kwam, smeekte ze mij of ik de straf voor haar kon uitzitten. Er moest iemand de gevangenis in, en ze zei dat zij er te bang voor was. Ik wilde haar sparen. Ze is zo breekbaar.'

Ze is een leugenaar en ze liet je maar al te graag boeten voor iets wat je niet hebt gedaan, dacht Eve. Ook al zou dat het einde van je carrière en je leven hebben betekend. Maar dat klonk hard en niet erg vergevingsgezind, en daarom hield ze het voor zich.

'Ze is in het voorjaar uitgerekend.' Hij draaide zich weer naar haar toe. 'Ze is helemaal tot rust gekomen nu het eindelijk is gelukt. Ze is... gelukkiger.'

'Maar u niet.'

Hij schudde zijn hoofd, een halfhartige ontkenning, maar voor Eve was hij een open boek. Hij was vermoeid en neerslachtig, zij allebei, en binnenkort zouden ze dood kunnen zijn in dit helse oord van oorlog en bloed. Ze wist dat het een heel slecht idee was, maar ze kon zich er niet van weerhouden en stapte op hem af omdat ze de spinnenpoten en de toonloze stem van René uit haar gedachten wilde verbannen. Ik ben hier, dacht ze. Neem me.

Cameron pakte haar hand en bracht hem naar zijn lippen. Het droeve gebaar van een dolende ridder, van een heer die nooit misbruik zou maken van een dame. Eve stond op het punt aan hem op te biechten dat ze haar onschuld had verloren, dat hij niets zou nemen wat René Bordelon niet eerder had bezeten. Maar dat kon ze hem niet vertellen. Hij zou haar kunnen laten overplaatsen, weg uit Lille. Dat zou hij sowieso kunnen doen als ze met hem naar bed ging. *Stommeling*, siste de stem van Marguerite in Eves hoofd. *Dommerik, wat heeft Lili nou gezegd? Ze denken allemaal dat een* horizontale *niet te vertrouwen is, en dan stort jij je als een hoer in zijn armen?*

Dat zal hij heus niet van me denken, dacht Eve. Hij is echt niet zo bekrompen.

Maar Marguerite was behoedzamer. *Je kunt beter geen enkel risico nemen.*

Eve stapte weer naar achteren. Er was eigenlijk niets openlijk uitgesproken; ze kon altijd ontkennen dat ze iets intiems had bedoeld, ook al wisten ze allebei wel beter. 'Neemt u me niet kwalijk, oom Edward. Zijn we k-klaar?'

'Ja, we zijn wel zo'n beetje klaar, *mademoiselle*. Past u goed op uzelf in Lille.'

'Lili past op me. Zij en Violette.'

'Marguerite, Lili en Violette.' Hij glimlachte, en de bezorgdheid op zijn gezicht grensde aan wanhoop. 'Mijn bloemen.'

'*Les fleurs du mal*,' hoorde Eve zichzelf zeggen, en ze huiverde.

'Pardon?'

'Baudelaire. We zijn geen bloemen die geplukt en beschermd moeten worden, kapitein. We zijn bloemen die bloeien in het kwaad.'

Hoofdstuk 19

Charlie

Mei 1947

Eve had vier gin-martini's op en ging direct na het avondeten naar bed, maar ik was rusteloos. Ik was te moe om te wandelen – het Probleempje verslond al mijn energie alsof het chocola was; ik hoopte dat dit deel van de zwangerschap snel voorbij zou zijn – maar of ik nou moe was of niet, ik was er nog niet aan toe om naar bed te gaan. Toen schoof Finn zijn stoel naar achteren en stak de kogels uit Eves Luger in zijn zak. 'Ik moet nog iets aan de auto repareren. Wil jij me bijlichten?'

Het had gehoosd tijdens het eten, en daarom rook het in de warme avond naar regen. Het trottoir glom onder de straatlantaarns en auto's reden zoevend voorbij met natte banden. Finn rommelde in de achterbak van de auto en pakte een zaklamp en een gereedschapskist. 'Stevig vasthouden,' zei hij toen hij me de zaklamp aangaf en de klep opendeed.

'Wat is er mis met de oude dame?' vroeg ik.

Finn graaide in de ingewanden van de Lagonda. 'Er zit ergens een lek. Ik draai dingen om de paar dagen aan om te voorkomen dat het erger wordt.'

Ik stond op mijn tenen en richtte de zaklamp op de ingewanden terwijl er een groepje giechelende Franse meisjes voorbijkwam. 'Is het niet makkelijker om het lek te zoeken en het te repareren?'

'Heb jij de tijd om mij die verdomde motor uit elkaar te laten halen en weer in elkaar te laten zetten?'

'Niet echt.' Het was vandaag weliswaar een aangename rit geweest door de zonneschijn en de nieuwe verbondenheid die tussen ons drieën aan het ontstaan was, maar ik kon niet wachten om in Limoges aan te komen. Rose. Hoe dichter we bij haar laatst bekende verblijfplaats kwamen, hoe meer ik hoopte dat ze nog in leven was en op me wachtte. En zodra ik weer bij Rose was en wij ons arm in arm tegen de wereld konden wapenen, zou alles me wel lukken.

'Kom op,' mompelde Finn tegen een koppige wielmoer of bout of zoiets. Zijn Schotse gebrouw klonk nadrukkelijker, zoals altijd wanneer hij de auto probeerde over te halen mee te werken. 'Roestig oud kreng...' Hij draaide aan iets met een moersleutel, naar voren en naar achteren. '*Miss*, zou je die lamp iets hoger kunnen houden?'

'Finn, als je me nu *miss* blijft noemen, dan verraad je mijn dekmantel, zoals spionnen zoals Eve zouden zeggen.' Ik tikte op mijn valse trouwring. 'Ik ben Mrs. Donald McGowan, weet je nog?'

Hij draaide de bout vast of los of zoiets. 'Geweldig idee, die ring.'

'Ik moet een foto van mijn Donald hebben,' zei ik peinzend. 'Een foto waar ik met een wazige blik naar kan kijken als ik zeg dat mijn hart in het graf ligt.'

'Donald wil waarschijnlijk dat je verdergaat met je leven,' zei Finn. 'Je bent nog jong. Hij zou zeggen dat je weer moet trouwen.'

'Ik wil helemaal niet trouwen. Ik wil Rose vinden en dan misschien een café beginnen.'

'Een café?' Finn keek op uit de ingewanden van de Lagonda en veegde een lok uit zijn ogen. 'Waarom?'

'De gelukkigste dag van mijn leven was een dag die ik met Rose in een café heb doorgebracht. Ik dacht dat ik misschien, als ik haar vind... Nou ja, dat is in elk geval een idee. Ik moet toch iets met mijn toekomst doen.' Nu ik ook aan het Probleempje moest denken, kon ik niet langer genoegen nemen met mijn moeders plan om 'zesjes te halen op Bennington tot je een leuke jonge advocaat aan de haak kunt slaan'. Vreemd genoeg vond ik mijn vormeloze toekomst eigenlijk helemaal niet beangstigend. Nu kon ik iets gaan doen wat ik leuk vond. Een baan zoeken. Wat deden mensen die wiskunde in hun vakkenpakket hadden gehad in de echte wereld? Ik wilde geen leraar worden en kon geen boekhouder worden, maar... 'Ik kan een zaak beginnen, bijvoorbeeld een café,' zei ik enigszins aarzelend, en ik zag een rijtje keurige kasboeken vol nette kolommen met getallen.

'Dat vindt Donald vast niet goed.' Finn grijnsde toen hij de kleine moersleutel weglegde. 'Zijn weduwe die bedient en achter de kassa zit?'

'Donald was soms wel een beetje bekrompen,' gaf ik toe.

'God hebbe zijn ziel,' zei Finn met een uitgestreken gezicht.

Wat konden een paar dagen een verschil maken! Eerder praatte hij alsof hij een dollar moest betalen voor elk woord dat over zijn lippen kwam en nu stond hij hier grapjes te maken. 'Wat wil jij eigenlijk doen?'

'Hoe bedoelt u, Mrs. McGowan?'

'Nou, je wilt vast niet altijd voor Eve blijven werken. Het gaat waarschijnlijk wel vervelen om haar eenpansontbijtjes te maken tegen haar katers en om haar elke avond te ontwapenen als ze naar bed gaat.' Ik snoof de vochtige avondlucht op; het rook alsof er nog meer regen op komst was. Een stel oude mannen stak snel de straat over en wierp angstige blikken op de lucht. 'Wat zou je willen doen als je mocht kiezen?'

'Voor de oorlog werkte ik in een garage. Het leek me altijd wel wat om mijn eigen garage te beginnen. Auto's repareren en restaureren...' Finn was klaar met de Lagonda en deed de klep zachtjes naar beneden. 'Maar dat zie ik niet meer zo snel gebeuren.'

'Waarom niet?'

'Ik ben niet zo goed in de zakelijke kant van het verhaal. Heel veel ex-soldaten zijn trouwens op zoek naar werk, en er zijn er nog veel meer die een lening willen. Wie wil een voormalige soldaat die een straf heeft uitgezeten in Pentonville nou een baan in een garage of een lening geven?' Hij zei het op onbewogen toon.

'Is dat de reden waarom je maar met Eve en mij naar Limoges bent vertrokken?' Ik deed de zaklamp uit en gaf hem terug. Er was wel wat licht van de straatlantaarns, maar het leek opeens heel erg donker zonder de heldere straal van de zaklamp. 'Ik weet wat ik er te zoeken heb, en ik weet waarom Eve ernaartoe gaat. Maar hoe zit het met jou?'

'Ik heb toch niks beters te doen.' Er klonk een glimlach door in zijn zachte stem. 'En ik mag jullie trouwens wel.'

Ik aarzelde. 'En waarom heb je nou eigenlijk in de gevangenis gezeten? En zeg me nou niet dat je een zwaan hebt gestolen uit de Kew Gardens of de kroonjuwelen hebt gejat,' zei ik er snel achteraan terwijl ik aan mijn valse trouwring wriemelde. 'Wat is er nou echt gebeurd?'

Hij veegde zijn besmeurde handen af met een lap.

'Eve heeft ons verteld dat ze spion was in de Grote Oorlog. Ik heb opgebiecht dat ik met een half dispuut naar bed ben geweest. Jij kent ónze geheimen wel.'

Hij zette de gereedschapskist in de achterbak. Draaide de schone kant van de lap naar boven en begon de regendruppels van het donkerblauwe spatbord te vegen. De nachtportier zat werkloos toe te kijken door het grote raam aan de voorzijde van het hotel.

'Tijdens het laatste jaar van de oorlog,' zei Finn, 'heb ik verschrikkelijke dingen gezien.'

Hij zweeg zo lang dat ik dacht dat hij niets meer zou zeggen.

'Ik ben nogal opvliegend,' zei hij uiteindelijk.

Ik glimlachte. 'Nee, dat is niet zo. Je bent de gelijkmatigste man –'

Hij sloeg opeens met zijn vlakke hand tegen het spatbord. Ik schrok en zweeg.

'Ik ben nogal opvliegend,' herhaalde hij op vlakke toon. 'De eerste maanden nadat ik was afgezwaaid, kon ik mijn draai niet echt vinden. Ik ging naar de kroeg, werd bezopen en zocht ruzie. Uiteindelijk ben ik een keer gearresteerd. Toen heb ik in Pentonville gezeten voor openlijke geweldpleging.'

Openlijke geweldpleging. Een lelijke uitdrukking. Ik keek naar Finn en kon het me gewoon niet voorstellen. 'Met wie heb je ruzie gekregen?' vroeg ik zacht.

'Dat weet ik niet. Ik had die man nooit eerder gezien.'

'Waarom heb je met hem gevochten?'

'Dat kan ik me niet herinneren. Ik was straalbezopen en liep boos rond.' Finn leunde met zijn rug tegen de Lagonda en sloeg zijn armen over elkaar. 'Hij zei iets, God mag weten wat. Ik sloeg hem. En bleef hem maar slaan. Er waren zes mensen voor nodig om me van hem los te rukken toen ik zijn hoofd tegen een deurpost begon te rammen. Godzijdank wisten ze me van hem af te trekken voordat ik zijn schedel had verbrijzeld.'

Ik zweeg. Er hing nu een lichte mist.

'Hij is wel weer opgeknapt,' zei Finn. 'Na een tijdje. En ik ging naar Pentonville.'

'Heb je sinds die tijd nog met iemand gevochten?' vroeg ik omdat ik toch iets moest vragen.

Hij staarde met een wazige blik voor zich uit. 'Nee.'

'Dan is je opvliegendheid misschien niet het probleem.'

Hij stootte een kort lachje uit. 'Ik heb een man tot moes geslagen – ik heb zijn neus en zijn kaak en zijn oogkas en vier van zijn vingers gebroken – en dan is mijn opvliegendheid niet het probleem?'

'Heb je voor de oorlog weleens met iemand gevochten?'

'Nee.'

'Dan hoort die opvliegendheid misschien niet echt bij je. Het komt door de oorlog.' Of beter gezegd: de dingen die hij in de oorlog had gezien. Ik vroeg me af wat dat was, maar ik vroeg er niet naar.

'Dat is een waardeloos excuus, Charlie. Want dan zou iedere afgezwaaide soldaat in de bajes zitten.'

'Sommige soldaten gaan naar de gevangenis. Anderen gaan weer aan het werk. Weer anderen plegen zelfmoord.' Ik dacht aan mijn broer en voelde een pijnscheut. 'Iedereen is anders.'

'Je moet weer naar binnen gaan,' zei Finn plotseling. 'Voordat je zeiknat bent. Niet goed voor het kind, Mrs. McGowan.'

Dat negeerde ik. Ik ging naast hem staan en leunde ook tegen de Lagonda. 'Weet Eve ervan?'

'Ja.'

'Wat zei ze?'

' "Ik heb een zwak voor knappe mannen met een Schots accent die in de bak hebben gezeten, dus ik wil het wel proberen." En daarna is ze er nooit meer op teruggekomen.' Hij schudde zijn hoofd. Zijn haar viel weer voor zijn ogen. 'Ze is niet iemand die mensen snel veroordeelt.'

'Ik ook niet.'

'Maar toch hoor je niet om te gaan met zo'n rotte appel als ik.'

'Finn, vroeger was ik een keurig meisje, maar binnenkort ben ik een ongehuwde moeder. Eve was vroeger spion en is nu een dronkenlap. Jij hebt in de bak gezeten en bent nu een automonteur en chauffeur en kok die heel goed een Engels ontbijt kan bereiden. Weet je waarom we niemand veroordelen?' Ik stootte met mijn schouder tegen de zijne tot hij eindelijk naar me keek. 'Omdat we helemaal niet het recht hebben om op iemand neer te kijken vanwege zijn zonden.'

Hij keek me aan met een onzichtbare glimlach die bij zijn ooghoeken begon en eindigde.

Ik hield mijn handen achter mijn rug, duwde mezelf op en ging op de lange motorkap van de Lagonda zitten. Daardoor was mijn hoofd ongeveer op dezelfde hoogte als dat van Finn toen hij zich omdraaide en me aankeek en ik naar voren leunde om mijn mond voorzichtig en zachtjes tegen de zijne te duwen. Zijn lippen waren zacht en zijn wangen prikkerig, net als de eerste keer dat ik had geprobeerd om hem te zoenen. Net als de eerste keer legde hij zijn handen om mijn middel, maar ditmaal brak ik de zoen af voordat hij zich kon terugtrekken. Ik zou het vermoedelijk niet hebben verdragen wanneer hij me nog een keer van zich af had geduwd.

Dat deed hij echter niet. Hij stak zijn hoofd weer omlaag, ving mijn lippen en zoende me. Zijn handen voelden groot en warm om mijn middel en trokken me dichter naar zich toe over de motorkap van de Lagonda. Ik woelde met mijn handen door zijn warrige haar, wat ze al een tijdje dolgraag wilden, en zijn handen glipten onder mijn nieuwe streepjestrui. Ze gingen niet omhoog, maar streelden heel zachtjes en langzaam mijn naakte middel. Toen we ons weer van elkaar losmaakten, zat ik helemaal te trillen.

'Ik heb motorolie op je gesmeerd,' zei hij terwijl hij naar zijn besmeurde handen keek. 'Het spijt me, jongedame.'

'Dat was ik er wel af,' kon ik nog net uitbrengen. Ik wilde hem of zijn geur of zijn smaak of zijn motorolie helemaal niet van me af wassen. Ik wilde hem blijven zoenen, maar we waren midden op straat en de mistige motregen zou al snel overgaan in regen, dus gleed ik van de auto en draaiden we ons om en liepen weer het hotel in. Kom mee naar mijn kamer, wilde ik hem zeggen, kom mee naar boven; maar de nachtportier keek ons aan met zo'n typisch Franse blik, alwetende ogen in een onverstoorbaar gezicht. *'Bonsoir, Monsieur Kilgore,'* zei hij tegen Finn na een vluchtige blik in het hotelregister waar we ons hadden ingeschreven. *'Madame McGowan.'*

'Geweldig,' mompelde ik toen ik mijn eenzame kamertje binnenstapte. 'Ik heb niet alleen de reputatie van Miss Charlie St. Clair geruïneerd, maar ook die van Mrs. Donald McGowan.' Mijn Donald zou waarschijnlijk geschokt zijn geweest.

Hoofdstuk 20
Eve

Juli 1915

Renés cadeau, dat haar plechtig werd aangeboden toen ze terugkwam van haar reis, was een zijden peignoir, zo rood als een roos en zo fijn dat je hem door een ringetje kon halen, maar niet nieuw. Hij rook vaag naar damesparfum, het parfum van een vrouw die waarschijnlijk willoos had moeten toekijken toen haar peignoir in beslag werd genomen tijdens een huiszoeking, en omhulde nu Eves lichaam.

Ze stelde zich voor dat de trein van de *Kaiser* aan stukken werd geschoten en toonde haar genoegen daarover op haar gezicht toen ze haar wang tegen de zijde duwde. 'Dank u, *m-monsieur*.'

'Het staat je goed.' Hij leunde voorover, duidelijk ermee ingenomen dat ze in zijn omgeving nu passende kleding droeg. Eve beleefde een soort grimmig genoegen aan zijn esthetische opluchting. Ze waren in zijn weelderige studeerkamer; hij droeg een van zijn mooie kamerjassen, zoals altijd wanneer hij wachtte tot Eve klaar was met baden en alle voedselgeuren van haar lange avonddienst van zich had afgespoeld. Nu ze naar buiten was gekomen in een zijden peignoir en niet in een handdoek of de zwarte jurk van haar werk, deed ze niet langer pijn aan zijn ogen.

'Ik wil je misschien ergens mee naartoe nemen.' Hij haalde de stop van de karaf met vlierbloesemlikeur en schonk voor zichzelf zoals gewoonlijk een klein beetje in en voor Marguerite een genereuze hoeveelheid waarvan haar hoofd zou gaan tollen. 'Eigenlijk heb ik een hekel aan die gehaaste nachtelijke ontmoetingen. Ik ga binnenkort waarschijnlijk naar Limoges. Misschien neem ik je wel mee.'

Eve nam een slok. 'Waarom Limoges?'

'Lille is zo'n sombere stad.' Hij trok een gezicht. 'Het is vast prettig om door een straat te lopen die geen Duitse naam heeft. En ik wil misschien een tweede restaurant openen. Misschien uiteindelijk wel in Limoges. Ik trek er een weekend voor uit om geschikte locaties te bekijken.'

Een weekend met René Bordelon. Het was niet de gedachte aan de nachten waar Eve de rillingen van kreeg, maar de dagen. Lange diners, kopjes thee, middagwandelingen aan zijn zijde, gedwongen om na te denken over elk woord en al haar reacties. Ze zou al uitgeput zijn voordat ze met hem in bed belandde.

Na een half partijtje schaak en twee glazen vlierbloesemlikeur trokken ze zich terug in de slaapkamer. Eve wachtte even nadat de bezigheden daar waren afgerond, trok de jurk van haar werk weer aan en bereidde zich voor om weer naar huis te gaan. René keek hoe ze zich aankleedde en klakte met zijn tong. 'Die haast wanneer de lakens nog nauwelijks zijn afgekoeld,' zei hij. 'Niet zo beschaafd.'

'Ik w-wil niet dat er over me wordt gepraat, *monsieur*.' Om nog maar te zwijgen van het feit dat Eve in zijn aanwezigheid niet in slaap durfde te vallen. Stel dat ze in haar slaap iets in het Duits of het Engels mompelde, of iets zei wat ze niet zomaar kon uitleggen? Ze moest er niet aan denken. Als je de nacht met hem in Limoges doorbrengt, zul je er wel over moeten nadenken. 'Er wordt vast over me geroddeld in de stad als ik 's nachts niet thuiskom,' zei ze terwijl ze haar kousen aantrok. 'De b-bakker pist in het deeg dat hij gebruikt voor vrouwen die... die het met Duitsers doen.'

René keek geamuseerd. 'Ik ben geen Duitser, schat.'

Nee, je bent nog erger. Een Franse judas die zijn vaderland verraadt om er zelf beter van te worden... Duitsers waren gehaat in Lille, maar mannen als René Bordelon werden nog heviger geminacht. Wanneer de Duitsers de oorlog verliezen, word jij als eerste opgeknoopt aan een lantaarnpaal. 'Nee, maar dan word ik toch met de nek aangekeken,' zei Eve. 'En bedreigd.'

Hij haalde zijn schouders op. 'Als iemand je bedreigt, geef je mij zijn naam maar door. Dan geef ik hem aan bij de Duitsers en dan krijgt hij een enorme boete, een gevangenisstraf of nog erger. De *Kommandant* willigt mijn verzoek met genoegen in, omdat hij geen onenigheid tussen burgers wil.'

Het idee dat iemand in de cel gegooid zou worden of aan de bedelstaf zou worden gebracht wanneer hij maar een kik gaf, leek René niet in het minst te deren. Eve had hem een paar keer tijdens de cognac na het eten namen horen doorgeven aan Duitse officieren: mensen die hem niet aanstonden, die gevorderde voorraden hamsterden, die kritiek op de bezetter uitten. Maar om te horen dat het idee zo lukraak werd geopperd… Verwonderd bestudeerde ze zijn gelaatsuitdrukking. Het leek hem werkelijk niet dwars te zitten.

'Ben je nog steeds zo verlegen, mijn liefste?' Hij hield zijn hoofd schuin. 'Te verlegen om mensen te laten weten dat je de mijne bent?'

'Ik wil gewoon geen brood waar pis in zit,' fluisterde Eve op een toon alsof ze zich vreselijk geneerde. En het was ook echt verschrikkelijk.

René leek te twijfelen of hij zou grinniken of haar oprechtheid zou afkeuren. Tot Eves opluchting besloot hij te grinniken. 'Marguerite, op den duur leer ik je wel dat je je niets moet aantrekken van wat andere mensen denken. Het is erg bevrijdend om alleen rekening te houden met je eigen meningen.' Zelfs wanneer hij naakt was, zag hij er beschaafd uit, met zijn bleke en gladde huid tegen het beddengoed. 'Binnenkort gaan we naar Limoges. Ik neem je mee. Als je wilt, bedenk je voor je collega's maar een of ander verhaal over een zieke tante. Ik zal je wel vermanend toespreken in hun bijzijn.'

'Dank u, *monsieur*.' Maar Eve was helemaal niet van plan om met hem naar Limoges te gaan. Als alles goed ging, zou de *Kaiser* over twee dagen dood zijn en dan zou de wereld er heel anders uitzien.

Zo makkelijk zal het ook weer niet gaan, zei ze tegen zichzelf. Oorlogen waren enorme machines; ze liepen niet meteen vast als er één man stierf, zelfs niet als die man een koning was. Maar ook als er niet meteen een einde aan de oorlog kwam, zou de wereld er waarschijnlijk heel anders uitzien. In die wereld zou René Bordelon waarschijnlijk snel de balans opmaken en inschatten wie zijn bondgenoten en vijanden waren en niet een paar dagen ontspannen naar Limoges gaan.

De dagen voor het bezoek van de *Kaiser* kropen even traag voorbij als een gletsjer en de nachten in Renés bed gingen zelfs nog langzamer voorbij, maar ze hoorde enkele intrigerende feiten en getallen over de plaatselijke vliegvelden, die oom Edward waarschijnlijk erg interessant zou vinden. Uiteindelijk was het De Dag, een dag waarop het in de vroege uren al heet en plakkerig was. De *fleurs du mal* ontmoetten elkaar in stilte. Eve zag dat Lili's rusteloze en Violettes argwanende ogen hetzelfde uitdrukten: een hoop die zo vurig was dat hij moest worden onderdrukt als een hydra. Zwijgend verlieten ze de stad en liepen ze in de richting van de groene heuvels. 'Eigenlijk zouden we niet naar die trein moeten gaan kijken,' zei Violette.

'*Tais-toi*,' zei Lili. 'Ik word helemaal gek als ik binnen moet luisteren naar vliegtuigen die boven ons hoofd overkomen. En ik kan trouwens geen rapport opstellen voor oom Edward wanneer ik niet weet hoe het is gegaan, dus het heeft geen enkele zin om terug te gaan en mijn vaste rondes te lopen.'

'Een slecht idee,' mompelde Violette, maar ze gingen niet terug. Ze liepen langs de kleine en verwoeste boerderijen en de drie vrouwen beklommen een grote, brede heuvel die uitzag op het spoor in de verte. Het was de heuvel waar Lili en Eve het terrein voor de aanslag in kaart hadden gebracht. Violette zat zwijgend op een grasspriet te kauwen; Eve bleef haar vingers maar buigen en strekken. Lili was aan het kletsen alsof ze op een feestje was: 'Tijdens mijn laatste bezoek aan Doornik heb ik werkelijk de allerafschuwelijkste hoed gekocht. Blauwe satijnen rozen en een voile met stippeltjes; ik heb hem in de trein laten liggen, en daar ligt hij waarschijnlijk nog steeds. Zelfs een zwerfster met een beetje zelfrespect zou die blauwsatijnen hoop –'

'Lili,' zei Eve, 'hou nou eens je mond.'

'Bedankt,' zei Violette, die voor het eerst in twee uur haar mond opendeed. Ze keken naar het spoor in de verte alsof het in brand zou kunnen vliegen wanneer ze er maar lang genoeg naar staarden. De zon klom hoger aan de hemel.

Lili bleek uiteindelijk de scherpste ogen te hebben. 'Is dat...'

Een piepklein rookpluimpje. Een trein.

Hij reed kalmpjes hun blikveld in, te ver weg om de denderende wielen of het tjoekende geluid van de locomotief te horen. Te ver weg om de details te onderscheiden... Maar dit moest hem zijn, voor zover Eve wist. De trein die Kaiser Wilhelm in alle anonimiteit naar het front vervoerde.

Eve keek op. De blauwe lucht strekte zich in alle ledigheid uit.

Lili's kleine hand pakte de hare in het gras en kneep er hard in. '*Nique ta mère,'* zei ze terwijl ze net als Eve naar de hemel keek. 'Die sukkels van het Royal Flying Corps…'

De trein kwam langzaam dichterbij. Lili's greep was net een bankschroef. Eve pakte Violettes hand en kneep daar ook zo hard in. Violette kneep terug.

Toen Eve het zachte gebrom van vliegtuigen hoorde, dacht ze dat haar hart zou blijven stilstaan. Heel even was het niet meer dan brommen, als zoemende bijen, en toen zag ze ze, twee vliegtuigen in formatie, als adelaars. Ze wist niet of het eendekkers of tweedekkers waren; ze wist helemaal niets van vliegtuigen, kon alleen de betekenisloze technische begrippen onthouden wanneer Duitse officieren boven hun nagerechten zaten te brommen. Maar deze vliegtuigen waren mooi, en er ontsnapte haar een zucht. Lili mompelde obsceniteiten die als gebeden klonken, en Violette versteende.

'Weet je,' hoorde Eve zichzelf gespannen uitbrengen, 'ik weet niet eens hoe vliegtuigen een doelwit bombarderen. Gooien ze de explosieven gewoon naar beneden?'

Ditmaal zei Lili: 'Hou je mond.'

De trein kroop voorbij. De vliegtuigen trokken strepen in de blauwe lucht. Alsjeblieft. Dat dachten ze allemaal. Alsjeblieft, raak hem nou. Laat het nu allemaal voorbij zijn, op deze zomerdag met de geur van warm gras en het geluid van fluitende en kwetterende vogels.

Ze waren te ver weg om te zien hoe de bommen neerkwamen, of de kogels, of wat het ook was. Ze zouden alleen de explosie zien, het vuur, de rook. De vliegtuigen vlogen als lome vogels over de trein. Nu, dacht Eve.

Maar er volgde geen explosie.

Geen rook. Geen vuur. Geen ontsporing waardoor de locomotief van het spoor werd geblazen.

De *Kaiser* reed onverstoorbaar verder in de richting van Lille.

'Mislukt,' zei Eve dof. 'M-mislukt.'

Violette sprak met doffe woede. 'Of de bommen gingen niet af.'

Probeer het nog een keer, schreeuwde Eve in stilte. Probeer het nog een keer! Maar de vliegtuigen verdwenen, niet als trotse adelaars, maar als beschaamde, slordige mussen. Waarom?

Wie kon het wat schelen waarom? De *Kaiser* leefde nog. Hij zou een ronde maken langs het front, zijn soldaten in de loopgraven inspecteren, misschien een ronde maken door Lille en goedkeurend knikken wanneer hij zag dat de klokken de Berlijnse tijd aangaven en dat er Duitse straatnaamborden langs de boulevards hingen. Wanneer hij niet bij Le Lethe kwam dineren en Eve in de gelegenheid zou stellen een vleesmes in zijn nek te planten of zijn chocolademousse met rattengif te garneren, zou hij gezond en wel terugkeren naar Duitsland en de oorlogsmachine met hetzelfde gemak blijven aansturen als waarmee zijn ongehavende trein door het landschap was gereden.

'Het is misschien maar goed ook.' Violette kwam overeind. Haar stem klonk alsof ze gruis in haar keel had. 'Als de *Kaiser* in Lille was omgekomen, zouden de Duitsers zich op deze stad hebben gestort. Dan waren we waarschijnlijk gepakt.'

'En de oorlog zou n-niet zo opeens afgelopen zijn geweest,' hoorde Eve zichzelf op vlakke toon antwoorden. 'Het zou niets hebben v-v-v...' Ze kreeg het woord er niet uit en ze vond het niet belangrijk genoeg om het er met alle geweld uit te krijgen. Ze viel gewoon stil, stond op en veegde met mechanische gebaren haar rok af.

Lili had zich niet verroerd. Ze staarde naar de trein in de verte en haar gezicht leek opeens stokoud.

Violette keek naar haar met haar blikkerende brillenglazen. 'Kom op, Lili.'

'Die verdomde...' Lili schudde haar hoofd. 'O, stelletje klootzakken.'

'*Ma p'tite*, alsjeblieft. Sta op.'

Lili kwam overeind. Ze sloeg haar ogen even neer, schopte in het gras en glimlachte toen ze weer opkeek. Het was een grimmig, ijl glimlachje, maar ze glimlachte. 'Ik weet niet hoe het met jullie zit, *mes anges*, maar ik wil vanavond dronken worden.'

Maar Eve zou er niet bij zijn om van de bocht die Lili te pakken had kunnen krijgen te drinken. Ik moet vanavond naar René, dacht ze. En morgenavond ook. En binnenkort, als hij me meeneemt naar Limoges, moet ik twee hele dagen en twee nachten bij hem blijven.

Elke avond verliep volgens een bepaald patroon. Het bad. Daarna tien rustige minuten, met de zijden kamerjas op haar klamme huid en het glas vlierbloesemlikeur. Eve dronk en René zette een plaat op en vertelde bijvoorbeeld over het stuk van Debussy waarnaar ze luisterden of over het impressionisme in de muziek of in de literatuur. Dat was het makkelijke deel. Eve hoefde het alleen maar bewonderend aan te horen.

Maar dan kwam het moment waarop René het glas uit haar hand pakte en haar meenam naar de slaapkamer. Dan werd het allemaal ingewikkeld.

Zijn kussen waren lang en loom en hij hield zijn ogen open. Hij bleef de hele tijd naar haar kijken, zonder met zijn ogen te knipperen, nam alles in zich op en speurde naar de miniemste hapering van haar ademhaling. Hij ontdeed Eve op zijn gemak van de rozenrode zijden peignoir, spreidde haar ongehaast uit op de schone lakens, trok zijn eigen kamerjas uit, ging op haar liggen en nam de tijd.

Wat wilde Eve graag dat hij snel tot een hoogtepunt kwam en dan weer van haar af zou rollen. Dat zou zo gemakkelijk zijn geweest.

'Ik heb nooit eerder een maagd onder mijn hoede genomen,' had hij de eerste keer gezegd. 'Gewoonlijk prefereer ik ervaring boven onschuld. We zullen zien hoe snel je leert. Ik ga er niet van uit dat ik je de eerste paar keren ook veel genot zal schenken – zo gaat dat bij vrouwen, en dat is niet helemaal eerlijk, vind ik.'

René verkende graag elk stukje van Eve, streelde alle holten en hoekjes van haar lichaam en liet zijn tong rusten achter haar oren en in haar knieholten, maar ook op verrassender plekken. Hij rekte het genoegen eindeloos, bleef urenlang met haar spelen, pakte haar hand en gebruikte die om zijn eigen bleke, gladde huid te verkennen. Hij draaide haar om, legde haar in een bepaalde houding en onderzocht haar, kijkend en ervan lerend.

'Je zet net iets grotere ogen op wanneer ik je verras,' merkte hij op een avond op. 'Als een hert...' En hij vestigde zijn aandacht op haar borst en beet haar met een zekere deskundige ruwheid. 'Zo dus,' zei hij, en hij streelde haar wimpers met zijn duim. Eve had daar nooit eerder bij stilgestaan, hoe er door de intimiteit van huid tegen naakte huid nog een laag van mensen werd afgepeld en hoe mensen elkaar daardoor op een andere manier leerden kennen. Ik wil niet dat hij me kent, dacht ze wanhopig. Ze kon haar werk alleen maar doen wanneer hij haar niet kende, maar elke avond kwam hij meer over haar te weten.

'Het is het moeilijkst om te liegen tegen de mensen die ons het beste kennen.' Dat had kapitein Cameron in Folkestone gezegd. Eve schoof de gedachte aan hem terzijde, omdat ze hem niet in de buurt wilde hebben wanneer ze bij René in bed lag, maar de angst bleef. Zou ze René nog kunnen bedriegen wanneer hij haar nog beter leerde kennen?

Ja, dacht ze verbeten. Het betekent dat je meer en beter zult moeten liegen, maar dat kun je. En bedenk dat je hem ook steeds beter leert kennen.

Avond na avond leerde ze meer over de lichtste zenuwtrekjes en miniemste bewegingen van zijn ogen. De man die was gepantserd in pakken was makkelijker te lezen nu ze wist hoe de spieren daaronder bewogen.

Zodra hij genoeg met haar had gespeeld, verenigden ze zich snel. Hij nam haar het liefst van achteren of in de missionarispositie en verstrengelde zijn handen in haar haar zodat hij haar hoofd naar achteren kon houden en al haar reacties kon zien. Hij wilde graag dat zij hem ook aankeek. 'Ogen open, schat,' beval hij geregeld terwijl hij gewoon door bleef gaan. En wanneer hij zichzelf uiteindelijk toestond een hoogtepunt te bereiken, zonk hij langzaam over haar heen en liet hij haar lichaam als kussen dienen terwijl hun zweet afkoelde, en daarna pakte hij weer de draad op van het gesprek dat ze in zijn studeerkamer hadden afgebroken, over Debussy of Klimt of wijn uit de Provence.

Vannacht ging het over de *Kaiser*.

'Ik heb gehoord dat hij ingenomen was met zijn bezoek. Het vliegveld kon op zijn goedkeuring rekenen, maar je kunt je afvragen wat hij van de loopgraven vond. Die zijn afschuwelijk, heb ik gehoord.'

'Hebt u hem ontm-m-moet?' Eve lag stil. Ze had haar vingers met die van René verstrengeld op het kussen en haar benen om zijn slanke heupen geklemd. Op dit soort momenten was hij het minst op zijn hoede. 'Ik h-hoopte dat hij naar Le Lethe zou komen...'

Daar ving René iets van haar emotie op, hoezeer ze ook haar best deed om haar gezicht in onschuld te hullen. 'Zodat je in zijn *vichyssoise* had kunnen spugen?'

Eve maakte zich er niet druk om en loog niet. Ze loog nooit wanneer ze naakt tegen elkaar aan lagen, niet als het niet hoefde. Gedachten verplaatsten zich sneller wanneer je naakt tegen elkaar aan lag. 'Ik zou niet in zijn soep spugen,' zei ze eerlijk, 'maar ik zou het w-w-wel hebben overwogen.'

René lachte en rolde van haar af. Ze voelde zijn huid nu niet meer, en zoals gewoonlijk onderdrukte Eve een rilling. 'Ik heb begrepen dat het een vulgaire man is, keizer of niet. Maar ik had toch gehoopt dat hij naar mijn restaurant zou komen. Dat zou me wat geweest zijn, gastheer spelen voor een keizer.'

Eve trok het laken weer over zich heen. 'Heeft hij nog be-be… bepaalde bevelen gegeven na zijn bezoek aan Lille?'

'Ja, interessant genoeg…'

En René vertelde het haar.

'Wat krijg je toch goede informatie,' zei Lili tijdens haar volgende bezoek, enkele dagen na het vertrek van de *Kaiser*. Ze was langsgekomen toen Eve zich net klaarmaakte voor haar avonddienst; Eve borstelde haar haar terwijl Lili het laatste verslag overschreef. Ze hield het rijstpapier op en schudde haar hoofd, zowel geamuseerd als meewarig. 'Praat de Duitse *Kommandant* werkelijk in het openbaar over de verbeteringen aan het geschut tijdens de geflambeerde kersen en de cognac?'

'Nee.' Eve hield haar blik gericht op de spiegel boven de wastafel. 'Dat doet René Bordelon thuis boven een kussen.'

Ze voelde hoe Lili's ogen in haar rug boorden.

Eve probeerde het zo zakelijk mogelijk te vertellen, maar ze struikelde toch over de laatste horde. 'Vlak voor ons gesprek met oom Edward ben ik Renés…' Wat? Maîtresse? Hij had haar misschien in dienst genomen, maar hij onderhield haar niet. Hoer? Hij betaalde alleen haar salaris, en hij gaf haar vlierbloesemlikeur en een peignoir die ze alleen in de studeerkamer mocht dragen. Geliefde? Maar het had niets met liefde te maken.

Lili begreep het voordat ze haar zin had afgemaakt. *'Pauvre petite,'* zei ze, en ze pakte de borstel uit Eves hand. 'Wat naar. Doet hij je pijn?'

'Nee.' Ze kneep haar ogen dicht. 'Het is nog erger.'

'Hoe kan dat nou?'

'Ik…' Eve kon niets meer uitbrengen. 'Lili, ik… ik schaam me zo.'

De borstel ging door Eves haar. 'Jij houdt je hoofd meestal wel koel, en daarom dacht ik dat je wel zo'n stap kon zetten zonder jezelf te compromitteren. Maar zulke dingen worden soms ingewikkelder dan verwacht. Begin je een bepaalde *tendresse* voor hem te voelen?'

'Nee.' Eve schudde ferm haar hoofd. 'Nooit van mijn leven.'

'Mooi. Als ik had gedacht dat je gewetensbezwaren zou krijgen, zou ik dat moeten melden. En dat had ik ook echt gedaan.' Lili zei het op vlakke toon en bleef Eves haar borstelen. 'Ik ben vreselijk op je gesteld, maar we mogen ons werk niet in gevaar brengen. Waar schaam je je dan wel voor, als het geen *tendresse* is?'

Eve dwong zich haar branderige ogen te openen en keek Lili aan in de spiegel. 'De eerste keren dat ik met hem naar bed ging, hoefde ik er g-g-geen… g-g-genot aan te beleven.' Dat werd niet eens van haar verwacht. 'Maar nu…'

Nu had Eve tijd gehad om te wennen aan wat er in dat frisse, schone bed gebeurde. En René Bordelon had hoge maatstaven wat betreft zijn bedgenoten, zoals met alles. Er werd genot verwacht. Er werd verwacht dat ze genot schonk en er zelf genot aan beleefde.

Dat had tot iets volstrekt onvoorstelbaars geleid.

'Vertel me eens.' Lili klonk zakelijk. 'Ik ben niet zo snel geschokt. Dat mag je wel van me aannemen.'

'Ik begin ervan te genieten,' zei Eve, en ze kneep haar ogen weer dicht.

Lili bleef haar haar borstelen.

'Ik haat hem.' Eve slaagde erin het zonder stemverheffing te zeggen. 'Dus hoe kan ik dan in vredesnaam genot beleven aan de d-d-d… aan de dingen d-d-d…' Het woord wilde er niet uit. Eve liet het er maar bij.

'Dan is hij er waarschijnlijk goed in,' zei Lili.

'Hij is de vijand.' Eve merkte dat ze trilde over haar hele lijf. Van woede, schaamte of afkeer, Eve wist het niet. 'Er zijn collaborateurs in deze stad met wie je medelijden k-kunt hebben: vrouwen die met officieren naar bed gaan om hun gezin te kunnen onderhouden, mannen die voor de Duitsers werken zodat ze hun huis warm kunnen stoken voor de kinderen. Maar René Bordelon is alleen een profiteur. Hij is bijna net zo slecht als de moffen.'

'Dat is wellicht waar,' zei Lili. 'Maar misschien is hij gewoon een goede minnaar. Een slecht mens kan een goede timmerman of een goede hoedenmaker of een goede minnaar zijn. Die dingen hebben niets te maken met de ziel.'

'O, Lili...' Eve masseerde haar slapen. 'Je klinkt als een echte F-Française.'

'Ja, en als je met iemand over zulke dingen wilt praten, kun je het beste een Française nemen.' Lili draaide Eves hoofd naar de spiegel. 'Dus *monsieur le profiteur* is goed in bed en jij voelt je schuldig omdat je er genot aan beleeft?'

Eve dacht aan René die een wijn decanteerde en het bouquet opsnoof, die met trage bewegingen een oester in zijn keel liet glijden. 'Hij is een fijnproever. Of hij nou van een glas bordeaux of een sigaar of... van mij geniet, hij neemt zijn tijd om er volop van te genieten.'

'Een fysieke reactie op een bepaalde handeling,' zei Lili voorzichtig, 'zegt niets over wat er in het hoofd of het hart gebeurt, weet je.'

'Een fysieke reactie die geen verband houdt met het hoofd of het hart is kenmerkend voor een hoer.' Eve zei het op felle toon.

'Ach, jakkes. Je klinkt als een bekrompen tante. Je moet nooit naar zulke mensen luisteren, margrietje. Het zijn niet alleen verzuurde zeurkousen, maar ze dragen ook chintz en ze vinden het deugdzaam om huishoudelijk werk te doen.'

'En toch voel ik me een hoer,' fluisterde Eve.

Lili stopte met borstelen en legde haar kin op Eves hoofd. 'Heeft je moeder je verteld dat een vrouw die genot beleeft aan een andere man dan haar echtgenoot een slet is?'

'Zoiets, ja.' Eve vond het moeilijk om het daar niet mee eens te zijn. Ze kon René slechts met een blik vol afkeer bezien, dus hoe konden zijn geduldige, inventieve, koude handen dan iets teweegbrengen wat vagelijk iets weg had van genot? 'Zo zouden gewone vrouwen het niet voelen,' begon ze, maar Lili zwaaide met haar hand.

'Als we gewoon zouden zijn, zouden we nu thuiszitten en onze theebladeren een tweede keer gebruiken en verband oprollen om een bijdrage te leveren aan de strijd, en zouden we niet rondlopen met Lugers en gecodeerde boodschappen om onze haarspelden. De maatstaven die voor gewone vrouwen gelden, gelden niet voor houwdegens zoals jij en ik.' Lili haalde haar kin weer van Eves hoofd. 'Luister naar me. Ik ben ouder dan jij en ook een stuk wijzer. Neem maar van me aan dat je heel goed een hekel kunt hebben aan een man en toch van hem kunt genieten in bed. Dan is het soms zelfs nog beter, *merde*. Die afkeer maakt het een stuk intenser: "spasmen van liefde, spasmen van haat, het is een en hetzelfde". Dat had Puccini in elk geval goed gezien in *Tosca*.'

Marguerite le François kende *Tosca* natuurlijk niet, maar Eve wel. 'Tosca doodt die man voordat hij haar kan bezitten.'

'Misschien komt er een dag waarop jij René Bordelon vermoordt. Denk daar maar aan wanneer hij op je ligt, dan krijg je waarschijnlijk wel een spasme van genot.'

Eve betrapte zich erop dat ze dunnetjes lachte. Lili's toon was licht, maar haar warme, geruststellende aanwezigheid was een schild in Eves rug.

'Welnu.' De leidster van het Alice-netwerk deed een stap naar achteren, pakte voor hen allebei een kopje van het verschrikkelijke brouwsel van gekookte walnootbladeren en zoethout dat in geen enkel opzicht een waardige vervanging van thee was en ging tegenover Eve zitten. 'Je bent met meneer de profiteur naar bed geweest omdat je hem ten dienste wilde zijn en hem wilde blijven bespioneren?'

'Ja.'

'De informatie die je van hem krijgt is goed, veel beter dan wanneer je alleen in zijn restaurant zou bedienen,' zei Lili. 'En nu heb je ontdekt dat de profiteur je graag genot verschaft. Dat genoegen zul je hem moeten blijven gunnen als je vaker in zijn bed wilt belanden en die waardevolle informatie wilt blijven verzamelen.'

'Ik zou veel liever doen alsof ik er plezier aan beleefde,' hoorde Eve zichzelf zeggen. Wat was het vreemd om dit gesprek te voeren in dit kale kamertje bij een kopje afschuwelijke surrogaatthee, net zo prozaïsch als Engelse dames die kerkelijke aangelegenheden bespraken bij Chinees porselein. 'Maar daarvoor kan ik niet goed g-genoeg liegen, Lili. Ik kan heel erg goed liegen, maar ik kan niet mijn ge-ge-ge... genot onderdrukken en tegelijkertijd doen alsof ik er wel van geniet. Hij k-kan me nu heel goed lezen.'

'En is hij ingenomen met de dingen die hij in je leest?'

'Ja. Ik geloof dat hij me wel leuk vindt. Hij neemt me binnenkort een paar dagen mee naar Limoges.'

'Dan moet je gaan en eruit halen wat erin zit.' Lili zag er strijdvaardig uit. 'Elk glas wijn voordat je naar bed gaat, elke *petite mort* in bed, elk nieuwtje dat hij zich in bed laat ontglippen. Er zijn veel te weinig genoegens te beleven aan dit werk. Het eten is verschrikkelijk, er is bijna geen sterkedrank, de sigaretten worden steeds schaarser en de kleren zijn afgrijselijk. We hebben nachtmerries, zien zo grauw als een asbak en leven constant in angst om te worden gearresteerd. Dus voel je maar niet schuldig voor het kleine beetje genoegen dat jij eraan beleeft, van wie het ook afkomstig is. Neem het ervan.'

Eve nam nog een slok van het zure brouwsel. 'Begin je h-h-helemaal niet over de zonde?' Ondanks haar ogenschijnlijke frivoliteit was Lili opmerkelijk vroom; ze had altijd een rozenkrans bij zich wanneer ze de grens overstak en sprak vol warmte over haar biechtvader en de nonnen in Anderlecht.

'We zijn stervelingen, dus we zondigen.' Lili haalde haar schouders op. 'Dat is onze taak in het leven. De Heer vergeeft ons, dat is zijn taak.'

'En wat is jouw taak? Ons allemaal opbeuren wanneer we in de put zitten?' Zelfs de onverstoorbare Violette had haar sombere momenten. Eve had gezien hoe ze op een avond moedeloos was en helemaal trilde toen ze een neergehaalde piloot halverwege de grens aan een Duitse wachtpost had verloren, en toen was het Lili geweest die Violette had opgebeurd, zoals ze vanavond ook met Eve deed. 'Ben jij nooit bang en moedeloos?'

Lili haalde bijna luchthartig haar schouders op. 'Het gevaar jaagt me geen angst aan, maar ik zie het liever niet. En moet jij niet aan het werk? Ik in elk geval wel.'

Tien minuten later was ze vertrokken, met een rapport op rijstpapier in de steel van haar paraplu gerold. Eve ging de andere kant op en liep naar Le Lethe. Toen ze binnenkwam in het restaurant, waar de tafels al waren gedekt, kwam ze langs Christine, die haar rokken opzijschoof.

'Hoer,' fluisterde ze nauwelijks hoorbaar. Eve bleef staan en keek over haar schouder. Ze trok haar wenkbrauwen op en probeerde even vernietigend uit haar ogen te kijken als Lili.

'Ik weet niet wat je bedoelt.'

'Ik heb je wel gezien.' Christines fluisterende stem klonk vol haat, maar haar blik bleef gericht op de kaarsen die ze aanstak. 'Ik heb wel gezien hoe je na afloop van de dienst de trap op ging naar de kamer van Monsieur Bordelon. Hij is een profiteur en jij bent –'

Eve ging snel een stap naar voren en greep Christine bij haar pols. 'Als je er ook maar iets van zegt, zorg ik dat je ontslagen wordt. Een keer roddelen en het is gedaan met je baantje en de restjes *tartiflette* en *bisque d'homard* die je aan het einde van de dag kunt krijgen. Hoor je me?' Ze plantte haar nagels in Christines pols en ging aan de kant zodat de passerende obers met hun dienbladen met kristallen glazen er niets van zouden merken. 'Ik zorg dat je ontslagen wordt,' herhaalde Eve, zonder ook maar één keer te stotteren. 'En op de zwarte lijst komt. Dan krijg je nergens meer een baantje in deze stad en ga je dood van de honger.'

Christine rukte zich los. 'Hoer,' fluisterde ze nog een keer.

Eve haalde haar schouders op en maakte zich uit de voeten. Zo noemde ze zichzelf nu al een paar dagen. Maar op dat moment ontdekte ze dat ze zich niet door een ander zou laten uitmaken voor hoer, en al helemaal niet door een vrouw die nog dommer was dan een kom kreeftensoep.

Hoofdstuk 21
Charlie

Mei 1947

'Dit herinner ik me wel.' Eve wees naar de stenen boogbrug over de trage blauwe rivier die door Limoges kronkelde. Een oude en romantische romaanse brug, dacht ik, waarover toeterende Franse autootjes scheurden die er merkwaardig modern uitzagen. 'Het was aan het begin van de avond, niet 's middags,' vervolgde Eve. 'René Bordelon was daar blijven staan, bij de rivier, en zei dat hij het nog net vond kunnen wanneer een café eten op een terras serveerde, maar dat hij het een aanfluiting vond voor een fatsoenlijk restaurant. Met dat uitzicht zou hij het nog wel kunnen overwegen, zei hij.'

Ze draaide zich om, stak haar handen in de zakken van haar gerafelde trui en keek naar de groene heuvel, de bomen, de gebouwen langs de oever. 'Die klootzak heeft gekregen wat hij wilde. Hij heeft zijn tweede restaurant geopend aan de oever, met dit uitzicht.'

Ze liep weg door een straatje met kinderkopjes. Ik keek Finn aan, en we haalden allebei onze schouders op en gingen achter haar aan. Eve was vroeg wakker geworden, en we waren in korte tijd van Parijs naar Limoges gereden. Eve was weer spraakzaam geweest en had ons elke kilometer getrakteerd op een nieuw oorlogsverhaal, dat ik soms met moeite kon geloven (een mislukte aanval op de *Kaiser*?). Ze had ons naar een hotel in de buurt van de middeleeuwse kathedraal van Limoges geleid, Finn opdracht gegeven de Lagonda te parkeren en was naar binnen gegaan om de receptionist in rap Frans allerlei vragen te stellen en met een briefje in zijn gezicht te zwaaien – het briefje met het adres van de tweede Lethe, waar Rose had gewerkt, dat ik haar had gegeven. Zodra Finn was teruggekomen, was Eve te voet de stad in gegaan en had ze ons door de kronkelende straatjes met kinderkopjes geleid. Limoges was een mooie stad: treurwilgen op de oevers van de rivier, gothische torenspitsen die in de lucht prikten, bakken met geraniums aan de balkons, en het was niet grotendeels verwoest, zoals de steden in Noord-Frankrijk, dat vrijwel volledig door de nazi's was platgewalst.

'Het is hier heel wat vrediger dan in Parijs,' zei Finn, mijn gedachten verwoordend. Hij stapte voort in zijn hemdsmouwen en werd afkeurend bekeken door Fransmannen in onberispelijke zomerpakken, maar de vrouwen schenen zijn verfomfaaide verschijning wel op prijs te stellen, als ik tenminste op hun blikken kon afgaan. Finn keek naar al die passerende gezichten: de drukke jonge moeders met hun strohoeden, de mannen die fronsend naar de krant op hun cafétafeltje staarden. 'Roze wangen,' merkte hij op. 'Niet de bleke en ingevallen gezichten die we in het noorden zagen.'

'Dit was de Vrije Zone,' zei ik. Ik kon Finn eindelijk bijbenen nu ik platte sandalen en een driekwartbroek droeg en niet meer op hoge hakken liep. 'Dat Vichy-regime was ook niet alles, maar mensen hadden het hier in elk geval wel beter dan in het noorden.'

'Ho,' zei Eve, die voor ons liep. 'Dat zou ik niet zo stellig durven te beweren. Ze hadden wel te maken met de Milice, en dat waren vuile schoften.'

'De Milice?' vroeg Finn.

'De Franse militie die het vuile werk voor de moffen mocht opknappen. Ik heb die k-klootzakken altijd gehaat.'

'Maar Eve, tijdens jouw oorlog was de Milice er nog niet.' Ik was nieuwsgierig en hield mijn hoofd schuin. 'Je hebt helemaal niet meegevochten tijdens de laatste oorlog.'

'Dat zeg jij, yank.'

'Wacht eens even. Heb je ook tijdens de tweede oorlog gewerkt? Wat heb je –'

'Dat is niet relevant.' Eve bleef plotseling staan en keek op toen er klokgelui weerklonk in de lome zomerlucht. 'Die klokken. Ik k-kan me die klokken nog herinneren.' Ze marcheerde weer stram verder langs de oever en ik liep hoofdschuddend achter haar aan.

'Wat was de laatste keer dat je in Limoges was?' vroeg Finn.

'Augustus 1915,' zei Eve, die niet omkeek. 'René had me meegenomen voor een weekend.'

Het waren slechts enkele woorden, maar mijn vermoeden veranderde in zekerheid – een vermoeden over de elegante eigenaar van Le Lethe. Alleen al uit de afschuw die in Eves stem doorklonk had ik opgemaakt dat hij iets speciaals voor haar had betekend; je kunt iemand niet zo hartgrondig haten wanneer er geen persoonlijke band is geweest. Nu wist ik het zeker: hij was haar minnaar geweest. Eve was met de vijand in bed gedoken om hem te bespioneren.

Ik keek naar haar, hoe ze daar trots liep met haar verweerde gezicht en als een soldaat over de kinderkopjes marcheerde. Destijds was ze niet veel ouder geweest dan ik nu was. Zou jij met een mof het bed in duiken om hem te bespioneren, Charlie? Zou ik kunnen doen alsof ik hem mocht, om zijn grapjes kunnen lachen, hem mijn blouse laten losknopen, zodat ik zijn bureau kon doorzoeken, hem kon afluisteren en nuttige informatie kon verzamelen? In de wetenschap dat ik meteen zou worden geëxecuteerd wanneer ik werd gepakt?

Ik keek naar Eve en voelde een grote bewondering. Ik wilde niet alleen dat ze me mocht; ik wilde op haar lijken. Ik wilde Rose aan haar voorstellen: 'Dit is nou die ouwe taart die me heeft geholpen om jou te vinden toen iedereen het al had opgegeven.' Ik zag voor me hoe Eve Rose aankeek met die meewarige blik en hoe Rose die blik doodleuk beantwoordde. Ik zag voor me hoe we met zijn drieën zaten te drinken en dingen bespraken, het vreemdste trio vrouwen dat ooit vriendinnen was geworden.

Ik vroeg me af of Eve een vriendin had die evenveel voor haar betekende als Rose voor mij. In al haar verhalen over de oorlog had ze het alleen over Violette gehad, die Eve in Roubaix in haar gezicht had gespuugd.

'Wat trek jij opeens een ernstig gezicht,' zei Finn, die naar me keek.

'Ik loop gewoon wat te peinzen.' Het lukte me niet om me treurig te voelen. De zon scheen en om de paar passen streek mijn arm langs die van Finn, en dat vervulde me van een heerlijke huivering. 'Met elke stap komen we dichter bij Rose.'

Hij trok een wenkbrauw op. 'Hoe weet je zo zeker dat ze rustig zit te wachten tot wij haar hebben gevonden?'

‘Ik weet het niet.’ Ik probeerde het gevoel onder woorden te brengen. ‘Hoe dichter we bij haar komen, hoe groter mijn hoop wordt.’

‘Ook al heeft ze je – wat is het? – drie, vier jaar niet geschreven?’

‘Misschien heeft ze me wel geschreven. Tijdens de oorlog raakten er constant brieven zoek. En de laatste keer dat ik haar zag, was ik trouwens pas elf. Misschien vond ze me nog wel te jong om zoiets schandaligs te horen als…’ Ik gaf zwijgend een klopje op mijn buik. ‘Ik voel steeds duidelijker dat ze hier is. Eve maakt me wel belachelijk wanneer ik zeg dat ik het zou hebben gevoeld, maar –’

Eve bleef plotseling staan, waardoor ik bijna tegen haar op botste. ‘Le Lethe,’ zei ze kalm.

Een paar jaar eerder was het waarschijnlijk een mooi restaurant geweest. Het was een mooi vakwerkhuis met een smeedijzeren hek om het terras, waar je optimaal kon genieten van het uitzicht. Maar het uithangbord met de vergulde letters LE LETHE was beklad met rode verf en het grote raam aan de voorkant was dichtgetimmerd. Het was lang geleden dat obers hier *vichyssoise* en *millefeuilles* hadden geserveerd.

‘Wat is er gebeurd?’ vroeg ik, maar Eve liep al naar de middeleeuwse deuren, die waren afgesloten met een hangslot. Ze wees naar de letters die in het hout waren gekrast en die half verborgen gingen onder een laag verf: COLLABOR–

‘Collaborateur,’ zei ze kalm. ‘Nog steeds je oude streken, René? Dat had je na de eerste keer toch moeten weten, dat de moffen altijd verliezen.’

‘Dat kun je achteraf makkelijk zeggen,’ zei Finn mild. ‘Dat is niet zo duidelijk als je ermiddenin zit.’

Maar Eve liep al naar het volgende gebouw, stak haar hand uit en ramde op de deur. Er werd niet opengedaan, en we gingen naar het volgende huis. We probeerden het bij vier verschillende huizen, kregen een huisvrouw te spreken die helemaal niets over het vroegere restaurant bleek te weten, en vonden uiteindelijk een stokoude Franse vrouw met een sigaret tussen haar vingers en bittere, bittere ogen.

‘Le Lethe?’ antwoordde ze op Eves vraag. ‘Dat is eind ’44 gesloten. Opgeruimd staat netjes.’

‘Hoezo opgeruimd staat netjes?’

Een misprijzende trek om de mond van de vrouw. ‘Die tent was een moffennest. Iedere ss-officier ging daar op zijn vrije avond met een hoer aan zijn arm naartoe.'

'En dat stond de eigenaar zomaar toe?' Eve had opeens een totaal andere houding aangenomen, zachter en gedweeër, en ze sprak op gemoedelijke toon. Ze was een ander geworden, net als in het pandjeshuis in Londen, en ik hield me samen met Finn op de achtergrond zodat zij haar toverkunsten kon opvoeren. 'Hoe heette de eigenaar?'

'René du Malassis,' zei de oude vrouw, en ze spuugde op de grond. 'Een profiteur. Volgens sommige mensen werkte hij voor de Milice, en dat zou me niks hebben verbaasd.'

René du Malassis. Ik sloeg de naam op, ook al vroeg Eve: 'Wat is er met Monsieur Du Malassis gebeurd?'

'Die is met Kerstmis '44 opeens spoorloos verdwenen. Hij wist welke kant het opging. God mag weten waar hij naartoe is gegaan, maar hier heeft hij zich in elk geval niet meer vertoond.' De vrouw begon onaangenaam te grijnzen. 'Als hij hier was gebleven, had hij vanzelf aan een lantaarnpaal gebungeld.'

'Vanwege collaboratie?'

'Er zijn collaborateurs, *madame*, en mensen zoals hij. Weet u wat Du Malassis in '43 heeft gedaan? Na de avonddienst liet hij een jonge souschef naar buiten sleuren en verkondigde hij dat de man een dief was. Hij fouilleerde hem daar midden op straat terwijl iedereen stond toe te kijken: al het personeel van het restaurant, mensen uit de buurt die net als ik op het kabaal afkwamen.'

Ik zag het voor me: de avondmist die opsteeg van de rivier, de omstanders die grote ogen opzetten, de souschef in een schort die stond te trillen als een riet. Eve zweeg en luisterde zo geconcentreerd dat ze wel versteend leek. De oude vrouw vertelde verder.

'Du Malassis haalde een handvol tafelzilver uit de zakken van de jongen en zei dat hij de politie zou bellen. Bezwoer dat hij de jongen zou laten arresteren en op transport naar het oosten zou laten zetten. De Heer mag weten of hij dat ook echt kon laten doen, maar iedereen wist dat Du Malassis nog het een en andere tegoed had van de nazi's. De jongen probeerde te vluchten. Du Malassis had een pistool in de zak van zijn elegante jasje zitten en schoot de jongen in zijn rug voordat hij ook maar tien meter had kunnen afleggen.'

'Is dat zo?' vroeg Eve zacht. Ik huiverde.

'Ja, dat is zo.' De oude vrouw klonk bits. 'En Du Malassis stond daar gewoon zijn handen af te vegen aan een zakdoek en een gezicht te trekken vanwege de kruitdampen. Zei tegen de gerant dat hij de autoriteiten moest bellen en de rommel moest laten opruimen. Toen keerde hij het lijk van de jongen de rug toe en ging hij weer naar binnen, als een koele kikker. Zo'n soort man was hij. Niet alleen een collaborateur. Een elegante moordenaar.'

Finn vroeg: 'Hebben de nazi's er nog moeilijk over gedaan?'

'Voor zover ik weet niet. Hij had waarschijnlijk nog het een en ander tegoed, want zijn restaurant bleef goed draaien. O, er waren genoeg mensen in Limoges die hem maar al te graag hadden opgeknoopt, en dat wist hij. Daarom is hij ook gevlucht zodra het duidelijk was dat de Duitsers de oorlog zouden verliezen.' De oude vrouw nam een trekje van haar sigaret en keek ons indringend aan. 'Waarom willen jullie dit allemaal weten? Du Malassis is toch geen familie van jullie?'

'Van de duivel misschien,' zei Eve enigszins venijnig, en de twee vrouwen keken elkaar met een strakke blik aan. 'Bedankt voor uw tijd,' zei Eve, en ze liep weg. Maar ik stapte op de vrouw af en sprak haar aan met mijn Amerikaanse Frans.

'*Excusez-moi, madame.* Ik ben wel op zoek naar een familielid, iemand die misschien bij Le Lethe heeft gewerkt. Geen collaborateur,' voegde ik er haastig aan toe toen de vrouw me fronsend aankeek. 'Misschien hebt u haar weleens gezien. Mensen merkten Rose nu eenmaal op. Jong, blond, luide lach.' Ik pakte de oude foto die Rosie me in '43 bij een van haar brieven had gestuurd. De foto waarop ze lachend over haar schouder keek, net als Betty Grable op die pin-upfoto. Voordat de vrouw ook maar een woord had uitgebracht, wist ik al dat ze Rose had herkend.

'Ja,' zei ze. 'Knap meisje. Je zag hoe die klootzakken van de SS hun hand op haar heupen legden wanneer ze hun drankjes kwam brengen, maar dan begon ze niet te lonken zoals sommigen van die sletten die Du Malassis in dienst nam. Dan vond ze wel een manier om per ongeluk een drankje uit haar handen te laten vallen en zich vervolgens poeslief te verontschuldigen. Dat zag je zelfs van de andere kant van het terras.'

Daardoor was ik helemaal van mijn stuk. Een nieuwe herinnering aan Rose over dingen die ik niet had meegemaakt. Rose die bier over

Duitse soldaten gooide. Ik kreeg tranen in mijn ogen. Het was typisch iets voor haar.

'Wanneer hebt u haar voor het laatst gezien?' Mijn stem klonk schor, en toen drong het tot me door dat Finn mijn hand had gepakt en stevig vasthield.

'Voordat het restaurant gesloten werd. Ze is daar waarschijnlijk vertrokken.' De vrouw spuugde weer op de grond. 'Het was geen plek voor nette meisjes.'

Ik voelde me opeens terneergeslagen. Ik had zo gehoopt dat Rose nog in leven was en nog in Limoges woonde. Maar ik keek de oude vrouw aan en dwong mezelf naar haar te glimlachen. 'Dank u voor uw hulp, *madame*.'

Ik had gelukkig nog meer ideeën.

Die nacht had Eve weer een van haar aanvallen. Ditmaal begon ze niet te schreeuwen, maar wekte ze me met een reeks doffe dreunen tegen de muur die onze kamers van elkaar scheidde. Ik stak mijn hoofd om de hoek van de gang. Geen Finn. Alleen ik.

Ik trok mijn trui aan over mijn onderjurk, schuifelde naar Eves deur en legde mijn oor tegen de panelen. Nog steeds die doffe bons, alsof ze met iets tegen de muur sloeg. Hopelijk niet haar hoofd, dacht ik, en ik klopte zachtjes aan. 'Eve?'

Het gebons ging door.

'Niet dat pistool op me richten. Ik kom naar binnen.'

Eve zat in de hoek op de vloer, maar ditmaal keek ze helder uit haar ogen en zat ze niet te mompelen terwijl ze wakend in de greep was van nachtmerries. Ze staarde naar het plafond, met de Luger in haar hand, en ze dreunde methodisch met de kolf tegen de muur. Bons. Bons. Bons.

Ik legde mijn handen op mijn heupen en keek haar boos aan. 'Moet dat nou?'

'Dan kan ik beter nadenken.' Bons. Bons.

'Het is al na twaalven. Kun je niet beter gaan slapen in plaats van na te denken?'

'Dat heb ik nog niet geprobeerd. Dan krijg ik vast weer nachtmerries. Ik wacht wel tot het ochtend is.' Bons. Bons.

'Probeer dan iets zachter te bonzen.' Ik wilde weer weggaan en draaide me gapend om. Eve riep me terug.

'Blijf maar. Ik kan je handen goed gebruiken.'

Ik keek over mijn schouder. 'Waarom?'

'Kun je een Luger demonteren?'

'Dat heb ik niet geleerd op Bennington.'

'En ik dacht nog wel dat Amerikanen dol waren op vuurwapens. Ik leg het je wel uit.'

Ik ging in kleermakerszit tegenover Eve zitten en ze wees de verschillende onderdelen van het pistool aan en zei hoe ze heetten terwijl ik het pistool onhandig uit elkaar haalde. 'De loop... De zijplaat... De slagpin...'

'Waarom leer ik dit?' vroeg ik, en ik begon te piepen toen ze me op mijn knokkels sloeg omdat ik de as de verkeerde kant op duwde.

'Ik kon pas echt goed nadenken wanneer ik een Luger demonteerde. Maar dat kan ik niet goed met mijn verminkte handen, dus maak ik maar gebruik van de jouwe. Pak de olie eens uit mijn tas.'

Ik begon de losse onderdelen van het pistool neer te leggen. 'Waarover denk je na?' Haar ogen hadden een bepaalde afwezige glinstering die niet aan de whisky te wijten was, hoewel ik de gebruikelijke flacon met de vinger amberkleurige vloeistof wel bij haar knie zag staan.

'René du Malassis,' zei ze. 'Of liever gezegd, René Bordelon. En waar hij naartoe is gegaan.'

'Je gaat er dus blijkbaar van uit dat hij nog in leven is.' Dat had ze in Roubaix nog ten stelligste ontkend.

'Dan is hij nu drieënzeventig,' zei Eve zacht. 'Maar ja, ik gok dat hij nog in leven is.'

Ze kon de rimpeling die over haar gezicht trok niet onderdrukken, een rimpeling van zowel haat als zelfhaat. Het kwam zelden voor dat ze er niet in slaagde een emotie te verhullen. Ze zag er bijna kwetsbaar uit, en ik kreeg een beklemd gevoel in mijn borstkas door de neiging om haar te beschermen. 'Waarom weet je zo zeker dat die Du Malassis dezelfde is als jouw Bordelon?' vroeg ik vriendelijk.

Een vaag glimlachje. 'Du Malassis is de achternaam van de uitgever van *Les fleurs du mal* van Baudelaire.'

'Ik begin een hekel te krijgen aan Baudelaire, en dat terwijl ik hem niet eens gelezen heb.' Daar was ook geen enkele noodzaak toe.

'Dan heb je mazzel.' Haar stem klonk onaangedaan. 'Ik moest luisteren terwijl René zijn hele verdomde oeuvre regel voor regel citeerde.'

Ik zweeg even en hield de loop van de Luger in mijn ene hand en de lap met olie in de andere. 'Dus jullie waren...'

Ze trok een wenkbrauw op. 'Ben je geschokt?'

'Nee, ik ben ook geen heilige.' Ik klopte op het Probleempje, dat de afgelopen dagen iets gelukkiger leek. Ik was nog steeds heel moe, maar niet meer zo misselijk, en ik kreeg ook geen vreemde gedachten meer door vanuit mijn buik.

'René heeft me meegenomen naar dit hotel.' Eve keek de kamer door alsof ze er niet helemaal bij was. 'Niet deze kamer. Hij zou nooit genoegen hebben genomen met zo'n klein hok. De beste kamer van het hotel, op de derde verdieping, met grote ramen, blauwe fluwelen gordijnen. Een reusachtig bed...'

Ik vroeg maar niet wat ze in dat bed hadden gedaan. Ze had niet voor niets besloten om de hele nacht wakker te blijven en de kans op nachtmerries te vermijden. 'Hoe werkt dit?' mompelde ik terwijl ik naar de verschillende onderdelen van het pistool keek, en ze liet me zien hoe ik de verschillende stukken met de lap moest insmeren. 'Dus toen René Bordelon uit Lille moest vluchten, werd hij René du Malassis,' zei ik ten slotte. 'En nadat hij uit Limoges is gevlucht, is hij weer verdwenen. Hoe is hem dat gelukt, terwijl er zoveel collaborateurs zijn gepakt?' Ik dacht aan de foto's van dat soort mensen die ik in de krant had gezien, mannen en vrouwen die publiekelijk vernederd werden of nog erger. De oude Franse vrouw had het niet voor niets over mensen gehad die aan lantaarnpalen bungelden.

'René was niet achterlijk.' Met haar onhandige handen zette Eve de smeerolie weg. 'Hij bediende de mensen die de macht hadden, maar hij vergat nooit dat ze weleens konden verliezen. En wanneer hij wist dat ze ook echt zouden verliezen, had hij een plan om zich met zijn geld als een haas uit de voeten te maken en opnieuw te beginnen onder een nieuwe naam, na Lille en na Limoges.' Ze zweeg even en dacht na. 'Ik denk dat hij zijn eerste vluchtplan al aan het voorbereiden was toen hij me hier in '15 mee naartoe nam. Dat had ik toen niet door; hij zei dat hij panden voor een tweede restaurant wilde bekijken. Ik ging ervan uit dat hij wilde uitbreiden, maar misschien wilde hij dat helemaal niet. Misschien zocht hij alleen maar een plek waar hij een nieuw leven kon beginnen wanneer daar opeens de noodzaak toe was. En die noodzaak deed zich dus voor.'

'Hmm.' Ik legde de laatste onderdelen van het pistool neer. Ik had ze allemaal ingesmeerd. Mijn handen zaten helemaal onder de olie, maar ik had wel belangstelling gekregen voor het hele proces. Als ze me nou hadden geleerd hoe je pistolen demonteerde bij huishoudkunde, en niet hoe je koekjes moest bakken, had ik misschien wel beter opgelet. 'Maar behalve de naam is er nog een verschil tussen René Bordelon en René du Malassis.'

'En dat is, yank?'

'De bereidheid om de trekker over te halen.' Ik keek naar de trekker van de Luger, die zich onschuldig schuilhield tussen de andere losse onderdelen. 'Volgens jouw beschrijvingen was hij in de eerste oorlog veel te weekhartig om zelf het vuile werk op te knappen. Toen hij een dief – jouw voorganger – in zijn restaurant betrapte, riep hij de Duitsers en liet hij ze de dief executeren. In de volgende oorlog, zo vertelde die oude vrouw, aarzelde hij niet om zelf de trekker over te halen.'

'Dat is inderdaad een hele st-stap,' zei Eve. Ze klonk alsof ze al langer over deze stappen had nagedacht.

'Dus waarom is hij veranderd?' vroeg ik. 'Waardoor is hij tegen het einde van de eerste oorlog van een kunstminnende oorlogsprofiteur in...' Ik herinnerde me de woorden van de oude vrouw. '...een elegante moordenaar veranderd?'

Eve keek me aan met een slinkse glimlach. 'Dat komt vermoedelijk door mij.'

Ik stelde vast dat er een onbekende in deze rekensom was, maar voordat ik ernaar kon vragen, gebaarde Eve dat ik de Luger weer in elkaar moest zetten en klemde ze haar lippen opeen. Ik veranderde van tactiek.

'Hoe gaan we hem nu vinden? Hij zal zich wel niet meer Du Malassis noemen, maar een andere naam hebben aangenomen.' Ik schoof de kolf in de loop. 'Waar zou hij naartoe zijn gegaan nadat hij uit Limoges is gevlucht?' En ik kreeg de rillingen toen ik bedacht dat we niet alleen op een oude profiteur en een oude vijand joegen, maar... op een moordenaar.

'Er is een Engelse officier met wie ik contact kan opnemen,' zei Eve, die me volgde in mijn nieuwe benadering. 'Iemand die ik nog van vroeger ken. Hij coördineerde verschillende spionagenetwerken, en dat deed hij ook in de laatste oorlog. Op dit moment is hij in Bordeaux gestationeerd; ik heb hem vanuit Londen gebeld, maar hij was op eendenjacht. Ondertussen is hij vast wel terug. Als er iemand is die informatie over een collaborateur kan opduiken, is hij het wel.'

Ik vroeg me af of dit de kapitein Cameron was over wie ze het al eerder had gehad. Hij leek me wel geschikt, door de verhalen die ze had verteld. Ik wilde hem weleens zien om te kijken of hij overeenkwam met het beeld dat ik van hem had gekregen, maar ik moest mijn eigen spoor volgen.

'Dan bel jij die vriend in Bordeaux,' zei ik. 'Ik neem Finn en de auto en ga op zoek naar mijn nicht.'

Eve trok een wenkbrauw op terwijl ze me liet zien hoe je de loop van de Luger naar beneden moest duwen om de druk op de veer te verminderen. 'Waar wil je dan naar je nicht gaan zoeken? Ze kan overal zijn als ze nog in leven is.'

'Mijn tante zei dat ze in eerste instantie naar een dorp in de buurt van Limoges was gestuurd om te bevallen. Zo'n gehucht waar ze gevallen meisjes naartoe sturen.' Ik begon dat pistool nu een beetje door te krijgen; de onderdelen gleden makkelijk tussen mijn vette vingers. 'Rose is daar gebleven om haar kind te krijgen en is vier maanden later in Limoges gaan werken. Maar misschien heeft ze het kind bij mensen in het dorp achtergelaten, zodat die ervoor konden zorgen. Misschien is ze daar weer naartoe gegaan toen ze is gestopt met werken in Le Lethe. Wie weet? Maar het is een kleine stad, en in een kleine stad kent iedereen elkaar. Er is vast iemand die Rose van de foto herkent.' Ik haalde mijn schouders op. 'Ik moet toch ergens beginnen?'

'Een g-goed plan,' zei Eve, en ik bloosde van trots omdat ze het met me eens was. 'Haal dat pistool nog eens uit elkaar.' Ik demonteerde de Luger nog een keer, en Eve begon een ander verhaal te vertellen: over het weekend dat ze hier in 1915 met René Bordelon had doorgebracht. 'We kwamen met de trein en hij nam me mee om een nieuwe jurk te kopen. Ik kon natuurlijk best in een jurk van mijn werk naar zijn kamer komen, maar hij wilde niet op de promenade of in de schouwburg met me worden gezien terwijl ik in een oude jurk liep. Het was een Poiret, amandelgroene geribbelde zijde afgezet met zwart fluweel en met drieënveertig fluwelen knoopjes op de rug. Hij telde ze wanneer hij ze losmaakte...'

Ik monteerde de slagpin en vroeg me af wat Eve van plan was wanneer ze haar oude vijand had gevonden. Zou ze hem laten arresteren? Iedereen wist dat de Fransen niet erg zachtzinnig met collaborateurs omsprongen. Of zou ze gewoon op de Luger vertrouwen om er een einde aan te maken? Dat leek me zeker een mogelijkheid.

Wat heeft hij met je gedaan, Eve? En wat heb jij met hem gedaan?

Ze vertelde me dat de rivier in Limoges bij haar vorige bezoek grijs was geweest en niet knalblauw, zoals nu. Hoe de bladeren om de hakken van haar nieuwe leren schoenen hadden gedwarreld. 'Je kunt het je allemaal nog zo goed herinneren,' zei ik toen ik haar het schoongemaakte en gesmeerde pistool overhandigde.

'Natuurlijk.' Eve sloeg het laatste beetje whisky achterover. 'Dat was het weekend dat ik niet ongesteld werd en bang was dat ik zwanger was van René.'

Hoofdstuk 22

Eve

September 1915

De herfst was nauwelijks begonnen en de kou had de stad al in zijn greep als een bankschroef. Lille was een stad van twee werelden die naast elkaar leefden, maar die door de dalende temperaturen nu nog duidelijker van elkaar gescheiden waren. Aan de ene kant de Duitsers, die over alle benodigde kolen, kaarsen en koffie beschikten. Aan de andere kant de Fransen, die deze goederen niet hadden. De twee werelden werden beschreven als 'Frans' en 'Duits', of 'overwonnenen' en 'overwinnaar', maar nu was het gewoon 'koud' en 'niet koud'.

Eve merkte er niets van. Ze was zwanger, en dat besef had elke gedachte uit haar lichaam verdreven.

Het was nog niet zo lang, maar het was niet moeilijk om de aanwijzingen op te merken. Ze was twee maanden niet ongesteld geweest; sommige vrouwen in Lille fluisterden dat hun cyclus onregelmatig werd doordat ze half uitgehongerd waren, maar Eve had helaas niet de indruk dat dit bij haar het geval was. Ze was ondertussen graatmager, maar ze kreeg nog genoeg restjes uit Le Lethe om niet van de honger om te komen. En er waren trouwens andere onmiskenbare aanwijzingen: haar borsten waren opeens gevoeliger, ze kon op elk moment van de dag opeens ontzettend moe zijn en ze moest soms een onverwacht gevoel van misselijkheid onderdrukken wanneer er een sappig stuk vlees uit de keuken langskwam of wanneer ze een scherp ruikend stuk morbier moest opdienen.

Eve wist het zeker. Ze was zwanger van René Bordelon.

Dat besef had haar tot wanhoop moeten drijven, maar ze had geen tijd om wanhopig te zijn. Er was veel te doen voor het Alice-netwerk. De Fransen waren een grootscheeps offensief begonnen in de Champagne; de Duitse *Kommandant* en zijn generaals hadden daar veel bittere woorden over gesproken tijdens de koffie. Woorden die Eve rapporteerde. Ze draaide uren wanneer ze bediende en nog meer uren wanneer ze bij René in bed lag, en werkte zo op de een of andere manier minstens negentien uur per dag. Ze gaf informatie door over geschutstellingen, over het dodental, over treinschema's en opslagplaatsen. Ze was er zo aan gewend om in spanning te zitten dat het bijna gewoon leek; ze hield haar gezicht en haar stem vrijwel altijd in bedwang en vroeg zich soms af of ze nog wel spontaan kon reageren. Nu haar lichaam had besloten haar te verraden, mocht ze niet opeens in paniek raken of wanhopig worden. Dat mocht echt niet.

Die zaterdag deed Eve de deur open voor Violette, die langskwam tijdens haar vaste ronde door Lille, en ze huilde bijna van opluchting. Ze had de hele week al elke avond nachtmerries gehad waarin Violette juist nu werd gearresteerd. Eve had Violette nooit echt gemogen, maar had haar nu heel hard nodig.

Violette moest iets van haar opluchting hebben gezien, want achter die ronde brillenglazen flakkerde verbazing op. 'Je lijkt wel blij om me te zien,' zei ze terwijl ze de modder van haar oude rijglaarzen schraapte. Ze fronste en voegde eraan toe: 'Is er nog nieuws?'

'Geen nieuws,' zei Eve. 'Maar ik heb hulp nodig, en jij bent de enige aan wie ik het kan vragen.'

Violette trok haar handschoenen uit en wreef in haar handen terwijl ze Eve nieuwsgierig aankeek. 'Waarom aan mij?'

Eve haalde diep adem. 'Lili z-z-z... zei dat je verpleegster was.'

'Het Rode Kruis, ja. Maar niet lang. De oorlog was net begonnen.'

Eve twijfelde opeens, maar ging toch verder, want wat had ze voor keuze? 'Ik ben zwanger,' zei ze botweg, en ze dwong zichzelf om Violette in de ogen te kijken. 'Kun je me helpen de zwangerschap af te breken?'

Violette staarde haar een tijdje aan en zuchtte diep. '*Merde*, ben je nou echt zo stom dat je dit werk met een affaire combineert? Vertel me nou niet dat je verliefd bent geworden op Antoine of –'

'Ik ben geen dom gansje,' snauwde Eve. 'Ik ben met mijn baas naar bed geweest om informatie uit hem los te krijgen, Violette. Heeft L-Lili je daar niets over verteld?'

'Natuurlijk niet.' Violette duwde de bril omhoog op haar neus. 'Heb je er niet aan gedacht om voorzorgsmaatregelen te nemen?'

'Dat heb ik geprobeerd. Het heeft niet geholpen.' Wanneer ze midden in de nacht uit zijn bed sloop en zich in zijn luxueuze badkamer stond te wassen, voelde ze zich nog onzediger dan wanneer ze met hem in bed lag, maar Eve had de handelingen nooit overgeslagen. Helaas had het niet geholpen. 'En voordat je het vraagt, andere dingen hebben ook niet mogen baten. Van de trap springen, hete baden, doses cognac. Niets.'

Violette zuchtte nog een keer, minder diep, en ging op de rand van het bed zitten. 'Hoelang?'

'Twee m-maanden, denk ik.' Eve vermoedde dat het al heel snel was gebeurd. Misschien al de tweede of de derde keer.

'Nog niet zover, dus. Goed.'

'Kun je me nou helpen of niet?' Eves hart bonsde in haar keel en haar stem ging er schrapend langs.

'Ik heb meer te maken gehad met verwondingen op het slagveld dan met zwangerschappen.' Violette sloeg haar armen voor haar borst. 'Waarom vertel je het niet aan Bordelon? Hij is rijk, dus misschien betaalt hij wel voor een echte dokter.'

Daar had Eve al over nagedacht. 'En als hij het kind wil houden?' Ze wist niet zeker of hij dat zou willen – René was niet echt een familiemens – maar Eve vermoedde dat hij wel iets van een stamhouder in zich had. Wat moest ze nu als hij bedacht dat Eve misschien wel een zoon zou krijgen en dat wel een… interessant idee vond?

'Dan zou je het later alsnog stiekem kunnen laten doen. Dan zeg je hem dat je een miskraam hebt gehad.'

Eve schudde haar hoofd. Ze kende René; hij hield niet van problemen en hij hield er niet van om geld uit te geven. Voor hem was een minnares iets moois wat nooit problemen veroorzaakte. En als ze het hem zou zeggen veroorzaakte ze moeilijkheden, of ze nou meedeelde dat ze een miskraam had gehad terwijl hij het kind had willen houden of hem vroeg of hij kon betalen om het weg te laten halen. Dan zou ze misschien haar baan bij Le Lethe kwijtraken. Nee, als ze voor Lili wilde blijven werken, moesten de dingen gewoon ongestoord verdergaan.

'Hm.' Violette stelde niet voor om het aan kapitein Cameron te vertellen of de andere officieren die verantwoordelijk waren voor het Alicenetwerk. 'Weet je wel dat de ingreep gevaarlijk kan zijn? En weet je zeker dat je het wilt?'

Eve knikte heftig. 'Ja.'

'Er bestaat een kans dat je doodbloedt. Het is nog vroeg in de zwangerschap. Je zou kunnen wachten. Misschien krijg je een miskraam –'

'Nee, doe het nou maar gewoon.'

Het kwam eruit als een wanhopige snauw. Het was niet alleen omdat ze per se wilde blijven en door wilde blijven werken, maar ook omdat ze misschien wel kalm leek, maar vanbinnen tegen een paniek streed die aan waanzin grensde. Ze had zoveel opgegeven sinds ze in Lille was – haar thuis, haar veiligheid, haar maagdelijkheid en zelfs haar naam – en dat had ze bewust gedaan voor een onbekende toekomst, een zonnige open plek ergens voorbij oorlog en de bezetters. En nu zat de bezetter ook in haar en eiste die haar voor zich op zoals de Duitsers Frankrijk opeisten, en was er geen toekomst meer. Ze was geen spion en soldaat meer, iemand die tegen de vijand streed en levens redde, maar een zwangere vrouw die gewoon naar huis zou worden gestuurd en als een hoer zou worden behandeld. Eve wist precies wat ze over zeven maanden kon verwachten als ze niets deed: dan was ze ongehuwd, ongewenst, werkloos, blut, uitgekotst, levenslang geketend aan een bezetter die door een vijand in een koude, uitgehongerde hel van een oorlogsgebied was gezaaid. Haar lichaam had haar verraden: het had haar genot geschonken in de armen van een profiteur en vervolgens een deel van hem gehouden, terwijl ze elke nacht haar best had gedaan om alle sporen van hem weg te spoelen. Ze zou haar lichaam niet toestaan om haar nog een keer te verraden.

Eve had wekenlang opgekruld in haar koude bed gelegen en tegen paniek- en angstaanvallen gevochten, en nam het risico om dood te bloeden op de koop toe als ze de kans kreeg om haar toekomst terug te veroveren op de bezetter.

Violette knikte afgemeten. 'In het netwerk zit ook een arts die mensen voor ons behandelt,' zei ze terwijl Eve met haar emoties worstelde. 'Aan zoiets waagt hij zich niet – hij gaat elke dag naar de kerk – maar ik kan wel een smoesje verzinnen zodat ik morgen zijn instrumenten kan lenen.'

'Morgen,' zei Eve met droge mond. 'Ja.'

Zondag. De dag des Heren, zalige dag, ironische dag, want het was de dag waarop Eve iets zou laten doen wat volgens de meeste mannen alleen een moordzuchtige hoer kon overwegen. Het kon alleen op zondag omdat Le Lethe die dag gesloten was. Dat betekende dat ze een hele dag vrij had om dood te bloeden of om te bloeden en te herstellen.

'Wat gebeurt er als ik doodga?' wist Eve uit te brengen toen Violette arriveerde met haar tas geleende instrumenten. 'Tijdens de ingreep, of daarna?'

'Dan laat ik je hier achter en kom ik nooit meer terug,' zei Violette rustig. 'Ik zal wel moeten. Ik word meteen gearresteerd als ik probeer je te laten begraven. Je buren vinden je wel na een dag of twee en dan wordt het een armeluisbegrafenis terwijl Lili oom Edward op de hoogte stelt.'

De grauwe werkelijkheid van dit soort plannen voelde als een dolksteek. 'G-goed. Laten we dan maar beginnen.' En laat ik proberen niet te sterven.

'Lig stil.' Dat bleef Violette die middag steeds herhalen. Eve wist niet waarom; ze lag zo stil als een marmeren beeld op een grafsteen. Misschien was het geruststellend bedoeld. Op het bed lagen schone lakens; Violette droeg een schort met banden aan de voorzijde die ze waarschijnlijk nog had uit haar tijd bij het Rode Kruis, en haar stem klonk even gedecideerd als die van een verpleegster. Instrumenten lagen te glimmen op een gevouwen doek, maar Eve durfde er niet goed naar te kijken. Ze trok haar onderrokken, haar ondergoed en haar kousen uit, alles onder haar middel, en ging liggen. Koud. Ze had het zo koud.

'Laudanum,' zei Violette, die de dop van een kleine flacon haalde, en Eve opende gedwee haar mond en slikte de druppels door. 'Het doet pijn, ik waarschuw je.' Haar stem klonk bruusk, dreigend, en Eve dacht aan Lili's woorden: 'Ik kan je verzekeren dat verpleegsters hoe dan ook de gewoonte hebben om te zaniken, wat ze ook doen.' Maar dat vond Eve op dat moment wel geruststellend.

Violette veegde haar instrumenten af met een of ander ontsmettingsmiddel. Ze maakte haar vingers schoon met hetzelfde stinkende spul en verwarmde de instrumenten even tussen haar handen. 'Artsen,' zei ze, ‘verwarmen hun instrumenten nooit. Ze beseffen niet hoe koud het metaal voelt op een vrouwenlichaam.’

Eve werd al helemaal duizelig van de laudanum. De kamer werd wazig. Haar lichaam voelde log en zwaar. ‘Heb je dit al eerder gedaan?’ hoorde ze zichzelf uit de verte vragen.

‘Eén keer,’ zei Violette op bruuske toon. ‘Eerder dit jaar... het zusje van Antoine, Aurélie. Ze werkt voor ons, begeleidt de koeriers om te voorkomen dat de plaatselijke bevolking argwanend wordt, en ze is een keer ’s nachts gepakt door Duitse soldaten die een beetje lol wilden hebben. Ze was negentien, het arme kind. Haar familie kwam naar me toe toen ze ontdekten dat die klootzakken haar zwanger hadden gemaakt.’

‘Heeft ze het overleefd?’ Eve keek naar de instrumenten in Violettes handen.

‘Ja, en daarna is het brave kind meteen weer aan het werk gegaan voor het netwerk.’

Als zij het kan, kan ik het ook, dacht Eve. Maar ze kon een huivering niet onderdrukken toen ze voelde hoe Violettes handen haar blote knieen uiteenduwden. Ze hoorde haar zeggen: ‘Kiezen op elkaar.’

Ondanks Violettes poging om het instrument te verwarmen stak het in Eve als een ijspegel. Toen de pijn kwam, was die hevig. ‘Lig stil,’ klonk het bevelend, hoewel Eve zich niet verroerde. Violette deed iets, Eve wist niet wat, want het leek allemaal heel ver weg. De pijn zwol aan en ebde weg, zwol aan en ebde weg. Koud. Eve sloot haar ogen en duwde alles in gedachten heel ver van zich af. ‘Lig stil.’

De instrumenten waren verdwenen. Het was klaar, maar het was nog niet afgelopen. Violette zei iets. ‘...zal nog wel gaan bloeden. Je raakt toch niet in paniek van een beetje bloed?’

‘Ik raak nergens van in paniek,’ zei Eve met haar verdoofde lippen, en Violette glimlachte onwillig.

‘Dat moet ik je nageven. Toen ik je voor het eerst zag, dacht ik dat je binnen een week al gillend zou terugrennen naar mammie.’

‘Het doet pijn,’ hoorde Eve zichzelf zeggen. ‘Het doet pijn.’

‘Ik weet het,’ zei Violette, en ze gaf haar nog een paar druppels laudanum. Bitter. Waarom smaakte alles in Lille bitter, behalve de dingen die afkomstig waren van René? Hij was de bron van lekker eten, goede wijn en kopjes warme cacao, terwijl alles wat ze met Lili en Violette deelde bitter en smerig was. In Lille was alles omgedraaid; het kwaad was zoet en het goede smaakte naar gal.

Violette haalde bebloede doeken weg en verving de lappen onder Eves heupen en tussen haar benen. 'Je doet het heel goed,' zei ze. 'Lig stil.'

Buiten luidden de kerkklokken voor de avondmis. Ging daar wel iemand naartoe? Wie dacht nog dat het ergens goed voor was om te bidden in deze stad? 'Lille,' zei Eve, en ze hoorde zichzelf Baudelaire citeren. ' "Haar zwarte betoveringen, haar angsten, heel die helse stoet, haar gifbekers, haar tranenvloed, haar knook-en-keten-rinkelingen!" '

'Je ijlt,' zei Violette. 'Probeer eens stil te liggen.'

'Ik weet dat ik aan het ijlen ben,' antwoordde Eve. 'En ik lig ook stil, bazige trut.'

'Stank voor dank,' merkte Violette op terwijl ze nog meer dekens op Eve legde.

'Ik heb het koud.'

'Ik weet het.'

En Eve begon heel hard te huilen. Niet vanwege de pijn of het verdriet, maar vanwege de opluchting. René Bordelon had geen vat meer op haar toekomst, en de opluchting bracht een stortvloed van tranen teweeg.

's Ochtends was het over.

Violette gaf haar een lijst met instructies. 'Misschien krijg je nog meer bloedingen. Zorg dat je heel veel lappen bij de hand hebt, schone lappen. En neem dit maar tegen de pijn.' Ze duwde de kleine flacon laudanum in haar hand. 'Ik zou wel willen blijven om je in de gaten te houden, maar ik moet vandaag terug naar Roubaix. Ik moet urgente rapporten over de grens smokkelen.'

'Ja.' Ze hadden per slot van rekening werk te doen. 'Wees voorzichtig, Violette. Je zei dat de moffen je de laatste reis iets te goed controleerden.'

'Als het moet, neem ik wel een andere route.' Als Violette bang was – en niemand in het netwerk kon het helpen als hij nu bang was; de Duitsers wisten dat er spionnen waren in de streek en het was bijzonder lastig om langs de controleposten te komen – zou ze dat nooit laten blijken. Dat hadden zij en Eve met elkaar gemeen. 'Kun je er op de een of andere manier voor zorgen dat je de komende tijd niet bij die profiteur in bed belandt? Je hebt tijd nodig om te genezen.'

'Ik zeg hem wel dat ik heel erg ongesteld ben. Dat vindt hij erg onsmakelijk.' Dan liet hij haar in elk geval een week met rust.

Violette perste haar lippen op elkaar. 'Hoe voorkom je nu dat dit nog een keer gebeurt?'

Eve huiverde. 'Ik... Ik weet het niet. De dingen die ik deed, hebben kennelijk niet geholpen.' Dit kon ze niet nog een keer doormaken. Nooit.

'Er zijn hulpstukken, maar die moeten door een arts worden ingebracht, en over het algemeen helpen ze geen ongehuwde meisjes. Pak een spons, drenk hem in azijn en duw hem naar binnen.' Violette deed het zo'n beetje voor. 'Geen waterdichte methode, maar beter dan niks.'

Eve knikte. 'Bedankt, Violette.'

Een snelle zwaai met haar hand, de dank wegwuivend. 'We hebben het er niet meer over. Nooit. Je weet wat mannen doen wanneer ze te weten komen dat je dit hebt gedaan. Niet alleen met jou, maar ook met mij, omdat ik je heb geholpen.'

'Geen woord.'

Ze keken elkaar even aan, en Eve dacht dat ze elkaar wel zouden hebben omhelsd als ze vriendinnen waren geweest. Ze knikten alleen, en toen trok Violette haar mof omhoog en ging ze de straat op, maar misschien waren ze toch vriendinnen. Misschien waren ze vriendinnen zoals mannen vaak vrienden werden: allemaal norsheid en geen geklets, alleen een gedeeld en woordeloos begrijpen. 'Veel succes in Roubaix,' riep Eve de sjokkende gestalte na, en Violette stak een hand op, maar draaide zich niet om.

Later zou Eve het betreuren dat ze Violette niet had omhelsd. Dat betreurde ze heel erg.

Eve was helemaal uitgeput en duizelig nadat ze naar de deur was gelopen om Violette uit te zwaaien. Ze kroop weer in bed, bleef daar liggen, met de dunne dekens helemaal opgetrokken, en liet de krampen in haar buik in lange, trage golven over zich heen spoelen. Een doffe pijn die aanzwol en wegebde. Ze kon het alleen maar doorstaan, en af en toe huilen. De tranen rolden over haar wangen en kwamen en gingen met de pijn.

Toen het donker werd, bloedde ze niet meer, maar voelde ze zich nog wel heel erg zwak. Ze liet een boodschap bij Le Lethe bezorgen waarin ze zei dat ze een zware griep had. René zou waarschijnlijk wel geërgerd zijn, maar daar viel niks aan te doen; Eve kon amper op haar benen staan en was dus niet in staat een hele avond met borden heen en weer te lopen naar de keuken. Dus bleef ze gewoon rustig liggen en vermaakte ze zich met het demonteren van de Luger. Dat stelde haar gerust, de geur van smeerolie en de koele loop in haar handen, en ze richtte in de lucht en stelde zich voor dat ze René een kogel tussen zijn ogen joeg. Op de derde dag was de Luger het schoonste pistool van heel Frankrijk en was Eve er stilletjes van overtuigd dat ze niet zou doodgaan. Ze ging weer aan het werk en ontliep de boze blikken van Christine, die duidelijk vond dat Eve moest worden ontslagen omdat ze drie diensten had gemist, maar desondanks wist dat dat niet zou gebeuren. Eve verontschuldigde zich zachtjes bij René, in de wetenschap dat ze er zo mager en ziek uitzag dat haar verhaal van een griep en een heel erge ongesteldheid wel geloofwaardig was, en aan het einde van de avond vroeg hij niet of ze naar boven wilde komen. Een geluk bij een ongeluk, dacht Eve toen ze naar huis strompelde, uitkijkend naar haar kamer en haar lege bed, dat helaas niet vol met Renés donzen kussens lag.

Maar toen Eve binnenkwam, was er al iemand in de kamer.

'Let maar niet op mij.' Lili zwaaide lusteloos. 'Ik ga hier gewoon zitten rillen.'

'Ik dacht dat je naar België zou gaan.' Eve deed de deur op slot. 'Om die neergehaalde vlieger te escorteren.'

'Dat heb ik ook gedaan.' Lili zat op de vloer, in de verste hoek, met opgetrokken knieën en met de versleten ivoren kralen van haar rozenkrans strak om haar gevouwen handen gewonden. 'De vlieger is uiteengereten door een mijn. Ik heb mijn berichten opgehaald in Brussel en ben meteen teruggegaan.'

Het was ijskoud in de kamer en Lili zat te rillen in haar witte overhemdblouse en grijze rok. Eve trok een deken van het bed en sloeg hem om haar schouders. 'Er zit bloed op je zoom.'

'Dat is vast van de vlieger.' Lili keek glazig voor zich uit, alsof zij degene was die laudanum had genomen. 'Of misschien van de vrouw die voor hem liep, of van haar man... Ze zijn alle drie dood.'

Eve ging zitten en nam het blonde hoofd op haar schouder. Sommige momenten waren blijkbaar nog verschrikkelijker dan een dag vol koude instrumenten en een stekende pijn in je buik en door laudanum veroorzaakte nachtmerries.

'Door die zoeklichten aan de grens lijkt het wel klaarlichte dag.' Lili's duim gleed over de kralen van de rozenkrans. 'Wanneer je eenmaal langs de grens en de wachtposten bent, kom je in het bos. Dat ligt nu vol met mijnen. Mijn vlieger wilde niet achter me blijven lopen, hij rende naar een stel dat voor ons liep. Volgens mij vond hij het een knappe vrouw... Ze zijn waarschijnlijk op een landmijn gestapt, want ze werden een paar meter voor me aan stukken geblazen.'

Eve sloot haar ogen. Ze kon de explosie zien, de felle lichten.

'En toen ging ik mijn nieuwe passen halen bij Antoine.' Lili's stem klonk vlak, maar haar benige schouders schokten onder Eves arm. 'Hij vertelde dat –'

'Ssst.' Eve legde haar wang op het blonde haar, dat naar bloed rook. 'Je hoeft niets te zeggen. Doe je ogen maar dicht.'

'Dat kan ik niet.' Lili staarde recht voor zich uit. De tranen liepen over haar wangen. 'Ik zie haar voor me.'

'De vrouw die op de mijn is gestapt?'

'Nee, Violette.' Lili begroef haar gezicht in haar armen en begon te snikken. 'Ik hoorde het nieuws van Antoine, margrietje. Violette is gearresteerd. De Duitsers hebben haar opgepakt.'

Hoofdstuk 23
Charlie

Mei 1947

'Jullie zijn niet uitgenodigd voor het eten,' zei Eve tegen Finn en mij. 'Allebei niet.'

Het telefoongesprek met haar Engelse officier had duidelijk vruchten afgeworpen: hij kwam vanavond uit Bordeaux en zou in het eethuisje naast het hotel met haar te dineren. Vanaf het moment dat de afspraak was bevestigd, had Eve haar verbeten masker alweer op, maar ik kon nu een beetje achter het masker kijken. Ik had enigszins verbaasd naar haar gekeken sinds ze me had verteld dat ze zwanger was geraakt. Zwanger. Ze was ongeveer net zo oud geweest als ik toen ze in dezelfde problemen verzeild was geraakt, maar zij was toen half uitgehongerd en woonde in een stad vol vijanden, die haar zo voor het vuurpeloton hadden gezet wanneer ze hadden ontdekt voor wie ze in werkelijkheid werkte. Daardoor leek mijn Probleempje opeens een stuk kleiner. In mijn jeugd hadden ze me wel geleerd dat wat Eve had gedaan absoluut niet door de beugel kon, maar ik kon haar niet veroordelen. Ze was opgeslokt door een oorlog en ze had haar plicht gedaan. Ik kon haar eigenlijk alleen maar bewonderen, omdat ze daarna gewoon was doorgegaan.

Ik wist echter dat ze mijn bewondering zou wegwuiven, en daarom glimlachte ik alleen. 'Ik wil één ding weten. Heb je vanavond met kapitein Cameron afgesproken?'

Eve haalde haar schouders op en reageerde zoals altijd cryptisch. 'Ga jij nou maar naar dat dorp van je nicht.'

'Ja.' We waren nu al drie dagen in Limoges. Ik had wel eerder naar

Rose' dorp willen vertrekken, maar Finn had nog meer aan de ingewanden van de Lagonda moeten sleutelen voordat hij haar aan de plattelandsweggetjes durfde bloot te stellen. Vandaag had hij verklaard dat ze er klaar voor was, en we lieten Eve achter om op haar geheimzinnige disgenoot te wachten.

'Wat denk jij?' vroeg ik aan Finn toen ik voorin ging zitten. 'Denk jij dat ze heeft afgesproken met kapitein Cameron?'

'Zou me niks verbazen.'

'Denk je dat we op tijd terug zijn om hem ook nog te zien?'

'Dat ligt er maar aan.' Hij regelde het brandstof-luchtmengsel en de ontstekingsafstelling van de Lagonda. 'Of we iets over je nicht te weten komen of niet.'

Ik huiverde, deels uit een gevoel van verwachting, deels uit angst, en we begonnen te rijden. 'Vandaag is het misschien de dag.'

Finn antwoordde met een glimlach en reed langzaam Limoges uit, met één hand aan het stuur. Hij was gekleed in zijn gebruikelijke oude overhemd en had zijn mouwen opgerold, maar hij had voor de verandering gladde wangen in plaats van een stoppelbaard, en ik wilde mijn hand uitsteken en hem over zijn wang strelen. Ik wilde het zelfs zo graag dat ik mijn handen stijfjes gevouwen in mijn schoot moest houden. Hoe kon het dat er meer mensen in de Lagonda leken te zitten wanneer Eve er niet bij was?

'We zouden er zo moeten zijn,' zei ik, gewoon om maar iets te zeggen. Volgens Finns verfrommelde wegenkaart lag onze bestemming slechts een kilometer of twintig ten westen van Limoges.

'Dat denk ik ook.' Finn reed langs een weiland waar koeien stonden te herkauwen. In de verte stond een boerderij van grijze stenen. De buitenwijken van Limoges hadden snel plaatsgemaakt voor stille plattelandsweggetjes en zandpaden met karrensporen. Het was allemaal heel erg pittoresk en ik zat er zo stijf als een plank bij. Ik merkte dat ik zenuwachtig was, maar ik wist niet waarom. Finn had zich niet afgewend toen ik hem een paar dagen eerder had gezoend, maar sinds die tijd had hij er niets meer over gezegd. Ik wilde verder met het spel, maar ik wist niet hoe. Ik was misschien wel goed in cijfers, maar duidelijk niet goed in flirten.

'Hoe heette dat dorp nou ook alweer?' vroeg Finn, die mijn onbeholpen gedachtestroom onderbrak.

'Oradour-sur-Glane.' Op de oude wegenkaart leek het een piepklein dorp. Lastig om je Rose voor te stellen in een Frans gehucht dat zo klein was dat je het niet eens een stadje kon noemen. Ze had altijd gedroomd van Parijse boulevards, de lichten van Hollywood. 'Desnoods New York,' hoorde ik haar nog zeggen, 'New York kan er ook nog wel mee door.' Maar het was Oradour-sur-Glane geworden, een gehucht in the middle of nowhere.

De Lagonda reed een bocht om en we kwamen langs een ruwe stenen muur die begroeid was met wilde muurbloemen. Erbovenop liep een jong Frans meisje op blote voeten, dat haar armen had uitgestoken om in evenwicht te blijven. Ze had donker haar, maar in mijn ogen werd ze meteen Rose, en haar blonde krullen dansten op een blauwe zomerjurk die ik me herinnerde van lang geleden. Ik had zo'n sterk voorgevoel dat ik het bijna zeker wist. Je bent in Oradour-sur-Glane, Rosie, dacht ik. Ik weet het gewoon. Wijs ons de weg, en ik zal je vinden.

'We zijn er echt niet sneller wanneer jij met je voet op de bodem drukt,' merkte Finn op, en toen ik omlaagkeek, besefte ik dat ik mijn sandaal met de kurken zool tegen de bodem duwde alsof het een gaspedaal was. 'Waarom zit je stijf rechtop alsof je in de kerk bent?'

'Hoe bedoel je?'

De Lagonda kwam bij een stenen brug. Een passerende fietser. Finn remde om de fietser voor te laten gaan, boog toen voorover, pakte mijn enkels en legde mijn voeten op de zitting. 'Meestal heb je je voeten opgetrokken.'

Ik bloosde toen hij weer begon te rijden. Hij kon mijn enkels bijna helemaal omvatten met zijn vingers. Ik wilde dat ik niet zulke dunne benen had. Ik droeg een strakke rode rok die ik in Parijs had gekocht en een wijde witte blouse, die een beetje op een mannenoverhemd leek en die ik had opgerold tot mijn ellebogen en had vastgeknoopt bij mijn middel in plaats van hem in mijn broek te stoppen, en ik wist dat ik er goed uitzag in die kleren, maar ik wilde nog steeds dat ik niet van die dunne benen had. Rose had mooie benen. Die had ze al toen ze dertien was. Het eerste wat ik zou doen nadat ik haar had gevonden, was haar omhelzen tot ze geen adem meer kreeg, en dan zou ik vragen of ik haar benen mocht hebben.

'We zijn ergens verkeerd gereden,' zei Finn een paar minuten later.

'Dit is het zuiden, niet het westen. Nergens een bordje te zien... Hier, wacht eens even.'

Hij stopte bij een winkeltje met ansichtkaarten en een kat die op de drempel lag te soezen. De kat gaapte toen Finn over hem heen stapte en de eigenaar aansprak in zijn onbeholpen Frans met het Schotse accent. Rose en ik zouden een kat kunnen nemen, dacht ik terwijl ik naar de cyperse kat keek die zijn staart waste. Wijlen mijn lieve man Donald (God hebbe zijn ziel) wilde geen kat omdat hij allergisch was. *Ik heb besloten dat ik een hekel aan Donald heb*, zei Rose in mijn verbeelding. *Kun je geen aardige dode man verzinnen?*

'Je glimlacht,' zei Finn toen hij weer in de stationair draaiende Lagonda stapte.

'Ik vroeg me gewoon af wat je van mijn nicht zult vinden wanneer je haar ontmoet. Of nou ja, dat vroeg ik me niet echt af. Iedereen vindt Rose leuk.'

'Lijk je op haar?'

'Helemaal niet. Zij is grappiger, moediger. Knap.'

Finn had op het punt gestaan om weg te rijden, maar hij wachtte en keek me lang aan met die donkere ogen. Uiteindelijk zette hij de motor af en trok hij me over de zitting tegen zich aan. Hij streek met zijn hand door mijn haar en legde zijn lippen tegen mijn oor. 'Lieve Charlie.' Zijn adem was warm en veroorzaakte stroomstootjes over mijn hele lichaam toen hij de kloppende ader onder mijn oor kuste. 'Jij.' Een kus op de punt van mijn kaak. 'Bent.' Een kus op mijn mondhoek. 'Moedig.' Een kus op mijn mond. Heel licht. 'Om nog maar te zwijgen van knap. Zo mooi als een lentedag.'

'Je weet toch wat ze van Schotten zeggen,' kon ik nog net uitbrengen. 'Dat zijn allemaal leugenaars.'

'Dat zijn de Ieren. Schotten steken geen mooie praatjes af.'

Zijn mond vond opnieuw de mijne en hij gaf me een erg lange zoen. Vaag hoorde ik een fietser met zijn bel rinkelen, maar ik had mijn armen om Finns nek geslagen en mijn hart bonsde tegen zijn stevige borstkas.

Uiteindelijk bewoog hij zijn hoofd weer naar achteren, maar hij bleef me stevig tegen zich aan drukken. 'Ik zou hier wel de hele middag kunnen blijven,' zei hij, 'maar laten we op zoek gaan naar je nicht.'

'Oké,' zei ik alleen, en ik had me in lange tijd niet zo gelukkig gevoeld.

'Wil jij rijden?'

Ik staarde hem aan en grijnsde. 'Vertrouw je me de oude dame toe?'

'Ga eens aan de kant.'

We ruilden van plek. Ik stak glimlachend mijn voeten uit naar de pedalen. Finn legde me uit hoe ik moest starten – 'Als je haar voor het eerst startte, zou je het lucht-brandstofmengsel wat verder open kunnen zetten, maar nu kun je het wel meer naar het midden schuiven' – en uiteindelijk reed ik met de Lagonda naar het westen. Ze spinde in mijn handen.

'Vreemd,' zei Finn. 'Die oude man in de winkel aan wie ik de weg vroeg, keek me nogal raar aan toen ik zei dat we op zoek waren naar Oradour-sur-Glane.'

'Hoe bedoel je, raar?'

'Gewoon raar.'

'Hmm.' Ik streelde het stuur van de Lagonda en voelde de zachte stof van Finns mouw tegen mijn arm. De zon scheen op mijn hoofd en ik neuriede 'La Vie en Rose' terwijl ik met de cabriolet over de hobbelige weg reed. Ik wilde nooit meer uit die auto stappen.

'Kijk.' Finn wees, maar ik had het al gezien. De opdoemende vorm van een kerktoren. 'Daar is het.'

Mijn bloed bruiste alsof het in champagne was veranderd. We hadden weer van plek gewisseld toen we dichter bij Oradour-sur-Glane waren gekomen, omdat ik te gespannen was om te rijden. De weg voor ons liep kronkelend naar het zuidelijke deel van het dorp, over de Glane; ik zag een kerktoren, de lage, hoekige vormen van gebouwen, telefoonpalen. Ik vroeg me af waarom de daken in vreemde hoeken overhelden.

'Wat is het stil,' merkte Finn op. Geen blaffende honden, geen rammelende trams, geen fietsbellen toen we het dorp in reden. Finn ging langzamer rijden, maar er speelden geen kinderen op straat. Ik was vooral heel erg verbaasd, maar toen viel me op dat er zwarte roetvlekken op de muur van het dichtstbijzijnde huis zaten. En het dak was ingestort. 'Er is brand geweest,' zei ik, maar de vlekken leken er al langer te zitten en waren gedeeltelijk door de regen weggespoeld.

Finn ging nu bijna stapvoets rijden. De motor van de Lagonda begon te gieren, alsof ze zich niet op haar gemak voelde. Ik keek naar beide kanten van de straat. Nog steeds niemand. Nog meer sporen van rook en vuur. Er lag een klok op de stoep, alsof iemand hem had laten vallen en had laten liggen. De wijzerplaat was half gesmolten, maar ik zag nog dat de wijzers op vier uur waren blijven staan.

'De huizen hebben allemaal geen dak meer,' zei Finn. Hij wees, en ik zag nog meer verkoolde balken, nog meer kapotte dakpannen. Geen wonder dat de omtrekken er vanuit de verte zo vreemd hadden uitgezien. Er moest wel een brand hebben gewoed, maar dit waren stevige stenen huizen die niet dicht opeenstonden. Hoe kon het vuur nu van het ene naar het andere huis zijn overgesprongen?

Mijn bruisende bloed was opeens heel erg traag gaan stromen in mijn aderen.

De kerk doemde op aan mijn linkerhand, massief, gebouwd van het zware steen dat in de omgeving werd gewonnen. De kerk had ook geen dak. 'Waarom heeft niemand het gerepareerd?' fluisterde ik. 'Waarom is er niemand teruggekomen na de brand?'

De gedachte denderde op me af als een piepende trein: en als er nou helemaal niemand meer is?

'Nee,' zei ik hardop alsof ik tegen mezelf aan het praten was. 'Een heel dorp komt niet om in een brand.' Mensen zouden zijn gevlucht. En na de brand, wanneer die ook geweest was, was er duidelijk nog gewerkt in Oradour-sur-Glane, want er lagen nergens hopen puin. Mensen hadden duidelijk puingeruimd.

Waarom zijn ze dan niet gebleven? Waarom hebben ze het dorp dan niet herbouwd?

De Lagonda kroop door het centrum, langs een verlaten postkantoor, een tramhalte. De rails leken zo goed als nieuw, alsof er elk moment een tram om de hoek kon komen. Maar het was zo stil, nog geen voetstap of het gemiauw van een kat te horen. Waarom floten er geen vogels? 'Stop,' zei ik met enige aarzeling. 'Ik moet uitstappen... Ik moet...'

Finn parkeerde de Lagonda midden op de straat met kinderkopjes. Wie zou er hier nou toeteren omdat hij door moest rijden? Er was geen verkeer. Ik stapte uit, wankelend op mijn benen, en Finn hield me overeind met een hand op mijn arm. 'Geen wonder dat die man in de winkel me zo raar aankeek.'

'Wat is hier gebeurd?' Dit was net een spookschip dat midden op zee was verlaten terwijl de maaltijd nog op tafel stond. Het was net een speelgoeddorp zonder poppen. Rose, waar ben je?

We liepen terug naar de plek waar we vandaan kwamen. Ik tuurde door het raam van een uitgebrand hotel en zag het meubilair: tafeltjes met een dikke laag stof, stoelen voor de wachtende gasten, een verlaten balie waar receptionisten moesten hebben getroond. Als ik naar binnen ging, vond ik op de balie waarschijnlijk de gesmolten bel, die wachtte tot ik zou schellen om piccolo's die allang waren verdwenen.

'Wil je naar binnen gaan?' vroeg Finn. Ik schudde heftig mijn hoofd.

Aan onze linkerhand doemde een leeg marktplein op. Er stond een verlaten auto, met verroeste deuren. Finn streek met zijn hand over het afgebladderde spatbord. 'Een Peugeot,' zei hij. 'Model 202. Die heeft ooit een trotse eigenaar gehad.'

'Waarom is hij dan hier achtergelaten?'

We hadden er allebei geen antwoord op. Maar mijn angst nam toe met elke weergalmende voetstap die we zetten.

Weer de kerk, die achter de stenen muur bij de weg verrees, en verderop een met gras begroeid heuveltje. Drie opdoemende boogramen, die op lege, starende oogkassen leken. Finn streek met zijn hand over een laag muurtje en verstijfde. 'Charlie,' zei hij. 'Kogelgaten.'

'Kogelgaten?'

Hij streek met zijn hand over een aantal gaten. 'En ook geen kogels van een stel jachtgeweren. Kijk eens hoe gelijkmatig die gaten zijn verdeeld. Dat zijn kogels van soldaten.'

'Maar dit is een gehucht in the middle of nowhere. Wie zou –'

'Kom op, we gaan.' Hij trok helemaal wit weg en draaide zich om. 'We vragen het wel in het volgende dorp. Er is vast wel iemand die ons kan vertellen –'

'Nee.' Ik liep weg. 'Rose was hier.'

'Ze is er niet meer, Charlie.' Hij keek naar de verlaten straat. 'Er is hier helemaal niemand. We gaan.'

'Nee...' Maar ik kreeg de rillingen en werd helemaal gek van de stilte, en ik begon al in de richting van de Lagonda te lopen. Ik wilde daar al net zomin blijven als hij.

Dat was het moment waarop ik iets zag bewegen vanuit mijn ooghoek.

'Rose!' Het kwam eruit als een schreeuw. Ik kon haar gezicht niet zien, maar het was duidelijk een vrouw, die ineengedoken zat op het heuveltje naast de muur van de kerk en een jas aanhad, ondanks de hitte. Ik rende weg bij Finn, vloog om de lage muur, de heuvel op en om de andere muur, terwijl ik de vrouw in het oog bleef houden. 'Rose!' riep ik nogmaals, en ik hoorde hoe Finn achter me aan kwam, maar de gestalte bij de kerkmuur draaide zich niet om. 'Rose!' riep ik een derde keer, als een bezwering, als een gebed, en mijn wanhopig smekende hand viel op haar schouder.

Ze draaide zich om.

Het was Rose niet.

Eve, vroeg ik bijna, hoewel de vrouw helemaal niet op Eve leek. Ze was mollig, een omaatje met grijs haar dat in een knotje zat; waarom deed ze me aan de lange, magere Eve denken? Toen keek ze me wezenloos aan met haar donkere ogen en zag ik de gelijkenis. Ze had ook die gekwelde oogopslag van een geteisterde vrouw wier ziel werd aangevreten door een herinnering. Net als Eve was ze ergens tussen de vijftig en de zeventig. Het was haar allemaal om het even: net als de gesmolten klok was ze stil blijven staan om vier uur 's middags. Toen dit dorp was gestorven… hoe dat ook was gebeurd.

'Wie bent u?' fluisterde ik. 'Wat is hier gebeurd?'

'Ik ben Madame Rouffanche.' Ze sprak helder en murmelde niet als een oude vrouw. 'En iedereen is dood, behalve ik.'

Zonlicht verwarmde mijn hoofd. Het geruis van gras. Kleine alledaagse dingen vormden de achtergrond van de kalme verschrikking van Madame Rouffanche' stem.

Ze was in het geheel niet nieuwsgierig naar Finn en mij en leek ook helemaal niet verbaasd om ons te zien. Ze was net het koor in een stuk van Shakespeare: het doek ging op en toonde een toneel dat zo vreemd en afgrijselijk was dat het publiek het niet kon bevatten, in elk geval niet tot zij was verschenen en het met kalme, doodse stem had uitgelegd. Wat er was gebeurd. Wanneer het was gebeurd. Hoe het was gebeurd.

Niet waarom.

Ze wist niet waarom. Ik denk dat niemand dat wist.

'Het was in '44,' zei ze. We stonden onder de lege oogkassen van de ramen van de uitgebrande kerk. 'Op 10 juni. Dat was de dag waarop ze verschenen.'

'Wie?' fluisterde ik.

'De Duitsers. Sinds februari was er een SS-Panzer-Division ten noorden van Toulouse gestationeerd. Nadat de geallieerden in juni waren geland, was de divisie naar het noorden getrokken. Op 10 juni kwamen ze hier.' Een korte stilte. 'Later hoorden we dat iemand had gezegd dat er verzetsstijders zouden zijn ondergedoken in Oradour-sur-Glane... Of in Oradour-sur-Vayres. Ik weet het niet. Het was niet eens duidelijk.'

Finn pakte mijn hand. Zijn vingers waren ijskoud. 'Ga door,' kon ik nog net uitbrengen met mijn verstijfde lippen.

Madame Rouffanche hoefde niet te worden aangemoedigd. Ze was aan het verhaal begonnen; ze zou tot het einde blijven vertellen en dan het toneel verlaten. Haar ogen staarden langs en door me heen en zagen alleen 10 juni 1944.

'Het was ongeveer twee uur 's middags. Duitse soldaten stormden mijn huis binnen en droegen ons – mijn man, mijn zoon, mijn twee dochters, mijn kleindochter – op naar het marktplein te gaan.' Ze wees naar het plein waar we de achtergelaten Peugeot hadden gezien. 'Er waren al wat mensen uit het dorp verzameld. Van alle kanten kwamen mannen en vrouwen toegestroomd. Alle vrouwen en kinderen werden de kerk in gedreven.' Ze streek over de beroete stenen met de kogelgaten alsof het de oogleden van een lijk waren. 'De moeders droegen een baby in hun armen of liepen met een kinderwagen. Een paar honderd moeders.'

Niet Rose, dacht ik, en ik werd misselijk. Het kan niet dat Rose een van die vrouwen was. Ze kwam niet uit het dorp; ze woonde en werkte in Limoges. Ik had zeker geweten dat ik haar hier zou vinden, maar niet op deze manier. Ze kon hier niet op 10 juni geweest zijn.

'We hebben uren zitten wachten,' vervolgde Madame Rouffanche met kalme stem. 'We probeerden een verklaring te bedenken, fluisterden, werden steeds banger. Om een uur of vier –'

Vier uur. Ik dacht aan de gesmolten klok.

'– kwamen er een paar soldaten binnen. Het waren nog jongens. Ze droegen een kist met draden die over de vloer sleepten. Ze zetten de kist in het schip, in de buurt van het koor, en staken de draden aan. Ze gingen snel naar achteren en de kist ontplofte; de kerk was vol zwarte rook. Vrouwen en kinderen duwden, gilden en stikten en renden alle kanten op.'

Ze klonk even vlak als een vel papier. Ik wilde mijn handen over mijn oren leggen en het geluid buitensluiten, maar ik was verstijfd van afschuw. Finn stond naast me en leek niet eens meer te ademen.

'We beukten de deur naar de sacristie in en stroomden naar binnen. Ik ging op een trappetje zitten – ik probeerde zo laag mogelijk te blijven, bij de goede lucht. Mijn dochter rende naar me toe, en toen begonnen de Duitsers door de deuren en de ramen te schieten. Andrée was meteen dood.' Een korte stilte. Geknipper met haar ogen. 'Ze was achttien.' Een korte stilte. Geknipper met haar ogen. 'Ze viel over me heen, en ik sloot mijn ogen en deed alsof ik dood was.'

'Jezus,' zei Finn zacht.

'Er klonken nog meer schoten, en toen gooiden de Duitsers ladingen stro en brandhout en kapotte stoelen op de lichamen die op de vloer lagen. Er kringelde nog rook; ik kroop onder mijn dochter vandaan en verstopte me achter het altaar. Er zaten drie hoge ramen in de muur achter me; ik ging naar het middelste, het grootste, en klom op de kruk die de priester gebruikte wanneer hij de kaarsen aanstak. Ik hees mezelf op, zo goed en zo kwaad als dat ging.'

Dit kromme omaatje was omhooggeklauterd op een stenen muur, bij een vloer die bezaaid was met lijken en in een miasma van rook en kogels. Ik weet niet welke blik Madame Rouffanche op mijn gezicht zag, maar ze haalde haar schouders op.

'Ik weet niet hoe ik het kon. Ik was opeens drie keer zo sterk.'

'Dat komt voor.' Finn was bijna niet te verstaan.

'Dat raam was al kapot. Ik trok mezelf op en sprong naar buiten. Een val van ongeveer drie meter.' Ze keek naar het donkere en gapende raam in het midden van de kerkmuur direct boven onze hoofden. 'Hier.'

Ik kreeg nauwelijks adem door een verstikte schreeuw. *Hier*, weergalmde het in mijn hoofd, *hier*. Deze vrouw had zich drie jaar geleden uit dit raam geworpen en was terechtgekomen op dit grasveldje waar we nu stonden in de geurende zonneschijn. *Hier*.

'Een vrouw probeerde achter me aan te komen. De Duitsers openden het vuur zodra ze ons zagen.' Madame Rouffanche begon te lopen, langzaam en moeizaam. 'Ik werd vijf keer geraakt. Ik ben deze kant op gekropen.' We volgden haar zwijgend langs de muur van de kerk. 'Ik wist de tuin van de sacristie te bereiken. Toen waren de planten nog niet dood. Ze stonden in bloei.' We stonden tussen het onkruid en keken naar de kale tuin. 'Ik verstopte me tussen een paar rijen erwtenplanten. Ik hoorde nog meer schoten, geschreeuw... Vervolgens schoten ze bijna alle mannen en jongens dood. Gewoon neergemaaid. En daarna laaide er opeens vuur, toen alle daken in brand werden gestoken. De avond viel, en opeens klonk het geluid van ploppende champagnekurken... De Duitsers zijn die nacht gebleven om champagne te drinken.'

Ik opende mijn mond, maar er kwamen geen woorden. Volgens mij waren er ook geen woorden voor. Finn draaide zich plotseling om, maar hij liet mijn hand niet los. Hij kneep zo hard in mijn vingers dat ik dacht dat ze zouden breken, en ik kneep terug. Madame Rouffanche keek vredig langs ons heen en bewoog haar vingers alsof ze aan een niet-bestaande rozenkrans voelde.

'De Duitsers zijn een paar dagen gebleven... Ze hebben nog wel geprobeerd om kuilen te graven en de lijken op te ruimen. Ik heb nooit begrepen waarom. Niemand kon dat verbergen, wat ze hadden gedaan. De stank van dat verbrande vlees. Overal renden honden die in paniek naar hun baasje zochten... De Duitsers hebben ons bijna allemaal afgemaakt, maar ze hadden een zwak voor de honden; die hebben ze niet afgeschoten. Ze hebben hier in de tuin van de pastorie een kuil voor de doden gegraven, en die was zo ondiep dat er nog een hand van een man uit stak nadat ze hem hadden dichtgegooid.'

Ik keek naar Finn. Hij had zich nog steeds afgewend en stond met zijn schouders te schokken. Ik wist niet waarom ik me niet kon verroeren, niets kon uitbrengen. Ik was versteend.

'Ik werd gered toen de Duitsers het opgaven om de boel op te ruimen en zich terugtrokken. Er waren twee mannen teruggeslopen naar het dorp om te kijken of hun zonen het hadden overleefd... Ik smeekte hun om me mee te nemen naar de rivier en me te verdrinken, maar ze namen me mee naar een dokter. Ik heb een jaar in het ziekenhuis gelegen. Toen ik eruit kwam, was de oorlog afgelopen en waren de Duitsers vertrokken. Maar het dorp was nog steeds...'

Een korte stilte. Geknipper met haar ogen.

'...zo.'

Een korte stilte. Geknipper met haar ogen.

'Ik heb het overleefd,' vervolgde ze op zakelijke toon. 'Anderen ook. Mannen met schotwonden die uit brandende stallen zijn gekropen, mannen die in de wei waren of die dag in een ander dorp hadden doorgebracht, een paar kinderen die zich hadden verstopt of niet waren geraakt.' In haar ogen worstelde iets om aan de oppervlakte te komen; het leek alsof ze het eiland in de tijd dat 10 juni 1944 voor haar was, had verlaten en weer langzaam bovenkwam in het heden. Ze keek me voor het eerst aan alsof ze me ook werkelijk zag. Alsof ze Charlie St. Clair in haar rode rok en met haar sandalen met kurkzolen tussen de puinhopen van al haar spoken zag staan.

Finn draaide zich weer om. 'Waarom komt u hier?' Hij wees naar de beroete gebouwen om ons heen. 'Waarom blijft u hier?'

'Ik woon hier,' zei Madame Rouffanche. 'Ik woon hier nog steeds, en ik ben een levende getuige. Jullie zijn niet de eersten die hier iemand komen zoeken... Het is beter dat mensen mij vinden in plaats van helemaal niemand. Dus zeg me maar wie jullie zoeken. Ik zal zeggen of ze het hebben overleefd.' Haar ogen waren vol medelijden, bodemloos. 'Of ik zal zeggen dat ze zijn gestorven.'

Een tijdlang zei niemand iets. We stonden als een drie-eenheid op die verschrikkelijke plek terwijl een zacht briesje door Finns haar woelde en de zoom van Madame Rouffanche' jas optilde. Toen pakte ik de oude foto van Rose uit mijn portemonnee. Ik legde hem in de gerimpelde handen van Madame Rouffanche.

Vervolgens bad ik. Ik bad zo hard.

Ze tuurde naar de foto en hield hem dichter bij haar oude ogen. 'Ahhh...' zei ze zacht. Er bloeide herkenning in haar ogen. 'Hélène.'

'Hélène?' vroeg Finn. Hij zei het op bruuske toon voordat ik iets had kunnen uitbrengen.

'Hélène Joubert, zei ze dat ze heette toen ze hier kwam om te bevallen. Een weduwe, heel jong nog. Ik denk dat we allemaal onze vermoedens hadden, maar...' Ze haalde haar schouders op. 'Een lief kind. Het kon niemand iets schelen. Ze liet haar baby bij de familie Hyvernaud achter wanneer ze in Limoges ging werken. Ze kwam elk weekend weer terug met de tram, zei Madame Hyvernaud.' Een glimlach. 'Hélène. Een mooie naam, maar zo noemden we haar nooit. Ze zei dat ze als kind altijd Rose werd genoemd vanwege haar roze wangen, en daarom noemden we haar zo. *La belle Rose*.'

Iets in mij begon te gillen.

'Alstublieft,' smeekte ik, en mijn stem brak. 'Zegt u me dat ze niet hier was. Zegt u me dat ze in Limoges was. Zegt u me alstublieft dat ze niet hier was.'

Een lange stilte van Madame Rouffanche. Ze keek naar de foto, naar het lachende gezicht van Rose, en ik zag haar weer ondergaan, weer ondergaan in de eindeloze herhaling van tiendejunitiendejunitiendejuni. 'In de kerk,' zei ze. 'Er zaten drie ramen in de muur; ik ging naar het middelste raam, het grootste, en klom op de kruk die de priester gebruikte wanneer hij de kaarsen aanstak. Ik klom erop en sprong naar buiten. Een val van ongeveer drie meter.'

Bijna precies dezelfde woorden als toen ze het de eerste keer had verteld, realiseerde ik me, hoewel ik helemaal verdoofd was van afschuw. Hoe vaak zou ze dit verhaal al hebben verteld aan mensen zoals ik, mensen die op zoek waren naar geliefden, waardoor haar verhaal tot zo'n strakke sequentie was gestold, dezelfde woorden in dezelfde volgorde? Was dat haar manier om niet gek te worden wanneer ze die herinneringen voor ons oprakelde? '*Madame*, alstublieft...'

Ze liep nu weer, terug naar de plek waar we vandaan kwamen, met ongelijke en gedachteloze stappen. Ik liep snel achter haar aan. 'Een vrouw probeerde net als ik door het raam te vluchten.' Een korte stilte. Geknipper met haar ogen. Het verhaal veranderde toen we weer bij het donkere, kapotte raam kwamen waar Madame Rouffanche drie jaar eerder uit was gesprongen. 'Toen ik opkeek...' Ze keek nu op en mijn blik volgde de hare. Ik zag wat ze beschreef. Ik zag wat zij had gezien. 'Er kwam een vrouw achter me aan. Ze gaf me haar baby aan door het raam.'

Ik zag haar blonde haar, haar bleke armen die door dat raam staken. *Hier*.

'Ik pakte haar kind aan. Het huilde van angst.'

Ik zag het brullende pakketje, de zwaaiende vuistjes.

'De vrouw sprong en kwam naast me neer. Ze greep de baby uit mijn armen en wilde wegrennen.'

Ik zag de slanke gestalte springen, bevallig, ondanks de doodsangsten die ze uitstond. Ik zag haar witte jurk die afstak tegen het gras toen ze weer overeind kwam, onder de vlekken van het gras en het bloed, en het brullende pakketje in haar armen pakte en zich snel in veiligheid probeerde te brengen –

'Maar de Duitsers schoten op ons, tientallen schoten. We vielen.'

Ik zag de kogelregen, de wolken kruitdamp. De stukken steen die van de kerkmuur vlogen toen de kogels in de muur sloegen. De bloeddruppels in haar blonde haar.

'Ik werd vijf keer geraakt. Ik kon nog wegkruipen.' Madame Rouffanche legde de foto zacht in mijn trillende hand. 'Maar je vriendin – *la belle Rose* – en baby Charlotte zijn omgekomen.'

Toen hoorde ik geritsel en sloot ik mijn ogen. Het was het geritsel van een zomerjurk die opwaaide in een warm briesje. Rose stond achter me; als ik me omdraaide, zou ik haar zien. Ik zou haar witte jurk met de rode vlekken zien, ik zou de kogels zien die door haar zachte keel en haar stralende ogen waren gevlogen. Ik zou haar daar zien liggen en haar benen zien bewegen, omdat ze nog steeds probeerde te vluchten met heel haar dappere hart. Ik zou haar baby in haar armen zien, de baby die ik nooit zou leren kennen, de baby die nooit de grote zus van mijn kind zou worden. De baby die ze Charlotte had genoemd.

Rose stond achter me te ademen. Alleen stond ze niet te ademen. Ze was al drie jaar dood. Ze was er niet meer, en mijn hoop was slechts een leugen.

Hoofdstuk 24

Eve

Oktober 1915

Ze was gestorven in een kogelregen. De details stonden in de gesmokkelde kranten, die iedereen las, misselijk en gefascineerd. Ze was gestorven voor het vuurpeloton in België: een verpleegster van het Rode Kruis en een Engelse spionne, op slag beroemd, een heldin en een martelaar. Iedereen had het over haar.

Edith Cavell.

Niet Violette Lameron. Edith Cavell was dood, maar Violette leefde nog, voor zover het Alice-netwerk kon nagaan.

'Cavell lijkt een beetje op Violette,' zei Eve, die stiekem de verboden krant verslond. Cavell was in augustus gearresteerd, maar de brute executie was nu pas voltrokken. 'Het zijn de ogen.' De meeste afbeeldingen van Edith Cavell waren geromantiseerd; op de tekeningen zakte ze in elkaar voor de rij geweren, en de foto's waren geretoucheerd zodat ze er breekbaarder en vrouwelijker uitzag. Maar Eve vond haar blik verre van breekbaar. Edith Cavell had geholpen om honderden soldaten België uit te smokkelen… dat was geen werk voor breekbare mensen. Ze had een harde, koele blik, net als Violette, net als Lili, net als Eve zelf. Nog een *fleur du mal*, dacht Eve.

'Dit komt eigenlijk wel goed uit. Ik wil niet ongevoelig zijn, maar de dood van Cavell komt eigenlijk wel goed uit voor Violette.' Lili beende door de kamer – ze was ondergedoken bij Eve toen Violette was opgepakt. Onderduiken was niets voor haar. Ze liep rond als een gekooide tijger, met een gespannen gezicht. 'De Duitsers krijgen nu zoveel over zich heen vanwege Cavells executie dat ze het echt niet zullen aandurven om nog een vrouw voor het vuurpeloton te zetten.'

Wat zullen ze haar dan wel aandoen, vroeg Eve zich verschrikt af. De Duitsers hadden niet de gewoonte hun gevangenen te martelen, zelfs niet de spionnen. Ondervragingen, aframmelingen, opsluiting, ja... en dan was er natuurlijk het dreigende gevaar van terechtstelling. Maar ze trokken in elk geval niet je vingernagels uit voordat ze je executeerden; dat wist iedereen die bij het netwerk hoorde.

Maar als ze voor Violette nu eens een uitzondering zouden maken?

Eve sprak haar gedachten niet uit, omdat ze wist dat Lili al heel erg ongerust was. Dat was Eve ook wanneer ze bedacht hoe Violettes handen haar liefdevol hadden verpleegd en hadden geprobeerd de stalen instrumenten op te warmen. Zonder Violette zou Eve de vrucht van Renés zaad nog dragen. Of zou ze dood zijn, want zonder Violettes vakkundigheid zou ze zo wanhopig zijn geweest dat ze elk middel en elk vergif zou hebben overwogen. Eve had zoveel aan Violette te danken.

'Ze zullen haar vast ondervragen.' Lili liep met hangende schouders door de kamer. 'Volgens Antoine hebben ze geen enkel bewijs. Ze had geen papieren bij zich toen ze werd opgepakt. Ze hebben haar naam gehoord van een jongen uit Brussel die bij het netwerk hoorde en ook is opgepakt; hij wist alleen haar naam. De moffen zullen haar dus wel ondervragen, maar als ze Violettes zwakke plek zoeken, zullen ze niets vinden.'

Eve stelde zich voor dat Violette aan een gammele tafel tegenover een Duitse ondervrager zat en haar hoofd schuin hield zodat haar brillenglazen het licht weerkaatsten. Nee, het was vast niet eenvoudig om Violette te ondervragen. Zolang ze haar maar niet martelen.

'Als ik nou maar iets kon doen,' tierde Lili. 'Eropuit gaan om informatie te verzamelen, en er moeten verslagen worden opgehaald.' Haar stem klonk onverzettelijk. 'Ik laat de moffen niet nog een van mijn mensen oppakken. Al zetten ze me tegen de muur en schieten ze me dood.'

'Doe niet zo raar.' Eve merkte dat ze Violettes bazigheid had overgenomen en haar onberekenbare leidster bij de hand nam omdat hun bebrilde luitenant er niet bij was om het te doen. 'Ik zal kijken wat ik in Le Lethe te weten kan komen.'

Misschien heb je niet veel tijd meer bij Le Lethe, fluisterden haar gedachten. Nu het netwerk in gevaar was gebracht, bestond de kans dat ze uit Lille werden overgeplaatst. Het zou een logische stap zijn, maar Eve kon er niet opeens mee ophouden en fantaseren dat ze uit Lille zou vertrekken en René Bordelon nooit meer zou zien. Voorlopig ben je hier, dus leg je oor te luisteren.

Maar in de zee van geruchten was geen woord over Violette te horen. Iedereen had het alleen over de terechtstelling van Cavell. Duitse officieren waren grimmig of zaten te tieren bij hun schnaps. '*Verdammt nochmal*, de vrouw was een spionne!' hoorde Eve een kapitein foeteren. 'Moeten we nu snotteren in onze zakdoekjes vanwege een vuile spion omdat ze een vrouw is?'

'De oorlog is ook niet meer wat hij geweest is,' antwoordde een kolonel. 'Spionnen in rokken –'

'Een vrouw voor het vuurpeloton, het is een schande voor *das Reich*. Zo voer je toch geen oorlog –'

'Spionage is een laffhartige bezigheid. Er zijn vast ook spionnen in Lille, in deze *verdammte* streek. Een paar weken voor de executie van Cavell is er een spion in Brussel ontmaskerd, ook een vrouw –'

Eve spitste haar oren, maar verder werd er niets over Violette gezegd. Alstublieft, laat haar niet zo aan haar einde komen als Cavell.

René moest er later die avond om grinniken toen hij naakt bij het dressoir stond en een karaf pakte met vloeistof die even groen was als olivijn. Hij had Eve kortgeleden kennis laten maken met absint. 'Wat zijn die Duitsers toch een romantici! Ze doen alsof er een eerbare manier zou zijn om oorlog te voeren! Het is gewoon oorlog. Het enige wat telt aan het einde van een oorlog is wie nog leeft en wie dood is.'

'Dat is niet het enige,' zei Eve, die in kleermakerszit op het zachte bed zat en een laken om haar schouders had geslagen. 'Wat ook telt aan het einde van een oorlog is wie rijk is en wie arm.' Dat leverde haar een goedkeurende glimlach op, zoals Eves bedoeling was. Het onschuldige meisje van het platteland op wie René een oogje had laten vallen, had zich een beetje moeten ontwikkelen. Marguerite had een dun laagje beschaving gekregen; ze stamelde niet meer wanneer ze champagne dronk; ze had een dankbare waardering gekregen voor de mooiere dingen van het leven waarmee haar minnaar haar met zoveel plezier liet kennismaken. Ze was soepel en gewillig in bed en had Renés cynische standpunten deels overgenomen, en hij glimlachte wanneer zij ze schijnbaar gemeend verkondigde. Ja, Eve had Marguerite een doordachte groei laten doormaken, en René leek erg ingenomen met het resultaat, dat hij aan zijn eigen inspanningen toeschreef. 'Ik zie niet in w-waarom het zo erg is om van de oorlog te willen profiteren,' vervolgde Eve enigszins uitdagend, alsof ze Renés meningen had overgenomen en zijn profiteursgedrag probeerde te rechtvaardigen. 'Wie w-w-w... wie wil er nou honger lijden? Wie wil er nou graag in vodden lopen?'

René legde een verzilverde absintlepel en een suikerklontje op beide glazen. 'Je bent een slimme dame, Marguerite. Als de Duitsers denken dat vrouwen niet slim of geslepen genoeg zijn om spion te worden, houden ze zichzelf voor de gek.'

Eve probeerde het gesprek af te leiden van vrouwenslimheid. 'Ze zeggen dat de Engelsen woedend zijn over de executie van Cavell.'

'Ze zijn misschien woedend.' René goot ijswater over de suikerklontjes en liet ze langzaam oplossen in de absint. 'Maar volgens mij zijn ze ook wel dankbaar.'

'Waarom?' Eve pakte haar glas. Ze begon niet te hallucineren of te praten van *la fée verte*, zoals ze had gevreesd – volgens René was die onzin verspreid door Franse wijnproducenten die bang waren dat hun omzet zou kelderen – maar beperkte zich toch tot kleine slokjes.

'Je weet niet hoeveel doden de Engelsen te betreuren hebben, mijn lieveling. Al die mannen die elke maand omkomen in de loopgraven... Hun mooie kleine oorlog duurt nu al bijna twee jaar en de mensen beginnen genoeg te krijgen van al het bloedvergieten. Maar wanneer de moffen een Engelse van goede afkomst en met een smetteloze reputatie neerschieten – wat is er nu heilzamer dan een verpleegster? – dan kan die stroomstoot het thuisfront mooi galvaniseren.' René nam een slok van zijn absint en kroop weer onder de lakens.

'Zullen de Duitsers ook d-die andere spionne executeren?' durfde Eve te vragen. 'De vrouw d-die in Brussel is opgepakt?'

'Als ze slim zijn niet. Ze willen de negatieve pers niet nog meer voeden. Ik vraag me af of deze spionne jong en knap is.' René dacht na en keek door zijn edelsteengroene glas naar het licht. 'Als dat zo is, moeten de Engelsen hopen dat de moffen haar terechtstellen. Een knappe martelares is nog beter dan een martelares van middelbare leeftijd zoals Cavell. Er is niets wat zoveel publieke verontwaardiging wekt als een knappe jongedame die dood is. Drink dat eens op, Marguerite, en kom hier… Heb je weleens opium gehad? Dat moeten we eens proberen. Copuleren in een opiumdroom kan nogal een openbaring zijn…'

Maar het spook van Edith Cavell was nog niet klaar met ze. Toen Eve die avond terugkwam in haar kamer zat Lili aan de gammele tafel, met grote paarse wallen onder haar ogen. 'Ik heb interessant nieuws van oom Edward, margrietje.'

'Worden we teruggeroepen?' Eves hoofd was nog een beetje licht van de absint, maar voorlopig was ze ontkomen aan de opium. Ze zou geen substanties nemen waarvan ze misschien ongewild iets te spraakzaam werd in het bijzijn van René. 'Halen ze ons weg uit Lille?' Ze kreeg nu een nog lichter hoofd van de hoop, nu het moment misschien was aangebroken.

'Nee.' Lili aarzelde, en de moed zakte Eve in de schoenen. 'Maar misschien ook wel.'

Eve was geërgerd en knoopte haar jas los. 'Wat bedoel je nou precies?'

'Antoine heeft de boodschap direct van oom Edward te horen gekregen. Het besluit om ons terug te roepen is ter sprake gekomen, maar snorremans…' Dat moest wel de snoeverige, roddelende majoor Allenton zijn die Eve zich nog uit Folkestone kon herinneren. '…is van mening dat we ons werk moeten voortzetten.'

'Zelfs nu de moffen een van onze mensen te pakken hebben gekregen en het netwerk zullen proberen op te rollen?'

'Ja.' Lili pakte een sigarettenpeuk uit een zakdoek en zocht naar lucifers. 'Snorremans wil het risico wel nemen, omdat we zulk goed werk doen. Daarom is ons bevolen om geen aandacht te trekken en gewoon door te gaan met ons werk, in elk geval nog een paar weken.'

'Gevaarlijk,' gaf Eve toe. Zelfs roekeloos. Maar oorlogen won je door risico's te nemen, en soldaten waren degenen die de gevaren moesten trotseren. Toen Eve deze baan had aangenomen, had ze de kroon haar leven toevertrouwd, dus waarom zou ze nu opeens gaan klagen, hoe graag ze Lille en René ook achter zich zou laten? Ze ging op de rand van het bed zitten en veegde wat vuil uit haar ogen. 'Dus we gaan door,' zei ze enigszins verbitterd.

Lili stak de sigarettenpeuk aan. 'Misschien niet.'

'Wat bedoel je nou, Lili?'

'Oom Edward zou nooit openlijk tegen de bevelen van een meerdere in gaan, maar hij heeft zo zijn manieren om... te laten weten dat hij het er niet mee eens is. Hij heeft kanttekeningen geplaatst bij het besluit om ons op onze post te laten. Zich er nadrukkelijk tegen verzet. Misschien heeft hij het niet letterlijk zo gezegd, maar hij heeft hun wel duidelijk gemaakt dat hij het veel te gevaarlijk vindt wanneer we onze operatie hier voortzetten. Hij is bang dat Violette net als Cavell zal worden geëxecuteerd en dat wij worden opgepakt en dat ons hetzelfde lot te wachten staat.'

'Dat kan best.' Eve leefde al zo lang in die angst dat het een normale toestand leek. 'De moffen zijn aan de verliezende hand. Het kan hun toch niet zijn ontgaan dat ze hier tientallen kilometers front hebben waar ze niet in staat zijn het geschut langer dan twee weken aan de praat te houden.'

Lili liet een grote wolk rook ontsnappen. 'Oom Edward vindt snorremans een idioot, maar kan zijn directe bevelen niet negeren. Hij heeft echter wel vaag gesuggereerd dat een verzoek om overplaatsing uit Lille vanwege uitputting of zenuwen misschien zal kunnen worden ingewilligd.'

Eve staarde voor zich uit. 'Alsof soldaten zomaar bevelen naast zich neer kunnen leggen –'

'Gewone soldaten niet, nee. Maar dat geldt niet voor soldaten die ons soort werk doen. Een spion die op het punt staat in te storten is een groot risico. We zouden alleen maar schade veroorzaken; het is veel veiliger om ons terug te halen. Dus...'

'Dus.' Heel even liet Eve zich overspoelen door het bedwelmende visioen. Niet meer bijna verhongeren en geen klokken die de Duitse tijd aangaven of koele handen op haar lichaam. Geen nachtmerries over kogels in haar rug. Geen gevaar meer... maar dat had wel een keerzijde. 'Als we om overplaatsing verzoeken, krijgen we dan een andere post? In België of –'

'Waarschijnlijk niet.' Lili tikte de as van haar sigaret. 'Dan zijn wij de dames die onder de druk zijn bezweken. Niemand zet een gebroken kopje op tafel in de hoop dat het weer heel wordt.'

Als ze nu weer naar huis ging, zou de strijd erop zitten. Dan zou Eves kans om een bijdrage aan de strijd te leveren over zijn, hoelang de oorlog ook zou duren.

'Waarschijnlijk moeten we het doen.' Lili's stem klonk zakelijk. 'Om overplaatsing verzoeken. Ik vertrouw eerder op het instinct van oom Edward dan op dat van snorremans. Als hij zegt dat het te gevaarlijk wordt, heeft hij waarschijnlijk gelijk.'

'Ja,' erkende Eve. 'Maar desalniettemin hebben we het bevel om op onze post te blijven. Een bevel. En het is maar voor enkele weken. Als we gewoon ons werk blijven doen, worden we op een gegeven moment wel teruggeroepen en overgeplaatst.'

'En tot nog toe hebben we geluk gehad.' Lili haalde haar benige schouders op. 'Of eigenlijk was het niet alleen een kwestie van geluk. We zijn gewoon goed.'

Eve slaakte een diepe zucht en liet het bedwelmende visioen van thuis wegglippen. 'Dan moeten we maar zien hoe we het volhouden. In elk geval n-nog iets langer.'

'Dat had ik al voor mezelf besloten, maar ik wilde jou niet onder druk zetten. Weet je het zeker?'

'Ja.'

'Dat is dan afgesproken.' Lili inspecteerde haar sigarettenpeuk. 'Verdomme. Ik heb deze peuk twee weken bewaard, en ik heb er maar twee trekjes van kunnen nemen. Maar toch ben ik dol op dit primitieve leven...'

Eve pakte Lili's vrije hand. 'Beloof je me dat je beter zult opletten? Ik maak me zorgen om je.'

'Wat heeft het nou voor zin om je zorgen te maken?' Lili haalde haar neus op. 'In september, weet je, was ik ook opeens vreselijk bezorgd. Ik had zo'n sterk voorgevoel dat ik mijn familie ben gaan opzoeken. Ik moest ze nog een allerlaatste keer zien, zolang het nog kon... Toen ik wegging, dacht ik de hele tijd: nu is het allemaal voorbij. Ik word binnenkort opgepakt en neergeschoten. Maar er gebeurde helemaal niets. Het is tijdverspilling om je zorgen te maken, margrietje.'

Eve zweeg even en zocht naar woorden. 'En als ze Violette nou dwingen om jouw naam te noemen?'

'Ze kunnen me toch niet vinden, of ze mijn naam nou weten of niet. Ik ben een handvol water, dat alle kanten op stroomt.' Lili glimlachte. 'Ik zal van mijn gewoonten afwijken, andere routes kiezen. Ik beloof het.' De glimlach verdween. 'Snorremans heeft in één opzicht wel gelijk: dit gaat vast niet veel langer duren, dat weet ik zeker. Er is een grote doorbraak geweest in de Champagne; rond Nieuwjaar zullen ze vast een beslissende doorbraak forceren. We hoeven alleen maar nog even vol te houden.' Zachter. 'En dan wordt Violette vrijgelaten. Als ze haar nu maar alleen een gevangenisstraf geven, dat overleeft ze wel.'

'En als het nu eens veel langer duurt dan een p-paar maanden?' Eve was pas sinds enkele maanden in Lille, maar het leek nu al een eeuwigheid. 'Als deze oorlog nou eens jaren gaat duren?'

'Dan duurt het nog jaren,' zei Lili. 'En wat dan nog?'

Wat dan nog, inderdaad? En ze dachten allebei niet meer aan een verzoek om overplaatsing.

Het nieuws kwam Eve slechts enkele dagen later ter ore via Kommandant Hoffman en een stel kolonels, die allemaal al aardig wat cognac ophadden. Niet echt een schat, zoals het nieuws over het bezoek van de *Kaiser*, maar toch zo belangrijk dat Eve haar oren spitste.

'Weet je het zeker?' Lili was weer aan haar vaste rondes begonnen en had nieuwe identiteitskaarten laten maken, omdat haar oude namen ondertussen misschien bekend waren.

Eve knikte en ging op de rand van de gammele tafel zitten. 'De Duitsers willen in januari of februari een groot offensief beginnen. Het is bevestigd.'

'Het doelwit?'

'Verdun.' Eve zat een beetje te rillen. Er was iets met de naam van die plaats waar ze nooit geweest was. Het klonk definitief. Het klonk als een slagveld. Maar dat zou het niet zijn als de generaals gewaarschuwd werden. Misschien betekende Verdun juist wel het einde van de oorlog.

'Jij loopt wel een groot risico wanneer we dit doorgeven,' oordeelde Lili. Ze konden niet alle informatie die Eve verzamelde doorbrieven. Wanneer er altijd naar werd gehandeld, zou duidelijk blijken dat het lek bij Le Lethe zat.

'Dit is belangrijk,' antwoordde Eve. 'We wilden dit soort inlichtingen inwinnen. Daarom hebben we juist niet om overplaatsing verzocht.'

Lili dacht er even over na, maar stemde er vervolgens mee in. 'Ik zou oom Edward over twee dagen toch al in Doornik ontmoeten. Dan moet je wel mee. Voor zoiets willen ze ons allebei ondervragen, net als bij het verslag over de *Kaiser*.'

Eve knikte. Dat was een zondag, waardoor ze geen dag werken hoefde te missen. 'Kun je nog binnen die tijd een vrijgeleide krijgen?'

'Mijn contactpersoon heeft me gelukkig nog nooit teleurgesteld.'

Eve beet op haar duimnagel, die ze al helemaal tot op het vlees had afgekloven. Misschien kwam het door de arrestatie van Violette, of misschien door de bijtende kou, maar ze streed al de hele week tegen een angstig voorgevoel. Wierp Christine haar op haar werk niet alleen minachtende, maar ook wantrouwige blikken toe? Die Duitse luitenant die opeens zijn mond hield toen Eve hem zijn koffie wilde voorzetten... had hij in de gaten dat ze meeluisterde? Had René, die de laatste tijd zo bezorgd was, haar op een leugen betrapt en besloten haar een vals gevoel van veiligheid te geven voordat hij zou toeslaan?

Beheers je.

Het werd die avond erg laat met René. Hij had een vuur aangestoken in zijn kamer en stukken uit *Tegen de keer* voorgelezen aan Eve. Af en toe had hij het boek van Huysmans neergelegd om de verdorven passages na te spelen. Eve vond verdorvenheid eerder vervelend dan prikkelend, maar Marguerite zette grote ogen op en werd er onzeker van, en dat leek René wel te bevallen. 'Het wordt nog wel wat met jou, mijn lieveling,' mompelde hij terwijl hij met een vingertop over haar oorlel streek. 'Misschien moeten we ons een tijdje terugtrekken op het platteland, net als Huysmans' held. Wat vind jij? Ergens waar het iets warmer is dan in Limoges en waar we ons kunnen vermaken zonder al die teutoonse treurnis. In Grasse is het erg lekker weer in deze tijd van het jaar. Van alle kanten voert de wind de geur van bloemen mee. Ik denk dat ik in Grasse ga wonen zodra ik er genoeg van heb om een restaurant te hebben. Ik heb daar al een bouwvallig huis gekocht dat erom smeekt ooit tot een juweel van een villa te worden verbouwd... Zou je een tijdje naar Grasse willen gaan, Marguerite?'

'Naar elke plek w-w-w-waar het warmer is dan hier,' zei Eve rillend.

'Je hebt het de afgelopen dagen steeds koud.' Renés hand vertraagde en streelde heel langzaam haar huid. 'Je bent toch niet zwanger, hè?'

Dat was de eerste keer in lange tijd dat Eve zo verbaasd was dat ze bijna onverhoeds reageerde. Het lukte haar nog net om niet vol afschuw te huiveren. 'Nee,' zei ze, en ze lachte nerveus.

'Hmm. Dat zou ook geen ramp zijn, mijn lieveling.' Hij legde zijn hand op haar buik. Zijn lange vingers reikten bijna van heupbeen naar heupbeen. 'Ik heb mezelf nooit echt als een vaderlijk type gezien, maar op een bepaalde leeftijd begint een man toch na te denken over erfgenamen. Of misschien word ik gewoon somber van dit verschrikkelijke weer. Draai je eens om, alsjeblieft.'

Maar goed dat ik hem niets heb gezegd, dacht Eve terwijl ze onder zijn aanraking bewoog. Misschien zou hij haar hebben weggestuurd als een broedkip, en waar zou ze nu dan zijn geweest?

Het was alweer bijna licht tegen de tijd dat Eve weg kon glippen. Ze had geen tijd om nog te slapen; maakte snel een pakje van zomaar iets zodat ze iets had om mee te goochelen bij de controlepost en ging naar het station. Lili was laat, en Eve was al een paniekaanval aan het onderdrukken toen ze de bekende gestalte uit een rijtuig zag stappen. Het was een koude, mistige ochtend, en de dauw leek aan Lili's strohoed en staalblauwe jas te plakken. Ze leek buitengewoon klein terwijl ze door de mist op haar afkwam. 'We hebben een probleem,' zei ze fluisterend zodat voorbijgangers het niet konden horen. 'Ik heb maar één vrijgeleide kunnen krijgen. Die geeft toestemming om naar Doornik te reizen, maar is maar voor één persoon.'

'N-n-neem jij hem maar. Ik hoef niet per se mee.'

'Ga jij maar. Voor zo'n rapport willen ze waarschijnlijk het liefst de bron ondervragen.'

'Dan ga ik wel alleen –'

'Je bent nog nooit in je eentje langs een controlepost gegaan. De grenswachten zijn de laatste tijd nogal gespannen en ze hebben jou nooit eerder zien, in tegenstelling tot mij. Je zult wel de aandacht trekken met die haperende tong. Ik wil erbij zijn om je uit de penarie te redden, voor het geval je in de problemen komt.' Lili aarzelde en beet op haar lip. 'We kunnen zoiets belangrijks niet tot de rondes van volgende week laten wachten. Als we ons er hier met één vrijgeleide doorheen bluffen, kunnen we gemakkelijk in Doornik een tweede regelen zodat we weer thuis kunnen komen.'

Eve keek naar de wachtposten bij de controlepost aan de overkant van de straat. Ze zagen er nors en doorweekt uit. Ze waren misschien in de stemming om moeilijk te doen, maar misschien ook zo verkleumd en ellendig dat het hun allemaal weinig kon schelen. 'Volgens mij moeten we het proberen.'

'Dat denk ik ook. Neem jij de pas, margrietje, en ga in de rij staan; blijf drie mensen voor me en kijk niet om.'

Nog een paar snelle instructies en toen liep Eve langs een groepje jongetjes die tikkertje speelden op het plein, ondanks de kou en de mist, en vervolgens naar de overkant van de straat. Eve goochelde met haar pakje en ving nog een glimp op van Lili, die het uiteinde van een passerende groene sjaal greep en een van de rennende jongetjes naar zich toe trok. Ze fluisterde iets in het oor van de jongen – ze stak hem ook een munt toe, hoewel Lili dat behendig wist te maskeren – en het kind vloog er weer vandoor. Lili liep door en ging ook in de rij staan, en Eve was opeens zo zenuwachtig dat ze nauwelijks op haar benen kon blijven staan. Ze onderdrukte de angst uit alle macht.

De wachtpost snoot zijn neus in een grote zakdoek en was duidelijk erg verkouden. Eve hield zich klein en gaf hem nederig en zwijgend haar vrijgeleide aan. Hij wierp er een snelle blik op en gebaarde dat ze kon doorlopen, en haar bloed begon weer te stromen. Ze keerde de wachtposten de rug toe en deed net alsof ze het papier weer in haar portemonnee stopte, maar ze hield het opgevouwen papiertje strak tussen haar vingers. Even later vloog het jongetje met de groene sjaal langs de wachtposten – ze letten nauwelijks op de kinderen, behalve om ze weg te jagen – om vervolgens tegen Eve op te botsen, te vallen en het pakje uit haar armen te slaan.

'Sta eens op, jij!' Eve hielp hem overeind, klopte de modder van zijn mouw en schoof de opgevouwen vrijgeleide ongemerkt in zijn mouw. 'L-Let in het vervolg eens beter op,' zei ze vermanend, met een stem die haar verschrikkelijk gemaakt in de oren klonk. Ze raapte het pakje op en het kind vloog ervandoor. Hij rende eerst een rondje om het plein – Lili had hem waarschijnlijk gezegd dat hij niet recht op zijn doel af moest rennen – en vervolgens botste hij tegen Lili op, die hem bij zijn pols greep en hem streng toesprak. Eve bekeek het vanuit haar ooghoek, en hoewel ze goed oplette, zag ze niet dat Lili de vrijgeleide uit de mouw van de jongen pakte. Maar vijf minuten later, toen ze vooraan in de rij stond, had ze hem.

Eves hart begon als een waanzinnige te bonzen toen de Duitse wachtpost de vrijgeleide bekeek. Er zat geen foto op, het was alleen een stuk papier dat toestemming gaf om de grens over te steken; ze zagen er allemaal hetzelfde uit, hij zou vast niet merken dat hij deze vrijgeleide al eerder had gezien... Ze voelde een hevige opluchting toen hij zijn neus snoot en gebaarde dat Lili mocht doorlopen.

'Zie je?' fluisterde Lili toen ze bij Eve was en het indringende gefluit van de trein klonk. 'Ze zijn veel te dom. Als je hun maar een stuk papier onder de neus schuift, laten ze je wel door.'

Vanwege de opluchting lachte Eve iets te opgewekt. 'Vind je nou werkelijk alles grappig?'

'Tot nu toe wel,' zei Lili luchtig. 'Denk je dat we nog tijd hebben om malle hoedjes te kopen in Doornik? Ik heb zo'n zin in roze satijn...'

Eve lachte nog steeds toen het gebeurde. Later zou ze zich afvragen of ze niet juist de aandacht hadden getrokken met hun gelach, of ze zich te veel had laten gaan. Later zou ze zich afvragen: wat had ik kunnen doen? Later zou ze zich afvragen: als ik nou maar...

Achter hen klonk een Duitse stem, die Eves gelach als een mes afkapte. 'Uw papieren, *Frauleins*.'

Lili draaide zich om en trok haar blonde wenkbrauwen op. Dit was niet de niezende wachtpost, maar een jonge kapitein in een onberispelijk uniform. Er zaten mistdruppels aan de klep van zijn pet en hij keek onverbiddelijk en wantrouwig uit zijn ogen. Eve zag de snee in zijn kin waar hij zich bij het scheren had gesneden, merkte op dat hij erg lichte wimpers had, en haar tong versteende. Als ze nu iets zou proberen te zeggen, zou ze er geen woord uit krijgen voordat ze even hard had gestotterd als zo'n Chaucat-mitrailleur die al die soldaten uit de loopgraven neermaaide.

Maar Lili sprak en haar stem klonk bits en ongeduldig. 'Papieren?' Ze wees geërgerd naar de wachtpost. 'Die hebben we daar al laten zien.'

De kapitein stak zijn hand uit. 'Toch moet ik ze zien.'

Lili reageerde stekelig, als een beledigd Frans huisvrouwtje. 'Wie mag u wel niet –'

Hij keek haar boos aan. 'Als u paspoorten hebt, moet ik die zien.'

Dit is het dus, dacht Eve, en de angst was zo overheersend dat het bijna kalmerend was. Ze kon moeilijk doen alsof ze wel een vrijgeleide had. Ik word opgepakt. Ik word opgepakt…

Ze keek op toen Lili haar eigen vrijgeleide aan de kapitein overhandigde. Toen hij zich vooroverboog om die te inspecteren, keken Lili en Eve elkaar aan. Als ik word opgepakt, moet je weglopen, probeerde Eve telegrafisch over te brengen. Loop nou weg.

En Lili glimlachte, die ondeugende bliksemflits van een glimlach.

'Het is haar vrijgeleide,' zei ze duidelijk. 'Ik heb hem van haar geleend, stomme mof.'

Hoofdstuk 25

Charlie

Mei 1947

Ze was dood.

Mijn beste vriendin van de hele wereld was dood.

De vraatzuchtige oorlog was nog steeds niet verzadigd nadat hij zijn grijpgrage poten had uitgestoken en mijn broer van me had afgepakt. Datzelfde beest had ook Rose gegrepen, het meisje dat net een zus voor me was, en haar met kogels doorzeefd.

Ik denk dat ik voor eeuwig verdoofd op dat bezoedelde stuk gras had kunnen blijven staan, gevangen tussen de kerkmuur met de kogelgaten en de gestalte van Madame Rouffanche. Ze had net zo goed een zoutpilaar kunnen zijn, zoals de vrouw van Lot, die zich niet meer kon bewegen omdat ze dingen had gezien die niet voor haar ogen bestemd waren. Ik voelde een schreeuw in mijn keel schrapen als een roestig lemmet, maar voordat ik hem kon laten ontsnappen, schudde Finn me door elkaar. Ik staarde hem verdwaasd aan. *Charlie*, zag ik hem zeggen. *Charlie*… maar ik kon hem niet horen. Ik had het gevoel dat mijn oren bedekt waren. Het enige wat ik hoorde was afgrijselijk gegons.

Madame Rouffanche stond me nog steeds kalm aan te staren. Ze verdiende mijn dankbaarheid omdat ze getuigenis had afgelegd. Ze verdiende een balsem voor haar pijn en medailles voor haar moed. Maar ik kon haar niet aankijken. Ze was de laatste die Rose in leven had gezien, degene die Rose had zien sterven. Waarom zij en niet ik? Waarom was ik hier niet geweest om Rose te helpen voor de nazi's te vluchten? Waarom was ik niet bij James geweest om naar zijn woede-uitbarsting te luisteren en hem te zeggen dat ik van hem hield en de verschrikkelijke kakofonie van zijn herinneringen te overstemmen? Ik had zoveel van hen gehouden en ik had ze zo verschrikkelijk in de steek gelaten. Ik had mijn broer op een koude avond naar buiten laten gaan, niet om een biertje te gaan drinken, zoals hij had gemompeld, maar om zich een kogel door zijn hoofd te schieten. Ik had gedacht dat ik die fout had kunnen goedmaken door Rose te vinden toen iedereen de hoop al had opgegeven, maar ik had niets goedgemaakt. In een café in de Provence had ik tegen Rose gezegd dat ik haar niet zou verlaten, maar dat had ik wel gedaan. Ik had ons laten scheiden door een oceaan en een oorlog, en nu was ze ook dood. Ik was iedereen kwijtgeraakt.

Mislukkeling, bleef de schrille stem in mijn hoofd maar herhalen. De litanie waarnaar ik had geleefd. *Mislukkeling*.

Ik legde mijn handen op de arm van Madame Rouffanche en kneep zachtjes – de enige manier waarop ik uiting kon geven aan mijn dankbaarheid. Toen rukte ik me los en rende struikelend naar de straat. Ik viel over een rondslingerende bloempot, een kapot geval van aardewerk waar waarschijnlijk ooit geraniums in hadden gezeten en die bij de deur had gestaan van een Franse huisvrouw die op die tiende juni was neergemaaid. Ik haalde mijn handen open, maar ik kwam overeind en strompelde verder. Ik zag de vorm van een auto door mijn betraande ogen en rende erop af, om te ontdekken dat het niet de Lagonda was, maar de verlaten Peugeot, die daar al stond te roesten sinds de dag dat de eigenaar was opgepakt in een weiland en was doodgeschoten. Ik strompelde verder vanaf die onschuldige, verschrikkelijke auto en keek verwilderd om me heen om te zien waar de Lagonda stond, en dat was het moment dat Finn me inhaalde en me in zijn armen nam. Ik begroef mijn gezicht in zijn ruwe overhemd en kneep mijn ogen dicht.

'Neem me mee,' zei ik, of probeerde ik te zeggen. Wat eruit kwam was een warboel van hevig gesnotter, nauwelijks woorden, maar Finn leek te snappen wat ik bedoelde. Hij pakte me op, droeg me naar de Lagonda, tilde me op de bank zonder de deur te openen en ging toen achter het stuur zitten. Ik deed mijn ogen stijf dicht, snoof de troostrijke geur van leer en motorolie op en dook ineen op de zitting terwijl Finn ruw optrok. Hij reed alsof we achterna werden gezeten door een horde spoken, en dat was ook zo, o god, ze zaten ons achterna. In de voorste linie, voor mijn geestesoog, was een baby die net een beetje kon waggelen. Ze stak haar armen naar me uit, naar haar tante Charlotte, maar de bovenkant van haar hoofd was eraf geschoten. Rose had haar naar mij vernoemd, en nu was ze dood.

Ze was nu al bijna drie jaar dood. Ik slaakte nog een woordeloze kreet toen we hotsend en botsend over de brug reden. Het verhaal dat me hiernaartoe had gedreven, was een leugen.

Zodra we Oradour-sur-Glane achter ons hadden gelaten, stopte Finn bij de eerste de beste *auberge* die we tegenkwamen en vroeg hij om een kamer voor de nacht. Misschien zag de eigenaar de trouwring aan mijn vinger (Mrs. Donald McGowan – Rose zou me nooit uitlachen om mijn Donald), of misschien kon het hem niets schelen. Ik stommelde de afgeleefde kamer in en bleef wankelend en met betraande ogen staan bij het bed. 'Ik ga ervan dromen,' fluisterde ik toen Finn achter me opdook. 'Zodra ik in slaap val, ga ik vast over haar dromen. Ga ik vast dromen over hoe...' Ik zweeg, kneep mijn ogen dicht, probeerde mijn oude, geruststellende verdoving weer op te roepen, maar die was verbrijzeld. Tranen overspoelden me in grote golven. Ik kreeg geen adem. Ik kon niet zien. 'Zorg dat ik niet ga dromen,' smeekte ik, en Finn nam mijn gezicht in zijn grote handen.

'Je zult niet dromen vannacht,' zei hij, en ik zag dat hij ook tranen in zijn ogen had. 'Dat beloof ik je.'

Hij slaagde erin ergens een fles whisky te vinden en nam die mee naar de kamer. We sloegen het avondeten over; we trokken onze schoenen uit, klommen in bed, gingen met onze rug tegen de muur zitten en begonnen de fles methodisch leeg te drinken. Soms huilde ik en soms staarde ik gewoon uit het raam, terwijl de helderblauwe lucht eerst schemerblauw kleurde en vervolgens in een donkere sterrenhemel veranderde. Soms praatte ik en haalde ik herinneringen op aan Rose als de kralen van een rozenkrans, en vervolgens herinneringen aan James, en al snel was ik alweer om beiden aan het huilen. Finn liet me praten en huilen en nog meer praten, en ik liet mijn slappe lichaam helemaal inzakken totdat ik met mijn hoofd op zijn schoot lag. Rond middernacht keek ik naar hem op en zag ik dat er ook tranen over zijn wangen rolden. 'Die plek,' zei hij zacht. 'Jezus christus, die plek...'

Ik kwam overeind en streelde zijn natte wang. 'Heb je ooit een plek gezien die nog erger was?'

Hij was zo lang stil dat ik dacht dat hij geen antwoord zou geven. Toen sloeg hij de rest van zijn whisky met een snelle beweging achterover en zei: 'Ja.'

Ik wist niet zeker of ik wel wilde weten wat er erger kon zijn dan Oradour-sur-Glane, maar hij begon al te praten.

'Artillerie, 63ste Antitankregiment.' Zijn grote hand streelde mijn haar. 'April '45. We waren in Noord-Duitsland, in de buurt van Celle. Heb je over de dodenkampen gehoord?'

'Ja.'

'We hebben zo'n kamp bevrijd. Bergen-Belsen.'

Ik ging rechtop zitten en trok mijn knieën op tegen mijn borst. Hij zweeg even. Knipperde met zijn ogen.

'C-peloton, we waren de eerste soldaten die door de poort gingen, na de hospikken. We zagen een spookstad, net zoiets als wat wij vandaag gezien hebben. Maar in Bergen-Belsen waren er levende spoken.' Hij sprak op even vlakke toon als Madame Rouffanche, de repetitieve cadans van de ingewortelde verschrikking. 'Duizenden mensen, levende skeletten in gestreepte grijze uniformen die gewoon tussen de bergen met lijken ronddoolden. Overal lijken die waren opgestapeld als bergen afval. Zelfs degenen die nog rondliepen, leken niet te leven. Ze leken gewoon te zweven. Het was allemaal zo stil.' Hij zweeg. Knipperde met zijn ogen. 'De zon scheen. Net als vandaag...'

Er stroomden weer tranen over mijn wangen. Nutteloze tranen. Wat hadden al die doden aan mijn tranen? De doden in Oradour-sur-Glane en die in Bergen-Belsen? James, Rose. Die verschrikkelijke oorlog.

'Er lag een zigeunermeisje op de grond,' vervolgde Finn. 'Ik kwam er later pas achter dat het een zigeunermeisje was, toen iemand me vertelde wat het merkteken op haar uniform betekende. Voor zigeuners was het een donkere driehoek met een Z van zigeuner... Maar ze is niet echt een vrouw, eerder een meisje. Misschien pas vijftien. Toch ziet ze eruit alsof ze honderd is, gewoon een zak botten en een kale schedel en enorme ogen. Ze staart me aan, met ogen als stenen op de bodem van een put, en haar hand ligt op mijn schoen als een witte spin. En op dat moment gaat ze dood. Haar leven verlaat haar terwijl wij elkaar aanstaren.

Ik ben daar met mijn regiment om haar te redden, en op dat moment gaat ze dood. Ze heeft zoveel meegemaakt en nú gaat ze dood.'

Ik vermoedde dat het altijd 'nu' was wanneer hij aan het zigeunermeisje dacht. Elke keer dat hij aan die holle ogen en aan die witte spin van een hand op zijn schoen dacht, ging ze dood, in het heden, in zijn hoofd, telkens weer.

'Ik heb een heleboel verdrongen.' Hij was onduidelijker gaan praten en begon steeds meer te brouwen. 'Ik heb er niet eens mijn best voor gedaan, het ging gewoon vanzelf… de details, ze zijn allemaal vervaagd. De kuilen die we voor de lijken hebben gegraven, de lijken die we uit de barakken hebben gesleept. Al die mensen die we hebben ontluisd en probeerden te voeren. Maar dat zigeunermeisje… haar kan ik me nog wel herinneren. Zij springt eruit.'

Ik had geen woorden om hem te troosten. Misschien waren die er ook niet. Misschien kon ik hem alleen maar geruststellen door hem aan te raken en hem te laten voelen dat ik er was. Ik pakte zijn hand en hield hem stevig vast.

'Die stank…' Er trok een huivering door zijn magere lichaam. 'Tyfus en dood en verrotting en overal plassen diarree.' Hij keek me aan met zijn donkere, peilloze ogen. 'Wees maar blij dat je drie jaar later in Oradour-sur-Glane was, Charlie. Je hebt het zonlicht en de rust en de spoken gezien, maar je hebt ze niet geroken.'

Dat leek alles te zijn wat hij erover wilde zeggen. Ik schonk voor ons allebei nog wat whisky in. We sloegen het achterover om zo snel mogelijk vergetelheid te zoeken. *A la vôtre!* zei Rose, maar nee, ze zei helemaal niets, ze was dood, net als het zigeunermeisje van Finn. Ik legde mijn hoofd weer in zijn schoot zodra de kamer begon te draaien, en hij streelde mijn haar.

De maan gleed langs het raam en werd steeds helderder, maar opeens realiseerde ik me dat het niet de maan was, maar de zon, die al hoog aan de hemel stond en met heldere stralen in mijn ogen stak, als zwaarden.

Ik knipperde met mijn ogen, moest even bedenken waar ik was. Ik was helemaal ineengestrengeld met Finn, en we lagen op de lakens van het bed, allebei nog gekleed. Zijn arm lag losjes over mijn middel en mijn gezicht lag tegen zijn ribben, die op en neer gingen in zijn slaap. Ik had barstende hoofdpijn. Mijn maag speelde op toen ik me van hem losmaakte, en ik haalde maar net de wastafel in de hoek van de kamer.

Ik gaf over, en toen nog een keer, en moest vervolgens kokhalzen van de zure smaak van de halfverteerde whisky. Kort daarna kwam Finn overeind. 'Je ziet een beetje bleek,' merkte hij op.

Ik keek hem boos aan tussen de oprispingen.

Hij kwam van het bed af en liep op blote voeten op me af, met zijn overhemd half losgeknoopt, en hij hield mijn bungelende haar uit mijn gezicht toen ik me weer over de wasbak boog. 'Nog gedroomd?' vroeg hij zacht.

'Nee.' Ik ging weer rechtop staan, veegde mijn mond af, pakte het waterglas en vermeed zijn blik. 'Jij?'

Hij schudde zijn hoofd. We konden elkaar allebei niet aankijken toen we ons begonnen te wassen. We waren net een stel niet-geheelde, rauwe en pijnlijke stompjes die hun best deden niet tegen elkaar aan te botsen, en ik kon mijn hoofd niet omdraaien zonder een pijnscheut te voelen. Rose, dacht ik, en ik voelde weer een doffe en schokkende pijnscheut. Het was geen nachtmerrie geweest. Ik had geslapen, was wakker geworden en het was echt. Het waren geen nachtmerries, maar werkelijke verschrikkingen. Ik had prikkende ogen, maar ik had geen tranen meer.

Alleen nog een grote, dreigende vraag.

We wasten ons en Finn haalde twee kopjes zwarte koffie, die hij van de eigenaar had weten los te krijgen. Mijn kolkende maag accepteerde de koffie met enige tegenzin, en we zaten al snel in de auto om terug te rijden naar Limoges. Ik droeg mijn verkreukelde kleren van de vorige dag, wreef over mijn kloppende slapen en dacht na over de vraag waaraan nu niet meer te ontkomen viel.

Wat nu, Charlie St. Clair?

Wat nu?

Het was een rustige terugrit. Ik merkte dat ik de lieflijke stadstaferelen bekeek alsof het een toneeldecor betrof: de treurwilgen langs de rivier, de vakwerkhuizen en de fraaie romaanse brug die Rose had gezien wanneer ze drankjes serveerde in Le Lethe. Ik had geen enkele reden om nog langer in deze stad te blijven, maar ook geen bestemming en dus ook geen reden om weg te gaan.

'Ik vraag me af of Gardiner alweer terug is,' zei Finn. De eerste woorden die hij zei sinds hij me had gevraagd of ik had gedroomd.

Ik keek hem niet-begrijpend aan. 'Terug waarvan?'

'Haar afspraak met de Engelse officier uit Bordeaux,' zei Finn. 'Weet je nog?'

Dat was ik vergeten. 'Was dat niet gisteren?'

'Misschien ook wel.' Het was niet echt de bedoeling geweest om op het platteland te overnachten. Wat nu? Die vraag spookte nog steeds door mijn hoofd. Wat nu?

Finn parkeerde de Lagonda en we liepen naar binnen. De entree van de *auberge* was net in de was gezet; de geur van bijenwas was sterker dan die van de verse bloemen die op de balie stonden. Rozen, roze als de wangen van Rose, en mijn hoofd bonsde. Achter de balie zat een geërgerde vrouw en voor haar stond een Engelsman van het type dat denkt dat buitenlanders hem vanzelf wel zullen begrijpen wanneer hij maar hard genoeg praat.

'EVELYN – GARDINER? Is – ze – *ici? Ici*, hier, *comprenez?* GARDINER –'

'Oui, monsieur,' zei de vrouw op een toon die verraadde dat ze het al vaker had gezegd. *'Elle est ici, mais elle ne veut pas vous voir.'*

'*English, anglais?* Iemand?' De man keek om zich heen: hij was lang en had een grijzende snor en was misschien halverwege de vijftig; hij duwde een bierbuik voor zich uit alsof het een onderscheiding was. Hij droeg burgerkleding, maar uit zijn hele manier van doen bleek duidelijk dat hij in het leger zat.

Finn en ik keken elkaar aan, en toen stapte Finn naar voren. 'Ik ben de chauffeur van Miss Gardiner.'

'Goed, goed.' De man monsterde Finns slonzige voorkomen afkeurend, maar zijn toon klonk nog redelijk vriendelijk. 'Kunt u Miss Gardiner zeggen dat ik er ben, alstublieft? Ze wil me vast wel spreken.'

'Dat wil ze niet.'

De man staarde hem aan. Zijn snorharen trilden. 'Natuurlijk wel! Ik heb gisteren nota bene met haar gegeten en het ging er heel vriendelijk aan toe...'

Finn haalde zijn schouders op. 'Maar nu wil ze u duidelijk niet ontvangen.'

'Luister eens –'

‘U betaalt me niet. Maar zij wel.’

Achter de rug van de Engelsman rolde de Franse vrouw met haar ogen. Ik stapte naar voren. De nieuwsgierigheid had zich een weg door het waas van mijn verdriet weten te banen. ‘*Sir*, bent u toevallig kapitein Cameron?’ Hij voldeed niet aan het beeld van Cameron dat ik in mijn hoofd had gevormd, maar welke andere Engelse officier kwam nou meteen uit Bordeaux nadat Eve hem had gebeld?

‘Cameron? Die trieste ouwe oplichter?’ De bezoeker haalde vol minachting zijn neus op. ‘Ik ben majoor George Allenton en ik verdoe hier mijn waardevolle tijd, dus loopt u nu maar naar boven, jongedame, en zegt u maar tegen Miss Gardiner dat ik er ben.’

‘Nee.’ Het klonk nogal onbeleefd, maar dat kwam alleen maar door de uitputting. Eerlijk gezegd wist ik niet waarom ik ook maar een vinger zou uitsteken voor iemand die zo onbeschoft was. Ik was blij dat hij niet kapitein Cameron was. Die mocht ik wel door de verhalen die Eve over hem had verteld.

De majoor werd rood en keek me aan. Hij opende zijn mond alsof hij met me in discussie wilde gaan, maar opeens verloor hij zijn zelfvertrouwen. ‘Uitstekend,’ zei hij, en hij graaide in zijn zak. ‘Zeg maar tegen die verzuurde ouwe heks dat het ministerie van Oorlog haar niets meer is verschuldigd, ondanks alles wat ze in het verleden voor ons heeft gedaan.’ Hij duwde een plat hard doosje in mijn hand. ‘En deze kan ze door de plee spoelen als ze dat wil, maar ik bewaar ze niet meer voor haar.’

‘Wanneer hebt u haar gekend?’ vroeg Finn toen de majoor zijn hoed weer opzette.

‘Ze heeft in beide oorlogen voor me gewerkt. En ik zou willen dat ze nooit was gerekruteerd voor de eerste oorlog, die valse, stotterende trut.’

Finn en ik keken elkaar aan toen de majoor stampvoetend wegliep. Ten slotte maakte ik het doosje open, en ik verwachtte... wat? Juwelen, documenten, een tikkende bom? Met Eve wist je het maar nooit. Maar het waren vier medailles, die keurig aan een kartonnetje waren bevestigd.

‘De *Military Medal*, het *Croix de Guerre avec Palmes*, de *Ordre National de la Légion d’Honneur...*’ Finn floot zachtjes. ‘En dat is de *Medal of the Order of the British Empire*.’

Ik slaakte een zucht. Eve was niet slechts een voormalige spion. Ze was een heldin die meerdere onderscheidingen had gekregen, een legende uit het verleden voor wie zelfs hoge officieren die haar niet mochten zich nog steeds inspanden. Ik voelde met mijn vingertop aan de *Medal of the Order of the British Empire*. 'Waarom heeft ze die medailles jaren geleden geweigerd?'

'Geen idee.'

Hoofdstuk 26

Eve

Oktober 1915

Lili kon nog net een instructie mompelen toen ze met Eve naar het station werd gesleept. De Duitsers schreeuwden, er klonken sirenes, en in al dit tumult mompelde Lili met roerloze lippen: 'Doe alsof je me niet kent. Ik red je hier wel uit.'

Eve gaf een minuscuul knikje met haar hoofd en durfde Lili niet aan te kijken. Ze werden meegesleurd door een stel lompe soldaten, Lili bijna in de lucht bungelend en Eves armen zo stevig beetgepakt dat haar handen gevoelloos werden. De angst had haar nog niet ingehaald; Eves gedachten schoten uiteen als een stel muizen die door het licht waren verrast. Maar instinctief weigerde ze: ze kon niet zomaar de dans ontspringen en Lili bij de Duitsers achterlaten. Dat nooit.

Maar er werd weer tegen ze gebruld, en Lili's lippen vormden één woord: 'Verdun.'

Eve verstijfde. Het Verdun-offensief dat volgend jaar zou beginnen. Kapitein Cameron die in Doornik op het rapport zat te wachten. Het papiertje met alle gegevens over het offensief, dat in de ring aan Lili's rechterhand zat. Lieve hemel, als de Duitsers het zouden vinden…

Maar er was geen tijd om na te denken, om vluchtige, wanhopige blikken te wisselen. Ze werden het station in gesleept, langs een telefoon en een groepje Duitse soldaten, en de Duitse kapitein blafte bevelen. 'Zet ze in aparte kamers, ik zal een waarschuwing laten uitgaan.' Eve belandde in een smalle kamer met uitzicht op de straat. Er waren ongeveer zes Duitse soldaten, die half ontkleed waren en gapend hun ochtendrituelen afhandelden. Een jonge, blonde sergeant in een hemd staarde Eve aan, en een andere stond zich te scheren bij een emmer water. Eve staarde terug en deed niet haar best om een vluchtroute te vinden. Die was er niet. Ze zouden zich als een roedel wolven op haar storten als ze ook maar in de buurt van het raam kwam. Aan haar linkerhand was nog een deur met een ruit, die leidde naar een nog kleiner vertrek, en Eve hapte naar adem toen ze zag dat Lili naar binnen werd geduwd. Haar hoed was verdwenen en haar blonde haar zat helemaal door de war; ze leek wel een kind dat zich had verkleed in de rok en de blouse van haar moeder. Maar ze plooide haar mond in een glimlach, leunde tegen de lange balie en begon met een twinkeling in haar ogen haar handschoenen uit te trekken alsof ze wilde gaan zitten om thee te drinken.

'Raak me n-niet aan!' gilde Eve plotseling, en haar ogen schoten heen en weer tussen de soldaten die om haar heen stonden. Ze hadden geen van allen bewogen, omdat ze te verbaasd waren, maar ze begon toch te gillen. Ze moesten naar haar kijken, en niet naar Lili, die vlug haar ring van haar rechterhand trok en het stukje papier van de binnenkant peuterde. 'Raak me niet aan!' gilde Eve, en de jongste soldaat stapte naar voren alsof hij haar gerust wilde stellen. Eve keek langs hem heen en wierp een blik op Lili, die nog steeds vaag zat te glimlachen. Ze bleef kijken toen haar kameraad het papiertje in haar mond stopte en doorslikte.

Nog voordat Eve zich opgelucht kon voelen, stormde de Duitse kapitein schreeuwend Lili's kamer binnen. Hij heeft het gezien, hij heeft het gezien... De kapitein greep Lili bij haar nek en probeerde zijn vingers in haar mond te steken. Ze klemde haar tanden op elkaar en grijnsde naar hem als een veelvraat, en hij duwde haar vol afkeer van zich af. Er stampten laarzen door de gang, en Eve stortte zich op de vloer en begon te snikken. Niet alleen omdat Lili was betrapt toen ze het bericht doorslikte, maar ook omdat Marguerite zou snikken. Marguerite zou doodsangsten uitstaan en een en al onschuld zijn en geen idee hebben wie die vrouw in de andere kamer was. Eve wilde die Duitse zwijnen aanvliegen en ze wurgen, maar ze moest haar werk doen.

Verdun.

Daarom bleef ze snikkend op de vloer liggen terwijl de Duitse laarzen ongemakkelijk om haar heen klosten. De soldaten staarden en mompelden, maar Eve negeerde het, omdat Marguerite alleen de woorden *ja* en *nein* begreep. Al haar gespannen zenuwen waren op de kamer ernaast gericht, maar daar was niets te horen – helemaal niets – van de leidster van het Alice-netwerk.

Ze weten niet dat ze de leidster is, dacht Eve in een flits. Ze weten niet wie ze te pakken hebben gekregen. Maar ze had nog steeds een spookbeeld voor ogen van Lili die net als Edith Cavell tegen de muur werd gezet. Geblinddoekt, met haar handen achter haar rug gebonden en een groot kruis op haar borst om op te mikken. Lili die ineenzeeg en waarschijnlijk nog glimlachte.

Nee, schreeuwde Eve vanbinnen, maar ze wist hoe ze haar angst moest aanwenden, hoe ze ervoor kon zorgen dat het beeld een nog grotere tranenstroom op gang bracht. Ze was eerder gebaat bij tranen en een weerzinwekkende hulpeloosheid dan bij een vertoon van moed. Niemand was bang voor een huilende, hulpeloze jonge vrouw.

Het duurde niet lang voordat er een politieman verscheen in het gezelschap van een norse vrouw in een groen serge uniform. Eve herkende haar. Ze hielp vaak bij de Duitse controleposten, een genadeloze feeks die Lili de bijnaam de Kikker had gegeven, vanwege haar groene uniform en de grijpgrage paddenpoten waarmee ze andermans spullen doorzocht. Ze keek nu met een hard gezicht naar Eve en blafte één woord in het Frans: 'Uitkleden!'

'H-h-hier?' Eve stond op, keek haar met rode ogen aan, sloeg haar armen voor haar borst en deinsde achteruit voor al die nieuwsgierige mannen. 'Ik k-k-k...'

'Uitkleden!' brulde de Kikker, maar de politieman keek enigszins beschaamd en beval de soldaten het vertrek te verlaten. Eve bleef alleen achter met de Kikker, die haar knopen begon los te rukken.

'Als je net als die andere trut boodschappen bij je hebt,' waarschuwde ze, 'vind ik ze en kom jij voor het vuurpeloton.' Ze trok Eves overhemdblouse uit, rukte aan haar rafelige hemd, en Eve maakte zelf met trillende vingers haar rok los. Dit kan niet waar zijn. Ze had deze rok een paar uur eerder voor Renés dovende haardvuur aangetrokken. Hij had zijn neus opgehaald voor haar ondergoed en gezegd: 'Je loopt erbij als een meisje uit het weeshuis, mijn lieveling. Ik zal een fatsoenlijke onderjurk voor je kopen, eentje met kant uit Valenciennes...' Eve werd overspoeld door een golf duizeligheid en liet zich erdoor meesleuren. Ze zeeg ineen op de vloer alsof ze was flauwgevallen. Ze trok haar armen en benen op en kreunde zachtjes toen de Kikker de rest van haar kleren van haar lijf rukte en overal op haar lichaam voelde. Verdun, dacht Eve. Ze kneep haar ogen dicht toen de harde vrouwenvingers onder haar borsten en tussen haar vingers voelden en ruw haar haar doorzochten. Verdun, dacht ze toen haar haarspelden er een voor een uit werden getrokken. Godzijdank had ze geen haarspeld waar een briefje met informatie omheen gewikkeld was...

Het duurde niet lang. Misschien tien minuten waarin de Kikker Eves lichaam overal betastte en vervolgens haar kleren doorzocht: de zomen van haar rok, de hakken van haar schoenen. Ten slotte kreeg Eve een ferme klap tegen haar wang en opende ze haar ogen, waaruit nog steeds tranen stroomden. 'Kleed je aan,' zei de Kikker, die teleurgesteld leek.

Eve ging rechtop zitten en omhelsde haar eigen naaktheid. 'M-m-mag ik een glas w-w-w...'

De Kikker maakte haar gestotter belachelijk. 'Een glas wat, jonge-d-d-dame?'

'Water,' schreeuwde Eve snotterend, hoewel ze de feeks wel kon zoenen omdat ze haar belachelijk maakte. Laat ze maar denken dat ik een imbeciel ben. Gewoon een domme gans die haar pas aan een onbekende heeft uitgeleend.

'Wil je water?' De Kikker wees naar een ranzig glas waar water met een laagje schuim in zat. Daar zetten de soldaten blijkbaar hun tandenborstel in. 'Ga je gang.' Ze lachte om haar eigen grap en vertrok.

Eve kleedde zich stijfjes aan. Het leek of Marguerite le François nauwelijks functioneerde en stond te trillen en te rillen, maar Evelyn Gardiner dacht razendsnel na. Ze keek door het raam naar de kamer ernaast, waar de Kikker op Lili afliep, en was bang dat ze al wist wat Lili wilde doen.

De Kikker blafte tegen Lili dat ze zich moest uitkleden.

Stribbel nou tegen, dacht Eve.

Lili stond er stokstijf bij en weigerde zich te verroeren. De Kikker greep de veel kleinere vrouw beet en rukte aan haar rok.

Je blijft wel tegenstribbelen, dacht Eve.

Lili verzette zich, maar de Kikker was ruw en hardhandig en rukte Lili's kledingstukken een voor een van haar lijf. Lili stopte met tegenstribbelen, maar ze kromp niet ineen toen ze naakt was, zoals Eve; ze bleef stoïcijns rechtop staan terwijl de Kikker haar overal betastte. Elke rib was zichtbaar en haar borstbeenderen staken uit als een ladder. Wat was ze klein. De Kikker ging verder met de stapel kleren die op de tas lag en duwde de kleinere vrouw zo hard aan de kant dat Lili bijna omviel, maar haar minachtende glimlach week niet van haar gezicht toen ze keek hoe haar tas werd doorzocht.

Laat haar niks vinden, bad Eve, maar de feeks brulde toen de doorzochte tas Lili's identiteitskaarten prijsgaf, de vijf of zes passen die ze bij zich had om snel de grens te kunnen oversteken. De Kikker zwaaide gillend met de kaarten in Lili's gezicht, maar Lili staarde haar onbewogen aan. Ten slotte mocht Lili zich weer aankleden, en toen ze de bovenste knoopjes bij haar hals weer dichtdeed, kwam er een man binnen met een beker in zijn hand. Eve stond in een hoekje te huilen en herkende de nieuwkomer door het gordijn van haar neerhangende haar: Herr Rotselaer, de politiechef uit het naburige Doornik. Eve had hem in Lille alleen van een afstand gezien, maar ze had een verslag over hem opgesteld aan de hand van de opmerkingen van andere officieren. Een kleine, donkerharige man, die goed gekleed was in een nauwsluitend jasje. Hij had een indringende blik en daarmee verslond hij Lili. '*Mademoiselle,*' zei hij. 'Hebt u dorst?'

Hij reikte haar de beker aan. Zelfs door het glas zag Eve dat de drank een gelige kleur had. Iets om Lili het doorgeslikte briefje te laten uitbraken.

'Dank u, *monsieur,*' zei Lili beleefd. 'Ik hoef niets te drinken, in elk geval geen melk. Hebt u misschien cognac? Het is werkelijk een ongekende rotdag.' Exact dezelfde woorden als op de dag dat ze elkaar voor het eerst in Le Havre hadden ontmoet. Eve zag hen weer voor zich in dat drukke café en herinnerde zich dat het heel hard regende en dat Lili een karrenwiel van een hoed op had gehad. De herinnering stak haar als een mes. *Welkom bij het Alice-netwerk.*

'Kom op, stribbelt u niet zo tegen!' Herr Rotselaer probeerde goedmoedig te klinken en hield de beker voor haar neus. 'Drink op, of zegt u maar waarom u het niet wilt.'

De Kikker pakte Lili bij haar schouders en schudde haar door elkaar, maar Lili glimlachte alleen en schudde haar hoofd.

Herr Rotselaer stoof op haar af en probeerde de drank in haar keel te gieten terwijl de Kikker haar hoofd achteroverhield, maar Lili gooide de beker door de kamer. De gelige melk spetterde op de vloer. De Kikker gaf Lili een klap in haar gezicht, maar Herr Rotselaer stak een hand op. 'We nemen haar wel mee ter ondervraging,' zei hij, en Eve kreeg een hartverzakking. 'En die andere ook.'

'Haar?' brieste Lili. 'Dat is gewoon een dom winkelmeisje, geen spionne. Ze was de enige in de rij die er stom genoeg uitzag om mij haar vrijgeleide uit te lenen! Daarom heb ik haar overgehaald.'

Herr Rotselaer staarde door het glas naar Eve, die nu ineengedoken op de vloer lag te huilen. 'Breng haar hier.' De Kikker stormde door de tussendeur, greep Eve bij haar elleboog en voerde haar mee naar Lili's cel. Eve viel op haar knieën voor de politiechef en voerde haar hikkende gesnotter op tot uitzinnig gebrul. Het was verbazingwekkend eenvoudig om hysterisch te doen. Vanbinnen was ze doodkalm en keek ze onbewogen naar het snotterende hoopje aan de buitenkant. Door haar opgezette ogen zag ze dat Lili's blote voet nog geen twintig centimeter van haar af stond.

'*Mademoiselle...*' Herr Rotselaer probeerde Eve in de ogen te kijken, maar ze kromp slechts ineen. 'Mademoiselle Le François, als dat tenminste uw echte naam is...'

'Ik herken haar wel, meneer,' zei een andere Duitse stem. De jonge kapitein was binnengekomen, de man die hen had opgepakt. Was dat de reden waarom hij nog eens beter naar hun papieren had willen kijken, omdat hij Eve had herkend? Mijn schuld, mijn schuld... 'Ze woont in de rue Saint-Cloux; ik herinner me haar nog van huiszoekingen. Een keurige jongedame.'

'Marguerite le François.' Herr Rotselaer bekeek Eves identiteitspapieren en gebaarde met zijn kin naar Lili. 'Kent u deze vrouw?'

'N-n...' Ze had het gevoel dat ze Lili verraadde toen ze dit woord probeerde te zeggen. 'N...' Het voelde als een judaskus op Lili's wang, als dertig zilverlingen die op haar tong lagen, zuur en metalig. 'Nee,' fluisterde Eve.

'Natuurlijk kent ze me niet.' Lili klonk bruusk, verveeld. 'Ik heb haar nooit eerder gezien. Denken jullie nou echt dat ik de grens zou proberen over te steken met een stotterende zottin?'

Herr Rotselaer keek naar Eve, naar haar haar dat tegen haar natte wangen plakte, naar haar handen die zo hard trilden dat het leek alsof ze een stroomstoot had gekregen. 'Waar ging u naartoe, jongedame?'

'Naar D-D-D...'

'In godsnaam, praat eens even gewoon. Waar ging u naartoe?'

'Naar D-D-D...' Ze simuleerde niet eens. Eves tong had haar hele leven nog nooit zo gehaperd. 'N-n-naar de c-c-communie van mijn n-n-nichtje. In D-D...'

'In Doornik?'

'Ja, H-H-H... ja, Herr R-R...'

'Hebt u daar familie wonen?'

Het kostte Eve een paar minuten om te antwoorden. Herr Rotselaer stond ongeduldig te wiebelen. Lili leek onbewogen, maar Eve voelde de spanning die door haar strakgespannen lichaam stroomde. Ze stond ongeveer een meter van haar af, maar haar gedachten waren glashelder.

Blijven snotteren, margrietje. Gewoon blijven snotteren.

Herr Rotselaer probeerde nog meer vragen te stellen, maar Eve barstte in hysterisch gesnik uit en zakte ineen op de vloer. De planken roken naar ontsmettingsmiddelen. Ze piepte als een jonge hond die werd geschopt. Haar polsslag was traag en ijl.

'O, in godsnaam...' Herr Rotselaer maakte een wegwerpgebaar naar de jonge kapitein. 'Schrijf maar een nieuwe vrijgeleide voor haar voor Doornik en laat haar vrij.' Hij richtte zich weer tot Lili en keek haar met glanzende ogen aan. 'En u, *mademoiselle l'espionne*, zult een aantal vragen moeten beantwoorden. We hebben nog meer vriendinnen van u...'

Violette, dacht Eve terwijl de Duitse kapitein haar hielp om overeind te komen.

'...en we zullen hen stevig moeten aanpakken wanneer u weigert te praten.'

Lili keek de politiechef even aan. 'U liegt,' zei ze ten slotte. 'Omdat u bang bent. Dat is goed, Herr Rotselaer. Ik zal verder niets meer zeggen.'

Ze keek Eve even aan en leek afscheid van haar te nemen met haar blik. Daarna staarde ze naar de muur en klemde ze haar kaken op elkaar.

Herr Rotselaer greep haar bij haar armen en begon haar door elkaar te schudden, zo hard dat haar hoofd naar voren en naar achteren vloog. 'U bent een spionne, een smerige spionne, en u gaat praten...'

Maar Lili zei niets. En toen stapte Eve de kamer uit, zo hard snikkend dat ze geen woord kon uitbrengen. Ditmaal was het gesnik niet gespeeld.

De kapitein begon een strenge preek af te steken over de gevaren van het uitlenen van officiële documenten, maar gaf het op toen ze maar bleef snikken. Deels uit ergernis, deels uit medelijden. 'Dit is geen geschikte plek voor een jongedame,' zei hij, en hij knipte met zijn vingers naar de klerken dat ze een nieuwe vrijgeleide voor haar moesten schrijven. 'Dat was heel erg dom van u, *mademoiselle*, maar vergeeft u me voor deze onaangename toestand.'

Eve kon niet stoppen met huilen. Lili, dacht ze ellendig, o, Lili! Ze wilde haar arm losrukken, zich omdraaien en terugrennen naar die kamer, waar Herr Rotselaer nog steeds stond uit te varen. Ze wilde hem naar de keel vliegen, maar ze bleef waar ze was, sloeg haar handen voor haar gezicht en bleef snikken terwijl de Duitse kapitein zich stond op te winden.

'Gaat u naar huis,' zei hij nogmaals toen hij haar de nieuwe vrijgeleide in handen duwde. Hij wilde duidelijk zo snel mogelijk van haar af zijn. 'Gaat u naar Doornik, terug naar uw ouders. Ga naar huis.'

En Eve, die haar nieuwe pas in haar hand had en zich een judas voelde, keerde haar vriendin de rug toe en ontsnapte uit de handen van de Duitsers.

De ontmoetingsplek in Doornik was een groezelig huisje dat nauwelijks te onderscheiden was van de andere huizen in de straat. Eve klimde vermoeid het trappetje op en klopte op de afgesproken manier. Ze had haar knokkels nog maar nauwelijks weggetrokken of de deur vloog open. Kapitein Cameron keek haar een fractie van een seconde geschokt aan, trok haar naar binnen en sloot haar in zijn armen. 'Godzijdank ben je zo verstandig geweest om te komen,' stamelde hij. 'Ik dacht dat je te koppig zou zijn om te vertrekken, zelfs nadat Violette was opgepakt.'

Eve snoof de geur van tweed, pijptabak en thee op; hij rook zo Engels. Ze was het gewend dat een man naar eau de cologne, Gauloises en absint rook.

Cameron kwam tot bezinning en maakte zich van haar los. Hij droeg geen das, had de bovenste knoopjes van zijn overhemd los en had grote wallen onder zijn ogen. 'Veilige reis gehad? Geen problemen bij het oversteken van de grens?'

Eve haalde diep adem. 'Cameron, het gaat over Lili –'

'Waar is ze? Is ze vertraagd omdat ze inlichtingen over Violette probeert in te winnen? Ze neemt veel te veel risico's –'

Eve begon bijna te schreeuwen. 'Lili is gearresteerd!' Ze kreeg weer een steek in haar maag van angst. 'Ze komt niet. De Duitsers hebben haar opgepakt.'

'O, jezus.' Cameron zei het heel zacht, alsof het een gebed was. Binnen één tel leek zijn gezicht jaren ouder te zijn geworden. Eve begon het allemaal uit te leggen, maar hij legde haar het zwijgen op. 'Niet hier. Dit moet officieel gebeuren.'

Natuurlijk. Alles moest officieel, zelfs het opstellen van een rapport over de grootste rampen. Eve volgde Cameron willoos naar een volgepropte salon, met tafeltjes met krullerige poten die tegen de muur waren geschoven om plaats te maken voor uitpuilende dossierkasten. Er zaten twee mannen die dossiers doornamen, de ene een bleke klerk in hemdsmouwen en de andere overduidelijk een militair met een krulsnor, die Eve van top tot teen bekeek toen ze binnenkwam. Majoor George Allenton, beter bekend als snorremans. Hij was degene die haar had verteld dat Cameron in de gevangenis had gezeten.

'Dit is toch niet de beroemde Louise de B.,' zei hij overdreven galant. Hij kon zich Eve duidelijk niet uit Folkestone herinneren. 'Te jong en te knap –'

'Nu niet, majoor,' zei Cameron, die een stoel bijtrok voor Eve en de klerk de kamer uit stuurde. 'Het Alice-netwerk is opgerold.' Hij deed de deur dicht toen de klerk vertrokken was en ging tegenover Eve aan tafel zitten. Hij bewoog als een oude man. 'Vertel eens.'

Eve vertelde het hem in korte, vlakke zinnen. Toen ze was uitgesproken, zag Cameron helemaal grauw. Maar in zijn ogen stond ingehouden woede, en hij keek naar Allenton. 'Ik heb al naar voren gebracht,' zei hij kalm, 'dat het een te groot risico was om de vrouwen op hun post te laten blijven.'

Allenton haalde zijn schouders op. 'In oorlogstijd moet je risico's durven nemen.'

Eve leunde bijna over de tafel om hem in zijn gezicht te slaan, maar hield zich in toen ze zag dat Cameron duidelijk zijn best deed om zich te beheersen. Allenton peuterde aan zijn duimnagel en leek zich nergens van bewust, terwijl Cameron zijn gerimpelde gezicht masseerde. 'Lili,' zei hij, en hij schudde zijn hoofd. 'Ik weet niet waarom ik geschokt ben. Ze nam altijd te veel risico's. Maar ze wist met zoveel weg te komen... Vermoedelijk dacht ik dat het haar altijd wel zou lukken.'

'Ditmaal is het haar niet gelukt.' Eve was zo uitgeput dat ze niet wist hoe ze ooit weer overeind moest komen uit deze stoel. 'Ze hebben haar nu, haar en Violette. Ik hoop dat de moffen hen bij elkaar in een cel stoppen. Samen kunnen ze alles aan.'

Majoor Allenton schudde zijn hoofd. 'Die moffen, dat ze u zomaar hebben laten gaan!'

'Ze dachten dat ik zwakzinnig was.' Al dat theatrale gehuil. In Eves binnenste klonk een lange schreeuw van verdriet, maar ze dacht niet dat ze nu ook maar één traan tevoorschijn kon toveren. Ze wilde zich oprollen als een stervend dier, maar ze moest haar werk afmaken, en daarom dreunde ze het volledige rapport over Verdun op terwijl Camerons vermoeide oogopslag opeens weer alert werd. Hij begon aantekeningen te maken en had zijn verdriet duidelijk aan de kant geschoven. Majoor Allenton bleef Eve tot haar grote ergernis maar met vragen onderbreken. Cameron liet haar altijd in één keer verslag uitbrengen en liep het vervolgens nog een keer door om nader op bepaalde bijzonderheden in te gaan, maar Allenton onderbrak haar om de zin.

'Verdun, zei u?'

'Verdun.' Eve stelde zich voor dat ze zijn krulsnor van zijn gezicht rukte. 'Dat is bevestigd.'

Allenton keek Cameron enigszins laatdunkend aan. 'Daarom zei ik dus dat ze op hun post moesten blijven.'

'Natuurlijk.' Cameron zuchtte. 'Maar u bent het waarschijnlijk wel met me eens dat Miss Gardiner nu beter naar Folkestone kan gaan. Er zit weinig anders op dan het Alice-netwerk op te doeken.'

'Waarom?' Allenton keek naar Eve. 'Volgens mij moeten we haar weer naar Lille sturen.'

De moed zonk Eve in de schoenen, maar ze knikte instemmend. Cameron keek verbaasd en trok zijn wenkbrauwen op tot zijn zandkleurige haar. 'Dat kunt u niet menen.'

Ze hadden geen van beiden een woord tot Eve gericht, maar ze antwoordde toch. 'Ik zal doen wat me bevolen wordt. Ik moet mijn werk afmaken.'

'Uw werk zit erop.' Cameron richtte zich weer tot haar. 'U hebt uitstekend werk verricht, maar het is nu zo gevaarlijk in Lille dat we alle informanten beter kunnen terughalen. Zonder Lili zal het hele netwerk uiteenvallen.'

'Iemand anders kan de leiding overnemen.' Allenton haalde zijn schouders op. 'Deze jongedame wil maar al te graag.'

Camerons stem klonk vlak. 'Staat u mij toe mijn afkeuring in duidelijke bewoordingen kenbaar te maken, majoor.'

'O, het is niet voor lang. Nog slechts enkele weken.'

'Ik blijf zolang het nodig is.' Eve schoof haar angst aan de kant. Ze zou nu niet opeens opgeven wanneer er zoveel levens op het spel stonden, hoe graag ze dat ook wilde. 'Ik zal vanavond weer teruggaan met de trein.'

Cameron kwam overeind. Zijn gezicht was vertrokken van woede en zijn aanraking was niet zachtzinnig toen hij Eve overeind hielp uit haar stoel. 'Majoor, ik zou Miss Gardiner graag even onder vier ogen willen spreken. We zullen dit boven bespreken, als u er geen bezwaar tegen hebt.'

Eve liep achter hem aan de salon uit en hoorde Allenton grinniken. De trap op naar een geïmproviseerde slaapkamer, waar alleen een smal stalen bedje stond met een stapeltje lakens. Cameron ging met haar de kamer in en sloeg de deur achter zich dicht.

'K-komt u zomaar onuitgenodigd de slaapkamer van een dame binnen?' vroeg Eve. 'Dan bent u vast erg van slag.'

'Van slag?' Hij fluisterde bijna en zijn stem trilde van opwinding. 'Ja, ik ben van slag. U weigert een bevel naast u neer te leggen terwijl het duidelijk je reinste waanzin is. Ik kan slechts concluderen dat u graag doodgeschoten wilt worden.'

'Ik ben spion.' Eve zette haar tas neer. 'De kans dat je wordt doodgeschoten hoort volgens sommige mensen bij mijn werk. In elk geval moet ik gewoon bevelen opvolgen.'

'En ik zeg u dat het een belachelijk bevel is. Denkt u dat er geen imbecielen bij de inlichtingendiensten werken, dat uw superieuren allemaal intelligente mannen zijn die het spelletje snappen?' Een woedende hand wees in de richting van majoor Allenton. 'Dit vak is vergeven van de idioten. Ze spelen met levens en ze snappen niets van het spel, en wanneer er vervolgens mensen omkomen, zeggen ze: "In oorlogstijd moet je risico's durven nemen." Wilt u nou echt het vuurpeloton tegemoet wandelen voor die idioot?'

'Geloof me, ik wil er heus wel onderuit zien te komen.' Eve raakte hem aan bij zijn mouw om zijn woede-uitbarsting te onderbreken. 'Maar ik z-zal niet zeggen dat ik gebroken ben als dat niet zo is. Als ik uit Lille word teruggeroepen vanwege een zenuwinzinking of uitputting, krijg ik geen opdrachten meer.' Ze zweeg even. Cameron haalde een hand door zijn haar, maar sprak haar niet tegen. 'Het is nog maar voor een paar weken,' vervolgde Eve. 'Ik overleef het wel een paar weken, en dan –'

'Weet u wat hij zei toen Edith Cavell werd geëxecuteerd?' Cameron begon zachter te praten, en hij gebaarde nog een keer boos in de richting van Allenton. 'Dat dit het beste was wat er had kunnen gebeuren, omdat iedereen aan het thuisfront precies op het goede moment boos werd. Ik spreek liever geen kwaad over een medeofficier, maar u moet me begrijpen: het kan hem niets schelen als u net als Violette en Lili ook wordt opgepakt, want dode jongedames betekenen meer verkochte kranten en meer steun voor de jongens in de loopgraven. Ik heb daarentegen niet de gewoonte om mijn mensen onnodig in gevaar te brengen.'

'Maar dit is niet onnodig –'

'U wilt Violette en Lili wreken omdat u van ze houdt. U wilt wraak nemen en neemt alle risico's gewoon voor lief. Voor u is het alles of niets. En geloof me, dat gevoel ken ik.'

'Als ik een man was, zou u het patriottisch vinden dat ik mijn plicht voor het vaderland wil blijven vervullen.' Eve sloeg haar armen over elkaar. 'Als een vrouw dat ook wil, is ze meteen suïcidaal.'

'Een emotioneel instabiele spion is niet zo waardevol voor het vaderland. En u bent veel labieler dan u laat blijken. Dat zou voor iedereen gelden, in een toestand als deze. U doet wel alsof u kalm bent, maar ik ken u.'

'Dan weet u ook dat ik mijn emoties aan de kant kan zetten wanneer ik mijn plicht moet doen, net als iedere soldaat die bevelen moet opvolgen. Net als iedere man die iets heeft gezworen.'

'Eve, nee. Ik verbied het.'

Hij noemde haar Eve; dat was een vergissing van hem. Inwendig glimlachte ze ijzig. Hij zou toch beter moeten weten en zich niet zo moeten laten kennen.

'U overtuigt Allenton ervan dat u niet naar Lille kunt terugkeren,' beval Cameron, die zijn mouwen rechttrok. 'En dan stuur ik u naar Folkestone. Ik omzeil niet graag een superieur, maar ik weet geen andere oplossing. Deze zaak is afgehandeld.'

Hij draaide zich om en liep naar de deur. Hij zou naar beneden gaan en Allenton vertellen dat ze was ingestort, en dat mocht niet gebeuren. Eve pakte zijn hand en hield hem tegen. 'Blijf bij me,' fluisterde ze.

Hij trok zijn hand weg, en zijn woede maakte plaats voor argwaan en behoedzaamheid. 'Miss Gardiner...'

Ze ging tegen hem aan staan en stak haar handen in zijn geopende kraag, duwde haar lippen in het kuiltje van zijn hals. Hij rook naar zeep. 'Eve.'

'Ik hoor hier niet te zijn, Miss Gardiner.' Hij legde zijn handen op de hare.

Eve ging op haar tenen staan en fluisterde hijgerig in zijn oor. 'Laat me niet alleen.'

Het was een stoot onder de gordel, en ze wist het. Cameron zweeg en liet zijn handen op de hare liggen. Ze drong aan, wist precies wat ze moest zeggen.

'Ik heb vanochtend gezien hoe Lili werd afgevoerd door de Duitsers. Ik... Alstublieft, laat me nu niet alleen. Dat k-kan ik niet aan.'

O, maar dit was een vuile streek. Het werkte alleen omdat Cameron een heer was, een man die het niet kon aanzien wanneer een vrouw het moeilijk had. Bij René zou het nooit werken.

Cameron kreeg een dikke stem. 'Ik heb ook vrienden verloren, Eve. Ik weet wat je voelt...'

'Ik wil het weer warm krijgen,' fluisterde ze, door zijn haar woelend. Hoelang wilde ze dit al niet? 'Ik wil gaan liggen en het warm krijgen, en vergéten.'

'Eve...' Hij probeerde zich los te rukken en legde zijn hand op haar blote hals. De gouden trouwring aan zijn ringvinger werd warm tegen haar huid. 'Ik kan niet...'

'Alstublieft.' Verdriet stak haar als een levend wezen. Ze wilde vergeten, al was het maar een paar minuten. Ze ging op haar tenen staan en zoende hem, en het bed stond vlak achter haar.

'Ik wil geen misbruik van je maken,' zei hij, maar het geluid ging verloren tegen haar lippen.

'Laat me het vergeten,' fluisterde Eve. 'Laat me het vergeten, Cameron...' En hij brak. Hij begaf het als een instortende muur, onderdrukte een kreun en trok Eve tegen zich aan, en toen begonnen ze elkaar als waanzinnigen te zoenen. Eve trok hem op het bed voordat hij weer bij zinnen zou komen en rukte het overhemd van zijn schouders. Dit was laag en fout, dat wist ze. Ze deed dit niet uit passie, maar omdat ze niet wilde dat hij haar terugkeer naar Lille blokkeerde. Maar dat betekende niet dat ze alleen berekenend was en niets voor hem voelde, want de waarheid maakte de beste leugens geloofwaardig. En de waarheid was dat Eve Cameron al heel lang wilde, al vanaf het moment dat hij naar een stotterende jongedame had gekeken en een spion in haar had gezien.

'Jezus, Eve,' zei hij met een angstige blik in zijn ogen toen hij haar blouse en haar hemd uittrok en de blauwe plekken op haar armen zag waar de Duitse soldaten haar hadden beetgepakt. 'Die smerige bruten...' Hij zoende alle blauwe plekken en omspande haar ribben met zijn handen. 'Je bent te mager,' hijgde hij tussen de zoenen door. 'Jij arm, dapper meisje...'

Eve drukte zich tegen hem aan, strengelde haar benen om de zijne en trok hem stevig tegen zich aan. Ze zou hem waarschijnlijk wel kunnen wijsmaken dat hij de eerste was; dat moest ze hem waarschijnlijk wijsmaken door verlegen en onhandig te doen. Dat zou waarschijnlijk het verstandigst zijn, maar ze kon het niet aan om nog meer te simuleren, niet hier. Ze acteerde niet voor René wanneer zijn koele marmeren lichaam op haar bewoog en ze zou nu ook niet acteren wanneer de man in haar armen sproeten op zijn schouders had en slungelig was en een stem had als Schotse mist, een man die zijn ogen sloot wanneer hij haar zoende. Ze greep hem stevig beet, sloot haar ogen en liet zich gaan, en na afloop huilde ze stilletjes in zijn armen.

'Ik weet het,' zei hij met zachte stem terwijl hij haar losse haar streelde. 'Geloof me, Eve, ik weet het. Ik heb ook gezien hoe mensen om wie ik gaf werden opgepakt.'

Ze keek naar hem op, liet haar tranen de vrije loop. 'Wie?'

'Een jongen, Léon Trulin, een van mijn rekruten. Nog geen negentien... Een paar weken geleden opgepakt. En hij was niet de enige.' Cameron streek langzaam met zijn hand door zijn zandkleurige haar. 'Ik ben er telkens weer kapot van. Dit is een verschrikkelijk beroep.'

Het was ook een verschrikkelijk beroep, en Eve zou het weer snel oppakken, maar hopelijk kon ze nog een paar uur zijn gedachten afleiden. Ze draaide zich om in zijn armen, zo dichtbij dat haar vochtige wimpers langs zijn wang streken. 'Is er ook thee?' vroeg ze oprecht. 'Ik drink al een paar maanden alleen maar gekookte walnootbladeren.'

Hij glimlachte, en daardoor leek hij opeens jaren jonger. Hij zou zich al snel schuldig voelen en last hebben van zijn geweten, wist Eve, en zichzelf vervloeken omdat hij misbruik had gemaakt van de onschuld van een ondergeschikte en de afwezigheid van zijn vrouw, maar voorlopig had hij nergens last van. 'Ja,' zei hij, weer glimlachend. 'Thee, en ook echte suiker.'

Ze kreunde en duwde hem bijna uit bed. 'Ga dan snel thee voor me zetten!'

Hij trok zijn broek aan en ging de kamer uit, zijn blote voeten kletsten op de houten vloer. Het was zo anders dan de andere keren dat ze de liefde had bedreven: Renés sigaretten, zijn brokaten kamerjas, de informatie die hij in bed prijsgaf en die Eve moest opslaan en archiveren... Ze wilde hier niet aan René denken, daarom nam ze de mok aan die Cameron haar aanreikte toen hij weer terugkwam en nam ze een slok en kreunde ze. 'Ik zou nu wel willen sterven.'

Ergens wilde ze dat ook. Hier nu sterven, terwijl ze op bed zat, met haar rug tegen Camerons borstkas, zodat ze niet meer hoefde na te denken over Lille en het werk dat haar nog te doen stond, dat onverbiddelijk in de aanslag lag als een trol onder een brug. Ze schoof de gedachte terzijde, maar Cameron leek het in de gaten te hebben.

'Waar denk je aan?' Hij deed een pluk haar achter haar oor.

'Niets.' Eve nam nog een slok van haar thee.

Cameron aarzelde en legde zijn hand in haar nek. 'Eve... wie is het?'

Eve deed niet alsof ze het niet snapte. Toen hij haar naar Lille stuurde, was ze nog de zuivere onschuld geweest, niet het meisje dat vol overgave in dit bed had liggen kronkelen. 'Hij betekent niets voor me,' zei ze zakelijk. 'Gewoon iemand die zich in bed nuttige informatie laat ontvallen.'

Cameron vroeg bijna onhoorbaar: 'Bordelon?'

Ze knikte. Ze durfde hem eigenlijk niet aan te kijken, maar haar hart zat klem in haar keel. Hij had ongetwijfeld haar rapporten over René gelezen en wist wie en wat hij was. Als Cameron nu voor haar terugschrok…

Nou ja, dat deed er niet toe. Ze had haar werk.

'Je hoeft hem niet meer te zien.' Cameron zette zijn mok neer en sloeg zijn armen stevig om haar heen. 'Ik neem je morgen mee naar Folkestone. Je hoeft hem nooit meer te zien.'

Hij ging er duidelijk van uit dat ze het bevel om terug te keren naar Lille naast zich zou neerleggen, aangezien ze niet meer tegen hem in ging. Even leek Eve te bezwijken voor de verleiding. Ga naar huis, naar de veiligheid, naar Engeland. Naar de thee.

Toen zuchtte ze en liet het los, ze zette haar mok neer en draaide zich om en ging met haar wang op Camerons schouder liggen. Hij mompelde dat hij moest opstaan, maar ze trok hem weer in bed. Ze bedreven nog een keer de liefde, teder en traag, en Eve smoorde haar kreetjes in zijn schouder, en daarna viel Cameron uitgeput in slaap. Eve wachtte tot hij regelmatig ademhaalde, glipte geruisloos uit bed en kleedde zich weer aan. Ze keek even naar hem en vroeg zich met een steek van spijt af of hij haar dit zou vergeven. Dat kan hij misschien beter niet doen, dacht ze. Hij kan het zich niet veroorloven om van me te houden. Maar zij hield wel van hem. Ze veegde zijn zandkleurige haar van zijn voorhoofd, dat zelfs gerimpeld was nu hij sliep, alsof hij zich ook in zijn droom zorgen maakte, en toen liep ze naar beneden.

Majoor Allenton grijnsde toen ze het geïmproviseerde kantoor binnenkwam. Hij had ongetwijfeld zijn vermoedens over wat er boven was gebeurd. Het kon Eve niets schelen. Hij had zich hoe dan ook al voorgenomen haar terug te sturen, of ze nou een hoer was of niet. 'Ik heb een vrijgeleide nodig,' zei ze zonder verdere plichtplegingen. 'Ik ben klaar om weer de trein naar Lille te nemen.'

Dat verbaasde hem. 'Ik had verwacht dat Cameron je zou overhalen om dat bevel niet op te volgen. Hij is soms nogal gluiperig in dat opzicht. Het komt weleens voor, weet u, wanneer militairen zich te lang bezighouden met zulke schimmige zaken als spionage. Dan worden ze achterbaks.'

Zijn gezicht verraadde duidelijk afkeer. Nu ze Renés minieme gelaatsuitdrukkingen had leren interpreteren, was het lezen van de gedachten die op Allentons gezicht verschenen even makkelijk als een blokje omlopen met een aangelijnde hond. Eve gaf precies de juiste rukjes aan de riem en sloeg haar hertenogen gehoorzaam neer.

'U bent de meerdere van kapitein Cameron, *sir*. Natuurlijk volg ik uw bevelen op. U wilt dat ik terugga, en d-d-dat zal ik doen.'

'U wilt het echt dolgraag.' De majoor pakte tevreden een pen. De bleke klerk was naar huis gegaan; het begon al te schemeren. De goedkope lampen verlichtten onbarmhartig de verkleurde plekken op het behang. 'Ik snap wel waarom Cameron... zo dol op u is.' Zijn ogen namen haar weer op. 'Hij spant zich tot het uiterste in voor de meisjes van het netwerk, maar om u maakt hij zich echt zorgen.'

Dat deed Eve stiekem wel genoegen, ook al was dat gevoel vermengd met wroeging, omdat ze op het punt stond hem nog bezorgder te maken. 'M-mijn vrijgeleide, *sir*?' drong ze aan in de wetenschap dat de tijd drong. Misschien was Cameron een lichte slaper; als hij wakker werd en nu naar beneden kwam, zou de hele discussie opnieuw beginnen. Het was veel beter als ze gewoon vertrokken was wanneer hij wakker werd.

De majoor begon een vrijgeleide op te stellen. 'Ik durf te wedden dat Cameron nooit heeft verteld wat zijn schuilnaam is.' Eve onderdrukte de neiging om met haar ogen te rollen toen hij haar zo vertrouwelijk toesprak. Gelukkig maar dat Allenton niet in het veld werkte, want het was even makkelijk om informatie uit hem los krijgen als om een kind van zijn snoep te beroven. U bent echt een idioot, wilde Eve zeggen, maar ze gaf het antwoord dat van haar verlangd werd. 'Nee, wat is Camerons schuilnaam?'

Allenton grijnsde en overhandigde haar de vrijgeleide. 'Evelyn.'

Hoofdstuk 27

Charlie

Mei 1947

Het werd weer avond, de tweede sinds ik had ontdekt dat Rose dood was. Ik was nog steeds bang voor de dingen die ik in mijn dromen zou zien, maar ik wilde me niet meer naar de vergetelheid drinken nu mijn hoofd eindelijk niet meer bonsde.

Ik had allang beneden moeten zijn om met Eve en Finn te eten, maar ik zocht naar schone kleren. Na Oradour-sur-Glane had ik geen kleren meer gewassen, en ik had alleen nog de zwarte jurk die ik van die kleine verkoopster in Parijs had weten los te peuteren. Hij was recht, hoekig, streng, geometrisch, met een hoge hals en lage rug, en liet mijn slanke, rechte figuur heel goed uitkomen in plaats van het te verhullen. *Très chic,* hoorde ik Rose lachend zeggen, en ik kneep mijn ogen hard dicht, omdat ze dat ook had gezegd toen ze zeven was, op de dag dat we stiekem naar haar moeders kledingkast waren gegaan en al haar avondjurken hadden gepast. Rose liep rond met pailletten van Schiaparelli op de schouders van haar matrozenblouse en trok een meterslange sleep van zwarte tafzijde achter zich aan. Ik hobbelde rond op veel te grote satijnen pumps, terwijl Rose giechelend '*Très chic*' zei.

Ik knipperde met mijn ogen om de herinnering te verdrijven en keek in de doffe spiegel in mijn hotelkamer. Rose zou de zwarte jurk wel mooi hebben gevonden, dacht ik, en ik ging naar beneden.

Eve, Finn en ik aten altijd in het eethuisje naast het hotel: klein, knus, heel Frans, met rode zonneschermen en tafels met gestreepte kleedjes. Iemand zette de radio aan, en ik hoorde Edith Piaf. Natuurlijk. 'Les trois cloches', en ik vroeg me af of de kerkklokken in Oradour-sur-Glane hadden geluid toen de vrouwen naar binnen werden gedreven…

Ik zag Eves misvormde hand naar me zwaaien vanaf het achterste tafeltje, en ik baande me een weg door de meute obers met dienbladen.

'Hallo, yank,' zei ze. 'Ik hoorde van Finn dat je majoor Allenton hebt ontmoet. Is hij geen schatje?'

'Achterlijke snorremans.'

'Ik heb die snor een keer bijna met wortel en al van zijn smoel gerukt.' Eve schudde haar hoofd en draaide een stuk korst van een baguette tussen haar vingers. 'Ik wilde dat ik het echt had gedaan.'

Finn zat tegenover Eve en had een elleboog om zijn stoelleuning geslagen. Hij zei geen woord, maar ik zag hem naar de zwarte jurk kijken. Ik dacht aan die ochtend, hoe we naar whisky hadden geroken en helemaal in elkaar verstrengeld wakker waren geworden, en probeerde hem in de ogen te kijken, maar hij ontweek mijn blik.

'Finn vertelde me over Oradour-sur-Glane.' Eve keek me peilend in de ogen. 'En over je nicht.'

Edith Piaf was achter me aan het zingen. '*Village au fond de la vallée, comme égaré…*' Ik wachtte tot Eve me zou zeggen dat ze het toch had gezegd, dat ze meteen al had geweten dat het een zinloze zoektocht was.

'Ik leef met je mee,' zei ze. 'Voor zover je daar iets aan hebt. En daar heb je niets aan w-wanneer je een vriendin hebt verloren. Je hebt helemaal niets aan medeleven, maar ik leef toch met je mee.'

Ik opende mijn mond. 'Rose is dood. Ik… Ik weet…' Ik zweeg en begon opnieuw. 'Wat doen we nu?'

'Nou,' zei Eve, 'ik ben nog steeds op zoek naar René Bordelon.'

'Ik wens je veel succes.' Ik trok een stuk van de baguette. Finn draaide zijn glas rond in zijn lange vingers en zweeg.

Eve trok haar wenkbrauwen op. 'Ik dacht dat jij hem ook wilde vinden.'

'Alleen omdat ik dacht dat hij me naar Rose zou kunnen leiden.'

Eve slaakte een zucht. Het glas bij haar elleboog was pas half leeg, en haar ogen hadden een contemplatieve glans. 'Misschien heb je nog wel belangstelling voor de jacht. Allenton is misschien een zak, maar hij heeft me wel een aantal interessante dingen verteld.'

'Waarom wil je René eigenlijk vinden?' vroeg ik. 'Je hebt ons verteld dat hij een profiteur was, dat je hem hebt bespioneerd.' Dat ze met hem naar bed was geweest om informatie uit hem los te krijgen, dat hij haar zwanger had gemaakt en dat ze daar iets aan had laten doen… maar dat zou ik allemaal niet ter sprake brengen aan een cafétafeltje waar aan alle kanten obers langskwamen. 'Wat is er verder allemaal zo verschrikkelijk dat je een oude man van drieënzeventig moet opjagen als een hond?'

Haar ogen glommen. 'Moet ik nog meer redenen hebben?'

'Ja, en heeft dat iets met onderscheidingen te maken? Al die *Croix de Guerres* en een *Medal of the Order of the British Empire*?' Ik keek haar priemend aan. 'Het wordt tijd dat je ons ook eens alles vertelt. Hou eens op met dat suggestieve gedoe en vertel het nou maar gewoon.'

Finn stond opeens op en liep naar de bar. 'Hij heeft me toch een bui,' merkte Eve op, en ze keek hoe haar chauffeur zich een weg tussen de mensen door baande. 'Dat bezoek aan Oradour-sur-Glane heeft waarschijnlijk het een en ander in hem losgemaakt.' Toen wendde ze zich weer tot mij en nam me op. 'Heb jij wel een beetje lef, yank?'

'Wat?'

'Dat moet ik weten. Je n-nicht is dood; ga je nu naar huis om babysokjes te breien? Of heb je zin in iets avontuurlijkers?'

Dat kwam te dicht in de buurt van de vraag waarop ik had zitten broeden. Wat nu, Charlie St. Clair? 'Hoe moet ik nu weten of ik daar zin in heb als je me niet zegt waar dit over gaat?'

'Het gaat om een vriendin,' zei ze eenvoudigweg. 'Een blonde vrouw met een lach als een zonnestraal en de moed om de wereld in vuur en vlam te zetten.'

Rose, dacht ik.

'Lili.' Eve glimlachte. 'Louise de Bettignies, Alice Dubois, en wie weet hoe ze verder allemaal heette. Voor mij was ze altijd Lili. De b-beste vriendin die je maar kon hebben.'

Lili. Dus Eve had Lili en ik had Rose. 'Al die bloemen.'

'Wat betreft vrouwen zijn er twee soorten bloemen,' zei Eve. 'De bloemen die keurig in een mooie vaas staan en de bloemen die onder alle omstandigheden overleven… zelfs in het kwaad. Lili hoorde bij de tweede soort. Welke soort ben jij?'

Ik maakte mezelf graag wijs dat ik ook van de tweede soort was. Maar het kwaad (wat klonk dat melodramatisch) had me nooit op de proef gesteld zoals Eve of Rose of deze onbekende Lili. Mijn wegen hadden nooit die van het kwaad gekruist, alleen die van verdriet en mislukking en de verkeerde keuzes. Ik mompelde iets wat daar ongeveer op neerkwam en stelde toen maar snel een vraag. 'Je hebt het nooit over een vriendin uit de oorlog gehad. Niet één keer. En wat was ze verder dan allemaal, die beste vriendin van je? Waarom is ze zo belangrijk?'

Ik zat te luisteren terwijl Eve vertelde hoe ze Lili in Le Havre had ontmoet. Het wrange, warme 'Welkom bij het Alice-netwerk'. Hoe ze elkaars handen hoopvol hadden vastgepakt toen ze naar de mislukte aanslag op de *Kaiser* keken. De vergoten tranen, de kalme adviezen, de arrestatie. Eve schetste zo'n levendig beeld van haar dat ik haar vriendin bijna voor me kon zien. Voor mij leek ze op Rose, als Rose ooit vijfendertig zou zijn geworden.

'Die vriendin van je was wel bijzonder,' zei Finn toen Eves stem wegstierf. Hij was ongeveer halverwege haar verhaal weer bij ons komen zitten en had zijn bier niet aangeraakt, en uit de verbaasde uitdrukking op zijn gezicht kon ik opmaken dat deze verhalen voor hem net zo nieuw waren als voor mij. 'Die vrouw was een echte soldaat.'

Eve dronk haar glas in één teug leeg. 'O ja, later werd ze de koningin der spionnen genoemd. Er waren wel meer spionagenetwerken in de eerste oorlog – ik ben pas later meer te weten gekomen over de vrouwen die er deel van uitmaakten – maar geen van die netwerken was zo snel en zo nauwkeurig als dat van Lili. Ze leidde bijna honderd informanten, die verspreid zaten over tientallen kilometers langs het front, slechts één vrouw... De legerleiding zat in zak en as toen ze werd gearresteerd. Ze wisten dat ze nooit meer zulke goede inlichtingen zouden krijgen toen ze in handen van de Duitsers was gevallen.' Een vreugdeloze glimlach. 'En dat klopte ook.'

Rose en ik, Finn en zijn zigeunermeisje, Eve en Lili. We zaten alle drie achter spoken uit het verleden aan, vrouwen die waren verdwenen in de draaikolk van de oorlog. Ik was Rose kwijtgeraakt in Oradour-sur-Glane en Finn had zijn zigeunermeisje verloren in Bergen-Belsen, maar Lili was misschien nog wel in leven. Zouden Eves wroeging en verdriet verdwijnen wanneer ze haar weer zou zien? Ik opende mijn mond om te vragen hoe het met Lili was afgelopen, maar Eve was alweer aan het woord en keek me indringend aan.

'Het heeft me meer dan dertig jaar gekost om dingen weer op te pakken na wat er in Lille is gebeurd. En dat is de reden waarom je niet te lang om je nicht moet rouwen, yank. Want die weken worden vanzelf jaren, zonder dat je er erg in hebt. Verwerk de rouw op je eigen manier; sla een kamer kort en klein, ga je bezatten, neuk met een matroos, wat dan ook, maar zorg dat je het achter je laat. Of je het nou leuk vindt of niet, zij is dood en jij leeft nog.' Eve kwam overeind. 'Laat me maar weten of je een *fleur du mal* bent of niet, en dan vertel ik je wel waarom je samen met mij op zoek moet gaan naar René Bordelon.'

'Waarom doe je altijd zo vaag?' vroeg ik zacht, maar Eve was al opgestaan en weggelopen, een leeg glas achterlatend. Ik staarde haar na en voelde de frustratie en het verdriet in me opborrelen. Wat nu, Charlie St. Clair?

'Louise de Bettignies,' zei Finn fronsend. ' "De koningin der spionnen", volgens mij heb ik weleens iets over haar gelezen. Waarschijnlijk in een of ander artikel over oorlogsheldinnen...'

Hij viel stil, draaide zijn bierglas rond tussen zijn vingers. Ik zag dat hij zich weer terugtrok in de gespannen prikkelbaarheid waarin hij was verzonken voordat hij door Eves verhalen werd afgeleid, en dat zijn gewoonlijk zo soepele lichaam helemaal was verstrakt. 'Wat is er, Finn?'

'Niks.' Hij keek me niet aan, staarde alleen naar de plek waar de tafeltjes aan de kant waren geschoven en waar stelletjes dansten. 'Voor mij is dit normaal.'

'Nee, dat is niet zo.'

'Toen ik net was afgezwaaid uit het leger was ik de hele tijd zo.'

Mijn broer werd altijd heel gespannen en chagrijnig wanneer mensen hem vroegen hoe het echt was geweest in Tarawa. Dan klapte hij ook altijd helemaal dicht, en als mensen te veel aandrongen, begon hij te vloeken en stormde hij naar buiten. Ik was altijd te bang geweest om achter hem aan te gaan, bang dat hij ook tegen mij zou uitvallen, maar nu wilde ik dat ik gewoon een keer achter hem aan was gelopen en hem bij de hand had genomen. Gewoon zijn hand had gepakt zodat hij wist dat ik er was, dat ik van hem hield, dat ik begreep dat hij het heel erg moeilijk had. Maar dat begreep ik allemaal pas toen hij was verdwenen, en toen was het te laat.

Ik keek naar Finns gesloten gezicht en wilde zeggen dat het nog niet te laat voor hem was. Maar ik wist dat woorden hem niet zouden bereiken wanneer hij in zo'n stemming was, zoals ze ook James niet hadden bereikt, en daarom pakte ik gewoon zijn hand.

Hij trok zijn hand weg. 'Ik kom er wel overheen.'

Komt iemand er ooit overheen? Ik keek naar de stoel waar Eve had gezeten. Tussen de puinhopen van twee oorlogen joegen we alle drie op pijnlijke herinneringen, en we leken er geen van allen echt overheen te zijn gekomen. Ik dacht aan wat Eve had gezegd. Misschien hoefde je er helemaal niet overheen te komen, maar moest je het wel proberen. Want anders werden de weken vanzelf maanden, tot je op een gegeven moment opkeek, zoals Eve, en constateerde dat je dertig jaar had verspild.

Nog meer Edith Piaf op de radio. Ik stond op. 'Wil je dansen, Finn?'

'Nee.'

Ik ook niet. Mijn voeten voelden zo zwaar als lood. Maar Rose was dol geweest op dansen. Mijn broer ook; ik herinnerde me de klunzige boogiewoogie die ik met hem had gedanst op de avond voordat hij was vertrokken. Ze zouden nu allebei al op de dansvloer hebben gestaan. Voor hen had ik mijn loodzware voeten wel in beweging kunnen krijgen.

Ik liep naar de dansende mensen en een lachende Fransman trok me de dansvloer op. Ik bewoog op de maat met zijn arm om mijn middel en pakte vervolgens de arm van zijn vriend voor het volgende nummer. Ik luisterde niet naar hun gefluisterde Franse complimentjes, maar sloot mijn ogen, bewoog mijn voeten en probeerde te dansen onder de wolk van verdriet die boven mijn hoofd hing, omdat ik hem toch niet kon vergeten. Ik had nu misschien loodzware voeten, maar misschien kon ik op een dag dansend aan de wolk ontkomen.

Daarom bleef ik op de muziek bewegen, het ene na het andere nummer, en Finn zat daar met zijn bier en keek naar me, en het zou waarschijnlijk allemaal goed zijn gegaan als die zigeunervrouw niet was binnengekomen.

Ik was net van de dansvloer gestapt om mijn sandaal opnieuw vast te maken. Finn stond op om zijn half opgedronken biertje weg te gooien, en we zagen de oude vrouw met de verschoten kleurige sjaals met een karretje lopen. Misschien was het niet eens een zigeunerin; ze had een bruin gezicht en felgekleurde rokken, maar hoe moest ik nou weten hoe een zigeuner eruitzag? Ze mompelde iets, toen de eigenaar van het café op haar afvloog. Ze stak haar hand smekend uit, en hij zwaaide met zijn armen alsof er een rat door zijn keuken rende. 'Geen bedelaars hier!' Hij gaf de oude vrouw een duw. 'Wegwezen!'

Ze was er duidelijk aan gewend en maakte zich uit de voeten. De eigenaar draaide zich om en veegde zijn handen af aan zijn schort. 'Vuile zigeuners,' mompelde hij. 'Jammer dat ze niet allemaal zijn afgevoerd.'

Ik zag de blinde woede die over Finns gezicht trok.

Ik liep op hem af, maar hij had zijn bierfles al op de grond laten vallen en ik hoorde het geluid van brekend glas. Met drie grote stappen was hij aan de andere kant van het café. Hij greep de verbaasde eigenaar bij zijn kraag, trok hem naar zich toe en sloeg hem met een harde stoot onder zijn kin tegen de vlakte.

'Finn!'

Mijn gil werd overstemd door het kabaal van kletterende borden toen de eigenaar viel en een tafel meetrok. Finn keek nog steeds verwilderd uit zijn ogen, draaide de man met zijn laars op zijn rug en plantte toen een knie op zijn borstkas. 'Jij – vieze – vuile – schoft...' zei hij afgemeten, elk woord onderstrepend met zijn vuist. De korte, felle dreunen klonken als een beukende vleeshamer.

'Finn!'

Mijn hart bonsde. Ik drong me langs fladderende vrouwen en mannen met een servet om hun hals die opstonden, iedereen zenuwachtig en met stomheid geslagen, maar een ober was er eerder. Hij greep Finns arm. Finn gaf hem ook een klap, een snelle explosie van vuist tegen neus, en ik zag een straal bloed, heel duidelijk, tegen een gevallen tafellaken. De ober wankelde achteruit en Finn beukte weer in op het gezicht van de eigenaar, die schreeuwde en zijn gezicht probeerde te beschermen.

'Er waren zes mensen voor nodig om me van hem los te rukken toen ik zijn hoofd tegen een deurpost begon te rammen,' had Finn gezegd over de vechtpartij die hem in de gevangenis had doen belanden. 'Godzijdank wisten ze me van hem af te trekken voordat ik zijn schedel had verbrijzeld.'

Ik was misschien niet zes mensen, maar ik zou niet blijven toekijken wanneer iemand vandaag een schedel probeerde te verbrijzelen. Ik greep Finn bij zijn aangespannen schouder en probeerde hem uit alle macht overeind te trekken. 'Finn, stop!'

Hij draaide zich om en haalde uit naar degene die hem probeerde tegen te houden. Hij zette meteen grote ogen op toen hij me herkende, en hij probeerde zich in te houden, maar het was al te laat. Zijn knokkels sloegen zo hard tegen mijn mondhoek dat het brandde. Ik vloog een stap naar achteren en sloeg een hand voor mijn gezicht.

Hij werd lijkbleek en liet zijn hand zakken. 'O, jezus...' Hij kwam overeind en negeerde de man die kreunend en bloedend op de vloer lag. 'Jezus, Charlie...'

Ik raakte geschokt mijn lip aan. 'Het gaat wel.' Om eerlijk te zijn was ik vooral opgelucht dat hij niet meer boven de eigenaar hing en niet meer zo woedend keek. Mijn hart bonsde in mijn keel alsof ik net een wedstrijd had gerend. Ik ging een stap naar voren en stak mijn hand naar hem uit. 'Het gaat wel...'

Hij deinsde achteruit en keek verschrikt. 'Jezus,' zei hij nog een keer, en hij rende snel weg, weg van het café en de meute smiespelende klanten.

De eigenaar werd alweer overeind geholpen door een paar obers en leek duizelig en boos, maar ik keurde hem geen blik waardig. Zo snel als ik kon rende ik achter Finn aan. Hij was al voorbij de *auberge*, glipte tussen gebouwen door en verdween in de garage. Ik volgde hem en liep langs de rijen met Peugeots en Citroëns naar de langgerekte vorm van de Lagonda. Finn zat achterin, net als die avond in Roubaix, toen we om drie uur 's nachts met elkaar hadden gepraat. Hij had zijn handen voor zijn gezicht geslagen, schokte met zijn schouders en zag me pas toen ik de deur opende en naast hem ging zitten.

Zijn stem klonk gedempt. 'Ga weg.'

Ik pakte zijn hand. 'Je hebt je bezeerd...' Zijn vingers waren beschadigd, de knokkels opengehaald. Ik had geen zakdoek, en daarom raakte ik de geschaafde huid alleen zachtjes aan.

Hij trok zijn hand weg en haalde zijn vingers door zijn haar. 'Ik wilde dat ik de kop van die vuile schoft helemaal tot moes had geslagen.'

'Dan zou je weer worden opgepakt en in de gevangenis worden gegooid.'

'Ik hoor ook in de gevangenis.' Hij zat nog steeds voorovergebogen, met zijn vuisten in zijn haar. 'Ik heb je geslagen, Charlie.'

Ik voelde aan mijn lip, die nog helemaal heel was. 'Je wist niet dat ik het was, Finn. Zodra je me zag, hield je jezelf –'

'Maar ik heb je toch geslagen.' Toen keek hij me aan, met grote ogen die wel afgronden van wroeging en woede leken. 'Jij probeerde me alleen maar tegen te houden toen ik hem dood wilde slaan, en ik heb je geslagen. Wat doe je hier, Charlie? Waarom zit je hier in het donker met een man die niet deugt?'

'Je deugt wel, Finn. Je bent er niet zo best aan toe, maar je deugt wel.'

'Wat weet jij –'

'Ik weet dat mijn broer ook nog deugde toen hij op muren beukte en liep te tieren en helemaal door het lint ging in menigtes. Hij was geen slecht mens. Hij was gebroken. En dat ben jij ook. En Eve ook. En ik was het ook toen ik niets uitvoerde op school en in bed lag te huilen of naar bed ging met jongens om wie ik helemaal niets gaf.' Ik staarde naar Finn en dwong hem me aan te kijken. 'Iets wat gebroken is, kan ook weer gemaakt worden.'

Ik wilde hem zo graag helpen. Hem in mijn armen nemen en de barsten repareren, wat me bij James niet was gelukt. Wat me zelfs niet was gelukt bij mijn ouders toen ze om hem rouwden.

'Je moet hier niet zijn.' Finns stem klonk schor, afgeknepen. Ik zag hoe de spanning en de woede door zijn schouders omhoogkwamen. 'Je moet naar huis gaan. Je kind krijgen en je leven weer oppakken. Er komt niets goeds van wanneer je rondhangt met een stel verloren zielen als Gardiner en ik.'

'Ik ga helemaal nergens heen.' Ik wilde weer zijn hand pakken.

Hij trok hem weg. 'Niet doen.'

'Waarom niet?' We hadden de vorige avond tegen elkaar gehangen toen we whisky dronken; ik had met mijn hoofd in zijn schoot gelegen en hij had mijn haar gestreeld, en dat had geen ongemakkelijk gevoel opgeleverd. Maar nu prikte Finn als een braambos en stond de lucht tussen ons in onder hoogspanning.

'Je moet uitstappen, Charlie.'

'Waarom?' vroeg ik uitdagend. Ik zou nu niet opeens opgeven.

'Omdat ik alleen maar wil zuipen of vechten of neuken als ik zo'n bui heb.' Hij staarde voor zich uit in het donker. Zijn woorden klonken boos en afgemeten. 'Dat eerste heb ik gisteren al gedaan en het tweede twintig minuten geleden. En nu wil ik alleen nog maar die zwarte jurk van je lijf rukken.' Hij keek me aan met een blik die me helemaal verschroeide. 'Je kunt echt beter uitstappen.'

Als ik hem nu alleen zou laten, zou hij hier de hele nacht zitten met zijn wroeging en zijn woede en een dood zigeunermeisje. 'Of je het nou leuk vindt of niet,' zei ik, Eves woorden herhalend, 'zij is dood en jij bent in leven. We zijn allebei in leven.' En ik stak mijn handen uit, woelde met mijn vingers door zijn haar en trok zijn hoofd naar me toe.

Onze monden kwamen ruw met elkaar in botsing en lieten elkaar niet los toen hij me optilde zodat ik op zijn schoot kon gaan zitten. Zijn wangen waren nat, en de mijne ook. Hij trok mijn zwarte jurk naar beneden en ik rukte de knopen van zijn overhemd open en duwde alle lagen van onze kleren aan de kant zodat ik zijn warme huid tegen mijn huid kon voelen. Het kon ons allebei niets schelen of er iemand langs de Lagonda liep en ons kon zien. Tijdens de rit naar Oradour-sur-Glane had hij me heel teder gezoend, maar nu was zijn mond ruw en verslond hij de zachte huid tussen mijn borsten en streken zijn wimpers langs mijn sleutelbeen. Ik duwde mijn wang tegen zijn haar en stuurde mijn handen over zijn gespierde borst naar beneden zodat ik zijn riem kon pakken, en even stopte hij en hapte hij naar adem terwijl zijn grote handen mijn naakte rug omvatten. 'Jezus, Charlie,' stamelde hij. 'Dit was niet hoe ik me de eerste keer had voorgesteld.'

Het was misschien geen rozengeur en kaarslicht en romantiek. Maar dit, hier en nu, was wat we allebei nodig hadden. De afgelopen nacht was het verstarring en pijn en het verlangen naar vergetelheid geweest; ik kon daar niet blijven als ik niet wilde verdrinken. En ik wilde Finn ook niet laten verdrinken. Ik wilde hem niet loslaten zoals ik de anderen had losgelaten en was kwijtgeraakt. 'Blijf bij me,' stamelde ik tegen zijn lippen, en ik begon net als hij naar adem te happen. 'Blijf bij me...' En we waren helemaal met elkaar verstrengeld op de leren zitting, en mijn zwarte jurk zat niet langer in de weg, en Finns overhemd en riem lagen op de vloer.

Gewoonlijk was dit het moment waarop mijn geest wegvluchtte voor de dingen die plaatsvonden. Dit was het moment waarop ik mijn pogingen om iets te voelen staakte en afstandelijk werd en teleurgesteld raakte omdat ik niets voelde, omdat de makkelijkste rekensom van de hele wereld, man plus vrouw, altijd op nul uitkwam. Maar ditmaal niet. De worsteling van ledematen op de zitting en de geluiden van krakend leer en het gesteun waren precies hetzelfde als anders, maar nu dwaalde ik niet af. Ik smolt en gloeide en trilde van verlangen. Finn trilde ook, een schaduw tegen een achtergrond van nog meer schaduwen, met zijn hand die zo stevig mijn haar vasthield dat mijn hoofdhuid bijna pijn deed, en zijn mond verslond de huid bij mijn hals en mijn oren en mijn borsten alsof hij me wilde opeten. Ik sloeg mijn armen en mijn dijen om hem heen en greep hem beet alsof ik in hem probeerde te klimmen en zette mijn nagels diep in zijn rug. We klampten ons aan elkaar vast, huid tegen zwetende huid, en het was nog steeds niet dichtbij genoeg. Ik greep hem beet, duwde hem dieper in me en hoorde vaag de kreetjes die ik slaakte toen we in een wanhopig, furieus ritme begonnen te bewegen. Het was snel en ruig en heerlijk, wild en zweterig en vol levenslust. Zijn gezicht was dicht bij het mijne toen de laatste schok door ons heen ging, en ik voelde een traan tussen onze opeengeklemde wangen.

Ik wist niet wiens traan het was. Maar het kon me niet schelen. Het was geen traan van verdriet, en dat was genoeg.

Hoofdstuk 28
Eve

Oktober 1915

Als er één dag in de week was om te worden gearresteerd, dan was het zondag. De enige dag van de week dat Eve niet hoefde te werken, omdat zelfs het decadente Le Lethe op de dag des Heren gesloten was. Eve was 's zondags diep in de nacht weer terug en daarom hoefde ze geen dienst te missen. 'Een geluk bij een ongeluk,' zei ze hardop. Het was ijskoud in de kamer, en hoewel er niets was veranderd – het smalle bed en de reistas met de dubbele bodem waarin de Luger was verstopt, stonden nog op dezelfde plek – leek de kamer opeens verlaten. Violette zou er nooit meer lopen te klossen op haar zware schoenen en klagen over Engelse soldaten die zo onbesuisd waren dat je onmogelijk een onderduikadres voor ze kon vinden. Lili zou nooit meer binnenstormen en meteen vertellen hoe ze langs een controlepost was gekomen door een wachtpost om te kopen met een worst. Eve bekeek het vreugdeloze kamertje, herinnerde zich de avonden die ze daar rokend en lachend hadden doorgebracht en werd zo hard getroffen door een aanval van wanhoop dat de lucht bijna uit haar longen werd geslagen. Ze moest haar werk doen, en ze zou het doen, maar ze zou geen momenten van vreugde meer kennen. Ze zou de dagen in Le Lethe doorbrengen en de nachten in Renés bed, en dat was alles. De enige die in deze kamer zou komen, was Eve.

Antoine ook, dacht ze. We kunnen een nieuw rooster maken. De kalme, stabiele Antoine wist het meest over Lili's informanten, omdat hij voor bijna iedereen valse papieren had gemaakt in zijn boekhandel;

misschien kon hij reconstrueren welke rondes Lili liep, zodat iemand ze kon overnemen. Dat moest hun op de een of andere manier wel lukken. Ze gaf toe aan een golf van vermoeidheid en ging liggen zonder haar jas uit te doen. Ze zou honger moeten hebben, maar ze dacht dat ze Renés dure eau de cologne rook – waarschijnlijk omdat ze er nogal tegen opzag om morgen weer naar hem toe te gaan – en van die ingebeelde geur draaide haar maag om. Ze begroef haar neus in het dunne kussen en stelde zich voor dat ze thee en Engelse tweed rook. 'Cameron,' fluisterde ze, en in een flits zag ze voor zich hoe haar hand zijn haar streelde en hoe zijn lippen de holte achter haar oor verkenden. Ze vroeg zich af of hij spijt had van die middag. Ze vroeg zich af of hij haar nu haatte, omdat ze hem had verleid en er vervolgens stiekem vandoor was gegaan…

Maar ze was uitgeput door de angst en de arrestatie, door het verdriet en de liefde, en de slaap viel als een zwarte golf over haar heen.

De volgende dag was het stralend en ijskoud weer, en Eve liep van top tot teen ingepakt naar Le Lethe. Normaal gesproken was het aan het einde van de middag een drukte van belang in het restaurant: obers die de tafels dekten voor de eerste gasten, vloekende koks die alles voorbereidden. Vandaag was het er donker. De keuken was gesloten. Eve bleef verbijsterd staan en knoopte haar jas los. Aan de deur of bij de bar hing geen bordje om mede te delen dat het restaurant die avond gesloten was, en René maakte veel te graag winst om de deuren te sluiten als het niet nodig was.

Vanuit Renés appartement zweefde een stem de trap af. 'Ben jij het, Marguerite?'

Eve aarzelde en kwam even in de verleiding om te doen alsof ze niets had gehoord en weer de kou in te glippen. Ze stond stijf van de zenuwen, maar ze zou zich alleen nog verdachter maken wanneer ze er nu opeens vandoor ging. 'Ja, ik ben het,' riep ze.

'Kom maar naar boven.'

Renés studeerkamer baadde in het licht, hoewel de luiken gesloten waren. De haard verspreidde een warme gloed over het Aubussontapijt en de veelkleurige tiffanylamp wierp patronen van saffieren en amethisten op de groene muur met het zijden behang. René zat in zijn vaste stoel te lezen, met een glas bordeaux bij de hand.

'Ach,' zei hij tegen Eve. 'Daar ben je dan, lieveling.'

Eve stond zich toe om verbaasd te kijken. 'Is het restaurant niet geopend?'

'Vandaag niet.' Hij deed een stuk geborduurde zijde in zijn boek en legde het aan de kant. Eve kreeg de rillingen, hoewel hij vriendelijk glimlachte. 'Het is een verrassing voor jou.'

Wegwezen, zei een kalme stem in Eves hoofd. 'Een verrassing?' Ze vouwde haar handen achter haar rug en pakte de deurknop. Stilletjes draaide ze hem om. 'Een w-weekend w-weg? U hebt gezegd dat u naar G-Grasse w-wilde gaan...'

'Nee, een ander soort verrassing.' René nam rustig een slok van zijn bordeaux. 'Jij hebt een verrassing voor mij.'

Eves vingers omklemden de deurknop. Eén beweging en ze kon ervandoor gaan. 'Is dat zo?'

'Ja.' René graaide onder het kussen van zijn armleuning en pakte een pistool. Hij richtte het op Eve: een 9mm-Luger P08, precies dezelfde als de hare. Vanaf deze afstand kon hij zo een kogel tussen haar ogen mikken voordat ze ook maar de kans had om de deur open te rukken, wist Eve.

'Ga zitten, lieveling.' René gebaarde naar de stoel tegenover de zijne, en toen Eve ging zitten, zag ze het piepkleine krasje op de loop. Dat krasje kende ze; ze zag het elke keer dat ze haar pistool uit elkaar haalde. René hield niet zomaar een Luger in zijn handen, maar haar Luger. Opeens herinnerde Eve zich de vage geur van Renés eau de cologne die ze de vorige avond in haar kamer had geroken, en de angst verpletterde haar als een piepende goederentrein.

René Bordelon had haar kamer doorzocht. Hij had haar pistool. Wie wist wat hij verder nog wist?

'Marguerite le François,' zei René alsof hij aan een van zijn uiteenzettingen over de kunsten wilde beginnen, 'vertel me eens wie jij nou echt bent.'

'Waarom is het zo m-moeilijk om dat te geloven?' Eve stotterde nu opzettelijk, liet haar handen bibberen en trillen en zette alle zenuwtrekjes die op onschuld en verwarring wezen extra zwaar aan. 'Het is het p-pistool van m-mijn vader. Ik heb het gehouden omdat ik bang was voor de D-Duitse officieren die zo rondparaderen en naar de m-meisjes kijken...'

René keek haar priemend aan met zijn wantrouwige ogen. 'Je bent gearresteerd in het gezelschap van een vrouw die zes verschillende identiteitskaarten bij zich had. Ze was ongetwijfeld een spion, dus wat deed je bij haar?'

'Ik k-kende haar niet! We zijn op het station met elkaar in gesprek geraakt, en ze was haar p-p-p-pas vergeten. Ik heb haar de m-mijne aangeboden.' Eves gedachten vlogen voor haar tong uit en verzonnen snel de eerste de beste verdediging die hij zou slikken. Ze had nooit gedacht dat hij van de arrestatie zou horen. Het was allemaal puur toeval: een of andere Duitse vriend van René had enthousiast verteld dat Lili was gearresteerd en had in het voorbijgaan iets gezegd over het stotterende meisje dat tegelijkertijd was opgepakt. Ene Marguerite, die weer was vrijgelaten omdat iedereen kon zien dat ze onschuldig was.

Hadden ze die naam nou maar niet genoemd. Dan zou René er nooit iets van hebben geweten. Maar dat hadden ze wel, en de consequenties waren in één grote vloedgolf over hem heen gespoeld, want hij was onmiddellijk naar haar kamer gegaan. Hij had alleen de Luger gevonden; Eve bewaarde geen codesleutels of gecodeerde berichten in haar kamer. Maar hij vond het natuurlijk buitengewoon verdacht, en daarom zaten ze hier nu tegenover elkaar.

'Je bent echt niet zo stom dat je een onbekende zomaar je vrijgeleide geeft, lieveling,' zei hij.

'Ik z-zag er geen kwaad in!' Eve probeerde tranen tevoorschijn te toveren, maar ze was helemaal uitgehuild. Ze had gisteren hysterisch gesnikt voor Herr Rotselaer; daarna had ze om Lili gehuild. Nu waren haar ogen kurkdroog, net op het moment dat ze betraand en zielig moesten zijn. Daarom sloeg ze haar ogen neer. Je kunt je hieruit redden, zei ze tegen zichzelf. Dat kun je.

Maar René had zijn aandacht geen seconde laten verslappen en hield de Luger op haar gericht. 'Waar was je gisteren? Waarom heb je eigenlijk de trein genomen?'

'De c-c-communie van mijn n-nichtje in D-D-Doornik.'

'Je hebt me nooit verteld dat je familie in Doornik had.'

'U h-hebt er nooit naar gevraagd!'

'Is dat gestotter eigenlijk wel echt? Of doe je het expres om mensen te laten geloven dat je dom bent? Dat zou pas echt slim zijn.'

'N-natuurlijk is het echt! Denkt u dat ik het leuk vind om zo te praten?' schreeuwde Eve. 'Ik b-ben geen spion! Hebt u iets verdachts in m-mijn kamer gevonden?'

'Dit.' Hij tikte met de loop van de Luger tegen de bewerkte armleuning van de stoel. 'Waarom heb je dit wapen niet ingeleverd toen het Duitse wapenverbod van kracht werd?'

'Ik k-kon er geen afstand van doen, want het was van mijn v-v-v...'

'Hou eens op met dat gestotter!' brulde hij zo plotseling dat ze werkelijk schrok. 'Denk je dat ik dom ben?'

Hij was in elk geval echt ergens bang voor, dacht Eve. Dat hij voor gek was gezet. Herinnerde hij zich alles wat hij zich in bed had laten ontglippen, alle roddels die hij in haar bijzijn had verteld? Of vroeg hij zich af of hij zijn bevoorrechte positie zou kwijtraken wanneer de Duitsers erachter kwamen dat zijn minnares geheimen aan de Engelsen had doorgespeeld?

Dat eerste, dacht Eve, en niet zozeer dat laatste. Hij was niet zozeer bang om het vertrouwen van de Duitsers te verspelen en geen gunsten meer te ontvangen, maar was vooral bang dat hij in zijn eer was aangetast. René Bordelon moest altijd de slimste zijn. Wat een onverdraaglijke gedachte, de mogelijkheid dat hij was overtroefd door een onnozel meisje, terwijl hij ongeveer twee keer zo oud was.

Helaas had Eve op dat moment niet het gevoel dat ze heel erg slim was. Ze was vooral doodsbang.

Je kunt je hieruit redden, dacht ze, want het was onverdraaglijk om te bedenken dat het niet zou lukken. Maar wat dan? Zelfs als ze René ervan kon overtuigen dat ze onschuldig was, zat haar tijd bij Le Lethe erop. Het was afgelopen in Lille, ongeacht Allentons bevelen, en het deed pijn dat het zo was gelopen, maar als het haar zou lukken om te ontsnappen, werd ze misschien overgeplaatst.

En er schoot haar nog een prettige gedachte te binnen: nu hoef ik nooit meer naar bed met René Bordelon.

Misschien kreeg ze een twinkeling in haar ogen, want opeens boog hij zich naar voren. 'Waar denk je aan? Waarom ben je –?'

Hij was heel dichtbij. Eve had het niet zo uitgekiend, maar ze zwiepte met haar voet als met een zweep en schopte tegen de loop van de Luger. Ze raakte hem slechts licht, maar het pistool vloog uit Renés hand en belandde voor de open haard. Ze had geen tijd om het te pakken; Eve schoot de andere kant op, naar de deur. Als ze kon vluchten terwijl hij het pistool pakte, de trap kon bereiken, had ze een kans om te ontkomen in de straten van Lille. Ze zou het er niet op wagen de trein te nemen; ze zou de grens naar België te voet passeren. Dat ging allemaal in een flits door haar hoofd terwijl ze over het weelderige vloerkleed vloog. Ze greep de glimmend gepoetste zilveren deurknop en dacht: ik kan het redden.

Maar René dook niet naar het pistool. Hij ging achter haar aan, en toen Eves vingers de deurknop van de studeerkamer grepen, beschreef zijn arm een korte, felle boog. De miniatuurbuste van Baudelaire knalde hard op Eves hand.

Door de schok schoot haar rechterarm omhoog in een flits van snijdende pijn. Ze hoorde gekraak toen drie gewrichten van haar eerste twee vingers werden verbrijzeld, verpletterd tussen de buste en de deurknop. Ze zakte op haar knieën voor de deur en hapte naar adem terwijl ze werd overspoeld door golven van doodsangst. Ze zag Renés glimmende schoenen naderen, zag hoe hij achteloos met de buste zwaaide terwijl hij zich hijgend tussen haar en de deur posteerde.

'*Well,*' kon ze nog net uitbrengen terwijl ze haar trillende hand beetpakte. '*Goddammit.*'

Zonder erbij na te denken zei ze het in het Engels en niet in het Frans, en ze hoorde hoe Renés adem even stokte. Hij hurkte naast haar neer zodat hun ogen zich op gelijke hoogte bevonden en keek haar aan met een blik vol… wat? Angst, twijfel. Maar vooral woede. 'Je bent een spion,' zei hij hijgend, en er klonk geen spoor van twijfel in zijn stem.

Dat was het. Eve had zich verraden. Ze had dit moment zo lang gevreesd dat het haar nu merkwaardig weinig deed. Misschien omdat ze wist dat ze hem er toch nooit van had kunnen overtuigen dat ze onschuldig was. Waarom zou ze geen schuld bekennen?

Hij greep haar met zijn vrije hand bij de keel en ze voelde dat zijn lange vingers bijna tot achter in haar nek kwamen. Met zijn andere hand had hij die buste vast, en ze wist hoe makkelijk hij hem op kon heffen en hem tegen haar slaap kon rammen. 'Wie ben je?'

Eve had zoveel pijn aan haar hand dat ze nauwelijks adem kon halen. Ze verbeet de schreeuw die opwelde in haar keel en liet hem levenloos ontsnappen. Ze slaagde erin om slinks naar hem te glimlachen en probeerde zich niet los te rukken, pinde hem slechts vast met haar ogen. Ze keek hem eindelijk aan met haar eigen blik, en niet met die van zijn schroomvallige lieveling.

Misschien zou ze in deze warme, behaaglijke kamer sterven, maar ze wilde hem gewoon één keer recht in zijn gezicht zeggen dat hij voor de gek was gehouden. Ze vervloekte zichzelf weliswaar vanwege deze roekeloze, trotse opwelling, maar ze had niet de kracht om zich ertegen te verzetten.

'Mijn naam is Eve,' zei ze hijgend, en elk woord was zo zacht als zijde. 'Eve, en niet Marguerite, verdomme. En ja, ik ben spion.'

Hij staarde haar verbijsterd aan. Eve begon in het Duits.

'Ik spreek vloeiend Duits, jij laffe profiteur, en ik ben je hooggewaardeerde klanten al maanden aan het afluisteren.'

Ze keek hoe de afschuw, het ongeloof en de woede om voorrang streden in zijn blik. Ze slaagde erin nog een keer te glimlachen en voegde er nog iets aan toe in het Frans, om het af te maken.

'Ik laat helemaal niets los over mijn werk, mijn vriendinnen of de vrouw met wie ik ben opgepakt. Maar ik kan je wel het volgende vertellen, René Bordelon. Je bent een goedgelovige dwaas. Je bent een waardeloze minnaar. En ik haat Baudelaire.'

Hoofdstuk 29

Charlie

Mei 1947

'Ga terug naar het hotel, Charlie. Zorg dat je wat kunt slapen.' Finn was half verscholen in de schaduwen van de auto en zat zijn overhemd dicht te knopen. En mijn blik te vermijden. Mijn hele lichaam trilde nog na van wat er net was gebeurd, en ik bleef even zitten en probeerde de woorden te vinden om te zeggen dat dit totaal anders was geweest dan alle andere keren. Maar Finn keek me aan en ik zag dat hij zich weer achter zijn muur had teruggetrokken en onbereikbaar was. 'Ga naar bed, meid.'

'Ik laat je hier niet achter om te tobben,' antwoordde ik kalm. Dat zou ik nooit meer doen, iemand om wie ik gaf in zijn eentje met zijn demonen laten worstelen.

'Dat ga ik ook niet doen,' zei hij. 'Ik ga terug naar het café. Ik geloof dat ik mijn verontschuldigingen moet aanbieden.'

Dat was in elk geval een begin, iets waardoor hij zich meer zichzelf zou voelen, en daarom knikte ik. We stapten allebei uit aan onze kant van de auto en keken elkaar nog even aan over het dak van de Lagonda. Ik dacht dat Finn nog iets wilde zeggen, maar toen dwaalde zijn blik af naar mijn gehavende mond en vertrok zijn gezicht. 'Welterusten.'

'Welterusten.'

En nu lag ik alleen in bed in mijn hotelkamer en kon ik niet slapen. Het gelige licht van de lantaarnpalen kwam door de kieren van de luiken en ik hoorde de gedempte geluiden van nachtelijk verkeer. Ik bleef mijn buik maar strelen. Het Probleempje had zich al gedeisd gehouden sinds ik had besloten om niet naar Vevey te gaan. Ze had waarschijnlijk bedacht dat ze het rustig aan kon doen en gewoon kon blijven groeien tot het haar tijd was om geboren te worden. Pas op dat moment zou ze zich realiseren dat de wereld een onherbergzaam oord was en dat haar moeder niet echt wist hoe ze haar een goed leven kon bieden. Voor Oradour-sur-Glane had ik in elk geval een fantasie gehad, een magische optelsom waarbij Charlie plus Rose uitkwam op een gelukkige toekomst voor iedereen. Nu had ik zelfs dat niet meer.

'Het spijt me,' zei ik zacht tegen de buik, die nog steeds plat was onder mijn onderzoekende vingers. 'Je moeder is al net zo hulpeloos als jij, arm meisje.' Ik wist niet waarom ik dacht dat het een meisje was, maar dat dacht ik. De kleine Rose, dacht ik, en zo had ze opeens ook een naam gekregen. Natuurlijk. Nog een Rose. Mijn eigen kleine Rose.

Een kerkklok sloeg twaalf uur. Mijn maag rammelde: het Probleempje dat net een naam had gekregen, klaagde dat ze geen avondeten had gehad. Vreemd hoe lichamen gewoon bleven functioneren wanneer je werd verteerd door verdriet of wroeging of het spoor bijster was. 'Dat is een van de dingen waardoor ik merk dat je er bent, Rozenknopje,' zei ik tegen mijn buik. 'Je bent misschien nog niet te zien, maar ik moet twee keer zo vaak naar de wc.'

Ik stapte uit bed, trok een trui aan, ging naar de wc en stommelde toen opeens door de gang. Geen licht te zien onder Finns deur. Ik hoopte dat het goed was gegaan met zijn verontschuldigingen in het café en dat hij vervolgens in een droomloze slaap was gevallen. Ik vroeg me af of hij spijt had van wat we op de achterbank van zijn auto hadden gedaan. Ik niet. Ik stond even aarzelend voor zijn deur en liep daarna op mijn tenen naar Eves kamer. Onder haar deur was wel een streep gelig licht te zien: ze was wakker. Ik opende de deur zonder te kloppen en ging naar binnen.

Eve zat bij het raam naar buiten te kijken. Door het gedempte licht was de verwoesting op haar gezicht niet te zien; ze had van elke leeftijd kunnen zijn, lang en mager met een scherp profiel en grote blote voeten, die ze had opgetrokken. Ze had het meisje kunnen zijn dat in 1915 naar Lille was gegaan... wanneer je die afschuwelijk verminkte handen in haar schoot buiten beschouwing liet. Het kwam allemaal door die handen. Het was allemaal begonnen met die handen. Ik herinnerde me hoe de gal was opgekomen in mijn keel toen ik ze die avond in Londen voor het eerst had gezien.

'Weten yanks niet hoe ze moeten kloppen?' Ik zag het brandende puntje van Eves sigaret toen ze hem naar haar mond bracht en een trekje nam.

Ik sloeg mijn armen over elkaar. 'Weet je wat het is,' zei ik alsof we gewoon verdergingen met een gesprek, 'ik weet niet wat ik nu moet doen.'

Eve keek me eindelijk aan. Ze trok haar wenkbrauwen op.

'Ik had een plan, dat ik in eenvoudige stappen had verdeeld alsof ik een simpele rekensom moest oplossen. Vind Rose als ze nog in leven is, baar een kind en bedenk hoe je het moet grootbrengen. En nu heb ik geen plan meer. Maar ik wil nog niet naar huis. Ik wil niet teruggaan naar mijn moeder en weer opnieuw beginnen te ruziën over de vraag hoe ik mijn leven moet leiden. Ik wil geen sokjes breien op de bank.'

En ik wilde vooral nog geen afscheid nemen van het trio dat ik met Eve en Finn was gaan vormen in de donkerblauwe auto. Een deel van mij had genoeg pijn gehad voor mijn hele leven, en dat deel wilde vertrekken en liever naar huis vluchten dan het risico lopen dat Finn me morgenochtend zou afwijzen. Maar een ander deel van me – dat klein was, maar steeds veeleisender werd, net als het kleine Rozenknopje – wilde hiermee verdergaan, wat dit ook was. Ik wist niet precies wat ons nou verbond of hoe het kwam dat we allemaal met ongeveer hetzelfde bezig waren: met de erfenis die ons in een van beide oorlogen door een vrouw was nagelaten. Ik had geen bestemming meer, of een doel aan het einde van deze reis, maar we waren onderweg naar iets en ik wilde de reis nog niet opgeven.

'Ik weet wat ik wil, Eve. Ik wil tijd om te bedenken wat er nu moet gebeuren.' Ik baande me een weg door dit kreupelhout terwijl Eve daar maar zat en op geen enkele manier liet blijken of mijn woorden wel aankwamen. Ik keek naar haar handen en haalde diep adem. 'En ik wil de rest van je verhaal horen.'

Eve blies rook uit. Ik hoorde het getoeter van een of andere late automobilist.

'Je vroeg me vanavond in het café of ik lef had.' Ik hoorde mijn eigen hart bonzen. 'Ik weet niet of ik dat heb. Toen je ongeveer zo oud was als ik nu ben, was je al onderscheidingen aan het verzamelen in een oorlogsgebied; ik heb nog nooit iets gedaan waarmee ik aan jouw heldendaden kan tippen. Maar ik heb wel het lef om niet gelijk met hangende pootjes naar huis te gaan. Ik heb het lef om naar je te luisteren, hoe erg je verhalen ook zijn.' Ik ging tegenover haar zitten en keek in die priemende ogen, die fonkelden van de herinneringen aan de pijn en de allesverterende zelfhaat. 'Vertel de rest van het verhaal. Geef me een reden om te blijven.'

'Wil je een reden horen?' Ze gaf me haar sigaretten aan. 'Wraak.'

Het pakje gleed bijna uit mijn handen. 'Wraak voor wie?'

'Voor Lili's arrestatie.' In het donker klonk Eves stem laag, gruizig en meedogenloos. 'En voor wat mij is overkomen in de nacht nadat ik ben opgepakt.'

En terwijl de nacht overging in de ochtend vertelde Eve me de rest van het verhaal.

Hoofdstuk 30

Eve

Oktober 1915

Het maakte niet uit wat ze zei. Of Eve René nou beledigde, beleefd antwoord gaf of weigerde iets te zeggen, hij ramde met afgemeten, precieze bewegingen met de buste van Baudelaire en brak nog een vingerkootje. Eve stond doodsangsten uit, maar kon nog naar haar handen kijken en tellen.

Ze had in totaal achtentwintig vingerkootjes.

Tot dusverre had René er negen gehad.

'Ik geef je aan bij de Duitsers.' Zijn metalige stem klonk vlak, maar ze hoorde de gespannen emoties onder het oppervlak. 'Maar eerst praat je met mij. Je gaat me precies vertellen wat ik wil weten.'

Hij zat tegenover haar en tikte met een vinger op Baudelaires hoofd. Het marmer was nu bevlekt met bloed. Haar eerste kootjes had hij in het wilde weg gebroken, met onhandige bewegingen, ineenkrimpend bij het geluid van botten die werden verbrijzeld. Hij had de slag ondertussen te pakken, maar haalde nog steeds vol afschuw zijn neus op voor het bloed. Dat gemartel is voor jou even nieuw als voor mij, dacht Eve. Ze had geen idee hoeveel tijd er ondertussen was verstreken. De tijd was elastisch geworden en voegde zich naar de cadans van haar doodsangst. Het vuur flakkerde en ze zaten allebei in een leren leunstoel, met het tafeltje tussen hen in, zoals vroeger wanneer ze nog even schaakten voordat ze naar bed gingen. Maar nu waren haar handen aan de stoel vastgebonden met het zijden koord van een van Renés kamerjassen. Zo stevig vastgebonden dat het pijn deed, dat ze geen kans zag om zich los te trekken.

Ze probeerde het niet. Ze kon onmogelijk ontsnappen. Ze kon alleen maar zwijgen en haar angst niet laten blijken. Daarom bleef ze rechtop zitten, hoe graag ze ook ineen wilde krimpen en wilde gillen, en deed ze haar uiterste best om naar René te glimlachen. Hij kon niet weten hoeveel moeite die glimlach haar kostte.

'Zullen we schaken?' stelde ze voor. 'Je hebt het me geleerd omdat Marguerite natuurlijk te dom was om te schaken, maar eigenlijk ben ik er best wel goed in. Ik wil graag echt tegen je spelen en niet alleen expres verliezen zodat jij je superieur kunt voelen.'

Zijn gezicht verstrakte van woede. Eve had nauwelijks de tijd om zich schrap te zetten voordat de buste weer neerkwam en het ondertussen bekende geluid van verbrijzelende botten klonk.

Ze probeerde de schreeuw op te vangen tussen haar opeengeklemde tanden, maar René deinsde toch achteruit. Ze had aanvankelijk tegen zichzelf gezegd dat ze niet zou schreeuwen, maar ze was al bij het vijfde kootje bezweken. Dit was het tiende. Ze kon niet verhullen dat het pijn deed. Ze kon ook niet meer naar haar hand kijken. Vanuit haar ooghoek zag ze een bloederige bende en botjes die in vreemde hoeken stonden. Tot nu toe had hij alleen haar rechterhand toegetakeld; de linker lag er onbeschadigd bij en was tot een vuist gebald.

'Wie is de vrouw met wie je bent gearresteerd?' Renés stem klonk gespannen. 'Ze kan onmogelijk het hoofd van het spionagenetwerk zijn, maar misschien kent ze hem.'

Eve glimlachte inwendig. Zelfs nu onderschatten René en de moffen Lili nog. Ze onderschatten alles wat vrouwelijk was. 'Haar naam is Alice Dubois en ze is volstrekt onbelangrijk.'

'Ik geloof je niet.'

Hij had tot nu toe helemaal niets geloofd van wat ze had gezegd. Nadat het zesde kootje was gesneuveld in een uitbarsting van bloed had Eve hem met valse informatie proberen te voeden, alles wat haar verbeelding haar maar voorschotelde. In de hoop dat hij zou stoppen. Maar hij was niet gestopt, zelfs niet toen ze deed alsof ze was bezweken en begon te praten. Hij was misschien onervaren op het gebied van marteling, maar hij leek het met veel genoegen te doen.

'Hoe heet die vrouw nou echt? Vertel op!'

'Waarom?' wist Eve nog uit te brengen. 'Je gelooft me toch niet. Geef me maar aan bij de Duitsers en laat hen me maar verhoren.' Op dat moment verlangde ze naar een Duitse cel. De Duitsers zouden haar ondervragen en misschien af en toe een schop geven, maar ze haatten haar niet persoonlijk, zoals de bedrogen René, die ze te slim af was geweest. Geef me gewoon maar aan, bad Eve terwijl ze op de binnenkant van haar lip beet om een kreun te onderdrukken. Ze proefde haar eigen bloed.

'Ik geef je pas aan wanneer ik alles uit je heb weten te krijgen,' zei René alsof hij haar gedachten kon lezen. 'De Duitsers zullen me wel wantrouwen omdat ik een spion als minnares heb gekozen, en als ik dat wil wegnemen, moet ik hun wel iets waardevols kunnen bieden. Als me dat niet lukt, kan ik er beter voor zorgen dat ze me niet gaan wantrouwen en je gewoon doodschieten.' Hij zweeg even. 'Mensen zullen echt geen navraag doen naar een verdwenen serveerster.'

'Je kunt me helemaal niet doden. Daar kom je nooit mee weg.' Daar kwam hij natuurlijk wel mee weg, maar Eve probeerde hem toch aan het twijfelen te brengen. Ze had hier al over nagedacht vanaf het moment dat hij het pistool op haar had gericht. 'Denk je nou echt dat ik braaf met jou dit appartement uit loop en meega naar een of andere verlaten plek waar je me kunt doodschieten en in de bosjes kunt achterlaten? Ik zou de hele weg gillen en tegenstribbelen. Dat wordt heus wel opgemerkt.'

'Ik kan je hier in deze kamer doden –'

'En dan moet je mijn lijk helemaal in je eentje zien kwijt te raken. Je Duitse vrienden zijn je misschien nog wel het een en ander verschuldigd, maar ze zullen heus niet zomaar een lijk voor je uit de weg ruimen. Denk je nou echt dat je me uit je restaurant kunt wegslepen en ergens kunt achterlaten zonder dat iemand er iets van merkt? In deze stad wemelt het van de spionnen, René: Duitse en Franse en Engelse. Iedereen ziet alles. Je komt er nooit mee weg...'

O ja, dat kwam hij waarschijnlijk wel. Met geld, geluk en een goed plan kon je altijd wegkomen met een moord. Maar Eve bleef toch allemaal bezwaren opwerpen, en ze zag aan Renés ogen hoe hij begon te twijfelen. Hij had geen duidelijk plan en hij was van zijn stuk gebracht, hoewel hij alles ogenschijnlijk onder controle had. Je kunt prachtige plannen bedenken, dacht Eve, maar in tegenstelling tot mij kun je absoluut niet improviseren. René was zo zelden verbaasd over andere mensen; wanneer hij wel werd verrast, had hij geen idee hoe hij moest verdergaan. Dat probeerde Eve te onthouden. God wist of ze het ooit tegen hem zou kunnen gebruiken, maar ze probeerde het toch maar te onthouden.

'Ik zou je kunnen vermoorden,' zei hij uiteindelijk, 'maar ik probeer eerst alles uit je los te krijgen. De Duitsers zullen me uitzonderlijk dankbaar zijn wanneer ik hun alles kan vertellen over het spionagenetwerk dat zoveel schade heeft aangericht in deze streek. Want op dit moment hebben ze niet genoeg bewijzen om de twee vrouwen die ze hebben opgepakt ter dood te veroordelen.'

Dat onthield Eve ook.

René glimlachte en tikte met zijn vingers op het marmeren hoofd van Baudelaire, en ze kon niet voorkomen dat er een ijskoude rilling door haar hele lichaam trok, behalve door haar gehavende hand. 'Dus, vertel me eens, Eve, wie was die vrouw?'

'Ze is volkomen onbelangrijk.'

'Leugenaar.'

'Ja,' zei Eve. 'Ik ben een leugenaar, en d-dat weet je, en je gelooft me toch niet. Je hebt geen flauw idee hoe-hoe je me moet verhoren. Het gaat je helemaal niet om die gegevens; je kunt het gewoon niet uitstaan dat ik je te slim af ben geweest. Je bent me aan het martelen omdat ik slimmer was dan jij.'

Hij staarde haar aan, met opeengeklemde lippen, en er gloeiden twee donkerrode vlekken op zijn wangen. 'Je bent gewoon een leugenachtige hoer.'

'Maar dit geloof je waarschijnlijk wel.' Eve boog zich over haar gehavende hand. 'Alle kreetjes die ik in je bed heb geslaakt, waren nep.'

Hij ramde met de buste en verbrijzelde het eerste kootje van haar rechterduim. Eve kon de gil ditmaal niet opvangen met haar tanden. Terwijl ze gilde, vroeg ze zich af of de buren het door de ramen, de dempende brokaten gordijnen en de dikke muren konden horen. Niemand kan je helpen, zelfs niet als ze het horen. De verduisterde stad kon zich net zo goed aan de andere kant van de wereld bevinden. Laat me flauwvallen, bad Eve, laat me flauwvallen; maar René pakte het glas dat bij zijn elleboog stond en gooide water in haar gezicht, en de wereld werd opeens weer helder.

'Was het al vanaf het begin je bedoeling om me te verleiden?' Zijn stem klonk gespannen.

'Je b-bent zelf in de val gelopen, laffe Franse fat.' Eve slaagde erin kuchend te lachen terwijl het water van haar kin droop. 'Maar daar was ik wel blij om. Zoals jij je alles liet ontvallen wanneer je je hoofd op een kussen legde... dat was best vier minuten zuchten en steunen waard...'

Ze had nog maar vier hele kootjes aan haar rechterhand, en René brak ze allemaal in een woeste opeenvolging van meppen, hij was er ondertussen redelijk bedreven in. Eve gilde. Er steeg een scherpe geur op in de behaaglijke studeerkamer. In haar angst drong het vagelijk tot haar door dat ze zich had bevuild. Over het boterzachte leer van Renés dure leunstoel liep urine, en nog iets ergers, dat naar het Aubussontapijt daaronder sijpelde, en ondanks de pijn die haar hand in lichterlaaie zette, werd ze overspoeld door een golf van diepe schaamte.

'Wat ben je toch een smerige hoer,' zei hij. 'Geen wonder dat je van mij een bad moest nemen voordat ik je neukte.'

Nog een golf van schaamte, maar de angst was sterker. Ze was banger dan ze ooit voor mogelijk had gehouden. In de val... Die woorden bleven maar door haar hoofd schieten als een muis die heen en weer rende en werd achtervolgd door een kat. In de val... in de val. Niemand zou haar te hulp schieten. Het was heel goed mogelijk dat ze daar zou sterven wanneer hij er genoeg van kreeg om haar pijn te doen en besloot dat het minder gedoe was om haar dood te schieten dan om haar aan te geven. Ze had zo'n droge mond van de angst dat ze nauwelijks kon slikken.

'Dat was je eerste hand,' zei René achteloos toen hij de buste weer neerzette. Zijn ogen glinsterden, misschien vanwege de opwinding, misschien omdat hij zich ook schaamde, zich schaamde omdat hij te grazen was genomen. In elk geval kromp hij nu niet meer ineen voor de viezigheid en het bloed en de geluiden en de geuren. 'Je linkerhand is nu nog heel, en daar red je het wel mee. Als je nu gaat praten, zal ik je andere vingers sparen. Wie is de vrouw die bij het station is gearresteerd? Wie was het hoofd van het spionagenetwerk? Waarom ben je teruggekomen naar Lille als je al in Doornik was?'

Verdun, dacht Eve. Dat bericht was in elk geval overgebracht. Ze moest maar hopen dat het de moeite waard was geweest, dat het bericht waarvoor Lili en zij waren gearresteerd levens zou redden.

'Als je me die dingen vertelt, verbind ik je hand, geef ik je laudanum tegen de pijn en breng ik je naar de Duitsers. Dan vraag ik zelfs of een arts je vingers kan zetten.' René stak zijn hand uit en streelde haar gezicht. Het spoor van zijn vingertoppen veroorzaakte een siddering van weerzin, een rilling van zo'n diepe afkeer dat Eve huiverde tot in haar merg. 'Vertel het me nou gewoon.'

'Je gelooft me toch niet, zelfs niet als –'

'Jawel, lieveling. Want volgens mij heb ik je gebroken. Volgens mij ben je eindelijk bereid de waarheid te spreken.'

Eve kreeg een waas voor haar ogen. Ze wilde hem alles vertellen, dat was het ergste. De woorden lagen op het puntje van haar tong: ik werkte voor Louise de Bettignies, schuilnaam Alice Dubois, en zij had de leiding over het hele netwerk. Louise, wier naam Eve nooit zou hebben geweten als ze die Duitse generaal niet waren tegengekomen op het station. Was dat maar nooit gebeurd.

Ik werkte voor Louise de Bettignies, en zij had de leiding over het hele netwerk, een vrouw van nauwelijks één meter vijftig, die zo moedig was als een leeuwin. Als zij hier nu zou zitten, zou ze geen woord zeggen, hoeveel vingers ze ook zouden breken.

Of misschien wel? Hoe kon je weten wat iemand deed wanneer er net veertien kootjes systematisch waren verbrijzeld?

Maar Lili zat hier nu niet in deze stoel met haar handen vastgebonden. Eve wel. Wie wist wat Lili zou doen? Eve wist alleen wat Eve Gardiner zou doen.

'Wie is die vrouw?' fluisterde René. 'Wie is ze?'

Eve wilde dat ze geringschattend kon glimlachen. Maar ze kon het niet meer opbrengen om te glimlachen. Ze wilde een snijdende opmerking maken. Ze had geen beledigingen meer over. Daarom spuugde ze maar bloed in zijn gezicht en besmeurde ze zijn keurig geschoren wang. 'Loop naar de hel, goedkope collaborerende klootzak!'

Zijn ogen spuwden vuur. 'O, lieveling,' zei hij ademloos. 'Dank je.'

Teder pakte hij haar linkerhand. Ze balde haar hand tot een vuist en verzette zich, maar hij wrikte haar hand open, legde hem plat op de leuning van de stoel en hield haar stevig beet terwijl hij de kleine marmeren buste weer pakte. Die ellendige Baudelaire, dacht Eve, die haar bebloede tanden naar René ontblootte. De angst was overweldigend.

'Wie is die vrouw?' vroeg René, die zich leek te vermaken toen hij de buste boven de pink van haar linkerhand hield.

'Zelfs als je me zou geloven,' zei Eve, 'zou ik nog niets loslaten.'

'Je hebt veertien kansen om van gedachten te veranderen,' antwoordde René, en hij liet de buste neerkomen.

Daarna raakte de tijd versplinterd. Er was scharlakenomrande pijn en vervolgens zwartfluwelen bewusteloosheid. Renés metalige stem doorboorde beide toestanden als een stalen naald en naaide de wakende nachtmerrie en de wegebbende opluchting weer aan elkaar. Wanneer hij haar niet bij bewustzijn bracht door een glas water in haar gezicht te gooien, duwde hij met zijn duim op een van haar verwoeste kootjes totdat Eve schreeuwend ontwaakte. Daarna nam hij alle tijd om zijn vingertoppen af te vegen met een schone zakdoek en begon hij haar weer te ondervragen. En ook haar botten weer te breken.

De pijn kwam en ging, maar de angst bleef. Soms kromp ze ineen terwijl de tranen over haar wangen stroomden en soms was ze in staat rechtop te zitten in haar bevuilde stoel en René in de ogen te kijken. Maar in beide toestanden gaf ze geen antwoord meer op zijn vragen. Door de pijn was ze niet meer in staat om iets te zeggen of te lachen.

Ze voelde een soort opluchting toen haar laatste kootje werd verbrijzeld. Eve keek naar de bloederige ledematen die vroeger haar handen waren geweest, en het voelde alsof ze iets had volbracht. Hij zou verder kunnen gaan met mijn tenen, dacht ze afwezig vanuit haar rillende, snikkende schelp. Of mijn knieën… Maar de pijn was al zo overweldigend dat de gedachte dat hij verder zou gaan haar geen angst meer aanjoeg. Zover was ze al gekomen; ze kon volharden in haar zwijgen.

Want René kon haar hier niet eeuwig vasthouden terwijl haar bloed op zijn Aubussontapijt druppelde, zijn restaurant gesloten bleef, hij geen winst maakte en zijn buren zich begonnen af te vragen wie er zo aan het schreeuwen was in zijn appartement. Op een gegeven moment moest hij het spel wel staken. Hij zou haar ofwel bij de Duitsers moeten aangeven ofwel moeten doden. Het kon Eve nauwelijks meer iets schelen wat hij besloot. In beide gevallen zou ze in elk geval geen pijn meer hebben.

Volhouden, werd er gefluisterd. Met Lili's stem; Lili zou haar nooit verlaten. *Volhouden, margrietje.* Wanneer ze eenmaal in handen van de Duitsers was, zou het een heel ander verhaal worden om vol te houden: in tegenstelling tot René konden zij nagaan of ze loog of de waarheid sprak. Maar ze had alleen nog de kracht om zich zorgen te maken over de verschrikkingen die ze nu onderging en wilde zich niet bezighouden met de verschrikkingen die haar misschien nog te wachten stonden.

Volhouden. Het was eigenlijk heel eenvoudig. Ze hoefde niet meer te doen alsof, geen dekmantel meer in stand te houden, op een slap koord te balanceren. Eve was nu van het slappe koord gevallen en in de afgrond beland, maar ze hoefde in elk geval niet meer te liegen. Alleen maar vol te houden.

En dat deed ze dus.

Ze kwam bij uit een van haar zwarte flauwtes – ze werden steeds frequenter – niet met een schreeuw van pijn, maar door een brandend gevoel in haar keel. René stond naast haar, duwde haar kin naar achteren en hield een glas cognac bij haar lippen. Eve kuchte toen er een klein beetje door haar keel gleed en ze probeerde haar kiezen op elkaar te klemmen, maar hij ramde het glas tegen haar tanden. 'Drink dit op, of ik haal je oog uit je hoofd met een absintlepel.'

Eve had gedacht dat de verschrikkingen hun hoogtepunt hadden bereikt, maar er waren altijd nieuwe toppen, nieuwe niveaus van angst, en ze beklom ze in een razend tempo. Ze opende haar lippen en dronk de cognac op, een flinke dosis die brandde in haar maag. René ging tegenover haar zitten en verslond haar met zijn ogen.

'Eve,' zei hij terwijl hij haar echte naam proefde. 'Toepasselijke naam. Eva. Je was ook wel verleidelijk. Je hebt me niet eens de appel hoeven aan te geven; je kwam hier met lege handen en ik heb een muze van je gemaakt. En moet je jezelf nu eens zien. "De waanzin en de weerzin zie ik, vlaag na vlaag, zwijgzaam en kil op jouw gelaat tot uiting komen…" '

'Alweer Baudelaire?' kon Eve nog uitbrengen.

'Uit "De zieke muze". Ook heel toepasselijk.'

Ze zwegen. Eve wachtte tot hij nog meer vragen zou stellen, maar René leek er genoegen mee te nemen haar alleen maar aan te staren. Ze gleed weer onder in de poel van duisternis, werd ditmaal langzaam wakker en zwom weer naar het bewustzijn terwijl ze constateerde dat de pijn vreemd genoeg was afgenomen. Renés stoel was leeg. Het kronkelende, wriemelende patroon van het jadegroene behang bewoog toen Eve keek waar hij was. Ze knipperde met haar ogen en zag de muren uitzetten en krimpen als het oog van een caleidoscoop. Ze schudde haar hoofd om het beeld te verdrijven en vestigde haar blik op de tiffanylamp. Op de lampenkap stond een pauw, met een opgezette sleep in duizenden tinten blauw en groen glas, en Eve gilde toen de pauw zijn kop omdraaide. Zijn glinsterende ogen vonden de hare en alle ogen in de staartveren draaiden zich om en staarden haar ook aan. Boze ogen, was dat niet wat ze van de ogen op een pauwensleep zeiden? Ze kwamen op Eve af, braken los uit de lampenkap met een rinkelend geluid van bewegend glas.

Je beeldt het je in, dacht Eve wazig. Maar toen ze weer met haar ogen knipperde, was de glazen pauw er nog steeds en zat hij op de lamp met zijn opgezette sleep als een giftige waaier vol ogen die haar allemaal beschuldigend aankeken. Ze begon opeens hevig te transpireren.

De pauw sprak met een stem die even breekbaar was als het glas waarvan hij was gemaakt: 'Wie is de vrouw met wie je bent opgepakt?'

Ze gilde weer. Haar geest had het begeven; ze was helemaal gek geworden. Of René heeft me iets gegeven, dacht ze, iets in de cognac; maar die gedachte vervloog en was verdwenen voordat ze haar kon bevatten of er wijs uit kon worden.

De pauw sprak weer: 'Wie is die vrouw, Eve?'

'Ik... Ik weet het niet.' Ze wist helemaal niets meer. Ze was in een wereld van nachtmerries terechtgekomen en niets was meer zeker. De buste van Baudelaire stond op de tafel, met opengesperde ogen vol bloed. Er liepen rode druppels over zijn wangen. 'Wie is die vrouw?' vroeg hij. De woorden kwamen schrapend uit zijn marmeren keel. 'Je weet het wel.'

Er stonden sierlijke lelies met lange stelen in een smalle vaas op de schouw. Lelies met het boze oog, *fleurs du mal*, die voor altijd in glas werden bewaard. Eve had een branderig gevoel in haar keel en keek naar het koele water waar hun stelen in stonden. 'Dorst,' prevelde ze. Haar tong was veranderd in een stoffige steen.

'Je krijgt water als je me vertelt wie die vrouw is.'

Eve staarde nog steeds naar de lelies, die terugkeken met bloederige ogen. ' "De barre dorst die in mij gist, vereist wel, om hem echt te lessen, een wijnplas van niet minder flessen dan men kan bergen in haar kist..." ' Lili's graf. Lili's graf. Eve gilde. In het midden van het Aubussontapijt, vlak voor haar voeten, ontstond een kuil, gapende zwarte aarde...

'*Le vin de l'assassin*,' zei het marmeren beeldje. 'De wijn van de moordenaar. Heel goed, Eve. Dat is de naam van het gedicht. Maar hoe heet die vrouw?'

Het gegrinnik leek op dat van René, maar Eve kon hem niet zien. Hij was weg. Ze zag alleen de deinende groene muren die ademden op het ritme van haar hamerende polsslag, de pauw die met zijn glazen sleep zwaaide en de buste die zijn hoofd met de bebloede wangen schudde. De gapende kuil aan haar voeten. Er zat iets op de bodem van de kuil, een groot, hongerig beest. Ze probeerde haar handen los te rukken, en daardoor ontwaakte de pijn erin weer. Het beest was uit de kuil geklommen en begon op haar polsen te kauwen en haar handen op te eten. Als ze haar ogen opende, zou ze de glinsterende tanden zien die langzaam haar gebroken vingers verslonden. Ze gilde weer en trok radeloos aan het koord, en de doodsangst brulde. Ze zou sterven van de pijn, levend worden opgegeten en tot het einde bij bewustzijn blijven. Ze huilde en schudde haar hoofd als een waanzinnige terwijl de tanden van een of ander wild, kruipend beest vol welbehagen op haar polsen kauwden.

'Wie is die vrouw, Eve?'

Lili, dacht ze. Heeft het beest je al gedood? Ze wist het niet. Ze kon het zich niet herinneren. Zweetdruppels liepen langs haar nek vanuit haar doorweekte haar.

'Wie is die vrouw?'

Eve dwong zich haar ogen te openen. Ze zou het beest in de ogen kijken wanneer het haar doodde. Ze keek naar haar handen en verwachtte te zien hoe ze werden vermalen door een muil met scherpe tanden, en toen gilde ze. Haar handen waren niet weg, ze waren op de een of andere manier veranderd, de verbrijzelde vingers leken hun best te doen om weer aan te groeien. Ze had nu twee keer zoveel vingers, allemaal beschilderd met bloed en met een oog aan de vingertoppen, en niet met een nagel. Alle vingers knipperden tegelijkertijd beschuldigend en nietsziend met hun oog.

Het beest is in me gevaren, dacht ze in pure doodsangst. Het beest is in me gevaren. Heb ik Lili gedood? Heb ik haar gedood?

'Wie is die vrouw, Eve?'

Heb ik haar gedood?

Eve opende willoos haar lippen, en de waanzinnige, pulserende wereld hulde zich in duisternis. Golven en golven van duisternis en pijn, angst en tanden.

'Wakker worden, lieveling.'

Toen ze eindelijk weer bij bewustzijn kwam, stak het licht in Eves ogen, maar niets stak zo als de zilveren naald van Renés stem. Ze ging rechtop zitten en voelde een pijnscheut door haar handen trekken. Ze zat nog steeds vastgebonden; haar mond was zo droog als watten en ze had een barstende hoofdpijn. René glimlachte en leunde tegen het raam dat uitkeek over de straat. Hij droeg een grijze ochtendjas, zijn haar was gekamd en geolied, en hij had een theekopje in zijn handen. Er scheen fel en helder licht door het raam. Het was ochtend, maar Eve had geen idee welke ochtend, of er één nacht of twee nachten of een hele maand aan nachten voorbij waren gegaan in die storm van pijn en –

Tanden. Pulserende muren, boze ogen, tanden. Eves ogen vlogen wild door de studeerkamer, maar die zag er hetzelfde uit als altijd. De groene zijden muren ademden niet, de pauw op de kap van de tiffanylamp was gewoon van glas en de lelies in hun smalle vaas waren gewoon bloemen.

Lelies. Lili. Eves hart stokte in haar keel en ze keek weer naar René. Hij glimlachte en nam een slok van zijn dampende thee.

'Ik neem aan dat je je iets beter voelt.'

Eve keek voor het eerst naar haar handen. Ze waren verbonden met schoon verband, dikke anonieme wanten die de verschrikking daaronder aan het oog onttrokken. Ze droeg nog steeds haar besmeurde kleren, maar hij had haar gezicht en haar haar afgeveegd. René had enige moeite gedaan om haar weer presentabel te maken.

'Herr Rotselaer komt met zijn mannen om je te arresteren,' legde René uit terwijl hij door het raam naar de straat keek. 'Ze zijn er over... o, ongeveer een halfuur. Ik vond dat je op zijn minst een beetje schoon moest zijn voor de mannen die je gevangennemen. Die jonge officieren vinden het moeilijk om vrouwen pijn te doen. Zelfs wanneer het om spionnen gaat.'

De opluchting kwam als een lawine over Eve heen. De moffen komen me halen. Ze zou niet in deze kamer sterven. Ze ging naar een Duitse cel. Misschien kwam ze alleen nog die cel uit om naar een vuurpeloton te lopen, maar voorlopig was het al een hele opluchting dat René niet in die cel zou zitten. Hij had het martelen opgegeven. Opgegeven.

Ik heb het gered, dacht ze met een soort doffe verbazing. Ik heb het volgehouden.

In gedachten zag ze Lili glimlachen. Misschien zou ze Lili en Violette in de gevangenis zien. Als ze samen waren, zouden ze alles aankunnen. Zelfs een rij geweren.

'Je vriendin,' zei René alsof hij haar gedachten kon lezen. 'Doe haar maar de groeten wanneer je haar in de cel naast de jouwe ziet. Ze klinkt als een opmerkelijke vrouw, die Louise de Bettignies. Ik vind het jammer dat ik haar nooit heb ontmoet.'

Hij nam een slok van zijn thee terwijl hij daar in het zonlicht stond. Eve staarde naar hem, naar zijn gekamde haar, naar zijn kaken, die hij net had geschoren.

'Je hebt het me verteld,' zei hij. 'Als je je dat afvraagt.'

'Ik heb je n-n...' probeerde ze te zeggen door haar verdoofde lippen. 'N-N... Ik heb je n...' Niets. *Rien.* Zo'n klein woordje, en het wilde er niet uit. Haar tong was vastgevroren.

'Louise de Bettignies, alias Alice Dubois, alias nog een dozijn andere namen. Je hebt ze allemaal genoemd. De Duitse *Kommandant* zal er bijzonder mee ingenomen zijn wanneer hij beseft wie hij gevangen heeft genomen. Het hoofd van het plaatselijke spionagenetwerk. Verbijsterend dat het een vrouw is.'

Eve herhaalde alleen: 'Ik heb je n-n...' Haar haperende tong struikelde over het belangrijkste woord dat ze ooit had moeten uitspreken, ze begon te stotteren vanwege een paniek, die zo ver verwijderd was van gewone angst dat ze die nauwelijks voelde. Het was zo'n sterke reactie dat haar lichaam haar nauwelijks kon bevatten; ze hing boven haar als een zwevende berg en leek haar elk moment te kunnen verpletteren. Ik heb hem niets verteld.

Maar ze dacht aan de onbegrijpelijke koortsdromen, de buste van Baudelaire die tot leven was gekomen…

René knikte en zag ongetwijfeld alle emoties die zich op haar gezicht openbaarden. Ze had haar gezicht zo lang voor hem vergrendeld als een kluis. Nu was het opengebroken en las hij al haar gedachten en emoties alsof hij door een boek bladerde. 'Een van de dingen die je me gisteren hebt verteld, klopte wel: ik wist niet wanneer je de waarheid sprak of loog. Maar opium…' Hij liet de thee in zijn kopje walsen. '…leidt tot vreemde visioenen wanneer je een flinke dosis toedient. En het leidt ook tot verminderde weerstand. Je leek afgelopen nacht echt heel merkwaardige dingen te zien… Je werd er uiteindelijk heel erg gewillig van.'

Eve kon alleen maar herhalen: 'Ik heb je n-n…'

'Nee, mijn lieveling. Je babbelde er lustig op los. Je hebt me de naam van je vriendin Louise verteld, en daarvoor ben ik je heel erg dankbaar.' Hij proostte met zijn theekopje. 'En de Duitsers ook.'

Verraden. Het woord schalde door Eves hoofd. *Verraden.* Nee, ze zou Lili nooit hebben verraden.

Hij weet hoe ze heet. Wie heeft het hem anders verteld?

Nee.

Verrader.

Nee…

'Echt,' vervolgde René kalm, Eves zwijgen negerend, 'als ik had geweten dat je zo plooibaar zou worden van opium, zouden je handen nu misschien nog heel zijn en zou het in mijn studeerkamer niet naar pis stinken. Ik heb werkelijk geen idee hoe ik die vlekken uit mijn Aubussontapijt moet krijgen.' Hij begon nog breder te glimlachen, maar het was een gespannen, rusteloze lach. 'Misschien is het eigenlijk niet zo erg dat je mijn vloerkleed hebt geruïneerd. Ik heb er wel van genoten om je vingers te verbrijzelen, Marguerite. Eve. Weet je, ik vind die namen allebei niet zo goed bij je passen.'

Lili geblinddoekt voor een muur terwijl de geweren werden geschouderd –

Verrader. Verrader. Evelyn Gardiner, slappeling, vuile verrader.

'Ik weet een betere naam voor je.' René zette zijn kopje neer, kwam langzaam dichterbij. Hij leunde voorover en duwde zijn wang tegen die van Eve, en ze rook de geur van zijn eau de cologne. 'Mijn lieve, kleine judas.'

Eves hoofd schoot uit als een slangenkop. Ze zat vastgebonden aan de stoel en haar handen zaten in wanten van verband, maar ze beet hard in Renés onderlip. Ze proefde de koperige smaak van zijn bloed, even bitter als haar eigen mislukking. Beet harder en harder, zelfs toen hij schreeuwde en aan haar haar begon te trekken. Het was de laatste, woeste kus tussen bron en spion, cipier en gevangene, collaborateur en verrader, die met hun monden aan elkaar waren gekluisterd door tanden en bloed. René moest zich losrukken. Eves stoel viel achterover en haar hoofd klapte zo hard tegen de vloer dat de wereld in misselijke duizelingen vervaagde. 'Smerige slet,' siste René. Hij had bloedspetters op zijn kraag, en zijn ogen vlamden van woede. Zijn metalige stem verloor eindelijk zijn zelfingenomen, toonloze kalmte. 'Vuile Engelse trut, vieze spion, achterlijk winkelmeisje, smerige hoer...' Hij ging door, zijn elegante woordkeuze gereduceerd tot de obsceenste woorden die uit de goot van de Franse taal konden worden opgedregd, en met zijn mond die rood was van zijn eigen bloed alsof hij zielen had gegeten, en dat was ook zo. Hij had de afgelopen maanden zielen en harten en levens gegeten, alles om winst te maken, en René Bordelon zag er nu uit als het beest dat hij was, maar Eve kreeg geen triomfantelijk gevoel omdat ze hem had gebroken. Zij was ook gebroken, met een knappend geluid dat veel duidelijker hoorbaar en veel definitiever was dan het gekraak van haar verwoeste vingerkootjes. Ze lag daar te huilen, vastgebonden aan haar omgevallen stoel, maar er waren niet genoeg tranen in de wereld voor haar schaamte en haar afschuw. Ze was een judas; ze had de beste vriendin in de hele wereld verraden tegenover de ergste vijand van de hele wereld.

Ik wil dood, dacht Eve toen René weer op adem probeerde te komen en terugliep naar het raam, waar hij boos een doek tegen zijn mond duwde. Ik wil dood.

Ze dacht het nog steeds en was nog altijd aan het huilen toen de Duitsers kwamen. Toen ze het koord losmaakten en haar meevoerden.

Hoofdstuk 31
Charlie

Mei 1947

'Jezus,' zei Finn zacht. Ik was zo verstijfd geweest door Eves verhaal dat het niet tot me was doorgedrongen dat hij was binnengekomen.

'Nee,' zei Eve met haar lage, gruizige stem. 'Jezus was nergens te bekennen in die groene studeerkamer. Alleen Judas.' Ze pakte haar sigaretten, maar het pakje was allang leeg. 'Ik d-d-droom nog altijd van d-die studeerkamer. Niet van Renés gezicht, niet van het geluid van brekende vingers. Die studeerkamer. Die ademende muren, de tiffanypauw en die buste van B-Baudelaire...'

Haar stem stierf weg en haar afgewende gelaat stond verbeten. In de verte luidde een kerkklok, en we luisterden allemaal naar het droevige geluid: Finn, die met zijn schouder tegen de muur leunde; ik, ineengedoken in de vensterbank; en Eve, die roerloos tegenover me zat, met haar handen in haar schoot gevouwen.

Die handen. Ik had al vanaf het begin willen weten wat er met die handen was gebeurd, en nu wist ik het. Dat was de prijs die ze had betaald voor het dienen van haar land, de verwonding die haar er elke dag aan herinnerde hoe ze was gebroken. Een onverzoenlijk hart als het hare zou nooit erkennen dat het niet haar schuld was dat ze was bezweken. Zij zag alleen lafheid, en daarvoor schaamde ze zich zo dat ze de onderscheidingen die haar waren toegekend had geweigerd. Ik keek naar mijn eigen ongehavende handen, stelde me voor dat er net zolang met een marmeren buste op werd geramd tot mijn vingers er precies zo uitzagen als die van Eve en voelde een diepe huivering door mijn lichaam trekken. 'Eve,' hoorde ik mezelf zachtjes zeggen. 'Jij bent de dapperste ziel die ik ooit heb ontmoet.'

Dat schoof ze terzijde. 'Ik ben doorgeslagen. Een beetje opium in een glas cognac, en ik vertelde alles.'

Om de een of andere reden zat dat me dwars. Het klopte niet helemaal, en ik opende mijn mond om te zeggen waarom, maar Finn sprak al, met zachte en boze stem.

'Je bent veel te hard voor jezelf, Gardiner. Iedereen breekt. Als je de zwakke plek van mensen weet te vinden, ontdekt waar ze om geven, ze maar lang genoeg pijn doet, kun je iedereen breken. Het is geen schande als je doorslaat.'

'Jawel, weekhartige Schot. Daardoor zijn Lili en Violette veroordeeld, en ik ook.'

'Dan moet je René Bordelon de schuld geven omdat hij het uit je heeft gekregen door je te martelen. Of geef de Duitsers de schuld omdat ze je hebben veroordeeld –'

'O, dit verwelkte hart bevat genoeg wroeging voor iedereen.' Haar stem klonk meedogenloos in zijn veroordeling, en ze keek ons nog steeds niet aan. 'René en de Duitsers hebben een rol gespeeld, maar ik ook. Violette heeft me nooit vergeven, en dat kan ik haar niet kwalijk nemen.'

'Wat is er met Lili gebeurd?' vroeg ik. 'Is... is ze uiteindelijk veroordeeld tot het vuurpeloton?' Ik zag haar kleine, elegante gestalte geblinddoekt tegen de muur staan, en gal kwam op in mijn keel. Door Eves verhalen was Lili even werkelijk en vertrouwd voor me geworden als Rose.

'Nee,' zei Eve. 'Het was te snel na de executie van Cavell. De publieke verontwaardiging zou veel te groot zijn als de Duitsers weer een vrouw terechtstelden. Er stond ons een heel ander lot te wachten.' Eve huiverde alsof er een rat over haar zenuwen rende.

'Maar je hebt het overleefd,' zei ik met droge mond. 'Violette heeft het overleefd. Heeft Lili –'

'Genoeg over het proces en de rest. Dat is geen verhaal voor donkere avonden, en bovendien is het nu helemaal niet belangrijk.' Je zag bijna hoe Eve het terzijde schoof, wat het ook was. Ze keek me in de ogen. 'Op dit moment gaat het om René Bordelon. Jullie weten nu wat hij me heeft aangedaan, wat voor soort man hij was. Toen ik na de oorlog thuiskwam, was ik vastbesloten om terug te gaan naar Lille en een kogel door zijn kop te schieten. Daar had ik jaren van gedroomd. Maar dat heeft kapitein Cameron verijdeld; hij heeft keihard tegen me gelogen op de dag dat ik terugkwam in Engeland en gezegd dat René dood was.' Naarmate ze verder verwijderd raakte van het verhaal over haar marteling ging haar stem langzaam over van rauwe emotie naar de gebruikelijke helderheid. 'Cameron dacht waarschijnlijk dat ik zo rust zou vinden. Die man was veel te goedhartig om wraak te snappen. Om te weten dat je er elke nacht van wakker ligt en trilt van de haat en d-d-droomt d-dat je weer zonder nachtmerries kunt slapen wanneer je bloed hebt geproefd.'

Finn knikte een keer ferm met zijn hoofd. Hij begreep het. Ik ook. Ik dacht aan de Duitse soldaten die Rose en haar dochter hadden doodgeschoten en voelde ogenblikkelijk een felle haat.

'En het is misschien dertig jaar l-l-l...' Eve ramde hard met haar misvormde vuist tegen haar knie en sloeg het haperende woord los. '...dertig jaar later, maar ik ga de rekening vereffenen. René is me nog wat verschuldigd.' Eve bleef me strak aankijken. 'En hij is jou ook nog wat verschuldigd.'

Ik knipperde met mijn ogen. 'Mij?'

'Je zegt dat je een goede reden wilt horen om deze zoektocht voort te zetten, yank, en die zal ik je geven, als je er tenminste naar vraagt. Wil je dit echt allemaal horen?'

Ik knipperde nog een keer met mijn ogen. We waren allemaal zo opgeslokt door Eves verhaal dat ik me net een acteur voelde die het podium op werd gesleept in het verkeerde toneelstuk. 'Ja, ik wil het horen. Maar ik snap het niet, ik heb René Bordelon nooit ontmoet.'

'En toch is hij je iets verschuldigd. Hij heeft die nicht van je niet alleen in dienst genomen.' Eve klonk nu even afgemeten als een officier. 'Ik m-moest uitzoeken wat René allemaal heeft uitgespookt sinds hij als René du Malassis naar Limoges is gegaan, en daarom heb ik het aan majoor Allenton gevraagd. Hij is een imbeciel, en daarom is hij natuurlijk in de loop der jaren in rang geklommen. Tijdens de tweede oorlog heeft hij nog het een en ander gedaan, en daar was ik misschien ook nog bij betrokken, en daardoor kon ik een gesprek beginnen dat uiteindelijk uitkwam bij René du Malassis. Toen ik hem de juiste hoeveelheden wijn en vleierij had toegediend, begon Allenton tijdens het eten informatie te lekken, waarvan het een en ander algemeen bekend is, maar ook het een en ander geheim. Godzijdank bestaan er imbecielen die hun mond niet kunnen houden.

Tijdens de tweede oorlog stond Allenton in contact met een aantal netwerken van het Franse verzet om de levering van voorraden en het inwinnen van informatie te coördineren. Het was algemeen bekend dat Monsieur Du Malassis een profiteur in Limoges was. In ruil voor politieke gunsten gaf hij informatie door aan de nazi's en aan de Milice, die voor dat tuig in Vichy werkte.' Eve graaide in haar tas en viste er iets uit met de toppen van haar misvormde vingers. 'Dit is René in 1944. Hij was van enig belang, en daarom had Allenton een foto.'

Ik pakte hem aan, een foto met poserende plaatselijke notabelen en nazi's, die was genomen tijdens een of ander etentje. Het hoofd van een man aan de linkerkant was omcirkeld, en ik bekeek hem van dichterbij. Eves nemesis had eindelijk een gezicht, maar niet het elegante, wolfachtige gezicht dat ik me had voorgesteld aan de hand van haar verhalen. Ik werd aangestaard door een oude man in een donker pak, met een langgerekt gezicht en zilverkleurig haar dat achterover was gekamd vanaf zijn hoge voorhoofd. In de loop der jaren was hij eerder mager dan stevig geworden, maar hij was niet benig; de wandelstok met de zilveren knop bungelde over een arm als rekwisiet. Ik bestudeerde de vage glimlach op dat gerimpelde gezicht, de manier waarop hij de steel van een wijnglas tussen twee vingers hield, en vroeg me af of ik het verleden op hem projecteerde toen ik bedacht dat zijn blik op de foto ijs- en ijskoud was.

Finn leunde over mijn schouder, wierp ook een blik op de foto en begon zacht te vloeken. Ik wist wat hij dacht. Deze oude man had Eve vernietigd in zijn studeerkamer met de groene muren. Ze was veranderd in een verbitterd oud mens dat zich schuilhield tussen de wrakstukken van nachtmerries en whisky, terwijl hij nog meer geld had verdiend, zich had ingelikt bij weer andere Duitse bezetters en nog meer levens had vernietigd. Een jonge souschef in de rug had geschoten omdat hij wat tafelzilver had gestolen. Had aangezeten aan dinertafels met kristallen glazen en swastika's en had geglimlacht toen er een foto van hem werd genomen.

Ik keek naar zijn gezicht en haatte hem.

'Tijdens de tweede oorlog was het algemeen bekend dat hij een profiteur was,' vervolgde Eve kalm. 'Maar het is niet algemeen bekend dat hij gedeeltelijk verantwoordelijk is voor een b-b-b... voor een bloedbad. Via bronnen bij de Milice is majoor Allenton te weten gekomen dat een burgerinformant in Limoges inlichtingen over verzetsactiviteiten in een naburig stadje heeft doorgegeven. Hij gaf, om precies te zijn, de naam van een bepaald meisje door aan de Milice en verklaarde dat zij en andere verzetsleden een Duitse officier hadden ontvoerd en vermoord. Die officier was een goede vriend van ss Sturmbahnführer Diekmann van het regiment Der Führer, ss-Panzer-Division Das Reich. Toen de Milice de tip had doorgegeven en werd bevestigd dat de gevangengenomen officier was gedood, verwachtte iedereen waarschijnlijk dat Diekmann het meisje zou laten arresteren en ophangen. Maar hij besloot een voorbeeld te stellen en wraak te nemen op het hele dorp.' Eve bleef me maar aankijken. 'Het meisje ging door het leven onder de naam Hélène Joubert. Het dorp was Oradour-sur-Glane. René was de informant die de beide namen heeft doorgegeven.'

Ik werd bevangen door afschuw. Ik herinnerde me de stem van Madame Rouffanche, die zei: 'Hélène Joubert, zei ze dat ze heette... We noemden haar *La belle Rose*.'

'Het is niet duidelijk of je nicht ook werkelijk bij het verzet zat,' vervolgde Eve. 'Ze moet in elk geval wel banden met het verzet hebben gehad als de vader van haar ongeboren kind erbij betrokken was. Ze stond niet bekend als een actief lid van een van de netwerken waarmee Allenton contact onderhield, maar dat is geen bewijs. Misschien had ze niets meer met ze te maken nadat haar kind was geboren, of misschien gaf ze inlichtingen door die ze via haar werk in Limoges had verkregen. Wie zal het zeggen? Maar blijkbaar vond René haar hoe dan ook verdacht, of ze de nazi's die in Le Lethe kwamen nou afluisterde of niet. Hij was toen waarschijnlijk als de dood voor spionerende serveersters.' Een wrang, verbitterd glimlachje. 'En zelfs als ze bij het verzet zat, was je nicht naar alle waarschijnlijkheid niet betrokken bij de ontvoering van en de moord op een Duitse officier, want dat was een operatie voor doorgewinterde verzetsstrijders. Maar René wilde dat ze uit de weg werd geruimd, dus –'

'Dus gaf hij haar naam door?' fluisterde ik. 'Waarom heeft hij haar niet gewoon ontslagen als hij haar niet meer in Le Lethe wilde zien?'

'Hij vond het waarschijnlijk veiliger wanneer ze definitief uit de weg was geruimd. Hij had haar natuurlijk zelf kunnen doodschieten – rond die tijd had hij er echt geen moeite meer mee om de trekker over te halen. Maar misschien had hij het gevoel dat hij zich zoiets niet meer kon permitteren, niet na dat incident in het openbaar met de souschef. Dat had hem misschien te veel gunsten bij de nazi's gekost. Dus gaf hij gewoon de naam van je nicht door, en de naam van het dorp waar ze in het weekend naartoe ging, met het idee dat het zo geregeld was.' Eve hield haar hoofd schuin. 'Eerlijk gezegd denk ik dat hij niet kon hebben geweten dat het hele dorp zou worden uitgemoord. Maar ook als de Duitsers genade hadden gekend met de rest van Oradour-sur-Glane zou je nicht waarschijnlijk wel zijn opgepakt en terechtgesteld door de ss. Vanwege René Bordelon.'

Ik kreeg de koude rillingen. En de foto brandde in mijn handen. Ik keek weer naar dat zelfingenomen oude gezicht.

'Je kunt geen wraak meer nemen op de Duitsers die je nicht daadwerkelijk hebben vermoord,' zei Eve. 'Sturmbahnführer Diekmann, de man die het bevel voor het bloedbad heeft gegeven, is een paar maanden later tijdens gevechten met de geallieerden gesneuveld; dat staat in de militaire registers en is bevestigd door Allenton. De soldaten die zijn bevelen hebben opgevolgd, zijn tegelijkertijd met hem gesneuveld of na de oorlog naar Duitsland gegaan of zitten nu in krijgsgevangenkampen. Er is geen enkele naam bekend en niemand is ooit voorgeleid voor wat er in Oradour-sur-Glane is gebeurd, noch in Neurenberg, noch daarna, en zonder massaproces kom je waarschijnlijk nooit te weten wie precies je nicht heeft vermoord. Die mannen krijg je nooit meer te pakken. René wel. Hij heeft de trekker niet overgehaald, maar hij heeft ervoor gezorgd dat je nicht om het leven is gekomen.'

Ik kon me niet verroeren. Ik kon geen woord uitbrengen. Ik zat naar dat zelfingenomen gezicht te staren. O, Rose…

'Ik ga op zoek naar René Bordelon, Charlie St. Clair, en zet hem alles betaald.' Eve strekte haar verwoeste vingers. 'Ga je met me mee?'

Deel IV

Hoofdstuk 32

Eve

Maart 1916
Brussel

Het proces was binnen een dag voorbij.

Die trage uren in de imposante zaal gingen allemaal langs Eve heen. Violette staarde recht voor zich uit toen ze onder bewaking naar binnen werden geleid, en Lili liet haar rusteloze blik langs het hoge glazen plafond, de krullerige stoelen en de trotse Vlaamse leeuwen dwalen, maar Eve staarde naar haar vlekkerige, half geheelde vingers die ze tot vuisten had gebald. Ondanks alle tussenliggende maanden deden ze nog steeds verschrikkelijk pijn; de pijn leek veel belangrijker dan het gebrom van de Duitse woorden, die langs haar heen gingen.

Nog meer formaliteiten toen de andere ambtsdragers binnenkwamen. Eves ogen gingen alle gezichten langs. Duitse soldaten, Duitse beambten... Maar er waren geen Fransen of burgers toegelaten om getuige te zijn van het proces. René Bordelon kon geen blik komen werpen op het zielige hoopje mens dat ze geworden was, en daarvoor was Eve dankbaar. Ze was banger voor het vooruitzicht om zijn gezicht weer te zien dan voor het vooruitzicht het vonnis aan te moeten horen. Ze wist dat ze huiverend ineen zou zakken op het dikke tapijt wanneer ze hem weer zou zien.

Vroeger was ik niet zo klein en zo angstig, dacht ze toen ze werden toegesproken door een van de rechters. Al maandenlang was ze dit zielige hoopje, dat rillend in haar cel lag en om het minste of geringste begon te huilen, en ze was er nog steeds niet aan gewend. Het enige wat nog onverschrokken was aan Eve was haar zelfhaat.

Verrader. Dat gefluister zat nu in haar bloed; bij elke hartslag klonk het giftig en zakelijk: *Verrader*.

Lili wist dat Eve haar verraden had. Ze hadden nauwelijks de kans gekregen om elkaar te spreken, deze afgelopen maanden die ze in aparte cellen in Sint-Gillis hadden doorgebracht, maar Eve had een van haar bewakers overgehaald om Lili te vertellen wat ze had gedaan. Ze kon het gewicht van dat verraad niet met zich meedragen als een leugen. Nu staarde Eve met een bonzend hart door de zaal en dwong ze zich om langs Violettes onbewogen profiel naar Lili te kijken. Spuug op me, bad Eve in stilte. Ik heb het verdiend.

Maar Lili glimlachte alleen. Op haar gezicht verscheen een ondeugende glimlach alsof ze niet omringd was door vijandige bewakers, alsof ze nog steeds een vrije vrouw was, en ze legde twee vingers op haar lippen en blies een kus naar Eve.

Eve kromp ineen alsof de kus een klap was.

Ze werden een voor een ondervraagd en niet in de gelegenheid gesteld de getuigenverklaringen van de anderen te horen. Eerst Violette, die in werkelijkheid Léonie Vanhoutte bleek te heten, zoals Eve ontdekte, maar ze kon alleen aan de naam Violette denken wanneer het om Lili's luitenant ging. Zij zag Eve tenminste als de verrader die ze was; de blik van de vrouw was vol haat toen Eve door bewakers naar buiten werd geleid. Vervolgens werd Eve weer binnengebracht en ondervraagd, en ze deed geen enkele moeite zich te verdedigen. Alle aanwezigen weten al hoe het vonnis zal luiden. Ze bleef roerloos staan terwijl ze blaffend in het Duits werd toegesproken, voelde haar handen kloppen, ademde de muffe geuren van haarolie en schoensmeer in en werd al snel weer naar buiten gebracht. Het ging hun vooral om Lili; ze voelde de verwachtingsvolle, bijna wrede rimpeling die door de zaal ging en vroeg zich af of er ook zo'n huivering door de toeschouwers in het Colosseum was gegaan voordat de leeuwen werden losgelaten. De leeuwen in deze zaal waren van verguld houtsnijwerk, maar ze konden nog steeds de dood aanzeggen.

De rechters verdwenen; een onverbiddelijke klok tikte een halfuur lang de seconden weg, en toen was het over. Eve, Lili, Violette en enkele minder belangrijke verdachten werden voorgeleid voor het hof en er viel een diepe stilte. Eves mond werd zo droog als papier en ze merkte dat ze trilde. Vanuit haar ooghoek zag ze dat Violette haar vingers bewoog alsof ze haar hand naar Lili wilde uitsteken. Lili stond erbij als een standbeeld.

De woorden rolden eruit in nasaal Duits.

'Voor Louise de Bettignies, de doodstraf.'

'Voor Léonie Vanhoutte, de doodstraf.'

'Voor Evelyn Gardiner, de doodstraf.'

Er ging een rimpeling door de zaal en Eve kreeg het gevoel alsof ze in haar maag was geschopt. Niet vanwege afschuw.

Opluchting.

Ze keek met wazige ogen naar haar gehavende handen, en net als toen ze huilend op de vloer van Renés studeerkamer met de groene muren lag, dacht ze: ik wil dood.

Niet meer maandenlang cel en eentonigheid en pijn en morfine en wroeging. Alleen de lopen van geweren die op haar werden gericht. Het tafereel dat ze zich voorstelde was mooi. Het geluid van geweervuur en dan... niets.

Maar voordat haar hart een sprongetje van opluchting kon maken, stapte Lili naar voren. Ze sprak zacht in volmaakt Duits, de enige keer tijdens het proces dat ze de taal van de vijand sprak.

'Heren, ik vraag u om mijn vriendinnen niet terecht te stellen. Ze zijn jong, en ik smeek u om genade met hen te hebben.' Ze hield haar blonde hoofd schuin. 'En ik wil eerbaar sterven.'

'Ik aanvaard mijn straf.' Met een heldere, minachtende stem onderbrak Violette haar leidster. 'U kunt me doodschieten. Maar ik heb een verzoek dat u me niet kunt weigeren, namelijk dat ik, voordat ik sterf, niet van Li... van Louise de Bettignies gescheiden wil worden.'

Eve hoorde haar eigen stem: 'En ik ook niet.'

Ze werden aangestaard door een rij Duitse gezichten, waarop Eve verwarring kon lezen. Ze had dezelfde gezichtsuitdrukking gezien bij hun bewakers in Sint-Gillis: verbijstering wanneer ze naar de piepkleine Lili, de stotterende Eve en Violette met haar schooljuffenbril keken en zich afvroegen hoe het in godsnaam mogelijk was dat die vrouwen spionnen waren.

De moffen hebben ons maanden vastgehouden, dacht Eve, en ze weten nog steeds niet wat ze met de *fleurs du mal* moeten aanvangen. Toen ze dat dacht, voelde ze even iets van trots opflakkeren, iets om haar rug te rechten voordat ze weer werd platgedrukt door de wroeging.

De drie vrouwen van het Alice-netwerk mochten blijven staan toen de beraadslagingen fluisterend werden voortgezet door het hof. Er kroop een uur voorbij. Eve voelde haar handen kloppen. Nog een aankondiging. Nog een schop die ze in haar maag voelde, maar dit was geen opluchting. Dit was wanhoop.

Het proces was afgelopen.

'Dus,' zei Lili. 'We worden niet doodgeschoten.'

Violette was nog steeds aan het rillen toen ze op de binnenplaats tussen hun bewakers stonden te wachten. Eve stond er verdoofd bij, maar Violette, die er in de rechtszaal had uitgezien alsof ze zich ter plekke schrap zette voor de kogel, leek helemaal verpletterd door het nieuws. 'Ze sturen ons naar Duitsland...' stamelde ze.

Het vonnis was omgezet van de doodstraf in vijftien jaar dwangarbeid in de gevangenis van Siegburg.

'Vijftien jaar?' Lili trok haar neus op. 'Nee, we werken totdat Frankrijk de oorlog heeft gewonnen, dat is alles.'

'Ik w-w-wilde dat het een rij geweren was,' hoorde Eve zichzelf zeggen.

Violettes roodomrande ogen boorden zich verbitterd en beschuldigend in de hare. 'Jij verdient ook de kogel,' zei ze, en ze spuugde Eve recht in haar gezicht. 'Judas.'

De bewakers kwamen tussenbeide en sleepten Violette weg. Eve stond er roerloos bij en liet het warme speeksel langs haar wang druipen, en de andere bewakers lieten Lili dichterbij komen en gingen een beetje achteruit. Het was een kleine oase van vertrouwelijkheid, maar meer kon een gevangene ook niet verwachten.

'Het spijt me, margrietje.' Tegen haar wang voelde Eve de versleten mouw die haar schoonveegde. Ze kromp bijna ineen van de aanraking. Het was al zo lang geleden dat ze liefhebbend was aangeraakt. 'Violette heeft het er moeilijk mee.'

'Ze haat me.' Eve zei het zonder rancune. 'Omd-dat ik jou heb verraden.'

'Ach, wie weet hoe de moffen achter mijn naam zijn gekomen of hebben ontdekt dat ik de leidster van het netwerk was. Je kunt je niet herinneren dat je me hebt verraden, opium of geen opium.' Lili haalde volkomen onverschillig haar schouders op. 'Ze zijn erachter gekomen dat ik het was. Het doet er niet toe hoe ze het hebben ontdekt.'

'Dat doet er wel toe.'

Een glimlach. 'Voor mij niet.'

Eve begon bijna te huilen. Vergeef me niet, wilde ze schreeuwen. Alsjeblieft, vergeef me niet! Vergeving deed veel meer pijn dan haat.

Violette kreeg toestemming om weer bij hen te komen staan en staarde Eve kwaad en zwijgend aan, en Eve verwelkomde haar minachting. Zwijgend wachtten ze op de wagen die hen weer naar hun cel zou brengen. Daarna zouden ze waarschijnlijk binnen enkele dagen naar de gevangenis van Siegburg worden overgebracht.

Siegburg. Eve had angstaanjagende verhalen over de gevangenis gehoord. Ze keek naar het oosten, naar Duitsland, en zag dat de andere vrouwen ook keken, alsof ze de grauwe muren van de gevangenis al zagen.

'Niet bij stilstaan, *mes anges*.' Lili ging tussen Eve en Violette staan, sloeg een arm om beiden heen en trok hen tegen zich aan. 'Geniet van het heden. Jullie zijn allebei hier, en ik ben bij jullie.'

Eve legde haar hoofd op Lili's schouder en ze wachtten alle drie in het bleke, maartse zonlicht tot ze werden afgevoerd.

Hoofdstuk 33

Charlie

Juni 1947

De rest van de nacht staarde ik naar de foto van een monster en probeerde ik te begrijpen wat hij had gedaan. Het is jouw schuld dat Rose is vermoord, dacht ik telkens. Het is jouw schuld dat Rose is vermoord. Een ss-officier had het bevel om te schieten gegeven en een Duitse soldaat had de trekker overgehaald, maar zonder deze man in zijn elegante pak en zijn wandelstok met de zilveren knop zou mijn nicht nooit het doelwit zijn geweest.

Ik had geen antwoord kunnen geven op Eves vraag. Ik was te geschokt, had de foto gepakt en was zwijgend naar mijn kamer gestommeld. Ik had het gevoel dat ik was vermorzeld door een rotsblok en lag kreupel en verpletterd door het gewicht op mijn bed.

René Bordelon. De naam galmde door mijn hoofd. Het is jouw schuld dat Rose is vermoord.

Hij was al vanaf het begin het verband tussen Eve en mij geweest. Rose had voor hem gewerkt. Eve had voor hem gewerkt – twee van de duizenden vrouwen die hij in de loop van tientallen jaren in dienst had genomen – en vanwege dit onopmerkelijke feit had zijn naam op een stuk papier me naar Eve en vervolgens naar hier geleid. Maar ik had altijd gedacht dat het verband alleen op papier bestond.

Toen het licht werd, kleedde ik me aan, pakte ik mijn spullen en liep ik naar de ingang van de *auberge*. Het verbaasde me niet dat Eve haar eerste sigaret daar al zat te roken met haar tas aan haar voeten, recht en trots. Ze draaide zich om en ik zag dat haar ogen even rood waren als de mijne.

'Ik doe het,' zei ik. 'Ik help je hem op te sporen.'

'Goed,' zei Eve op zakelijke toon, alsof ik had gezegd dat ik wel een kop koffie voor haar zou regelen. 'Finn is de auto al aan het halen.'

We stonden daar te wachten in het roze ochtendlicht. 'Waarom wil je eigenlijk dat ik je help?' vroeg ik ondanks mezelf. Nog een vraag die ik mezelf de afgelopen nacht herhaaldelijk had gesteld. 'Je wilt al meer dan dertig jaar een rekening met deze man vereffenen. Gaat dat niet een stuk makkelijker wanneer je niet voor de voeten wordt gelopen door een zwangere studente? Je hebt me helemaal niet nodig.' Maar ergens hoopte ik dat dat niet zo was. Ik wilde voor haar zorgen, ook al was ze even stekelig als een handvol naalden.

'Nee, ik heb je niet nodig,' zei ze kortaf. 'Maar we hebben allebei onder die klootzak geleden, en dat betekent dat jij ook het recht hebt om wraak op hem te nemen. Ik geloof in wraak.' Eve wierp me een onpeilbare blik toe. 'Ik ben in de loop der jaren mijn geloof in een heleboel dingen kwijtgeraakt, maar niet daarin.'

Ze stond daar rechtop en roerloos als een obelisk, en ik vroeg me af welke vorm haar wraak zou aannemen. Ik kreeg even een angstig voorgevoel, maar toen kwam de Lagonda de hoek om.

'En trouwens,' zei Eve zacht terwijl Finn de tassen in de achterbak zette. 'Ik heb jou misschien niet nodig, maar hem wel. En ik schat de kans dat hij jou overal volgt op fiftyfifty.'

Ik knipperde met mijn ogen. 'Waarom zeg je dat?'

Ze legde haar vinger op de rode vlek in mijn hals die ik die ochtend in de spiegel had gezien en die ik met mijn losse haar had proberen te bedekken, een vlek die Finns mond de afgelopen nacht had achtergelaten. 'Ik zie heus wel het verschil tussen een muggenbult en een zuigzoen, yank.'

'Klaar met jullie gekeuvel, dames?' Finn liep naar de bestuurderskant. 'Het is een fijne ochtend voor een ritje in de auto.'

'Ja,' mompelde ik. Mijn oren gloeiden. Eve grijnsde toen ze achterin ging zitten. Die grijns ontging Finn, maar hij zag mijn rode wangen en keek me even aan nadat hij achter het stuur was gaan zitten.

'Alles goed, meid?' vroeg hij kalm.

Er was niet echt een woord voor hoe ik me voelde na de vorige dag en nacht. Bedroefd en hoopvol, diep geschokt en immens boos, en elke keer dat ik een blik wierp op de foto van de man die we zouden opsporen, werd ik nog veel bozer. En wanneer ik naar Finn keek, tintelde mijn huid door de herinnering aan wat er nog geen twaalf uur eerder tussen ons was voorgevallen. 'Het gaat wel,' zei ik uiteindelijk. Hij knikte, en ik had geen idee hoe het er nu voor stond tussen ons, of hij nu wel of niet spijt had van wat er was gebeurd. Daarom wendde ik mijn blik af toen hij schakelde en keek ik naar Eve.

'Je hebt ons alleen nog niet verteld hoe we René Bordelon moeten vinden. Hij gaat nu niet meer onder die naam door het leven, en ook niet als René du Malassis. En we weten niet waar hij naartoe is gegaan toen hij uit Limoges is gevlucht. Dus hoe komen we hem nu dan weer op het spoor?'

Eve nam nog een laatste trekje van haar sigaret en gooide de peuk uit het raam. 'D-d-d... Daar heb ik wel ideeën over. Hij heeft me een keer verteld dat hij na zijn pensioen in Grasse wilde gaan wonen, dat hij daar een vervallen pand had gekocht, een oude villa die hij wilde laten opknappen. Hij is nu drieënzeventig en hij is vast geen nieuw restaurant begonnen. Hij moet wel met pensioen zijn. Ik durf te wedden dat hij die villa heeft laten verbouwen en daar zijn boeken leest, naar muziek luistert en van de zon geniet. Volgens mij moeten we naar G-G-Grasse.'

'En dan?' Ik fronste mijn wenkbrauwen. 'Moeten we daar dan rondrijden en een beetje uit het raam kijken?'

'Vertrouw me nou maar, yank. René heeft me nooit verteld waar het precies was in Grasse, maar ik heb wel een paar ideeën hoe we het kunnen vinden.'

'En als hij daar nou helemaal niet is?' Finn klonk sceptisch. 'We hebben alleen een paar opmerkingen van dertig jaar geleden.'

'Heeft iemand misschien een beter idee?'

Ik moest toegeven dat ik dat niet had. Ik haalde mijn schouders op. Finn pakte de verfrommelde kaarten die bij mijn voeten lagen. 'Als we rustig rijden, kunnen we over twee dagen in Grasse zijn. Dan stoppen we vanavond in Grenoble...'

'Grenoble. Uitstekend.' Eve legde haar hoofd in haar nek en sloot haar ogen. 'Rijden maar, Schot.'

De Lagonda reed naar het zuidoosten en we verdwaalden alle drie in onze eigen gedachten. Ik merkte dat ik weer naar de foto van René zat te kijken. Ik vroeg me af hoe die ss-officier eruit had gezien, die ene die bevel had gegeven om het hele dorp uit te moorden. Ik vroeg me af hoe de Duitse soldaten eruit hadden gezien, degenen die konden toekijken hoe een meisje met een baby in haar armen uit een brandende kerk vluchtte en vervolgens bereid waren de trekker over te halen. Ik werd overspoeld door een trage en allesverterende woede, en ik bedacht wat Eve over die mannen had gezegd, dat ik er waarschijnlijk nooit achter zou komen welke soldaten Rose hadden vermoord.

Misschien kon ik het op een dag uitzoeken. Er moesten namen te vinden zijn, rapporten. Misschien konden de soldaten die het hadden overleefd worden vervolgd, niet alleen voor Rose, maar ook voor Madame Rouffanche en haar uitgemoorde dorp. Oradour-sur-Glane verdiende net zo goed vergelding voor zijn doden als alle andere slachtoffers van de wreedheden in Neurenberg hadden gekregen.

Dat was echter een probleem voor later. We waren nu op weg naar Grasse, en ik kon de nazi's die verantwoordelijk waren voor Rose' dood niet te pakken krijgen, maar René Bordelon misschien wel.

Terwijl de auto over de stijgende en dalende heuvels en langs de schitterende weidsheid van meren en velden reed, bedacht ik een nieuwe optelsom: Rose plus Lili gedeeld door Eve plus ik was gelijk aan René Bordelon. Vier vrouwen die met elkaar waren verbonden door één man. Ik staarde naar zijn gezicht op de grofkorrelige foto en zocht naar sporen van wroeging, wreedheid. Maar die dingen kon je niet zien op een foto. Hij was gewoon een oude man tijdens een etentje.

Ik probeerde de foto weer in Eves tas te stoppen, maar haar misvormde hand schoot uit als een zweep en sloeg mijn hand weg. 'Hou hem maar.'

Ik stak de foto in mijn handtasje en ik voelde hoe die man me met zijn holle ogen aankeek door het leer, en daarom draaide ik me om en keek ik weer naar Eve. Ze zag er kalmer uit, lichter dan de ineengedoken, door wroeging verteerde gestalte die ik de vorige avond in het raamkozijn had zien zitten en die haar verhaal van marteling en zelfhaat had verteld. Ik stak mijn hand uit en raakte de hare zachtjes aan.

'Je hebt ons vannacht niets over het proces verteld,' zei ik, 'of wat er daarna met jou en Lili en Violette is gebeurd.'

'Dat is geen verhaal voor donkere avonden.'

Ik hield mijn hoofd op naar de warme zon. 'Er zijn nu geen donkere schaduwen.'

Ze zuchtte diep. 'Nee, misschien ook niet.'

Finn en ik luisterden terwijl zij over het proces vertelde: de Vlaamse leeuwen, de eindeloze vragen in het Duits, de strafvermindering. Violette die in haar gezicht spuugde. Ik herinnerde me dat de oudere Violette dat in Roubaix ook had gedaan en rilde bij de herinnering. Violette... ik bedacht weer iets, een hardnekkig idee dat ik de vorige avond ook had gehad – een rekensom die niet klopte – maar dat schoof ik terzijde toen Eve zei: 'En toen kwamen we in Siegburg.'

Hoofdstuk 34

Eve

Maart 1916

Na de oorlog was Eve verbaasd dat de eindeloze stroom van dagen in Siegburg zo weinig indrukken had achtergelaten. Haar tijd als spion in Lille had slechts zes maanden geduurd, maar die maanden stonden haar helder voor de geest. De tweeënhalf jaar in Siegburg waren voorbijgegaan als een grauwe, grijze droom, omdat elke dag hetzelfde was als de vorige.

'Breng haar naar haar cel.'

Zo werd ze welkom geheten in Siegburg, in het voorjaar van 1916: een gesnauwd bevel en daarna een ruwe hand op haar rug die haar achter Lili en Violette aan door een donkere gang duwde. Ze hadden geen kans gekregen om een blik op de buitenkant van de gevangenis te werpen; het was al te laat tegen de tijd dat de bus de binnenplaats op was gereden. 'Dat maakt ook niet uit,' had Lili gefluisterd. 'Dan kijken we wel over onze schouders op de dag van onze vrijlating.'

Maar het was moeilijk om aan je vrijlating te denken wanneer je door een gang werd geduwd waar het naar pis, zweet en wanhoop rook. Eve merkte dat ze rilde en klemde haar kiezen op elkaar om te voorkomen dat haar tanden zouden klapperen. Het geknars van een sleutel die werd omgedraaid, piepende scharnieren en toen het gapende gat achter de geopende, massieve deur. 'Gardiner,' blafte de cipier, en vervolgens dezelfde ruwe hand die Eve naar voren duwde.

'Wacht!' Ze draaide zich om en wilde nog een blik op Lili en Violette werpen, maar de deur was al dichtgesmeten. De duisternis was ondoordringbaar, een zwarte poel van ijskoude verschrikkingen.

Iedereen breekt de eerste nacht. Dat zou Eve later van haar medegevangenen horen. Maar Eve was al gebroken toen ze in Siegburg aankwam. De duisternis was bij lange na niet zo angstaanjagend als de beelden die haar eigen geest haar voorspiegelde, dus daarom ontspande ze gewoon haar klapperende kaken en tastte ze met haar misvormde vingers in haar cel rond. Stenen muren, een kleinere cel dan in Sint-Gillis. Een smerige, harde brits die naar oud zweet, oud braaksel en oude verschrikkingen stonk. Eve vroeg zich af hoeveel vrouwen op die brits hadden geslapen en gehuild en hun snikken hadden gesmoord. Door de deur hoorde ze vaag geschreeuw en één keer schel gelach, maar er was geen cipier die op iets reageerde. Nadat de cellen in Siegburg 's avonds eenmaal waren gesloten, ontdekte Eve al snel, werden ze pas de volgende ochtend weer geopend. Een vrouw kon langzaam liggen te sterven van de koorts of door bloedvergiftiging, het uit liggen te schreeuwen van de pijn vanwege een gebroken bot of vanwege barensweeën... de deur ging pas bij zonsopgang open. Zo kwamen veel vrouwen aan hun einde. En dat, dacht Eve gelaten, was ook precies de bedoeling.

Ze kon niet op die smerige brits gaan liggen. Ze kroop in een hoek op de stenen, rilde van de kou en wachtte tot het ochtend werd. De ochtend kwam in het gezelschap van een cipier met een onverbiddelijk gezicht, die binnenstapte met een stapeltje kleren – ruwe blauwe kousen, een vuile witte jurk met een groot kruis voor gevangenen op de borst – en zo begon de eindeloze reeks dagen in gevangenschap.

Honger. Koude. Luizen. Klappen van de bewaaksters. Het dagelijkse werk: naaiwerk met geprikte vingers, grendels polijsten met schuurmiddelen, metalen hoedjes in elkaar schuiven. Gefluisterde gesprekken met de andere vrouwen: was het waar dat er een slag had plaatsgevonden bij Mont Sorrel? Bij de Somme? Was het waar dat de Engelsen La Boisselle hadden ingenomen? Contalmaison? De gevangenen snakten niet zozeer naar voedsel, maar naar nieuws. Van de cipiers hoorden ze alleen dat de Duitsers de ene na de andere zege behaalden.

'Leugenaars,' zei Lili snuivend. 'Wat een leugenaars! Ze weten best dat ze aan het verliezen zijn. We hoeven alleen maar vol te houden.'

Volhouden, dacht Eve. Er kroop een jaar voorbij: nog meer vuilgrijze dagen, nog meer klappen, nog meer luizen, nog meer geschreeuw in de nacht. Lili's kalme vertrouwen, dat zelfs sterker werd terwijl haar lichaam tot op het bot vermagerde. Droomloze zwarte nachten op de stinkende brits. Vrouwen dood zien zweten door de gele koorts of vermalen zien worden tussen de molenstenen van koude en honger. Ze naar de ziekenboeg zien strompelen, die enorme zaal met de lelijke groene kamerschermen die naar poep en bloed stonk; sommige vrouwen spraken over het lazaret, andere noemden het gewoon de hel. Je ging niet naar de ziekenboeg om behandeld te worden, je ging ernaartoe om te sterven. De Duitsers hoefden geen kogels aan hun vrouwelijke gevangenen te verspillen wanneer ze verwaarlozing en ziekte het werk konden laten doen. Een uitstekende strategie, dacht Eve. Vrouwen die in een ziekenhuisbed overleden, leidden tot minder internationale verontwaardiging dan vrouwen die stierven voor het vuurpeloton.

En wat een vrouwen waren het. Identieke skeletten met hetzelfde gevangenenkruis, *fleurs du mal* met smerig haar en holle ogen: de temperamentvolle Louise Thuliez, die soldaten over de grens had gesmokkeld voor Edith Cavell; de Belgische Madame Ramet, wier zoon was doodgeschoten en die tegelijk met haar twee dochters in de gevangenis was beland; de stoïcijnse prinses van Croy, die een spionagenetwerk in België had opgezet… Voor Siegburg had Eve nooit geweten hoeveel vrouwen alles op het spel hadden gezet voor de oorlog. Zelfs nu gingen ze op hun eigen manier verder met de strijd.

'Volgens Madame Blankaert zijn de kleine metalen hoedjes die we in elkaar moesten schuiven granaatkoppen,' fluisterde Lili. 'Moeten we daar niet iets aan doen?'

'Lili,' zei Violette vermoeid, 'daag ze nou niet uit.'

'*Ta gueule*. Het is toch onvoorstelbaar dat we munitie moeten produceren die tegen onze landgenoten wordt gebruikt!' En de volgende dag werden de volgende woorden gebruld: 'In naam van Engeland, Frankrijk en alle bondgenoten roep ik mijn medegevangenen op om te weigeren mee te werken aan het vervaardigen van munitie. Duitsland heeft niet het recht om van ons te eisen dat we meewerken aan de vernietiging van ons vaderland, om ons te dwingen het wapentuig te maken dat zal worden ingezet in de strijd tegen onze vaders, onze broers, onze echtgenoten, onze zonen. We gaan hier allemaal moedig verder met onze strijd voor onze koning, onze vlag, ons vaderland...'

En in heel Siegburg waren de vrouwelijke skeletten met de grauwe gezichten opeens tot leven gekomen en als Walkuren aan het schreeuwen, zelfs toen ze uiteen werden gejaagd door duwende, slaande en brullende bewakers. Eve gilde tot ze pijn in haar keel kreeg, zelfs nog toen ze een gebalde vuist tegen haar kaak voelde en haar hoofd achteroversloeg. Heel even was de wereld helder, met schreeuwerige kleuren en niet meer dofgrijs. Eve bleef gillen tot ze weer in haar cel werd gesmeten, en Lili bleef zelfs lachen toen de bewaaksters haar en Madame Blankaert meesleepten naar de isoleercellen omdat ze hun medegevangenen hadden opgestookt. 'Dat was het wel waard,' zei ze toen ze een maand later eindelijk uit de isoleercel kwam.

Daar was Eve niet van overtuigd; Lili was nu echt vel over been, zo ijl als een schim. Eve legde haar deken over de schouders van de andere vrouw. Volhouden. We hoeven alleen maar vol te houden.

Nog een eindeloos, grauw jaar. De ijskoude lente kwam laat in 1918 en bracht een voorzichtige hoop die dwarrelend zijn weg vond onder de gevangenen. 'De moffen zijn aan het verliezen,' werd in de loop van het jaar steeds vaker gefluisterd. 'Ze zijn verslagen, moeten zich overal aan het front terugtrekken...' Het waren niet alleen de geruchten die de gevangenis binnenkwamen, geruchten over Engelse zeges en Franse veroveringen van Duits grondgebied. Iedereen zag dat de bewakers de schouders lieten hangen, hoorde dat de Duitsers steeds wanhopiger klonken wanneer ze een overwinning bekendmaakten. Het hing in de lucht: er zou misschien ten langen leste een einde komen aan die zich bloederig voortslepende oorlog.

Was er maar eerder een einde aan gekomen, zou Eve later denken wanneer ze gedurende de lange nachten langs de loop van de Luger keek. Was er nou maar een paar maanden eerder een einde aan gekomen.

September 1918

'Dank je dat je bent gekomen, margrietje.'

Lili lag in de koude ziekenboeg en was zo uitgemergeld dat ze nauwelijks een indruk achterliet onder de groezelige lakens. Eve zat rillend op de rand van het bed in haar gevangenisjurk. Ze zou met de andere vrouwen moeten werken, maar kortgeleden was er een tyfusepidemie uitgebroken, en toen Eve had gemeld dat ze zich koortsig voelde en hoofdpijn had, hadden ze haar snel naar de ziekenboeg gestuurd. Daardoor kon ze makkelijk uit bed glippen en langsgaan bij Lili. 'Hoe voel je je?' vroeg ze met grote moeite.

'Niet zo slecht.' Lili gaf een klopje op haar zij: ze had nu al een tijdje een pleuraal empyeem tussen twee ribben, maar had er niet te zwaar aan getild. 'De chirurg zal het ding wel opensnijden, en dan heb ik nergens last meer van.' De operatie zou om vier uur 's middags plaatsvinden. Dat was al snel.

'Komt er een chirurg uit Bonn?' Eve probeerde haar angst te onderdrukken. Het opensnijden van een empyeem was een kleine chirurgische ingreep. Maar in dit onderbemande hellegat, bij een uitgemergelde vrouw...

Lili is niet bang, bracht Eve zich in herinnering. Dan moet jij ook niet bang zijn...

Maar misschien was Lili wel bang, want ze keek Eve ernstig aan. Haar levendige ogen lagen diep verzonken in haar hoofd, dat niet veel meer dan een schedel was. 'Pas jij een beetje op Violette als ik...' Een veelbetekenend schouderophalen.

'Je wordt weer helemaal beter.' Eve had haar onderbroken voordat ze kon verdergaan. 'Je moet beter worden.'

Dat hield haar al twee jaar overeind. Evelyn Gardiner had haar vriendinnen verraden, was gebroken en had ervoor gezorgd dat ze in deze smerige gevangenis waren beland. Als het haar zou lukken om ze er heelhuids weer uit te krijgen, zou dat verraad misschien niet helemaal worden vergeven, maar wel voor een deel kunnen worden vergeten. Dat dacht ze elke dag wanneer ze de helft van haar brood in Lili's handen stopte en haar dekens aan Violette gaf, ook al nam Violette haar nog steeds met een ijzige blik op. Zorg dat ze het overleven, en dan heb je boete gedaan.

En dat was haar nu bijna gelukt; deze oorlog kon onmogelijk veel langer duren. We zijn er bijna. Bijna thuis.

Misschien zag Lili iets van die wanhoop in Eves ogen, want ze stak haar hand uit en legde haar uitgemergelde vingers op de mismaakte hand van Eve. 'Zorg goed voor jezelf, margrietje. Als ik er niet ben om ervoor te zorgen dat je niet in de problemen komt –'

'Dat moet je niet zeggen.' Eve pakte Lili's hand steviger beet en voelde hoe de paniek haar bij de keel greep. Ze mocht Lili niet verliezen, niet vanwege een abces. Niet nu. Niet na meer dan twee jaar gevangenschap, niet nu het einde in zicht was. 'Het is maar een kleine ingreep. Natuurlijk overleef je het!'

Lili's stem klonk kalm. 'Maar de Duitsers hebben er geen enkel belang bij dat ik het overleef, *ma petite*.'

Eve kreeg tranen in haar ogen, omdat ze dat niet kon ontkennen: de beambten in Siegburg haatten elke vezel van Lili's opstandige lichaam en deden geen enkele moeite om dat te verhullen. 'Je had die staking niet moeten leiden, of...'

Of wat? Voor moeilijkheden moeten zorgen vanaf het moment dat ze door de poort van Siegburg was gekomen? Plannen moeten maken voor ingewikkelde ontsnappingen, de moed erin moeten houden met grappen en verhalen? Als Lili zo iemand was geweest die met een gebogen hoofd door het leven was gegaan, zou ze ook niet aan het hoofd hebben gestaan van het efficiëntste spionagenetwerk van Frankrijk.

'Je wordt weer helemaal beter,' herhaalde Eve koppig, en ze wilde nog meer zeggen, maar er verschenen twee bewakers.

'Opstaan, Bettignies. De chirurg is gearriveerd.'

Lili kon nauwelijks staan. Eve sloeg een arm om haar schouders en hielp haar overeind. Ze droeg een vormeloos vaatdoekkleurig schort en ze trok een gezicht. '*Quelle horreur!* Wat zou ik wel niet overhebben voor iets van roze moiré!'

'En een bedenkelijke hoed?' kon Eve nog uitbrengen.

'Ik neem genoegen met bedenkelijke zeep. Mijn haar is zo smerig.'

Eve kreeg een brok in haar keel. 'Lili –'

'Wil je voor me bidden wanneer ik daar ben?' Ze wees met haar kin in de richting van de operatiekamer. 'Ik voel me gesteund wanneer mensen voor me bidden. Ik heb al een brief geschreven aan mijn oude moeder-overste in Anderlecht, maar jouw gebeden zullen ook wel helpen, Evelyn Gardiner.'

Het was de eerste keer dat Lili Eve bij haar echte naam noemde. Zelfs na het proces hadden ze elkaar nog met hun schuilnamen aangesproken. Die voelden als hun echte naam. 'Ik kan niet voor je bidden,' fluisterde Eve. 'Ik geloof niet meer in God.'

'Maar ik wel.' Lili kuste de rozenkrans die ze om haar vingers had gewikkeld en bleef die vasthouden toen de bewakers haar bij de ellebogen pakten.

Daarom knikte Eve houterig. 'Dan zal ik voor je bidden,' zei ze. 'En dan zie ik je over een paar uur weer. Echt.'

Ze sleurden Lili de ziekenboeg uit, en Eve ging achter hen aan. Er kwam een verpleegster uit de operatiekamer aan het einde van de gang en even ving Eve een glimp op van de chirurg uit Bonn, die een sigaret stond te roken. Het was er merkwaardig rustig, zag Eve; niemand was instrumenten aan het steriliseren, niemand was voorbereidingen aan het treffen met ether of chloroform…

Lili, dacht ze in een vlaag van afschuw. Lili, ga daar niet naar binnen…

Ze hoorde Lili's heldere stem een weesgegroetje zeggen: 'Bid voor ons, zondaars, nu en in het uur van onze dood…'

De gang stond vol met vrouwen. Louise Thuliez, de prinses van Croy, Violette… alle *fleurs du mal* die even hadden kunnen wegglippen van hun werk, allemaal angstige blikken en geprevelde gebeden voor de koningin der spionnen. De twee bewakers stampten door de gang en sleurden Lili mee. Haar stem brak terwijl ze haar gebeden opzei. Eve dacht even dat Lili eindelijk zou breken, dat ze zou instorten en in huilen zou uitbarsten en naar de operatietafel zou moeten worden gedragen.

Nee. Ze rechtte haar rug tussen de bewakers, hief haar kin ondeugend en liet haar blik langs de rij vriendinnen gaan. Het doffe licht streek over haar haar, dat in vale, blonde vlechten om haar hoofd was gewikkeld en wel een kroon leek. '*Mes amies*,' zei ze, en terwijl ze langs Violette kwam, duwde ze de rozenkrans in haar trillende handen. '*Je vous aime…*'

En toen liep ze weg, zo klein als een kind tussen de twee bewakers, en ze leek bijna te zweven, zo lichtvoetig en luchthartig liep ze naar de operatiekamer. Eve merkte hoe haar hart zwak en zwaarmoedig klopte, als een trom. Lili…

Vlak voordat ze verdween, keek Lili nog een laatste keer snel en ondeugend om. Ze blies een handkus naar de *fleurs du mal*, en die raakte Eve als een klap. Toen was Lili verdwenen in de operatiekamer, maar haar stem zweefde nog steeds naar buiten, opgewekt en sereen.

'Dan bent u vast de chirurg. Ik vroeg me af of ik wat chloroform zou kunnen krijgen, want het was werkelijk een ongekende rotdag.'

Dat was het moment waarop Eve knikkende knieën kreeg. Dat was het moment waarop Eve het wist.

'Ze wordt vast weer beter,' zei Louise Thuliez. 'Er is meer voor nodig dan een longabces om Lili eronder te krijgen…'

'Het stelt niets voor…'

Nog meer instemmend gemompel, geruststellende opmerkingen terwijl ze allemaal bezorgd keken. Violette pakte de rozenkrans zo stevig beet dat de kralen in haar vingers sneden. 'Binnen een week is ze weer op de been. Binnen een week…'

Maar Violette was de daaropvolgende vier uur niet in de ziekenboeg, en Eve wel. De bewakers joegen de gevangenen weg, maar Eve stond nog onder controle voor de symptomen van tyfus. Slechts een gang en een gesloten deur scheidden haar van het gekreun en het gejammer en het verstikte geschreeuw. De geluiden van een vrouw die werd geopereerd zonder ether, zonder chloroform, zonder morfine. Eve zat ineengedoken op haar bed, voelde al haar koppige hoop uit zich wegsijpelen en begon zo hard te snikken dat ze het geluid van Lili's doodsstrijd bijna overstemde, maar niet helemaal. Eve hoorde alles, van het begin tot het einde. Tegen de ochtend was ze uitgesnikt en was ze haar stem kwijt.

En ook Lili.

Fragment uit *La Guerre des femmes, Histoire de Louise de Bettignies et de ses compagnes* van Antoine Redier, zoals aan hem overgeleverd door zijn vrouw Léonie Vanhoutte, schuilnaam Violette Lameron:

Ze is gestorven zoals ze heeft geleefd, als een soldaat.

Hoofdstuk 35

Charlie

Juni 1947

Ik was intens bedroefd.

Ik had zo gehoopt dat de koningin der spionnen nog in leven was, dat we haar net als Violette tijdens deze reis konden ontmoeten. Een vrouw die ondertussen wel grijs haar zou hebben, maar nog steeds frêle, elegant en opgewekt was. Iemand die ik dolgraag had willen leren kennen, maar die nooit de kans had gekregen om oud te worden.

Eve, wilde ik zeggen tegen de gestalte die ineengedoken op de achterbank zat, ik leef zo met je mee; maar woorden waren alleen maar lucht en volkomen nutteloos na zo'n verhaal. Finn had de Lagonda twintig minuten eerder langs de kant van de weg stilgezet zodat hij ook goed kon luisteren, en nu zaten we daar in de zomerse stilte te zwijgen.

Ik wilde Eves knoestige handen pakken toen ze ze eindelijk liet zakken, maar ze nam meteen weer het woord. Ze zag er bleek en afgetakeld uit in het meedogenloze zonlicht. 'Dat was het. Nu weten jullie alles. Lili is de afschuwelijkste dood gestorven die een moedige vrouw ooit heeft moeten ondergaan. En dat was allemaal mijn schuld. Door mij is ze tussen die muren beland, en het is me niet gelukt om haar eruit te krijgen.'

Ik wilde het in alle hevigheid ontkennen. Nee. Nee, het is niet jouw schuld. Dat mag je niet denken. Dat dacht ze echter wel, en ik kon zeggen wat ik wilde, maar zou nooit iets aan haar zelfhaat kunnen veranderen. Zoveel wist ik wel van Evelyn Gardiner. Ik kon er nog zo naar verlangen om breuken te herstellen, ik kon niets doen om Eve weer heel te maken.

Of misschien toch wel?

Ze veegde met een misvormde hand over haar mond; ze trilden allebei. 'Ga nou maar rijden, Schot,' zei ze schor. 'We komen nooit in Grenoble als we langs de kant van de weg blijven staan.'

Finn reed weer de weg op, en we bleven de rest van de lange rit zwijgen, uitgeput door het naargeestige, wrange einde van Eves biecht. Eve zat met gesloten ogen achterin. Finn reed als een chauffeur, keek recht voor zich uit en zei alleen iets wanneer hij om een wegenkaart vroeg. En ik zat in stilte een idee van alle kanten te bekijken.

Een mooie stad, Grenoble: smalle huizen en mooie kerkjes en de traag meanderende riviertjes de Drac en de Isère, met op de achtergrond de verre, in wolken gehulde Alpen. Weer een *auberge*, en Finn hielp Eve de trap op met de bagage terwijl hij mij over zijn schouder even aankeek.

'Ik moet nog iemand bellen,' zei ik, en hij dacht waarschijnlijk dat ik mijn familie wilde spreken. Maar het telefoontje dat ik de receptionist liet doorverbinden, na een lang gesprek met de Franse telefoniste, was niet naar de Verenigde Staten. Het was naar een porseleinwinkel in Roubaix, waarvan ik de naam gelukkig had onthouden.

'Allo?' Ik had haar maar één keer ontmoet, maar ik herkende haar stem onmiddellijk. Ik stelde me voor dat ze haar hoofd schuin hield en haar brillenglazen het licht liet weerkaatsen.

'Violette Lameron?' vroeg ik.

Een lange stilte. 'Met wie spreek ik?'

'Charlotte St. Clair, *madame*. U hebt me onlangs gezien toen ik met Eve Gardiner bij u in de winkel was – u kent haar als Marguerite le François. Hangt u alstublieft niet op.' Ze stond op het punt om dat te doen, dat hoorde ik aan de gejaagde ademhaling aan de andere kant van de lijn.

'Wat wilt u van me?' Haar stem klonk opeens aanmerkelijk killer. 'Ik zou die judas nog niet uit een brandend huis redden, dus als ik iets voor haar moet doen...'

Ik onderdrukte mijn opkomende woede, de neiging om te snauwen dat het niet allemaal Eves schuld was. De neiging om te vragen hoelang zij het zou hebben volgehouden wanneer ze opium toegediend had gekregen en haar tien vingers waren gebroken. Maar Violette was al evenzeer overtuigd van Eves schuld als Eve zelf, en ik kon zeggen wat ik wilde, maar ik zou haar nooit tot een ander inzicht brengen. Dat kon alleen met feiten, en voor die feiten had ik Violette nodig.

'Iemand moet naar de verslagen kijken van het proces waarbij u en Eve en Lili zijn veroordeeld.' Ik begon zachter te praten en keerde de nieuwsgierige receptionist de rug toe. 'Volgens mij is daar ergens een leugen in verborgen.'

Dat had ik meteen al gedacht toen ik hoorde over het bewijsmateriaal op grond waarvan Lili was veroordeeld. Iets klopte daar niet helemaal. Los x op.

Violette klonk nogal minachtend. 'U bent gewoon een of andere onwetende Amerikaanse. Wat weet u nou van de verslagen van een Europees proces dat dertig jaar geleden heeft plaatsgevonden?'

Ik wist veel meer dan ze dacht. Al die zomers op het kantoor van mijn vader, dat gespecialiseerd was in internationaal recht: ik had Franse en Duitse wetteksten geïndexeerd en geannoteerd, ik had papieren gearchiveerd, ik had geluisterd wanneer mijn vader tijdens het eten over het Europese en het Amerikaanse rechtssysteem zat te oreren... 'Een proces tegen drie spionnen midden in de oorlog moet wel goed gedocumenteerd zijn geweest,' zei ik tegen Violette. 'Jullie waren heldinnen. Jullie waren beroemd. Duitse officieren, Franse kranten, Belgische klerken en Engelse diplomaten waren die dag een en al aandacht; het hele proces moet zijn vastgelegd, al was het alleen maar zodat ze later konden bewijzen dat het allemaal keurig was verlopen. Als er ergens een leugen verscholen is, kan die zo gevonden worden, daarvoor hoef je alleen maar een blik op de verslagen te werpen. Wilt u me helpen?'

'Welke leugen?' vroeg Violette, wier stem ongewild opeens was aangescherpt door de nieuwsgierigheid.

Hebbes, dacht ik. En ik vertelde het haar.

Er viel een nog langere stilte. 'Waarom vraagt u dat aan mij? U kent me helemaal niet, *mademoiselle*.'

'Ik weet wat u kunt, omdat Eve me alles over u heeft verteld. U stopt pas wanneer u de waarheid hebt weten te achterhalen. Ik weet niet of de procesverslagen na al die tijd openbaar zijn of vertrouwelijk, maar als ze vertrouwelijk zijn, krijgt u veel sneller het recht op inzage dan ik, denk ik. Omdat u die dag terecht hebt gestaan en kunt aanvoeren dat u het recht hebt om het hele verhaal te kennen. En u kent het hele verhaal niet, en Eve ook niet, omdat jullie de beraadslagingen niet hebben gehoord.' Ik smeerde haar wat stroop om de mond, want dat kon waarschijnlijk geen kwaad. 'U bent een oorlogsheldin, *madame*. Er zijn vast nog wel ergens machtige mensen die respect voor u hebben, die u nog een gunst verschuldigd zijn, die voor u aan wat touwtjes willen trekken. U vindt vast wel een manier om die gegevens te achterhalen, als die er zijn.'

'En wat doe ik als ik ze inderdaad vind?'

'Dan moet u me dat gewoon vertellen. Vertelt u het me alstublieft als ik gelijk heb.'

Ze was zo lang stil dat ik bang was dat de verbinding was verbroken. Ik stond daar met een droge mond aan de balie. Alstublieft, smeekte ik in stilte.

Toen ze eindelijk sprak, klonk Violette verbaasd, maar ook gretig, alsof de spion die onder de respectabele middenstander verscholen zat voor het eerst in jaren haar ogen had geopend. Dat deel stierf nooit, niet in vrouwen als Eve en Violette. 'Waar kan ik u bereiken, Mademoiselle St. Clair, als ik iets heb gevonden?'

Ik beloofde dat ik haar de volgende dag zou bellen vanuit Grasse om haar de naam van ons hotel door te geven en hing op met een trillerig gevoel. Ik had een lijntje uitgegooid, en nu kon ik alleen maar wachten tot ik beet had. Toen ik naar boven liep, vroeg ik me af of ik Eve moest vertellen wat ik had gedaan, maar ik beantwoordde mijn eigen vraag met een ferm nee. Ze had er zo breekbaar uitgezien in de auto, zo frêle, alsof ze bij de eerste de beste klap in elkaar zou kunnen zakken. Ik zou haar geen hoop geven voordat ik iets in handen had waarmee ik die hoop zou kunnen rechtvaardigen.

Toen ik de stilte van mijn mooie kleine kamertje binnenstapte, gooide ik de luiken open en keek naar de zonsondergang. Beneden wandelden stelletjes arm in arm, en ik herinnerde me hoe Rose en ik lacherig zeiden dat we op een dag oud genoeg zouden zijn om samen met jongens af te spreken. Ik zag een lange blondine die hand in hand liep met een lachende jongen, maar mijn verbeelding deed geen stugge pogingen meer om Rose' gezicht op het hare te plakken. Ze was gewoon een meisje, iemand die ik niet kende. De hallucinatoire flitsen waarin ik Rose overal zag waar ik keek, leken te zijn gestopt sinds Oradour-sur-Glane. Kom terug, dacht ik toen ik naar de mensen keek. Kom terug, Rosie… Maar natuurlijk kwam ze niet terug. Ze was dood, net als mijn broer.

Er klonk een klop op de deur. Ik dacht dat het Eve was, die me kwam vertellen wat we zouden gaan doen zodra we in Grasse waren aangekomen, maar het was Finn. Hij zag er anders uit en het duurde even voordat ik er de vinger op kon leggen. Hij had zich geschoren, een jasje aangetrokken (versleten bij de ellebogen, maar in een mooie kleur donkerblauw) en zijn schoenen glanzend gepoetst.

'We gaan uit eten,' zei hij zonder inleiding.

'Ik dacht al dat Eve vanavond niet naar beneden zou komen om te eten. Volgens mij wil ze weer een whiskydiner.' Als ze alles maar zo snel mogelijk kon vergeten. Nu ik wist hoe Lili was gestorven en hoezeer dat haar obsedeerde, begreep ik het allemaal een stuk beter.

'Gardiner is helemaal klaar voor de nacht.' Finn klopte op zijn zak, waarin Eves nachtelijke kogels rinkelden. 'Alleen wij tweeën. We gaan uit eten, Charlie.'

Door iets in zijn toon rechtte ik mijn rug. Hij had zich verkleed, en daaruit maakte ik op dat hij iets anders bedoelde dan een snelle maaltijd in het dichtstbijzijnde café. 'Is dit een… is dit een afspraakje?' vroeg ik, en ik deed mijn best om geen hand door mijn warrige haar te halen.

'Ja.' Hij keek me strak aan. 'Zo pakt een man dat aan wanneer hij een jongedame leuk vindt. Hij trekt een jasje aan. Poetst zijn schoenen. En vraagt haar mee uit eten.'

'De mannen die ik ken, doen dat niet. Niet nadat we al…' Ik zag weer voor me wat we de vorige avond in de auto hadden gedaan, de beslagen ruiten en ons gesteun.

'Je hebt nu eenmaal alleen ervaring met jongens en niet met mannen.'

Ik trok een wenkbrauw op. 'Spreekt de stem van de wijsheid daar uit de mond van een man die nog geen dertig is?'

'Volgens mij is het geen kwestie van leeftijd. Er zijn jongens van vijftig en mannen van vijftien. Het gaat om hun daden, niet om hun leeftijd.' Hij zweeg even. 'Een jongen maakt een meisje zwanger en maakt zich uit de voeten zonder iets op te lossen. Wanneer een man een fout maakt, lost hij het op. Hij biedt zijn verontschuldigingen aan.'

'Dus je hebt spijt van wat er is gebeurd.' Ik herinnerde me hoe hij de vorige avond was geweest, hoe hij mijn naakte rug had omvat met zijn handen en nauwelijks verstaanbaar had gezegd: *Dit was niet hoe ik me de eerste keer had voorgesteld.* Ik voelde een steek in mijn hart. Ik had er helemaal geen spijt van.

'Nee, helemaal niet.' Zijn stem klonk vlak. 'Ik vind het alleen jammer dat het niet iets... tederder was. Dat het gebeurde nadat ik in de kroeg had gevochten en jouw lip beurs had geslagen, en niet na een afspraakje. Dat is geen manier om iets met een jongedame zoals jij te beginnen, en ik vind je wel leuk, Charlie. Je bent de slimste vrouw die ik ken, een klein rekenmachientje in een zwart jurkje, en dat bevalt me wel. Je hebt een scherpe tong, en dat bevalt me ook wel. Je probeert iedereen te redden die je tegenkomt, van je nicht tot je broer tot hopeloze gevallen zoals Gardiner en ik, en dat bevalt me nog het meest van alles. Dus kom ik mijn verontschuldigingen aanbieden. En je mee uit eten vragen. Ik heb een jasje aangetrokken.' Een korte stilte. 'Ik haat jasjes.'

Ik verzette me tegen de glimlach die zich over mijn gezicht verspreidde, maar dat lukte niet. Hij antwoordde met een glimlach die verscholen ging in de rimpeltjes om zijn ogen, en daardoor kreeg ik knikkende knieën. Ik schraapte mijn keel, trok even aan mijn gestreepte truitje en zei: 'Geef me tien minuten om iets anders aan te trekken.'

'Afgesproken.' Hij trok de deur achter zich dicht. Even later hoorde ik zijn stem door de deur.

'Zou je weer dat zwarte jurkje willen aantrekken?'

'Ik heb niet gezegd dat het een chic diner zou worden,' zei hij. We leunden over de stenen balustrade van een oude brug over de Isère en aten samen een broodje. Finn had ze bij een café in de buurt van de place Saint-André gekocht en we aten ze direct uit de papieren verpakking. 'Ik zit een beetje krap bij kas.'

'In een chic restaurant zouden we nooit zo'n mooi uitzicht hebben.' Een donkere avond met een mooie sterrenhemel, het stromende water waarin het maanlicht werd weerkaatst en het geroezemoes en de drukte van de stad om ons heen.

'Wat is je lievelingseten?' vroeg Finn opeens.

Ik lachte. 'Hoezo?'

'Omdat ik dat helemaal niet weet. Er zijn een heleboel dingen die ik niet van je weet, Miss St. Clair.' Hij stak zijn hand uit en veegde een kruimel van mijn lip. 'En zulke vragen hoor je bij een eerste afspraakje te stellen. Dus daarom: wat is je lievelingseten?'

'Vroeger hamburgers. Uien, sla, een klodder mosterd, geen kaas. Maar sinds het Rozenknopje hier...' Ik gaf een klopje op mijn buik. '...is het bacon. Knapperig gebakken, een klein beetje aangebrand. Als ik zo blijf eten, is er geen varken meer in leven tegen de tijd dat die kleine hier geboren is. En jouw lievelinsgseten, Mr. Kilgore?'

'Fish-and-chips van een fatsoenlijke *chippy*, met veel azijn. Lievelingskleur?'

Ik keek naar zijn jasje, waardoor zijn haren donkerder leken en zijn schouders breder. 'Blauw.'

'De mijne ook. Het laatste boek dat je hebt gelezen?'

We vertelden elkaar van alles, allebei een beetje lacherig, en genoten. Finn vroeg me hoe het op de universiteit was, en ik vertelde hem over Bennington en de colleges algebra. Ik vroeg hem hoe het kwam dat hij zoveel verstand had van auto's, en hij vertelde dat hij al op zijn elfde in de garage van zijn oom was begonnen. De kleine dingen, de dingen die je elkaar vertelt om elkaar beter te leren kennen. Normaal gesproken zouden we dat soort gesprekken eerder hebben gevoerd, voordat we halfnaakt op de achterbank van een cabriolet waren beland, maar we hadden het allemaal achterstevoren gedaan.

'Wat zou je kopen als je tienduizend pond had?'

'Ik zou de parels van mijn grootmoeder terugkopen. Ik hou echt van die parels. En jij?'

'Een Bentley Mark VI uit '46,' antwoordde Finn onmiddellijk. 'De eerste auto die gemaakt is door Bentley en Rolls... Die is zo mooi. Maar als ik tienduizend pond heb, kan ik me misschien ook wel een Ferrari 125 S veroorloven. Die auto is net gedebuteerd op het circuit van Piacenza en heeft zes van de dertien races gewonnen...'

Hij begon over de V12-motor te vertellen, en het was bijzonder innemend. Ik zou absoluut niet kunnen zeggen waarom het innemend was; toen Trevor Preston-Greene na het college Engelse letterkunde een milkshake voor me had gekocht en een uur lang over zijn Chevrolet Stylemaster had zitten opscheppen, had ik zin gekregen om mijn chocolademilkshake over zijn hoofd te gooien. Maar nu was ik helemaal vertederd terwijl Finn me alles vertelde over de De Dion-as. 'Moet je mij nou horen raaskallen,' zei hij uiteindelijk toen hij me zag glimlachen.

'Ja,' zei ik. 'Ik verveel me dood. Vertel eens meer over de versnellingsbak met vijf versnellingen.'

'Daardoor doet een auto vroem,' zei hij met een stalen gezicht. 'Jouw beurt om over iets saais te leuteren.'

'De stelling van Pythagoras,' zei ik om iets makkelijks te kiezen. 'A kwadraat plus B kwadraat is C kwadraat. Dat betekent dat in een rechthoekige driehoek de som van de kwadraten van de lengten van de rechthoekszijden gelijk is aan het kwadraat van de lengte van de schuine zijde...' Finn deed alsof hij de haren uit zijn hoofd trok. 'Echt, simpele euclidische geometrie is geen reden om te wanhopen!'

We lachten en gooiden onze broodkorsten naar de ganzen die onder ons stonden te gakken. Daarna leunden we gewoon tegen de stenen en staarden we in een geruststellende stilte naar het water. Ik was het niet gewend dat er tijdens afspraakjes stiltes konden vallen. Meisjes werden geacht het gesprek gaande te houden en niet saai over te komen. *Zeg interessante dingen! Je moet levendig zijn! Anders vraagt hij je niet nog een keer uit!* Maar de stilte die nu viel, was even geruststellend als het geklets.

Hij was degene die de stilte verbrak. Met bedachtzame stem vroeg hij: 'Denk je dat Gardiner gelijk heeft en dat Bordelon gewoon in Grasse zit te wachten tot hij wordt gevonden? Of is ze van het padje?'

Ik aarzelde, omdat ik de werkelijkheid niet in deze kalme vredigheid wilde laten binnendringen. 'Het lijkt me niet erg waarschijnlijk, maar ze heeft het meestal wel bij het rechte eind.' Ik stelde een vraag die al eerder in me was opgekomen. 'Wat gebeurt er als we hem vinden? Wat is Eve dan van plan?'

'Als ze kan bewijzen dat hij de René du Malassis uit Limoges is die met de nazi's heeft gecollaboreerd, een informant was voor de Milice en een werknemer in de rug heeft geschoten vanwege een diefstal, kan ze hem aangeven.' Finn veegde de laatste kruimels van zijn handen. 'De Gaulle is niet erg vriendelijk voor moordende profiteurs, zelfs niet als ze bejaard zijn. Bordelon zou in de gevangenis verdwijnen, vooral wanneer bewezen kan worden dat hij medeschuldig is aan... aan wat er in

Oradour-sur-Glane is gebeurd. Hij zou zijn reputatie verliezen, zijn vrijheid…'

'Maar neemt Eve daar genoegen mee?'

Finn keek me aan. Ik keek hem aan.

'Nee,' zeiden we tegelijk, en hij legde zijn hand op de mijne op de stenen borstwering van de brug.

'We moeten ervoor zorgen dat ze geen stommiteit begaat, Finn.' Het echte leven was geen film, in de echte wereld kreeg je met allerlei gevolgen te maken wanneer je wraak nam. Gevolgen zoals gevangenisstraf, en Eve had Siegburg misschien wel overleefd, maar ik dacht niet dat ze het aan zou kunnen wanneer ze nu in de gevangenis belandde vanwege geweldpleging of hoe ze het in Frankrijk ook noemden. 'Ik laat haar niet de rest van haar leven verpesten omdat ze die oude klootzak wil vermoorden.'

'Maar het is toch haar leven?' Finn legde zijn hand op de mijne en we verstrengelden langzaam onze vingers. 'Ik ken Gardiner nu al een tijdje. Ik snap wel dat ze alles wil riskeren om iets recht te zetten.'

'Zet je iets recht wanneer je een oude man vermoordt? Daar wil ik niet bij betrokken raken, ook niet als het om een moordenaar gaat die mensen in de rug schiet.' Ik huiverde, deels vanwege het verschrikkelijke idee en deels omdat Finn met zijn duim de rug van mijn hand streelde en me kippenvel bezorgde. 'We moeten ervoor zorgen dat ze niet ontspoort.' Dat zou nog een hele opgave worden.

'Daar houden we ons morgen wel mee bezig.' Finn trok me weg van de balustrade. 'Wil je me iets beloven, Charlie?'

'Wat?'

'Kijk morgen nou niet naar die foto. Geniet maar gewoon van de rit.'

We liepen hand in hand en grotendeels zwijgend terug naar het hotel. Finn opende de deur om me voor te laten gaan en legde zijn vingertoppen op mijn blote rug, net boven de lage V van mijn zwarte jurkje, en ik kreeg weer kippenvel. Hij liep met me mee door de gang naar mijn kamer, formeel, alsof er een vader was die op me zat te wachten en de klok nauwlettend in de gaten hield.

'Ik vond het heel erg leuk,' zei hij plechtig. 'Ik zal je morgen bellen.'

'Jongens bellen nooit.'

'Mannen wel.'

We bleven staan talmen in onze bubbel van geluk, het soort geluk dat net zo makkelijk op melancholie kon liggen als glazuur op een taart. Ik wilde die bubbel niet verlaten. 'Ik ben hier niet zo goed in, Finn,' zei ik ten slotte. Een yank in een zwart jurkje plus een Schot in een jasje, maal een zomeravond en een stel broodjes, gedeeld door een ongemakkelijke stilte en het feit dat de yank zwanger was... ik wist niet wat de uitkomst van die rekensom was. 'Wat nu?'

Hij klonk schor. 'Jij bepaalt wat er nu gebeurt.'

'O.' Ik bleef hem even aankijken en ging toen op het puntje van mijn tenen staan. Onze lippen raakten elkaar, zacht als dwarrelende veren, en ik versmolt met hem toen hij zijn armen om mijn middel sloeg. We zoenden, teder en eindeloos, terwijl Finn me zacht en verlangend tussen de harde deur en zijn harde borstkas duwde en ik blind achter me naar de deurknop graaide. De deur vloog open en we tuimelden zoenend de kamer in, en mijn schoenen belandden boven op zijn jasje, dat hij snel had uitgetrokken. Finn haalde zijn hand uit mijn haar en gooide de deur dicht. Toen tilde hij me op en hield me in de lucht voor nog een zoen, en ik slaakte een gilletje toen hij me vanaf een eindeloze hoogte op het bed gooide. Hij stond even naar me te kijken, en ik kon nauwelijks geloven dat ik zo zenuwachtig was. We hadden dit al eens gedaan, maar niet in een bed, niet met het licht aan...

Hij liet zich steunend vallen en strekte zich lang en behaaglijk boven me uit. 'Zo'n bed,' zei hij brouwend tussen een serie kussen in mijn hals door, 'is een grote verbetering na die achterbank.'

'Ik pas overal makkelijk in,' zei ik terwijl ik aan zijn overhemd trok.

'Omdat je een dwerg bent.' Hij gaf toe aan mijn getrek en liet me zijn overhemd over zijn hoofd uittrekken en duwde me toen weer grinnikend op het bed. 'Niet zo gehaast! Het is niet de bedoeling dat het een sprint wordt...'

'Ik dacht dat je van snelheid hield,' slaagde ik erin te zeggen. In het licht was hij slank en bruin en knap. 'Jij met je auto's met vijf versnellingen...'

'Auto's moeten snel zijn. In bed gaat het langzaam.'

Ik woelde door zijn haar en voelde hoe ik mijn rug kromde toen hij de rits van mijn jurk centimeter voor centimeter naar beneden trok. 'Hoe langzaam?'

‘Heel… heel… erg… langzaam…’ prevelde hij tegen mijn lippen. ‘Wat we nu gaan doen, duurt de hele nacht.’

‘De hele nacht?’ Ik sloeg mijn benen om de zijne heen, keek naar de donkere ogen die zo dicht bij de mijne waren dat onze wimpers elkaar bijna raakten. Ik ben verliefd op je, dacht ik verwonderd, ik ben zo verschrikkelijk verliefd. ‘Je moet morgen helemaal naar Grasse rijden,’ fluisterde ik. ‘Moet je niet slapen?’

‘Slapen?’ Zijn handen woelden zo hard door mijn haar dat het bijna pijn deed, en hij gromde in mijn oor: ‘Hou eens op met dat geklets.’

Hoofdstuk 36

Eve

Maart 1919

Het was Eves eerste stap op Engelse bodem sinds haar carrière als spion was begonnen. Folkestone, waar Cameron haar had staan uitzwaaien toen Eve naar Le Havre voer. Waar hij nu op de pier stond te wachten, gekleed in een jas die om zijn knieën wapperde.

'Miss Gardiner,' zei hij toen ze van de boot stapte. Ze was al een paar maanden eerder vrijgelaten; ze had sinds die tijd vooral in bad gezeten en zich obsessief geschrobd terwijl er regelingen werden getroffen om haar vanuit haar tijdelijke onderkomen in Leuven naar Engeland over te brengen.

'Kapitein Cameron,' antwoordde ze. 'Nee, het is nu majoor Cameron, klopt dat?' Ze keek naar zijn nieuwe onderscheidingstekens. Naast zijn majoorsstrepen op de linkerborst van zijn uniformjas zat nu ook een blauw-rood lintje van de *Distinguished Service Order*. 'Er is me het een en ander ontgaan doordat ik weg was.'

'Ik had gehoopt dat ik je eerder naar Engeland had kunnen laten overbrengen.'

Eve haalde haar schouders op. De vrouwen van Siegburg waren al vrijgelaten voordat de wapenstilstand was getekend. Ze waren uit hun cel gelaten door gevangenispersoneel dat er verslagen uitzag en waren in één grote, huilende, uitgelaten massa naar de treinen gestroomd die hen naar huis zouden vervoeren. Eve zou ook van vreugde hebben gehuild wanneer ze arm in arm met Lili naar de trein was gelopen. Nadat Lili was overleden, kon het haar echter niets meer schelen hoe snel ze uit Siegburg kon vertrekken.

Cameron bekeek haar nu van top tot teen en zag natuurlijk hoezeer ze was veranderd. Eve wist dat ze nog steeds graatmager was en dat haar haar, dat kort was geknipt, zo droog was als stro door de luizenbehandelingen. Ze hield haar handen in haar zakken zodat hij de misvormde knokkels niet kon zien, maar ze wist niet hoe ze haar ogen, die de hele tijd heen en weer schoten, moest verbergen. Eve nam de wereld tegenwoordig met snelle, schichtige blikken in zich op, omdat ze naar alle kanten naar gevaren loerde. Zelfs op de open pier zocht ze bescherming bij de dichtstbijzijnde pijler. Eve registeerde de geschokte blik in Camerons ogen toen hij zag hoezeer ze getekend was door de afgelopen jaren.

Ze waren ook niet vriendelijk voor hem geweest; hij had diepe rimpels om zijn mond, gesprongen adertjes in zijn voorhoofd en grijze plukken bij zijn slapen. Vroeger hield ik van je, dacht Eve, maar het was een wezenloze, bijna betekenisloze gedachte. Voordat Lili was gestorven, had Eve altijd veel gevoeld. Nu voelde ze vooral verdriet, woede en wroeging, die elkaar verslonden als slangen die elkaar in de staart beten. En hoorde ze het onophoudelijke gefluister van haar bloed, dat zei: *Verrader*.

'Ik had een c-c-compleet c-c-circus verwacht,' zei Eve uiteindelijk, knikkend naar de lege pier. Ze was zo'n beetje de enige die van boord was gegaan; nu er een einde aan de oorlog was gekomen, was Folkestone weer een slaperig plaatsje geworden en waren er nergens adjudanten of militaire attachés te bekennen. 'Majoor Allenton heeft contact gezocht en bleef maar doorgaan over een welkomstceremonie.'

Blijkbaar was Evelyn Gardiner nu een oorlogsheldin, net als veel andere vrouwelijke gevangenen; Violette, had Eve gehoord, was groots onthaald toen ze weer in Roubaix was gearriveerd. Eve zou ook feestelijk welkom zijn geheten, als ze er toestemming voor had gegeven. En dat had ze niet gedaan.

'Ik heb Allenton ervan weten te weerhouden een welkomstceremonie te organiseren,' zei Cameron. 'Hij wilde een paar generaals om je te onthalen, een paar journalisten enzovoort. Een fanfare.'

'Gelukkig dat je hem hebt tegengehouden. Ik denk dat ik zijn hoofd met alle genoegen in een tuba had geramd.' Eve hing haar tas over haar schouder en liep weg over de pier.

'Ik had verwacht dat ik je wel in Frankrijk zou ontmoeten.' Cameron kwam naast haar lopen. 'Bij de begrafenis van Louise de Bettignies.'

'Ik wilde ook gaan.' Eve was wel in Keulen gekomen, waar Lili's oorspronkelijke graf zou worden geopend zodat haar lichaam naar haar vaderland kon worden gerepatrieerd, maar ze had haar hotelkamer niet verlaten. Ze was niet naar de ceremonie gegaan, maar had zich bedronken en de kamermeid die haar eten was komen brengen bijna neergeschoten: het was een gedrongen meisje met een vierkant gezicht, en gedurende één angstaanjagende seconde dacht Eve dat ze de Kikker was, die afschuwelijke vrouw in Lille die Eve en Lili had gevisiteerd. Eve werd duizelig wanneer ze eraan dacht, en ze haalde diep adem.

Camerons stem klonk zacht. 'Waarom ben je niet gekomen?'

'Ik k-k-kon het niet aan.' Ze had afscheid genomen van Lili in een gang die naar tyfus en bloed stonk. Ze had er geen behoefte aan om aan een graf te staan en de brommerige lofzangen van Franse generaals aan te horen. Maar dat zei ze niet tegen Cameron. Ze versnelde alleen haar pas, omdat ze hem opeens niet meer in de buurt wilde hebben.

Cameron hield haar bij met zijn lange benen. 'Komt iemand je ophalen? Is er een plek waar je naartoe kunt gaan?'

'Ik vind wel iets.'

Hij greep haar bij haar elleboog. 'Eve. Stop. Laat mij je in vredesnaam helpen.'

Ze worstelde zich los. Hij bedoelde het niet slecht, maar ze verdroeg het niet om te worden aangeraakt. Ze had ontdekt dat er veel dingen waren die ze niet meer kon verdragen nu ze uit de gevangenis was. Open ramen. Menigtes. Open ruimtes zonder hoeken waar ze zich kon verschuilen. Slapen...

'Hou het maar bij "Miss Gardiner", Cameron. Dat lijkt me beter.' Ze ontweek zijn blik en staarde naar de zee. Zijn zachte ogen zouden haar in haar geheel kunnen verzwelgen, en Eve mocht niet weekhartig zijn. Niet nu. 'Vertel me eens,' zei ze. 'In de g-g-gevangenis hoorden we bijna niets over het verloop van de oorlog en nu wil niemand het er meer over hebben. Het laatste bericht van Lili, over het Verdun-offensief.' Keer op keer had Eve zich afgevraagd hoe dat offensief was verlopen. Of ze invloed hadden gehad op het verloop van de oorlog door dat bericht door te geven. 'Hoe hebben ze gereageerd op dat rapport?'

'De Franse bevelhebber heeft je informatie ontvangen.' Cameron keek alsof hij het daarbij wilde laten, maar Eve doorboorde hem met haar blik, en hij vervolgde onwillig: 'Het bericht over het dreigende offensief is doorgekomen, maar er werd geen geloof aan gehecht. De verliezen waren… nu ja. Verschrikkelijk.'

Eve kneep haar ogen dicht en voelde iets naar boven komen in haar keel. Het was een lach of een schreeuw. 'Dus het is allemaal voor niets geweest.' Lili, die haar vrijheid had opgeofferd om het bericht over te brengen. Eve, die was weggeslopen terwijl Cameron lag te slapen en haar eigen leven op het spel had gezet voor die rapporten. Het was allemaal nutteloos gebleken. Met al hun opofferingen hadden Eve en Lili en Violette geen bloedbad kunnen voorkomen. 'Al mijn inspanningen in Frankrijk hebben niets uitgehaald.'

Zijn stem klonk fel. 'Nee. Dat moet je niet denken.' Hij wilde haar bij haar schouders pakken, maar merkte dat ze achteruitdeinsde. 'Het Alice-netwerk heeft honderden levens gered, Eve. Misschien wel duizenden. Het was het beste spionagenetwerk in de oorlog. De andere netwerken in België en Frankrijk waren lang niet zo goed.'

Eve glimlachte vreugdeloos. Wie wilde er nou geprezen worden wanneer vooral de mislukkingen in het oog sprongen, en niet de overwinningen? Die miraculeuze kans in 1915 om de *Kaiser* te vermoorden… mislukt. Het Verdun-offensief voorkomen… mislukt. Het netwerk in stand houden na de arrestatie van Lili… mislukt.

Cameron praatte ondertussen gewoon door. 'Ik weet niet of je de berichten van majoor Allenton hebt gelezen. Volgens hem heb je nooit gereageerd. Maar je hebt deze gekregen. Hij wilde ze je opspelden bij de begrafenis van Louise. Zij heeft postuum dezelfde gekregen.'

Eve weigerde het kistje aan te pakken, en daarom maakte Cameron het na een ongemakkelijke stilte voor haar open. Met een wazige blik zag Eve vier onderscheidingen glinsteren.

'De *Military Medal*, de *Croix de Guerre avec Palmes*, de *Ordre National de la Légion d'Honneur* en de *Medal of the Order of the British Empire*. Toegekend voor je oorlogsinspanningen.'

Blikken speelgoed. Eve haalde eindelijk een hand uit haar zak en sloeg ze trillend tegen de grond. 'Ik wil geen medailles.'

'Dan zal majoor Allenton ze voor je bewaren –'

'Steek ze maar in zijn reet!'

Cameron raapte Eves medailles op en stopte ze weer in het kistje. 'Geloof me, ik wilde de mijne ook niet hebben.'

'Maar je moest ze wel aannemen, want je zit nog steeds in het leger.' Eve stootte een kort lachje uit. 'Het leger wil mij niet meer hebben. Ik heb mijn plicht gedaan en de oorlog is afgelopen, en daarom geven ze me nu een paar stukken blik en zeggen ze dat ik weer mag ophoepelen naar de typekamer. Nou, ze mogen hun stukken blik verdomme houden.'

Ditmaal deinsde Cameron achteruit vanwege haar taalgebruik. Hij sloeg zijn ogen neer, en Eve besefte dat ze haar hand niet in haar zak had gestoken. Zijn ogen gingen van haar vingers naar haar gezicht en vervolgens weer terug, alsof hij het bescheiden, stille meisje zag dat hij naar Frankrijk had gestuurd met haar reistas en haar zachte handen en haar onschuld. Maar ze had de oorlog en marteling en gevangenschap en René Bordelon doorstaan, en nu leek ze helemaal niet meer op dat meisje. Ze was een zielig hoopje vrouw met een grote mond en gehavende handen en was verre van onschuldig. Het is niet jouw schuld, wilde Eve zeggen toen ze hem zo schuldbewust uit zijn ogen zag kijken, maar hij zou haar niet geloven. Ze zuchtte, boog haar verwoeste vingers.

'Je w-w-w... je wist dit toch wel,' zei ze. 'Het stond vast in een of ander verslag.'

'Weten en zien is niet helemaal hetzelfde.' Hij wilde haar gehavende hand pakken, maar deed het toch niet. Daar was ze blij om. Ze wilde hem niet steeds van zich af duwen, dat had hij niet verdiend. Hij zuchtte diep. 'Laten we iets gaan drinken.'

Het was een afschuwelijke kroeg aan de haven, het soort café waar vrouwen met een gruizige stem gin schonken in smerige glazen voor mannen die om tien uur 's ochtends al dronken waren, maar dat was precies wat Eve nodig had: anoniem, goedkoop en zonder ramen, zodat ze niet bang hoefde te zijn dat er opeens iemand achter haar opdook. Na twee glazen gin en een pint bitter begon Eves hart weer iets rustiger te kloppen. Ze was vroeger altijd zo trots geweest op die lage hartslag, die haar door de meeste gevaren wist te loodsen, maar het was alweer heel lang geleden dat ze haar hoofd koel had weten te houden wanneer ze onder druk stond. De laatste keer dat het haar was gelukt, was misschien in de studeerkamer met de groene muren van René Bordelon.

René. Ze nam nog een slok bier en proefde iets van haat. In Siegburg had haar haat bitter gesmaakt, nu was het iets zoets. Omdat ze er nu iets aan kon doen. In de tas bij haar voeten zat een Luger. Niet haar oude Luger met de kras op de loop, het pistool dat René van haar had gestolen, maar deze was ook goed.

Cameron leek dan wel een heer, maar hij sloeg de gin net zo snel achterover als Eve. Hij mompelde: 'Gabrielle.' Toen Eve hem fronsend aankeek, legde hij uit: 'Een andere rekruut. In april 1916 doodgeschoten. Bij elke slok proost ik op een rekruut die ik heb verloren.' Hij tilde zijn glas bier op, zei 'Léon' en nam nog een slok.

'Heb je ook op mij geproost?'

'Nee, alleen op de doden.' Cameron had weer die smeltende blik in zijn ogen. 'Na je proces verwachtte ik elke dag uit Siegburg het bericht te krijgen dat je was overleden.'

'Na Lili is dat ook bijna gebeurd.'

Ze keken elkaar een hele tijd aan, en toen bestelden ze nog een gin. 'Lili.'

Ze zwegen allebei, totdat Cameron opeens over een pensioen voor Eve begon. 'Daar heb je waarschijnlijk meer aan dan aan onderscheidingen. Ik wist dat je geen familie meer hebt, en daarom heb ik een pensioen voor je weten te regelen bij het ministerie van Oorlog. Het is niet veel, maar je kunt ervan rondkomen. Misschien kun je er een huis in Londen mee kopen.'

'Dank je.' Eve wilde geen medailles, maar het pensioen wilde ze wel aannemen. Met haar handen kon ze moeilijk weer gaan typen, en ze moest toch ergens van leven.

Cameron nam haar op. 'Je stottert veel minder.'

'Wanneer je in de gevangenis belandt, kom je er al snel achter dat er veel ergere dingen zijn dan een haperende tong.' Ze nam nog een slok bier. 'En dit helpt wel.'

Hij zette zijn glas neer. 'Eve, als ik je ergens –'

'En wat ga jij nu doen?' Ze had hem snel onderbroken, voordat hij iets had kunnen zeggen waarvan hij spijt zou kunnen krijgen.

'Ze hebben me een tijdje naar Rusland gestuurd, tijdens die opstand die daar is uitgebroken. Siberië. De dingen die ik heb gezien...' Hij staarde even uitdrukkingsloos voor zich uit, en Eve vroeg zich af wat hij zag in de Russische sneeuwstormen in zijn geest. Ze vroeg er niet naar. 'Hierna moet ik naar Ierland,' vervolgde hij. 'Ik word hoofd van een school.'

'Wat voor soort school?'

'Voor mensen zoals jij.'

'Wie z-zit er nou nog te wachten op mensen zoals ik? De oorlog is afgelopen.'

Hij lachte verbitterd. 'Er komt altijd weer een volgende oorlog, Eve.'

Eve wilde niet eens aan een volgende oorlog denken, of aan een generatie nieuwe, welgemoede spionnen die in zijn gapende muil zouden verdwijnen. Maar ze zouden in elk geval een goede leraar hebben. 'Wanneer vertrek je?'

'Binnenkort.'

'Gaat je vrouw mee?'

'Ja, met ons kind.'

'Ik ben blij dat jullie... Ik bedoel, ik weet dat je vrouw een kind wilde.' Wat waren deze plichtplegingen toch vermoeiend; Eve had het gevoel dat ze lag te spartelen onder een rotsblok. 'En hoe hebben jullie het kind –'

Hij zei zacht: 'Evelyn.'

Eve staarde naar het plakkerige tafelblad. 'Waarom niet Lili?' hoorde ze zichzelf vragen. 'Waarom niet Gabrielle, of de naam van een van de anderen? Waarom heb je haar naar mij vernoemd, Cameron?'

'Dat zou je niet vragen als je jezelf zou kunnen zien.'

'Ik kan mezelf wel zien. Ik ben een w-wrak.'

'Jij bent niet kapot te krijgen, Eve. Je hebt een hart van staal.'

Eve haalde diep adem. 'Het sp-spijt me dat ik je heb verraden. Dat ik ben weggelopen toen jij lag te slapen en ben teruggegaan naar Lille, terwijl jij probeerde me tegen te houden.' Ze had een brok in haar keel. 'Het spijt me echt verschrikkelijk.'

'Dat weet ik.'

Eve keek naar de tafel, naar zijn hand die naast haar verminkte vingers lag. Hij bewoog de zijne een beetje en raakte de dichtstbijzijnde vingertop aan met zijn duim.

'Ik wil...' begon Eve, maar daarna zweeg ze. Wat wilde ze eigenlijk? Dat hij niet getrouwd was? Eve was er veel te erg aan toe om de plaats aan zijn zijde in te nemen, als die plaats al leeg was geweest. Dat ze ergens een bed konden vinden en zich er zouden kunnen verschuilen? Eve kon het niet meer verdragen om een kamer met iemand te delen; ze had verschrikkelijke nachtmerries. Dat ze de tijd een paar jaar konden terugzetten? Maar hoever? Voor Siegburg? Lili? De oorlog? 'Ik wil dat je gelukkig bent,' zei ze uiteindelijk.

Cameron tilde niet haar hand naar zijn lippen, zoals vroeger. Hij boog zijn hoofd naar het tafelblad en duwde zijn lippen op haar misvormde knokkels. 'Ik ben een uitgeputte officier en ik heb een heleboel dode rekruten op mijn geweten, Eve. Ik heb het niet meer in me om gelukkig te zijn.'

'Je zou ontslag kunnen nemen uit het leger.'

'Dat kan niet. Want voor hoeveel doden ik ook verantwoordelijk was, er zijn nog altijd veel meer mensen die in Ierland op me wachten voor een opleiding… En ik weet dat ik die beter kan geven dan zo'n klootzak als Allenton.'

Hij was niet slechts een beetje aangeschoten, besefte Eve. Hij had nog nooit een meerdere beledigd.

'Ik kan me nog steeds nuttig maken,' zei Cameron, die zijn best deed om alles zorgvuldig uit te spreken. 'Ik kan naar Ierland gaan en de volgende generatie kanonnenvoer opleiden, dus dat ga ik doen. Ik blijf werken tot ik niet meer kan. En dan ga ik dood, denk ik.'

'Of met pensioen.'

'Mensen zoals wij gaan dood zodra ze met pensioen gaan, Eve. Zo komen we aan ons einde, als de kogels ons tenminste niet te pakken hebben gekregen.' Hij glimlachte verbitterd. 'Kogels, verveling of cognac, zo komen mensen zoals wij aan hun einde, want God weet dat we niet zijn gemaakt voor de vrede.'

'Nee, dat klopt.' Eve boog voorover en drukte op haar beurt haar lippen op zijn hand. En toen bleven ze zitten drinken tot Cameron moest vertrekken omdat hij zijn trein moest halen. Hij verdroeg de drank als een Engelsman. Hij keek wel een beetje glazig uit zijn ogen, maar hij liep in een rechte lijn over de pier.

'Ik ga over een week naar Ierland.' Hij klonk net zo somber als wanneer hij zou hebben aangekondigd dat hij naar de hel ging. 'En waar ga jij naartoe?'

'Naar Frankrijk. Zo snel mogelijk.'

'Wat heb je in Frankrijk te zoeken?'

'Een vijand.' Eve keek op, veegde de droge slierten haar uit haar ogen en voelde het gewicht van het pistool in haar tas. 'René Bordelon, Cameron. Ik zal hem doden, al is dat het allerlaatste wat ik doe.'

Zo kon Eve zich nog nuttig maken, nu de oorlog was afgelopen.

Camerons blik verbaasde haar, een studie in angst en besluiteloosheid. Later zou Eve nog vaker stilstaan bij die blik en beseffen hoe goed hij haar had weten te misleiden. 'Eve,' zei hij uiteindelijk. 'Wist je het niet? René Bordelon is dood.'

Hoofdstuk 37

Charlie

Juni 1947

De dag daarop zette ik me al schrap voor Eves sarcasme, omdat als ze maar even naar ons keek het haar onmogelijk kon ontgaan wat er tussen Finn en mij was voorgevallen. We hadden allebei dikke ogen vanwege het slaapgebrek, ik kon de glimlach niet van mijn gezicht krijgen en Finn wierp zoveel zijdelingse blikken op me dat het me verbaasde dat de auto niet in een greppel belandde voordat we Grenoble uit waren.

Maar Eve zweeg vanaf het moment dat ze in de Lagonda stapte. Toen ik naar haar op de achterbank keek, zat ze naar de heuvels te staren, en dat had ik liever dan haar bijtende opmerkingen over het feit dat Finn en ik voorin elkaars hand vasthielden. 'Wat doen we wanneer we eenmaal in Grasse zijn?' vroeg ik haar.

Een geheimzinnig glimlachje.

Ik kreunde. 'Je kunt echt heel ergerniswekkend zijn, wist je dat?' Maar ik kon niet boos op haar blijven. Ik voelde Finns warme en ruwe vingers, die hij met de mijne had verstrengeld, en ik was zo gelukkig dat het me bijna verbaasde. Ik was zo lang verdoofd geweest, en die verdoving was verbroken door verdriet en wroeging en woede; die gevoelens waren er nog steeds, maar ze baadden nu in een rijke, kalme gloed. Dat kwam niet alleen door onze slapeloze nacht. Het kwam ook doordat Finn koffie was gaan halen toen ik mijn haar had zitten kammen en was teruggekomen met een bord gebakken bacon, dat hij de kok had laten maken omdat hij wist dat ik daar heel veel zin in had. Het kwam ook doordat ik in de spiegel had gekeken en niet het boze meisje had gezien dat haar kin in een afwerende hoek hield, maar een gelukkige jonge vrouw die was gebruind door de Franse zon en allemaal sproeten had gekregen. Het was het gezicht van iemand die ergens om gaf en om wie mensen gaven.

Ik schudde even lichtjes mijn hoofd om mijn eigen gedachten te onderbreken. Ik wilde mijn geluk niet nader bestuderen; ik was bang dat het weer zou vervluchtigen. Ik wilde het voorlopig gewoon laten voortduren en Finns hand niet loslaten. Toen we in de buurt van Grasse kwamen, draaide ik me om in mijn stoel en waagde ik nog een poging bij Eve. 'Nu wil ik het echt horen. Hoe gaan we René Bordelon vinden?'

'Ik onderzoek mijn plan nog op zwakke plekken, yank,' antwoordde ze. 'Ik weet donders goed dat ik niet helder nadenk wanneer het over René Bordelon gaat...'

'Je bedoelt dat je niet helemaal goed bij je hoofd bent,' mompelde Finn.

'Dat heb ik wel gehoord, Schot.' Ze klonk niet boos. 'We weten allemaal dat ik niet helemaal helder ben op dat vlak, en daarom wil ik zeker weten dat dit een waterdicht plan is. Want het kan makkelijk mislukken, en dat wil ik niet laten gebeuren.'

'Hoe kan ik je helpen met dat plan van je?' vroeg ik, maar Finn mompelde iets toen Eve antwoord wilde geven. 'Wat is er?'

'Dat olielek.' Hij liet mijn hand los en wees naar een metertje. 'Ik moet een paar dingen aandraaien.'

'Het is nog maar een uur rijden naar Grasse.' Ik gaf een ram op het dashboard van de cabriolet. 'Die ouwe roestbak!'

'Let op je woorden, *miss*. Dit is een oude dame en ze mag even rusten wanneer ze daar behoefte aan heeft.'

'Deze auto is geen levend wezen, Finn.'

'Dat zegt jij, *miss*.' Finn reed een van de zijweggetjes in terwijl wij bleven kibbelen. Hoe had ik ooit kunnen weten dat kibbelen zo fijn kon zijn? Overal in de verte groene heuvels en een zware geur die ik niet herkende. De zee was niet ver naar het zuiden, dacht ik. De loom makende invloed van de Middellandse Zee hing in de lucht.

Ik slaakte een ademloos 'O...' toen de Lagonda de bocht van de zijweg omsloeg en tot stilstand kwam. Een tijdlang zaten we alle drie sprakeloos te staren. De helling voor ons was een duizelingwekkend tapijt van blauwpaarse bloemen, en de bedwelmend zoete geur steeg op in de wind. Hyacinten, duizenden en duizenden hyacinten.

Ik ademde de geur in en leunde zo ver uit het portier dat ik bijna uit de auto viel. 'We zijn vast naar een van de kwekerijen gereden.' Grasse was de hoofdstad van de parfumeurs, dat wist ik al, maar ik had nog nooit de bloemenvelden gezien die de handelaren van hun grondstoffen voorzagen. Ik stapte uit de auto, liet het portier open en knielde neer om mijn neus in het dichtstbijzijnde bloembed te begraven. Ik werd helemaal duizelig van de geur. Verderop op de heuvel zag ik roze golven, deinende massa's rozen. Van nog verder weg kwam de geur van jasmijn. Ik keek naar de auto en zag dat Eve heel stil zat en de geuren opsnoof, terwijl Finn glimlachend zijn gereedschapskist pakte. Ik kon de verleiding niet weerstaan om dieper in de blauwe golven te duiken en met mijn vingertoppen over de bloemen te strijken. Ik had het gevoel dat ik in een geurig meer van saffieren waadde.

Finn sloot net de motorkap toen ik kwam teruggerend. 'Eve!' riep ik, en ik leunde voorover en wierp een grote bos hyacinten in haar schoot. 'Voor jou.'

Eve keek naar de bos bloemen en streek met haar gehavende handen over de zachte knoppen, en ik voelde dat ik tranen in mijn ogen kreeg. Jij opvliegende, koppige, stomme ouwe taart. Ik hou van je, dacht ik.

Ze keek me aan en glimlachte een beetje onwennig, en ik vroeg me af of ze ook iets liefdevols wilde zeggen. 'Dit is de bedoeling w-wanneer we in Grasse aankomen,' zei ze.

Ik lachte. Ik had toch beter moeten weten en niets sentimenteels van Eve moeten verwachten. Finn kwam naast me staan, en ze knikte naar hem. 'Jij hebt een net pak nodig, Schot, en visitekaartjes. Jij, yank, zult moeten doen alsof je mijn liefhebbende kleindochter bent. En we moeten geduld hebben, want dit gaat waarschijnlijk tijd kosten.'

Ze schetste de rest in een paar zinnen. We luisterden allebei en knikten. 'Dat zou kunnen werken,' zei Finn. 'Als René Bordelon tenminste in Grasse is.'

'En als we hem vinden?' vroeg ik.

Eve glimlachte vaag. 'Waarom vraag je dat?'

'Zeg het maar gewoon.' Ik dacht aan het gesprek op de brug van afgelopen avond, mijn knagende angst dat Eve bloed wilde zien vloeien. Ik wilde niet medeplichtig zijn aan moord. 'Wat ga je doen als we hem hebben gevonden?'

Eve citeerde in het Frans: ' "Ik keer terug naar je boudoir, ik kom 's nachts zonder misbaar door 't duister naar je toe gevlogen… Dan kus ik jou, met kussen koud als manestralen, ik zal je als een slang onthalen die rond een groeve kruipen zou…" '

Ik steunde. 'Laat me raden. Baudelaire?'

'M-mijn lievelingsgedicht, "Le revenant", "Het spook", maar het klinkt beter in het Frans. *Revenant* komt van het werkwoord *revenir*.'

Terugkomen.

'Hij verwacht niet dat ik terugkom. Hij vergist zich schromelijk.' Finn en ik wisselden blikken, en Eve zei kordaat: 'Instappen, kinderen. We kunnen niet de hele dag naar bloemetjes staren.'

Rond zonsondergang reden we Grasse in: een stad van hoekige torens, smalle, kronkelende straatjes, abrikooskleurige daken en mediterrane kleuren, en boven alles de geur van de bloemenvelden. Eve liep naar de receptionist van het hotel en opende haar mond, maar ik was haar voor. 'Twee kamers,' zei ik, en ik keek Finn aan. 'Een voor *grand-maman* en een voor ons, denk je ook niet, schat?'

Ik zei het zonder haperingen en legde losjes mijn hand op zijn arm zodat de receptionist mijn trouwring kon zien. Zoals Eve al had gezegd, was het makkelijk om een verhaal te verkopen wanneer je de details zonder haperingen opzei.

'Twee kamers,' bevestigde Finn enigszins verkrampt. De receptionist knipperde niet met zijn ogen. Later belde ik nog naar Violette in Roubaix om haar te laten weten waar ze me kon bereiken. We waren in Grasse, en de jacht kon beginnen.

Finns nieuwe visitekaartjes waren in reliëf gedrukt en zagen er duur uit. 'Je moet een beetje uit de hoogte doen wanneer je ze uitdeelt,' instrueerde Eve. 'En willen jullie in vredesnaam ophouden met dat gegiechel?'

Maar Finn en ik bleven maar gieren van het lachen. Op de visitekaartjes stond in een indrukwekkend lettertype:

Donald McGowan, advocaat

'Mijn Donald!' slaagde ik er uiteindelijk in uit te brengen. 'Mijn moeder wilde zo graag dat ik een jurist aan de haak sloeg.'

'Advocaat,' verbeterde Eve. 'Engelsen hebben een advocaat en zijn ook verwaand. En je moet wel nog een beetje oefenen op die frons, Finn.' En vier dagen later, toen hij zijn visitekaartje overhandigde aan de gerant, had hij ook een indrukwekkende frons. Ondertussen had hij vaak geoefend. 'Ik doe navraag voor een dame,' mompelde hij. 'Het is een delicate aangelegenheid.'

De gerant nam hem met een oogopslag op. In zijn verkreukelde overhemd en met zijn warrige haar zou Finn Kilgore nauwelijks een blik waardig zijn gekeurd in Les Trois Cloches, een van de betere restaurants van Grasse, maar voor Donald McGowan in zijn antracietkleurige pak en zijn smalle gestreepte das gingen ze meteen in de houding staan. 'Hoe kan ik u van dienst zijn, *monsieur*?'

Het was een rustig tijdstip tussen de lunch en het diner en er zaten niet veel mensen te eten; Eve kiende onze bezoeken altijd zorgvuldig uit zodat het personeel tijd had om ons te woord te staan. Of vragen te beantwoorden.

'Mijn cliënte, Mrs. Knight.' Finn keek naar Eve, die een zwarte zijden jurk en een breedgerande hoed droeg en haar handen in witte handschoenen had verborgen. Ze leunde op mijn arm en zag er breekbaar uit toen ze haar tranen wiste met een zakdoekje met een zwarte rand. 'Ze is jaren geleden naar New York geëmigreerd, maar het grootste deel van haar familie is in Frankrijk gebleven,' legde Finn uit. 'En door al die doden in de oorlog...'

De gerant sloeg een kruis. 'Amen.'

'Ik heb overlijdensakten van haar vader, haar tante en twee ooms kunnen vinden. Maar een neef wordt nog steeds vermist.'

'Als jij door heel Frankrijk kan zwerven om je vermiste nicht te zoeken, kan ik het ook,' had Eve gezegd toen ze ons vertelde hoe ze op het idee was gekomen. 'Is er tegenwoordig ook maar iemand in Europa die geen vermiste neef of nicht heeft?'

'We weten dat hij in '44 vanuit Limoges naar Grasse is gevlucht voordat de Gestapo hem te pakken kon krijgen...' Finn begon zachter te praten en liet zich het een en ander ontvallen over verzetsactiviteiten en vijanden in Vichy. Schetste een beeld van Eves jeugdkameraad (dappere patriot die maar net aan arrestatie was ontkomen), naar wie Eve nu naarstig op zoek was (enige overlevende van een familie waarvan de meeste leden waren omgekomen).

'Trappen mensen daarin?' had ik gevraagd toen we tussen de hyacinten stonden. 'Het is net een Hollywoodfilm.'

'Daar trappen ze in omdat het net een Hollywoodfilm is. Na zo'n oorlog verlangen mensen n-naar een gelukkig einde, ook al gaat het om andere mensen.'

En ook deze gerant was medelevend aan het knikken, net als alle anderen voor hem.

'René du Malassis,' zei Finn, die aan het einde van zijn verhaal kwam. 'Maar hij heeft misschien een andere naam aangenomen. De Milice was op zoek naar hem...' Ze wisselden blikken van verstandhouding; twee jaar na de oorlog huiverde iedereen nog steeds wanneer de Milice ter sprake werd gebracht. '...en dat heeft de naspeuringen van Mrs. Knight nogal gecompliceerd. Maar we hebben wel een foto...'

De foto van René – opgevouwen en vastgeklemd met paperclips zodat zijn disgenoten met swastika's niet te zien waren – werd discreet over de tafel geschoven. De gerant bekeek hem aandachtig. Eve permitteerde het zich met haar schouders te schokken en ik klopte haar op haar rug en deed mijn best er bezorgd uit te zien. 'Rustig maar, *grand-maman*.' Mijn rol hier: het medeleven vergroten. Ik streelde Eves hand die in een handschoen was gestoken en merkte dat mijn hart begon te bonzen toen de gerant aarzelde.

'Nee,' zei hij, en hij schudde zijn hoofd, en mijn hart begon weer trager te kloppen. 'Nee, helaas, ik ken deze man niet.'

Ik streepte Les Trois Cloches van de lijst terwijl Finn discreet een bankbiljet over de tafel schoof en mompelde: 'Neemt u contact met me op wanneer u deze man ziet...' Nog maar zo'n honderd adressen te gaan.

'Kop op,' zei Eve toen we buiten waren. 'Ik heb toch gezegd dat het veel werk zou zijn en dat we geluk moesten hebben? Dit is het deel dat ze in Hollywoodfilms altijd overslaan. De mensen die je zoekt, komen nooit opeens uit een hoge hoed tevoorschijn, als het konijn van een goochelaar.'

'Weet je zeker dat dit de manier is om hem te vinden?' vroeg Finn, die zijn fedora opzette. Hij kon niet meer zonder hoed over straat; Donald McGowan (advocaat) was veel keuriger gekleed.

'Op een van deze adressen...' Eve gaf een mep op de verkreukelde lijst in haar tas. '...moeten ze hem wel kennen.'

Haar redenering was simpel: René Bordelon waardeerde de mooie dingen van het leven. Er was misschien veel veranderd, maar dat niet. Hij ging waarschijnlijk nog steeds naar de beste clubs, de beste cafés en de beste schouwburgen, en het personeel zou zich hem waarschijnlijk wel kunnen herinneren, omdat hij goede fooien gaf, goed gekleed was, met de sommelier over wijn sprak en met de gids in het museum over Klimt. We hadden een relatief recente foto, als we langs de beste restaurants en musea in Grasse gingen, redeneerde Eve, zou vanzelf wel iemand zijn gezicht herkennen. Dan zouden we een naam hebben.

Toen we die dag tussen de bloemen stonden, had ik haar gevraagd: 'Hoelang gaat dat wel niet duren?'

'Een eeuwigheid, als het in Parijs was. Maar Grasse is niet zo groot.'

Finn had nog een ander punt geopperd. 'En als hij er nou eens achter komt dat een vrouw naar hem op zoek is? Een vrouw met verminkte handen die ongeveer zo oud is als zijn kleine Marguerite nu zou zijn?'

Eve had hem boos aangekeken. 'Dit was vroeger mijn beroep, Finn. Vertrouw me nou maar. Denk je nou echt dat ik in Grasse ga rondbazuinen dat ik er ben?' Vandaar Mrs. Knight en Mr. McGowan en de handschoenen die Eves handen aan het zicht onttrokken.

'Op één voorwaarde, Gardiner,' had Finn geantwoord. 'Je laat die Luger achter in de hotelkamer.'

'Denk je nou echt dat ik René Bordelon gelijk door zijn kop zou schieten wanneer ik hem in Grasse op straat zou zien lopen?'

'Ik ben niet achterlijk. Dat risico wil ik niet lopen.'

We waren nu vier dagen bezig. We hadden nog maar net onze koffers uitgepakt, toen Eve al informatie aan het inwinnen was en lijsten begon op te stellen. En zodra Finn zijn visitekaartjes en zijn pak had, en Eve een stel goede handschoenen en een hoed die haar gezicht op een niet al te opzichtige manier verhulde, gingen we op stap.

De eerste keer dat we een chic café waren binnengegaan met ons ingestudeerde verhaal was ik bijna te zenuwachtig geweest om te praten. Nu, zes restaurants, drie musea, een schouwburg, vijf clubs en vier dagen later, begon het eigenlijk al een beetje saai te worden. Behalve op de verwachtingsvolle momenten dat een nieuwe receptionist of ober zich over de foto van René boog en ik dacht: ditmaal dan misschien…

'Welkom bij het echte spionagewerk,' zei Eve toen we weer voor Les Trois Cloches stonden. Ze veranderde voor mijn ogen toen ze weer rechtop ging lopen en de bejaarde dame achter zich liet. 'Het is vooral saai en slechts sporadisch opwindend.'

Haar ogen glinsterden, en ik bedacht dat ze er veel beter uitzag dan de dag dat ik haar voor het eerst had ontmoet. Toen was ze zo doorgroefd en gerimpeld dat ze wel zestig of zeventig had kunnen zijn. Nu had ze het gewaad van verdriet en ledigheid waardoor ze er oud en breekbaar uitzag van zich afgeschud, en ik was verbijsterd over de metamorfose. Haar gezicht had weer een gezonde kleur, ondanks de rimpels rond haar ogen en haar mond; ze stapte nu snel en vastberaden rond, en niet afwerend en ineengedoken; en haar grijzende haar glansde nu, net als haar ogen. Ze leek nu weer ongeveer zo oud als ze was, vierenvijftig, en had weer levenslust.

'Sinds we hier zijn aangekomen, heeft ze geen nachtmerries meer gehad,' zei ik die avond na het eten tegen Finn terwijl ik keek hoe Eve naar boven liep. 'En ze slaat niet meer zoveel whisky achterover.'

'De jacht doet haar goed.' Finn dronk zijn kop koffie leeg. 'Diep vanbinnen is ze een jager. De afgelopen dertig jaar heeft ze stilgestaan en is ze langzaam gestorven omdat ze geen prooi had om op te jagen. Misschien kan het helemaal geen kwaad wanneer deze jacht even gaat duren.'

'Nou,' zei ik, 'dat zou ik in elk geval niet vervelend vinden.'

Hij keek me aan met zo'n onzichtbaar glimlachje waarvan ik knikkende knieën kreeg. 'Ik ben doodmoe van al dat rondlopen. Jij niet?'

'Uitgeput. Misschien moeten we eens vroeg naar bed.'

Maar veel sliepen we niet in ons kamertje met de blauwe luiken en het grote, zachte bed. Finn en ik hadden er allebei geen enkel bezwaar tegen wanneer Eves zoektocht nog een week of tien dagen zou duren. De ochtenden waren voor ons drieën: knapperige croissants en kopjes inktzwarte espresso aan een tafeltje dat zo klein was dat we elkaar aanstootten met onze knieën. Daarna de jacht, de reprise van ons nu volmaakt geacteerde toneelstuk: eerst langs een winkel voor dure, handgemaakte schoenen bij de place aux Aires, daarna een exclusieve parfumerie. Vervolgens slenterden we door de smalle, kronkelende straatjes van de *vieille ville* en gingen we naar de clubs en theaters waar ze een van hun gewaardeerde klanten misschien zouden herkennen, en gedurende het slaperige uur voor het diner bezochten we een restaurant met gedempte verlichting en zwaar verzilverd bestek. Uiteindelijk weer terug naar het hotel en het avondeten, met borden vol frites en een fles rosé uit de Provence. Dat was een mooie tijd, en Finn en ik hadden er geen enkel bezwaar tegen wanneer Eve bepaalde hoe ze verliepen, omdat de nacht van ons was.

'Heb ik al gezegd,' vroeg ik op een avond terwijl ik met mijn hoofd op Finns arm lag, 'dat je er werkelijk adembenemend uitziet in een driedelig pak?'

'Ja, dat heb je al eerder gezegd.'

'Het leek me geen kwaad kunnen om het nog eens te herhalen.' Ik kwam overeind om nog wat van de rosé te drinken die we mee naar boven hadden genomen. Ik was helemaal naakt en voelde me totaal niet meer opgelaten wanneer hij met zijn handen achter zijn hoofd gevouwen in bed lag en me bewonderend bekeek. 'Wanneer krijgen we de Lagonda weer terug?'

'Misschien over een week.' Toen hij had begrepen dat we wel even in Grasse zouden blijven, had hij meteen een afspraak gemaakt om dat onvindbare lek te laten repareren. Om de dag belde hij als een bezorgde moeder om te vragen hoe het met zijn geliefde auto ging.

'Je hebt een nieuwe auto nodig, Finn.'

'Weet je wel wat een nieuwe auto tegenwoordig kost door die metaaltekorten?'

'Op de gezondheid van de Lagonda dan maar.' Ik gaf hem de mok die we als wijnglas gebruikten. 'Ik zou het niet erg vinden om door Grasse te rijden in plaats van overal naartoe te moeten lopen. Ik heb zere voeten, en volgens mij duurt het nog wel een paar maanden voordat ik zo'n dikke buik heb dat ik daarvan pijn aan mijn voeten krijg.' Toen we eenmaal in Grasse waren gearriveerd, had ik opeens geen last meer van zwangerschapsmisselijkheid, en ook niet meer van die eeuwige vermoeidheid. Ik wist niet of dat door de gezonde lucht kwam of door al het gevrij of doordat het Rozenknopje nu in de vierde maand was, maar opeens voelde ik me geweldig, vol tomeloze energie en klaar om van alles aan te pakken, zelfs onze eindeloze wandelingen door Grasse. Maar toch miste ik de auto.

Finn sloeg het laatste beetje rosé achterover en draaide zich om zodat hij met zijn rug tegen het voeteneind zat. Hij begon mijn tenen onder de lakens te masseren, en ik kronkelde van genoegen. Het was een warme nacht en we hadden alle luiken opengezet, waardoor de geur van jasmijn en rozen de kamer in dreef. Het lamplicht omcirkelde het bed en veranderde het in een schip dat verdwaald was op een donkere zee. We hadden stilzwijgend afgesproken dat we het hier niet over René of over de oorlog of over de verschrikkelijke gevolgen daarvan zouden hebben. De nachtelijke uren waren gereserveerd voor opbeurender gesprekken.

'Wacht maar tot je acht maanden zwanger bent,' voorspelde Finn terwijl hij mijn voetholten masseerde. 'Dan krijg je pas echt zere voeten.'

'Wat weet jij nou van vrouwen die acht maanden zwanger zijn, Mr. Kilgore?'

'Ik heb naar de vrouwen van mijn vrienden gekeken. Ik ben zo ongeveer de enige die niet is getrouwd; het eerste wat de meesten van mijn vrienden uit het 63ste deden zodra ze thuis waren, was een of ander meisje bezwangeren en met haar trouwen. Ik heb minstens drie peetkinderen.'

'Ik zie je helemaal voor me bij een doopvont met een blèrend bundeltje kant!'

'Blèren? Helemaal niet. Baby's zijn dol op me. Ze vallen meteen in slaap zodra ik ze oppak.' Een korte stilte. 'Ik hou van kinderen. Ik heb er altijd een paar gewild.'

Dat lieten we even in de lucht hangen voordat we er zachtjes omheen slopen. 'Waar hou je verder nog van?' vroeg ik terwijl ik mijn andere voet naar hem uitstak. 'Behalve van Bentleys.' Afgelopen nacht had hij met een belachelijk nageaapt Amerikaans accent alle technische gegevens van de Bentley Mark VI uit zijn autotijdschrift voorgelezen terwijl ik hem met een kussen sloeg.

'Een man met een Bentley heeft alles wat hij nodig heeft, jongedame. Behalve misschien een goede garage om haar in topvorm te houden. Die garage waar de Lagonda nu staat, is trouwens goed.'

Ik kietelde zijn borstkas met mijn tenen. 'Je zou best de baas van zo'n garage kunnen zijn.'

'Je moet niet alleen verstand van auto's hebben om een garage draaiende te houden.' Hij trok een treurig gezicht. 'Je kent me. Het bankboekje zou onder een oliekan belanden, en dan zou je nooit de strookjes van de cheques kunnen lezen, omdat ze onder de motorolie zaten, en dan zou alles al snel van de bank zijn.'

Niet als ik de boekhouding zou doen... Ik maakte de gedachte niet eens voor mezelf af, liet haar alleen zachtjes wegzweven en vertelde hem in plaats daarvan over het café in de Provence dat ik me zo goed kon herinneren, het café met de gestreepte luifels en Edith Piaf en baguettes met geitenkaas, dat vanwege die dag zo lang geleden mijn idee van de hemel op aarde was geworden. 'Ik vind dat er ook een Engels ontbijt op het menu moet staan. In het ideale café, bedoel ik.'

'Ja, ik maak een machtig eenpansontbijt...'

We wisten allebei wat we deden tijdens deze lome, nachtelijke gesprekken. We waren een toekomst aan het schetsen en de ander aarzelend, bijna angstig, bij het beeld aan het betrekken, en deinsden dan bedeesd glimlachend terug voor de zaken die niet werden uitgesproken. Soms had een van beiden 's nachts een nachtmerrie, maar die waren makkelijker te verdragen als er in het donker warme armen waren waarin je kon wegkruipen. Wanneer het verdriet zich over een van ons beiden ontfermde, vervolgde het na een tijdje zijn weg door de nacht en werd het een deel van de lieflijkheid.

Ik ken je helemaal niet lang genoeg om al zo dol op je te zijn, dacht ik terwijl ik Finns profiel bekeek in het zachte licht. Maar toch is het zo.

Toen we al tweeënhalve week in Grasse waren, zei Eve op een middag tijdens de koffie na de lunch: 'Misschien is René hier wel helemaal niet.'

Finn en ik wisselden een blik van verstandhouding en dachten waarschijnlijk allebei aan alle mensen die de foto hadden bekeken en nee hadden geschud sinds we waren aangekomen. Drie gerants van restaurants en een dure kleermaker meenden dat ze het gezicht herkenden, maar konden zich de bijbehorende naam niet herinneren. En verder niets.

'Misschien m-moet ik het maar opgeven. Dan kan Charlie weer naar huis om kinderkleertjes te breien en dan kun jij…' Eve knikte naar Finn. '…me weer meenemen naar het land van de fish-and-chips.'

'Ik kan niet zeggen dat ik er al aan toe ben om weer naar huis te gaan.' Ik hield mijn toon luchtig, maar Finn kneep in mijn hand en ik kneep terug.

'We blijven het nog twee weken proberen,' zei Finn. Eve knikte. 'Maar laten we vanmiddag eens vrij nemen, want ik wil naar de garage om te kijken hoe het met de Lagonda gaat.'

'Hij gaat die arme automonteurs nog doodtreiteren,' zei Eve grinnikend toen hij wegliep.

'Of hij gaat zijn verontschuldigingen aanbieden aan de auto omdat hij niet vaker langskomt,' antwoordde ik.

We zaten daar nog even onze espresso's te drinken en toen keek Eve me aan. 'Ik ben niet zo goed in vrije middagen. Laten we nog een paar restaurants uitkiezen. Volgens mij kunnen we die obers ook wel aan zonder onze advocaat.'

Ik keek naar haar, met haar grijze ogen die glinsterden in haar gebruinde gezicht, en ze schoof haar grote hoed uitdagend over haar wenkbrauwen. 'Misschien moet je me voor de verandering eens voorstellen als je dochter. Ik vind het niet meer zo geloofwaardig dat je mijn oma bent.'

'Tss.'

'Ik meen het! Het komt door de gezonde lucht in Grasse; het is een soort levenselixer.' Terwijl we door het oudste deel van de stad slenterden, waar de huizen overhelden en tegen elkaar aan leken te leunen als tegen vriendelijke schouders, drong het tot me door hoeveel ik van Grasse hield. Alle andere steden waar we waren geweest – Lille, Roubaix, Limoges – waren voor mij vervaagd door onze speurtocht naar Rose. Maar hier in Grasse waren we eindelijk gestopt om op adem te komen, en de stad ontvouwde zich voor mij als de jasmijnbloesems in de velden. Ik wil niet meer weg uit deze stad, dacht ik voordat ik me weer op onze huidige zoektocht concentreerde.

Na twee restaurantbezoeken die weer niets hadden opgeleverd, pakte Eve haar plattegrond om een derde adres te zoeken. Ik kauwde op een mengsel van gefrituurde courgettebloemen, waaraan het Rozenknopje al net zo verslaafd was als aan bacon, en keek in een etalage. Er lagen allemaal kinderkleertjes: matrozenpakjes, plooirokjes, en op een kinderwagen een piepklein kanten babyjurkje waarop rozen waren geborduurd. Ik keek naar die jurk en werd overvallen door een aanval van hebzucht. Ik zag voor me hoe het Rozenknopje dat droeg bij haar doop. Ik kon haar nu ook voelen; binnen een paar dagen, zo voelde het, was mijn platte buik opeens een beetje rond geworden. Je kon het niet zien door mijn kleren, maar ze was er wel, die kleine ronding. Finn zei er niets van, maar hij bleef 's nachts mijn buik strelen, vlinderzachte aanrakingen als kussen.

'Koop hem dan,' zei Eve, die had gezien hoe ik naar die jurk staarde. 'Die hoop kant waarvan je zo moet kwijlen, gewoon kopen.'

'Ik denk niet dat ik hem kan betalen.' Ik slikte droevig mijn laatste bloem door. 'Ik durf te wedden dat hij duurder is dan al mijn tweedehands kleren bij elkaar.'

Eve propte haar plattegrond in haar handtas, stapte de winkel in en kwam enkele minuten later weer tevoorschijn met een pakje dat in bruin papier was gewikkeld en dat ze me zonder plichtplegingen toewierp. 'Misschien loop je nu eindelijk een beetje door.'

'Dat was helemaal nergens –'

'Ik vind het niet prettig als mensen me bedanken. Lopen, yank!'

Ik liep. 'Je geeft veel geld uit de laatste tijd, Eve.' Het geld van mijn parels was op en Eve betaalde nu al onze uitgaven, hoewel ik haar had beloofd dat ik haar zou terugbetalen zodra ik de beschikking kreeg over mijn bankrekening in Londen.

'Waar kan ik mijn geld nou aan uitgeven? Whisky, wraak en babyjurkjes.'

Ik grijnsde en klemde het pakje tegen mijn borst. 'Wil jij haar peetmoeder zijn?'

'Als je blijft zeggen dat het een zij is, wordt het vast een jongen, om jou te pesten.'

'Zijn peetmoeder dan.' Ik zweeg even en werd opeens ernstig, hoewel ik het op spottende toon had gevraagd. 'Echt, Eve, zou je dat willen?'

'Ik gedraag me niet zo netjes in de kerk.'

'Daar reken ik op.'

'Goed dan.' Ze gaf me een scheve glimlach en stapte toen verder als een reiger door hoog water. 'Als je dat zo graag wilt.'

'Dat wil ik inderdaad graag,' zei ik, en ik was zo emotioneel dat ik moeilijk uit mijn woorden kwam.

Het restaurant was niet ver van de place du Petit Puy met zijn witte kathedraal. Het was al lang na lunchtijd; er zouden snel gasten binnendruppelen voor het aperitief. Na het verblindende zonlicht knipperde ik met mijn ogen in de duisternis en kroop ik mentaal weer in mijn rol van toegewijd familielid, terwijl Eve zich alweer tegen me aan vlijde alsof ze te breekbaar was om zonder begeleiding te lopen.

Ik stapte op de gerant af en kroop in Finns rol, die ik inmiddels kon dromen. Eve droogde haar ogen en al snel schoof ik de foto over de tafel. Ik was met mijn gedachten bij het babyjurkje en niet echt met onze prooi bezig.

En toen opeens wel, want de gerant herkende hem en knikte. Die knik met zijn hoofd kwam aan als een mokerslag.

'*Bien sûr, mademoiselle*. Ik ken deze heer goed, een van onze gewaardeerde vaste klanten. Monsieur René Gautier.'

Even verstijfde ik. René Gautier. De naam weergalmde onder mijn schedel als een ketsende kogel. René Gautier…

Eve kwam naast me staan. Ik wist niet hoe ze erin slaagde die trillerige breekbaarheid vol te houden, maar ze had wel vier onderscheidingen gekregen voor haar werk als spion. Ik zag waarom toen ze, zonder te stotteren of met haar ogen te knipperen, met trillende stem begon te spreken. 'O, *monsieur*. U maakt me zo gelukkig! Mijn René, het is al zo lang geleden dat ik hem heb gezien! René Gautier, is dat de naam die hij heeft aangenomen?'

'Ja, *madame*.' De gerant glimlachte en genoot duidelijk van zijn kans om het goede nieuws te brengen. Eve had gelijk: na een oorlog verlangde iedereen naar een gelukkig einde. 'Hij heeft een charmante villa net buiten Grasse, maar hij komt hier geregeld. Voor de *rillettes de canard*; we hebben de beste *rillettes* van de Provence, al zeg ik het zelf.'

Die *rillettes* van hem interesseerden me niet. Ik leunde naar voren en voelde hoe mijn hart begon te bonzen. 'Hebt u misschien het adres van zijn villa?'

'Net voorbij de mimosavelden bij de rue des Papillons, *mademoiselle*. We bezorgen er soms ook een kist wijn, een vouvray die je nergens anders in Grasse kunt krijgen…'

Eve zette haar hoed alweer recht. 'Dank u, *monsieur*, u hebt ons heel gelukkig gemaakt,' zei ik snel terwijl ik Eve bij de arm pakte, maar de gerant keek langs ons heen en begon te stralen.

'Ach, wat een geluk! Daar komt *monsieur* net aan.'

Hoofdstuk 38

Eve

Toen ze zich omdraaide om haar oude vijand aan te kijken, leek de tijd dubbel te vouwen. Het was zowel 1915 als 1947; ze was tweeëntwintig, zat onder het bloed en was gebroken, en ze was vierenvijftig, stond te trillen en was nog altijd gebroken; René Bordelon was een gladde, donkerharige bon vivant, en hij was deze stijve oude man met grijs haar en een mooi maatpak. Op dat moment overlapten twee tijdvakken elkaar en waren beide versies waar.

Toen voegden verleden en heden zich weer aaneen met een klik, en was het 1947, een mooie zomeravond in Grasse, waar een oude spion en haar oude vijand nog slechts van elkaar werden gescheiden door een meter betegelde vloer. Eve keek naar de lange, benige man, die nog altijd diezelfde wandelstok met zilveren knop bij zich had, en toen opende de angst zich als een valluik in haar maag en spatte al haar bijeengeraapte moed met één lange, stille gil uit elkaar.

Hij herkende haar niet. Hij draaide zijn zwarte homburg om in zijn handen en trok een wenkbrauw op toen hij de gretige blik van de gerant zag. 'Ik word verwacht, zie ik.'

Eve kreeg de rillingen toen ze de toonloze stem uit haar nachtmerries hoorde. Verdoofd van ongeloof staarde ze naar de man die haar vingers had gebroken, en haar handen deden pijn in haar handschoenen. Ze had nooit verwacht dat ze hem zou ontmoeten voordat ze er klaar voor was. Ze had gedacht dat een eerste ontmoeting op haar voorwaarden zou plaatsvinden, dat ze hem zou kunnen verrassen wanneer zij er klaar voor was. Maar nu werd ze verrast door het lot en was ze helemaal niet voorbereid.

Hij was niet veranderd. Hij was nu grijs en had rimpels op zijn voorhoofd, maar dat was slechts het uiterlijk. De spinnenpootachtige vingers, de vlakke stem, de goedkope beulsziel die uit het dure pak van een man met smaak gluurde, dat was allemaal nog precies hetzelfde.

Behalve het litteken op zijn lip. Het spoor dat Eve had achtergelaten, besefte ze, toen ze hem tijdens hun laatste giftige kus had gebeten.

De gerant was van alles aan het zeggen en Eve voelde hoe Charlie haar bij haar elleboog pakte en iets mompelde wat ze niet kon verstaan vanwege een plotselinge bromtoon in haar oren. Ze wist dat ze iets moest zeggen, iets moest doen, maar ze kon alleen maar versteend blijven staan.

René keek haar weer aan met zijn donkere ogen en stapte naar haar toe. 'Mrs. Knight? Ik kan me die naam niet herinneren, *madame*...'

Eve had geen idee hoe het haar lukte, maar ze ging ook een stap naar voren en stak haar hand uit. Hij pakte hem beet, en ze werd overspoeld door de oude weerzin toen ze zijn vertrouwde lange vingers om haar hand voelde. Ze wilde haar hand losrukken en als een lafaard wegvluchten in haar oude angst en pijn.

Te laat. Hij was hier, en zij ook. En Evelyn Gardiner zou niet meer vluchten.

Ze kneep hard in zijn hand en zag hoe zijn gezicht veranderde toen hij de verminkingen voelde die door haar handschoen aan het oog waren onttrokken. Ze boog zich naar voren zodat de anderen haar niet konden verstaan. Ze sprak de woorden zacht, kalm en gelijkmatig uit.

'Misschien kun je je wel de naam Marguerite le François herinneren, René Bordelon. Of moet ik Evelyn Gardiner zeggen?'

Er was plotseling veel bedrijvigheid in het restaurant. Er vond hier een gelukkig weerzien plaats; obers stonden te glimmen en de gerant bood hun de beste tafel in het restaurant aan. En te midden van al deze drukte stonden Eve en René elkaar aan te staren alsof ze de degens kruisten.

Ten slotte liet de klootzak haar hand los en gebaarde hij in de richting van de tafel die de obers zo opgewekt aan het dekken waren. 'Zullen we?'

Eve slaagde erin te knikken. Ze draaide zich om en vroeg zich af of het haar zou lukken naar de tafel te lopen zonder te struikelen. Charlie kwam naast haar lopen als haar schildknaap en zag bleek toen ze haar bij de elleboog pakte. Die stevige, kleine hand was wonderbaarlijk kalmerend. 'Eve,' mompelde ze met een snelle blik op de man die achter hen liep. 'Wat kan ik voor je doen?'

'Bemoei je er niet mee,' kon Eve nog terugmompelen. Deze duelleerplaats was geen plek voor Charlie St. Clair; René zou haar zonder moeite verwonden zoals hij er al zovelen in het voorbijgaan had verwond en verminkt. Eve zou hem aan stukken scheuren voordat hij de kans kreeg om nog iemand om wie ze gaf pijn te doen.

Hem aan stukken scheuren? sneerde haar geest. *Je kunt hem amper in de ogen kijken.* Maar dat idee zette ze tegelijk met haar angst van zich af, en ze ging tegenover hem zitten, met een enorm sneeuwwit tafellaken tussen hen in. Charlie nam plaats naast Eve en hield voor de verandering haar mond. De discrete obers bleven buiten gehoorsafstand om dit gelukkige weerzien in enige beslotenheid te laten verlopen.

René leunde achterover en plaatste zijn vingertoppen tegen elkaar. Eve zag in een flits hoe die vingers een bloederige buste van Baudelaire vasthielden, zag hoe ze in bed haar naakte borsten streelden.

'Eh bien,' zei hij zacht. 'Marguerite.'

Ze kreeg bijna een hartverzakking toen ze hem die naam hoorde zeggen. Maar tegelijk met haar oude identiteit, die als een golf over haar heen spoelde, kreeg ze ook haar oude koelbloedigheid weer terug. Haar bloed klopte traag en koud, en voor het eerst sinds ze zich had omgedraaid en hem in de entree van het restaurant had zien staan, keek ze enigszins kalm naar de verdorven oude man.

'René Gautier,' antwoordde ze. 'Naar Théophile Gautier, vermoed ik. De dichter aan wie Baudelaire *Les fleurs du mal* heeft opgedragen? In Limoges was je René du Malassis, naar de uitgever van Baudelaire, dus ik begrijp dat je nog steeds geen andere dichter hebt gevonden.'

René haalde nonchalant zijn schouders op, alsof dit een gewone tafelconversatie was. 'Waarom zou je je niet tot het beste beperken wanneer je dat eenmaal hebt gevonden?'

'Een mooie manier om te zeggen dat je een vastgeroeste geest hebt.'

Er verscheen een ober, die een fles champagne presenteerde. 'Om dit weerzien te vieren, *monsieur*?'

'Om het te vieren,' mompelde René. 'Waarom ook niet?'

'Ik kan wel een borrel gebruiken,' zei Eve. Ze had liever een glas whisky zo groot als een emmer gehad, maar ze zou genoegen nemen met champagne. Ze balde haar vuisten in haar schoot, en toen de champagnekurk plopte en René zijn gezicht vertrok, besefte ze dat hij niet zo koelbloedig was als hij zich voordeed. Goed.

Ze staken tegelijkertijd hun hand uit naar hun glas toen de ober zich verwijderde. Geen van beiden stelde voor om te toosten. 'Zoveel rimpels in je gezicht,' zei hij. 'Wat heb je al die jaren met jezelf aangevangen?'

'Een zwaar leven gehad. Ik hoef niet te vragen wat jij hebt gedaan. Ongeveer hetzelfde als de laatste keer dat we elkaar ontmoetten: een comfortabel leven leiden, de Duitsers ter wille zijn, je landgenoten laten neerschieten. Maar blijkbaar staat het je niet meer tegen om ze zelf neer te knallen. Ben je niet meer zo teergevoelig op je oude dag?'

'Het is aan jou te danken dat ik niet meer zo teergevoelig ben, lieveling.'

Het woord kroop over haar huid als een rat. 'Ik ben nooit je lieveling geweest.'

'Past "judas" beter bij je?'

Dat kwam hard aan, maar Eve slaagde er – ternauwernood – in om haar gezicht in de plooi te houden. 'Ongeveer even goed als "bedrogene" bij jou past.'

Hij glimlachte zuinigjes. Terwijl Eve hem achterover zag leunen in zijn dure pak en met zijn lange neus de geur van zijn volmaakt gekoelde champagne zag opsnuiven, begon de woede zich op te bouwen. Er waren zoveel mensen gestorven: Lili in die smerige gevangenis, Charlies nicht in een kogelregen, een jonge souschef met zijn zak vol gestolen tafelzilver… En wat had deze man al die jaren gedaan? Champagne gedronken en rustig geslapen.

Eves nachtmerries waren pas na Siegburg begonnen. Ze had nooit gedroomd toen ze in haar cel op een ongewassen strozak lag te rillen, maar daarna waren de angstaanjagende beelden van zijn groene studeerkamer verschenen, de lelies met de boze ogen, de buste die neerkwam. De kamer, nooit de man. De rimpels om haar ogen, die hij vol minachting had bestudeerd, had ze gekregen van de nachtmerries over die kamer waar hij haar had gebroken. Hij zag eruit alsof hij de afgelopen dertig jaar uitstekend had geslapen.

Eve ving een vluchtige blik op van Charlies onbewogen gezicht, dat gewoonlijk zo levendig was, en vroeg zich af of de yank hetzelfde dacht. Ze herinnerde zich dat Charlie had gezegd dat zij, in tegenstelling tot Eve, nooit oog in oog had gestaan met het kwaad.

Je staat nu oog in oog met het kwaad.

René nam nog een slok, murmelde goedkeurend en veegde zijn lippen af met een servet. 'Ik geef toe dat ik verbaasd ben je te zien, Marguerite. Mag ik Marguerite zeggen? Ik noem je altijd Marguerite wanneer ik aan je denk.'

'Het verbaast me dat je überhaupt aan me hebt gedacht. Je lijkt me niet iemand die stilstaat bij de ravage die hij heeft achtergelaten.'

'Nou, jij was dan ook een bijzonder geval. Ik had verwacht dat je na de eerste oorlog wel in Limoges zou opduiken.'

Als Cameron niet tegen haar had gelogen... 'Je hebt je sporen goed uitgewist toen je uit Lille bent vertrokken en naar Limoges bent gegaan.'

'Het is niet zo ingewikkeld om aan nieuwe papieren te komen wanneer je al contactpersonen op de zwarte markt hebt.' Een zwaai met zijn hand. 'Maar je had me makkelijk kunnen vinden nadat ze je uit Siegburg hadden vrijgelaten. Ik heb het nieuws wel bijgehouden om te kijken of je al was vrijgelaten. Waarom heb je zo lang gewacht om me op te sporen?'

'Doet dat er iets toe?' Eve sloeg de helft van haar champagne in één keer achterover. Ze kwam nu makkelijker op de juiste woorden, de snelle reacties waar ze vroeger bij René zo goed in was. 'Ik ben er nu.'

'Om me een kogel door mijn hoofd te jagen? Als je een wapen bij je had, had je me waarschijnlijk meteen wel neergeschoten toen je me in de deur zag staan.'

Laat God Finn Kilgore meteen naar de hel sturen, dacht Eve. Als hij er niet was geweest, had ze nu haar Luger bij zich gehad.

'Als je tenminste een trekker kunt overhalen met die zielige pootjes.' René wenkte een ober met een opgestoken vinger. 'De *rillettes de canard*. Ik heb ondertussen wel honger gekregen.'

'Natuurlijk, *monsieur*. En *mesdames*?'

'Nee, dank u.'

'Je stottert veel minder,' zei René toen de ober weg was. 'Wordt dat minder als je bang bent?'

'Als ik boos ben.' Eve glimlachte. 'Als jij boos bent, krijg je een zenuwtrekje in je ooghoeken. Ik kan het nu zien.'

'Ik denk dat jij de enige vrouw bent die me ooit kwaad heeft gemaakt, Marguerite.'

'Een schrale troost. Heb je die buste van Baudelaire nog?'

'Die koester ik. 's Nachts hoor ik soms het geluid van jouw brekende vingers, en dan val ik met een glimlach in slaap.'

Een flits van de studeerkamer met de groene muren, de geur van bloed en angst, maar Eve zette het van zich af. 'Als ik wil slapen, denk ik aan jouw gezicht op het moment dat je je realiseerde dat je werd genaaid door een spion.'

Hij gaf geen krimp, maar ergens achter zijn ogen verstrakte er iets. Eve huiverde, maar ze glimlachte weer, sloeg de rest van haar champagne achterover en schonk nog wat in. Ik weet nog steeds hoe ik je kan raken, ouwe klootzak.

'Ik neem aan dat je wraak wilt nemen,' zei René plotseling. 'Wraak is de troostprijs van de verliezer.'

'Wij hebben anders de oorlog gewonnen.'

'Maar jij hebt verloren. Dus hoe wil je wraak nemen, Marguerite? Volgens mij heb je niet het lef om me te vermoorden. Dat gebroken hoopje mens dat onder de pis zat en op mijn Aubussontapijt lag te snikken kon nog niet eens haar hoofd optillen, laat staan een pistool op iemand richten.'

Diep vanbinnen kromp Eve ineen. In zekere zin was ze meer dan dertig jaar dat gebroken hoopje mens dat onder de pis zat geweest. Tot iemand ongeveer een maand geleden op een regenachtige avond in Londen bij haar op de deur had geklopt. Tot ze vandaag in dit restaurant een klik in haar hoofd had gehoord en verleden en heden zich hadden samengevoegd. Tot nu.

Ze zou nooit meer dat gebroken hoopje mens dat onder de pis zat zijn. Nooit.

René was nog steeds aan het praten. 'Misschien denk je dat je mij ten val kunt brengen, me kunt aangeven als profiteur. Ik ben een gerespecteerde burger in Grasse en ik heb machtige vrienden. Jij bent een ouwe taart die uitzinnig is van verdriet. Wie zullen ze geloven, denk je?'

'Jij bent de man die verantwoordelijk is voor Oradour-sur-Glane.' Charlies stem viel in het gesprek als een klont ijs. Eve keek haar verbaasd aan. Niets zeggen, niet zijn aandacht trekken. maar Charlie praatte gewoon door en keek hem aan met ogen die brandden als kooltjes. 'Jij bent verantwoordelijk voor de afslachting van zeshonderd mensen. Het kan mij niets schelen hoeveel machtige vrienden je hebt, vuile klootzak. Frankrijk zal het je niet vergeven.'

René bestudeerde Charlies gezicht, maar hij richtte het woord nog steeds tot Eve. 'En wie mag dit kleine ding wel niet zijn, Marguerite? Niet je dochter of kleindochter, denk ik. Jouw verschrompelde ouwe kut kan nooit zoiets moois hebben voortgebracht.'

Eve reageerde niet. Ze keek Charlie aan en werd gegrepen door een onbekend gevoel. Liefde misschien. 'Noem haar maar Mercurius, René. De gevleugelde boodschapper die bij mij op de deur heeft geklopt. Zij is de reden waarom ik hier zit. Zij is de reden waarom je ditmaal niet kunt ontkomen. Zij is je ondergang.' Eve pakte haar glas op en toostte. 'Ik stel je voor aan Charlotte St. Clair.'

Hij fronste zijn wenkbrauwen. 'Nooit van gehoord.'

'Je hebt wel van mijn nicht gehoord.' Charlie pakte haar champagneglas zo stevig beet dat Eve verbaasd was dat het heel bleef. 'Rose Fournier, ook wel bekend als Hélène Joubert. Ze was blond en knap en werkte voor jou in Limoges, en jij hebt haar laten vermoorden, smerige klootzak. Je hebt haar naam doorgegeven aan de Milice omdat je bang was dat ze bij jou spioneerde, en ze is samen met bijna alle andere inwoners van Oradour-sur-Glane afgeslacht.'

De ober koos net dat ogenblik om met de *rillettes de canard* te arriveren. René bleef Charlie aandachtig bestuderen terwijl hij zijn servet openvouwde, wat eendenpastei op een stuk toast smeerde en het met een goedkeurend geluidje opat. 'Ik kan me haar nog wel herinneren,' zei hij uiteindelijk toen de ober wegliep. 'Dat kleine kreng dat graag afluisterde. Ik heb geen hoge dunk van nieuwsgierige serveersters.' Een zijdelingse blik op Eve. 'Je kunt niet zeggen dat ik niets van het verleden leer.'

'Waarom heb je haar niet gewoon ontslagen?' De woorden raspten alsof ze uit Charlies keel werden geschraapt. 'Waarom heb je haar aangegeven?'

'Omdat ik het zekere voor het onzekere wilde nemen. En om eerlijk te zijn ook omdat me dat genoegen deed. Ik voel een grote weerzin tegen spionerende vrouwen.' Hij haalde zijn schouders op. 'Maar ik hoop dat je mij niet de schuld geeft van dat bloedbad. Dat zou van een verbijsterend gebrek aan logica getuigen. Ik kan er ook niets aan doen dat een of andere Duitse majoor de protocollen volledig aan zijn laars heeft gelapt.'

'Ik geef jou wel de schuld van haar dood,' fluisterde Charlie. 'Je wist helemaal niet of ze bij het verzet zat, maar je hebt haar toch aangegeven. Misschien was ze wel onschuldig, maar dat kon jou niet schelen. Klootzak –'

'Hou nu maar je mond, kindje. De grote mensen zijn aan het praten.' René pakte nog een stukje toast. 'Nog een beetje champagne, Marguerite?'

'Volgens mij zijn we hier wel klaar.' Eve sloeg de rest van haar champagne achterover en kwam overeind. 'Kom mee, Charlie.'

Het meisje verstijfde. Eve zag dat ze trilde, kende het soort woede dat haar nu in zijn greep had, wist dat ze over de tafel wilde vliegen en die keel wilde openrijten met een botermesje. Eve begreep dat gevoel heel goed.

Nog niet, yank. Nog niet.

'Charlie.' Eves stem knalde als een zweep.

Het meisje kwam overeind en stond duidelijk te trillen. Ze keek naar René, die daar rustig zat met zijn mond die nog glinsterde van het eendenvet, en fluisterde: 'We zijn nog lang niet klaar.'

'Jawel.' Hij praatte langs haar heen en richtte zich tot Eve. 'Als ik je weer zie, verlopen hoer, of erachter kom dat je mijn huis probeert te vinden of me wilt zwartmaken, laat ik je oppakken wegens intimidatie. Ik zorg dat niemand ooit nog iets van je hoort en wijd me weer aan een leven waarin ik nooit aan je hoef te denken.'

'Je denkt de hele tijd aan mij,' zei Eve. 'Je wordt elke dag verteerd door de herinnering aan mij. Omdat ik het levende bewijs ben dat je helemaal niet zo slim bent als je zelf wel dacht.'

Zijn ogen schoten vuur. 'Je bent een lafbek die haar eigen mensen heeft verraden dankzij een lepeltje opium.'

'Maar toch heb ik je om de tuin geleid. En dat vreet nu al dertig jaar aan je.'

Hij liet eindelijk zijn masker zakken en Eve zag de rauwe woede. Zijn ogen vlamden alsof hij haar ter plekke in rook kon laten opgaan, en zij keek hem neerbuigend glimlachend aan. Ze verroerden zich niet, duelleerden alleen met hun blik in een onheilszwangere stilte terwijl de obers verbaasd stonden toe te kijken. Dit was duidelijk niet het gelukkige weerzien dat ze hadden verwacht.

'Au revoir.' Eve stak haar hand uit naar zijn bord, pakte een stukje toast en at het langzaam op. ' "Ik vlij me neer waar elke ladder start, hier in de voddenwinkel van het hart." '

'Dat is geen Baudelaire,' zei hij.

'Yeats. Ik heb je toch gezegd dat je een andere dichter moest zoeken.' Eve pakte haar hoed. 'In die voddenwinkel die jij een hart noemt, René, moet je toch eens de tijd vinden om toe te geven dat je bang bent. Want jouw *fleur du mal* is teruggekomen.' Ze nam Charlies arm in een ijzeren greep en liep in de richting van de deur. 'Denk daar maar eens over na.'

Hoofdstuk 39

Charlie

Ik bleef staan voor het restaurant en hapte naar adem, alsof ik net was ontkomen aan een gifwolk. In mijn hoofd hoorde ik nog steeds die vlakke, metalige stem die tegen me zei dat hij Rose had aangegeven omdat hij het zekere voor het onzekere wilde nemen. Dat het hem genoegen had gedaan.

Eve had hem zo vaak beschreven. De ogen die niet knipperden, de lange vingers, de elegante buitenkant. Maar ze had hem geen recht gedaan. Het was geen mens die daar tegenover me had gezeten aan tafel. Het was een menselijke adder.

Ik wilde overgeven. Maar Eve liep langs me heen en rende zo'n beetje de straat uit, en ik dwong mezelf om achter haar aan te gaan.

'Eve, we hoeven niet te rennen.' Ik probeerde haar in te halen. 'Hij komt niet achter je aan.'

'Nee.' Eve liep gewoon snel verder. 'Ik ga achter hem aan.'

Heel even brulde mijn hart instemmend. Ik dacht aan die man en merkte niets van de terughoudendheid die ik aanvankelijk wel had gevoeld toen het tot me was doorgedrongen dat Eves wraak weleens dodelijk zou kunnen zijn. Een half glas champagne in aanwezigheid van René Bordelon was echter genoeg om willekeurig wie ervan te overtuigen dat soms zelfs oude mannen het verdienden te sterven.

Maar mijn gezonde verstand worstelde zich door het rode waas van de woede en ik kreeg hartkloppingen. 'Eve, wacht. Dat risico kun je niet nemen, je –'

'Opschieten!' Ze was rood aangelopen en bleef voortstappen door de kronkelende straten. Een lange Fransman wierp een blik op haar en ging toen snel aan de kant. Mijn gedachten sloegen op hol en trokken me twee verschillende kanten op. Hou haar tegen, zei mijn gezonde verstand, terwijl mijn woede brulde: waarom?

Toen we de laatste hoek omsloegen, zag ik de glanzende blauwe Lagonda voor het hotel staan. Ik zakte ineen van opluchting. Ik had Finn nodig: zijn kalmte, zijn rustige logica, en als dat allemaal niet werkte, zijn onverbiddelijke armen die Eve ervan weerhielden om zich in de moeilijkheden te storten. Maar hij stond niet naast zijn geliefde auto, en binnen gaf de receptionist me een briefje met zijn achteroverhellende handschrift. 'Hij is wat gaan drinken met de monteur van de garage,' zei ik toen Eve me onderzoekend aankeek. 'Ze hebben hem een baan aangeboden, iets met het restaureren van motoren –'

'Mooi.' Eve liep met twee passen tegelijk de trap op. Ik propte het briefje in mijn zak en ging achter haar aan.

De receptionist riep me nog iets na. '*Madame*, een telegram voor u uit Roubaix –'

'Dat kom ik zo wel halen,' riep ik over mijn schouder. Toen ik Eves kamer in stormde, had ze de Luger al uit de la van het nachtkastje gepakt. Ik bleef stokstijf staan. 'Kut,' zei ik voor het eerst in mijn leven.

Eve glimlachte wrang toen ze haar handschoenen uittrok. 'Daar zou je toch niet van op moeten kijken.'

Ik duwde mijn vingertoppen tegen mijn bonzende slapen. De woede begon duidelijk plaats te maken voor angst. 'Wil je nu naar zijn huis gaan en hem vermoorden? Je wacht gewoon tot hij zijn *rillettes* opheeft en thuiskomt en knalt hem dan zeven kogels door zijn kop?'

'Ja.' Ze duwde de eerste kogel in de kamer. ' "Een charmante kleine villa", zei de ober. Net v-v-voorbij de mimosavelden bij de rue des Papillons. Dat is vast niet moeilijk te vinden.'

Ik sloeg mijn armen over elkaar. 'Leg dat pistool weg en luister even naar me. Je belandt hoe dan ook in de gevangenis, of het je nou lukt of niet. Snap je dat niet?'

'Dat kan me niet schelen.'

'Maar mij wel.' Ik greep haar bij de arm. 'Ik wil dat mijn dochter een peetmoeder heeft.'

Ze stopte de laatste kogel in de kamer. 'En ik wil die man vermoorden.'

Dat kon ik ergens wel begrijpen. Maar het was onzinnig om zijn leven in te ruilen voor Eves toekomst; hij had al te veel van haar verleden opgeslokt. En ik wilde niet medeplichtig zijn aan moord en mijn eigen toekomst op het spel zetten nu die eindelijk een beetje vorm begon te krijgen. 'Eve, stop en denk eens na.'

'Ik heb al nagedacht.' Eve controleerde de loop van de Luger. 'Er zijn vast geen getuigen wanneer ik René thuis vermoord. Hij draagt geen trouwring, dus hij heeft geen vrouw of kinderen die me in de weg kunnen lopen. Ik laat zijn lijk achter en smeer hem gewoon, zo vrij als een vogeltje.'

'Bij het restaurant weten ze dat je naar hem op zoek was en hebt gevraagd waar hij woonde. En niet alleen in het restaurant waar we vandaag waren. We lopen nu al weken door Grasse om inlichtingen in te winnen.' Misschien kon ik wel tot haar doordringen als ik logisch redeneerde; ik zocht naarstig naar nog meer argumenten. 'Als hij nu opeens dood wordt gevonden –'

'Dan gaat de politie misschien wel naar ons op zoek, maar hoe kunnen ze ons nou vinden? We hebben overal een valse naam opgegeven, hier in het hotel en op alle andere adressen. En ik wil trouwens al uit Grasse vertrokken zijn wanneer mensen me gaan zoeken.'

'En hoe wil je uit Grasse vertrekken als Finn er niet is om te rijden? En hoe wil je trouwens bij Renés huis zien te komen?'

'Met een taxi, als het niet anders kan.' Ze klonk zo kalm, alsof ze voorbereidingen voor een etentje trof. In het restaurant had ik de angst achter het ijs gevoeld, had ik onder de tafel haar trillende handen op haar schoot gezien. Nu hing ze boven de angst, hoog in de lucht en ongenaakbaar als een zwevende adelaar. Eve smeet het pistool in haar tas en schopte de pumps van de eerbiedwaardige Mrs. Knight uit. Ze trok haar oude sandalen aan. 'Kom me maar helpen om hem te vermoorden, als je wilt. Jij hebt ook het recht om hem te zien sterven.'

'Nee, ik ga je niet helpen om die man te vermoorden.'

'Vind je niet dat hij moet sterven?'

'Ja, dat wel, maar ik wil iets wat nog erger is dan de dood. Ik wil dat hij wordt ontmaskerd, vernederd en gevangengenomen. Ik wil dat hij publiekelijk te schande wordt gemaakt zodat iedereen kan zien hoe hij is. Dan sterft hij een langzame dood, Eve. Dat is de ergste straf die je maar kunt bedenken voor zo'n trotse man.' Ik haalde diep adem en dwong haar naar me te luisteren. 'We gaan naar de politie. We hebben een foto waarop hij wordt omringd door nazi's, jij kunt getuigen, en we gaan op zoek naar die vrouw in Limoges die heeft gezien hoe hij de souschef koelbloedig in zijn rug schoot. René Bordelon heeft misschien machtige vrienden, maar die heb jij ook. Je bent een heldin; mensen zullen je wel geloven. Dus geef hem aan en zorg dat zijn leven een hel wordt.'

Voor mij zou dat goed genoeg zijn. Om te zien dat die man in een cel werd gestopt en te weten dat hij daar door Eve en mij was beland en werd vernederd door het Frankrijk van De Gaulle, dat collaborateurs en profiteurs als ongedierte beschouwde. Geen gekoelde champagne en *rillettes* meer, maar alleen nog de vernedering en de eindeloze opeenvolging van grauwe dagen in de gevangenis die Eve ook had doorstaan.

'Hij belandt nooit in de cel, yank.' Eves stem klonk onverbiddelijk. 'René Bordelon slaagt er al zijn hele leven in om d-d-de gevolgen van zijn daden te ontlopen. Als we een gerespecteerde inwoner van Grasse beschuldigen, hebben we tijd nodig om bewijzen voor die beschuldigingen te vinden. En in die tijd zal hij vluchten, omdat hij altijd de benen neemt. Hij is in twee oorlogen ontkomen aan de gevolgen van verkeerde beslissingen, en nu zal hij vluchten omdat hij weet dat ik achter hem aan zal gaan. Als ik op een arrestatiebevel moet wachten, is hij verdwenen tegen de tijd dat ze hem willen oppakken, en dan vestigt hij zich ergens waar ik hem nooit zal kunnen vinden.' Ze pakte de tas met haar Luger. 'Daarom vertrouw ik liever op een kogel.'

Ik kon haar wel wurgen. 'Snap je niet dat dit op alle mogelijke manieren fout kan gaan? Hij kan jou ook neerschieten, of de politie bellen zodat jij uiteindelijk geboeid wordt afgevoerd –'

'Dat risico moet ik dan maar nemen.' Ze keek me aan toen ik tussen haar en de deur ging staan. 'Ga aan de kant, Charlie St. Clair.'

Ik keek haar recht in de ogen. 'Nee.'

Ze kwam op me af. Ik probeerde haar niet weg te duwen. Ik sloeg mijn armen om haar heen en hield haar stevig vast. 'Ga je me nu de trap af slepen? Ik ga gillen, hoor. Ik zweer het!' zei ik, en ik besefte dat ik op het punt stond in tranen uit te barsten. 'Ik laat je niet los, Eve. Echt niet.'

Ik had mijn broer verloren. Ik had Rose verloren. Ik zou niet nog iemand van wie ik hield verliezen.

Eve verstijfde in mijn armen, alsof ze zich los wilde worstelen, maar toen verslapte ze. Ik hoorde een gedempte snik uit haar keel ontsnappen en de tas viel op de vloer. Zo stonden we een lange tijd, terwijl Eve huilde, terwijl de hemel in het open raam langzaam paars kleurde door de zonsondergang. Ik hield haar gewoon vast en voelde de opluchting weergalmen in mijn borstkas.

Ze wilde helemaal niets zeggen toen de tranen eindelijk ophielden. Ze liet zich overhalen om op bed te gaan liggen, dronk de whisky die ik had ingeschonken en lag af en toe te rillen onder de deken die ik over haar heen had gelegd. Ik zat naast het bed op mijn duimnagel te bijten en wachtte tot Finn eindelijk terugkwam. Hij wist beter hoe je met Eve moest omgaan wanneer ze zo'n bui had. Toen ze regelmatig ademhaalde, liep ik op mijn tenen naar de balie van het hotel, maar ze hadden geen idee naar welk café Finn en de bevriende automonteur waren gegaan. 'Uw telegram, *madame*,' zei de receptionist. 'Uit Roubaix.'

Dat was ik helemaal vergeten. Dat moest van Violette zijn. Mijn hart begon opeens om heel andere redenen te bonzen terwijl ik het telegram aanpakte. Het was bondig geformuleerd, zelfs voor een telegram.

Leugen bevestigd. Ene Mlle Tellier verantwoordelijk.

In mijn hoofd barstten gouden koren los. Ik had het gevoel dat ik drie meter lang was. Al mijn vermoedens waren juist geweest, ik had gelijk. Voor één keer kon ik iets repareren wat kapot was. Dit – dít – was wat Eve nodig had.

Met bonzend hart rende ik terug naar haar kamer. 'Eve, kijk...'

De deur stond wagenwijd open. Het bed was leeg. De tas met de Luger was weg.

Ik was nog geen vijf minuten weggeweest. Toen ik op mijn tenen was weggeslopen, moest ze meteen zijn opgestaan, volkomen koelbloedig en bedaard, terwijl ze vlak daarvoor nog hadden liggen trillen en huilen. De angst stak weer de kop op en prikte in mijn slapen als ijspegels. Ik liep naar het open raam en tuurde door de straat, maar ik zag nergens een lange, magere gestalte lopen. Jij achterbaks kreng, dacht ik in een vlaag van woede, omdat zij me bij de neus had genomen en omdat ik me bij de neus had laten nemen.

Ik wist waar ze naartoe ging. Ik kon de politie niet bellen en ik kon niet op Finn wachten. De Lagonda stond bij de stoeprand.

Ik propte Violettes telegram in mijn zak, pakte de autosleutels van het tafeltje naast het bed en vloog ervandoor.

Hoofdstuk 40

Eve

Eigenlijk vond Eve het zelf ook een vuile streek.

'Sneller,' zei ze tegen de taxichauffeur, en ze gooide een handvol franken op de bijrijdersstoel. Het kon haar niet schelen of ze al haar geld uitgaf. Ze had het toch niet nodig voor de terugweg.

De taxi vloog over de weg terwijl Eve met droge ogen zat te genieten van het geruststellende gewicht van de Luger op haar schoot. Al die krokodillentranen, zo makkelijk vergoten en even makkelijk gedroogd. Het was achterbaks en gewetenloos, maar ze had even geen andere oplossing gezien toen Charlie haar vriendelijke mond tot een ferme streep had getrokken en zich onverzettelijk tussen haar en de deur had geposteerd. Eve glimlachte. Wat een verschil met het strijdlustige, onzekere kleine ding dat ze in Londen voor haar deur had aangetroffen.

Ik vind het heel jammer dat ik je nooit meer zal zien, dacht ze. Dat vind ik echt heel jammer.

'Wat kijkt u vanavond ernstig, *madame*,' zei de taxichauffeur op jolige toon. 'Zei u niet dat u bij een vriend op bezoek ging?'

'Ja.'

'Gaat u lang bij hem op bezoek?'

'Heel lang.' Voor altijd, beter gezegd. Het was niet Eves bedoeling om ooit nog weg te gaan nadat ze René Bordelons huis had betreden. Dat was de reden waarom ze niet bang was voor de gevangenis. Ze konden een dode vrouw moeilijk opsluiten.

Er zaten zeven patronen in de Luger. Er waren er zes voor René, en die had ze misschien allemaal nodig; slechte mannen hielden zich heel stevig aan het leven vast. De laatste kogel bewaarde Eve voor zichzelf.

'Net als jij, Cameron,' mompelde ze, zich er niet van bewust dat het donker begon te worden en dat de straten van Grasse voorbijgleden. Ze zag een vage krantenkop voor zich: DE DOOD VAN EEN SOLDAAT. Wanneer was dat ook alweer geweest? '22? Nee, '24. De woorden waren door een zware kater heengedrongen. Betreffende de dood van majoor C.A. Cameron –

De wereld was uiteengevallen. Uiteindelijk was Eve erin geslaagd het krantenknipsel weer op te pakken – een artikel uit een buitenlandse krant dat haar was toegestuurd door een advocaat – en met droge, branderige ogen door te lezen. Ze had een stikkend geluid gehoord en het had even geduurd voordat het tot haar was doorgedrongen dat ze het zelf had voortgebracht.

– dood van majoor C.A. Cameron van de Royal Field Artillery, die is overleden in de kazerne van Sheffield ten gevolge van een schotwond; de lijkschouwer heeft vastgesteld dat het om zelfmoord gaat.

Cameron, dood. Cameron met zijn warme ogen en zijn lichte Schotse accent. Cameron die haar blauwe plekken kuste en mompelde: 'Jij, arm, dapper meisje...'

Hoelang hadden ze elkaar al niet gezien in '24? Vijf jaar? Niet sinds die dag in Folkestone. Maar ze hadden elkaar soms wel gebeld, meestal in de kleine uurtjes wanneer een van beiden dronken was. Eve had geweten dat hij terug was uit Ierland; hij had het over zijn school gehad en enthousiast verteld dat hij militair attaché zou worden in Riga...

Maar uiteindelijk had hij zich door het hoofd geschoten.

Uit het bewijsmateriaal blijkt dat de overledene ernstig had nagedacht over zijn aanstelling als attaché in Riga, had het krantenartikel vermeld, die niet doorging vanwege zijn strafblad.

Het leger had hem gestraft voor een oude zonde, had Eve verbitterd gedacht. Zolang het oorlog was, konden ze een officier met een smet op zijn reputatie best gebruiken, maar daarna zaten ze eigenlijk met hem in hun maag.

Ik blijf werken tot ik niet meer kan. Zijn stem klonk weer in haar oren, zo luid en duidelijk dat het wel leek alsof hij bij haar in de taxi zat. *En dan ga ik dood, denk ik. Kogels, verveling of cognac, zo komen mensen zoals wij aan hun einde, want God weet dat we niet zijn gemaakt voor de vrede.*

'Dat zijn we inderdaad niet,' mompelde Eve.

Pas toen de advocaat de volgende dag op de stoep stond, was ze volledig ingestort. De advocaat die haar het bericht van het overlijden van Cameron had gestuurd en nu papieren bracht en haar verzekerde dat hij heel discreet te werk zou gaan… en vertelde dat het pensioen dat de afgelopen vijf jaar op haar rekening was gestort helemaal niet afkomstig was geweest van het ministerie van Oorlog, maar van Cameron. Dat hij ervoor had gezorgd dat het geld gescheiden was van het vermogen van zijn weduwe en in zijn testament was omschreven als een particulier legaat en na zijn dood zou worden voortgezet. Dat het geld goed besteed was, had de oprechte advocaat plechtig gezegd, en moest worden gecontinueerd zolang Eve in leven was.

Ze had de advocaat gillend de deur uit gejaagd en was helemaal ingestort, in haar bed gekropen als een gewond dier, om zich er vervolgens maandenlang schuil te houden. Hoe heb je het gedaan, Cameron, vroeg ze zich af terwijl ze naar haar Luger staarde. Loop tegen je slaap? Onder de kin? Of in de mond, waardoor de kus van het koude staal en de smeerolie je laatste aardse gewaarwording was? Eve had dat spel de daaropvolgende jaren geregeld gespeeld, in de donkere nachten wanneer de wroeging haar wakker hield. De verschillende voorbereidingen van de zelfmoord met de Luger doorlopen… maar ze had de trekker nooit helemaal overgehaald.

Veel te koppig, dacht ze vroeger. Geen romantische of edele trekjes in haar ziel, niet zoals Cameron. Maar nu, nu de taxi Grasse uit reed en de mimosavelden passeerde, vroeg Eve zich af of het niet eerder het lot was dan koppigheid. Misschien waren wroeging en verdriet pas verzadigd wanneer er eerst recht was gedaan. Misschien had het kille deel van haar brein dat als spion was opgeleid al die jaren Camerons leugen doorzien en gefluisterd dat ze eerst met een oude vijand moest afrekenen. En misschien kon ze zelf pas een kogel door haar hoofd jagen wanneer ze eindelijk met die vijand had afgerekend.

Welnu, die vijand zou vanavond sterven. Voor Lili, voor Rose, voor Charlie, voor Eve. Vanavond zou er eindelijk een einde komen aan Evelyn Gardiners strijd. Het was ongeveer dertig jaar te laat, maar beter laat dan nooit.

Ze dacht aan de laatste kogel en wist dat Charlie haar zou vervloeken omdat ze die door haar eigen hoofd had gejaagd, en Finn ook, maar dat deed ze tot op zekere hoogte ook voor hen, zoals ze later zouden begrijpen. Hun onschuld zou onomstotelijk vaststaan wanneer de moordenaar dood naast haar slachtoffer zou worden aangetroffen. Zo werden alleen de schuldigen gestraft. En leefden zij nog lang en gelukkig.

'*Madame*, we zijn er.'

De taxi stopte aan het begin van een oprijlaan die naar een elegante villa een paar honderd meter verderop leidde. De witte muren glansden in het maanlicht en het dak tekende zich af tegen de donkere hemel. Bij verscheidene ramen scheen licht door de gordijnen. Hij was thuis. Eve vroeg zich af hoelang hij in dat restaurant nog toast had zitten eten nadat ze met Charlie was vertrokken. Niet lang, vermoedde ze. Daar kon ze iets uit afleiden: hij was nog steeds bang voor haar.

En terecht, dacht ze.

'Zal ik u tot de deur brengen, *madame*?'

'Ik loop wel,' zei ze, en ze stapte uit de taxi.

Hoofdstuk 41

Charlie

Het spijt me, Finn, dacht ik telkens wanneer ik de versnellingsbak van de Lagonda hoorde gieren. Ik had het afgelopen jaar niet veel gereden, en nu was het donker en ik kon amper bij de pedalen; de auto kreunde terwijl ik door de smalle Franse straatjes reed. Ik beloof je dat ik het goed zal maken als er na afloop ook maar één klein krasje op je auto zit. De remmen piepten verontwaardigd, en ik huiverde.

Ik reed niet bijzonder goed, maar wel snel. Ik was binnen de kortste keren Grasse uit, en toen begon het leuk te worden. 'Net voorbij de mimosavelden' was niet echt een duidelijke richtingaanwijzing in een stad die werd omringd door bloemenvelden. Tijdens mijn zoektocht klom een halvemaan naar de hemel, en ik besefte dat Eve me voor was en dat de tijd tikte. Ik bedacht hoe ze me had aangekeken in het hotel en me had gezegd dat ik aan de kant moest gaan. Ze had me toen doen denken aan een vermoeide ridder die het vizier van zijn helm dichtsloeg voor een allerlaatste zwaardgevecht, vermoeid, mager, bedaard, sereen.

De laatste keer dat ik hem in leven had gezien, had mijn broer ook die uitdrukking op zijn gezicht gehad, realiseerde ik me. De uitdrukking die zei: *Ik ben klaar om te sterven.*'

Niet Eve, dacht ik, alsjeblieft niet Eve! Als ik haar nu niet zou redden, haar zou verliezen, zou ik het mezelf nooit vergeven.

Aan de rue des Papillons lagen meerdere opritten die naar dure plattelandsvilla's leidden. De eerste die ik probeerde, voerde naar een huis met een groot TE KOOP-bord, en de tweede naar een gezinshuis waar net zes kinderen naar binnen gingen voor het eten – duidelijk niet de woning van René. Nu leunde ik naar voren en zag ik de vage omtrek van het dak van een ander huis tegen de donkere hemel. Met bonzend hart parkeerde ik langs de kant van de weg en stapte ik uit. Er was een brievenbus en net genoeg maanlicht om de naam te lezen: GAUTIER.

Dit was het huis. Ik zag geen taxi, geen spoor van Eve. Laat me nog op tijd zijn, bad ik, en ik rende naar het huis. In de lucht hing vaag de zoete geur van mimosa; de geur van babyhaar, dacht ik. Tijdens het rennen ging mijn hand naar mijn buik, en even was ik vooral doodsbang dat mij die avond iets zou overkomen, en niet Eve, omdat ik niet de enige was die gewond zou kunnen raken.

Er raakt vanavond niemand gewond. Daar zou ik wel voor zorgen. Op de een of andere manier.

Ik ging naar de andere kant van het huis en rende naar de achterdeur.

Hoofdstuk 42

Eve

Op het platteland zouden de meeste achterdeuren wel niet op slot zijn, in elk geval niet in vredestijd. Die van René Bordelon wel. Daar had Eve al op gerekend; ze zette haar tas neer en haalde twee haarspelden uit haar knotje. Het was alweer een tijd geleden dat ze in Folkestone had geleerd hoe ze een slot open kon krijgen, maar het was niet moeilijk: je had een speld nodig om wat druk te zetten en nog een haarspeld om de pinnetjes aan de binnenkant van het sleutelgat in te drukken.

Maar met haar verminkte vingers kostte het een aantal angstaanjagende minuten om het slot open te krijgen met een haarspeld. Als het geen oud, heel simpel slot zou zijn geweest, zou het Eve misschien niet zijn gelukt. Toen ze de klik hoorde, bleef ze even op het stoepje staan om weer een beetje op adem te komen. Ze had maar één kans, en ze zou niet goed kunnen mikken wanneer haar hart bonsde en haar hand trilde. Ten slotte had Eve weer voldoende zelfvertrouwen om naar binnen te stappen, haar Luger uit haar tas te pakken en de tas bij de deur achter te laten.

Een grote keuken, leeg. Alleen maar schraagtafels en pannen die in het maanlicht bungelden. Eve sloop tastend door de schaduwen en duwde op de klink van de deur aan de andere kant van de keuken. Hij kraakte even, en ze verstijfde een angstaanjagend ogenblik en luisterde.

Niets.

Ze sloop door de gang, die vol olieverfschilderijen en kandelaars hing. Haar voetstappen waren niet te horen op het dikke tapijt, en Eve was René dankbaar voor zijn dure smaak, die haar goed uitkwam nu ze hem wilde vermoorden. Een vage flard muziek. Eve spitste haar oren, luisterde even en nam toen de gang die naar rechts ging. De muziek klonk luider, weelderige en verzadigde klanken. Debussy, dacht ze, en ze glimlachte.

Hoofdstuk 43

Charlie

'Nee,' fluisterde ik, 'nee...'

De keukendeur van de villa stond wagenwijd open. Eves tas lag bij de deur. Ik doorzocht hem snel. Geen Luger. Het was te laat.

Maar ik hoorde geen schoten, geen stemmen. In het huis was het zo stil als een granaat die nog niet was ontploft.

Ik wilde naar binnen rennen en haar naam schreeuwen, maar ik was nu op het terrein van René Bordelon, en ik wilde die adder niet waarschuwen als hij nog niet wist wat hem te wachten stond. Als. Misschien was hij wel weerloos. Had Eve hem al vermoord? Mijn bloed gilde in mijn aderen en zei dat ik moest wegrennen, dat ik mezelf en het Rozenknopje in veiligheid moest brengen en geen stap verder in dit nest van gevaar moest zetten. Maar mijn vriendin was binnen, en ik liep verder.

Een donkere keuken. Een deur die openstond. Een lange gang, weelderig en rustig. Mijn hart bonsde in mijn keel. Het vage geluid van muziek. Waren dat voetstappen? De duisternis leek te trillen. Ik liep naar de plek waar de muziek vandaan kwam en zag hen toen ik de hoek om ging. Ze werden als een schilderij ingelijst door het deurkozijn.

Het silhouet van Eve, een donkere vorm tegen het heldere licht dat uit de studeerkamer kwam. Deze kamer leek precies op de studeerkamer in Lille die ze had beschreven: wanden met groen zijden behang, een grammofoon waaruit muziek klonk, een tiffanylamp die zijn pauwenkleuren verspreidde. René stond in hemdsmouwen bij een open koffer, met zijn rug naar de deur. Eve richtte de Luger. Ik was te laat om nog tussenbeide te durven komen. Ik verstijfde. Mijn hart bonsde in mijn keel.

Eve noch ik maakte een geluid, maar waarschijnlijk had zijn reptielenbrein hem subliminaal gewaarschuwd, want opeens draaide René zich om. Eve leek te schrikken van zijn plotselinge beweging en haalde de trekker over voordat ze de Luger goed had gericht. Het schot ketste af tegen de marmeren schouw en mijn oren tuitten. René graaide in zijn koffer. Zijn gezicht toonde geen verbazing, geen angst, alleen een giftige vonk van haat op het moment dat hij ook iets op Eve richtte toen zij haar arm weer strekte. Het ging zo langzaam dat het zich wel vertraagd leek af te spelen: twee Lugers die werden gericht, twee trekkers die werden overgehaald, twee schoten die werden afgevuurd.

Eén lichaam dat tegen de grond stortte.

Dat van Eve.

Na dat eindeloze moment gebeurde alles tegelijk. Eves Luger kletterde op de vloer en haar magere lichaam zakte ineen op het tapijt. Ik dook naar de gang, maar ik was niet snel genoeg. René kwam al naar voren en schopte Eves pistool naar de hoek van de studeerkamer. Ik had op hem af willen stormen voordat hij nog een keer kon schieten, maar hij deinsde achteruit, buiten mijn bereik, en richtte zijn pistool op mij.

'Op je knieën,' zei hij.

Zo snel. Het was allemaal zo snel gebeurd. Eve lag bij mijn voeten, steunde zachtjes en greep met haar misvormde handen naar haar linkerschouder, en ik knielde naast haar neer. Ik voelde haar warme bloed toen ik haar vingers beetpakte. 'Eve, nee, nee...' Ze knipperde met haar kleurloze ogen.

'Nou,' zei ze met hoge, vlakke stem. 'Verdomme.'

De plaat op de grammofoon kwam krakend tot zijn einde. Ik hoorde het raspende koor van onze ademhalingen: de mijne zachtjes hijgend, die van Eve oppervlakkig hortend, die van René Bordelon snel en diep terwijl hij ons aanstaarde vanaf de andere kant van de studeerkamer, waar het naar kruitdamp rook. Er liep een dun straaltje donker bloed langs zijn onberispelijke kraag. De helft van zijn oor bungelde aan een reepje vlees, en in me klonk een geluidloze schreeuw.

Bijna. Het was Eve bijna gelukt. Die gedachte ging in een flits door me heen toen ik naar het oneindige zwarte gat van de Luger staarde die tussen mijn ogen was gericht.

'Die kant op, jongedame.' Hij wees met de loop. 'Niet naast dat ouwe kreng.'

'Nee.' Ik duwde met mijn handen op die van Eve, over haar verwonding. Ik was geen verpleegster, maar ik wist dat ze verbonden moest worden, dat er druk op de wond moest worden uitgeoefend. Hij staat niet toe dat ze wordt verbonden, hij wil haar eerst dood zien. Toch zei ik: 'Nee.'

Hij schoot nog een keer, en ik gilde toen een deel van de deurpost naast me versplinterde. 'Laat haar los en schuif langs de muur die kant op.'

Eves stem klonk schor maar duidelijk. 'Doe het nou maar, yank.'

Mijn vingers waren zo stevig met die van Eve verstrengeld dat ik ze los moest wrikken. Haar handen zaten onder het bloed, en er stroomde ook bloed traag en onverbiddelijk over haar bovenlijf. Renés pistool volgde me terwijl ik opzijschoof en met mijn rug tegen een hoge boekenkast ging zitten, maar zijn ogen bleven op Eve gericht terwijl zij erin slaagde zich enigszins op te richten tegen de deurpost. Haar ogen waren platte stenen vol angst en pijn, maar volgens mij kwam dat niet door de pijn van haar verwonding. Het was de pijn omdat ze hem nog op beide benen zag staan.

Mislukkeling, schreeuwde haar blik, die overliep van zelfhaat. *Ik ben een mislukkeling.*

Maar ik was de mislukkeling. Ik was er niet in geslaagd deze toestand te voorkomen.

'Handen van die wond, Marguerite.' Renés stem was wakker geschud uit de toonloze kalmte die hij in het restaurant had bewaard. 'Ik ga toekijken terwijl jij langzaam sterft, en ik wil niet dat het langer duurt dan nodig is.'

'Het kan wel even duren.' Eve keek naar haar schouder. 'Een kogel in je schouder is niet echt d-d-dodelijk.'

'Dan b-b-bloed je toch dood, lieveling? Dat heb ik eigenlijk ook liever. Dat duurt langer.'

Eve trok haar rode handen weg van de donkere vlek, die steeds groter werd. Mijn keel werd dichtgeknepen toen ik het zag. Gewoon een wond in de schouder, en toch zou die haar dood worden. We zouden in deze elegante studeerkamer blijven zitten, de oorsprong van Eves nachtmerries, en toekijken hoe ze doodbloedde.

René besteedde geen aandacht aan Eves wond en keek betoverd naar haar knoestige, bebloede handen. 'Je had vanmiddag handschoenen aan,' merkte hij op. 'Ik wilde weleens weten hoe ze er na al die tijd uitzien.'

'Niet al te fraai.'

'O, ik vind ze heel mooi. Ik heb wel een fraai staaltje vakwerk afgeleverd.'

'Verkneukel je zoveel als je wilt.' Eve knikte naar me. 'Maar laat het meisje gaan. Ze heeft er niets mee te maken. Ze had hier niet eens moeten zijn –'

'Maar ze is er wel,' onderbrak René haar. 'En ik kan onmogelijk nagaan wat je haar hebt verteld en of ze problemen kan veroorzaken, en daarom zal zij hier ook sterven. Als jij dood bent, ontferm ik me over haar. Denk daar maar over na wanneer je doodbloedt, Marguerite. Ik kan zo zien dat ze iets voor je betekent.'

Ik was doorweekt van het angstzweet en hield mijn armen stevig om mijn buik geslagen. Ik was nog geen twintig jaar oud en ik zou sterven. En mijn Rozenknopje zou nooit geboren worden.

'Je kunt haar niet zomaar doodschieten, René.' Eves stem klonk kalm en vlak, en ik kon me niet voorstellen hoeveel moeite haar dat kostte. 'Ik ben misschien een ouwe taart en ik heb geen vrienden en familie die naar me op zoek zullen gaan, maar zij wel, en ze hebben ook nog geld. Als je haar doodt, krijg je problemen die je niet zo makkelijk kunt oplossen.'

René zweeg en mijn hart stond bijna stil in mijn borstkas. 'Nee,' zei hij uiteindelijk. Hij voelde aan zijn gehavende oor en vertrok zijn gezicht. 'Jullie hebben bij me ingebroken en geprobeerd me te beroven, een alleenstaande, kwetsbare oude man. Het lukte me nog om op jullie te schieten, maar doordat het donker was, had ik natuurlijk geen idee dat jullie vrouwen waren, en zeker niet de vrouwen die me vanmiddag in het restaurant hebben aangesproken. Daarna moest ik even gaan zitten omdat ik hartkloppingen had, en toen ik er eindelijk in was geslaagd de politie te bellen, waren jullie allebei helaas al overleden. Eenvoudige plattelanders zoals de mensen hier zijn niet echt dol op inbrekers.'

Mijn hoop vervloog. Ik wist niet zeker of hij er wel zo makkelijk mee weg zou komen, want het personeel van het restaurant kon bevestigen dat hij ons kende, maar hij kon dingen zo lang ophouden dat hij nog kon vluchten in geval van nood. Hij was zich duidelijk al aan het voorbereiden om te vluchten; dat bleek wel uit de koffer. Eve had gelijk gehad: René Bordelon probeerde altijd aan de gevolgen te ontkomen. Hij was in twee oorlogen ontkomen aan de gevolgen van zijn daden, en met geld en een beetje geluk – en daaraan had hij klaarblijkelijk geen gebrek – zou hij hier waarschijnlijk ook wel aan ontkomen.

Over mijn lijk, dacht ik, en ik begon bijna hysterisch te lachen, omdat het waarschijnlijk zo zou gaan. Eve zou sterven, en daarna ik, en dan zou hij over onze lijken stappen en ervandoor gaan. Als hij een beetje had nagedacht, had hij me allang gedood; ik was jong en sterk en vormde een fysiek gevaar. Maar hij dacht niet na. De vrouw die hem had vernederd en te slim af was geweest, lag voor zijn ogen te sterven. Zolang zij nog in leven was, draaide alles om haar en was ik bijzaak. Hij verslond haar met zijn ogen.

‘Denk je nou echt dat je een onbekend meisje dat je aankijkt door haar hoofd kunt schieten, René?’ Eve bleef argumenteren en hem aanstaren tot hij zijn ogen zou neerslaan, maar er stroomde steeds meer bloed uit haar schouder. ‘De enige keer dat je de trekker hebt overgehaald, heb je iemand in zijn rug geschoten.’

Ik twijfelde er niet aan dat hij in staat was me in koelen bloede te doden. In het geheel niet. Misschien was hij te teerhartig geweest om zelf het vuile werk op te knappen toen hij Eve net had leren kennen, maar nu was hij een ander mens. ‘Niet praten, Eve.’ Mijn stem klonk nogal pieperig. ‘Bewaar je krachten voor –’

‘Waarvoor?’ René wierp me een minachtende blik toe. ‘Hulp? Ik kan je verzekeren dat niemand die schoten heeft gehoord. De dichtstbijzijnde buren wonen hier minstens vijf kilometer vandaan.’

Hulp. Mijn gedachten gingen een andere richting uit, namelijk naar Finn. Ik had haastig een bericht voor hem achtergelaten bij de receptionist, waarin ik uitlegde waar we naartoe waren en waarom, voor het geval dingen mis zouden gaan. En het was dus duidelijk misgegaan. Ik zag heel even voor me hoe hij binnen kwam stormen vanuit de nacht om ons te redden, maar ik rekende er niet op dat het lot ons zo ter wille zou zijn.

‘Ik kan je verzekeren dat ik er geen enkele moeite mee heb om die

Amerikaanse van je af te maken.' Met één hand viste René een zakdoek uit zijn borstzakje, en dat duwde hij tegen zijn gehavende oor. 'Mijn studeerkamer is nu toch al naar de maan. Het maakt niet uit of er nog meer bloed tegen de muren spettert.'

Rose, dacht ik in een vlaag van angst, Rose, wat moet ik nou? Ik wist niet of ik het aan mijn nicht of aan mijn dochter vroeg. Mijn ogen zochten overal naar een wapen, maar Eves pistool lag zo'n beetje aan de andere kant van de kamer. Mijn blik dwaalde naar de boekenkast achter me; er stonden een paar zilveren kandelaars bovenop, te ver weg, hij zou me neerschieten voordat ik overeind zou zijn gekomen. Maar dichterbij, ongeveer op een meter hoogte –

'Laat haar in leven, René. Ik smeek je.'

Ik hoorde Eves smeekbede nauwelijks. Op een plank boven mijn hoofd, ongeveer halverwege de kast, stond een wit object. Een kleine buste die met holle ogen de kamer in keek. Ik had die buste nog nooit gezien, maar ik wist vrijwel zeker dat ik hem herkende.

Baudelaire.

'Ik moet toegeven dat ik niet had verwacht dat jullie mijn huis zo snel zouden vinden.' René liep stijfjes heen en weer, alsof de jaren na al die opwinding weer bezit hadden genomen van zijn verkalkte botten. 'Van wie heb je mijn adres gekregen, Marguerite?'

'Ik kan uit iedereen informatie loskrijgen, René. D-dat heb ik toch al eerder bewezen?'

Er trok meteen een rimpeling van woede over zijn gezicht. Hij was zo belachelijk, verteerd door wrok vanwege een vergissing van tientallen jaren geleden. Maar ik kon gebruikmaken van zijn woede. Ik kon zijn woede tegen hem keren. Ik wierp nog een laatste vluchtige blik op de buste boven mijn hoofd. Als ik opsprong en opzij dook had ik hem te pakken.

' "De onbekende Vijand die ons hart aanvreet wordt sterker van het bloed dat wij hem moeten geven!" ' citeerde René. 'Maar de onbekende vijand blijkt niet zo gevaarlijk te zijn als ze zelf wel dacht.'

'Jawel, dat is ze wel,' zei ik. 'Eve is niet je onbekende vijand, ouwe zak. Ik ben de onbekende vijand.'

Hij wierp even een blik op me en keek me vervolgens verbaasd aan, alsof hij was vergeten dat ik ook nog in de kamer zat. Ergens wilde ik gillen en maken dat ik wegkwam, buiten het bereik van dat pistool dat opeens op me gericht werd, maar ik zette mijn kin in een afwerende hoek, alsof het me allemaal niets kon schelen. Ik had me echter juist nog nooit zo druk om iets gemaakt.

'Hou je mond, yank,' gromde Eve. Ze was aan het zweten en alle kleur leek weggetrokken uit haar gezicht. Hoelang had ze nog? Ik had geen idee.

Zorg dat hij dichterbij komt. Eve had weleens gezegd dat René goed kon plannen, maar heel slecht was in improviseren. Ik moest hem tot een onbesuisde handeling verleiden, en ik wist dat ik dat kon. Ik had de man misschien nooit eerder gezien, maar ik kende hem door de verhalen van Eve. Ik kende hem donders goed.

Ik keek hem aan met alle minachting die ik kon oproepen. 'Ik ben de vijand,' zei ik nogmaals. 'Ik heb je restaurant in Limoges gevonden. Ik heb Eve hiertoe aangezet. Ik heb haar meegesleept vanuit Londen. Ik. Jij dacht dat je zo slim was door hier een nieuw leven te beginnen, maar ik hoefde slechts een paar telefoontjes te plegen om je te vinden.'

Zijn stem klonk ijskoud. 'Hou je mond.'

O, dat wilde ik wel, maar daarmee zou ik mezelf en het Rozenknopje niet redden. Ik moest nu de kans grijpen en hem uit zijn tent lokken of gewoon braaf wachten tot ik na Eve zou worden vermoord. 'Ik neem geen bevelen aan van zo'n ouwe gek,' zei ik, en ik voelde het angstzweet langs mijn ruggengraat lopen. 'Door die stomvervelende Baudelaire-obsessie van je ben je makkelijk te vinden. Je bent niet slim, maar heel erg voorspelbaar. Als je je restaurant nou niet twee keer naar hetzelfde stomme gedicht had vernoemd, zat je nu nog te eten en champagne te drinken, en was je geen koffer aan het pakken om te vluchten. Voor de derde keer in je ellendige, stompzinnige leven.'

'Ik zei dat je je mond moest houden.'

'Waarom? Om jou aan het woord te laten? Je vindt het heerlijk om te praten. Al die dingen die je Eve hebt verteld omdat ze je aankeek met haar grote hertenogen. Je bent een echte prater, René.' Ik had een oude man nog nooit bij zijn voornaam genoemd, niet zonder *monsieur* of meneer, maar ik vond dat we elkaar ondertussen wel met de voornaam mochten aanspreken. Kogels plus bloed plus een naderende dood waren gelijk aan een bepaalde intimiteit. 'Je kunt het maar beter uit je hoofd zetten om me dood te schieten,' zei ik, en ik zag zijn mond verstrakken en de Luger trillen. 'Mijn man is op dit moment in Grasse, en als je mij doodt, begraaft hij je levend. Ik heb een briefje voor hem achtergelaten; hij is nu onderweg. Je komt er misschien nog mee weg om Eve hier te laten doodbloeden, maar je kunt mij niet in koelen bloede vermoorden.'

Natuurlijk kon hij dat wel. Ik probeerde hem gewoon in verwarring te brengen, hem uit zijn evenwicht te krijgen. Zijn pistool trilde weer, en ik zat daar verstijfd van angst, tot ik me realiseerde dat hij naar mijn trouwring keek en me onderzoekend aanstaarde. Probeerde na te gaan of ik de waarheid sprak.

'Dat klopt,' zei Eve, en ze kon nog steeds liegen alsof het gedrukt stond, of ze daar nou lag dood te bloeden of niet. 'Haar man is een opvliegende Schot, een advocaat met collega's aan beide kanten van de oceaan –'

'Dit begint uit de hand te lopen,' drong ik aan. 'Moet je jou daar nou zien staan alsof je het spelletje al gewonnen hebt. Je hebt verloren. Je hebt het allemaal niet meer onder controle. Laat me gaan. Laat me Eves wond verzorgen –'

Zijn ogen gleden weer naar Eve. 'Ik heb dertig jaar gewacht om haar te zien sterven, stomme Amerikaanse koe. Dat genoegen wil ik voor geen goud missen. Als ze dood is, drink ik champagne bij haar lijk en sta ik even rustig stil bij het moment waarop ze op mijn vloerkleed lag te huilen nadat ze haar geheimen had onthuld –'

'Ze heeft helemaal geen geheimen onthuld, vuile leugenaar.'

'Jij weet helemaal niets,' zei René Bordelon koel. 'Die snotterende slet was een laffe verklikker.'

Vanuit mijn ooghoek zag ik Eve met haar kin trekken. De oudste, diepste wond: dat ze Lili had verraden. Ik voelde Violettes telegram in mijn zak branden. Als dat nu een dag eerder was gekomen, had ik dit misschien allemaal kunnen voorkomen.

Ze lag daar wel dood te bloeden, maar het was nog niet te laat om haar de waarheid te vertellen.

'Je hebt tegen haar gelogen,' zei ik. 'Eve heeft je nooit geheimen verteld, zelfs niet nadat je haar opium had gegeven. De informatie waardoor Louise de Bettignies is veroordeeld, was afkomstig van een andere informant, ene Mademoiselle Tellier.' Dat was gebleken uit Violettes naspeuringen naar de procesverslagen, het deel dat de beklaagden destijds niet te horen hadden gekregen. Maar wie die Mademoiselle Tellier was... dat konden we uitzoeken als we deze nacht zouden overleven. 'Je

Duitse vrienden hebben je verteld dat ze alle informatie om Louise de Bettignies te veroordelen al hadden, en daarom wist je dat het zinloos was om Eve nog langer te martelen. Maar voordat je haar hebt aangegeven, heb je alles in het werk gesteld om haar ervan te overtuigen dat zij Louise had verraden.' Ik haalde diep adem. 'Geef het nou maar toe, René. Eve heeft je verslagen. Zij heeft gewonnen. Je hebt gelogen om haar wijs te maken dat ze had verloren.'

Zijn priemende blik flakkerde. Onder mijn gillende angst voelde ik flitsen van een glinsterend triomfantelijk gevoel. Eve deed pogingen om weer rechter te gaan zitten. Ik had geen idee in hoeverre mijn woorden tot haar waren doorgedrongen. René richtte zijn Luger weer op haar. Nee, nee. Je moet naar mij kijken.

'En hoe voelt dat nu?' vroeg ik uitdagend. 'Je hebt geprobeerd om haar te breken, en dat is niet gelukt. Helemaal niets is gelukt vanaf de dag dat zij je te slim af is geweest. Ze is een oorlogsheldin en heeft onderscheidingen gekregen, en jij hebt twee keer een nieuw leven moeten beginnen omdat je te stom was om de goede kant te kiezen in twee opeenvolgende oorlogen...'

Hij brak. Hij was te boos om me van een veilige afstand neer te schieten en kwam op me af: de man die Rose had gedood, die zijn Luger op me richtte terwijl hij naderde. Maar ik sprong overeind, graaide met mijn hand op de boekenplank boven me en had het gevoel dat de seconden zich eindeloos uitrekten terwijl ik rondtastte... tastte... en uiteindelijk de buste van Baudelaire te pakken had. Ik draaide me razendsnel om en ramde tegen Renés arm voordat hij kon schieten. Hij verloor zijn evenwicht, stommelde achteruit en belandde tegen het bureau, en mijn hart bonsde in mijn keel. Laat het pistool vallen, laat vallen. Hij viel wel achterover, met een elleboog naast de lamp, maar die oude hand op de rand van het bureau hield nog steeds koppig die Luger beet.

'Charlie,' zei Eve luid en duidelijk. Ik wist wat ze bedoelde en dook al naar voren, brullend van haat, en zwaaide met de marmeren buste in een woeste neerwaartse beweging. Hij stak afwerend zijn andere arm op, beschermde zijn hoofd, maar ik mikte niet op zijn hoofd. Met een misselijkmakend gekraak kwam de buste van Baudelaire neer op die lange spinnenpoten die de Luger vasthielden. Ik hoorde botten breken onder het marmer, en hij brulde... brulde zoals Eve had gebruld toen hij haar kootjes een voor een had verpletterd, brulde zoals Lili had gebruld op een operatietafel in Siegburg, brulde zoals Rose had gebruld toen de eerste Duitse kogels zich via het lichaam van haar baby in haar lijf boorden. Ik brulde ook toen ik nog een keer met de buste op zijn hand beukte en weer zijn botten hoorde kraken en die lange, lange vingers in een rode puinhoop veranderde.

Hij liet de Luger los.

Ik dook op de vloer en probeerde hem te pakken te krijgen, maar René stak brullend zijn andere hand uit en greep me bij mijn haar en probeerde me naar achteren te trekken. Daarom gaf ik een schop tegen het pistool, dat over de vloer naar Eve vloog.

Terwijl ik mijn haar losrukte uit die wraakzuchtige greep en naar de grond dook, pakte Eve met haar bebloede handen Renés Luger van de rood geworden vloer, richtte, wat zo'n inspanning vergde dat ze haar tanden ontblootte… en plaatste koelbloedig een schot tussen René Bordelons ogen.

Zijn gezicht verdween in een rode mist. Het pistool knalde weer toen Eve hem ook nog drie keer in zijn maag schoot.

Hij viel achterover, zakte ineen op de vloer en zwaaide vol verbazing met zijn gehavende hand. Verbaasd omdat er pijn was waaraan hij niet kon ontkomen, wraak die hij niet kon ontlopen, gevolgen die hij niet kon ontvluchten. Vrouwen die niet konden worden verslagen.

De lucht stonk, een bijtende geur van de kruitdamp en de scherpere stank van geronnen bloed. Er viel een doodse stilte. Ik kwam moeizaam overeind, met de buste van Baudelaire nog steeds in mijn handen. Ik kon mijn blik nauwelijks afwenden van het ineengedoken lijk van René. Hij zou er klein en oud moeten uitzien nu hij dood was, meelijwekkend. Maar ik zag alleen een oude adder die weliswaar geen kop meer had, maar nog steeds giftig was. Mijn maag draaide zich om, en opeens wilde ik overgeven. Ik wendde me af van het lijk, sloeg een arm om mijn buik en strompelde naar Eve, die de Luger nog steeds vasthield met haar gehavende hand. Ze was verfomfaaid en bebloed, zag er geweldig en verschrikkelijk uit en glimlachte even meedogenloos als een Walkure die joelend over een horde gedode vijanden rijdt.

'Nog één kogel,' zei ze duidelijk verstaanbaar, starend naar Renés lijk, en voor mijn verschrikte ogen zette ze de loop van de Luger tegen haar slaap.

Hoofdstuk 44

Eve

Eve had net de trekker gespannen, toen de wereld uit elkaar spatte van de pijn. Niet de doffe pijn in haar schouder, waaruit langzaam bloed stroomde, maar een glasheldere, snijdende, felle pijn die door haar vingers trok. Charlie St. Clair had even woest gebruld als toen ze zich op René had gestort en had met de buste van Baudelaire op Eves hand geramd. Het pistool ging af, waardoor Eves tuitende oren nu helemaal doof werden, en de kogel vloog in de muur omdat Eves arm was weggebeukt. Eve verbeet een schreeuw en drukte haar hand met het pistool tegen haar borst.

'Godverdomme, stomme trut,' kon ze nog uitbrengen tussen haar opeengeklemde kaken. Ze kreeg tranen in haar ogen. 'Nu is mijn hand verdomme gebroken. Alweer!'

'Dat heb je wel verdiend nadat je me zo hebt bedonderd en bent weggerend bij het hotel.' Charlie viel op haar knieën, rukte de Luger snel uit Eves gespannen vingers en gooide hem aan de kant. 'Ik ga niet toekijken als jij je door je hoofd wilt schieten.'

'Ik hoef me niet door mijn hoofd te schieten om dood te gaan.' De Luger zou wel beter zijn geweest omwille van de poëtische gerechtigheid: toen Eve de loop tussen Renés opengesperde ogen had gericht, had ze de kras gezien en geconstateerd dat het haar eigen Luger was die hij jaren geleden van haar had afgepakt. Het pistool dat Cameron haar had gegeven. Maar Eve had geen kogel nodig om te sterven. Ze kon hier gewoon doodbloeden; daar hoefde ze helemaal niets voor te doen.

'Ga weg,' snauwde ze tegen Charlie, die zich vooroverboog om beter naar Eves schouder te kijken. De pijn kauwde kalm en gelijkmatig als een beest. 'Laat nou maar, kind. Laat nou maar.'

'Nee, dat doe ik niet,' brulde Charlie. Ze rende door de kamer, op zoek naar verband, en negeerde het lijk op de vloer volledig. Ze kwam terug met haar armen vol schone linnen overhemden uit Renés half ingepakte koffer en een karaf cognac. 'Laat me de wond even schoonmaken. Dan is die genoeg gedesinfecteerd tot we een dokter hebben gevonden...'

Eve sloeg haar weg met haar gebroken hand. De pijn was overweldigend. Weer het gevoel alsof er brandend zand in haar knokkels werd gewreven. Eve wilde gaan liggen en huilen, liggen en sterven. Ze was zwak en gebroken en klaar. Ze hoefde geen vijanden meer te doden. Haat was de stalen steunbalk die haar overeind had gehouden; nu voelde ze zich als een slak zonder huis, zacht en hulpeloos. Het was tijd om te vertrekken. Snapte dat kind dat niet?

Natuurlijk niet. Charlie bleef maar rondrennen en weigerde op te geven. Dat moment waarop ze René naar zijn hoofd had geslingerd dat hij te stom was geweest om de goede partij te kiezen in twee opeenvolgende oorlogen... toen had Eve wel kunnen juichen. Het was alsof Charlie voor haar ogen in Lili was veranderd, klein en fel als een veelvraat, dansend haar ingevingen volgend terwijl ze zich op de rand van de afgrond bevond, improviserend om aan de dood te ontsnappen. Lili was uiteindelijk verslagen, maar Charlie niet.

'Je gaat helemaal niet dood.' Charlie drukte een prop linnen tegen Eves schouder en stelpte de wond. 'Eve, dat is nergens voor nodig.'

Nee, dat was niet nodig. Maar Eve wilde dood. Ze was een stotterende invalide met een whiskyverslaving, die geen toekomst voor zich had. Ze had het grootste deel van haar leven laten verpesten door wroeging en verdriet en een foute man. En Eve wist genoeg van gerechtigheid om te weten dat Renés dood niet volstond om het leven weer mooi te maken.

Zoiets had ze waarschijnlijk gestameld, want Charlie begon tegen haar uit te varen. 'Heb je niet gehoord wat ik tegen hem heb gezegd? Je hebt Lili niet verraden. De Duitsers hebben hun inlichtingen van iemand anders gekregen. Toen jij me vertelde dat hij je opium had gegeven om je loslippiger te maken, vroeg ik me af –'

Eve schudde haar hoofd en voelde de tranen opkomen. 'Nee, ik was het wel.' Dat kon niet anders. De beschuldiging die Charlie naar Renés hoofd had geslingerd, was in een waas langs haar heen gegaan. Ze leefde al zo lang met die wroeging dat het een deel van haar ziel was geworden. Daar konden een paar woorden niets aan veranderen.

'– opium is geen waarheidsserum, Eve! Je gaat ervan hallucineren, maar dat betekent nog niet dat je ervan gaat praten. Ik heb Violette gevraagd of ze de procesverslagen wilde bekijken en wilde opzoeken wat er besproken was in afwezigheid van de beklaagden, en ik had gelijk. Het was die Tellier, wie dat ook was, een andere gevangene...'

Eve bleef haar hoofd schudden.

'Je zou het toch kunnen uitzoeken? Je kunt zelf die procesverslagen inkijken. Je bent spion en je hebt een *Medal of the Order of the British Empire* en je kent mensen als majoor Allenton, die je nog iets verschuldigd zijn. Bel Violette en vraag haar naar de bijzonderheden –'

'Nee.' Ze bleef haar hoofd schudden.

'Stomme trut, wil je niet eindelijk eens van dat schuldgevoel af? Of laat je het gewoon op je schouders rusten, zoals een ezel zijn tuig?' Charlie duwde haar scherpe kleine gezicht tegen dat van Eve aan en brulde: 'Je hebt het niet gedaan!'

De tranen stroomden over Eves wangen. 's Middags had ze krokodillentranen vergoten om aan dat kind te ontkomen, maar deze tranen waren echt. Ze bleef maar huilen, en Charlie hield haar vast terwijl zij op die scherpe schouder lag te snikken.

Maar toen begon Charlie te duwen en te trekken en haar best te doen om haar overeind te krijgen. 'We kunnen hier niet blijven. Hou me beet en duw die lap tegen je wond.'

Eve wilde de lap laten vallen en al het bloed eruit laten lopen. Wat haar betreft mocht de politie de volgende ochtend twee lijken vinden: bron en spion, cipier en gevangene, collaborateur en verrader, tot het bittere einde aan elkaar geketend. Maar –

Je hebt het niet gedaan!

Er stroomde bloed langs haar zij toen Charlie haar door de gang en de donkere keuken voerde en de warme Franse avond in sleurde. Eve bleef snikken, en haar hand deed vreselijk pijn. 'Blijf hier wachten terwijl ik de auto haal,' zei Charlie. 'Je kunt die paar honderd meter niet lopen...'

Maar er doemde een stel koplampen op aan het einde van de oprit, naast de Lagonda. Koplampen die zo fel waren dat ze zelfs door Eves door pijn en tranen verblinde blikveld sneden. De politie? 'P-P-P...' Haar tong begaf het volledig; ze kon geen woord meer uitbrengen. Onhandig probeerde ze de linnen lap van haar wond te rukken. Ze zou nog eerder doodbloeden dan in de gevangenis belanden.

Maar Charlie riep: 'Finn!' En kort daarna hoorde Eve de bekende Schotse brouwende stem woedende woorden uitstoten. Eve voelde een sterke arm om haar middel, waar ze met al haar gewicht op kon leunen. Ze viel flauw en hoopte vaag dat ze dood was, dat het over was.

Maar ergens in een wakend deel van haar onderzoekende, twijfelende brein dacht ze nog steeds: je hebt het niet gedaan!

Hoofdstuk 45

Charlie

Vierentwintig uur later waren we in Parijs.

'We moeten een dokter voor Eve zien te vinden.' Dat was het eerste wat ik tegen Finn had gezegd toen we voor Renés villa stonden, nadat ik struikelend over mijn woorden verslag had gedaan. 'Maar ze wordt vast opgepakt als we haar naar het ziekenhuis brengen. Ze zullen iedereen met een schotwond nagaan wanneer ze ontdekken dat...' Ik keek over mijn schouder naar het huis.

'Ik kan haar wel voorlopig oplappen zodat we uit Grasse kunnen vertrekken.' Finn drenkte het geïmproviseerde verband in nog meer cognac en bond het stevig om de schouder van Eve, die slap en bewusteloos op de achterbank van de Lagonda lag. 'Volgens mij heeft de kogel niets gebroken. Ze heeft veel bloed verloren, maar als we het maar strak genoeg verbinden...'

Gepakt. Dat woord bleef maar door mijn hoofd spoken. *We worden vast gepakt.* Terwijl Finn met Eve bezig was, had ik de slip van mijn blouse om mijn hand gewikkeld en was ik weer naar de studeerkamer gerend. Het stonk er naar bloed. Ik had de lamp met de pauwenstaart en de grammofoon omgegooid en de laden opengetrokken alsof iemand het huis overhoop had gehaald en naar geld had gezocht. Ik had mijn best gedaan om niet in de bloedplassen te stappen, zodat niemand de kleine voetsporen van een vrouw zou zien. Misschien leek het zo alsof een inbraak uit de hand was gelopen. Misschien... Met de slip van mijn blouse om mijn hand graaide ik in mijn broekzak, en ik vond de foto van René die we overal in Grasse hadden laten zien, gevouwen en met paperclips vastgemaakt zodat alleen zijn gezicht te zien was. Ik maakte de paperclips los, zodat de nazi's met swastika's weer zichtbaar werden, en gooide de foto op het lijk op de vloer.

Ik had het gevoel dat ik moest overgeven, maar Finn riep me. We hadden geen tijd meer, en daarom propte ik de beide Lugers en de buste van Baudelaire in Eves tas, veegde ik snel de deurknoppen en alle andere objecten die we misschien hadden aangeraakt schoon en rende weg. Ik reed terug naar het hotel met de Lagonda, met Eve languit op de achterbank, en Finn kwam achter me aan met de auto die hij van de eigenaar van het hotel had geleend.

Die eerste nacht was het ergste. Eve was lang genoeg bij bewustzijn om naar het hotel te strompelen, met Finns jas over haar bebloede schouder, en langs de gapende receptionist te lopen, maar ze viel flauw toen we boven aan de trap waren. Finn legde haar in bed, maakte de wond schoon en verbond hem met een laken dat we uit de linnenkast van het hotel hadden gestolen, en toen zat er voor ons niets anders op dan de nacht wakend door te brengen terwijl zij angstaanjagend stil bleef liggen. Ik bekeek haar met een wazige blik, en Finn sloeg zijn armen om me heen.

'Ik kan haar wel de nek omdraaien,' fluisterde hij. 'Dat ze jou zo in gevaar heeft gebracht –'

'Ik ben achter haar aan gegaan,' fluisterde ik terug. 'Ik heb geprobeerd haar tegen te houden. Het is helemaal uit de hand gelopen. Finn, ze wordt misschien opgepakt...'

Hij sloeg zijn armen steviger om me heen. 'Dat zal niet gebeuren.'

Nee. Dat zou niet gebeuren. God wist dat ik Eve ervan had proberen te weerhouden om René te vermoorden, maar nu het eenmaal zover was gekomen, wilde ik niet dat de politie haar te pakken zou krijgen. Ze had al genoeg geleden.

Ik keek naar Eve, die breekbaar en bewusteloos op bed lag, en begon opeens heel hard te snikken. 'Finn, ze p-probeerde zelfmoord te plegen.'

Hij gaf een zoen op mijn hoofd. 'Dat zal ook niet gebeuren.'

We vertrokken zodra het licht was. Ik had mijn arm om Eve geslagen om haar te ondersteunen, en we liepen langs de gapende receptionist, die nauwelijks aandacht aan ons besteedde, en binnen een uur waren we

Grasse uit. Finn reed veel sneller dan gewoonlijk. 'Gardiner,' sputterde hij toen de versnellingen weer protesteerden, 'je bent me een nieuwe auto verschuldigd. Ik krijg die bloedvlekken nooit van de bekleding, en deze motor zal nooit meer hetzelfde zijn.'

Die hele lange dag rijden zei Eve geen woord, zat ze gewoon ineengedoken op de achterbank als een pakketje botten. Ze zweeg zelfs toen we in Parijs over een brug reden en ik de buste van Baudelaire vanuit het raam in de Seine gooide. Maar ik zag wel dat ze huiverde.

Hoe het hem lukte mag Joost weten, maar Finn vond een dokter die naar Eves verwondingen wilde kijken zonder vragen te stellen. 'Zulke mannen zijn altijd makkelijk te vinden,' zei hij nadat de man haar had verzorgd en weer was vertrokken. 'Geschorste artsen, voormalige legerartsen. Hoe denk je dat bajesklanten worden opgelapt als ze geen aantekening willen dat ze bij een vechtpartij betrokken zijn geweest?'

Nu Eves vingers waren gezet, haar schouder was verzorgd en ze pillen tegen de pijn en een infectie had, besloten we om een beetje rustig aan te doen. 'Ze heeft tijd nodig om te genezen,' zei ik, omdat ze nog steeds schrikbarend apathisch was, als ze tenminste geen kwade bui had. 'En Parijs is groot genoeg om je te verschuilen wanneer ze...'

Wanneer ze naar ons op zoek gaan nadat ze René hebben gevonden, dachten Finn en ik allebei. Maar tegen Eve zeiden we geen woord meer over René, en onderling ook niet. We vonden goedkope kamers in Montmartre en lieten Eve slapen en haar pillen innemen en tegen ons tekeergaan omdat we weigerden whisky voor haar te kopen. Pas na vijf dagen zag Finn eindelijk een bericht in de krant.

Voormalige restaurateur dood aangetroffen in de buurt van Grasse.

Ik rukte de krant uit zijn handen en verslond de details. De werkster van René Bordelon had het lijk aangetroffen toen ze was langsgekomen voor de wekelijkse poetsbeurt. De overledene was een welgestelde, alleenstaande man; de kamer was overhoopgehaald. Het was lastig om bewijsmateriaal veilig te stellen, omdat het misdrijf enkele dagen eerder had plaatsgevonden...

Ik was opeens duizelig en steunde met mijn hoofd op de tafel. Er werd niet bij vermeld dat een oude vrouw en haar advocaat in heel Grasse navraag naar hem hadden gedaan. Misschien wist de politie dat en misschien ook niet, maar in elk geval werd er niets over in het artikel vermeld. Niemand probeerde een rijke Amerikaanse weduwe en haar indrukwekkende advocaat in verband te brengen met een bedlegerige Engelse vrouw en haar sjofele chauffeur in Parijs.

'Hij is pas na vijf dagen gevonden,' zei Finn peinzend. 'Dat zou wel eerder zijn gebeurd als hij familie en vrienden had gehad. Dan was er wel iemand geweest die zich zorgen had gemaakt en een keertje had gebeld. Maar hij had geen vrienden. Hij gaf om niemand, had met niemand contact.'

'En ik heb de foto op zijn lijk achtergelaten. Die foto waar hij op staat met zijn nazivrienden.' Ik slaakte een diepe zucht en las het korte berichtje nog een keer. 'Ik dacht dat de politie misschien niet al te veel moeite zou doen om de moordenaar te vinden als duidelijk was dat hij een collaborateur was. Beroving of wraak, ze zouden het... er gewoon bij laten.'

Finn zoende me in mijn nek. 'Wat ben je toch slim.'

Ik schoof de krant weg. Er stond een foto bij van René die beleefd glimlachte; mijn maag draaide ervan om. 'Ik weet dat je hem niet hebt ontmoet, maar neem maar van me aan dat hij een monster was.' Ik had nu ook nachtmerries over gegil in een kamer met groen behang.

'Ik ben blij dat ik hem nooit heb ontmoet,' antwoordde Finn kalm. 'Ik heb wel genoeg monsterlijke dingen gezien. Maar ik was er toch graag bij geweest. Zodat ik jullie had kunnen beschermen.'

Ik was juist blij dat hij er niet bij was geweest. Hij was degene met een strafblad; hij had nog meer risico gelopen om achter de tralies te belanden als we waren gepakt. Eve en ik hadden het uiteindelijk samen weten af te handelen, maar dat zei ik niet. Finn had tenslotte ook zijn trots. 'Zullen we Eve maar vertellen dat ze waarschijnlijk geen gevaar meer loopt?' vroeg ik.

'Misschien dat ze dan eindelijk stopt met ons uitschelden.'

Eve hoorde ons zwijgend aan. Het nieuws leek haar echter niet gerust te stellen, maar nog onrustiger te maken. Ze bleef maar aan de spalken om haar gebroken vingers frunniken en klaagde over het verband om haar schouder. Ik had verwacht dat ze me allerlei vragen zou stellen over haar proces in 1916 en over het bewijs dat Violette na mijn aandringen had gevonden, maar ze begon er niet over.

En tien dagen nadat ze was neergeschoten, klopte ik bij haar op de deur om haar een croissant te brengen voor het ontbijt en vond ik een briefje op haar kussen.

Finn begon hartgrondig te vloeken, maar ik staarde alleen naar het korte briefje. *Ik ben weer naar huis. Jullie hoeven je geen zorgen te maken.*

'Ja hoor, we hoeven ons geen zorgen te maken.' Finn haalde een hand door zijn haar. 'Waar zou die stomme dragonder in godsnaam naartoe zijn gegaan? Misschien naar Violette? Om meer te weten te komen over dat proces?'

Hij rende naar beneden om naar Roubaix te bellen, maar ik kreeg een angstig vermoeden en bleef maar naar Eves briefje staren. Ik doorzocht de kamer: beide Lugers waren weg.

Finn was snel terug. 'Violette heeft niks van Eve gezien of gehoord, zweert ze.'

'Ik denk niet dat ze naar Lille of Roubaix is gegaan,' fluisterde ik. 'Ik denk dat ze naar huis is gegaan om te sterven. Een plek waar we haar niet kunnen tegenhouden als ze de trekker overhaalt.'

Ik had er belachelijk genoeg op gerekend dat haar oude wond wel zou helen wanneer ze wist dat zij Lili niet had verraden. Ze wist dat ze geen verrader was en ze had haar vijand gedood... ik had gehoopt dat dat wel genoeg was. Ik had gehoopt dat ze haar blik nu eindelijk op de toekomst zou richten en niet op haar besmette verleden. Maar misschien had Eve in de spiegel gekeken en nog steeds niets gezien waarvoor ze wilde leven nu de haat en de wroeging waren verdwenen. Alleen de loop van het pistool.

Net als mijn broer.

Mijn adem stokte in mijn keel. 'We moeten gaan, Finn. We moeten meteen teruggaan naar Londen.'

'Misschien is ze helemaal niet naar Londen vertrokken. Als ze zelfmoord wil plegen, heeft ze misschien twee straten verderop een kamer gehuurd. Daar komen we nooit achter. Of misschien is ze naar Lili's graf, of –'

'In haar briefje zegt ze: "Ik ben weer naar huis." Ze woont al meer dan dertig jaar in Londen. Als ze daar wil sterven...'

Alsjeblieft, nee. Nee.

Die tweede rit door Frankrijk was totaal anders dan de eerste. De auto leek leeg zonder de bijtende aanwezigheid op de achterbank, en we maakten geen omwegen naar Rouen of Lille. Gewoon in een paar uur van Parijs naar Calais, en daarna de veerboot, die ons terugbracht door een Engelse mistbank. De volgende morgen reed de auto alweer richting Londen. Ik kreeg een brok in mijn keel en realiseerde me met een schok dat ik die dag twintig was geworden. Mijn verjaardag. Ik was het helemaal vergeten.

Twintig.

Op mijn negentiende, nog geen twee maanden eerder, was ik 's avonds in de regen uit de trein gestapt met mijn foto van Rose en mijn onmogelijke hoop. Evelyn Gardiner was niet meer dan een naam op een stuk papier. Ik kende Eve of Finn of René Bordelon nog niet. Ik kende mezelf toen niet eens.

Nog geen twee maanden eerder. Wat was er in die korte tijd veel veranderd. Ik wreef over mijn beginnende buikje en vroeg me af wanneer het Rozenknopje schopjes zou gaan geven.

'Hampson Street 10,' mompelde Finn terwijl hij de Lagonda door de hobbelige straten stuurde. Londen vertoonde nog steeds littekens van de oorlog, maar op deze warme zomerdag leken de mensen op straat veerkrachtiger te lopen en meer vreugde op hun gezicht te hebben dan op de dag waarop ik was aangekomen. Alleen Finn en ik keken somber. 'Ik hoop maar dat je thuis bent, Gardiner.'

Thuis en in goede gezondheid, bad ik, want als ik door de deur van Eves huis kwam en haar daar met een pistool in haar verstijfde hand zag liggen, zou ik het mezelf nooit vergeven. Ik laat je niet los, had ik in Grasse tegen haar gezegd. Ik wil je niet verliezen. Als dat wel zou gebeuren...

Maar er was niemand in Hampson Street 10. Er was niemand en er hing een nieuw bord: TE KOOP.

Zes weken later

'Klaar?' vroeg Finn.

'Niet echt.' Ik draaide me om zodat ik me kon laten inspecteren. 'Ben ik wel chic genoeg voor Park Lane?'

'Je ziet eruit als een prachtig klein dametje.'

'Zo klein ben ik niet meer.' Het was nu duidelijk te zien dat ik zwanger was, want mijn zwarte jurkje zat helemaal strak om mijn dikke buik. Ik zou er niet lang meer in passen, maar ik had me er vandaag in geperst omdat het geluk bracht. In dat jurkje zag ik er heel elegant en volwassen uit, en dat had ik die middag nodig. Want mijn vader en mijn moeder waren in Londen en zaten op ons te wachten in het Dorchester aan Park Lane.

Mijn moeder en ik hadden elkaar geregeld gebeld sinds ik weer terug was in Londen. De laatste keer dat ik haar had gezien, was er misschien van alles gezegd, maar ze was nog steeds mijn moeder en ik wist dat ze zich zorgen maakte. '*Chérie*, je moet wel bedenken wat je wilt,' had ze een paar weken eerder gezegd. 'We moeten afspreken en er eens over praten –'

'Het spijt me, maar ik wil niet naar New York komen.'

Mijn moeder ging er niet tegenin, en daaruit bleek wel hoe zenuwachtig ze was. 'Dan komen wij wel naar Londen. Je vader moet er binnenkort toch voor zaken zijn. Ik ga wel mee en dan kunnen we elkaar ontmoeten en plannen maken.'

Ik had al plannen. Ik had ze de afgelopen weken in Finns kleine appartementje uitgewerkt. We maakten ons zorgen om Eve en gingen bijna dagelijks langs bij haar huis, maar tijdens onze eenpansontbijten hadden we het niet alleen over Eve. We hadden het ook over het Rozenknopje, voor wie ik langzaam een uitzet bij elkaar scharrelde. Over onze verwachtingen voor de toekomst, en dan vertelde Finn over zijn ideeën en schreef ik getallen op mijn bankstaat om te kijken hoe die ideeën gerealiseerd konden worden (en het bankpersoneel had er geen enkele moeite mee gehad om mij mijn eigen geld te geven zodra ik binnen was gekomen met mijn valse trouwring). Maar ik wist niet goed hoeveel belangstelling mijn ouders voor mijn plannen zouden hebben. Daarom ging ik er maar van uit dat zij me zouden vertellen welke plannen zij hadden uitgestippeld en had ik me erop voorbereid dat ik dan nee zou moeten zeggen. Ik was misschien nog wel minderjarig, maar ze zouden er al snel genoeg achter komen dat ik niet meer zo plooibaar was als vroeger. Wanneer je eenmaal oog in oog hebt gestaan met een moordenaar die met een pistool zwaait, zakken ouders meteen een paar plaatsen op de lijst van dingen waardoor je geïntimideerd wordt.

Toch was ik bang dat het gesprek uit de hand zou lopen wanneer ik koppig bleef volhouden, en ik wilde niet dat het gesprek uit de hand liep. Ondanks alles miste ik mijn ouders. Ik wilde hun zeggen dat het me speet dat ik zoveel problemen had veroorzaakt, dat ik nu beter begreep dat ze helemaal stuk waren nadat ze James hadden verloren. Ik wilde hun zeggen dat ik ze weer terug wilde.

'Wil je echt dat ik met je meega?' Finn droeg het antracietgrijze pak van Donald McGowan, advocaat. (Mijn Donald!) 'Je moeder heeft misschien niet zo'n goede indruk van me gekregen in Roubaix.'

'Zo makkelijk kom je er niet vanaf, Finn Kilgore. We gaan.'

Hij grijnsde. 'Ik hou wel een taxi aan.' De Lagonda was weer bij de garage, waar Finn de motor restaureerde, wanneer hij tenminste geen auto's van andere mensen aan het repareren was. Die laatste dollemansrit uit Parijs was de oude dame toch echt iets te veel geworden. Helaas, want ik zou er toch heel wat meer vertrouwen in hebben gehad wanneer we bij het Dorchester waren voorgereden in de Lagonda. Onder de motorkap was het misschien een hoop oud schroot, maar ze had wel klasse.

Ik pakte mijn hoed, een veel te duur, werkelijk adembenemend zwart gevalletje dat ik had gekocht omdat het me nog helder voor de geest stond hoe Eve hoofdschuddend had verteld over Lili's voorliefde voor bedenkelijke hoeden. Dit hoedje van zwart gaas en veren was overduidelijk bedenkelijk, en ik glimlachte toen ik het over een oog duwde. 'Mooi hoor, yank,' hoorde ik Eve al zeggen, en ik kreeg de gebruikelijke steek in mijn buik. Het kantoor dat haar huis te koop had gezet, had ons helemaal niets kunnen vertellen; ze hadden hun instructies per telegram ontvangen. We konden slechts Finns adres en een dringend verzoek om contact met ons op te nemen achterlaten en op alle mogelijke momenten langsgaan bij haar huis om te kijken of ze er toevallig was. Maar een week geleden hadden we alleen een mededeling op de deur gezien dat het huis was verkocht.

Waar ben je? Eve leek het niet erg te vinden dat wij ons dat bezorgd afvroegen. Op de dagen dat ik niet bang was dat ze dood was, wilde ik haar eigenlijk zelf de nek omdraaien omdat ze me zo ongerust maakte.

'Charlie, meid.' Finns stem vanuit de deuropening klonk anders dan normaal. 'Kom eens kijken.'

Ik pakte mijn portemonnee en liep naar de deur. Alles wat ik wilde zeggen, stokte in mijn keel toen ik naar buiten keek. Bij de stoeprand stond een werkelijk adembenemende auto, die daar nonchalant was neergezet. Hij glinsterde in de ochtendzon: een glimmende, zilverkleurige cabriolet.

'De '46 Bentley Mark VI,' fluisterde Finn, die als een slaapwandelaar naar de auto liep. 'Vierenhalvelitermotor... onafhankelijke voorwielophanging door middel van schroefveren... dubbele schroefas...' Hij streelde de carrosserie met een ongelovige hand.

Maar mijn hart begon niet te bonzen vanwege de auto, hoe adembenemend die ook was. Onder de ruitenwisser zat een grote witte envelop waarop onze namen waren geschreven in een bekend kriebelhandschrift. Ik kreeg een droge mond toen ik de envelop openscheurde. Er zat ook een groter voorwerp in, maar ik trok eerst het blaadje papier eruit. Het briefje bevatte geen verontschuldiging, aanhef of begroeting. Natuurlijk niet.

Jij hebt het hele proces met Violette in gang gezet, yank, maar om het te kunnen geloven, moest ik het allemaal zelf uitzoeken en de details zelf onder ogen krijgen. Het was inderdaad een voormalige celgenote van Lili, Mademoiselle Tellier, die, in ruil voor een mildere strafmaat, de Duitsers over Lili en haar betrokkenheid bij het Alice-netwerk heeft verteld en hun vijf brieven en een schuldverklaring heeft gegeven toen ik werd ondervraagd door René Bordelon. Dat is uiteindelijk met veel moeite bevestigd door de procesverslagen, vertrouwelijke documenten en andere geheime bronnen, maar het is bevestigd. Ook bevestigd: Tellier heeft zichzelf na de wapenstilstand vergiftigd.
René heeft gelogen. Ik was het niet.
Je had gelijk.

Ik realiseerde me dat ik hulpeloos stond te huilen. Ik was echter helemaal niet hulpeloos. Ik had zo lang dat nare stemmetje in mijn hoofd horen zeggen dat ik hulpeloos was, dat ik mijn broer, mijn ouders, Rose en mezelf in de steek had gelaten. Maar ik had Eve niet in de steek gelaten. En misschien had ik de anderen ook wel niet zo erg in de steek gelaten als ik zelf wel dacht. Ik had gedaan wat ik kon voor Rose en James;

ik had ze niet kunnen redden, maar het was niet mijn schuld dat ze waren gestorven. En ik kon het nog steeds goedmaken met mijn ouders.

En ik kon heel goed voor Charlotte St. Clair zorgen. Ze had de hopeloze bende om zich heen opgeruimd, de betekenisloze variabelen weggestreept, de Y'en en de z'en die er niet toe deden, en x opgelost. Ze had alles tot een heel eenvoudig rekensommetje herleid, zijzelf plus Finn plus het Rozenknopje, en ze wist precies wat de uitkomst van die rekensom was. Eves briefje vervolgde:

Violette heeft me geschreven. Ik ben onderweg naar Frankrijk, waar we samen Lili's graf gaan bezoeken. Daarna ga ik op reis. Ik zal op tijd terug zijn voor de doop. Maar op dit moment ben ik Finn nog een auto en jou een parelketting verschuldigd.

Finn pakte de envelop en hield hem ondersteboven. Er viel een kluwen in zijn grote hand: de sleutels van zijn Bentley, die helemaal verstrengeld waren met een ketting van volmaakte, roomkleurige parels... míjn parels. Toen we in Londen waren aangekomen, was ik meteen teruggegaan naar het pandjeshuis, maar mijn pandbriefje was verlopen en mijn parels waren verdwenen. Maar daar waren ze. Ik zag ze nauwelijks doordat ik zo hard huilde. Het briefje bevatte nog twee regels.

Beschouw dit maar als een huwelijkscadeau.
Eve

Alles en iedereen bij het Dorchester Hotel bleef stilstaan. Portiers, piccolo's, elegante mannen met hoeden en hun vrouwen met witte handschoenen... iedereen draaide zich om toen de Bentley voor de ingang van het hotel stopte. Ze spinde als een jonge kat en liep als een trein en de parelgrijze zittingen leken me te omhelzen. Finn kon het nauwelijks over zijn hart verkrijgen om de sleutels aan de bediende te overhandigen.

'Neem haar maar mee,' zei hij, en hij liep om de auto om het portier voor mij te openen. 'De dame en ik blijven lunchen.'

Onder de luifel van het hotel zag ik mijn moeder in een uitbundige blauwe jurk staan, en mijn vader die de straat afspeurde. Ik zag dat mijn moeder een waarderende blik op Finn in zijn mooie pak wierp en dat de ogen van mijn vader de gestroomlijnde vormen van de auto volgden, en daarna zag ik dat hun mond openviel van verbazing toen Finn me een hand gaf en ik met mijn zwierige hoed en Franse parels uit de auto stapte.

'*Maman*,' zei ik glimlachend, met mijn arm door die van Finn. 'Papa. Ik zou jullie graag willen voorstellen aan Finn Kilgore. We hebben het nog niet officieel bekendgemaakt...' Ik zag dat mijn moeder een vluchtige blik op mijn linkerhand wierp. '...maar we willen zeer binnenkort met elkaar gaan trouwen. We hebben allemaal plannen voor de toekomst, en ik wil graag dat jullie daar allebei deel van uitmaken.'

Mijn moeder was even van de wijs, en mijn vader ook, maar op een iets gereserveerdere manier, toen Finn hun een hand gaf en ik ze verder aan elkaar voorstelde. Gevieren liepen we naar de deur van het Dorchester Hotel, die uitkwam bij de elegante lobby, en toen keek ik over mijn schouder en zag ik haar een allerlaatste keer. Rose stond onder de luifel van het hotel, gekleed in een witte zomerjurk en met haar blonde haar dat wapperde in de wind. Ze keek me aan met die ondeugende blik die ik me zo goed herinnerde en zwaaide.

Ik zwaaide terug en slikte de brok in mijn keel weg. Glimlachte. En ging de anderen voor naar binnen.

Epiloog

Zomer 1949

De bloemenvelden buiten Grasse stonden in bloei, golven en golven van rozen, jasmijn, hyacinten. De lucht was zwaar van de geur en het café bood een prachtig uitzicht. Die gestreepte luifels nodigden je uit niet meteen verder te rijden naar Cannes of naar Nice, maar om je benen even te strekken, een fles rosé te bestellen, een uurtje te blijven zitten en uit te kijken over de heuvels. De magere vrouw met de grijzige vlecht zat er al zo lang dat ze een paar flessen had leeggedronken. Haar gezicht was heel erg bruin en ze droeg hoge schoenen en een kaki broek, en een stel armbanden met slagtanden van wilde zwijnen om haar ene pols, en ze zat in de hoek met haar rug tegen de muur zodat ze alle mogelijke gevaren kon zien naderen. Maar op dat moment dacht ze helemaal niet aan gevaar, ze keek naar de passerende auto's.

'Het zou wel even kunnen duren,' hadden de serveersters haar gewaarschuwd toen ze was binnengekomen en naar de eigenaren had geïnformeerd. '*Monsieur* en *madame* rijden elke zondag naar de bloemenvelden om te picknicken. Ze zijn pas over een paar uur terug.'

'Ik wacht wel,' zei Eve. Ze was het gewend om te wachten. Ze had tenslotte meer dan dertig jaar gewacht voordat ze René Bordelon had kunnen doodschieten, en sindsdien had ze een groot deel van de tijd onder een brandende zon op wilde dieren liggen wachten. Door het neerschieten van René was Eve erachter gekomen dat ze dol was op het opsporen, opjagen en afschieten van gevaarlijke wezens. Ze had geen belangstelling voor de jacht op schichtige gazelles of sierlijke giraffen, maar de enorme wilde zwijnen in Polen of de trotse leeuwen die om een dorp in Oost-Afrika slopen, waren eerlijke doelwitten voor een stel Lugers, die nu gesmeerd en keurig onderhouden in de tas onder haar stoel zaten. En in een jachtgezelschap kon het niemand iets schelen of ze iets te vaak vloekte, te veel dronk en soms schreeuwend wakker werd door de nachtmerries, omdat haar medejagers vaak dezelfde littekens hadden. Niet aan hun handen, misschien, maar aan hun ogen, ogen die verschrikkelijke dingen hadden gezien en nu verlichting zochten in de afgelegen en gevaarlijke uithoeken van de wereld. Tijdens de laatste safari had ze een gespannen, grijzende Engelse kolonel ontmoet, die nooit iets over Eves verminkte handen zei, zolang zij maar nooit vroeg waarom hij zijn regiment na El Alamein had verlaten. Op een avond waren ze nog laat opgebleven na een paar flessen whisky en had hij Eve gevraagd of ze die winter met hem de piramiden wilde gaan bekijken. Dat zou ze misschien wel doen. Hij had lange vingers, net als Cameron.

Er scheurde een auto langs het café annex garage, een Bugatti met een open dak, vol joelende Italiaanse jongens die op weg waren naar de kust. Een groot deel van de clientèle van deze gelegenheid bestond uit automobilisten die over de wegen van de Rivièra raceten, leidde Eve af uit de uitgebouwde garage. Daar stond ook Finns zilverkleurige Bentley, de auto die zij hem had gegeven, en daarnaast een Peugeot met een geopende motorkap en een Aston Martin. Ze kon zich heel goed voorstellen dat mensen naar de garage kwamen om hun auto te laten repareren en dan in het aangrenzende café wachtten en koekjes met rozenjam aten, te veel wijn dronken en meezongen met de radio. Edith Piaf zong nu 'Mon Légionnaire', een oude favoriet.

Pas tegen het einde van de middag kwam de auto de heuvel op gereden: de Lagonda, met een glanzend gepoetste donkerblauwe carrosserie, die in een eerbiedwaardig tempo voorttufte. Ze reed de garage in, en Eve wachtte glimlachend. Even later stapte Charlie uit, gekleed in een strakke zwarte broek en een witte blouse, helemaal gebruind en met een strakke boblijn. Ze had een picknickmandje in de ene hand en hield met de andere hand de stoffige jurk van een klein meisje vast. Eve vroeg zich af hoe oud haar petekind was, ze had geen idee. Achttien maanden? Eve had haar niet meer gezien sinds de doop, en dit blonde wezentje met de scherpe kin en de boze blik leek totaal niet op het kirrende bundeltje met het jurkje met geborduurde rozen dat Eve boven de doopvont had gehouden. Voor die gelegenheid had ze haar medailles opgespeld, keurig in het gelid op haar schouder, waar ze thuishoorden, en de kleine Evelyn Rose Kilgore had het *Croix de Guerre* er bijna afgerukt met haar kleine knuistje.

'Finn,' riep Charlie over haar schouder. 'Niet sleutelen. Het is zondag. Je mag 's zondags niet aan je auto sleutelen.'

Zijn stem kwam naar buiten. 'Bijna klaar. Dat oude olielek.'

'Het is maar goed dat we de Lagonda alleen nemen als we gaan picknicken. Ze is rijp voor de sloop.'

'Een beetje respect, jongedame.' Finn kwam naar buiten, met warrig haar en besmeurde kleren en met de bovenste knoopjes van zijn overhemd open, waardoor een deel van zijn bruine borstkas te zien was. Alle serveersters van het café keken tersluiks naar die driehoek van huid alsof ze die wel op konden eten, maar hij had een arm om zijn vrouw geslagen en stak nu zijn andere arm uit om zijn dochter op te pakken. 'O, Evie Rose,' zei hij met zijn vetste Schotse accent. 'Je bent me er wel een, jij klein monster.'

'Ze is verschrikkelijk,' zei Charlie toen haar dochter een gil slaakte die door plaatstaal kon snijden. 'Een nukkige dreumes min een middagslaapje is driftbuien in het kwadraat. We moeten haar vanavond maar vroeg in bed leggen...'

Ze hadden Eve nog niet gezien, omdat ze zich in de schaduw van de luifel aan het verste tafeltje had verscholen. Ze zwaaide met haar gehavende hand. Haar handen konden nog steeds op starende blikken rekenen, en eigenlijk konden ze alleen nog maar een trekker overhalen, maar dat maakte niet uit. Een *fleur du mal* die oud was geworden mocht best gebruikssporen hebben.

Toen ze de vrouw onder de luifel naar haar zag zwaaien, hield Charlie een hand boven haar ogen, slaakte ze een gilletje en rende ze op Eve af.

'N-nu ga je me vast omhelzen,' zei Eve tegen niemand in het bijzonder. Ze zuchtte, kwam overeind, grijnsde en liet zich omhelzen. 'Stomme yanks.'

Aantekening van de auteur

Louise de Bettignies is een historische figuur die tegenwoordig weinig bekendheid geniet – ten onrechte, want de moed, inventiviteit en vindingrijkheid van de 'koningin der spionnen' leveren ook opwindende lectuur op wanneer de verhalen niet worden aangedikt. De voormalige gouvernante Louise de Bettignies werd gerekruteerd door ene kapitein Cecil Aylmer Cameron – die al inlichtingenoperaties in Folkestone had opgezet en oog had voor talent – nam de schuilnaam Alice Dubois aan (en andere schuilnamen, maar de bijnaam Lili vloeit voort uit mijn verbeelding) en wendde haar talenknobbel en organisatorische gaven aan voor de inlichtingendiensten. Het resultaat was een van de succesvolste spionagenetwerken van de Eerste Wereldoorlog.

Het Alice-netwerk kreeg inlichtingen van Louises vele bronnen in de buurt van Lille en informeerde zo snel en accuraat over de ontwikkelingen aan het Duitse front dat de Britse inlichtingendiensten en de legertop met Louise de Bettignies wegliepen. 'De diensten die Louise de Bettignies heeft bewezen, zijn van onschatbare waarde.' 'Een hedendaagse Jeanne d'Arc.' 'Als haar iets zou overkomen, zou dat niet minder dan een ramp zijn.' De Duitsers waren niet minder onder de indruk van (maar wel woedend over) de angstaanjagende accuratesse van de clandestiene informatiestroom, die zo efficiënt was dat nieuwe artilleriestellingen vaak al binnen enkele dagen werden beschoten. Er werden ook cruciale inlichtingen verkregen door het Alice-netwerk, zoals gegevens over het bezoek van de *Kaiser*, waarbij zijn trein ternauwernood aan een bombardement ontkwam, en het Verdun-offensief, waarover Louise in een van haar laatste rapporten schreef (en waaraan spijtig genoeg geen geloof werd gehecht in de hogere echelons).

Het hoofd van het Alice-netwerk reisde voortdurend heen en weer tussen het door de Duitsers bezette deel van Frankrijk, het vrije Frankrijk, België, Engeland en Nederland om berichten over te brengen, inlichtingen te verzamelen en haar agenten te bezoeken. Haar methoden om inlichtingen te smokkelen (gecodeerde boodschappen die om ringen of haarspelden waren gewikkeld, onder taarten in taartdozen waren verborgen, tussen de bladzijden van een tijdschrift waren verstopt) worden allemaal in dit boek beschreven. Ze beschikte over opmerkelijke moed: ze stak geregeld de grens over door langs Duitse zoeklichten en gewapende wachtposten te glippen en langs de lijken van neergeschoten vluchtelingen te rennen, en ze verloor zelfs niet de moed toen enkele meters verderop een tweetal ontsnapte gevangenen door een mijn werd opgeblazen. Haar improvisatietalent was misschien nog opmerkelijker: Louise de Bettignies had een griezelig vermogen om zich langs controleposten te bluffen door bijvoorbeeld net zolang met pakjes te jongleren tot een geërgerde wachtpost haar doorliet of door gebruik te maken van kinderen die tikkertje speelden voor het smokkelen van een pas (beide scènes zijn gebaseerd op ware gebeurtenissen). Ook de episode waarin ze op weg is naar een afspraak en wordt herkend door een Duitse generaal, die haar nog kende van een partijtje schaak dat ze in haar dagen als gouvernante had gespeeld en die haar hoffelijk zijn auto ter beschikking stelt, is op ware feiten gebaseerd.

Eve Gardiner is een fictief personage, maar heeft twee kenmerken die aan de werkelijkheid zijn ontleend. Het ene is haar gestotter – mijn echtgenoot worstelt net als Eve al zijn hele leven met zijn gestotter: de moeilijkheden met alledaagse gesprekken, de momenten waarop hij boos of geëmotioneerd is en opeens wel vloeiend spreekt, de frustratie en de woede wanneer hij in de rede wordt gevallen of automatisch als minder intelligent wordt beschouwd. Het was het idee van mijn echtgenoot om mijn jonge spion uit de Eerste Wereldoorlog te laten stotteren en haar gebruik te laten maken van die handicap, haar die zwakte als een wapen te laten gebruiken tegen de mensen die haar onderschatten. Eves schuilnaam is ook aan de werkelijkheid ontleend. Toen het geluk van Louise de Bettignies in de herfst van 1915 ten slotte op begon te raken, werd ene Marguerite le François tegelijk met haar gearresteerd. Tijdens de daaropvolgende ondervraging, die enkele uren duurde, stelden de Duitsers al snel vast dat de doodsbange, jonge Marguerite geen spion was, maar gewoon een meisje uit de stad dat zo dom was geweest om haar pas uit te lenen aan een vriendelijke dame die ze niet kende. Ze werd vrijgelaten, kreeg een vermaning en werd weer naar huis gestuurd, terwijl Louise werd opgepakt en naar de gevangenis werd gebracht. De historische Marguerite le François was waarschijnlijk gewoon een onschuldig slachtoffer... maar als ze dat nu eens niet was geweest? Toen ik een historisch verslag van de arrestatie las, waarbij de beide vrouwen werden ontkleed, gevisiteerd en geïntimideerd, waarbij de jonge Marguerite het medelijden van de Duitsers wekte door te snotteren en flauw te vallen en Louise hun woede door een gecodeerde boodschap door te slikken en vervolgens om een glas cognac te vragen, vroeg ik me af of de twee opgepakte vrouwen niet hun laatste en beste toneelstukje hadden opgevoerd in Duitse gevangenschap. Zo werd Evelyn Gardiner geboren. Ik heb haar als een grotendeels fictieve derde partij bij het bestaande historische duo van Louise en haar belangrijkste adjudant gevoegd.

De bebrilde Léonie Vanhoutte heeft werkelijk bestaan en werkte onder de schuilnaam Charlotte Lameron (die ik heb veranderd in Violette Lameron omdat ik al een Charlotte had). Léonie leverde haar eerste bijdrage aan de oorlogsinspanning als verpleegster van het Rode Kruis en werd daarna gerekruteerd als Louise de Bettignies' toegewijde luitenant en loyale vriendin. 'Ik was bereid haar overal te volgen,' schreef Léonie later, 'omdat ik instinctief wist dat deze vrouw tot grootse dingen in staat was.' Hoewel Léonie iets eerder werd opgepakt dan Louise, werden ze tegelijkertijd berecht en veroordeeld en zaten ze tegelijkertijd hun gevangenisstraf uit in Siegburg. Louise stierf in Siegburg aan een pleuraal empyeem, maar Léonie overleefde het, werd na de oorlog onderscheiden, trouwde met een journalist en begon een porseleinwinkel in Roubaix. Haar echtgenoot schreef later *La Guerre des femmes*, Léonies herinneringen aan haar verzetsactiviteiten met Louise de

Bettignies. Léonies verslagen uit de eerste hand waren van onschatbare waarde voor dit boek. Ze bevatten gedetailleerde beschrijvingen van de werkzaamheden van het netwerk, Louises arrestatie, het proces en de jaren in Siegburg met de verschrikkelijke mishandelingen en de zeldzame triomfantelijke momenten, zoals de gelegenheid waarbij Louise haar medegevangenen aanspoorde om te staken en niet mee te werken aan de productie van munitie. Veel van Louises *bon mots* zijn direct uit *La guerre des femmes* overgenomen.

Een andere historische figuur die deel uitmaakte van het netwerk is Antoine, die in dit boek wordt opgevoerd als de man die documenten vervalst voor Lili. De werkelijke Antoine Le Four was een boekverkoper met een dichtersziel, een deskundige in vervalst antiek, die, zoals zijn nakomelingen nu pas ontdekken aan de hand van zijn gearchiveerde brieven, zijn oog voor vervalsingen hoogstwaarschijnlijk in omgekeerde richting aanwendde door papieren voor het Alice-netwerk te vervalsen. Waarschijnlijk waren er ook andere familieleden betrokken bij het netwerk, zoals zijn jongere zus Aurélie Le Four, die koerierster was en door Duitse soldaten werd verkracht en bezwangerd, zoals Violette in hoofdstuk 22 beschrijft. Haar daaropvolgende abortus, die ook wordt bevestigd door de familiearchieven, werd verricht door een verpleegster die bevriend was met Louise de Bettignies, maar het is niet zeker dat die verpleegster Violette/Léonie was. Aurélie en Leon lijken hun verzetsactiviteiten allebei te hebben voortgezet na Louises arrestatie en zijn zelf gelukkig nooit opgepakt. Hun brieven geven een aangrijpend, krachtig beeld van het Franse leed en van de kracht van het Franse patriottisme.

Het Engelse patriottisme wordt in dit boek vertegenwoordigd door kapitein (later majoor) Cecil Aylmer Cameron, die werkelijk heeft bestaan. De man die bij zijn bronnen bekendstond als oom Edward rekruteerde niet alleen Louise de Bettignies, maar ook Léon Trulin, een andere Franse spion die martelaar werd nadat hij door de Duitsers was opgepakt en geëxecuteerd. Camerons ongebruikelijke verleden – zijn arrestatie wegens aanklachten van verzekeringsfraude, de gevangenisstraf die hij zou hebben uitgezeten voor zijn vrouw, zijn rehabilitatie tijdens de oorlog als officier van de inlichtingendienst en zijn zelfmoord na de oorlog – is volledig op de werkelijkheid gebaseerd, maar de beweegredenen voor de fraude, de staat van zijn huwelijk en het karakter van zijn vrouw, zoals die in het boek worden beschreven, zijn volledig gefictionaliseerd ten behoeve van het verhaal. Een van zijn schuilnamen tijdens de oorlog was 'Evelyn', en dat is ook de naam die hij zijn enige kind heeft gegeven.

René Bordelon is net als Eve een fictief personage dat gebaseerd is op een flintertje historische waarheid. Er bestonden zeker profiteurs zoals hij, en hij werd mijn brug tussen twee oorlogen en twee verhaallijnen. Hij werd ook de informant die de naam Oradour-sur-Glane heeft doorgegeven aan de Milice, en daarmee aan de nazi's.

De redenen voor het bloedbad van Oradour-sur-Glane zijn nog altijd een mysterie. Er bestaat veel verwarring over de toedracht, door tegenstrijdige verslagen: blijkbaar heeft een informant aan de Milice gemeld dat Franse verzetsactiviteiten in de regio tot de ontvoering en executie van een Duitse officier hadden geleid, maar het is niet bekend of de verzetsactiviteiten zich in Oradour-sur-Glane of het nabijgelegen Oradour-sur-Vayres concentreerden, noch of ze überhaupt wel hadden plaatsgevonden. Het zal waarschijnlijk nooit duidelijk worden waarom de ss-officier die de zaak afhandelde een heel dorp besloot uit te moorden bij wijze van represaillemaatregel (hij is naderhand wel berispt door zijn Duitse meerderen) en of het eigenlijk wel zijn bedoeling was om iedereen uit te moorden; er gaan ook verhalen dat explosieven van het verzet, die zouden zijn opgeslagen in de kerk, de oorzaak waren van de explosie en de daaropvolgende brand. In elk geval staat het vast dat bijna alle mannen van Oradour-sur-Glane in stallen en andere gebouwen bijeengedreven en terechtgesteld zijn en dat de vrouwen en kinderen in de kerk verzameld en vermoord zijn. Enkele mannen hebben de executies overleefd, maar het inferno in de kerk kende slechts één overlevende: Madame Rouffanche. Het verhaal van haar ontsnapping is bijna woordelijk overgenomen uit de getuigenis die ze heeft afgelegd tijdens het proces in 1953 waarbij de ss-officieren die medeverantwoordelijk waren voor het bloedbad voor hun misdaden zijn berecht en veroordeeld. Na Madame Rouffanche probeerde ook een jonge vrouw met haar kind uit het raam te klimmen; ze zijn omgekomen in de kogelregen – dat was echter een vrouw uit het dorp, Henriette Joyeux, en haar zoon, en niet de fictieve Rose

Fournier. Tot op de dag van vandaag zijn de spookachtige ruïnes van het dorp Oradour-sur-Glane een monument: de huizen zonder daken, met muren vol kogelgaten, de verbrande klok die voor eeuwig op vier uur is blijven stilstaan, de verroeste Peugeot die voor altijd geparkeerd staat bij het marktplein. Madame Rouffanche heeft er de rest van haar leven in de buurt gewoond.

Finn Kilgore is een fictief personage, maar zijn ervaringen tijdens de bevrijding van het concentratiekamp Bergen-Belsen zijn rechtstreeks overgenomen uit de getuigenverklaringen van soldaten van het 63ste Antitankregiment van de Britse artillerie die het kamp hebben bevrijd. Charlie St. Clair en haar familie zijn ook aan mijn verbeelding ontsproten, maar de situatie waarin ongehuwde, zwangere meisjes in die tijd belandden, was bijna even uitzichtloos als in de tijd van Eve. Abortus was illegaal, maar lag wel binnen het bereik van welgestelde vrouwen (zoals Charlie), die een veilige operatie konden betalen of die zo wanhopig waren dat ze het overlijdensrisico op de koop toe namen. In de Eerste Wereldoorlog werden veel vrouwen in het door Duitsland bezette deel van Frankrijk met zulke onmogelijke keuzes geconfronteerd; de brieven van Aurélie Le Four, waarin ze God en haar familie om vergeving smeekt voor haar beslissing om het kind van haar verkrachters niet op de wereld te zetten, zijn hartverscheurend. De gevolgen waarmee Eve te maken zou hebben gekregen, zouden nog rampzaliger zijn geweest dan het ongehuwde moederschap, gezien de dubbele maatstaven die destijds golden voor vrouwen in de inlichtingendiensten. In die tijd was spionage niet het glamoureuze beroep dat het later is geworden dankzij James Bond en Hollywood; het was geen beroep voor heren, en zeker niet voor dames. Als een vrouw haar deugdzaamheid moest opofferen tijdens het spioneren, moest ze er wel voor zorgen dat haar reputatie intact bleef, en er werd veel moeite gedaan om te benadrukken dat vrouwelijke spionnen zoals Louise de Bettignies nog steeds deugdzaam waren. 'Het waren misschien coquettes, maar zeker geen prostituees,' schreef een biografe van Louise in alle oprechtheid over de vrouwen van het Alice-netwerk. '[Ze] namen nooit hun toevlucht tot de gebruikelijke vrouwelijke verleidingskunsten om hun inlichtingen in te winnen.' Vrouwen als Eve en Louise hadden te maken met een harde werkelijkheid, maar wisten heel goed dat vrouwelijke spionnen als maagden of hoeren werden gezien: onbevlekte heiligen, zoals de martelares Edith Cavell, of zwoele, onbetrouwbare sloeries, zoals Mata Hari.

Zoals gewoonlijk heb ik me enkele vrijheden gepermitteerd met de historische gegevens: voor het verhaal heb ik sommige gebeurtenissen veranderd en andere gecomprimeerd. In 1947 bestonden er in Frankrijk wel veerboten waarop Finns geliefde Lagonda had kunnen worden vervoerd, maar het is me niet gelukt om te achterhalen of zo'n veerboot tussen Folkestone en Le Havre voer. Louise de Bettignies en Marguerite le François werden overgebracht naar Doornik, waar ze werden verhoord, voordat Marguerite werd vrijgelaten en Louise officieel werd gearresteerd. Na het proces in Brussel gingen er enkele dagen voorbij voordat de vrouwen vernamen dat hun doodvonnis in een gevangenisstraf met dwangarbeid was omgezet.

Er bestaat nog steeds onduidelijkheid over Louises veroordeling en over de bewijzen die de Duitsers werkelijk hadden. Tijdens haar gevangenschap weigerde ze iets los te laten; de Duitsers hebben uiteindelijk enkele brieven van Louise in handen gekregen via haar celgenote, Mademoiselle Tellier, maar het valt niet vast te stellen of die brieven iets bewijzen. Ik heb de bestaande verslagen, die elkaar tegenspreken, zo geordend om een duidelijke climax te bewerkstelligen, maar het is mogelijk dat Louise alleen veroordeeld is omdat ze verschillende identiteitskaarten bij zich had toen ze met een geleende pas een controlepost wilde passeren en dat de Duitsers verder geen overtuigende bewijzen hadden.

In het verhaal heb ik ook de gebeurtenissen rondom Louises dood enigszins gecomprimeerd. De operatie voor haar pleurale empyeem vond iets eerder dat jaar plaats en ze is niet onmiddellijk na de ingreep overleden, maar wist nog enkele maanden in leven te blijven – nog een voorbeeld van haar opmerkelijke weerbaarheid, want volgens *La Guerre des femmes* vond de gruwelijke, vier uur durende operatie plaats in een onverwarmde en niet-gedesinfecteerde zaal van de beruchte ziekenboeg van Siegburg, waar kort daarvoor een tyfusepidemie was uitgebroken. Het valt onmogelijk te zeggen of het de bedoeling van de leiding van Siegburg was dat ze tijdens de ingreep zou overlijden; door de gebrekkige hygiëne en de ondeugdelijke medische zorg overleden veel patiënten zonder dat er sprake was van boze opzet. Maar Louise was hoe dan ook een probleemgeval voor de Duitsers, en ze toonden maar weinig medeleven toen ze op sterven lag: ze weigerden haar laatste verzoek om thuis bij haar moeder te sterven en stuurden haar uiteindelijk van Siegburg naar een eenzaam sterfbed in Keulen, weg van haar trouwe vriendinnen en medegevangenen. Ik had de geschiedenis graag willen veranderen en Louise een beter lot gegeven; ik geef toe dat ik haar lijdensweg na de operatie heb ingekort. De herbegrafenis van Louise en de herdenkingsmis vonden niet plaats in 1919, maar in 1920, toen haar lichaam eindelijk werd gerepatrieerd.

De vrouwelijke spionnen uit de Eerste Wereldoorlog zijn nu grotendeels vergeten. En direct na de oorlog wist men ook niet goed hoe men hen diende te behandelen, ondanks alle waardering die men had voor de bijdragen die ze tijdens de oorlog hadden geleverd. Vrouwen die een werkelijke bijdrage hadden geleverd aan de strijd beschouwde men ofwel als vrouwen die alle vrouwelijkheid van zich hadden afgeworpen en gehard en mannelijk waren geworden door de gevaren die ze tijdens de oorlog hadden getrotseerd, ofwel als elegante vrouwtjes die door hun plichten waren gedwongen gevaarlijke lasten op zich te nemen, maar diep vanbinnen nog steeds breekbare bloemen waren. Louise de Bettignies werd bewonderd en geprezen en met onderscheidingen overladen, maar haar tijdgenoten legden veel minder de nadruk op haar onverzettelijkheid en moed dan op haar kleine postuur, haar vrouwelijkheid en haar patriottisme. 'Louise was de vrouwelijkste vrouw die maar denkbaar was. [...] Ze leek in niets op een amazone.' Er was weinig veranderd na de Tweede Wereldoorlog, toen Charlie St. Clair te maken kreeg met de oproepen aan 'Rosie the Riveter' om haar arbeidsplek weer af te staan en terug te keren naar huis en haard, waar ze thuishoorde. Vrouwen in actieve oorlogsgebieden bezorgden hun tijdgenoten duidelijk een ongemakkelijk gevoel, maar hebben wel het een en ander teweeggebracht. In de jaren dertig en veertig meldden veel jonge vrouwen zich aan bij de *Special Operations Executive* om te worden opgeleid als spion omdat ze geïnspireerd waren door boeken en verhalen over vrouwen als Louise de Bettignies. Ze waren echter niet geïnspireerd door haar vrouwelijke elegantie, maar door haar moed, haar onverzettelijkheid en haar onverschrokkenheid, zoals – zo stel ik me voor – Charlie geïnspireerd werd door Eve. Zulke vrouwen waren werkelijk *fleurs du mal*: met kracht, doorzettingsvermogen en flair bloeiden ze op in het kwaad en zetten ze andere vrouwen ertoe aan om dat ook te doen.

Dankwoord

Ik ben veel dank verschuldigd aan de mensen die me hebben geholpen bij het schrijven van dit boek. Mijn moeder, die me tijdens lange wandelingen en nog langere telefoongesprekken heeft geholpen om de knopen in de plot te ontwarren. Mijn man, die me heeft geholpen om Eves gestotter in elke scène helemaal juist te krijgen en die geregeld tegen me zei: 'Schrijf jij maar door. Ik maak het eten wel.' Mijn fantastische collega-auteurs Stephanie Dray en Sophie Perinot, wier rode potlood en inzichten van onschatbare waarde zijn gebleken. Mijn agent, Kevan Lyon, en redacteuren, Amanda Bergson en Tessa Woodward, die ook uitstekende cheerleaders zijn. Mijn vriendin van de Maryland Romance Writers, Lisa Christie, en haar man Eric, die al mijn vragen over oldtimers hebben beantwoord, de technische gegevens hebben gecontroleerd en een rondleiding bij de geweldige autoverzameling van Henry Petronis hebben geregeld. En ten slotte Annalori Ferrell, wier tweetaligheid van grote waarde is geweest voor het vertalen van Franse documenten en het leren van kleurrijke Franse uitdrukkingen, en die me inzicht heeft gegeven in de Duitse bezetting van Noord-Frankrijk tijdens de Eerste Wereldoorlog, waar eerdere generaties van haar familie onder te lijden hebben gehad. Ze heeft toestemming gegeven om haar overoudoom Antoine Le Four en zijn onverzettelijke zus Aurélie op te voeren als leden van het Alice-netwerk.

Stemmen uit het verleden: brieven en procesverslagen

Brieven, procesverslagen, herinneringen... ze geven de doden een stem en wekken de geschiedenis tot leven. Dit zijn een paar stemmen uit het verleden die een inspiratiebron voor *Het Alice-netwerk* hebben gevormd.

Fragment uit een brief, 1916
Louise de Bettignies aan haar moeder-overste, na haar proces

> Weet u, Moeder, ik heb uw hulp en bemiddeling nodig om bij God Zijn genade af te smeken. Mijn leven was niet zonder zonden en ik ben geen toonbeeld van goedheid en zelfopoffering geweest. Sinds ik alleen ben, heb ik tijd gehad voor zelfonderzoek; wat een dwalingen heb ik ontdekt! Ik schaam me voor mezelf en voor het weinige dat ik met mijn tijd en mijn gezondheid heb gedaan, met mijn mogelijkheden en mijn vrijheid [...].
> Het is onmogelijk om tegen de uitspraak van de oorlogsrechtbank in beroep te gaan. Ik aanvaard mijn straf met moed. Tijdens mijn operatie heb ik kalm en onbevreesd de dood onder ogen gezien; vandaag doe ik dat ook met vreugde en trots omdat ik heb geweigerd iemand te verraden, en ik hoop dat degenen die ik heb gered door te zwijgen me dankbaar zullen zijn en blijk zullen geven van hun erkentelijkheid door voor me te bidden. Ik verklaar dat ik de ontberingen van mijn straf verkies boven de schande die mijn deel

zal zijn wanneer ik mezelf vrijpleit en degenen die hun land hebben gediend verraad.

Ik bazel, Moeder, omdat het vonnis me nog steeds aangrijpt; ik ben gebroken en krachteloos. Morgen zal het weer beter gaan.

In elk verslag waarin ze voorkomt, komt de leidster van het Alice-netwerk tot leven als een moedige en opmerkelijke vrouw. In 1914 moeten er in Frankrijk meer vrouwen zoals zij zijn geweest – dames uit de verarmde adel die enige opleiding hadden genoten en gouvernante werden of voor een ander beroep aan de randen van de aristocratische wereld kozen – maar in tegenstelling tot de andere werkte Louise de Bettignies niet mee aan de oorlogsinspanningen door verpleegster te worden of verband te rollen. Ze wilde een werkelijke bijdrage leveren aan de strijd, en dat heeft ze gedaan. Ze beschikte over opmerkelijke moed, maar haar humor en haar zelfbewustzijn zijn misschien nog verbazingwekkender; haar karakter wordt misschien het beste samengevat in een beschrijving die ongeveer dertig jaar later van een oorlogscorrespondent werd gegeven: 'Hij was een goede soldaat en had de gezonde gewoonte om dingen weg te lachen.' Ook Louise was in staat om gevaren weg te lachen. Over de Duitsers merkte ze op: 'Ze zijn te dom! Als je maar een stuk papier onder hun neus schuift en een beetje zelfbeheersing hebt, kom je er altijd wel langs.' Toen haar werd gezegd dat ze misschien beter moest opletten, antwoordde ze lachend: 'Ik weet ook wel dat ik op een dag word gepakt, maar wat maakt dat uit? Dan heb ik in elk geval mijn land gediend. Dus schiet op, dan kunnen we nog mooie dingen doen zolang we er tijd voor hebben.' Op de vraag of ze ooit bang was, antwoordde ze schouderophalend: 'Ja, net als iedereen. Maar pas wanneer het gevaar is geweken, voor die tijd kun je de angst niet toelaten.' Toch moet ze ook haar sombere momenten hebben gekend – toen ze tot dwangarbeid in Siegburg was veroordeeld, antwoordde ze met een griezelig vooruitziende blik: 'Ik heb het gevoel dat ik nooit meer zal terugkomen' – maar ze liet zich er door haar angst niet van weerhouden om haar werk te doen. Ze stierf uiteindelijk een pijnlijke dood, maar ze bleef onverschrokken, en hoewel ze zelf vond dat ze haar tijd en haar mogelijkheden niet optimaal had benut, waren anderen het daar niet mee eens. Jaren later zei een lid van de Britse inlichtingendiensten: 'In de loop van de oorlog waren er misschien [...] een of twee netwerken die het hare konden evenaren. Maar haar werk is nooit overtroffen.'

Fragment uit een brief, 1919
Antoine Le Four aan zijn zuster na de bevrijding van Lille

> Dit is nu een spookstad en de bewoners zijn levende spoken. We leven, we ademen en we wijden ons aan onze dagelijkse taken, maar de kleur is verdwenen, misschien voor altijd. Nu we zoveel hebben meegemaakt, is het haast onvermijdelijk dat de wereld in de rouwkleuren grijs en zwart is gehuld. De wereld om ons heen lijkt altijd zo te zijn geweest, maar toch was er ooit muziek en kunst en leven. Mensen dansten en zongen. Ooit was het leven hier mooi, zusje, en die herinnering hield mensen in leven. En zo kan het ook weer worden, daarvan ben ik overtuigd, als de mensen die van deze stad houden weigeren haar op te geven. Dat moet ik wel geloven, want als we geloven dat die schoonheid voor altijd is verdwenen, schenken we hún de overwinning die mijn hart hun niet gunt. We weten dat een oorlog alles verandert. Verandering is onvermijdelijk, maar wie zegt dat alles voorgoed is veranderd? We zijn onze onschuld voor altijd kwijt, maar we kunnen aan de wederopbouw werken. Nee, we zijn dit zelfs verplicht aan onze doden: we moeten aan de wederopbouw werken, en dat kunnen alleen de mensen die weten hoe onze stad voor de oorlog was. Alleen al om deze reden moet ik hier blijven. Aan jou, mijn zuster, wil ik vragen om van elk moment te genieten en de schoonheid om je heen in stand te houden, want hoewel ik bid dat zo'n oorlog zich nooit meer zal voordoen, hebben we een roerige geschiedenis.

In deze roman figureert Antoine Le Four als Louise de Bettignies' documentenvervalser; hij heeft werkelijk bestaan en woonde in Lambersart, een stadje in de buurt van Lille. De woorden die hij ongeveer negen maanden na de oorlog aan zijn zuster schreef, geven een indringend beeld van de ellende in het bezette Frankrijk tijdens de Eerste Wereldoorlog. Het was eén periode van ongekende ontberingen, waarin de Fransen dagelijks aan de onderdrukking werden herinnerd: de klokken gaven de Duitse tijd aan, Franse straten hadden Duitse namen, er heersten ongekende voedsel- en brandstoftekorten, de meeste goederen, van wapens tot zeep en keukengordijnen, werden door de Duitsers gevorderd. Er was een constante dreiging van honger, opsluiting, mishandeling en verkrachting; met verdriet en woede schreef Antoine over zijn jongere zuster Aurélie, die door Duitse soldaten was verkracht: 'Ik denk dat die schaduw altijd in haar ogen zichtbaar zal blijven.' Dit lijden heeft lange schaduwen geworpen tussen de Eerste en de Tweede Wereldoorlog. Het is makkelijk om de Fransen te veroordelen omdat ze zich toegeeflijk hebben opgesteld tegenover de nazi's, maar veel Fransen droegen nog steeds de verschrikkelijke littekens van de eerdere bezetting. Ze wisten nog maar al te goed hoe ze willoos moesten toekijken wanneer Duitse soldaten hen van alles behalve het bijna oneetbare rantsoen brood beroofden, omdat ze anders werden gearresteerd, in elkaar geslagen of neergeschoten. In een tijdsbestek van minder dan veertig jaar hebben de Fransen niet één, maar twee bezettingen overleefd, en daarom verdienen ze meer erkenning voor hun volharding dan ze krijgen. 'Mensen die niet zelf hebben ervaren hoe het is wanneer hun land wordt bezet door de vijand,' schreef een andere inwoner van Lille, 'kunnen niet begrijpen wat oorlog werkelijk is.'

Fragment uit de procesverslagen
Madame Rouffanche spreekt het hof toe

> Ik wil dat met Gods hulp gerechtigheid geschiedt. Ik ben levend uit de oven van het crematorium gekomen; ik ben de geheiligde getuige uit de kerk. Ik ben een moeder die bijna alles heeft verloren.

Dankzij de griezelige spookstad met zijn verbrande klokken, de verlaten Peugeot en de muren met kogelgaten weet iedereen in Frankrijk van het bloedbad van Oradour-sur-Glane, maar het is minder bekend buiten Frankrijk, waar het tragische lot van een dorpje werd ingepast in het grotere verhaal van de naziverschrikkingen. Met haar rozenkrans van verschrikkingen is Madame Rouffanche een beklemmende stem uit het verleden. In de loop van haar lange leven heeft ze geregeld getuigenis afgelegd, met name in 1953 in Bordeaux, waar ze was opgeroepen als getuige tegen de overlevende ss'ers, die werden vervolgd voor hun aandeel in het bloedbad. Ze eindigde haar getuigenis met bovenstaande smeekbede en maakte een krachtige indruk op de rechtbank. Een getuige schreef: 'Haar stem vertoonde niet het geringste spoor van goedkoop sentiment en komt helder en onverbiddelijk tot ons. Ze is een nemesis, kalm en meedogenloos.'

Leesclubvragen

1. Vriendschap tussen vrouwen is een belangrijk thema in *Het Alice-netwerk*. Charlie St. Clair en Eve Gardiner beginnen als antagonisten, terwijl Eve en Louise de Bettignies (Lili) meteen vriendinnen worden. Hoe ontwikkelen die vriendschappen zich in de loop van het boek?

2. De jonge Eve die we in 1915 leren kennen, verschilt heel erg van de oudere Eve die we in 1947 door de ogen van Charlie zien. Wanneer begint de jonge Eve in het oudere personage te veranderen? Waar komt dat door? Wat is de katalysator van die veranderingen?

3. Lili zegt tegen Eve: 'Om je de waarheid te zeggen is een groot deel van dit werk eigenlijk behoorlijk saai.' Was je verbaasd dat spionage in werkelijkheid veel minder aantrekkelijk is dan de versie van Hollywood? Hoe zou jij het hebben gedaan wanneer je deel uitmaakte van het Alice-netwerk?

4. René Bordelon wordt door zijn tijdgenoten weggezet als een oorlogsprofiteur en een informant. Hij ziet zichzelf echter als een pragmatische zakenman en wijst erop dat hij alleen maar geld verdient aan de bezetter en dat het niet zijn schuld is dat de Duitsers een tragedie als Oradour-sur-Glane aanrichten. Is hij vol-

gens jou een 'foute' Fransman of een opportunist? Vind je dat hij zijn verdiende loon heeft gekregen?

5. Eve houdt van kapitein Cameron en haat René Bordelon, maar haar relatie met René is langduriger, onduidelijker en complexer. In welke zin wordt haar haat gecompliceerd door de intimiteit? Hoe verandert René wanneer hij ontdekt wie Eve werkelijk is? Hoe hebben ze volgens jou in de daaropvolgende dertig jaar over elkaar gedacht en gevoeld, en hoe is dat van invloed op de uiteindelijke climax?

6. Finn Kilgore en kapitein Cameron hebben verschillende eigenschappen met elkaar gemeen: ze zijn allebei Schots, hebben in het leger gezeten en in de oorlog verwondingen opgelopen, hebben een gevangenisstraf uitgezeten en zijn een steun voor hun geliefde wanneer die in gevaar verkeert. In hoeverre verschillen deze mannen van elkaar? En in welke opzichten lijken ze op elkaar? In één opzicht slaagt Finn, waar Cameron faalt. In welk opzicht is dat?

7. De verdwijning van Charlies nicht Rose Fournier is de aanleiding voor de zoektocht in het boek. Was je verbaasd toen je ontdekte hoe ze aan haar einde was gekomen? Had je weleens van Oradour-sur-Glane gehoord? Veranderde het doel van de zoektocht nadat Charlie had ontdekt wat er met haar nicht was gebeurd?

8. Alle personages in *Het Alice-netwerk* hebben tijdens de oorlog op de een of andere manier emotionele schade opgelopen: Charlie krijgt een depressie nadat haar broer zelfmoord heeft gepleegd, Eve heeft nachtmerries over haar marteling, Finn heeft een trauma door zijn herinneringen aan het concentratiekamp en heeft grote moeite om zijn woede onder controle te houden, Cameron voelt zich schuldig omdat zijn rekruten zijn omgekomen. Hoe gaan ze om met hun oorlogsverwondingen? Hoe helpen ze elkaar om weer te genezen? Ging men in Eves tijd anders om met een posttraumatische stressstoornis dan in Charlies tijd? En gaat men er nu anders mee om dan in Charlies tijd?

9. Charlie vreest dat ze zal worden gestigmatiseerd als ongehuwde moeder en Eve is bang dat ze zal worden weggezet als *horizontale* wanneer bekend wordt dat ze met een bron heeft geslapen om inlichtingen in te winnen. Bespreek de dubbele moraal waarmee vrouwen te maken kregen. In welke zin is de seksuele moraal voor vrouwen sinds 1915 en 1947 veranderd?

10. Charlie besluit haar kind te houden en Eve besluit abortus te laten plegen. Hoe zijn beide vrouwen tot hun besluit gekomen?

11. Charlie betoogt dat René moet worden berecht en Eve pleit voor eigenrichting. Wie heeft volgens jou gelijk? Heeft deze kwestie invloed op het einde van het boek en op de gezamenlijke toekomst van Eve, Charlie en Finn, aangezien ze hun avonturen met niemand anders kunnen delen?

12. 'Wat betreft vrouwen zijn er twee soorten bloemen. De bloemen die keurig in een mooie vaas staan en de bloemen die onder alle omstandigheden overleven... zelfs in het kwaad.' Lili geeft het idee van de *fleurs du mal* door aan Eve. Hoe brengt Eve het over op Charlie? Wanneer wordt Charlie op haar manier een *fleur du mal*? Hoe is Charlies leven veranderd doordat ze Eve heeft leren kennen, en vice versa?